Kirschblau – Mord am Noor

Runa Winacht & Maria G.Noel

**Für Kurt,
der nur Krimis mag**

Kirschblau

Mord am Noor

Ostseekrimi

Runa Winacht & Maria G. Noel

Impressum:

Runa Winacht & Maria G. Noel
Kirschblau - Mord am Noor
VA-Verlag 2016
Vollständige Printausgabe

1. Auflage 2016

Lektorat: Geschichtenflüsterer
Korrektorat:
Norbert Holynski/Monika Wagenpfeil
Schlusskorrektorat: Sarah Ebertz
Coverdesign Veronika Aretz
Bilder und Vektoren von Shutterstock
(kenny1, Ecco, majivecka)

ISBN 978-3-944824-58-1

Homepage:
www.winacht-und-noel.de
www.va-verlag.de

Morgenrot

Leise wehte eine verheißungsvolle Brise durch die Äste der Linde, ließ ihre herzförmigen Blätter zart erzittern. Als wäre das das Zeichen gewesen, spitzte der obere Rand der Sonne über den Horizont, schickte im nächsten Moment tausend gleißende Strahlen über die Ostsee und verwandelte damit das nur leicht gewellte Wasser in eine Flut reinen Goldes.

Am Himmel, der sich bereits jetzt von seinem tiefsten Blau zeigte, schwebten nur ein paar vereinzelte Zuckerwattewolken. Die würden keinen Regen bringen, nicht heute! Sogar den Vögeln war bewusst, dies würde ein schöner Tag werden. Sie jubilierten ihren Morgengesang in die Welt hinaus.

Am Strand war bereits reges Leben. Nein, Menschen waren hier um diese Zeit noch nicht unterwegs. Und wenn, würden sie mit Sicherheit nichts rechtes im Sinn haben. Möwen waren es, die den Sand um diese frühe Stunde für sich beanspruchten. Keine Scharen wie andernorts in Häfen, nein, nein. Nur einige Lachmöwen, die gackernd herangeflattert waren und etliche Silbermöwen, die erst kreischend in der Brise schwebten, ehe sie landeten. Frühstückszeit!

Nach Käfern suchten sie und nach Schnecken, natürlich. Auch verendete Fische würden sie nicht verschmähen und sonstig gestrandetes Kleingetier. Vordergründig zumindest. Denn es war ihnen durchaus bekannt, dass das hier kaum zu finden war.

Wovon es deutlich mehr gab – und das war der wahre Grund, weshalb sie jeden Morgen kamen – war der Abfall. Hier am Südstrand, wo sich abends nur allzu gerne Jugendliche trafen, die sich zuvor bei Imbissbuden und Schnellrestaurants mit Essbarem eingedeckt hatten, waren ganz wundervolle Speisereste zu ergattern. Nichts mochten sie mehr als Pommes, egal ob mit Ketchup oder Mayo. Oder Burgerreste. Hauptsache fett und salzig.

Und so durchstöberten sie die Abfalleimer, wühlten in weggeworfenen Plastiktüten, stocherten im Sand. Die Angestellten der

Stadtverwaltung, Bereich Strandreinigung, die in einer Stunde etwa ihren Dienst aufnehmen würden, mussten doch irgendwie beschäftigt werden. Touristen gab es um diese Jahreszeit nämlich noch nicht viele. Die würden zwar auch Abfall hinterlassen, aber ihre Saison begann gerade erst.
Langsam stieg die Sonne höher, ihre Strahlen erreichten die Strandpromenade, die ersten Häuser, die nächsten, weiter – und trafen schließlich auf das westlich von Eckernförde gelegene Windebyer Noor. Dort, wo sich umgehend Kröten und Frösche an die Wasseroberfläche begaben, um sich in den allerersten Sonnenstrahlen genüsslich die Haut wärmen zu lassen, wo sich, weiter landeinwärts, das noch junge Schilf sacht in der Brise neigte – erst später im Jahr würde es hart werden und brüchig – wo schließlich das feste Ufer begann, das niemanden zum Baden einlud, dort regte sich etwas.
Nein, dabei handelte es sich nicht um Möwen. Deren Frühmorgentreffpunkt war weiter östlich, bei den Pommesquellen, den kalten, fetten. Und es waren auch keine Katzen auf Mäuse- oder Rattenfang.
Am Strand, den die Möwen nach wie vor für sich hatten, wären diese Wesen sofort und äußerst störend aufgefallen. Obwohl es sich um dieselbe Spezies handelte, die allmorgendlich für das fürstliche Möwenfrühstück sorgte.
Am Noor dagegen waren muntere Jugendliche nicht ungewöhnlich. Allerdings erst seit etwa einer Woche. Seitdem aber jeden Morgen. Und jede Nacht. Nur ein paar waren es, die sich allnächtlich am Rande des Schilfes trafen. Aber die hatten es faustdick hinter den Ohren. Die Kleingartenbesitzer weiter landeinwärts konnten wirklich ein Liedchen davon singen.
Was sie sich natürlich nicht bieten lassen wollten. Schließlich konnte es nicht angehen, dass dumme Jugendliche von ihren Beeren naschten, die Knospen der wunderbaren Kletterrosen über ihren Garteneingängen abrissen oder Wasserfässer umstießen. In der Nacht hatten sie gar mittels eines Farbeimers, den Hein Pietsch in seinem Schrebergarten offen stehen gelassen hatte – er würde später behaupten, ihn nach dem Streichen seiner Hüttentür vergessen zu haben – die Holzzäune fast sämtlicher Gärten mit Streifen, Punkten und sonstigem Geschmiere bedeckt. Außerdem hoppelten verdächtig viele Kaninchen herum, die nicht wildfarben

waren. Nein, so etwas würde sich niemand gefallen lassen – und beherzte Kleingartenbesitzer schon gleich zweimal nicht. Die wachten über ihren Besitz und würden ihn verteidigen, Schaufeln und Rechen standen schon bereit!

Woran es allerdings mangelte, waren eindeutige Beweise. Diese vermaledeiten Jugendlichen waren raffiniert! Leise, geschickt. Und vor allem schnell.

Aber denen würden sie schon noch beikommen! Die Kleingartenwehr hatte sich rasch formiert, hielt Nachtwache.

Naja, einige. Die meisten – man konnte es ja nachvollziehen, fast alle Gartenbesitzer waren bereits Rentner und brauchten ihren Nachtschlaf – nickten bei der doch anstrengenden Wache ein.

Nicht so Heinz Brammer! Der hatte heute Dienst und tatsächlich etwas gehört.

Ehrlich gesagt, er hatte nur fast etwas gehört. Auf seinem linken Ohr, so ein Dilemma aber auch, hörte er nämlich seit einiger Zeit nicht mehr so gut. Altes Familienerbe. Die einen erbten Geld, er Schwerhörigkeit. Was seine Laune nicht gerade hob. Das mit der Schwerhörigkeit würde er allerdings für sich behalten, das ging schließlich niemanden was an. Außerdem war er sich ziemlich sicher, gerade vorhin etwas gehört zu haben. Schritte. Oder so. Nun ja, jetzt würde er erst einmal ganz genau nachgucken gehen. Seine Augen waren noch top! Und wenn da etwas war, sein Handy hatte er stets dabei. Die Polizei war dann schnell gerufen. Telefonieren mit dem rechten Ohr klappte nämlich ganz hervorragend.

Von all dem ahnte jedoch der einsame Jogger nichts, der mittlerweile auf der Strandpromenade aufgetaucht war, in Richtung Mole lief und wenig später den Hafen erreichen würde. Und selbstverständlich hatte er auch nicht die geringste Ahnung von dem, was heute noch geschehen würde.

An diesem Tag, der bereits jetzt so sonnig war, dass man ihm wirklich nichts Dunkles zutraute.

… bringt Kummer und Sorgen

Dieser Moment, wo das Laufen sich verselbständigte. Wo die Muskeln ihren Job von allein machten, das Herz unermüdlich weiter pumpte. Ohne dass man mitbekam, wie der übrige Körper sich abrackern musste, um es mit genügend Sauerstoff zu versorgen. Oh ja, er war fit wie nie zuvor! Thorsten beschleunigte, mobilisierte noch einmal alle Reserven, zischte nur so die Promenade entlang.
Die zu dieser frühen Stunde noch völlig frei von Kurgästen war. Dort drüben war ein einsamer Pfandflaschensammler unterwegs, aus dem Augenwinkel sah er schon einige geöffnete Fenster in den Wohnhäusern. Ansonsten musste er sich den Südstrand nur mit den Möwen an den Mülleimern und einem Segelboot am Horizont teilen. Naja, und mit einem Motorrad, das gerade jetzt irgendwo herumknatterte. Hörbar frisiert. Kein Sinn für Morgenstimmung, die heutige Jugend!

Am Anfang der Mole ließ er seine Schritte auslaufen. Der Schwung trug ihn noch bis ans äußerste Ende. Dann stand er. Die Arme ausbreitend, sog er die Aussicht auf das in die Morgensonne getauchte Jungmannufer ein. Diesen Anblick liebte er, hatte ihn immer geliebt, das konnte man nicht anders sagen.

Überhaupt war Eckernförde als Jogging-Kulisse unschlagbar. Daran reichten in Kiel nicht mal die Forstbaumschule oder das Hindenburgufer heran. Doch, doch, das war schon so: So zwiegespalten Thorsten ansonsten war, was seine Heimatstadt betraf – das Kleinbürgertum, die Touri-Schwärme, die sauber geleckten Einkaufsstraßen – selbst wenn er seinen Plan, Eckernförde den Rücken zu kehren, doch noch eines Tages in die Tat umsetzen könnte, ein Teil von ihm würde immer hier bleiben. Und zwar nicht nur sein Joggerherz …

Die Hände in die Seiten gestemmt, kehrte er um und wanderte langsam auf der Mole zurück. Hier direkt am Hafen war auch um diese Tageszeit schon Betrieb. Fiete Peetz – der Fischerrentner, wie er sich selbst nannte – war zwar noch nicht zu sehen, aber

Fitzek rumorte schon eifrig an Bord seines Angelfahrtenkutters herum. Ah, und dort kamen, an ihren nagelneuen Angelruten leicht zu erkennen, auch schon zwei seiner Gäste vom Jungfernstieg herüber. Auch Jensens Fischkutter hatte, wie es schien, schon wieder angelegt. Und auch hinten am Silo wurschtelte schon jemand herum.
Die Nikolaikirche schlug zwei Mal. Halb sieben. Da bekam man bei Makoben schon Brötchen. Zeit, sich dorthin in Bewegung zu setzen. Anschließend in die Wohnung, schnell duschen, langsam frühstücken – um halb acht würde er im Büro sein und den Papierkram von gestern fertigmachen.
Ein weiterer Einbruch in einem Schrebergarten unten am Noor. Kindischer Kleinkram, der kaum das Attribut kriminell verdiente. Dazu der inzwischen sechste in Folge. Es war zum Kotzen.
Nach Zeugenaussagen mehrerer zur Selbstjustiz berufener Kleingärtner handelte es sich bei den Übeltätern um eine Gruppe Jugendlicher mit Bier und Gras, die ursprünglich wohl nur eine Party in einer fremden Gartenbude hatten feiern wollen. Mittlerweile rief diese Kleingartenwehr Nacht für Nacht die uniformierten Kollegen – doch ehe die vor Ort waren, hatten sich die Kids stets schon wieder verzupft. Nicht ohne ihre leeren Flaschen zurückzulassen, eine Rosenhecke zu plündern, Zäune zu bemalen oder – wie vorgestern Nacht – ein paar Kaninchen und Hühner in die Freiheit zu entlassen. Wie eine Art 'Tag', eine Reviermarkierung. Die Kids hatten garantiert einen Heidenspaß, die Kleingärtnerspießer endlich mal eine dramatische Beschäftigung – und Thorsten die Arbeit. Er stöhnte. Anderswo in Deutschland kämpften die Kollegen gegen bedeutende Probleme. Entsorgten Neonazis oder beschützten Flüchtlinge – gerade gestern war von Krabbes Sondereinheit in Hamburg ein Feuer in einem Flüchtlingsheim vereitelt worden. Während Thorsten sich hier mit derlei Lappalien herumschlagen musste!
Wenigstens würden sie endlich wieder vollbesetzt sein: Die neue Kollegin, die für seinen inzwischen pensionierten Partner und Vorgesetzten Freiberg kam, hatte heute ihren ersten Arbeitstag. Womit Thorsten zum ersten Mal in seiner Laufbahn jemanden unter sich hatte. Insofern würde sich die Arbeit wieder ein bisschen angenehmer gestalten ...
Das Handy dudelte los. Selbstredend gerade dann, als er seine

Brötchen bezahlte. Rasch erledigte er das noch und lief aus dem Laden. „Hallo?"
Die Stimme am anderen Ende der drahtlosen Leitung ging in Lärm unter. Noch so ein verdammtes Motorrad, das durch die Langebrückstraße ratterte. Oder war das derselbe Knilch von eben, der sich einen Spaß daraus machte, das verschlafene Eckernförde zu terrorisieren? Erst als der endlich in der Frau-Clara-Straße verschwunden war, konnte Thorsten verstehen, wer da versuchte, mit ihm Kontakt aufzunehmen.
„Du hast Bereitschaft, ist doch richtig, oder?" Peer Jacoby, Polizeihauptmeister aus der Gerichtsstraße. „Die Schrebergartenbande hat wieder zugeschlagen. Heute zur Abwechslung mal nicht in ihrem Revier, sondern nebenan – am Baumarkt Noorstraße."
Thorsten unterdrückte sein Aufseufzen. „Wie? Um diese Zeit? Und haben sie da auch Kaninchen ausgesetzt?" Das hatte jetzt einfach sein müssen.
Jacoby lachte, wie immer gut gelaunt. Richtig, er war der einzige echte Frühaufsteher, den Thorsten außer sich selbst kannte. „Diesmal ist es immerhin eine Nummer größer. Sie haben eine der Schauhütten auf dem Parkplatz abgefackelt."
„Wie?" Das passte nicht. Zum Geist des Spieles, zum Sich Messen, dem die Kids bisher gefolgt waren. Die waren nicht auf Zerstörung aus gewesen.
„Ein Benzinkanister und ein Feuerzeug, soweit ich höre. Beides erwartet dich noch am Tatort. Unser Freund Garten-Brammer hat die Feuerwehr alarmiert, aber die zieht schon wieder ab – war ziemlich klein, das Ding. Die Brandermittler und Eigentümer hab ich gerade erst benachrichtigt, also wenn du dich auf dein Skateboard schwingst, bist du vor ihnen da."
„Longboard", verbesserte Thorsten automatisch. Womit die Entscheidung getroffen war, selbiges rasch von zu Hause zu holen, ehe er zum Baumarkt aufbrach. Er konnte sowieso nicht gut mit der Brötchentüte am Tatort aufkreuzen. Naja, da er das Duschen verschieben musste, konnte er wirklich auf die Tube drücken. „Okay, dann bis gleich."
„Ich stoppe die Zeit!"

Keine zehn Minuten später rollte Thorsten auf den Parkplatz des Baumarktes. Der Erste am Tatort war er trotzdem nicht: Jacobys

Streifenwagen hatte bereits Gesellschaft bekommen – von einem Siebener-BMW. Der Geschädigte hatte ihn überholt.
Das Board in die Hand kickend, machte er sich zu Fuß auf den Weg zu der Männerrunde, die sich vor der schwarz verkohlten Hütte am Rande des Parkplatzes zusammengefunden hatte.
In Uniform Jacoby und der nette Pole, dessen Namen Thorsten noch immer nicht auf der Pfanne hatte. Neben ihm ein sichtlich unausgeschlafener älterer Herr im Trenchcoat über einer zerknitterten Kordhose und Altherrenfreizeitsandalen, der trotz seiner Leibesfülle eingefallen aussah – ein ziemlich unchefmäßiger Chef. Dann ein ähnlich aussehender, nur jüngerer Mann mit genauso wenig Haar, aber ohne Bauch, dafür umso mehr Chef in Schlips, Kragen und italienischen Schuhen.
Die dritte Gestalt in Zivil war Thorsten inzwischen wohlbekannt: Heinz Brammer, ein älterer Mann in grell türkis-silbernem Jogginganzug und mit ebenso hervorstechender Stimme, der beim Sprechen immer wie ein Opernsänger gestikulierte. Dementsprechend stand er auch jetzt einen Schritt außerhalb des Kreises, weil er Platz für seine rudernden Arme brauchte. Brammer war der Kopf der Bürgerwehr vom Kleingartenverein, welcher sich ja gleich nebenan befand. Obwohl er sich seit mindestens einer Woche die Nächte um die Ohren schlug, um den Jugendlichen aufzulauern, vibrierte er geradezu vor Energie.
„Herr Kommissar", stürzte er Thorsten entgegen, sobald er ihn bemerkt hatte. „Diesmal kriegen wir sie aber, nä? Ich habe ja die ganze Zeit gesagt, dass die früher oder später einen Fehler machen!"
Thorsten brummte nur und ging extra an Brammer vorbei und noch ein Stück um den Kreis herum, ehe er sich hinzugesellte.
„Neuneinhalb", empfing Jacoby ihn augenzwinkernd und tippte auf seine Armbanduhr. „Minuten, nicht Wochen." Er gluckste. „Aber du bist gut in Form."
So nett sein Gefrotzel war – es kam Thorsten vor den übrigen Anwesenden zu privat vor. So ließ er Jacoby nur ein abschließendes Grinsen zukommen und nickte in die Runde. „Moin."
„Darf ich Ihnen Oberkommissar Heinrich von der Kripo vorstellen – auf seinem mit ihm verwachsenen fahrbaren Untersatz?" Leider war Jacobys Tonfall unverändert unterhaltsam. „Da er üblicherweise keinen Jogginganzug trägt, schließe ich daraus, dass die Brandstifter ihn auf frischer Tat ertappt haben – bei seinem festen

morgendlichen Joggingtermin." Er mimte, auf der Stelle vor Entkräftung nach hinten wegzukippen, und klopfte sich dann glucksend auf seinen wohlgerundeten Bauch.
Unwillig winkte Thorsten ab. Allmählich reichte es mit dem Gefeixe. Zumal die beiden hohen Herren nicht den Eindruck erweckten, auch nur mit der Grundausstattung an Humor aufwarten zu können. „Kommen wir zum Anlass unserer frühen Zusammenkunft."
„Das sind Delf Niemann – und Delf Niemann." Jacoby war nicht anzuhören, dass er seinen Humor herunterfahren würde. „Chef und Chef-Sohn."
Von beiden kam nur ein Brummen. Der Ältere hatte einen ziemlich roten Kopf, obwohl er nicht aufgeregt wirkte. Und seine Augen ...
„Ich habe sie gesehen", riss Brammer die allgemeine Aufmerksamkeit gleich wieder an sich, wobei er auch jetzt so heftig mit den Armen ruderte, dass Jacoby einen Schritt beiseite treten musste. „Hab natürlich sofort die Feuerwehr gerufen. Die haben nur zwei Minuten gebraucht, bis sie die Hütte gelöscht hatten. Als die übrigen Herren eintrafen, war schon alles vorbei."
„Aber Dank unseres eifrigen Zeugen", Jacoby warf mit todernstem Gesicht einen Arm in die Höhe, wie Brammer es zuvor getan hatte, „sind wir alle genauestens informiert." Er blinzelte Thorsten zu.
„Viel gibt es gar nicht zu sagen", meldete sich der Anzugträger zu Wort. „Der Sachschaden ist überschaubar. Tausendneunundneunzig Euro zuzüglich der anfallenden Feuerwehrkosten. Nichtsdestotrotz ist mir nicht wohl bei der Sache, dass die Brandstifter offensichtlich unseren Betrieb aufs Korn genommen haben."
Darauf sprang Brammer natürlich sofort an. „Es waren unsere Gartenschänder, ohne jeden Zweifel! Nicht auszudenken, wenn sie anfangen, auch bei uns Hütten abzufackeln. Das sind doch gleich noch ganz andere Werte. Ausstattung, Einrichtung, also, wenn ich nur daran denke."
„Ehe wir derartige Schlüsse ziehen, beschreiben Sie bitte genau, was Sie gesehen haben", unterbrach Thorsten ihn unwirsch.
„Warten Sie, das müssen mein Vater und ich uns doch nicht anhören." Der Anzugträger war nicht minder angefressen. „Geben Sie uns was zum Unterschreiben, damit wir loskönnen. Mein Vater ist krank, es wird Zeit, dass er sich wieder hinlegt."
Seine Augen, richtig. Das Weiße darin war eindeutig gelb gefärbt. Wohl irgendwas mit der Leber. Das sah nicht gut aus.

„Mir geht es schon wieder ...", wollte der Alte widersprechen. Ehe ihm wohl bewusst wurde, dass die Alternative darin bestand, noch länger hier herumstehen zu müssen. Prompt fiel er ermattet in sich zusammen. „Mein Sohn hat völlig recht, ich muss dringend nach Hause. Haben Sie so ein Formular für uns?"
„Natürlich hat er das", entschied sein Sohn kurzerhand. „Um alles ein bisschen abzukürzen: Nein, Herr Kommissar, gesehen haben wir nichts. Und ja, wir erstatten selbstverständlich Anzeige. Geben Sie uns also das Formular, und wir unterschreiben. Bitte. Vor allem möchte ich verschwunden sein, ehe die Presse hier aufschlägt." Er sah sich demonstrativ um, als könnte jeden Moment ein Fuzzi von der Eckernförder Zeitung um die Ecke kommen. „Paparazzifotos von den Chefs persönlich – das ist doch genau das, was diese Brandstifter sich erhoffen."
Angst vor Publicity? Das nahm diesem Schnösel ja wohl niemand ab! Den Herren Niemann ging es um nicht weniger als die maximal herausschindbare Aufmerksamkeit der Ostseebäder-Weltöffentlichkeit. Um Umsatzsteigerung durch Schaulustige ging es! Und all das in gönnerhafte Demut gekleidet. Pah!
Von Thorsten würden sie die volle Breitseite bekommen, so viel war klar. „Es steht Ihnen frei, zivilrechtlich Anzeige zu erstatten", erklärte er überaus zuvorkommend. Wenn man solche Leute richtig zu handhaben verstand, war es durchaus möglich, sogar derartigen Kotzbrocken erhellende Momente abzugewinnen. Gerade heute hatte er das wirklich verdient. In Vorwegnahme der kommenden Genugtuung schürzte er die Lippen, als er weitersprach: „Bei Brandstiftung – und die liegt hier ja eindeutig vor – wird automatisch ein Ermittlungsverfahren durch die Staatsanwaltschaft eingeleitet. Sie als Geschädigter haben dadurch lediglich Zeugenstatus." Er senkte Blick und Stimme ein klein wenig. „Selbstverständlich werden Sie einbestellt, um Ihre Zeugenaussage zu Protokoll zu geben. Formal werden Sie allerdings lediglich als Nebenkläger in Erscheinung treten. Keine Notwendigkeit eines Anwalts, keine Anwesenheitspflicht vor Gericht, keine große Sache."
Genüsslich sah er die niemannschen Gesichter in sich zusammensinken. „Wir sind nur Nebenkläger?" Zumindest der Sohn hatte sofort begriffen, was das bedeutete. „Wer ersetzt uns dann unseren Schaden?"
„Bei Brandstiftung immer der Verursacher." Auch Jacoby hatte den

Spaßfaktor an der Sache erfasst. In Cowboy-Manier rückte er seine Polizistenkappe weit in den Nacken, legte die Stirn in Falten und eine große Portion vorgetäuschter Anteilnahme in seine Stimme. „Aber den Schadensersatz müssen Sie zivilrechtlich einfordern. Was unglücklicherweise erst geht, nachdem das strafrechtliche Verfahren abgeschlossen ist."
Das stimmte so nicht. Thorsten seufzte, weil er jetzt leider als Spaßbremse fungieren musste. „Melden Sie es einfach Ihrer Versicherung. Deren Rechtsabteilung übernimmt dann den ärgerlichen Teil, das Geld vom Verursacher einzutreiben."
„Sind die ausgelagerten Hütten denn inzwischen versichert?", erkundigte sich der Vater umgehend beim Sohn. „Ich dachte, die von der Versicherung wollten die Prämie verdoppeln, weil die so leicht erreichbar sind."
„Vatti, wir gehen", zischte der Sohn mit zusammengebissenen Zähnen. „Offenbar kann man auf unsere Autogramme verzichten."
Thorsten reagierte schneller, als ihm klar war, dass er sich damit ins eigene Fleisch schnitt. „Ihre Unterschriften sind immens wichtig. Leider Gottes muss ich Sie zu diesem Zweck in mein Büro bitten. Noch heute. Es tut mir sehr leid, Herr Niemann." Naja, dieses arrogante neureiche Pack ein wenig zu erziehen, war den Umstand, sich noch länger mit den beiden herumplagen zu müssen, eindeutig wert. Er würde Vater und Sohn ordentlich warten lassen und die Amtshandlung dann in einer Minute abwickeln.
„In die Gerichtsstraße müssen Sie leider auch kommen, dort ist nämlich mein Büro", übernahm Jacoby voller Diensteifer und warf Thorsten einen verschwörerischen Blick zu. „Während Herr Heinrich oben in der Schleswiger sitzt. Die Kripo ist ja ausgelagert."
„Ich sehe schon, Sie nehmen Ihre Arbeit sehr ernst." Die Anzugträgermiene war nach wie vor verkniffen, also wenn das witzig gewesen sein sollte ... „Vatti, wir fahren. Herr Heinrich, wir verlassen uns darauf, dass Sie die Kerle schnappen, ehe sie sich darauf verlegen, doch über den Zaun zu gehen und unsere neugestaltete Gartenabteilung anzuzünden."
„Aber da ist doch alles in trockenen Tüchern mit der Versicherung, oder, Junge?", hakte der Alte ein.
Der Junge packte ihn am Ellenbogen und zerrte ihn von dannen. „Ja, ja, Vatti, und nun sieh zu, dass du Land gewinnst."
„Genau", riss Brammer den sich ihm bietenden Raum unverzüglich

an sich. „Denen muss endlich das Handwerk gelegt werden. Das schraubt sich hoch. Der Kick. Ja, genau." Er nickte eifrig, um sich selbst beizupflichten. „Die brauchen einen immer größeren Kick. Das ist so mit dieser Generation, denen alles hinten reingeschoben wurde, das habe ich schon immer gesagt. Meine Frau ..."
„Haben Sie konkrete Beobachtungen gemacht, Herr Brammer?", unterbrach Thorsten.
„Es war die übliche Truppe", schwenkte er netterweise unverzüglich um. „Die beiden Mädels und vier Jungs."
Na, super! „Sechs? Sonst waren es fünf."
„Die haben einen mehr angeworben."
„Herr Brammer, würden Sie sich bitte darauf beschränken, was Sie unzweifelhaft wissen?"
„In diesen Cliquen geht es doch immer so zu. Einer geht, zwei andere kommen. Liebesgerangel, Hahnenkämpfe. Und Drogen, Alkohol oder diese Tabletten. Oder ..."
„Was wissen Sie, Herr Brammer? Ohne Spekulationen. Wie können Sie sicher sein, dass es sich um dieselben Personen handelt, wenn deren Anzahl sich verändert hat und sie zu einer anderen Zeit als bisher unterwegs waren? Sonst sind sie doch immer von null bis drei Uhr in Erscheinung getreten."
„Ich hab sie schon seit Mitternacht verfolgt. Zuerst haben die sich die ganze Zeit in den Gärten herumgetrieben, wie üblich."
„Da hat Herr Brammer uns auch schon verständigt", schaltete sich Jacoby ein. „Wann war das noch mal, Jurek?"
Richtig, so hieß der Kollege. Und mit Nachnamen Bäcker – nur auf Polnisch. „Um kurz vor zwei heute Nacht." Er hatte gewissenhaft in sein Notizbuch geguckt. „Wir sind hergefahren, haben aber niemanden mehr angetroffen."
„Mich habt ihr angetroffen!"
„Von den Jugendlichen keine Spur."
„Kaum dass ihr weg wart, sind die wieder aufgetaucht. Aber ihr habt euch geweigert, nochmal zu kommen." Dramatische Anklage pur in Brammers Stimme. „So war es kein Wunder, dass die Sache eskaliert ist. Wenn ihr geblieben wärt ..." Seine Arme bewegten sich wie ganz kurz vor dem Höhepunkt der Oper, wenn der Tenor sich den Dolch in die Brust jagte.
„Noch einmal: Wie können Sie sicher sein, dass es die Gartengruppe war, die die Baumarkt-Bude angezündet hat?", wiederholte

Thorsten und musste sich zusammenreißen, um nicht mit den Zähnen zu knirschen. Fügte, schon als Brammer seine Hände theatralisch seitwärts schmiss, hinzu: „An welchen Merkmalen haben Sie die einzelnen Gruppenmitglieder erkannt?"
„Merkmale? Ich kenne die! Würde sie überall erkennen." Brammer hatte seine Bewegung unbeirrt weitergeführt. So heftig, dass der polnische Bäcker gezwungen gewesen war zurückzuweichen.
Auch Jacoby setzte sich in Bewegung. „Ah, die Brandexperten", wies er auf den Kombi der Feuerwehr, der, von der Umgehungsstraße kommend, auf den Parkplatz einbog. „Die hatten noch einen anderen Einsatz. Ich werde sie mal in Empfang nehmen."
Der Pole warf Thorsten einen fragenden Blick zu.
„Gehen Sie ruhig", winkte der rasch ab. „Die Untersuchung der Hütte ist doch interessanter für Sie."
„Oh, nein, im Gegenteil."
Thorsten runzelte die Stirn. Was fand der an einem Gespräch mit Brammer, das noch nicht mal das erste war?
„Ich kenne die Gang", wedelte der seine Aufmerksamkeit gewaltsam zu sich zurück. Er hatte sich so gedreht, dass er ihm direkt gegenüber stand.
Thorsten musste sich richtig zusammenreißen, um nicht ebenfalls einen Schritt zurückzuweichen. Stattdessen drückte er die Brust raus und schob das Kinn vor. Prompt wurde ihm bewusst, dass der Pole ihn ansah. Was wollte er?
„Das gleiche Getue wie immer", fuhr Brammer unbeeindruckt fort. „Bier, Kichern, Gegröle. Haben sich, wie gesagt, zuerst bei uns rumgedrückt. Hab auf dem Parkplatz auf der Lauer gelegen, also auf der Noorseite, da sind sie zuerst rein. Als die Polizei weg war, haben sie die Straßenseite gewechselt. Später kamen sie auf dieser Seite der Umgehungsstraße rein, von den Bahngleisen aus. Vielleicht hätte ich sie gar nicht bemerkt, wenn sie nicht so laut gewesen wären. Sie konnten sich nicht einigen, haben ewig hin und her gestritten."
„Konnten Sie hören, worum es in dem Streit ging?"
„Naja, angeschrien haben sie sich, richtig gepöbelt. Ein Junge gegen einen anderen. Wer denn nun der Anführer war, nehme ich an. Die anderen haben versucht, die beiden zu trennen, aber schafften es nicht. Das artete immer mehr aus. Und am Ende ist es dann richtig eskaliert."

„Was heißt das?", fragte Thorsten scharf.
„Dass sie hier rübergekommen sind und das Feuer gelegt haben."
Der Pole stöhnte.
Auch Thorsten musste sich gewaltsam daran hindern, den Mund zu verziehen. Was hatte dieser Brammer nur an sich, das ihn dermaßen in den Widerstand trieb? Der Jogginganzug, der in so gellendem Widerspruch zum Opernhausgehabe stand? Die Stimme? Die schütteren Haare? Was der Kleingärtner behauptete, machte durchaus Sinn. So ließ sich schlüssig erklären, wie es zu der Brandstiftung gekommen war. Mit großer Wahrscheinlichkeit waren tatsächlich die Schrebergarten-Kids dafür verantwortlich, sie hatten schließlich den Rahmen des Spiels verlassen und die Grenze zu ernstzunehmender Sachbeschädigung überschritten. Ob es Thorsten gefiel oder nicht.
„Ich möchte Sie noch einmal fragen", danach würde er sich ins Unvermeidliche fügen, „sind Sie wirklich zu hundert Prozent sicher, dass es sich um dieselben Jugendlichen handelt, die in den letzten Wochen die harmlosen Einbrüche in den Schrebergärten gemacht haben?"
„Ich habe doch gesagt, dass sich sie kenne, ich beobachte sie seit Wochen."
Thorsten nickte seufzend. „Was haben Sie dann beobachtet? Als sie hier waren, meine ich?" Er deutete auf die Hütte.
Weder Brammer noch der Pole wandten ihre Augen von Thorstens Gesicht ab.
„Es war purer Zufall, dass ich es noch mitgekriegt habe", erwiderte Brammer mit wiederum voller Untermalungsgestik. „Ich dachte nämlich, sie würden sich für heute Nacht trollen. War ja auch schon spät genug. Vom Auto aus habe ich sie dann auf dieses Grundstück gehen sehen. Bin ein Stück die Noorstraße rein, damit sie mich nicht bemerken, und dann zu Fuß zurück. Zuerst konnte ich nichts Genaues erkennen, aber als es anfing zu brennen, sind sie nach hinten zum Noor abgehauen. Und ich hab die Feuerwehr gerufen."
„Okay. Dann ..."
Der Pole trat einen Schritt zurück, als könne er es plötzlich nicht erwarten, die Gesprächsrunde zu verlassen.
Brammer ging es natürlich genau andersherum. „Ich kann Ihnen Phantombilder beschaffen – genau! Das kann man doch machen,

oder? Und wenn ihre Bilder in die Zeitung kommen, kriegen wir sie, wir kriegen sie!"
Phantomzeichnungen von gefährlichen Kriminellen in der Eckernförder Zeitung, schon klar. „Danke für Ihr Engagement, Herr Brammer, Sie haben uns sehr gehol..."
„Ich könnte jetzt gleich ..."
Warum konnte Thorsten es nicht rührend empfinden, wie Brammer sich vor Eifer überschlug? Er warf einen Blick auf die Uhr. „Ab acht bin ich in der Schleswiger Straße neunzehn für Sie da." Wenigstens ein oder zwei Unterschriften würde er ihm schon angedeihen lassen. „Vielen Dank für Ihre Bemühungen, ich muss mich jetzt mit der Spurensicherung befassen."
Ohne Brammers Erwiderung abzuwarten, ging Thorsten rüber zur Hütte – zur ehemaligen Hütte – wo der Pole sich bereits zu Jacoby und dem Brandexperten gesellt hatte. „Moin", begrüßte er letzteren. „Heinrich, Kripo Eckernförde. Könnten Sie noch mal für mich zusammenfassen?"
„Benzinkanister und Feuerzeug", kam der Mann dem ohne weitere Umschweife nach. „Beides sorgfältig abgewischt. Der Täter hat Zeitungspapier benutzt, das er in der Hütte entzündet hat. Ein Sack Grillkohle drauf", er hielt eine Plastikhülle mit einem Stück angesengtem Papier mit entsprechendem Aufdruck hoch. „ So ging es ganz schnell."
„Also ein eindeutiger Tathergang." Jacoby klatschte in die Hände. „Wenn wir darauf jetzt noch Fingerabdrücke finden ..."
„Ich schicke alle Gegenstände ins Labor."
„Gibt es weitere Spuren?", fragte Thorsten. „Was Fußabdrücke betrifft, ist es zu trocken, oder?" Er ließ seine Augen über den Rasenstreifen wandern, auf dem die Schauhütten aufgestellt waren.
„Leider keine, da haben Sie recht", bestätigte der Brandexperte. „Auch sonst haben wir nichts gefunden, was sich direkt dem Brand zuordnen lässt. Natürlich werden wir noch den gesamten Parkplatz und die angrenzenden Bereiche unter die Lupe nehmen."
„Tun Sie das erst, nachdem die sichergestellten Spuren nichts ergeben haben." Wenn die erst jede Zigarettenkippe und jedes Kaugummipapier, das hier herumlag, untersuchen würden ...
„In Ordnung, ich berufe mich dann auf Sie. Oberkommissar Heinrich, richtig? Am besten, Sie geben mir einfach ein Autogramm."
Thorsten tat ihm den Gefallen. „Gibt es noch etwas?"

„Sie kriegen meinen Bericht heute Mittag. Nur an die Kripo, oder?"
„Ja, wie auch unser Bericht." Jacoby nickte. „Aber der kommt erst morgen Mittag, wir haben nämlich endlich Feierabend."
Thorsten warf einen neuen Blick auf die Uhr. Gleich viertel nach sieben. Wirklich höchste Zeit für eine Dusche und mindestens einen Kaffee. Überstundenmäßig hätte er locker ganz frei nehmen können, aber wo die Neue heute kam – da konnte er natürlich nicht zu spät kommen. Also nur Schmalspurprogramm.
„Okay, dann: Jacoby, Pi...?" Hilfesuchend sah er den Polen an.
„Pionek", lächelte der ihm breit zu.
Diesmal würde er es sich endlich merken. „Ich wünsche einen schönen Feierabend."

Heidenspaß mit Oskar

„**N**ein, auf gar keinen Fall!" Ella standen die Haare zu Berge. Oder hätten es vielmehr, wenn sie kürzer gewesen wären. Wütend starrte sie den Telefonhörer in ihrer Hand an. Das war doch nicht die Möglichkeit!
„Wir haben eine Vereinbarung." Stefan klang ebenfalls stocksauer.
Ella holte tief Luft. Sie würde sich nicht über den Tisch ziehen lassen. Nicht von Stefan, ihrem Ex. „Genau. Und laut dieser Vereinbarung teilen wir uns die Verantwortung für Oskar. Diese Woche ist er bei dir, dafür in der nächsten ..."
„Das meinte ich nicht", wurde sie von Stefan unterbrochen. „Ich beziehe mich auf den Passus 'Einspringen im Notfall'."
„Ha!" Genau dieser Passus würde ihm jetzt das Kreuz brechen. „Du mit deinem sicheren Job und dem schönen Haus – wo soll da der Notfall sein? Bei mir dagegen, ausgerechnet heute ..." Sie sah auf die Uhr und schrie kurz auf. „Oh, ich muss dringend los!" Schon rannte sie in den Flur, den Hörer immer noch am Ohr. „Um diese Zeit ist doch Berufsverkehr."

Um acht Uhr dreizehn und – Ella warf einen Blick auf die Uhr – dreißig Sekunden, hatte sie endlich die Schleswiger Straße neunzehn erreicht. Vor lauter Stress war sie mittlerweile ganz hibbelig und, obwohl sie heute Morgen geduscht hatte und es keineswegs heiß war, ziemlich durchgeschwitzt. Erst einmal den Wagen abstellen. Am Straßenrand hinter einem dunkelgrünen Opel war Platz. Sie stellte den Motor ab und zwang sich, erst einmal tief durchzuatmen. Das Gebäude war durchaus beeindruckend. Ein nur zweigeschossiger und dennoch großer, kastenförmiger Klinkerbau, etwas zurückgesetzt, mit hohem Quergiebel und großem Eingang. Auf den ersten Blick wirkte er wie ein alt erhabenes Schulgebäude.
Davor ein Streifen Gras, ein niedriges Tor, ein Briefkasten, provisorisch in Klarsichthülle mit dem weisungsvollen Wort 'Post'

bestückt. Ihr allererster Arbeitsplatz, ihr allererster Tag. Und fast eine Dreiviertelstunde zu spät. Verdammter Mist!
Prompt zog sich in ihr alles zusammen, und sie krallte die Hände um das Lenkrad. Ruhig bleiben, befahl sie sich. Alles würde gut werden. Irgendwann einmal. Nicht heute, nein, das konnte sie sich abschminken. Dazu war bereits alles viel zu verkorkst.
Oh, statt ruhiger zu werden, wurden jetzt auch noch ihre Hände feucht. „Nun denn, greifen wir es an", raunte sie sich Mut zu und stieg aus.
Schon im nächsten Moment warf sie die Wagentür zu und presste sich eilends dagegen, weil ein Motorrad direkt an ihr vorüberzischte. „He!" Das waren doch höchstens zwanzig Zentimeter Abstand gewesen! Ella hatte den Luftzug deutlich gespürt. Empört sah sie dem Knatterteil nach. Irgend so ein kleines Ding ohne Nummernschild. Prima. Fahrer mit Helm. Oberprima. Schwarze Lederjacke. Ungefähr jeder Motorradfahrer sah so aus. Ober-oberprima!
Ihr Puls war noch immer etwas beschleunigt, als sie die Beifahrertür öffnete. „Bleib!" Sie versuchte, Oskar mit ausgestreckter Hand in Schach beziehungsweise auf dem Sitz zu halten. Was natürlich nicht gelang. Aufgeregt wuffend schoss er aus dem Wagen, an ihr vorüber, sauste zum Opel. Wo er sich nicht mit Schnüffeln aufhielt – es schien wirklich dringend zu sein – sondern sofort das Bein hob. Bis Ella die Leine gefunden und zu ihm gestürzt war, hatte sich unter ihm eine beeindruckend große Lache gebildet.
„War Stefan heute noch nicht mal mit dir Gassi?" Sie wusste, dass sie sich die Frage sparen konnte. Es war offensichtlich, dass Oskar dringend einen dezenten Busch benötigte. So hakte sie das Halsband in die Leine und sah sich um. Da drüben, auf der anderen Straßenseite, sah es ganz verheißungsvoll aus. „Na dann los." Auf ein paar Minuten her oder hin würde es nun auch nicht mehr ankommen.
„Was soll das werden? Die Töle an den Wagen pinkeln lassen und dann einfach abhauen? Hallo – Sie, ja, Sie meine ich."
Langsam drehte Ella sich um. Im Eingang des Gebäudes war ein Mann erschienen. Groß, blond, Jeans, Lederjacke. Soweit der positive Teil. Der negative war, dass er seine Augen wütend verengt auf sie gerichtet hatte. Es war sehr eindeutig, wen er meinte.
„Tut mir leid." Sie lächelte verkrampft. „Das war eine Panne."

„Ach ja? Und wie würden Sie das bezeichnen, was Ihr Köter jetzt gerade treibt?" Erstaunlich, wie ein Mensch von den hellen Haarfransen bis zu den Lederslippern so ganz und gar empört aussehen konnte.
Ella fuhr herum und sah Oskar mit gekrümmtem Rücken dahocken, den Kopf typisch erhoben. „Oh nein, das tut der sonst nie!" Der Arme musste in argen Nöten sein. Und zusätzlich eine nervöse Verdauung haben. Hatte sich etwa ihre Aufregung auf ihn übertragen? Angesichts der Bescherung direkt neben der Pfütze schloss Ella vor Entsetzen die Augen.
„Das werden Sie ja wohl wieder wegräumen."
Die gezischten Worte ließen Ella ihre Augen wieder aufreißen.
Der Mann hatte seine Hände ausgestreckt und wies mit jeder auf eine der Malheurstellen.
„Soll ich das vielleicht vom Boden wischen?"
„Wenn es Ihnen beliebt, dürfen Sie es auch auflecken. Ist mir gleich." Mit langen Schritten kam der Mann heran, umschiffte den Ort der Schande großräumig – und öffnete den Kofferraum des kontaminierten Wagens. Wo er zu Ellas Erstaunen ein Longboard herauszog. Noch während die Kofferraumklappe wieder zuknallte, setzte er sich bereits in Bewegung, schwang das Board auf den Boden und sprang auf.
Zu keiner Regung fähig, starrte Ella ihm nach, wie er sich mit einem gekonnten Wedel-Schwung aus der Hüfte um eine Kante auf dem Gehweg manövrierte und mit neuem Anschwung von dannen rollte. Mann oh Mann. Ella konnte es nicht fassen. Was für ein A...
„Nehmen Sie es nicht so hart." Schon wieder war jemand im Gebäudeeingang aufgetaucht. Ein dunkelhaariger Mann diesmal, etwas älter, etwas kleiner, mit Wohlstandsbäuchlein und Karohemd. „Er hat nur schlechte Laune."
„Aber er hat ja recht, es ist eine Riesensauerei. Und ich habe leider keine Ahnung, wie ich die beseitigen soll."
„Mit Wasser vielleicht? Ich könnte Ihnen einen Eimer ..."
„Oh ja, das wäre super", rief Ella. „Danke, vielen, vielen Dank."

Nachdem die Oskar-Bescherung im Gulli am Straßenrand verschwunden war, reichte der Mann ihr die Hand. „Michael Hobbe." Er deutete hinter sich. „Ich arbeite hier."
„Das dachte ich mir schon. Ella Kirsch." Weil Herr Hobbe sie so

nett anlächelte und weil es ja sowieso in den nächsten Momenten offensichtlich werden würde, fügte sie hinzu: „Übrigens, ich arbeite ebenfalls da drin. Seit einer Stunde etwa. Also wenn ich bereits drin gewesen wäre."
„Wie, also – Sie sind die Neue?" Sein Erstaunen hielt Herr Hobbe ziemlich gut in Schach. Er warf einen kurzen Blick auf Oskar, dann auf Ella und grinste dabei übers ganze Gesicht. „Die angekündigte Kirsche. Mit nicht angekündigtem Hund. Frisch von der Uni, hab ich das richtig gehört?"
„Der Hund nicht, der hat seinen Bell-Master schon etwas länger."
Ella hatte das Gefühl, dass Michael Hobbe den Stein plumpsen hören konnte, der ihr gerade vom Herzen fiel. Vielleicht war der Tag doch noch zu retten?
Aber schon im nächsten Moment wurde klar, dass sie diesen frommen Wunsch ein für allemal begraben konnte. „Das da grade war übrigens Thorsten Heinrich, Ihr neuer Chef. Auch genannt der Blaue Heinrich." Herr Hobbe deutete in Richtung Stadt. „Er hat auf Sie gewartet, musste jetzt aber dringend los."
In Ella sackte alles Richtung Knie. Ihr neuer Chef – und die Oskar-Misere. Oh Gott. „Können Sie mir verraten, wie ich bei ihm ein paar Pluspunkte machen kann?"
Herr Hobbe legte den Kopf schief und musterte sie mitfühlend. „Skaten Sie?"
„Leider nein."
„War schon klar. Niemand skatet. Das ist so ein Spezialding von Heinrich." Er sog die Unterlippe zwischen seine Zähe. „Sonstige Pluspunkte bei ihm? Schwierig, schwierig. Vielleicht indem Sie erst mal dafür sorgen, dass ihm der Hund nicht mehr unter die Augen kommt?"
Dies würde ein rabenschwarzer Tag werden. Obersuperrabenschwarz. „Ich bin völlig neu hier. Hab noch nicht mal meine Wohnung bezogen, den Schlüssel bekomme ich erst heute Abend. Da drin sind meine Sachen." Ella deutete auf den Wagen und seufzte tief. „Wenn ich Oskar loswerden soll, muss ich ihn irgendwo anbinden und zurücklassen."
„Das geht natürlich nicht", rief Herr Hobbe inbrünstig. „Wissen Sie was, ich nehme ihn mit in mein Büro. Bis Sie alle kennengelernt haben. Und bis Heinrich sich wieder beruhigt hat, wenn er nachher zurückkommt und sieht, wer seine neue Kollegin ist." Er nahm

Oskars Leine, machte kehrt und ging auf die Treppe zu. „Das wird ein Heidenspaß, nicht wahr, Kumpel?“
Auf diesen Spaß hätte Ella liebend gern verzichtet. „Sie retten mich schon wieder.“
„Ach, nebenbei: Wir hier duzen uns alle. Ich bin Hobbi“, rief ebendieser, schwang die Tür auf und neigte leicht den Kopf. „Nach Ihnen, Frau Kirsch.“
„Ella“, sagte Ella hoheitsvoll und trat durch die Tür. In die Kripo-Außenstelle Eckernförde.

Der Stein des Anstoßes

Zum zweiten Mal an diesem Morgen kurvte Thorsten auf den Parkplatz des Baumarktes – des DEN-Baumarktes. Dieser Name war so was von dämlich! Diesmal stand der Streifenwagen ordnungsgemäß eingeparkt, es herrschte nämlich schon reger Betrieb. Erstaunlich, wie viele Leute am Montagmorgen Zeit hatten, ihren Heimwerker-Konsumgelüsten zu frönen.
Um die abgebrannte Hütte hatte die Feuerwehr ein rot-weißes Absperrband gespannt. Wer daran vorbeikam, glotzte. Ein etwa zweijähriger Junge auf den Schultern seines Vaters beugte sich, so weit es ihm in seiner Position möglich war, darüber und pikte mit seinem ausgestreckten Zeigefinger in Richtung der schwarzen Ruine. Thorsten konnte ihn nicht hören, doch es war deutlich zu sehen, wie ein inbrünstiger Ausruf durch seinen kleinen Körper ging. Wenigstens der hatte seine Freude an der Zerstörung.
Zynisch den Mund verziehend, gönnte Thorsten sich den Spaß, noch einmal voll zu pushen, um den herrlich smoothen Teer auszunutzen. Er schoss geradezu auf den Eingang zu, um dann das Board aus diesem Schwung heraus in die Hand zu kicken.
Ah, da trat ein Kollege in Uniform aus der automatischen Tür. Schon wieder Jurek Pionek?
„Hast du nicht Feierabend?“, fragte Thorsten erstaunt.
Der Pole zuckte die Achseln und lachte entschuldigend. „Zusatzschicht. Eine kleine Gehaltsabbesserung.“
„Gehalts-Aufbesserung“, berichtigte Thorsten automatisch. Als ob ihm das zustand. „Konntest du dir schon einen Überblick verschaffen darüber, was jetzt wieder passiert ist?“, fügte er hastig hinzu.
„Notruf des Juniorchefs persönlich um vier nach acht. Einbruch im Chefbüro. Eingeschlagene Fensterscheibe auf der Rückseite des Gebäudes.“ Pionek wies in die betreffende Richtung. „Zwei Kollegen sind im Gebäude, um den Vorfall aufzunehmen, ein Kollege macht mit einem Angestellten draußen die Runde und schießt Fotos.“

„Danke. Falls sich noch was ergibt, sag mir bitte Bescheid." Thorsten nickte ihm abschließend zu.
„Viel Spaß mit dem Niemann, der gebärdet sich diesmal wie ein aufgestöberter Hahn", brummte Pionek mit verschwörerischem Grinsen. „Wahrscheinlich hat der Opernstar ihn heute früh gebremst."
Thorsten ertappte sich dabei, wie er, schon im Gehen, amüsiert auflachte. Aber er mochte den Mann einfach. Und dass er Brammer genauso empfunden hatte wie Thorsten ...
Oh, der köstliche Duft, der ihm von der neuen Bäckerei im Eingangsbereich entgegenwehte, zog seine Mundwinkel noch weiter nach oben. Er würde sich schnell ein belegtes Brötchen besorgen und seinen inzwischen ziemlich unwillig knurrenden Magen ruhig stellen. Reichte die Zeit nicht vielleicht sogar, um auf einen Kaffee zu warten?
„Kommissar Heinrich?"
Verwirrt wandte er sich zu einer jungen Frau um, die von innen den Mechanismus zum Öffnen der Eingangsschranke betätigte und auf ihn zugeeilt kam. Ihr schreiend blauer und unförmiger DEN-Baumarkt-Kittel ließ einen im ersten Moment gar nicht sehen, wie hübsch sie war. Streng zurückgebundene Haare konnte ja echt nicht jede tragen. Diese Frau wirkte jedoch wie eine Balletttänzerin, zart und ätherisch, mit großen, ausdrucksstarken Augen, vollen Lippen und einer zierlichen Nase – und das, obwohl sie völlig ungeschminkt war.
Nun grinste sie ihn entschuldigend an. „Mein Vater meinte, Sie kämen wahrscheinlich mit Longboard. Daran habe ich Sie erkannt."
„Sie sind die Tochter des Chefs?", stellte Thorsten überflüssigerweise fest, während er abcheckte, welchen Eindruck er erwecken würde, wenn er sich zunächst beim Bäcker anstellte. Wobei es bescheuert war, dass er es nicht einfach tat. Dieses Mädchen war kaum zwanzig. Und hatte doch etwas Respekteinflößendes an sich. Sie war gewohnt, sich Leuten überlegen zu fühlen. War es das, was ihn sofort abstieß? Sein 'Achtung, neureich'-Warnsystem? Was er dringend in den Griff kriegen musste, schließlich war Unvoreingenommenheit das A und O in seinem Job.
„Ich bin die Enkelin des Chefs", verbesserte die Niemann und neigte in unvermuteter Bescheidenheit den Kopf. Um im selben Atemzug seinem Zögern, was die Brötchen betraf, mit altersuntypischer

Autorität ein Ende zu setzen: „Aber nun kommen Sie bitte, mein Vater erwartet Sie."
Seufzend folgte Thorsten ihr durch die Schranke in den hinteren Teil der Halle.

„Leute, kommt mal raus aus euren Löchern, hier ist unsere neue Kirsche."
Peinlich berührt blieb Ella dicht hinter dem laut rufenden Mann stehen. Musste der sie so anpreisen?
Aber sie bekam keine Gelegenheit mehr, sich dagegen zu wehren, die erste Tür ging bereits auf. „Eine Kirsche?" Eine schwarzhaarige schlanke Frau kam heran. „Da bin ich aber neugierig."
„Ella Kirsch", sagte Ella, der nun nichts weiter übrigblieb, als das Spiel mitzuspielen, und reckte ihr die Hand entgegen. „Naja, nur Ella. Hobbi hat gesagt, dass hier die Vornamen üblich sind."
„Hier ist es üblich, sich zu duzen", wurde sie prompt von selbigem verbessert. „Von Vornamen hab ich nix gesagt."
„Quatsch, hör nicht auf ihn", sagte die Dunkelhaarige und lächelte. „Ich bin Ülkü, oder einfacher Elke."
„Genannt wird sie allerdings 'die Bayerin'", verbesserte Hobbi augenzwinkernd.
Überrascht zog Ella die Brauen hoch. Elke oder Ülkü sah so überhaupt nicht bayrisch aus. Und auch der Name klang doch eher ...
„Ich bin Türkin, komme aber aus Bayern." Ülkü kam näher an Ella heran und senkte verschwörerisch die Stimme. „Rate, was für diese Fischköpfe hier schlimmer ist."
„Wir lieben Ausländer." Hobbi grinste. „Egal, ob sie aus dem fernen Bayern oder der Türkei kommen. Schließlich sind wir tolerant."
„Das wüsste ich aber. Hier wird Glatzenfeindlichkeit praktiziert." Ein Mann mittleren Alters, mit Hornbrille und sehr schütterem Haar, war herangekommen. „Hallo, ich bin Armin Schlussfeld.
„Intolerant sind wir nur bei brillentragenden Glatzköpfen, die nennen wir Glatzi", erklärte eine graue Kringellöckchen tragende Frau in Rock und Bluse, die eine Tür weiter aufgetaucht war. „Ich bin Güde Wittkopp."
„So ein netter Hund." Ülkü hatte sich runtergebeugt und tätschelte Oskars breiten Schädel.
Während Güde Mühe hatte, den Peitschenhieben auszuweichen,

die er dabei mit seinem erfreut wedelnden Schwanz verteilte. „Du hast ja ganz schön Power."
„Er heißt Oskar und ist ein Labrador", sagte Ella. „Die sind zuweilen etwas stürmisch. Aber er meint es nicht so."
„Er ist auch nur heute hier. Ella hat ihre Wohnung noch nicht bezogen." Hobbi nahm ihr die Leine aus der Hand und wandte sich an Oskar. „Na, dann komm mal, Kumpel, ich zeig dir, wo du die nächsten Stunden verbringen kannst. Danach kümmere ich mich wieder um dein Frauchen."

Hobbi teilte sich einen gar nicht großen Raum mit Ülkü. In der Mitte hatte man zwei Schreibtische an der Stirnseite zusammengeschoben, an den Wänden dahinter stand je ein Schrank, neben der Tür ein Waschbecken samt Unterschrank. Es war eng. Irgendwie aber auch gemütlich, was vermutlich am grün-dämmrigen Licht lag, das durch das mit Pflanzen regelrecht zugestellte Fenster hereinfiel. Und am einheitlichen Chaos auf den Tischen. Die beiden teilten sich offensichtlich nicht nur das Telefon. Auch mehrere Tüten Lakritz und Weingummi, den Rest einer Tafel Schokolade, Brötchen aus einer aufgerissenen Tüte. Selbst die Schreibutensilien und Papiere wirkten, als ob sie beiden gehörten.
Ganz spontan beneidete Ella die beiden, sie schienen sich glänzend zu verstehen. Während sie selbst zum knurrigen Blauen Heinrich musste, der nur Interesse an Longboards hatte und Hunde hasste! Sie seufzte. Und freute sich gleichzeitig für Oskar, denn der schien dieses Büro ebenso einladend zu empfinden wie sie und überhaupt nichts dagegen zu haben, bei Hobbi und Ülkü zu bleiben. Interessiert schnüffelte er herum.
„Er wird durstig sein", meinte Ülkü, öffnete den Unterschrank und zog einen kleinen Eimer heraus, den sie mit Wasser füllte. „Hier, mein Lieber. Und dann suchst du dir ein gemütliches Plätzchen und siehst mir bei der Arbeit zu, nicht?"
Oskar stupste sie mit seiner Schnauze an, als wollte er sagen, dass er sich mit dieser Aufgabenverteilung durchaus arrangieren könne. Dann schlabberte er Wasser, wobei er, wie üblich, eine nicht unerhebliche Menge recht großzügig über den Fußboden verteilte.
„Ich sehe, ihr beiden kommt miteinander klar", stellte Hobbi fest und sah Ella auffordernd an. „Dann bring ich dich mal zum Chef."
Ülkü grinste nur.

„Hier im Haus arbeiten insgesamt sechzehn Kriminalbeamte und drei Angestellte. Ich dachte mir, fürs erste reicht es, wenn du nur die Leute aus den Nachbarbüros kennenlernst." Genüsslich dozierend und keineswegs eilig geleitete Hobbi Ella den Flur entlang. „Na, welche Namen hast du dir gemerkt?"
„Ülkü, Elke. Und Güde." Den Namen musste sie auf der Zunge zergehen lassen. Der klang noch exotischer als Ülkü. *Du meine Güte, die Güde kommt.* Oder: *Güde erreicht mehr als Heftigkeit.* He, das war gut! *Die gute Güde.* Auch nicht schlecht. Ella grinste. Güde, Güde, Güde. Hatte sie noch nie gehört. Und das, obwohl sie schon geraume Zeit in Schleswig-Holstein verbracht hatte. Mit Stefan. Dem sie den so unglücklichen Start mit Thorsten zu verdanken hatte. Nix Güde bei diesem – Lump! So, und jetzt schnell wegdenken, sonst würde sie unmotiviert grinsend vor dem Chef dieser Kripo-Außenstelle landen. Und der erste Eindruck war doch der wichtigste! Sie maßregelte sich für ihre noch immer verdächtig zuckenden Mundwinkel. Alles was mit Stefan zu tun hatte, war schließlich nicht lustig. So, und jetzt volle Konzentration, Hobbi klopfte bereits an die große graue Holztür.
„Herein!"
Das Büro war größer als das von Hobbi und Ülkü. Das war das erste, was Ella auffiel. Das nächste war, dass der Chef üppig graue Haare hatte, kurz geschnitten und ohrenfrei, und keinen Bart trug. Und ja, als er den Kopf hob und sie in genauen Augenschein nahm, sah sie nicht nur, dass er ein helles Hemd trug, sondern auch, dass sich darunter Brüste abzeichneten.
Überrascht sog sie Luft ein. Der Chef war eine Frau?
„Frau Troschke – Frau Kirsch", stellte Hobbi sie auch schon vor.
Ella streckte die Hand aus, gab sich Mühe, ihre Überraschung zu verbergen, und trat vor. „Guten Tag."
„Ah, die Neue!" Frau Troschke ignorierte Ellas Begrüßung, stand auf und warf einen demonstrativen Blick auf die Uhr an der Wand. „Sie sind spät."
Während es Ella heiß und kalt überlief, senkte sie hastig den Arm. „Entschuldigen Sie, der Verkehr auf der B 76." Diese Frau war nicht nur groß und sah aus wie ein Mann, selbst ihre Stimme klang so. „Montagmorgen, Berufsverkehr", kam ihr der sogar um einiges kleinere Hobbi zu Hilfe. „Ab morgen ist das aber Makulatur, Frau Kirsch bezieht heute noch ihre Wohnung in Eckernförde."

„Ah ja." Die Troschke-Augen blickten grau und ohne jede Wärme auf Ella herab. „Dann ist es ja gut."
„Allerdings", versicherte Hobbi und lächelte. Was im Vergleich zu Frau Troschkes eisigem Gesicht wie ein wärmendes Feuer wirkte.
„Nun gut." Geschäftsmäßig kramte Frau Troschke in dem Stapel Unterlagen auf ihrem Schreibtisch. Offensichtlich hatte sie auf ein neues Thema umgeschaltet. „Da haben wir es ja." Sie hob ein Blatt, las kurz und stand dann auf, um einen Schrank zu öffnen. Dem entnahm sie einen Schlüssel, mit dem sie den Schrank daneben aufschloss. Worin offensichtlich das war, wonach sie gesucht hatte. Jedenfalls hatte sie einen dicken Umschlag in der Hand, den sie Ella hinhielt. „Hier, Dienstmarke und -ausweis. Die müssen Sie immer bei sich tragen. Und außerdem die Unterlagen fürs Intranet und die Diensthandys."
Ella nickte. Und wunderte sich über die Umständlichkeit Troschkes. Aber nun ja. Sie nahm den gepolsterten Umschlag an sich. Fehlte noch die Dienstwaffe.
Auf die kam die Troschke auch umgehend zu sprechen. „Wir sind nur eine Außenstelle. Das Waffenarsenal ist in Neumünster. Aber Sie sind nun mal hier. Deshalb wird Ihnen die Waffe Ihres Vorgängers ausgehändigt. Dienstwaffen werden nur im Einsatz getragen."
„Ich weiß."
„Dienstwaffen bleiben hier, wenn Ihr Dienst zu Ende ist."
„Ja."
„Das bedeutet, dass Sie nach einem Einsatz, ganz egal, wie lange er auch dauern mag, stets hierher zurückkehren, um Ihre Waffe in den Safe zu sperren."
Ella nickte. „Bekomme ich auch Schlüssel?"
Die Troschke blinzelte, offensichtlich verwirrt. „Schlüssel?
„Nun ja, wenn ich die Waffe hierher bringen soll und in den Safe sperren ..."
„Ihr Kollege, Heinrich meine ich, ist Ihr direkter Vorgesetzter. Sie bilden ein Team. Jedes Team hat einen Schlüssel."
„Ah ja." Das klang ja alles toll. Ella sank der Mut deutlich.
„Noch Fragen?"
Nee, hatte sie nicht. Die Chefin schien das genauso zu sehen, hatte sich schon wieder hinter ihren Schreibtisch geklemmt, eine Brille auf die Nase gesetzt und ihre Augen in Unterlagen versenkt. Aus dieser Warte wirkte sie wieder sehr männlich.

„Da Kollege Heinrich momentan im Einsatz ist, werde ich die Aufgabe übernehmen, Frau Kirsch ihr Büro zu zeigen", meldete sich Hobbi wieder zu Wort.
Dankbar wandte sich Ella an ihn.
Das Telefon auf dem Troschke-Schreibtisch begann zu klingeln. Einmal, zweimal ... Missbilligend, als sei das eine Ungehörigkeit, starrte die es an. Und sah mit einem Mal wie eine sehr kurzhaarige Frau aus.
Unwillkürlich schüttelte Ella den Kopf. Dass sie das so irritierte ...
Das Telefon düdelte ein drittes Mal. „Wo steckt diese Wittkopp?", zischte die Troschke zwischen zusammengebissenen Zähnen und sah zu einer offenstehenden Verbindungstür, die offenbar in das Büro von Güde führte. „Immer wenn man sie braucht, ist sie 'unterwegs'."
„Gehen wir", raunte Hobbi in Ellas Richtung. Die sich wunderte, warum die Troschke nicht selbst abhob, sondern ihren Apparat anstarrte, als wäre er giftig.
„Wittkopp, wo stecken Sie denn?" Sie war lauter geworden. Und deutlich genervt. „Wittkopp!"
„Ich komme ja schon!"
Die Tür vor Ella flog ganz plötzlich auf. Die machte einen entsetzten Satz rückwärts, während Güde so eilig hereinschoss, dass die Kringellöckchen auf ihrem Kopf wippten. „Man darf doch wohl mal aufs Klo gehen."
„Machen Sie Ihre Arbeit", wurde sie sofort von der Chefin angefahren, „alles andere interessiert mich nicht."
Außer Atem, dennoch der Chefin einen wütenden Blick zuwerfend, rupfte Güde den Hörer hoch. „Kriminalpolizeistelle Eckernförde, Apparat Troschke, Wittkopp, guten Tag."
Aber da hatte sich Ella bereits von ihrem Schreck erholt und strebte nach draußen. Weg von dieser Chefin. Mit der es sicherlich nicht einfach werden würde.
„Was ist passiert?", schrie Güde in diesem Moment ins Telefon.
„Was?", echote die Chefin, baute sich vor Güde auf und streckte fordernd die Hand aus. „Hörer!"
Ah ja, jetzt also doch? Das stand auch in Güdes Gesicht, als sie ihn weiterreichte. Dann kam sie sofort Ella und Hobbi nach, die in der offenen Tür stehengeblieben waren und sich neugierig umgewandt hatten. „Mord", flüsterte sie und rollte bedeutungsvoll mit

den Augen. „Da geht die Schreckschraube mal nicht ans Telefon, weil sie sich einbildet, das sei Sekretärinnenarbeit, und dann wird prompt ein Mord gemeldet." Sie grinste schadenfroh zu Ella und Hobbi. „Würdet ihr bleiben, könntet ihr sehen, wie sich unser Hausdrache in den Hintern beißt. Weil es nämlich jetzt gleich die ganze Abteilung weiß." Frohen Lächelns schloss sie die Tür mit Nachdruck hinter ihnen. „Na, dann gehen wir mal die aufregende Botschaft verkünden."

„Meine Damen, meine Herren, uns wurde ein Todesfall gemeldet." Die Stimme der Chefin hallte durch den kahlen Vorraum. Demonstrativ sah sie sich um. „Wie ich sehe, sind alle infrage kommenden Mitarbeiter anwesend. Wie kann das sein?"
„War es nicht ein Mord, der gemeldet wurde?", fragte Güde und betrachtete dabei angelegentlich die roten Fliesenkaros auf dem Fußboden.
„Frau Wittkopp, welche Informationen haben Sie gestreut?"
„Nur die, die mir gegeben worden sind", antwortete die ganz brav. „Im Niemannweg eins ist eine Leiche aufgefunden worden. Offensichtlich erwürgt. Tatwaffe liegt daneben. Mörder ist flüchtig."
„Ob es sich um Mord handelt, wird sich erst noch herausstellen müssen. Bis jetzt ist es lediglich ein Toter, der da liegt."
„Es handelt sich also um einen Mann?", fragte Ülkü interessiert.
„Äh – ja", gab die Chefin widerwillig zu. „Falls es sich um einen Mord handelt – und ich lege Wert auf die Betonung 'falls' – wissen Sie alle ja, dass nicht wir zuständig sind, sondern die Polizeidirektion Neumünster. Wir rücken also aus in dem Wissen, eventuell wertvolle Vorarbeit für unsere geschätzten Kollegen von der Mordkommission zu leisten."
„Geschätzte Kollegen? Und Vorarbeit leisten? So was hören wir alle hier gern", murmelte Hobbi neben Ella. Ehe er die Stimme erhob. „Ich will mit!"
„Herr Hobbe, wie schön, dass Sie sich ebenfalls einbringen wollen. Sie können den Tatort dokumentieren." Im Gegensatz zu den herzlichen Worten klang die Stimme von Frau Troschke eisig. „Noch Freiwillige?"
Alle Arme gingen hoch.
„War doch klar, wenn bei uns schon mal ein Mord gemeldet wird", murmelte Hobbi, an Ella gerichtet.

Die sich als einzige nicht gemeldet hatte. Nicht weil sie kein Interesse an einem Mordfall gehabt hätte. Aber sie fand, ihr stehe am allerersten Arbeitstag so etwas einfach nicht zu. Zumal sie ihr eigenes Büro noch nicht einmal gesehen hatte, also noch nicht wirklich hier angekommen war.
Die nächsten Worte der Troschke ließen sie zusammenzucken. „Ich nehme also Herrn Hobbe mit und Frau Kirsch." Sie strebte bereits zum Ausgang, wandte sich kurz zu Ella um. „Nicht dass das nötig wäre, aber ich will, dass Sie gleich lernen, wie wir hier arbeiten." Sie winkte mit einem Wagenschlüssel und eilte weiter. „Frau Wittkopp, Sie informieren umgehend Herrn Heinrich. Er soll zu uns stoßen. Ich denke, der Fall wird ihn interessieren. Außerdem geht es nicht, dass seine neue Partnerin involviert ist und er nicht."
„Warum nehmen Sie mich dann nicht mit?", schrie Ülkü. „Immerhin ist Herr Hobbe mein Partner."
Abrupt blieb die Chefin stehen, drehte sich langsam um und bedachte Ülkü mit einem merkwürdigen Blick.
Den die mit zusammengezogenen Brauen erwiderte. Und zwar ohne mit einer Wimper zu zucken.
„Also gut, Sie assistieren Herrn Hobbe", gab die Chefin endlich nach. „Nehmen Sie den alten Dienstwagen. Kirsch, Sie folgen mir."
„Ich hole die Tatort-Tasche", rief Hobbi, an Ülkü gewandt. „Organisier du den Wagenschlüssel."
„Aber gerne doch, Chef." Die juchzte auf. „Wo ist der?"
„In meinem Büro", rief Güde und rannte sofort los. „Komm mit."
Schon war alles in Bewegung. Ella folgte der Chefin, die von hinten nur noch männlich wirkte, auf die doppelflügelige Pendeltür zu. Sie musste rennen, um mit deren großen Stechschritten mithalten zu können.

Thorsten konnte gerade noch einen Blick auf das eingeschlagene Fenster erhaschen, von dem die Rede gewesen war, als Niemann junior durch einen unerwartet schlichten Büroraum auf ihn zu gestürmt kam. „Haben Sie die Spurensicherung mitgebracht? Sie müssen noch mehr Verstärkung bei der Schutzpolizei anfordern, die müssen das Gelände bewachen. Die Kerle müssen geschnappt werden, ehe die ihren Plan durchziehen können. Ich habe eben mit der Versicherung telefoniert, bei Fremdverschulden werfen die einem jede Menge Steine in den Weg, gerade wenn von vornherein klar ist, dass bei den Verursachern nichts zu holen ist. Ganz davon abgesehen, dass es Monate dauert, bis der Laden wieder eröffnet werden kann, wenn die das geschickt anstellen. Für den Verdienstausfall kommt niemand auf, also ..."

„STOP", stieß Thorsten hervor. Laut, aber kurz und prägnant, wie Hobbi es auf seiner Polizeihunde-Fortbildung gelernt hatte. „Sie haben einen Einbruch gemeldet. Was wurde gestohlen?"

Er nickte dem uniformierten Kollegen zu, der sich erst jetzt hinter dem Schreibtisch aufrichtete. „Nichts, wie's scheint. Auch keine erkenntliche Unordnung. Dieser Raum ist nicht durchsucht worden."

„Entwendet wurde nichts, der PC ist unversehrt, und auch alle Schubladen und Schränke waren nach wie vor abgeschlossen", trat die Niemann-Tochter vor. „Es ist mein Büro", fügte sie erklärend hinzu und deutete absurderweise auf einen gänseei-großen rauen Ton-Igel mit Bürstenborsten – wohl aus der hauseigenen Deko-Abteilung – der mitten auf der Schreibunterlage stand.

Und zwar auf dem Kopf, wie Thorsten erst bei genauerem Hinsehen bemerkte.

„Der hat normalerweise seinen Platz unter der Schreibtischlampe, damit er nicht im Weg ist. Der Einbrecher hat ihn genommen und in die Mitte gelegt."

„Äh ..." Was sollte man zu einer solch absurden Annahme sagen?

„Der Einbrecher hat ihn bewusst so hingestellt." Die Tochter zuckte, als hätte sie vorgehabt, den Igel in die Hand zu nehmen, sich dann aber anders besonnen. „Ich tüdele öfter mit ihm herum", fügte sie, an Thorsten gerichtet, entschuldigend hinzu. „Wenn ich telefoniere oder mir mal langweilig ist. Er hält sich nur auf dem Kopf, wenn man ihn ausbalanciert."

„Hmm, das klingt schon ein bisschen seltsam, finden Sie nicht?", merkte Thorsten jetzt doch mal an. „Warum sollte ein Einbrecher so etwas tun?"

„Wenn meine Tochter das sagt, müssen Sie dem nachgehen", schaltete sich ihr Vater in aggressivem Tonfall ein. „Sie müssen den Igel ins Labor schicken, die Fingerabdrücke abnehmen."

„Es ist fraglich, ob das möglich ist", warf der Kollege ein.

„Das würde ich an Ihrer Stelle den Fachleuten im Kriminallabor überlassen!"

„Er wollte mir damit etwas sagen." Die junge Frau hatte nur geflüstert.
Thorsten trat neben sie, um sich das Tonviech vorsichtshalber aus der Nähe anzusehen. „Wäre es nicht möglich, dass einer Ihrer Kollegen sich einen Spaß gemacht hat?", schlug er vor. Irgendwie verleitete einen dieses Mädchen zur Fürsorglichkeit.
„Das glaube ich nicht." Sie konnte auch resolut.
„War dieser Raum abgeschlossen, als Sie heute früh ankamen?"
„Ja, natürlich."
„Was bedeutet, dass der Einbrecher in einer Sackgasse gelandet ist." Dankbar, sich wieder überprüfbaren Fakten zuwenden zu können, sah Thorsten den uniformierten Kollegen an.
„Mit letzter Sicherheit können wir es zur Zeit noch nicht sagen, aber im Moment sieht es so aus, als wäre niemand eingestiegen." Er wies auf die sauber gewischte, weiße Fensterbank. „Es gibt überhaupt keine Fingerabdrücke am Fenstergriff, keine Fußspuren an der Wand oder im Staub auf dem Sims. Auch im Raum selbst keine Spuren, die darauf hinweisen würden, dass jemand eingedrungen ist. Alles weist auf reine Sachbeschädigung hin."
„Nix Sachbeschädigung", erhob Niemann lautstark Einspruch. „Hier geht es um Hausfriedensbruch, Einbruch, Nötigung und Brandstiftung, das liegt ja wohl auf der Hand! Die Handschrift der Täter stimmt ohne Zweifel mit denen von heute Nacht überein. Beide Verbrechen stehen in Zusammenhang. Wenn Sie nicht in der Lage sind, das zu erkennen, haben Sie ja wohl bei der Kriminalpolizei nichts verloren."
„Am besten, Sie richten diese Beschwerde direkt an den Innenminister." Thorsten kam die Galle hoch – kein Wunder, anderweitigen Inhalt hatte sein Magen auch nicht zu bieten.
„Was?" Niemann blinzelte verwirrt, das war zu hoch für ihn gewesen. „Ich habe extra in Kiel angerufen, damit die gleich einen Experten schicken", setzte er in Ermangelung einer Erwiderung nach. „Aber die behaupten, nicht zuständig zu sein, was eine Frechheit ist, ich werde mich bei Ihrem Vorgesetzten beschweren und ..."
„Neumünster", sagte Thorsten.
„Wie bitte?"
„Die Eckernförder Kripo ist eine Außenstelle von Neumünster. Aber ich werde Ihnen zunächst die Durchwahl meiner unmittelbaren Chefin geben, bei ihr sind Sie gut aufgehoben." Er grinste

zufrieden. „Was Ihre überaus qualifizierte fachliche Bemerkung angeht, so beziehen Sie sich bei der Handschrift der Verbrecher sicherlich auf die Farbe des Kieselsteins", er wies auf den erdverkrusteten, kaum handtellergroßen roten Granit, der unter den Schreibtisch gerollt war, „und auf die verdreckten Scherben, die einen etwaig vorhandenen Fingerabdruck mit bloßem Auge erkennen lassen würden, nicht wahr? Ach ja, und natürlich darauf, dass es sehr wenige, aber große Glasstücke gibt, was darauf hindeutet, dass derjenige, der ihn geworfen hat, sich nicht weit von dem Fenster entfernt aufgehalten haben kann." Er unterdrückte den Impuls, nach diesem geballten Schriftdeutsch tief Luft einzusaugen. Diesem aufgeblasenen Heini hatte er jedenfalls gezeigt, wo der Hammer hing!

„Wenn Sie sich die Mühe machen würden, einen Blick aus dem Fenster zu werfen, würden Sie sehen, dass da auch gar kein Platz wäre", merkte Niemann giftig an und lenkte Thorstens Blick auf unansehnliche Paletten mit Blumenpötten. „Dort befindet sich die Durchfahrt vom Außengelände des Gartencenters zum Lager, gerade mal zwei Meter breit."

Wie als Reaktion darauf beugte sich draußen ein Uniformierter in den Fensterrahmen und winkte Thorsten kurz mit seiner Kamera zu. Sehr gut, die hatten alles im Griff, wie Pionek gesagt hatte.

„Draußen liegt nicht eine Scherben", mischte sich die Tochter von der Tür her ein. „Auch sonst habe ich nichts entdecken können."

„Bist du des Wahnsinns?", fuhr ihr Vater wutentbrannt zu ihr herum. „Du könntest Beweismittel vernichtet haben. Haare oder Hautpartikel ..."

„Machen Sie sich keine Gedanken", ging Thorsten dazwischen und sorgte dafür, dass das entsetzte Gesicht der Tochter sich entspannte. „Wegen einer zerbrochenen Fensterscheibe kann ich die Spurensicherung nicht rufen." Er schenkte ihr ein breites Lächeln. Wenn er damit Niemann eins auswischen konnte, war es nicht einmal sonderlich schwer, sich auf die Seite der jungen Frau zu schlagen. Zumal es nett von ihr gewesen war, ihm ihre Beobachtungen mitzuteilen.

„Es geht um Nötigung und um versuchte Brandstiftung", jaulte Niemann förmlich auf.

„Dafür gibt es keinerlei Anzeichen." Thorsten drehte sich zu ihm, um sein Lächeln nun auf ihn zu richten.

„Jemand ist im Büro meiner Tochter gewesen. Und nachdem die Hütte draußen ..."
„Die bloße zeitliche Nähe der beiden Vorfälle reicht nicht aus, um einen Zusammenhang zu postulieren", stellte Thorsten liebenswürdig fest.
„Aber das sagt einem doch der gesunde Menschenverstand, das können Sie doch nicht einfach ..."
„Das Fenster wurde zerbrochen, aber niemand hat sich Zutritt verschafft."
„Aber warum sollte jemand einfach so daherkommen und eine Scheibe einschlagen?"
Weil Sie so ein liebenswerter Zeitgenosse sind, dem niemand etwas Böses wollen kann? Noch während Thorsten nach einer erlaubten und trotzdem befriedigenden Ersatzäußerung suchte, ging draußen vor dem Fenster ein Polizeifunkgerät. Keine ganze Sekunde später meldete sich sein Handy in der Hosentasche. Manchmal kam so ein kleiner Anruf völlig gelegen.
„Ich erstatte zivilrechtliche Anzeige", zeterte Niemann davon unbeeindruckt weiter.
„Diesmal dürfen Sie auch strafrechtlich", erklärte Thorsten gönnerhaft, während er schon Güdes Stimme am anderen Ende der Leitung hörte: „Ein Mord in der Siedlung Windeby, Schutzpolizei gerade verständigt."
„Ein ...?" Gott, um ein Haar hätte er das nachgeplappert! Es war nur – unglaublich. Nach all den Jahren. Nach diesem Morgen. Ausgerechnet! Hastig machte er kehrt, strebte aus dem Büro, an der ihm mit großen Augen folgenden Tochter vorbei.
„Halt, wo wollen Sie hin? Wir sind hier noch nicht fertig!", brüllte Niemann ihm empört hinterher.
„Was hast du noch?" Automatisch schrie nun auch Thorsten in sein Handy, obwohl er schon den halben Hauptgang hinunter war.
„Gar nichts. Die Troschke war dran und ist direkt los. Die Bayerin, Hobbi und die Neue sind mit."
„Danke", stieß Thorsten inbrünstig hervor. „Danke, dass du mir Bescheid gesagt hast!"
Seine Dankbarkeit wurde gleich darauf nochmal eingeheizt. Jurek Pionek winkte schon aufgeregt, als Thorsten im Eingangsbereich des Baumarktes anlangte. „Willst du mitfahren?"
„Danke", kam es folglich viel zu inbrünstig über seine Lippen.

Pionek, schon auf dem Weg zum Streifenwagen, schenkte ihm über die Schulter ein breites Grinsen.
Unschlüssig sah Thorsten sich um, während er das Board hinter den Beifahrersitz schob. „Kannst du deinen Kollegen so einfach allein lassen?“
„Ich hole ihn gleich wieder ab.“ Pionek saß schon hinter dem Steuer, und Thorsten beeilte sich, ebenfalls einzusteigen.
„Das heißt, ihr sollt gar nicht ...?“
„Ich musste dich fahren“, gab Pionek mit unschuldigem Hundeblick zurück. „Du hast einen höheren Dienstgrad. Was dein Wunsch, ist mir Befehl – sagt ihr nicht so?“
Diesmal unterdrückte Thorsten den Impuls, ihn zu verbessern.

Tat am Ort

„Kripo Eckernförde“, sagte die Chefin dem Polizist, der in der Einfahrt postiert war. „Wo geht's lang?“
„Moin, Frau Troschke“, erwiderte der ungerührt. „Parken Sie hier, hinten ist alles abgesperrt. Da, sehen Sie, das reetgedeckte Haus.“
„Danke.“ Sie ließ den Motor aufheulen, als sie den Wagen zwischen zwei Polizeiautos rangierte. Dann sprang sie raus und schoss im Stechschritt durch einen parkähnlichen Garten. „Kommen Sie, Kirsch.“
Sie hätte gar nicht nach dem Weg fragen müssen, alle paar Meter stand ein Polizist. Wie die Leitpfosten. Alle grüßten ernst, als sie passierten. Von Hobbi und Ülkü war nichts zu sehen. Es war sehr ruhig, gar nicht so wuselig, wie Ella das bisher kennengelernt hatte. Den Grund dafür erfuhr sie, als sie die Polizistin am Eingang des recht beeindruckend großen Hauses erreicht hatten.
„Moin, Frau Troschke. Die Spurensicherung aus Kiel ist noch nicht eingetroffen. Sie wird allerdings in wenigen Minuten erwartet.“
„Danke, Hansen. Wo liegt die Leiche?“
„Gleich hier, in der Eingangshalle.“ Frau Hansen drückte die Tür ein Stück auf, sodass sie einen Blick hineinwerfen konnten.
Ella hatte während ihres Studiums in Münster verschiedene Praktika gemacht, auch bei der Mordkommission. Sie hatte bereits Leichen gesehen. Die nur selten schön waren, selbst nach einem natürlichen Tod. In Eckernförde gebe es keine Morde, hatte man ihr erzählt, als sie vor ein paar Wochen an der Hochschule von ihrer Stellenzusage berichtet hatte. Jetzt jedoch war es gleich an ihrem allerersten Tag geschehen! Denn egal, was die Chefin auch gemeint haben mochte, Güde hatte recht. Es war auf den ersten Blick zu sehen, dass hier weder ein Unfall noch Selbstmord vorlagen.
Bei der Leiche handelte es sich um einen älteren Mann, der ganz offensichtlich erdrosselt worden war. Das Gesicht rot und aufgedunsen, am Hals dunkle Würgemale – sogar das Mordwerkzeug, ein Gürtel, lag noch daneben. Sein Mund stand offen wie im Schrei,

die Zunge hing heraus. Was Ella jedoch am schlimmsten fand, waren seine entsetzt aufgerissenen, unnatürlich verfärbten Augen. Und die Hände, die völlig verkrampft seitlich neben seinem Kopf lagen. Er musste sich gewehrt haben. Schrecklich. Sie wandte sich ab und atmete erst mal tief durch.
„Wer hat ihn gefunden?"
Die tiefe, gar nicht mal unfreundlich klingende Stimme der Chefin holte Ellas Aufmerksamkeit zurück. Die aus der schlichten Tatsache bestand, dass sie jetzt keine Beobachterin mehr war wie zu Praktikumszeiten, sondern hier arbeitete. Was auch immer das im Moment bedeuten mochte. Ellas Hirn hatte sich nämlich in ein Vakuum verwandelt. Alles was sie sonst vielleicht gewusst hätte, hatte sich verflüchtigt. Sie war nur noch froh, hier neben einer erfahrenen Person zu stehen. Einer, die wusste, was nun zu tun war.
„Die Haushälterin." Die Polizistin mit dem blonden Pferdeschwanz hatte sich nicht von ihrer Seite wegbewegt.
„Wo finden wir die?" Jetzt klang die Troschke schon ein wenig ungeduldig. „Ist sie im Haus?"
„Zum Glück nicht", erwiderte Frau Hansen sofort und deutete auf das andere Gebäude auf dem Grundstück. „Sie wartet dort vorn."
Ella wandte den Kopf zu dem Haus, an dem sie eben vorübergekommen waren, weil es etwas näher an der Straße lag.
„Gut, gehen wir gleich mal hin." Frau Troschke warf noch einen Blick in die Halle. Dann einen auf die Eingangstür. „Namen?"
„Delf Niemann", entgegnete die Polizistin. „Senior. Es gibt auch noch einen Delf Niemann junior. Der wohnt dort." Wieder deutete sie auf das andere Haus. „Er ist allerdings nicht da. Ob er verständigt wurde, entzieht sich meiner Kenntnis. Das machen die Kollegen."
„Gut, sobald er kommt, lassen Sie ihn den Toten identifizieren. Dann schicken Sie ihn zu mir. Kommen Sie, Kirsch. Bringen wir in Erfahrung, ob diese Haushälterin vernehmungsfähig ist."

Der Wachposten in Polizeiuniform neben dem mächtigen schmiedeeisernen Tor war das erste, das Thorsten ins Auge fiel, als sie die Adresse des Opfers erreichten. Genauer gesagt, waren es gleich zwei Tore, ein schmales für Fußgänger und ein deutlich breiteres,

doppelflügliges für Autos. Er pfiff durch die Zähne. „Du meine Güte, was sind wir prominent!“
Pionek lachte. „Mich erinnert es eher an einen Friedhof. Kennst du den alten Aberglauben? Man darf nur durch das kleine Tor gehen, sonst fährt man demnächst in einem Leichenwagen durchs große hindurch?“
„Na, das passt doch wie die Faust aufs Auge.“ Grimmig den Mund verziehend, schnallte Thorsten sich ab und griff demonstrativ nach dem an seinen Knien lehnenden Board.
„Nein, nein, wir machen es so, wie ich besprochen habe. Lass es hier, es ist kein Problem, dass ich es in deinem Büro vorbeibringe, keine Sorge.“ Pionek winkte ihn symbolisch zur Tür hinaus. „Damit du nicht ohne Pietät damit bei dem Toten aufkreuzt.“
„Danke.“ Das hatte er eben schon gesagt. „Das ist sehr nett.“
„Ja, ja, kein Problem, wie ich sagte. Und nun los, kundschafte die Leiche aus!“
Lachend kam Thorsten der Aufforderung nach.
„Und geh durchs kleine Tor, ich brauche dich noch“, schickte Pionek ihm noch hinterher, ehe er die Tür zuknallte.
Das hatte seltsam geklungen. Irritiert runzelte Thorsten die Stirn. Aber wahrscheinlich hatte der Pole bloß eine polnische Redensart falsch ins Deutsche übertragen. Er rang sich noch ein Grinsen ab, wandte sich dann dem Torkollegen zu und zückte seine Dienstmarke. „Moin. Troschke schickt mich. Heinrich von der Kripo Eckernförde.“ Da war sein Blick auf das Schild neben dem kleinen Gartentor gefallen. „Niemann?“ Fassungslos starrte er auf den in Messing eingravierten Namenszug. Das konnte aber nicht sein, oder? „Gehören diese Niemanns zum Baumarkt am Noor?“
Der Polizist trat beiseite, um ihn einzulassen. „Es war von 'Seniorchef Niemann' die Rede. Insofern ...“ Er zuckte die Achseln. „Jedenfalls müssen Sie zur alten Kate, auf den Neubau zu und dann links.“
„Danke.“ Zerstreut winkte Thorsten Pionek noch einmal zu, der unmittelbar an ihm vorbeifuhr, als er den Streifenwagen wendete. Thorsten würde sich revanchieren müssen ...
Der alte Niemann ist getötet worden. Nachdem er heute Morgen von seinem Sohn nach Hause gebracht worden ist ... Um sein inneres Schlingern zu verbergen, trat Thorsten entschlossen durchs Gartentor – in einen Park. Die Familie Niemann hatte offensichtlich ein ganzes Feld in Beschlag genommen!

Verdammt! Hätte er es ahnen müssen? Dass die abgefackelte Hütte und die eingeschlagene Fensterscheibe auf einen drohenden Mord hingedeutet hatten? Stattdessen hatte er sich in seine schlechte Laune hineingesteigert und in seine Abneigung gegen Brammer und die Niemanns. Frustriert knirschte er mit den Zähnen. Er war ein lausiger Polizist. Es war kein Wunder, dass er in diesem Kaff festsaß, so oder so.
Aber wäre das nicht viel zu dumm?, setzte sein Gehirn wieder ein, als er den breiten Kiesweg hinunterschritt. Zunächst an einem mit Rosenbeeten umfriedeten englischen Rasen entlang, auf den sogenannten Neubau zu – einem weitläufigen, aber nicht allzu protzigen Haus, wo dem verwitterten amerikanischen Briefkasten nach Delf und Sabine mit Melina und Jonna wohnten. *Jemand, der vorhat, einen Mord zu begehen, würde doch nie und nimmer vorher so viel Aufmerksamkeit auf diese Familie lenken, oder?*
Hieß das, dass er die Niemanns selbst von vornherein aus dem Kreis der Verdächtigen ausschließen durfte?
Was, wenn sie die Scheibe eingeworfen haben, um mich als Publikum für ihre Ahnungslosigkeit zu missbrauchen?
Mensch, er verrannte sich ja bereits in Spekulationen, noch ehe er am Tatort eingetroffen war! Dabei hatte der alte Freiberg ihm eingebläut, offen zu sein. Wütend stapfte er am Neubau vorbei und bog mit dem Kiesweg nach links ab, auf das alte Reetdachhaus zu.
Das lag in unmittelbarer Ufernähe des Noores, gleich dahinter begann der sumpfige Uferstreifen. Ein breiter Steg aufs offene Wasser zeugte davon, dass einst Fischer hier gelebt hatten. Heute jedoch war das Anwesen dermaßen nobel, dass man es eher mit einem Architekturpreis in Zusammenhang brachte als mit Fischfang.
Das Dach war hell und neu, hinten ermöglichte eine aufwendig eingearbeitete Gaube mit großem Fenster freien Blick über das Wasser. Am meisten fiel jedoch die Giebelwand ins Auge, die in ein einziges großes Fenster verwandelt worden war. Neidisch verzog Thorsten den Mund. Hier hatte jemand das nötige Kleingeld gehabt, ein uraltes, düsteres Häuschen an die heutigen Wohnbedürfnisse anzupassen.
„Heinrich!", löste sich eine wohlvertraute Gestalt aus dem Schatten der Kate. Hobbi. „Die Troschke ist drüben im Neubau und interviewt die Putzfrau, die die Leiche gefunden hat. Elke und ich

warten hier auf die Spurensicherung. Und das ist Kollegin Hansen."

Sämtliche störenden Emotionen hinunterschluckend, tauchte Thorsten ebenfalls in den Schatten des Hauses ein. Er würde sich jetzt konzentrieren und seinen Kopf leer machen, wie Freiberg immer gepredigt hatte. Offen sein für alle Sinneseindrücke und Gedanken, für alle Informationen und Zusammenhänge. Er würde trotz allem sein Bestes geben. Dies war sein erster und vielleicht einziger Mordfall, und den würde er in vollen Zügen auskosten!

Die Haushälterin war vernehmungsfähig. Und wie!

„Die Haustür stand offen, wissen Sie. Das war ungewöhnlich. Der Alte hat sich doch immer verrammelt. Kaum wurde es dämmrig, rumms, die Rollos runter. Manchmal sogar noch früher. Das konnte der fast nicht abwarten. Und die Tür war immer verriegelt wie in einem Gefängnis. Manchmal hat er mich morgens nicht gehört. Da hat mir auch mein Schlüssel nix genutzt. Wenn der geratzt hat, musste ich draußen bleiben. Seit dem Krach mit dem Stadtrat, sach ich Ihnen, geht das schon so. Also vorsichtig war der alte Niemann ja schon immer. Benahm sich, als wollte man ihm was wegnehmen. Den Kühlschrank, stellen Sie sich vor, den durfte ich nie öffnen. Als befürchtete er, ich würde ihm was wegessen."

Die Haushälterin, Eva Wolter, wirkte weder sonderlich geschockt noch irritiert oder gar traurig. Saß da, schlürfte an einem Glas, das Ellas Nase nach etwas eindeutig Alkoholisches enthielt, und palaverte.

„Also, die Tür stand offen", fasste die Chefin die bisherigen Informationen zusammen. „Und weiter?"

„Naja, weil das so eigenartig war, weil der die ja nie offen gelassen hat – fünf Riegel hat die mindestens ..."

„Das spielt jetzt keine Rolle. Wir werden die Tür später selbst noch in Augenschein nehmen."

Ging der Chefin etwa die Geduld aus? Neugierig sah Ella zu ihr. Ja, da war eine verdächtig dicke Ader an ihrem Hals. Jetzt holte sie ganz tief Luft. Bestimmt zählte sie stumm für sich bis zehn. Ella zählte mit. Eins, zwei, drei, vier ...

Bei neuneinhalb war Frau Troschke fertig: „Kommen wir jetzt bitte zu dem, was Sie getan haben. Sie waren an der Tür." Ihre Stimme klang immer noch reichlich gepresst, allerdings sah ihr Hals nicht mehr ganz so dick aus. Was auch immer sie getan hatte, es war wirkungsvoll gewesen.

„Ich hab ihn sofort gesehen. Er lag da. Einfach so." Frau Wolter war offenbar der Ansicht, der Kripo zeigen zu müssen, wovon sie sprach. Sie rutschte auf den Boden, legte die Arme in Kopfhöhe und riss Augen und Mund auf. „Verstehen Sie, genau so."

„Eins, zwei, drei, vier ..."

Diesmal konnte Ella die Chefin tatsächlich zählen hören. Ganz leise, aber für Ella gerade noch hörbar.

„Neun, zehn." Tiefes Einatmen. „Frau Wolter, wir haben den Toten ebenfalls gesehen. Uns ist bekannt, wie er daliegt. Was wir allerdings nicht wissen, ist, was Sie getan haben, nachdem Sie ihn gefunden hatten. Würden Sie uns das bitte mitteilen?"

„Ich habe gerufen", kam sofort ganz kleinlaut zur Antwort. Frau Wolter rappelte sich stöhnend wieder auf. „Meine Knochen, ich werd auch nicht jünger." Sie setzte sich, griff nach ihrem Glas, schnüffelte daran, nahm einen winzigen Schluck und setzte es wieder ab. „Also, ich hab gerufen: 'Herr Niemann, was ist mit Ihnen?' Und: 'Herr Niemann, brauchen Sie Hilfe?' Wissen Sie, ich hab das nur sicherheitshalber gefragt, also, falls ich mich täusche, obwohl er auch da schon so tot ausgesehen hat, mit dem Band um den Hals und blauem Gesicht und so. Naja, und als er dann nicht geantwortet, sondern weiterhin nur stumm in die Luft gestarrt hat, wusste ich sicher, dass der alte Niemann mausetot war."

„Sehr gut", seufzte Frau Troschke. Verbesserte sich jedoch, als sie in das entsetzte Gesicht der Haushälterin blickte. „Ich meine nicht, dass ich gut finde, was geschehen ist. Ihre Erklärung ist es, die ich gut finde. Hilfreich, sie ist wirklich hilfreich für unsere Ermittlungen. Jetzt sagen Sie mir bitte noch: Sind Sie dann ins Haus hineingegangen? Haben Sie den Toten berührt? Vielleicht eine Reanimation versucht?"

„Reani... Sie meinen das Ding mit dem Stromschlag? Nein, das hab ich nicht. So was fass ich gar nicht an. Außerdem hat Herr Niemann absolut tot ausgesehen. Wie umgebracht, wissen Sie? Mit dem Band um den Hals und den komischen Augen. Also, gelb waren sie ja schon ne Weile. Aber so, so voller Schreck und Angst, nee, so hab ich den noch nie gesehen. Ich glaub, der hat seinem

Mörder ins Gesicht geblickt. Da bin ich lieber weggelaufen. Konnte doch nicht wissen, ob der noch im Haus ist, oder? Der Mörder? Und dann auch noch mich ..." Sie schüttelte sich.

Ella nickte verständnisvoll. Eine nachvollziehbare Entscheidung. Die sich unter Umständen allerdings fatal für das Opfer auswirkte, denn aus der Entfernung konnte man oftmals nicht feststellen, ob es sich bei einem bewegungslos daliegenden Menschen tatsächlich um einen Toten oder lediglich Ohnmächtigen handelte. Nun ja, in diesem speziellen Fall mochte sich diese Tatsache für die Spurensicherung als günstig erweisen.

„Sie sind also, ohne das Haus zu betreten, weggelaufen? Direkt hierher? Haben Sie geklingelt?" Frau Troschke wirkte nun wieder völlig routiniert.

„Ich hab nicht geklingelt, wusste doch, dass keiner da ist. Aber da ich auch hier putze, hab ich einen Schlüssel." Frau Wolter schnappte eine auf dem Tisch liegende Handtasche, öffnete sie und zog ein Schlüsseletui heraus. „Sehen Sie? Dies hier ist der Schlüssel für den Niemann senior, der für den Niemann junior."

„Sie kommen also in beide Häuser?"

Frau Wolter schien zu dämmern, dass die Frage ungut für sie ausgehen konnte. „Wenn der Alte zugesperrt hat, bin ich bei ihm nicht reingekommen. Aber das hab ich Ihnen doch schon gesagt."

„Richtig. Aber Sie sagten auch, dass heute das Haus offen gestanden hätte."

„Wollen Sie damit sagen, dass ich ... also ich? Also nein!" Frau Wolter sprang auf, Empörung im Blick und in der ganzen Gestalt. „Also sowas muss ich mir doch nicht anhören. Ich, den alten Niemann erwürgt? Also nee. Also!"

„Willst du einen Blick auf ihn werfen?" Hobbi war anzumerken, dass er nicht wusste, wie weit er seinen freudig erregten Tonfall tarnen musste.

Die Uniformierte stieß einen ebenso unentschiedenen Laut aus. „Ist schon 'ne spannende Sache. Und er kriegt es nicht mehr mit."

Hobbi zog den Ärmel seiner Jacke über die Hand, ehe er die Eingangstür nach innen aufschob und einen Schritt zurücktrat, um Thorsten Platz zu machen. „Vorsicht, er liegt gleich hier."

„Oh." Unmittelbar außerhalb des Türradius'. Auf dem Rücken, Kopf zum Ausgang, seltsam geformt aus dieser Perspektive, da Kopf und Extremitäten nur Anhängsel an einem riesigen Bauch zu sein schienen. Der alte Niemann, kein Zweifel.
„Meine Kollegen waren drin und haben das Haus durchsucht, um weitere Opfer auszuschließen", erklärte die Uniformierte. „Dann haben wir von Ihrer Chefin die Anweisung erhalten, draußen zu bleiben, bis die Spuren gesichert sind."
„Ehe die aus Neumünster kommen, wird es ja noch dauern, oder?" Thorsten drehte sich zu Hobbi um.
„Der Anruf aus der Zentrale kam kurz nach neun, von daher schätze ich, dass sie in etwa fünfzehn Minuten eintreffen. Aber aus Kiel sind sie bestimmt schneller, von daher ..."
Oh, just in diesem Moment knirschten Schritte auf dem Kiesweg, und zwei Gestalten bogen um die Ecke. Ein relativ kleiner, aber auf den ersten Blick muskelgestählter Mann und eine große, dünne Frau in Kostüm und Stöckelschuhen und streng anmutender, blonder Hochsteckfrisur, die sich mit einem offensichtlich schweren Medizinkoffer abschleppte.
Dass der Mann das mit seiner Ehre vereinbaren konnte ... Ganz automatisch war ein Ruck durch Thorsten gegangen, und auch Hobbis Hand hatte gezuckt.
Dann jedoch waren die Neuankömmlinge am Eingang angelangt „Ich bin Doktor Taube-Hübscher von der Rechtsmedizin Uni Kiel", war es die Frau, die zuerst das Wort ergriff. „Das ist mein Praktikant Herr ..."
„Bauer", warf der ein, reckte fast ruppig seine Hand vor, um Thorstens mit ja keineswegs überraschender Vehemenz zu drücken.
Noch ein Bauer – und was für einer! Um ein Haar hätte Thorsten das Gesicht verzogen, weil in seinem Kopf Kiefer Sutherland das Echo lieferte. *Ich bin Federal Agent Jack Bauer, und dies ist der längste Tag meines Lebens.* An dem lag es garantiert nicht, dass Doktor 'hübsches Täubchen' sich einen Bruch hob. Eher an ihrem Emanzipationsgrad, der sich in ihrem unschlagbaren Doppelnamen niederschlug. Welcher einem die Entscheidung für einen Spitznamen zur Qual machte.
Konnte sein hakenschlagendes Hirn sich vielleicht mal auf das Wesentliche beschränken? Hastig bedeutete er der Kollegin, ihren Namen zu sagen, ehe er Hobbi und sich selbst vorstellte. „Wir haben

Anweisung, Ihnen über die Schulter zu gucken", intonierte er so überzeugend wie möglich. Und sammelte sich bereits, um darum zu kämpfen. Denn dass die 'hübsche Taube' das ablehnen würde, war ja wohl klar.
„Sie brauchen einen Overall", kam ihr Jack Bauer jedoch zuvor und griff resolut nach dem Koffer.
Taube-Hübscher ließ sich nichts anmerken, falls ihr das nicht recht gewesen war, sondern kickte ihre Pumps beiseite, um sich ihrerseits einen Overall überzuziehen. Naja, immerhin war ihr Pragmatismus größer als ihre Eitelkeit.
„Ich möchte auch", meldete sich die Bayerin, als Thorsten seinen Schutzanzug bekam.
„Oh, das tut mir jetzt total leid, ich habe keinen mehr." Bauers Tonfall war richtig leidend. „Ich würde Ihnen ja meinen geben, aber meine Chefin ..." Dies nur ein verschwörerisches Raunen. Der zog echt alle Register.
Klar, dass die gierigen Augen der Bayerin unverzüglich zu Thorsten wanderten.
Oh nein! Er würde ja wohl nicht diese einmalige Chance in den Wind schießen, bloß um sich bei einer Frau einzuschleimen. Fast hätte er den Overall eingerissen, so rasch schlüpfte er in die Beine.
„Heinrich!" Elke schaffte sogar, seinen Namen bayerisch auszusprechen.
Er zuckte nur mit den Achseln und schlängelte sich mit raschelnden Füßen hinter Bauer am Leichnam vorbei. Ein Schwall muffigen Uringestanks drang an seine Nase. Ja, der Tod war keine hübsche Sache.
„Er ist so ein A...", hörte er Elke noch zu Hobbi zischen.
Dann richtete er seine Aufmerksamkeit auf seine Umgebung. Von der Haustür kam man erst einmal in eine Art Diele mit ziemlich niedriger Decke – Thorsten hatte das Gefühl, den Kopf einziehen zu müssen. Links ging eine alte, dunkle Holztreppe mit gedrechseltem Geländer in den ersten Stock hinauf, geradeaus führte eine ebenfalls noch original alte Tür in einen weiteren Raum. Angelehnt, sodass man nicht hineinsehen konnte.
Die ganze rechte Seite der Diele jedoch – man schaute automatisch dorthin, weil das so unvermutet kam in diesem alten Haus – war offen. Sie ging direkt in einen erstaunlich weiten und hohen Wohnraum über. Klar, man hatte das Haus gründlich entkernt,

Zwischenwände herausgenommen und einen großen Teil der Zimmerdecke, sodass Dach und Balken in diesem Bereich offenlagen. Durch zwei alte Fenster hinten hinaus strahlte das Blau des Noors. Das meiste Licht fiel jedoch durch das Giebelfenster, das hier drin wirklich toll wirkte. Die riesige Sitzlandschaft verlor sich regelrecht darunter. Der Dielenboden war, wie es schien, noch original. Fast schwarz, sodass die hellen Wollteppiche darauf leuchteten. Hier an der Tür lag kein Teppich. Bis auf ein bisschen Sand war der Fußboden sauber und trocken.

Fast widerstrebend wandte Thorsten sich wieder der gedrungenen Diele zu. Gleich neben der Haustür befand sich ein offener antiker Kleiderschrank, der als Garderobe genutzt wurde. Davor eine kleine Sitzbank, auf der mehrere Kleidungsstücke lagen, ein Regal mit Schuhen. Außer einer Bodenvase mit nicht mal ansatzweise verstaubten Trockenblumen unter der Treppe und einem vollgestopften Schirmständer neben dem Garderobenschrank stand nichts herum.

Es gab nicht viel Wandfläche, aber wo Platz war, hingen eingerahmte Familienfotos in vielen Größen. Einige uralte Schwarz-Weiß-Aufnahmen, aber auch neue, bunte. An einem Posterabzug an der Treppe war Thorstens Blick hängengeblieben. Er zeigte einen Waldweg im Sonnenschein. Ein etwas jüngerer, etwas schlankerer Niemann trug ein kleines Mädchen auf der Schulter, vielleicht zwei Jahre alt. Er hielt ihre Beine, sie hatte ihm ihre Hände an die Wangen gelegt. Gerade beugte sie sich zu ihm herunter, wohl um ihm etwas ins Ohr zu flüstern. Und er lachte über das ganze Gesicht.

Thorsten hasste das. Es war bloß ein Foto, eine winzige Momentaufnahme in einem langen Leben. So etwas sagte nichts aus, rein gar nichts! Die Personen auf dem Bild konnten sich in allen anderen Momenten gegenseitig zerfleischt haben. Schließlich lag der Mann jetzt ermordet zu seinen Füßen.

Entschlossen zwang er seine Aufmerksamkeit auf den Toten. Die Taube und der Bauer hatten sich zu beiden Seiten postiert, also begab er sich zu dessen Füßen und ließ seine Augen von dort über ihn wandern.

Ja, die Hose wies im Schrittbereich einen dunklen Fleck auf. Dazu trug Niemann noch sein Pyjama-Oberteil. Der Trenchcoat lag über der Garderobenbank, fabrikneu erscheinende Pantoffeln standen

ordentlich im Schuhregal. Aber das würde er sich auch später noch ansehen können.
Niemanns Gesicht war aufgedunsen und sichtlich blau angelaufen, sodass die gelben Augen beinahe noch skurriler daraus hervorleuchteten als im lebendigen Zustand. Nasenbluten hatte er gehabt. Am Hals eine deutliche rote Linie. Darunter auf dem Boden lugte auf beiden Seiten ein beigefarbenes Band hervor. Die Mordwaffe! Der Mörder hatte sich nicht mal die Mühe gemacht, sie mitzunehmen. Thorsten blinzelte. War das ein Gürtel? Der Gürtel des Trenchcoats? Alarmiert fuhr er zur Garderobenbank herum. Tatsächlich, die Gürtelschlaufen an Niemanns Mantel waren leer. *Es war ein spontaner Entschluss,* dachte er mit Schaudern. *Er ist in Rage geraten, hat sich hektisch umgesehen auf der Suche nach einer Waffe – und hat den Trench des Opfers entdeckt.* Was für ein Szenario! Aber ein überzeugendes. Befriedigt notierte er es im Geiste und sah Freiberg ebenso zufrieden nicken.
„Sehen Sie seine Augen?“, fragte die Hübscher, indem sie sich auffordernd neben die Leiche hockte.
Thorsten öffnete schon den Mund, als ihm klar wurde, dass sie natürlich ihren Kollegen gemeint hatte.
„Bilirubin“, antwortete der prompt und beugte sich von der anderen Seite über Niemanns Kopf. „Hepatitis, Leberzirrhose oder Bauchspeicheldrüsenkrebs, würde ich sagen.“
„Die genaue Diagnose wird die Obduktion liefern. Wie gehen wir weiter vor?“
Wie redete sie denn mit ihm? Und er schien sich nicht darum zu scheren. „Die Male am Hals stimmen mit einem Band in unmittelbarer Nähe der Leiche überein. Dabei handelt es sich um den Gürtel eines Mantels. Ebenfalls am Tatort befindet sich ein gürtelloser Trenchcoat, von daher ...“
„Die vorgefundenen Indizien lassen mit an Sicherheit grenzender Wahrscheinlichkeit auf einen Mord schließen“, unterbrach seine Chefin ihn ungeduldig. „Uns zusammenzureimen, wie es dazu gekommen sein könnte, ist nicht unsere Aufgabe, sondern Sache der Polizei. Was ist für uns vorrangig – und unter gegebenen Umständen ganz besonders?“
„Äh ... der Zeitpunkt.“
„Also?“
Sie fragte ihn ab. Indem sie ihn auf miese Art und Weise vorführte.

Stimmt, sie hatte ihn als ihren Praktikanten vorgestellt. Mitleidig musterte Thorsten den armen Bauern. Einer solchen Prüferin ausgeliefert zu sein ...
„Auf den ersten Blick kann man feststellen, dass der Todeszeitpunkt noch nicht allzu lange ..."
„Was heißt das für uns?" In einem Tonfall, als hätte sie eine Stunde auf Bauers Antwort warten müssen. Puh!
Bauer war unglaublich duldsam. „Die Kriminologen sollten sich möglichst früh eine Vorstellung von den Ereignissen machen können, was insbesondere, wenn der Mord relativ kurz zurückliegt, zur frühzeitigen Ergreifung des Täters führen kann", dozierte er freundlich.
„Die Schlussfolgerung!"
Thorsten biss die Zähne zusammen.
„Dass wir uns zunächst auf die kurzlebigsten Indizien konzentrieren", gehorchte Bauer tapfer. „Freie Haut ist nur im Nacken des Opfers zugänglich, und wenn ich den Kragen ein bisschen zur Seite schiebe", Bauer wartete das Nicken seiner Chefin ab, ehe er das tat, „dort ist das Blut bereits heruntergesackt – was man als Totenfleck bezeichnet. Von daher liegt der Kreislaufstillstand mindestens zwanzig bis dreißig Minuten zurück. Sie sind aber leicht wegdrückbar, was auch auf einen kurzen Zeitraum hindeutet."
„Weiter."
„Wir ermitteln die Körpertemperatur und dann das Stadium der Leichenstarre."
Die Hübscher zückte ein Ohrenfieberthermometer und maß nacheinander in beiden Ohren. „34,6 und 34,7. Was sagen Sie dazu?"
„Bei einer Umgebungstemperatur von achtzehn Grad Celsius", auch Bauer hatte ein Thermometer in der Hand, „und nach der Henßgeschen Methode ..."
„Die naturgemäß ungenau ist und die wir aus diesem Grund jetzt nur nebenbei erwähnen."
„... passen die Messdaten zur Annahme, dass der Todeszeitpunkt noch nicht lange zurückliegt."
„Höchstens drei Stunden, würde ich schätzen."
„Vor ziemlich genau drei Stunden habe ich ihn noch lebend gesehen", warf Thorsten ein. „Wenn Ihnen das hilft."
Hatte sie ihn gehört? Ihr Blick ruhte weiterhin auf ihrem Praktikanten. „Herr Bauer?"

„Jetzt stellen wir fest, ob die Totenstarre eingesetzt hat", übernahm der wieder. „Gemäß der Nysten-Regel beginnt sie nach etwa ein bis zwei Stunden an den Augenlidern, schreitet dann nach zwei bis vier Stunden zu den Kaumuskeln und kleinen Gelenken, danach versteifen sich Hals, Nacken und Arme, dann die Beine. Nach sechs bis zwölf Stunden ist sie voll ausgeprägt."
„Und wenn wir das nicht hier abwarten wollen?"
Jetzt lachte er sogar über ihren mit schmalen Lippen vorgebrachten Witz, ehe er sich daran machte, Niemanns linkes Augenlid zu untersuchen. „Die Lider lassen sich nicht mehr schließen", kommentierte er eifrig. „Ein bis zwei Stunden." Er drückte von unten gegen Niemanns heruntergesackten Kiefer. „Hier muss ich schon spürbar mehr Kraft aufwenden. Zwei bis drei Stunden also. Seinen Hals werde ich aufgrund der angenommenen Todesursache nicht berühren, daher überprüfe ich jetzt noch die Finger und Arme."
Unwillkürlich hielt Thorsten den Atem an, als Bauer vorsichtig Niemanns Finger berührte. „Auch die lassen sich nur noch schwer bewegen. Während die Arme", er schob eine Hand unter den Ellenbogen, „noch nicht versteift sind." Er ließ von der Leiche ab und sah seine Chefin triumphierend an. „Zwei bis drei Stunden also."
„Haben Sie das mitgekriegt?", machte Lady Hübschers Stimme Thorsten zusammenzucken.
Während der schon den Mund geöffnet hatte, um einen spitzen Kommentar abzugeben.
„Er ist seit zwei bis drei Stunden tot", platzte Hobbi von der Tür her heraus.
Thorsten verzog den Mund. „Was zu meinen Beobachtungen passt."
„Das ist ungemein interessant", fuhr Hobbi fort – an Hübschers Adresse. „Meine Kollegin würde sehr gern an der Obduktion teilnehmen, wenn das möglich wäre."
Wieder klappte Thorstens Mund auf. Der liebe Hobbi schleimte auf Hochtouren – und Elke neben ihm strahlte. Dabei war er glücklich verheiratet, es war die reine Menschenfreundlichkeit, mit der er da aufwartete. Thorsten unterdrückte den Impuls, die Nase zu rümpfen.
Die Hübscher gedachte anscheinend nicht, auf Hobbis Bitte zu reagieren. Während durch Bauer sofort ein Ruck gegangen war. Er ließ noch eine volle Sekunde verstreichen, dann wandte er sich

seinerseits zur Tür. „Wenn Sie sich bei unserem Pförtner anmelden, kann ich Sie abholen."
„Echt?" Elke sprühte vor Eifer.
„Klar." Für einen Praktikanten war er ziemlich alt. Ein paar Jahre älter als Thorsten, schätzte der, die Dreißig hatte er mit Sicherheit zu fassen. Naja, Elke war fünfundreißig. „Gleich haben wir noch einen weiteren Einsatz, aber wenn Sie nach der Mittagspause in Kiel sind ..." Bauer sah auf die Uhr. „Gegen eins? Wissen Sie, wo die Gerichtsmedizin ist?"
„Ja! Vielen Dank! Toll!" Das bayerische Strahlen war genauso. Toll. Bauer sah ganz verklärt aus.
„Wie fahren Sie fort?", riss seine Vorgesetzte ihn erbarmungslos aus seinem Glückszustand.
Wobei er sich blitzschnell wieder im Griff hatte. Pflichtbesessen beugte er sich wieder über den Toten. „Ich suche nach Spuren, die der Täter hinterlassen haben könnte. Unter den Fingernägeln ist mit bloßem Auge nichts zu sehen. Aber das ..." Er brach ab und spähte zur Tür.
Wo Schritte und Stimmen näherkamen. Die Spurensicherung trudelte endlich ein.
„Moin, allerseits", tauchte gleich darauf ein plastikumflatterter Mann hinter dem umso kleiner wirkenden Hobbi im Türrahmen auf. „Achtung, wir kommen rein."
'Wir' – waren insgesamt drei Techniker, alle bereits in Schutzkleidung.
„Mein Assistent braucht noch einen Moment", forderte die Hübscher mit ihrem autoritären Organ.
„Wir fangen oben an", kündigte der Techniker an und winkte seine Kollegen zur Treppe in den ersten Stock.
„Also los", kommandierte die Hübscher, kaum dass das Gepolter auf den Stufen verhallt war.
„Mit bloßem Auge habe ich keine Hautpartikel unter den Fingernägeln ausmachen können", nahm Bauer seinen Faden unverzüglich wieder auf. Lief um den Leichnam herum und beäugte auch noch die andere Seite, „auch hier auf den ersten Blick nichts." Vorsichtig schob er den Ärmel von Niemanns Pyjama hoch. Dann den anderen. „An Handgelenken und Armen ist nichts zu sehen, also falls es zu einem Kampf gekommen ist und der Täter ihn da gepackt hat, sind keine Blutergüsse zurückgeblieben. Im Labor

werden wir ihn entkleiden und den Rest seines Körpers auf Kampfspuren untersuchen. Alles zusammengenommen lässt darauf schließen, dass die Gegenwehr nicht massiv gewesen sein kann. Was aber nicht erstaunlich ist dafür, dass er von hinten erwürgt wurde. Wenn der Angreifer stark genug gewesen ist, um die Blutzufuhr ins Gehirn sofort zu unterbinden, kann das Opfer sehr schnell ohnmächtig geworden sein. "
„Außerdem war er krank", rutschte Thorsten heraus. Den Impuls unterdrückend, danach die Lippen aufeinanderzupressen, weil er sich dazu hatte hinreißen lassen zu zeigen, wie sehr er mitging.
„Das haben wir bereits festgestellt, danke", knallte sie ihm ihren Kommentar vor den Latz.
„Wie beim Tod durch Erwürgen üblich, hat die Blase sich entleert", fuhr Bauer fort, als hätte es keine Unterbrechung gegeben. „Darminhalt ist zumindest nicht wahrnehmbar."
Naja, wenn er krank gewesen war, konnte es sein, dass er vorher nichts gegessen hatte, oder?
„Was sagt Ihnen der Geruch des Urins?"
„Muffig. Typisch für eine Lebererkrankung."
„Gut." Die Hübscher klang allen Ernstes zufrieden. „Den Rest erledigen wir im Labor." Sie erhob sich und ging auf die Tür zu, wo Hobbi regelrecht zur Seite springen musste, um einen Zusammenprall zu verhindern.
Auch Bauer wandte sich um. „Mögen Sie jetzt?", rief er in Richtung Tür. „Sie können meinen Overall nehmen und mir nachher zurückgeben."
Klar, weil er den Einweganzug zur Erinnerung aufbewahren wollte. Thorsten verzog den Mund. So hatte er die Frau gleich doppelt an der Angel. Der Mann zeigte Entschlossenheit.
„Das ist furchtbar lieb von Ihnen", scholl Elkes Stimme glockenhell herein. Um dann spitz hinterherzuschicken: „Denn mein Kollege ist ja offensichtlich nicht bereit, seinen Overall weiterzugeben."
Na bitte, der böse Thorsten zwang die beiden ja geradezu, sich zusammenzukuscheln. Da hatte er doch direkt ein gutes Werk vollbracht.

Haus und -hälterin

„Nein, Frau Wolter, dies hier war eine simple Zeugenbefragung, kein formelles Verhör. Bisher gibt es keinen Anlass, Sie zu verdächtigen.“ Frau Troschke erhob sich unvermittelt. „Aber nun müssen wir nachsehen, wie weit unsere Kollegen mit der Untersuchung des Tatorts vorangekommen sind.“ Schon stand sie in der Tür, Ella bedeutend, ihr zu folgen.

Die Haushälterin stand ebenfalls auf. „Na, dann werde ich mal ...“

„Gar nichts werden Sie“, wurde sie von der Chefin rüde unterbrochen.

„Äh.“ Frau Wolter wusste offenbar nicht weiter, guckte nur hilflos. „Kann ich nicht nach Hause gehen?“

„Sie sind eine wichtige Zeugin“, hub Ella an zu erklären.

„Die Kollegen von der Mordkommission werden ebenfalls mit Ihnen reden wollen“, knurrte die Troschke. „Sie können erst gehen, wenn alle Befragungen abgeschlossen sind.“

„Gut.“ Unschlüssig blieb Frau Wolter stehen. „Darf ich denn putzen? Oder wird dieses Haus auch durchsucht werden?“

„Lassen Sie am besten alles so, wie es ist, und warten Sie, bis die Kollegen ihr Okay geben.“ Die Troschke war schon in der Tür.

„Darf ich Ihnen vielleicht einen Kaffee machen?“, fragte Frau Wolter hoffnungsvoll.

„Wenn's denn sein muss.“ Die Troschke ließ ein Stöhnen vernehmen. „Frau Kirsch, würden Sie sich bitte darum kümmern, dass dabei nichts in Unordnung gerät?“

Kaffeekochen? Na wunderbar. „Okay, ich komme dann gleich nach.“ Etwas genervt drehte Ella sich zu Frau Wolter um.

Die ganz rührend aufstrahlte. „Kommen Sie, die Niemanns haben den besten Kaffeeautomaten, den Sie je gesehen haben. Wählen Sie aus, was auch immer Sie an Kaffeespezialitäten wollen!“

Nun doch grinsend, winkte Ella noch der Troschke – die jedoch längst draußen war – und ging Frau Wolter nach in die Küche.

Mit grimmigem Grinsen wandte Thorsten sich von der Leiche ab. Er würde seinen wertvollen Overall ausnutzen und sich in Ruhe umschauen in der herrschaftlichen Kate.
Die Tür in den hinteren Raum stand mittlerweile offen. Neugierig trat er näher – und wurde zunächst wieder mit dem Traumpaar des Bildes von eben konfrontiert. Dieses hing direkt über der Tür. Wieder Großvater Niemann in Aktion. Diesmal konnte man das kleine Mädchen genauer erkennen. Kindergartenformat jetzt, ein pausbäckiger Engel in rosa Prinzessinnenkleid, mit neckischem Glitzer-Haarreifen im langen Blondhaar und den unglaublich hellblauen Augen – dieselben, in die Thorsten heute Morgen im Baumarkt geblickt hatte. Die junge Frau Niemann vor fünfzehn Jahren. Opa und sie schoben einträchtig einen Kinderwagen, und beide strahlten in die Kamera.
Reflexhaft hatte Thorsten sich abgewandt – als einer der Kriminaltechniker oben auf der Treppe auftauchte.
„Können Sie mir schon etwas sagen?", rief er zu ihm hinauf – sich der Tatsache, dass er hier fälschlicherweise den autorisierten Ermittler mimte, durchaus bewusst. Aber solange ihn niemand in die Schranken wies ...
„Allerdings. Wollen Sie mal gucken?"
Und ob er wollte! Immer drei Stufen auf einmal nehmend – auch um die Fotos nicht ansehen zu müssen, die die gesamte Wand neben der Treppe zupflasterten – rannte er hinauf und folgte dem Techniker in ein dämmriges Schlafzimmer.
An den Wänden wiederum Bilder, welch Überraschung. Nicht alles Fotografien, es gab auch jede Menge sorgfältig gerahmter Kinderkritzeleien mit Datum und Signatur – Melina in unterschiedlichen Stadien. Thorsten seufzte.
Das Bett war ungemacht, auf dem Nachttisch drängten sich Thermoskanne und Becher, Telefon, Fernbedienung, Fieberthermometer. Niemanns Krankenlager. Ansonsten lag nichts herum, selbst der Kleiderständer in der Ecke war bis auf ein Jackett und eine glatt über einen Bügel gehängte Hose leer.
„Kommen Sie." Der Techniker winkte ihn zu sich und lüpfte vorsichtig einen der schweren dunkelgrünen Vorhänge.
„Der Mörder hat die Scheibe eingeworfen?", platzte er heraus und

eilte ebenfalls zum Fenster. Ja, unter den Vorhängen blitzten Glasscherben.
„Sieht ganz so aus. Da drüben liegt der Stein."
Er war unter das Bett gerollt, hatte dabei einen Eimer umgestoßen, den Thorsten erst jetzt entdeckte. Völlig deplatziert, vermutlich hatte er als Spuckbehälter gedient. Zum Glück sah er sauber aus. Und trocken, sodass das Geschoss keinen Schweinkram angerichtet hatte. Unwillkürlich verglich Thorsten diesen Stein mit dem, den er eben im Baumarkt gesehen hatte. Was ja Unsinn war.
„Mein Kollege hat draußen eine am Dach lehnende Leiter gefunden", erklärte der Techniker und hob die Gardine noch höher, damit Thorsten sich davon überzeugen solle. „Sehen Sie? Es scheint sich um die zu handeln, für die es an der Hauswand eine Hängevorrichtung gibt. Jedenfalls war es kein Problem für den Täter, aufs Dach zu gelangen und sich hier oben Zutritt zu verschaffen."
Oh Gott. Thorstens Herz hatte einen Schlag ausgesetzt. Auf der Fensterbank, neben zwei offensichtlich zur Seite geschobenen Blumentöpfen ... lag etwas. Es lag, stand nicht etwa auf dem Kopf – er schaute extra noch einmal ganz bewusst hin. Nein, dieses Exemplar lag auf seinen Stacheln, war offenbar umgefallen, als der Einbrecher sich die Fensterbank freigemacht hatte. Doch ansonsten war es der gleiche Deko-Igel aus Ton, den die Niemann-Enkelin auf ihrem Schreibtisch stehen hatte und von dem sie behauptete ...
„Durch die kaputte Scheibe hat er dann das Fenster geöffnet und anschließend wieder zugeworfen."
Das hieß gar nichts, oder? Diese Igel stammten bestimmt aus dem Baumarkt-Gartendeko-Sortiment, und die innige Beziehung zwischen Opa und Enkelin war durch die Bilderflut in diesem Haus ja quasi besiegelt. Da hieß es gar nichts, dass beide denselben Gegenstand besaßen.
„Es gibt einen halben Fußabdruck auf der Fensterbank, leider aber keine Fingerabdrücke auf dem Griff. Wahrscheinlich hat der Einbrecher Handschuhe getragen."
„Wäre ja auch zu schön gewesen." Thorsten atmete tief ein, um die Beklommenheit wegzukriegen, die der Igel in ihm ausgelöst hatte.
„Auf dem Teppich habe ich Partikel sichergestellt, die er unter den Schuhen hatte. Was sich da außer Moos vom Reet und Erde der Umgebung noch findet, werden wir sehen."
„Gut." In Krimiserien kam es ja durchaus vor, dass so ein genialer

Hodgins einen Täter mittels seltener Pilzsporen oder abgelegener chemischer Elemente überführte. Ob Kiel so jemanden zu bieten hatte, war allerdings fraglich.
„Im Schlafzimmer habe ich keine weiteren Spuren gefunden, er scheint nichts angefasst zu haben und auch nichts durchsucht."
Der Techniker ging an Thorsten vorbei aus dem Raum und wartete, bis er nachgekommen war.
„Das einzige für einen Einbrecher Interessante wäre wohl auch der Tresor gewesen." Er wies auf ein wahres Monstrum in der Wand gegenüber der Treppe, dann auf einen großen Bilderrahmen, der darunter lehnte. „Er war ganz klassisch unter dem Bild da versteckt."
Auf geballte Opa-Enkelin-Idylle gefasst, war Thorstens Blick dorthin gewandert. Diesmal jedoch war Niemann selbst nicht mit darauf. Es war ein Profi-Foto von einem Fotografen zu einem offiziellen Anlass, Abiball oder so was. Die blutjunge Frau Niemann lächelte allein und dezent in die Kamera. Geschminkt, mit kunstvoll hochgesteckten Haaren und in hellblauem Ballkleid sah sie aus wie ein Model aus einem Magazin.
Puh, war es normal, dass Großväter solche Fotos von ihren Enkelinnen aufhängten? Noch dazu über ihre Tresore?
Der Techniker schien sich darüber keine Gedanken zu machen. „Ein versierter Dieb hätte ihn kaum übersehen", stellte er fest. „Aber er ist unversehrt und verschlossen. Und auch sonst deutet nichts darauf hin, dass etwas gestohlen wurde. Wobei das natürlich von den Angehörigen bestätigt werden muss."
Thorsten nickte.
„Wie Sie sehen, gibt es außer dem Schlafzimmer noch zwei weitere, anscheinend unbenutzte Zimmer und ein Bad."
Ein großes, helles, man hatte ein Oberlicht in den Giebel gebaut, wie Thorsten durch die offenstehende Tür erkennen konnte. Komplett gekachelt. Und ja wohl ohne Bilder – obwohl er lieber darauf verzichtete, sich davon zu überzeugen.
„In keinem der Räume habe ich Hinweise gefunden, dass der Täter dort gewesen ist", fuhr der Techniker fort. „Alles ist aufgeräumt und sauber, kein Staub, Teppiche frisch gesaugt. Das Bad ist ebenfalls sehr sauber, im Müll nur eine leere Klopapierrolle, Waschbecken trocken, keine Spritzer an den Spiegeln."
„Schmutzwäsche?", zeigte Thorsten auf den Korb neben der Tür.

„Zwei weiße T-Shirts, ein paar Socken und Unterhosen, alles noch nicht lange da drin."
„Medikamente?"
„Nur das übliche. Schmerzmittel, etwas gegen Durchfall. Hühneraugenpflaster, Warzen-Ex. Das Opfer hatte, wie es scheint, keine chronischen Krankheiten, hat weder Psychopharmaka noch Schlafmittel benutzt."
„Er hatte Probleme mit der Leber."
„Dazu stehen zumindest hier keine passenden Mittel. Aber ich werde natürlich eine Liste erstellen, damit wir sie mit den Erkenntnissen aus der Obduktion vergleichen können."
„Super." Nun kam Thorsten sich doch reichlich dämlich vor, aus seiner Position heraus den Mann zu loben.
Der nickte ihm nur knapp zu. „Wie gesagt, auf den ersten Blick ist mir nichts mehr aufgefallen. Aber wir halten uns natürlich bereit, falls sich im Laufe der Ermittlungen noch neue Aspekte ergeben, und suchen dann gezielt nach Beweisen."
„Danke." Thorsten trat beiseite, um ihn durchzulassen, und folgte ihm die Treppe hinunter, wo der Mann sich zu seinen Kollegen gesellte, die rund um die Leiche beschäftigt waren.
Die Bayerin stand wachsam daneben. Sie nachher um Infos anzuzapfen, würde Thorsten einiges an Charme abverlangen, aber das würde er schon hinkriegen. Nun wollte er noch die Küche in Augenschein nehmen.
„Elke und Heinrich sind beide drin", schnappte er Hobbis Stimme auf, als er schon an der Leiche vorbei war.
„Frau Sahin, sind Sie das?", brach dann sogleich die Troschke über die arme Elke herein. „Wo ist Herr Heinrich? Kommen Sie bitte, wir sind abberufen, die Mordkommission aus Neumünster übernimmt."
Es war ein Reflex, der Thorsten umso schneller vorwärts trieb. Verdammt, das hatte er wahrhaftig verdrängt! Dass die Mordkommission zuständig war, hatte er natürlich gewusst. Aber irgendwie war er davon ausgegangen ... Ach Quatsch, er hatte einfach nicht darüber nachgedacht. Sondern im Gefühl geschwelgt, ein cooler Kommissar zu sein. Dass sein erster Mord schneller enden würde, als er auch nur sämtliche Informationen auf der Reihe hatte ...
„Moin", begrüßte er den in der Küche beschäftigten Techniker und schob sich hastig zu ihm hinein, fieberhaft bemüht, sich trotzdem

zu konzentrieren und wahrzunehmen, was es wahrzunehmen gab. Keine Bilder, wie es schien, auch hier waren die Wände vollständig gefliest. Ein Fenster ging zum Noor, eine hölzerne Terrassentür mit Fenster zur Seite hinaus. Auf eine mit Holzelementen eingefasste Terrasse. Den Garten hatte man offenbar trockengelegt, unmittelbar hinter dem Zaun schloss sich nämlich der ausgedehnte Schilfgürtel des Noors an. Oh, es gab sogar eine Gartenhinterpforte. Ob man von dort direkt auf den öffentlichen Wanderweg rund ums Noor kam? Wobei bestimmt nicht einfach war, das trockenen Fußes zu bewerkstelligen, so morastig, wie das ganze Gebiet hier zu sein schien mit seinen sumpfigen Tümpeln und dunkelgrünen Grasflächen, die schon beim Hingucken schwankten. Rasch verscheuchte Thorsten die Assoziation an Mücken, Wasserratten und feuchte Wände und ließ seine Augen durch den Raum wandern.
„Keine auf den ersten Blick erkennbaren Spuren", erklärte der Techniker, der sich bestimmt wundern würde, alles gleich noch einmal erzählen zu müssen, wenn die Neumünsteraner eintrudelten. „Die Küche war sauber und aufgeräumt. Das einzige, was herumstand, war eine leere Teekanne mit gebrauchtem Tee-Ei. Kamillentee, wahrscheinlich gestern Abend aufgebrüht. Geschirrspülmaschine leer, Mülleimer frisch geleert. So übersichtlich und uneklig hat man es selten."
„Das Opfer war krank und hat wohl nur Tee zu sich genommen. Und hatte überdies eine anscheinend sehr engagierte Zugehfrau." Thorsten betrachtete die streifenfrei gewischten Arbeitsflächen und die blitzende Spüle.
„Heinrich? Bist du hier?" Das war Elke. Unüberhörbar unwillig. Ihr als Steril-Overallträgerin war wohl der Auftrag aufs Auge gedrückt worden, ihn einzufangen.
Also schnell jetzt. Was hier in der Küche war wichtig?
„Heinrich? Wo bist du?" Mist, sie kam näher.
Die Ordnung und die Sauberkeit. Nirgendwo stand etwas herum, keine Fingerspuren am Edelstahl oder gar sonstiger Schmierkram. Kein Nippes, keine Deko. Nicht mal offen aufgestellte Küchenbestecke oder Messer. Ein einziges Geschirrhandtuch an der Hakenleiste, blütenweiß und frisch gebügelt.
„Heinrich! Was tust du denn hier?" Elke war in der Küchentür angekommen. „Alle warten auf dich, die wollen eine formelle Übergabe machen."

Der einzige Blickfang war ein farbenfrohes Poster neben der Terrassentür. Lebensechte Zeichnungen verschiedenster Speisepilze. Oh, und in der Ecke daneben befand sich ein offenes Regal. Reihenweise Einmachgläser. Pilze, wie es schien. Ganz offensichtlich war das Pilzesammeln Niemanns große Leidenschaft gewesen, für die er sogar seine pedantische Ordnung etwas gelockert hatte.
Oh ja, tatsächlich. In der Nische dahinter hing ein Bildhalter aus durchsichtigem Plastik, in den man Fotos untereinander hineinschieben konnte. Eine einzige Serie. Selbstredend Opa und Enkelin – beim Pilzesuchen. Hier war Melina schon älter, so zwölf, dreizehn, und Niemann und sie waren immer abwechselnd drauf, offenbar hatten sie sich gegenseitig aufgenommen. Opa neben einem Steinpilz, Enkelin mit dem Pilzkorb, Opa, der sich auf einem Baumstamm niedergelassen hatte und lachend in ein Brot biss, Enkelin, die auf dem Baumstamm balancierte. Und auch wenn sie nicht mal in jedem Augenblick lächelten, wirkten die beiden so eifrig und harmonisch miteinander ...
„Heinrich, ich kriege sonst Ärger!"
Was für ein Blödsinn. Beides. „Ich komme ja schon." Widerstrebend wandte Thorsten sich zum Gehen.
„Es ist gemein, dass sie uns von diesem Fall abziehen, das finde ich auch." Elke seufzte. Ehe ihr offenbar erst wieder einfiel, dass sie ihm ja böse war. „Umso gemeiner war es, dass du eben alles an dich gerissen hast."
„Selbstlosigkeit ist nicht meine Stärke." Er zuckte die Achseln und verließ als Erster die Küche.
Die beiden anderen Kriminaltechniker machten sich noch immer an der Leiche zu schaffen, sie hoben jedoch einträchtig den Kopf, als Thorsten vorbeiging – um Elke hinter ihm zuzunicken.
„Vergelt's Gott", flötete die ihnen bayerisch zu.
Der Reflex, sie nachzuäffen, war so stark, dass er seine verstellte Stimme in seinem Kopf richtig hören konnte.

„Wie lange arbeiten Sie eigentlich schon hier?", erkundigte Ella sich bei Frau Wolter, während sie an die Arbeitsfläche trat, vor einem riesig breiten Fenster zum Noor. Wirklich beeindruckend! Gleich daneben eine Tür mit Glaseinsatz, die auf eine kleine

Küchenterrasse führte. Hübsch gepflastert, von Kräuterkübeln und zwei Hochbeeten mit Salat und anderem Gemüse flankiert.
„Och, schon eeeewig!“ Frau Wolter begann erst einmal, den Kaffeeautomaten auseinanderzunehmen. „Das Ding wartet immer extra auf mich“, erklärte sie lachend. „Immer wenn ich komme, verlangt er nach etwas.“ Sie legte die Stirn in Falten, während sie den Auffangbehälter unter dem Wasserhahn ausgiebig ausspülte. „Wie lange bin ich hier? Lassen Sie mich mal überlegen. Der Junior hat mich eingestellt, da war er ganz frisch verheiratet, lebte mit seiner Frau noch im alten Haus. Dieses hier wurde gerade gebaut. Das war ein Aufwand! Sie können sich ja vorstellen, was es bedeutet, mitten im Sumpf ein Haus zu bauen!“ Während sie blind zu einem Geschirrtuch griff, um den Behälter abzutrocknen, sah sie Ella auffordernd an.
Die nickte pflichtschuldigst. Natürlich ohne auch nur eine Ahnung zu haben.
Was Frau Wolter zu reichen schien. „Die Zeit, wo die Jungen und die Alten unter einem Dach lebten, war fürchterlich. Auch wenn der Alte da noch nicht so pedantisch war – das hat er durch seinen Jähzorn doppelt wettgemacht. Außerdem lebte die alte Frau Niemann noch, die war eine Schwiegermutter – glauben Sie mir, die war nicht zu ertragen! Die junge Frau Niemann war mehrmals kurz davor, ihre Koffer zu packen. Dabei war sie schwanger. Da war es ein Glück, als die Alte ihren Herzanfall hatte.“
„Oh. Ist sie ...?“
„Sie ist gestorben, ja. Und danach wurde es besser.“
Ella riss die Augen auf. Was für eine Feststellung!
„Nachdem dann auch der Neubau fertig war – das war eine richtig gute Zeit. Das junge Paar mit dem Baby endlich hier allein, der Alte konnte drüben seinen Kram so machen, wie er es wollte, und wurde überhaupt viel umgänglicher.“ Mit einem Ruck schob Frau Wolter den sauberen Behälter an seinen Platz zurück und schraubte nicht weit entfernt davon einen Deckel auf, um Kaffeebohnen nachzufüllen. „Ich war sowieso vor allem bei den Jungen. Und damals war hier noch Leben in der Bude. Den ganzen Tag lief Musik, und Sabine, so heißt Frau Junior, tanzte durchs Haus.“ Jetzt kam auch noch der Wassertank dran. „Naja, inzwischen ist ordentlich Zeit vergangen. Letztes Jahr haben die Juniors Silberhochzeit gefeiert, wissen Sie?“

„Fünfundzwanzig Jahre“, staunte Ella und sparte sich das Nicken. „Sie scheinen ja wirklich eine treue Seele zu sein. Oder ist die Familie so nett?“ Irgendwie konnte sie sich das nicht vorstellen. Immerhin hatte sich Frau Wolter recht abfällig über die Marotten des Toten ausgelassen.
„Nett? Die?“ Prompt schnaubte die Haushälterin. „Also Sabine war nett, früher. Ansonsten ist 'nett' bei Familie Niemann ein Fremdwort. Mit den Jahren hat die immer mehr auf Sabine abgefärbt. Nee, nee, ist wohl auch kein Zuckerschlecken, mit diesen Männern verheiratet zu sein!“
Ella wollte nachfragen, doch Frau Wolter war so in Fahrt, dass sie ihren Mund unverrichteter Dinge wieder schließen musste.
„Die Kinder hatten es auch nie einfach. Naja, Melina noch eher, das ist die ältere Tochter. Die ist nach außen hin sehr lieb. Aber innen genauso pedantisch wie der ganz alte Niemann. Nur dass sie nicht meckert, so wie er, sondern mir still hinterherputzt. Und selbst das, ohne zu meckern. Ziemlich gestört, die Arme. Die andere, Jonna, die mag hier keiner. Hat es auch faustdick hinter den Ohren. Dabei ist die eigentlich noch die Normalste hier, auch wenn sie wirklich nix als Ärger macht. Aber was bleibt ihr auch übrig? Mit einem Vater, dem der von Haus aus vorgeschriebene Sohn versagt geblieben ist, und einer Mutter, die das als ihr persönliches Versagen empfindet? Die Ältere hat sich von klein auf ein Bein ausgerissen, um den Ansprüchen ihres Vaters und Großvaters gerecht zu werden. Da konnte die Kleine von Anfang nicht ranreichen. Melina war immer die Hübsche, Erfolgreiche, Vernünftige. Da blieb für Jonna nur die andere Möglichkeit: Ihre Haare zu färben und sich komplett zu verweigern. Was mögen Sie? Kaffee Latte? Kaputschino? Es gibt sogar Kaukau! Oder auch Kaffee mit Schuss, dazu müsste ich nur ...“
„Nein, nein, ein einfacher Kaffee reicht“, gelang Ella endlich, sie zu stoppen, und fragte schnell weiter: „Was ist es dann, was Sie all die Jahre hier gehalten hat?“ Auf dass Frau Wolter bloß in ihren ursprünglichen Redefluss zurückfand!
„Ach, mit schwierigen Chefs habe ich inzwischen Übung.“ Sie ließ sich nicht zweimal bitten. „Und eigentlich sind die Männer ja nie da, hängen von früh bis spät im Baumarkt rum. Von daher hab ich keinen Ärger mit denen. Ich krieg nur so einiges mit, wissen Sie. Die sind beide so welche.“ Sie hob ihre Nase ganz nach oben.

„Wissen Sie, was ich meine?"
Ella nickte rasch.
„Bitte sehr, ein Kaffee Crema. Ist wirklich sehr gut, diese Maschine, probieren Sie mal. Selbst bei Café Heldt ist der Kaffee nicht so gut, wirklich wahr." Ihre Augen glänzten so beseelt, dass sie jedes Werbefilm-Casting gewonnen hätte.
Ob am Ende der Luxus dieser Maschine dafür verantwortlich war, dass Frau Wolter geblieben war? Ella zog die Nase kraus. „Danke." Automatisch hatte sie den Becher gleich zum Mund geführt und zuckte zusammen, als sie sich die Lippen verbrannte.
„Ja, schön heiß", kommentierte Frau Wolter anerkennend. „Ich hab mir zu Hause auch einen Automaten gegönnt – eine andere Preisklasse natürlich. Da kommt immer nur lauwarmer Plörr raus, deshalb koche ich lieber wieder richtigen Filterkaffe, mit Porzellantrichter, so richtig wie früher, wissen Sie?
„Den jungen Herrn Niemann mögen Sie also auch nicht?" Ella hatte ganz leise gesprochen, damit Frau Wolter es nicht so mitbekam, dass sie sie aushorchte.
„Niemand mag den Niemann." Frau Wolter kicherte. „Klingt lustig." Ella stimmte mit ein. Es lief doch geradezu ideal. Da wurde sie zum Kaffeekochen geschickt – und fand sich unversehens in einer höchst aufschlussreichen Befragung wieder. Was ihre momentan überhaupt nicht vorhandenen Kompetenzen natürlich bei weitem überschritt, schließlich war sie lediglich mit dem Auftrag, das Kaffeekochen zu überwachen, hier zurückgelassen worden. Aber was sollte sie tun? Die Gelegenheit war supergünstig, und Frau Wolter schien nicht einmal zu bemerken, dass sie wertvolle Informationen preisgab. Wenn Ella sie jetzt einfach weitermachen lassen und ihren neuen Kollegen erst einmal nichts davon erzählen würde? Vielleicht erwiesen sich ja sämtliche Informationen als irrelevant. Dann würde niemand und schon gar nicht ihr Teamchef von diesem Gespräch erfahren müssen.
Sollte sich allerdings das Gegenteil herausstellen, würde es keinen Ärger – zumindest keinen großen – mehr geben, wenn sie dann erst zugab, woher ihr Wissen stammte. He, das war gut. Was konnte sie denn dafür, dass diese Haushälterin nicht ruhig zu kriegen war?
„Ist Niemann junior auch so schwierig wie sein Vater?", erkundigte sie sich beiläufig.

Während Frau Wolter gedankenverloren einen Schluck aus dem zweiten Kaffeebecher nahm. „Ach, es ist doch immer dasselbe", seufzte sie. „Das Geld. Das macht die Leute kaputt. Also hier", sie fasste sich ans Herz, „es macht einen Stein daraus. Und wo der Alte noch in bescheidene Verhältnisse hineingeboren ist – sein Vater hat sich ja erst hochgearbeitet – ist dem Jungen von klein auf alles hinten reingestopft worden, wenn Sie mich fragen. Von daher war bei dem von jeher Hopfen und Malz verloren. Mitgefühl oder gar Nächstenliebe? Fehlanzeige! Der junge Niemann jagt jeden in die Wüste, der ihm querkommt, wissen Sie? Hat halt Einfluss. Beim Stadtrat allerdings hat er sich die Zähne ausgebissen."
„Wie das denn?", hakte Ella behutsam nach, um den aufschlussreichen Redefluss auf keinen Fall zu unterbrechen.
„Der Baumarkt, wissen Sie? Immer geht es um DEN Baumarkt." Sie kicherte leise und schlürfte an ihrem Kaffee. „Wissen Sie eigentlich, woher 'DEN' kommt? Es sind die Namen. Delf und Evert Niemann. Der Vater und der Onkel vom Alten. Nach Kriegsende haben sie einen Baustoffhandel gegründet. Schlaue Idee. Fette Zeiten für Baustoffe: Alles kaputt, alles musste aufgebaut werden. Also nicht in Eckernförde, hier sind ja nur zwei Bomben gefallen, und die haben sie nur aus Versehen verloren. Aber Kiel, Neumünster, Rendsburg, Schleswig – da ist ne ganze Menge zerstört worden. Das Grundstück hier war billig, der Transport in die größeren Städte kein Problem. Naja, jedenfalls ist es von Anfang an steil bergauf gegangen mit dem Geschäft. Und als in den Sechzigern die Heimwerker modern wurden, hat der Alte gleich erkannt, dass da die Zukunft lag. DEN Baumarkt wurde gegründet."
„Aha", sagte Ella matt. „Aber Sie wollten mir doch erzählen, warum Herr Niemann junior Ärger mit dem Stadtrat hat." Vorsichtig nahm sie ihren noch immer alles andere als wohltemperierten Kaffee wieder in Angriff.
„Ach so, ja." Frau Wolter war offenbar immun gegen Hitze. Sie nahm gleich mehrere Schlucke hintereinander, ehe sie den Becher senkte. Fasziniert beobachtete Ella, wie sich der genießerische Ausdruck in ihrem Gesicht verlor und Kummer darin breitmachte. Ende des Werbefilms. „Wissen Sie, der Niemann will den Baumarkt vergrößern. Schon lange. Zur Seite hin, wo noch immer der alte Baustoffhandel ist. Naja, und hinter dem Baumarkt, da ist doch die Norderhake und dahinter kommen Kleingärten. Die sich

gefälligst woanders breitmachen sollen, findet der Junior. Also wollte er den Grund kaufen, die Kleingärten einstampfen und seinen Baustoffhandel dahin verlegen. Aber zum Glück gehört der Grund der Stadt. Und beim Stadtrat ist er mit seinem Anliegen voll abgeblitzt. Naherholung, sagen die. Da geht gar nichts." Sie lächelte glücklich. „Ich war auch ein Gegner von diesem Plan. Weil ich nämlich dort auch einen Schrebergarten habe. Ist schön da. Man hört die Umgehungsstraße, das schon, und die Bahnschienen sind auch ziemlich nah. Aber auch vom Hafen schallt es rüber. Ich mag das gerade. Man ist so mitten drin, verstehen Sie? Nur leider viele Mücken. Wegen dem Noor, also der Norderhake." Sie seufzte. „Hier gibt's auch viele Mücken, weil dieses Haus ebenfalls ganz nahebei liegt, und das Südufer – also hier – ist es noch viel sumpfiger als drüben bei uns. Vom alten Haus können Sie noch besser übers Noor gucken. Und gleich gegenüber, was meinen Sie, ist da zu sehen?" Sie kicherte. „Der Baumarkt, natürlich. Von hier bis dort – nur Moor und Noor. Kennen Sie das 'Mädchen von Windeby'? Das ist die berühmte Moorleiche, gut erhalten. War aber in Wirklichkeit ein Junge, soweit ich weiß. Wurde hier irgendwo gefunden. Im Museum in Gottorf kann man ihn oder sie noch immer bewundern."

Bewundern, ah ja. Diese Frau hatte eine sehr pragmatische Umgehensweise mit dem Tod. Und wie sie ohne die geringste Mühe vom Hundertsten ins Tausendste kam – vom Baumarkt über Mücken zu Moorleichen. Wenn das keine Leistung war! „Im Gegensatz zu Ihnen wird sich Herr Niemann über den Beschluss des Stadtrates nicht gefreut haben."

„Das kann man wohl sagen." Frau Wolter trank ihren Becher auf ex und drehte sich schwungvoll zum Kaffeeautomaten, um ihn erneut zu füllen. „Auch wenn lange nicht mehr alle Schrebergärten bewirtschaftet werden und auch wenn da manchmal irgendwelche Leute für Unruhe sorgen, die Anlage ist ein Kleinod. Gehen Sie da mal spazieren! Sie können Vögel singen und Hähne krähen hören. Und wie es blüht und grünt. Der Niemann soll doch zufrieden sein mit dem, was er hat. Ist doch eh ne ganze Menge." Ohne Verzögerung wanderte der Kaffeebecher an ihre Lippen, sobald die Maschine stumm geworden war. „Also, haben Sie eine Ahnung, wie groß allein dieses Grundstück hier ist?"

Nein, hatte Ella nicht. Eher Mühe, Frau Wolter beim Thema zu

halten. „Was ist denn passiert, nachdem der Stadtrat nein gesagt hat?"
„Die Niemänner", die Haushälterin kicherte, „so nenn ich Vater und Sohn, also die beiden Niemänner haben natürlich getobt. Aber machen konnten sie gar nichts. Außer wüst zu drohen, dass die Stadt ihre Baustoffe in Zukunft zum regulären Preis kaufen könne."
Das war jetzt richtig hochinteressant. „Aber hätten sie sich damit nicht ins eigene Fleisch geschnitten? Aufträge von der Stadt, das ist doch sicher lukrativ."
„Damit kenn ich mich nicht aus", gab Frau Wolter zu und sah Ella dabei ratlos an. „Ich erzähl ja nur, was hier geredet wird."
„Und? Was wird hier darüber geredet?" Ella hatte sich nach vorn gebeugt, so verlockend wie möglich geraunt.
Sie erschrak jäh, weil Frau Wolter sich im selben Moment aufrichtete, um einen Schluck aus ihrem Becher zu nehmen. War das jetzt Abwehr gewesen? Oder hatten sich ihre Impulse lediglich überkreuzt? Sie hielt den Atem an.

Vor dem Haus wartete ein ganzer Pulk Leute, die sich alle zu Thorsten umwandten, als er aus der Tür trat. Während er leider nicht allzu geschickt aus dem Overall schlüpfte, bemühte er sich, aus den Augenwinkeln die Zusammensetzung der Gruppe zu erfassen. Niemann junior war bereits eingetroffen, neben ihm eine sichtlich aufgelöste Frau, vermutlich die seinige. Zwischen mehreren Uniformierten ragte ein Zweimetermensch mit Pferdeschwanz heraus, der Thorsten schon öfter bei Vollversammlungen in Neumünster aufgefallen war. Noch ziemlich jung, von daher war es wohl sein älterer Kollege in beiger Opa-Jacke und Schiffermütze, der die Leitung übernehmen würde. Zumindest kümmerte der sich mit wichtiger Miene um die beiden Niemanns.
Ja, und er war es auch, der Thorsten sofort besitzergreifend zuwinkte, als er ihn bemerkte. Er sprach noch einen Takt mit den Niemanns, ehe er sie stehenließ und zu Thorsten herüberkam. „Ich bin Hauptkommissar Klaasen, hallo, Herr Heinrich. Ich habe gehört, Sie haben ein bisschen Mord-Luft geschnuppert?" Er gluckste ob dieses gar innovativen Gags.
Thorsten spannte den Kiefer an.

„Das ist mein Kollege Oberkommissar Marten", er deutete auf den Zweimetermann, der gerade mit Hobbi und der Troschke anrückte. Elke war gleich neben Thorsten stehengeblieben.
„Sie haben die Leichenschau der Gerichtsmedizin verfolgt, Herr Heinrich?", eröffnete Klaasen das Fachgespräch. „Leider sind die beiden schon wieder los, ein weiterer Fall rief." Sein Lachen zeigte, dass er auch das für einen Witz hielt.
„Es scheint, als sei der Mörder in Niemanns Abwesenheit durch ein Fenster im ersten Stock ins Haus eingedrungen", begann Thorsten ohne Einleitung. „Nichts weist darauf hin, dass etwas gestohlen oder gesucht wurde. Als das Opfer nach Hause kam, wurde er von seinem Mörder im Eingangsbereich angegriffen und mit dem Gürtel seines Mantels erdrosselt. Das Opfer hat wenig Gegenwehr geleistet, was vermutlich darauf zurückzuführen ist, dass er schon seit Tagen krank war. Anschließend wurde seine Leiche einfach liegenlassen."
Ein gewisser Unterton in Klaasens zustimmendem Brummen ließ Thorsten umso schneller weiterreden. „Daraus dass der Mörder sich nicht die Mühe gemacht hat, die Leiche zu verstecken, lässt sich schließen, dass es eine spontane Tat war. Und da nichts auf Raubmord hindeutet, haben Täter und Opfer sich wahrscheinlich gekannt." Mist, das war jetzt pure Spekulation gewesen, oder?
Klaasens gönnerhaftes Lachen rieb ihm genau das unter die Nase. „Die Schlussfolgerungen überlassen Sie mal meinem Kollegen und mir, Herr Heinrich." Nach und nach breitete sich Ernsthaftigkeit in seinem Gesicht aus, als hätte er sich über einen Fauxpas eines kleinen Kindes zunächst amüsiert und müsste sich nun zwingen, es dennoch angemessen zurechtzuweisen. „In der Vergangenheit bin ich immer gut damit gefahren, die Kompetenzen der einzelnen Dezernate ordnungsgemäß zu trennen. Daher wird ausschließlich die Mordkommission an diesem Fall arbeiten. Während Sie unter Aufsicht von Hauptkommissarin Troschke Ihre regulären Fälle weiterführen."
Dieser belehrende, selbstgerechte Ton! Hatte der Kerl es nötig, sich derart aufzuspielen? Thorsten hatte im ersten Moment die Luft anhalten müssen. Diesem Arsch würde er nicht ein Fitzelchen mehr geben, als er unbedingt musste. Sollte der doch selbst alle nochmal befragen!
Kurz blitzte der kleine Igel vor seinem inneren Auge auf. Der ja

aber sowieso keine Relevanz hatte. Thorsten würde bei Gelegenheit nachprüfen, ob die Viecher wirklich aus dem Sortiment des Baumarktes stammten. Aber selbst wenn nicht – es handelte sich um Großvater und Enkelin, wahrscheinlich hatte die Baumarkttochter den Igel ihrem Opa geschenkt. Das hatte nichts mit dem Mord zu tun.
„Gibt es noch etwas, das wir wissen müssen?“, fragte Klaasen prompt. Aber achtlos, er hatte Thorsten schon abgehakt.
Hmm, die Tatsache, dass der einer der Letzten war, die das Opfer lebend gesehen hatten, durfte er natürlich trotz allem nicht unterschlagen. Er spürte Niemanns Augen auf sich. Der würde es eh ausplaudern. „Um kurz nach sieben heute Morgen haben das Opfer und sein Sohn den Parkplatz ihres Baumarkts gemeinsam verlassen“, setzte er in seinem abweisendsten Ton hinzu. Was erst einmal eine Zusammenfassung der Brandstiftungssache nach sich zog. Nun war es Thorsten jedoch eine besondere Freude, die Sache ausschweifend und in sämtlichen Details auszubreiten.
„Halten Sie einen Zusammenhang mit dem Mord für möglich?“, verblüffte Klaasen ihn dann mit einer direkten und ehrlich klingenden Frage.
„Äh, nein.“ Prompt hatte der ihn erwischt. Verdammt, warum hatte Thorsten noch keine Antwort auf diese Frage? *Wäre das möglich? Dass Niemann junior die Dreistigkeit besitzt, seinen Vater zu ermorden, nachdem und bevor er mit der Polizei gesprochen hat?*
Fest stand: Klaasen durfte an keinen Zusammenhang glauben, wenn Thorsten sich nicht völlig ausbooten lassen wollte. Er atmete tief ein. „Meiner Meinung nach“, und das war ja auch das Naheliegendste, „handelt es sich bei dem Brand um Vandalismus einer Gruppe von Jugendlichen, die in letzter Zeit in einer Kleingartenanlage in der Nähe in Erscheinung getreten ist.“ Ihm wurde heiß. Wenn er es jetzt geschickt anstellte ... „Außer dem Brand haben die Kids bisher lediglich Zäune bemalt, Blumen gepflückt und Kaninchen freigelassen. Und eine Fensterscheibe eingeworfen.“ Davon wussten bisher nur Güde und er, soweit er informiert war. Insofern würde niemand der Anwesenden ...
„Demnach sind Sie der zuständige Ermittler für diese Bande?“ Klaasen hatte alles gewissenhaft mitgeschrieben.
„Ja.“ Wiederum war Thorsten versucht, den Atem anzuhalten.
„Sollten Sie im Zuge Ihrer Arbeit auf Aspekte stoßen, die für die

Mordsache wichtig sein könnten, verlasse ich mich darauf, dass Sie mich umgehend informieren."
„Ja." Nicht zu heftig nicken. „Ja, klar." Das hieß jetzt ...
„Dann danke ich Ihnen, dass Sie die Sache heute so kompetent und zügig ins Rollen gebracht haben." Es war beeindruckend, wie nahtlos Klaasen auf Schleim umgeschaltet hatte.
Aber das hieß: Es war besiegelt. Thorsten spannte die Bauchmuskeln an, um sein Frohlocken unten zu halten.
„Es ist mir immer wieder ein Vergnügen." Klaasen hatte sich längst von ihm abgewandt, streckte der Troschke die Hand hin und senkte ergeben den Kopf.
Die grinste doch glatt geschmeichelt. Thorsten verzog den Mund. Durchschaute sie denn nicht, was der Typ für 'ne Show abzog? „Ich danke Ihnen vielmals. Und wünsche Ihnen viel Erfolg, Herr Kollege." Sie hörte gar nicht mehr auf, seine Hand zu schütteln.
Ehe sie sich abrupt abwandte und in typischer Manier mit dem Zeigefinger hoch in die Luft stach, als wäre sie eine Kindergärtnerin, die ihre Schützlinge an der Ampel um sich scharte. „Wir anderen wenden uns wieder unserer eigentlichen Arbeit zu. Ich fahre ins Büro. Frau Sahin und Herr Hobbe, Sie nehmen Frau Kirsch und Herrn Heinrich mit." Sie stutzte, guckte herum, bis sie Thorsten entdeckte. „Herr Heinrich, wo ist Ihre Partnerin?"
„Äh – woher soll ich das denn wissen?"
„Sie müssten es", schnauzte sie ihn gleich an. „Weil Sie für sie verantwortlich sind. Dafür, dass sie sich einarbeiten kann, und dafür, dass sie so schnell wie möglich gute Arbeit leistet."
„Sie war nicht da, als ich ankam."
„Nach Ihrem Einsatz hätten Sie sie unverzüglich suchen und in Empfang nehmen müssen. Um zu zeigen, dass Sie Ihrer neuen Aufgabe gewachsen sind, sich verantwortungsbewusst um einen Untergebenen zu kümmern. Das wäre es gewesen, was Ihrer Karriere genützt hätte. Stattdessen haben Sie sich jenseits aller Weisungen eigenmächtig in einen Fall gestürzt, der nicht einmal Ihrer ist."
„Ich bin angerufen worden, daraus habe ich geschlossen ..."
„Weil Sie nach einem wichtigen Fall gieren, das ist mir schon klar. Ich sehe mich nur gezwungen, darüber zu wachen, dass Sie über Ihrem zweifelhaften Ehrgeiz Ihre eigentlichen Pflichten nicht vernachlässigen."
„Ich habe gar nichts vernachläs..."

„Ihre neue Partnerin, die ich an Ihrer Stelle einweisen musste.“
„Heute Morgen habe ich vergeblich auf die Dame gewartet, aber sie war zu spät, und als sie endlich kam, war ich unterwegs, um einen Fall zu untersu...“
„Halt den Mund und komm mit“, zischte Hobbi, packte ihn am Arm und zog ihn aus dem Kreis.
Weg von Elkes abfälligem Gemurmel: „Er ist so ein Arschloch!“
Wütend fuhr Thorsten zu ihr herum. „Ich denke nicht daran, dass ich ...“
„Halt die Luft an, verdammt noch mal.“ Auch Hobbi war richtig sauer. Jetzt mit aller Vehemenz drängte er Thorsten vorwärts, dem Neubau entgegen. „Schnapp dir die Neue und sei vor allem nett zu ihr. N-e-t-t, nett, hast du verstanden? Wie viel Kraft dir das auch immer abverlangen wird. Sie ist neu, und sie soll sich bei uns wohlfühlen.“
„Lass uns tauschen. Du übernimmst sie, und ich kann Elke ...“
„Das kannst du vergessen“, blaffte die gleich los.
Ein letzter Schubs, und Hobbi eilte ihr und der Troschke nach, die schon Richtung Neubau abdampften.
„Du sollst mich mitnehmen“, brüllte er ihm nach.
„Ein Grund mehr, sich zu beeilen. Länger als fünf Minuten werde ich nicht auf dich warten.“
Es hatte keinen Sinn. Aufstampfend vor Zorn machte Thorsten sich ebenfalls auf den Weg. Seine zukünftige Untergebene einzusammeln. Die die ganze Zeit in einem leeren Haus hockte, während sich hier die Ereignisse überschlagen hatten. Das sagte ja wohl alles, was man über die Neue wissen musste.

Es war so still, dass das Ticken der Küchenuhr richtig hallte. Unauffällig musterte Ella den Raum über den Rand ihres Kaffeebechers hinweg. Großer Esstisch, Eckbank, Regale mit Ziertellern darüber, geraffte Vorhänge an den Fenstern. Landhausstil rustikal. Super aufgeräumt, super sauber.
Frau Wolter, die nach wie vor an die Anrichte gelehnt stand, nahm schon eine ganze Weile einen Schluck Kaffee nach dem anderen, dazwischen immer genau drei Sekunden pausierend, und schien tief in Gedanken versunken.

Hatte sie dicht gemacht? War Ella ihr zu neugierig geworden? Andererseits war sie doch vorher ganz versessen aufs Plaudern gewesen.
Sollte Ella die Frage wiederholen? Vielleicht hatte Frau Wolter sie einfach überhört? Oder inzwischen vergessen? Sie flüsterte bloß. „Was wird denn so geredet?"
„Oh." Frau Wolter war zusammengezuckt, blinzelte Ella an, als hätte die sie tatsächlich aufgeweckt. „Dass es Ärger gibt mit den Umsätzen", kam es dann wie aus der Pistole geschossen. Als hätte die Antwort in der Warteschleife festgesteckt, um jetzt endlich ausgespuckt zu werden. „Es geht um eine Menge Geld." Frau Wolter suchte Ellas Blick. Beugte sich näher zu ihr, um nun ebenfalls zu flüstern: „Meinen Sie, das könnte was mit dem Mord zu tun haben?"
Ellas Herz klopfte erwartungsvoll. „Das wäre durchaus möglich, oder?" Vielleicht stupste sie sie damit ein wenig an? Brachte sie dazu, noch mehr zu sagen? Vielleicht hatte sie eben, als sie so weggetreten gewesen war, über etwas Bestimmtes nachgedacht?
Alarmiert hob sie den Kopf, als sie hinter sich ein Geräusch hörte. Prompt beschleunigte sich ihr Herz endgültig. Sie hätte ihrer Chefin Kaffee bringen sollen und veranstaltete stattdessen ein Kaffeekränzchen mit einer wichtigen Zeugin. Langsam drehte sie sich um.
Da schlug auch noch ihr Magen einen Purzelbaum. Denn es war noch schlimmer. Im Türrahmen stand er. Breitbeinig. Mit eisigem Gesicht. Thorsten Heinrich, ihr neuer direkter Chef.

Sieh mal einer an, sie hat die Gelegenheit ergriffen und führt hier klammheimlich das erste Verhör. Doch noch ehe das anerkennende Grinsen bis in seine Mundwinkel vorgedrungen war, erkannte Thorsten sie. *Die Hunde-Tussi. Das darf doch nicht wahr sein!*
Wie sie dann hastig und mit vor Schuldbewusstsein strotzender Miene ihren Kaffeebecher abstellte und auf ihn zu stürzte, gab ihm den Rest. „Oh, Herr Heinrich, entschuldigen Sie, ich weiß, ich sollte Frau Troschke Kaffee bringen. Ich habe nur ... Also ich wollte auf keinen Fall meine Kompetenzen überschreiten, ich dachte nur, es könnte nicht schaden, wenn ich ..."

„Wenn Sie darauf verzichten, sich auf die Suche nach Ihrem Vorgesetzten zu begeben, um stattdessen Ihrem Privatvergnügen nachzugehen?“, schoss er auf sie ab. Ehe ihm, noch in dem Moment, da er es aussprach, bewusst wurde, dass er eins zu eins weitergab, was er vorhin selber hatte einstecken müssen. Er schützte ein Husten vor. „Sie werden gleich von den Kollegen der Mordkommission vernommen“, rief er der Haushälterin zu, die sich offensichtlich nicht entscheiden konnte, was sie mit dem Kaffeebecher in ihrer Hand anstellen sollte. „Warten Sie bitte hier.“
„Machen Sie es gut, Frau Wolter, und vielen Dank für den Kaffee“, klinkte sich die Neue ein. Mit freundlich zwitschernder Stimme.
Genervt wirbelte Thorsten herum und aus dem Raum.
Die Neue hechtete ihm nach. „Es tut mir ehrlich leid, ich wollte Sie nicht unterwandern“, wiederholte sie, nun zunehmend verzweifelt. „Es war eine so verlockende Gelegenheit, Frau Wolter war so gesprächig und ...“
„Erwähnen Sie das nicht den anderen gegenüber“, zischte er und riss die Außentür auf, um sich zuerst hinauszudrängen.
„Das werde ich nicht, natürlich nicht. Ich wollte keinen Ärger machen. Normalerweise ist das echt nicht meine Art, ich weiß auch nicht, was heute los ist. Dieser Tag ist wie verhext.“ Sie stieß eine Art entschuldigendes Lachen aus. Wie ein Hundewelpe, der sich auf den Rücken packte, um den Feind zu besänftigen.
Hundetussi, das passte wie die Faust aufs Auge. „Sie sollten wenigstens dazu stehen“, stieß er hervor und wandte sich ab. Wie sollte er mit einer wie der an der Backe seinen Plan durchziehen? Aber das würde er, und wenn er sie gefesselt und geknebelt im Büro einsperren musste! „Sehen Sie zu, wir müssen mit den anderen zurück fahren, und die warten nicht ewig.“ Grimmig stapfte er voraus, ihren gehetzten Atem im Nacken.

Ungelegenheiten

Was war los mit diesem Tag? Nun hockte Thorsten auch noch zusammengefaltet wie eine Ölsardine auf der Rückbank des kleinsten Kleinwagens, den die Eckernförder Kripo im Angebot hatte. Hobbi schwor auf ihn von wegen Parken, Wendekreis und so – Kunststück, er war auch eine halbe Beinlänge kleiner als Thorsten. Und wenn er den Sitz weit zurückschob ...
Deshalb war Thorsten gleich auf die Beifahrerseite gegangen in der selbstverständlichen Annahme, die beiden kleinen Frauen würden nach hinten gehen. Pustekuchen! Hobbi hatte sich nämlich noch nicht genug als Kavalier aufgespielt und die arme, doch so benachteiligte Elke ans Steuer gelassen. Und den bösen Thorsten nach hinten verbannt, ehe der realisiert hatte, was abging.
Grimmig linste er nach links, wo sich die Neue ganz bequem hinter der kurzbeinigen Bayerin platziert hatte. Es war mal wieder typisch: Die kleinen Kolleginnen hatten alle Beinfreiheit der Welt – während er selbst die ganze Zeit die Knie weibisch zur Außenseite verdrehen musste, um den Oberschenkeln der Neuen nicht zu nahe zu kommen. Obwohl die doppelt und dreifach Platz hatte, lehnte sie sich nämlich ständig in die Mitte, um Blickkontakt zu Hobbi aufzunehmen, der seitlich auf seinem Komfortsitz hing, leicht hin und her wankend bei der Fahrweise der Bayerin. Schlingernd, ruckend, ruppig – schrecklich! Thorsten schnaubte.
Naja, auf diese Weise hatte der liebe Frauenversteher beide Augen frei, um sich bei der Neuen ins Zeug zu legen. Smalltalk über Hunde. Klasse! In diesem Moment zauberte er gerade einen aus dem Ärmel, den seine Mutter angeblich schon seit längerem besaß. Ob Pudel wirklich einen Jagdinstinkt hätten? Seine Mutter behaupte das ja, aber er habe doch eher den Verdacht, dass sie damit entschuldigte, ihn nicht erzogen zu haben. Er und seine Frau überlegten auch schon, ob sie nicht vielleicht einen herrenlosen Hund aus den Mittelmeerländern aufnehmen sollten. Wenn er sich ihren Oskar so ansehe ...

Was für eine Schleimspur! Thorstens Zähne mahlten. Wenn das so weiterging, konnte er heute Abend getrost auf seine Bauchmuskelübungen verzichten, die würde er bis dahin zu genüge malträtiert haben.

„Ich muss jetzt zu einer Befragung", entschied er aus einem spontanen Impuls heraus, als sie wenig später auf den Lornsenplatz zu rollten und sich abzeichnete, dass ein durchfahrender Zug die Ampeln eine Weile auf Rot halten würde. „Ich steige hier aus." Quasi ideal: Der Baumarkt war nah genug, dass er ihn zu Fuß in wenigen Minuten erreichen konnte, aber weit genug weg, dass er bei den lieben Kollegen keine schlafenden Hunde weckte. Erleichtert streckte er seine Beine in die Freiheit.

„Oh." Die Neue war alarmiert zu ihm herumgefahren.

Thorsten war längst draußen. „Sie können mit ins Büro fahren."

Aber sie war ihm schon nachgerutscht, hinderte ihn daran, ihr die Tür vor der Nase zuzuschlagen, sprang ebenfalls heraus. „Damit Sie mir nachher vorwerfen, ich hätte mich mutwillig von Ihrer Seite bewegt?" Erst danach knallte sie die Tür zu. „Nein danke."

Und obwohl er nicht, wie sie annehmen musste, auf die rechte Straßenseite ging, sondern hinter dem Wagen zur Straßeninsel auf die andere Seite, war sie neben ihm, noch ehe er die erreicht hatte. „Falls Sie mir weglaufen wollen, vergessen Sie es. Verfolgungsjagden sind meine Spezialität."

Ui, die wurde ja richtig kiebig. Herausfordernd warf Thorsten den Kopf in den Nacken. „Wenn Sie mitwollen, werden Sie durch halb Eckernförde laufen müssen." Wobei Laufen im Augenblick ein frommer Wunsch blieb, denn auf der Gegenfahrbahn musste er zunächst die Abbieger von der Umgehungsstraße abwarten.

„Ich habe auch nicht darauf spekuliert, dass Sie Ihr Auto hier irgendwo abgestellt haben und vorhin zu Fuß nach Windeby gelaufen sind", gab sie giftig zurück und ging bereits vor ihm los, als die Straße frei war. „Wohin müssen wir?"

Statt einer Antwort bog Thorsten in die Umgehungsstraße ein.

Die Neue beschleunigte ebenfalls. „Sie könnten mich ja schon mal über alles in Kenntnis setzen", verlangte sie mit schnippischem Unterton.

So ließ er nicht mit sich reden! „Vor allen Dingen werden Sie sich diesmal zurückhalten, während ich die Zeugin befrage", stellte er klar.

Sah im Augenwinkel ihre Lippen schmaler werden. „Was Sie ja erstklassig sicherstellen, indem Sie mich im Unklaren darüber lassen, worum es geht."
„Was soll denn das jetzt heißen?"
„Dass Sie als mein Vorgesetzter dafür sorgen sollten, dass ich ungehindert arbeiten kann."
„Ungehindert, ah so." Er schnaubte. „Es steht Ihnen frei, sich zu beschweren, nur zu."
„Was unterstellen Sie mir denn?" Stehengeblieben war sie. „Dass ich nicht in der Lage bin, meine Konflikte allein zu lösen?" Dem Klang ihrer Stimme nach hatte sie die Hände in die Hüften gestemmt.
Tja, Thorsten bot ihr keine Bühne für ihr Drama. Lief einfach weiter, ohne sie zu beachten, inspizierte jetzt konzentriert die Straße nach einer Lücke im Verkehr.
„Was ist mit Ihnen los? Liegt es an mir, dass Sie so sind?"
„Aber selbstverständlich liegt das an Ihnen, immerhin sind Sie der Nabel der Welt. Nach dem Volvo", brüllte er ohne Punkt und Komma weiter und lief schon los, als der auf ihrer Höhe war.
Die Sache schaukelte sich immer höher, er musste dringend einen Gang zurückschalten. Was, wenn sie wirklich zur Troschke rannte?
„Also?", funkelte sie ihn angriffslustig an, als sie auf der anderen Straßenseite angelangt waren.
„Was?" Automatisch war er zu ihr herumgeschnellt. Es hätte nicht viel gefehlt, und er hätte selbst eine Wutpose eingenommen.
Da legte sie den Kopf schief und grinste ihn an. „Ich löse den Konflikt und fordere Sie auf, mir den Fall zu referieren, um den es geht."
Im ersten Moment war er nur überrascht. Dann runzelte er die Stirn. Sie konnte doch nicht von jetzt auf gleich auf die Komik-Schiene wechseln.
„Es tut mir leid, dass wir einen so missglückten Start hatten. Vielleicht können wir einfach noch mal von vorn anfangen?" Jetzt reckte sie ihm auch noch ihre Hand hin. „Ich bin Ella, Ella Kirsch."
Nee, also das war ihm echt zu lächerlich. Mit einem Ruck setzte er sich wieder in Bewegung.
Sie folgte. Stumm jetzt. Er schielte aus dem Augenwinkel zu ihr herüber. Unsicherheit lag in ihrer Miene. So schnell war sie mit ihrem Sozialkompetenz-Latein am Ende?

Ich glaube, ich muss dich mal auf den Pott setzen, meldete sich Freibergs Stimme in Thorstens Kopf. *Was machst du hier eigentlich? Fährst den Karren so weit in den Dreck, dass du nicht mehr rauskommst – und schlägst dann nach der Hand, die dich retten will?*
Es stand ihr nicht zu, ihn zu retten, das war es. Es war schlimm genug, dass er der Troschke schon unangenehm aufgefallen war, was seine neue Aufgabe betraf. Jetzt führte diese Neue ihm auch noch selbst ausführlichst vor Augen, wie unfähig er war, was Menschenführung betraf.
Und das wird besser, wenn du hier schmollst, schon klar.
Verdammt, er konnte es eben nicht! Und das war ja nicht das einzige. Es geschah ihm ganz recht, dass er in diesem Kaff hier festsaß. Als Oberkommissar. Und sich mit zerschlagenen Fensterscheiben plagen musste.
Jetzt auch noch Selbstmitleid? Ist das dein Ernst?
„DEN Baumarkt?", holte die Neue seine Aufmerksamkeit zu sich zurück. Aufgeregt deutete sie auf das Schild, das gerade in Sicht gekommen war. „Der vom Mordopfer?"
Thorsten nickte nur müde.
„Da wollen wir aber jetzt nicht hin, oder? Also wollen schon. Wir dürfen nur nicht." Diesmal versuchte sie anscheinend, so zu tun, als wäre nichts gewesen.
Leichter wird sie es dir nie wieder machen, Junge, kommentierte Freiberg in Thorstens Gedanken. *Also los, gib dir einen Ruck und steig endlich darauf ein!*
Er seufzte. Freiberg hätte er jetzt gebraucht. Um mit ihm über den Fall zu reden, dadurch seine Gedanken zu sortieren, mehr Durchblick zu bekommen.
Du hast eine Gesprächspartnerin. Eine, die du eh dringend einbinden musst. Also sieh zu, dass du endlich in die Puschen kommst!
Thorsten blieb stehen. Zwang sich, die Neue direkt anzusehen. Frau Kirsch. Auch ein ziemlich lächerlicher Name. Na gut, zumindest kein doppelter wie bei der Hübschen Taube. „Ich bin wirklich auf dem Weg zum Baumarkt", rang er sich ab und berichtete in knappen Worten von der Schrebergartengang, dem Brand und der Fensterscheibe.
„Das ist ja ein Zufall", platzte Frau Kirsch am Ende begeistert heraus und lief abrupt los, als hätte sie diesen Impuls in ihre Beine umgelenkt.

Auch auf Thorstens Mundwinkel hatte sich das irgendwie übertragen. Ganz kurz nur. Rasch eilte er ihr nach. Freiberg hatte schon recht. Der war weg – und diese Kollegin war da. „Oder eben nicht?“, sprach er das aus, was eh schon in der Luft lag: „War es vielleicht kein Zufall?“

„Wann genau ist Herr Niemann gestorben?“, kam Frau Kirsch sofort zum Punkt. „Hat sein Sohn ein Alibi?“

„Sein Sohn ist raus, der Mörder ist nämlich durch ein eingeschlagenes Fenster ins Haus eingedrungen.“ Dieser Schluss wurde ihm erst jetzt klar.

„Oh, na dann ...“

„Wobei ...“ So einfach war es nämlich nicht. „Was, wenn die zerbrochene Fensterscheibe auch hier gar nichts mit dem Mord zu tun hat?“ Wieder blitzte das Bild des Tonigels in seinem Kopf auf. Von dem er eben nichts erwähnt hatte.

Frau Kirschs Augen leuchteten trotzdem auf. „Es gibt eine Parallele! Genau wie im Baumarkt ist auch in der Kate nichts gestohlen worden.“

„Richtig. Obwohl das auch ein Zufall sein könnte. Dann hätten wir in diesem Szenario zwei Verbrechen – eine Brandstiftung und einen Mord – und zwei davon unabhängige Bagatellen, die ebenfalls von zwei verschiedenen Personen ausgeführt worden sein könnten“, dachte Thorsten laut. „Das wären dann vier verschiedene Täter, die zufällig alle am selben Morgen in Erscheinung treten!“

Frau Kirsch zog die Brauen zusammen. „Sozusagen ein Vierer-Zufall.“

„Zuviel Zufall, viel zu viel.“

„Was, wenn es nur zwei Täter sind?“, fragte Frau Kirsch plötzlich. „Könnte nur einer ...“

„... zugleich Brandstifter und Mörder sein?“, vollendete Thorsten für sie.

Beide waren sie stehengeblieben. Sahen sich in die Augen.

„Das ist widersinnig, oder?“, war Frau Kirsch es, die es aussprach. „Und sowieso unmöglich, falls die Hütte wirklich auf das Konto der Jugendlichen geht.“

„Was ich eigentlich nicht so recht glauben kann.“ Thorsten rieb sich die Stirn. „Wiederum wegen der Verhältnismäßigkeit.“

Frau Kirsch nickte ermunternd.

„Wenn wir also mal die Möglichkeit zulassen, dass Brammer sich irrt und Niemanns Mörder es war, der auch die Hütte angesteckt hat ..."

„Dann wäre es sehr dumm, beides am selben Tag zu tun." Ihre Stimme vibrierte vor Anspannung. „Weil er nämlich davon ausgehen müsste, dass wir davon ausgehen, dass beides miteinander in Zusammenhang steht."

„Und wir sozusagen die doppelte Chance haben, an ihn ranzukommen", ergänzte Thorsten.

„Ja, oder?"

Wieder sahen sie sich an.

„Aber der Mord war vielleicht nicht geplant", begann Frau Kirsch von neuem.

„Sie meinen, er hat einen Fehler gemacht?"

„Ja. Die Sache ist eskaliert. Er hatte nur vor, die Hütte anzuzünden – aber dann hat ihm das nicht mehr gereicht, und er hat auch noch ..." Sie stockte.

„Ich weiß nicht." Thorsten verzog den Mund.

„Nein." Entschieden schüttelte Frau Kirsch den Kopf. „Nee, stimmt, das wäre schon sehr unverhältnismäßig."

„Obwohl diese Deutung, was die Wahrscheinlichkeiten betrifft, beinahe weniger weit hergeholt wäre als ein weiterer Zufall", gab Thorsten zu bedenken.

„Und von der zeitlichen Abfolge her ginge das, denn das Mordopfer hat nach der Brandstiftung noch gelebt."

„Also müssen wir diese Möglichkeit auf jeden Fall im Kopf behalten", schloss Thorsten. „Wir müssen alle Möglichkeiten im Kopf behalten", verbesserte er sich dann. „Jedes einzelne dieser Szenarien."

„Ja, richtig." Frau Kirsch nickte überzeugt. „Mein Dozent an der Hochschule sagte immer, dass man offen bleiben muss, gerade auch für Zusammenhänge, die weniger wahrscheinlich sind."

„Wobei wir im Mordfall ja gar nicht ermitteln", war leider notwendig, an dieser Stelle festzustellen. Thorsten spürte, wie ihm der Schweiß ausbrach, und setzte sich wieder in Bewegung. Es wäre seine Pflicht gewesen, Klaasen explizit auf all diese möglichen Zusammenhang hinzuweisen. Und er hatte es mutwillig unterlassen.

„Könnte der jüngere Niemann es getan haben?", wiederholte Ella ihre Eingangsfrage. „Theoretisch?"

„Er ist gegen sieben mit seinem Vater zusammen weggefahren, um

ihn wieder ins Bett zu bringen – also nach Hause. Um kurz nach acht soll er vom Baumarkt aus den Notruf gewählt haben, was ja nachprüfbar ist. Die Strecke sind wir eben abgefahren. Zweimal maximal zehn Minuten. Da bleiben etwa fünfundvierzig Minuten übrig."
„Und das passt zum Todeszeitpunkt?"
„Sonst hätte ich das ja wohl nicht gesagt."
„Oh ja, klar." Auch ihre Stirn hatte sich gerunzelt. Doch sie ging nicht auf seinen Einwurf ein. „Er hat also kein Alibi."
„Naja – aber dass er seine eigene Hütte abgefackelt haben könnte ..." Thorsten brach ab.
Sie sah ihn von der Seite an. „Nein, oder?"
„Das ergibt einfach keinen Sinn."
„Und dass er mit der Hütte nichts zu tun hat, aber nach dem Gespräch mit der Polizei mit seinem Vater zusammen nach Hause gefahren ist – um ihn dort zu erdrosseln?" Sie schüttelte den Kopf, noch ehe sie zu Ende gesprochen hatte.
„Und danach ist er zurück zum Baumarkt gefahren, um die Polizei erneut anzurufen, weil er auch noch das Fenster eingeworfen hat?", warf Thorsten zusätzlich in die Waagschale.
„Also das wäre echt krass!"
„Wobei er wiederum davon ausgegangen sein könnte, dass wir so denken ..."
„... und es gerade deshalb getan hat?" Frau Kirsch schnitt eine Grimasse. „Na, das wäre eine Story!"
„Naja, manchmal ist das Leben unglaublicher als Geschichten, oder?" Aber könnte das wirklich ein 'Vater und Sohn'-Ding sein? Die beiden tauchten vor Thorstens innerem Auge auf. „Die beiden hatten Streit. Es ging um Versicherungen, also bestimmt um viel Geld. Ein Motiv ließe sich wohl problemlos finden."
„Hmm." Frau Kirsch überlegte. „So wie er dalag ..."
„Sie haben ihn ebenfalls gesehen?"
„Nur ganz kurz, dann wurde ich zu Frau Wolter geschleppt. Sie hatten da mehr Glück? Dann würde ich vorschlagen, dass Sie mir zuerst von der Leiche berichten, dann bekommen Sie von mir alles über die Haushälterin." Sie zwinkerte ihm zu.
Unwillkürlich zog Thorsten seine Mundwinkel nach unten, ehe er sie ins Bild setzte.
„Frau Wolter hat gesagt, dass sogar die Tür offenstand", übernahm

Frau Kirsch mit sich vor Eifer überschlagender Stimme. „Was ja auch dazu passt, dass er quasi zwischen Tür und Angel umgebracht wurde. Das hätte sein Sohn auf jeden Fall ganz anders aufgezogen, oder?"
Da war was dran. „Aber wenn es trotzdem spontan war?", musste man bedenken. „Wenn er ausgerastet ist? Vielleicht hat Vatti ihn auf der Fahrt in den Wahnsinn getrieben? Dann hat er ihn erwürgt. Und war selbst völlig überrumpelt. Hat fieberhaft überlegt, was er tun sollte. Und erkannt, dass es sinnlos gewesen wäre, die Leiche zu verstecken, nachdem er seinen Vater ja offiziell nach Hause gebracht hat."
„Dann hätte er zumindest am Tresor rumgemacht, um es wie einen Raubüberfall wirken zu lassen." Triumphierend blickte Frau Kirsch ihn an. „Oder?"
Erwartete sie jetzt, dass er sie lobte? „Stattdessen hat er die Scheibe eingeschlagen."
„Und ist dann gestört worden, ehe er zum Tresor konnte?"
„Er ist oben durchs Fenster rein. Da ist er auf seinem Weg nach unten direkt am Tresor vorbeigekommen."
„Und wenn er gar nicht wieder runtergelaufen ist, sondern aus dem Fenster wieder rausgeklettert?"
„Hmm."
„Das ist alles total konstruiert", entschied sie unvermittelt. „Mein Ausbilder sagt immer, es muss einfach bleiben. Naheliegend. Organisch."
Thorsten nickte zustimmend. „Das sagt Freiberg auch. Ihr Vorgänger", fügte er auf ihren fragenden Blick hin erklärend hinzu.
„Ach so." Frau Kirsch hatte sogar ein Lächeln für Freiberg übrig. „Also sind wir uns alle einig, dass unterm Strich Niemann Junior als Täter nicht allzu wahrscheinlich ist", folgerte sie rigoros, besann sich dann aber. „Okay, aber wir haken ihn trotzdem nicht ab."
Sie lachte Thorsten an. Diesmal grinste er einfach zurück.
„Wie könnte es noch gewesen sein? Vielleicht ganz klassisch?", schlug sie nun völlig unbefangen vor. „Der Hausbesitzer überrascht einen Einbrecher, und der räumt ihn aus dem Weg?"
Thorsten schüttelte den Kopf. „Niemann war alt, krank und schwach. Ein Einbrecher hätte ihn ohne weiteres überwältigen können, ohne ihn gleich umbringen zu müssen. Und danach hätte er in aller Ruhe doch noch das ganze Haus ausräumen können."

„Wenn er zu geschockt war über seine Tat?"
„Womöglich ist er unmittelbar nach dem Mord gestört worden." Das war es, oder? Das wahrscheinlichste Szenario.
„Die nächsten Häuser sind zu weit entfernt, als dass ihn ein Nachbar hätte ertappen können", gab Frau Kirsch zu bedenken. „Aber es könnte jemand sein, der seinen Hund Gassi geführt hat."
„Richtig, da sind Sie ja vom Fach." Das hatte jetzt sein müssen.
Sie verzog nur den Mund. Ehe ihr Gesicht förmlich aufleuchtete. „Wir können immerhin den Sohn fragen, ob ihm irgendetwas aufgefallen ist. Er muss ja zur Tatzeit in der Nähe gewesen sein, da könnte es durchaus sein, dass er dem Mörder begegnet ist. Oder auch nur ein verdächtiges Auto bemerkt hat."
„Oder einen Massenmörder, der mit seinem Hund Gassi war."
Dafür erntete er ein Lachen. „Sie haben es kapiert. Also, wollen wir?" Ungeduldig strebte sie dem Baumarkt entgegen.
„Offiziell reden wir nur über die Fensterscheibe", erinnerte er sie.
„Also die im Baumarkt."
„Klar."
„Niemann Junior wird noch in der Mangel der Mordkommission sein, die ihn nach Herzenslust alles fragen kann, was wir wissen wollen." Prompt kriegte Thorsten wieder schlechte Laune.
„Na gut, aber wir können sein Alibi überprüfen. Das ja praktischerweise an sein Fenster gekoppelt ist."
„Außerdem arbeitet seine Tochter auch da. Ihr Büro ist es gewesen."
„Na, wenn das kein glücklicher Zufall ist." Jetzt strahlte Frau Kirsch. „Töchter kriegen doch meist alles mit, was in der Familie so läuft. Sie kann uns bestimmt eine ganze Menge mitteilen, wenn wir es geschickt anstellen." Vor lauter Vorfreude war sie schneller geworden.
Ganz automatisch hatte Thorsten mit ihr beschleunigt, als sein Blick auf einen am Straßenrand abgestellten Sprinter fiel.

Was war denn jetzt schon wieder? Irritiert wandte Ella sich zu Heinrich um, der plötzlich zurückgeblieben war. Ganz bleich war er geworden. Starrte an ihr vorbei nach vorn – auf eine Plakatwand am Zaun des Baumarktes, die gerade neu gestaltet wurde. In

diesem Augenblick war der Plakatkleber dabei, das letzte fehlende Einzelteil zu entrollen und ins Riesenfoto einzupassen. Er und seine Leiter waren im Weg, sodass Ella zunächst der knallrote Schriftzug am oberen Rand ins Auge sprang: 'Kunst und Kultur im Austausch – Identitäts-Stiftung für Eckernförde'.
Was hatte Heinrich gegen Kultur? Oder kannte er den Handwerker? Ella wandte sich nochmals zu ihm. Er starrte noch immer dorthin. Aber wohl doch nicht auf den Mann, der inzwischen von der Leiter heruntergestiegen war und nun seinen Kleisterschrubber schwang. Nein, es war eindeutig das Plakat, das Heinrich so in den Bann zog.
Neugierig betrachtete Ella es genauer. Ein blonder, nicht mehr ganz schlanker Mann mittleren Alters in irgendwie englisch anmutender Kleidung – hellblaues Hemd, dunkelblauer Pullunder und grellrotgepunktete Fliege – schüttelte die Hand einer noch blonderen Frau. Die trug natürlich ein Kleid im selben Stoff wie die gemusterte Fliege und hatte ein Kleinkind auf dem Arm, das dem Mann begeistert ein selbstgekritzeltes Bild hinstreckte. Alle drei strahlten um die Wette, Lippen und Wangen besonders gesund gerötet. Die ganze Szene war künstlich und plump in ihrer Botschaft, keine Frage. Aber was hatte Heinrich damit?
Dann jedoch klappte der Handwerker seine Leiter zusammen und räumte das Feld – damit den Blick auf das Gesicht des Mannes freigebend. Perplex schnappte Ella nach Luft, als ihr seine Augen direkt entgegen stachen. Tiefblau, mit langen Wimpern unter markant hervorspringenden Augenbrauen. Normalerweise wäre sie davon ausgegangen, dass man auch die gehörig gephotoshopped hatte, um sie für den Betrachter unvergesslich zu machen. Doch unter den gegebenen Umständen ... Ungläubig blickte sie zwischen dem Kulturtypen und dem noch immer versteinerten Heinrich hin und her. Er musste ein Verwandter von ihm sein. Einer, der ihn total geschockt hatte „Er hat Ihre Augen“, murmelte sie.
Hatte er sie gehört? Jedenfalls setzte er sich in genau dem Moment in Bewegung, eilte, stur geradeaus guckend, an dem Plakat vorbei, Richtung Baumarkt.
Ella rannte ebenfalls los. „Wer ist das?“, fragte sie atemlos.
Sie hätte es besser wissen müssen. „Das geht Sie ja wohl einen Scheißdreck an“, schleuderte er ihr über die Schulter entgegen.
Na, super. Gemeinsam mit dem dubiosen Plakat-Typen hatte sie es

geschafft, Heinrich in seinen Ursprungszustand zurückzuversetzen.
Der Baumarkt, den sie gleich darauf betraten, war riesig. Schon von außen hatte man gesehen, dass er keine simple Halle war, sondern zwei Stockwerke hatte. Von drinnen wirkte er sogar noch größer. Unübersichtlich verwinkelt und düster, zumindest unten. Doch die Mitte, wo eine breite Freitreppe in den ersten Stock führte, war von Sonnenlicht durchflutet. Ella konnte weite Fensterfronten sehen, und auch im Dach waren großflächige Oberlichter eingelassen, was den oberen Bereich in einen hellen, freundlichen Laden verwandelte. 'Wohnen und Dekorieren', verhieß ein Wegweiser an der Treppe. Ein Baumarkt war sicher kein Designermöbelhaus, aber es konnte bestimmt nicht schaden, wenn Ella sich hier mal umschaute, falls sie irgendetwas für ihre neue Wohnung brauchte. Sie seufzte. Natürlich nur, sofern sie die jemals zu sehen bekäme. Bisher schien der Abend noch in weiter, weiter Ferne zu liegen.
„Die Büros sind hinten rechts." Heinrich zischte voraus. Immerhin sprach er wieder mit ihr. Da durfte man nicht undankbar sein.
Ella beeilte sich, ihm nachzuhechten.
„Kripo Eckernförde, ich möchte noch einmal mit Frau Niemann junior sprechen", redete Heinrich die Frau hinter einem Tresen schon an, ehe er bei ihr angekommen war.
„Muss das sein?" Die Frau, klein, rundlich, um die Sechzig, erhob sich von ihrem Platz. Dass sie hier das Sagen hatte, stand ihr auf die Stirn geschrieben. „Die Kleine ist ganz durch den Wind. Können Sie sie nicht wenigstens heute in Ruhe lassen?" Vorwurfsvoll klang sie und mütterlich besorgt, aber keinen Zweifel daran lassend, dass es unmöglich sein würde, an ihr vorbeizukommen.
Hätte Ella getippt. Heinrich schien das anders zu sehen. Fasziniert beobachtete sie, wie er den Rücken durchdrückte, das Kinn vorschob – so hatte er durchaus Ähnlichkeit mit einem steinzeitlichen Mammutjäger: Blond-verwuschelte Haare, breite Schultern, kräftige, sehnige Hände, die sich besitzergreifend auf dem Tresen abstützten. „Es geht darum, den Zusammenhang zwischen den beiden Vorfällen heute Morgen und dem furchtbaren Mord zu eruieren", erklärte er mit einer Autorität, die für einen so jungen Mann beeindruckend war. „Wie Sie sicher wissen, werden Mordfälle in mehr als neunzig Prozent der Fälle in den ersten achtundvierzig

Stunden nach der Tat aufgeklärt – beim Rest steht es in den Sternen. Ich bin sicher, die junge Frau Niemann würde alles tun, um den Mord an ihrem Großvater zu einer Aufklärung zu bringen." Dazu hatte er ein geradezu strahlendes Lächeln in sein Gesicht gezaubert. Beeindruckend! Liebenswürdig konnte er also auch. Obwohl man spürte, dass er das jederzeit über Bord werfen und den Steinzeitkämpfer hervorbrechen lassen könnte.
„Selbstverständlich würde sie das." Oh, aber er hatte eine Gegnerin, die offensichtlich bereit war, es mit jedem Mammutjäger aufzunehmen, der sich ihr – oder auch ihrem Schützling – in den Weg zu stellen wagte. Auch sie schob das Kinn vor – was in einem weiblichen Gesicht eine vollkommen andere Wirkung hatte. Jedoch nicht minder wirkungsvoll war. „Aber ich bin es, die darauf aufpasst, dass Melina das seelisch auch verkraftet. Für den Moment hat sie sich hingelegt. Und sie wird so lange im Ruheraum bleiben, bis der Arzt dagewesen ist, den ich seit", sie warf einen Blick auf die Uhr, „geschlagenen achtzehn Minuten anzurufen versuche. Wenn ich den Doktor endlich erreicht habe, wenn er hier gewesen ist – was wohl erst in seiner Mittagspause der Fall sein wird – und wenn er dann sein Okay gibt – ja, und schließlich muss Frau Niemann sich natürlich ebenfalls bereiterklären, Sie zu empfan..."
„Ich bin von der Kriminalpolizei", schnitt Heinrich ihr das Wort ab, „und das gibt mir das Recht, eine Befragung dann vorzunehmen, wenn ich es für richtig halte."
Oh, oh, da lehnte er sich aber ganz schön weit aus dem Fenster!
„Es steht Ihnen ja frei, sie offiziell vorzuladen." Damit wollte die resolute Frau das Gespräch beenden, denn sie drehte sich abrupt weg und zeigte Heinrich die kalte Schulter.
Schon während sie den Mund öffnete, wusste Ella, dass das ein Fehler war. Was Heinrich betraf. Trotzdem: Dass es ihnen auf der anderen Seite nützen würde, wog es auf. „Die junge Frau Niemann kann sich wirklich glücklich schätzen, dass Sie so gut auf sie aufpassen", erklärte sie mit sanfter Stimme und machte auch ihre Schritte weich, als sie an Heinrich vorbei ihrerseits an den Tresen trat. „Ich kann mir wirklich gut vorstellen, wie es ihr geht. Niemand sollte so etwas erleben müssen." Sie konnte fühlen, dass Heinrich hinter ihr erstarrte. Auch auf sie würde noch ein Mammutjäger-Kampf warten, wenn sie mit Melina Niemanns Beschützerin fertig war.

In deren Augen tatsächlich etwas aufgeflackert war.
„Auf keinen Fall wollen wir Frau Niemann überfordern", legte Ella rasch nach. *Ich versichere Ihnen, dass wir im Umgang mit traumatisierten Zeugen geschult sind.* Tja, eine solche Aussage sollte sie sich nach Heinrichs Auftritt wohl besser verkneifen. Aber vielleicht ging das: „Es ist nur so, dass es von traumatisierten Personen oftmals als erleichternd empfunden wird, über das Erlebte zu sprechen. Nicht länger gelähmt ihren Gefühlen ausgeliefert zu sein, sondern aktiv zu werden, sich der Sache zu stellen. Zu erleben, dass sie die Möglichkeit haben, Einfluss zu nehmen auf den Fall, womöglich sogar dazu beitragen zu können, den Täter zu überführen." Das hatte doch wirklich kompetent geklungen. Daran würde sogar ihr missgünstiger Vorgesetzter nicht rütteln können. Der sich zur Zeit immerhin ruhig verhielt. Mit verkniffenem Mund und vor der Brust verschränkten Armen, wie Ella aus dem Augenwinkel sehen konnte. Aber solange er nicht einschritt ...
Ihre Taktik trug nämlich Früchte – oder würde es höchstwahrscheinlich gleich. Zwei Mal während ihrer Rede hatte Frau Niemanns Aufpasserin spontan die Augen von Ella wegbewegt: In Richtung der Tür mit der Aufschrift 'Ruheraum'. Ihre Abwehr bröckelte also. Gut so!
Also weiter: „Es ist sogar oftmals so, dass Zeugen, die es vermieden haben, sich an der Aufklärung eines Verbrechens zu beteiligen, nachher regelrecht zusammenbrechen", führte Ella als nächstes an. „Weil sie sich nicht verzeihen können, sich an der Stelle herausgezogen zu haben, wo sie doch die Möglichkeit gehabt hätten, aktiv ihr Teil dazu beizutragen." Auch das war die volle Wahrheit, also Ergebnis wissenschaftlicher Studien.
„Ich werde sie fragen", wandte sich die Aufpasserin abrupt ab und ging mit zögerlichen Schritten zum Ruheraum hinüber. „Aber wenn sie nein sagt, werden wir sie nicht zwingen."
Puh! Zum Glück hatte Ella nicht weiter aus ihren weit zurückliegenden Erinnerungen an den Kurs über Traumata fabulieren müssen. Wobei es überhaupt fraglich war, ob bei Frau Niemann ein solches vorlag. Sicher war sie schockiert, entsetzt und auch in Trauer. Aber ein Trauma? Es war ja nicht sie gewesen, die die Leiche gefunden hatte.
Wie auch immer, Ella war bewusst, dass sie sich auf dünnem Eis bewegte. Spätestens zum Schluss ihrer Ausführungen hätte man

sie ohne Probleme wegen Nötigung belangen können. Aber war es nicht genau ihre Aufgabe, Zeugen zu Aussagen zu bewegen? Unauffällig schielte sie schräg hinter sich zu Heinrich. Gerade er würde ihr doch keinen Strick daraus drehen, oder?
Der Ruck, den er vorwärts machte, ließ sie zusammenzucken. Seine Aufmerksamkeit lag jedoch gar nicht bei Ella. Im Türrahmen des Ruheraums war eine zierliche junge Frau erschienen. Ganz blass und verloren in ihrem langen blauen Baumarktkittel. Verweint. Aber lächelnd. Eine kooperative Zeugin. Auf dem Silbertablett. Heinrich atmete hörbar ein.
Bitte mach es jetzt nicht kaputt ... Ella warf ihm einen warnenden Blick zu. Was allerdings nicht nötig gewesen wäre, denn schon in derselben Sekunde wurde klar: Er würde nett sein. Das Lächeln war in sein Gesicht zurückgekehrt. Weniger strahlend – weniger dick aufgetragen – als vorhin für die ältere Frau. Dies war nur angedeutet, nicht viel mehr als ein Glanz in seinen Augen, ein dezentes Umspielen seiner Mundwinkel. Das Versprechen, das ein paarungsbereiter Mann einer schönen Frau gab für den Fall, dass die bereit sein würde, sich mit ihm einzulassen.
Unwillkürlich musste Ella sich räuspern, gab sich nur Mühe, das so leise wie möglich zu tun.
Diese junge Frau war wirklich auffallend schön. Ihr Körper war zwar in dem zugeknöpften Kittel kaum zu erkennen, ihr Kopf jedoch wirkte wie der einer edlen Porzellanpuppe mit blonden, zurückgebundenen Haaren und beeindruckend großen, hellblauen, von langen dunklen Wimpern umkränzten Augen. Prompt kam Ella sich unscheinbar und trampelig vor. Doofer Reflex!
„Kommen Sie, Frau ...?“ Die Aufpasserin drängte sich an ihrem Schützling vorbei und kam nun mit autoritär ausgestreckter Hand auf Ella zu. „Sie sollen mit ihr sprechen.“
„Kommissarin Kirsch“, strebte Ella ihr automatisch entgegen.
„Ich leite die Untersuchung“, war Heinrich im selben Moment an ihrer Seite.
Die Aufpasserin versteifte sich. Holte schon Luft.
Was sollte Ella tun? Wie konnte sie ...?
Doch die junge Niemann kam ihnen beiden zuvor. „Wir kennen uns ja schon“, lächelte sie Heinrich an und streckte ihm zutraulich ihre Hand entgegen. „Wenn ich heute Morgen gewusst hätte ...“
„Lassen Sie uns noch einmal in Ruhe alles besprechen“, erwiderte

der. Sanft und behutsam. Ebenso sanft und behutsam und ehrerbietig, wie er nun Frau Niemanns Hand ergriff. Sie festhielt. Eine Sekunde, zwei ...
Ella spannte den Bauch an, um nicht verächtlich den Mund verziehen zu müssen. Dass Männer so dämlich waren! Dass auch Heinrich ... Oder schauspielerte er nur, um seinen Einfluss auf die Zeugin zu verstärken? Sie kannte ihn ja kaum. Trotzdem empfand sie dieses Balzverhalten als dermaßen unpassend für seine Person ... Na gut, aber die Fähigkeit, eine solche Sanftheit vorzutäuschen, traute sie ihm ebenso wenig zu.
Die junge Niemann machte keine Anstalten, ihm ihre Hand zu entziehen, nickte heftig, sich zugleich die Augen wischend. „Gehen wir in mein Büro?", schlug sie mit vor lauter Tapferkeit zitternder Stimme vor.
„Gern. Das ist sehr entgegenkommend von Ihnen, mit uns zu sprechen. Ich verspreche Ihnen, es wird nicht lange dauern. Sie sind Melina, nicht wahr? Darf ich Sie so nennen?" Heinrich überschlug sich förmlich.
Die junge Frau nickte bloß.
Sein Lächeln flackerte auf. Oh Mann, und nun legte er ihr auch noch die freie Hand an den Rücken, erst danach seine rechte aus ihrer lösend.
Mit angespannten Lippen verfolgte Ella, wie Melina sich widerstandslos am Tresen vorbei führen ließ. Und glättete hastig ihre Züge, als sie denselben Gesichtsausdruck bei der Aufpasserin sah.
„Ich passe auf Frau Niemann auf", versicherte sie ihr mit verschwörerischem Lächeln und beeilte sich, den beiden durch die Sanitärabteilung, genauer, durch eine Gasse aus Kloschüsseln zu folgen. Na, wenn das kein passender Rahmen war für dieses Traumpaar!
„Ich warte hier auf Doktor Hartmann und hole Sie dann, Melina", scholl ihnen noch nach.
Dann hatte Ella die Klos hinter sich und sah gerade noch, wie Heinrich mit der jungen Frau in eines von drei Büros verschwand. Rasch eilte sie hinterher.

Die zerbrochene Scheibe war bereits mit einem Stück trüb durchscheinendem Plastik geflickt worden. Um die Aussicht war es nicht schade. Direkt vor dem Fenster war gerade ein Gabelstapler

dabei, einen Stapel Paletten abzutragen. Auch der Raum an sich war sehr schlicht und mit Null-acht-fünfzehn-Möbeln bestückt. Wahrscheinlich war das die hier übliche Standard-Büroeinrichtung aus dem eigenen Sortiment. An eine der kahlen Wände war mit Stecknadeln ein Poster gepinnt. Bunte Lehrzeichnungen von Pilzen. War Frau Niemann vielleicht Pilzsammlerin? Wahrscheinlich, denn das war das einzige Persönliche im ansonsten ausschließlich zweckdienlichen Raum. Zumindest in dieser Hinsicht genoss die Tochter des Juniorchefs keine Bevorzugungen.
Die war unschlüssig an ihrem Schreibtisch stehengeblieben, zögerte und drehte sich dann zu Heinrich um.
Der wiederum zum Fenster gegangen war und aufmerksam die Fensterbank betrachtete.
„Der Igel ..." Frau Niemann brach ab. „Glauben Sie, dass er eine Bedeutung hat?"
Irritiert blickte Ella zu Heinrich. Der sah sofort zum Schreibtisch, wo sie erst jetzt einen Igel aus Ton entdeckte. Der wusste tatsächlich, wovon die kleine Niemann sprach? Sieh an!
Der Igel war nicht gerade klein. Rustikale Gartendeko mit Bürstenschnitt, sozusagen ein Gartenzwerg der neuen Generation. Er stand mitten auf der Schreibunterlage – auf dem Kopf.
„Ich habe ihn nicht angerührt", erklärte die junge Frau ernsthaft.
„Sie meinten vorhin, dass der Einbrecher Ihnen damit etwas sagen wollte?", fragte Heinrich, wieder mit seiner samtigsten Stimme.
Boah, dieser Igel war ausdrücklich Thema gewesen, und ihr gegenüber hatte er ihn nicht einmal erwähnt? Das hatte ihr dieser Kerl doch bewusst unterschlagen! Ella atmete tief durch, um den Ärger darüber hinunterzuschlucken. Somit hatte sie auch einen Trumpf im Ärmel, wenn es nachher in die Auseinandersetzung mit ihm ging.
„Wir haben sie uns gegenseitig geschenkt." Melina Niemann schluchzte jetzt. „Mein Großvater und ich. Er hat mitbekommen, dass ich die so süß fand, als die Lieferung ankam. Da hat er mir einen abgezwackt – also er hat ihn bezahlt", setzte sie hastig hinzu, als wären Heinrich und Ella die Steuerfahndung. „Als Dankeschön habe ich ihm dann auch einen gekauft. Zum Einkaufspreis. Er hatte ihn auf seinem Nachttisch stehen."
„Auf seiner Fensterbank. Er lag auf der Fensterbank. Umgefallen. Weil ..." Heinrich verstummte.

Ella starrte ihn an. Das wurde ja immer besser! Er hatte diesen Igel auch im Zimmer des Ermordeten gesehen – ohne es für nötig zu befinden, das ihr gegenüber zu erwähnen? War das die Art von partnerschaftlicher Zusammenarbeit, die er sich mit ihr vorstellte?
„Er hatte ihn auf seinem Nachttisch stehen", beharrte Melina Niemann. Jetzt war sie richtig vehement. „Ich habe Großvater gestern Abend noch ins Bett gebracht, und da war er noch genau dort, wo er immer stand. Der Igel, meine ich."
Sie hatte ihren Großvater ins Bett gebracht? Ella runzelte die Stirn.
„Sie haben ihn gestern Abend noch gesprochen?", hakte Heinrich ein. Auch seine Stirn war gekräuselt.
„Er war krank, schon seit Tagen. Ein schwerer Magen-Darm-Infekt. Da habe ich mich abends um ihn gekümmert, wenn Frau Wolter, unsere Hauselfe, Feierabend hatte."
Nachdenklich betrachtete Ella sie noch einmal genauer. Eine begnadet gutaussehende jugendliche Enkelin verzichtete darauf, auf die Piste zu gehen, um ihre Abende lieber mit ihrem bettlägrigen Großvater zu verbringen, ihm womöglich die Spuckschüssel zu halten? Diese Frau war ein Phänomen!
Auch wie sie aussah. Sie hatte nicht die Gelegenheit genutzt, sich möglichst individuell geschnittene und gut sitzende Arbeitskleidung zu besorgen, wie junge Frauen mit Kittelzwang es doch meist taten. Ihrer war das Basismodell für Männer, unförmig und bis über die Knie reichend. Überdies trug sie ihn geschlossen, anstatt ihre eigenen Klamotten wenigstens vorne durchblicken zu lassen. Wenn sie etwas nicht war, dann war es eitel.
„Es ging Großvater endlich etwas besser", erzählte sie, sich unentwegt die Tränen von den Wangen wischend. „Ich habe ihm in den Ohren gelegen, dass er zum Arzt gehen sollte, aber er hat sich strikt geweigert. Männer!" Sie lachte traurig auf. „Aber gestern schien es, als hätte er endlich die Kurve gekriegt."
Haben Sie nicht gesehen, wie gelb seine Augen waren?, hätte Ella am liebsten gefragt, brachte es aber dann doch nicht übers Herz.
„Jedenfalls ist er seit langem mal wieder bei uns drüben gewesen. Essen mochte er noch nicht. Aber nachher, als ich ihn rübergebracht habe, hat er richtig viel Tee trinken können. Daher weiß ich genau, dass der Igel noch da stand, ich musste ihn nämlich zur Seite schieben, damit ich die Teekanne auf den Nachttisch stellen konnte."

„Ihr Großvater könnte ihn danach auch selbst umgestellt haben", bemerkte Heinrich nachdenklich.
„Warum hätte er das tun sollen?"
Darauf hatte Heinrich auch keine Antwort. Melina nickte befriedigt.
„Sie hatten ein ganz besonderes Verhältnis zu ihrem ... Opa", stellte er fest. In einem irgendwie seltsamen Tonfall.
„Großvater – ein Opa war er einfach nicht. Und ja, er und ich hatten ein ganz besonderes Verhältnis." Das Lächeln der jungen Frau war stolz.
„War das schon immer so?" Ella wollte sich nicht länger zurückhalten und war ihrerseits an den Schreibtisch getreten. Sie spürte Heinrichs Blick auf sich. War er der Meinung, sie stelle die falschen Fragen? Angriffslustig suchte sie seine Augen.
Doch er sah Melina Niemann an, die zwischen ihnen stand. Abwartend. Dazu reichte seine Kompetenz immerhin, dass er sich nicht vor Zeugen gegen sie wandte.
„Er war ein toller Großvater", sagte die junge Frau zu dem kopfstehenden Igel. „Wir haben zusammen Pilze gesammelt. Hier in der Gegend. Aber wir haben auch Reisen gemacht in andere Pilzgebiete. Nach Skandinavien, in die Karpaten. Einmal über Ostern waren wir sogar in Argentinien, wo ja im Frühling Herbst ist." Sie schluchzte leise auf. „Und ja, das war schon immer so. Er hat alles für mich gemacht. Mir Baumhäuser gebaut oder Seifenkisten. Oder Faschingskostüme gebastelt. Er ist zu all meinen Festen mitgegangen, damals im Kindergarten und später in der Schule. Sogar auf meinem Abiball war er. Wir haben getanzt." Sie schluchzte erneut auf. Brauchte ein paar Augenblicke, bis sie sich wieder in den Griff bekam.
Ella zog eine Packung Tempos aus der Tasche und schob ihr eines zwischen die Finger.
Es dauerte einen Moment, bis die sich darum schlossen, und noch einen, bis sie es auffalteten. „Danke." Die junge Frau trocknete sich die Augen, um sich anschließend zu schnäuzen. Ihre Trauer war echt. Sie hatte heute ihren geliebten Großvater verloren.
Der für Heinrich und Ella bloß ein spannendes Mordopfer war. Reuevoll nahm sie der Weinenden das nasse Taschentuch ab und drückte ihr ein neues in die Hand. Sie war nicht sicher, ob Melina es überhaupt mitbekommen hatte.

Unvermittelt erschien ein Lächeln in deren Gesicht. „Im Herbst, als ich zehn war, habe ich einen kleinen Igel gefunden. Meine Eltern wollten ihn nicht im Haus haben wegen der Flöhe. Und Großvater war auch nicht scharf drauf." Sie grinste und weinte jetzt gleichzeitig. „Aber er hat mir trotzdem erlaubt, ihn bei sich unterzubringen. Wir haben ihn dann entfloht, gefüttert, einen Holzkäfig gebaut. Er ist ganz zahm geworden, ließ sich streicheln und hochnehmen. Den ganzen Winter über ging das so. Erst im Frühjahr haben wir ihm im Garten ein schönes Plätzchen eingerichtet und dort auch noch versorgt." Sie holte tief Luft. „Seitdem liebe ich Igel so sehr." Eine Weile tauchte sie ganz in ihre Trauer ein.
Fing dann aber von sich aus wieder an zu reden. „Es gibt so viel zu erzählen! Einmal hat Großvater seine Beziehungen zur Polizei ausgenutzt und die Eisschicht auf dem Noor prüfen lassen, damit wir dort schlittschuhlaufen konnten. Alle anderen behaupten ja nur immer, es gebe da heiße Quellen. Aber das ist Unsinn." Mit einem fast aggressiven Ruck riss sie das Taschentuch vors Gesicht. „Er war toll", wiederholte sie mit erstickter Stimme. „Alle Kinder haben mich um so einen Großvater beneidet."
„Was ist mit Ihrer Schwester?", stellte Ella die Frage, die ihr schon vor einer Weile aufgestoßen war, und sorgte dafür, dass die für Melina plötzlich kam. „Ist die auch dabei gewesen?" Diesmal war ihr, als hätte sie einen Hauch von Heinrichs Anerkennung gespürt.
„Oh." Melina putzte sich erneut die Nase. „Jonna ist vier Jahre jünger als ich. Daher haben wir nicht so viel gemeinsam gemacht."
„Hatte Jonna auch eine so enge Beziehung zu Ihrem Großvater?"
„Nicht ganz. Sie war immer anders als wir. Also Opa und ich passten zusammen. Während Jonna ... naja, irgendwie war sie immer die Kleine. Sie war mehr Papas Kind. Zumindest früher."
Großvater und ich passten zusammen. Das Bild, wie die beiden auf ihrem Abiball tanzten, schob sich vor Ellas Augen.
Ihre eigenen Großeltern waren auch auf der offiziellen Verabschiedung gewesen, klar. Aber danach hatte Ella sie schleunigst nach Hause geschickt. Mit Papa hatte sie getanzt. Weil es angesagt worden war. *Die Töchter schnappen sich ihre Väter, die Söhne die Mütter, na los, keine falschen Hemmungen, das muss jetzt sein!* Aber das war wahrhaftig nicht der Tanz, der sie heute noch zum Strahlen gebracht hätte. Ihr Abiball war furchtbar gewesen, ganz davon abgesehen. Mama und Papa auf einem Haufen – oh Mann.

„Und heute?“, holte Heinrichs Stimme sie zurück ins Hier und Jetzt. „Jonna ist“, ihre Schwester zögerte, „nicht so der Familienmensch.“ Was für eine Vokabel für ihre Generation! Und dass sie so nett war, ihre Schwester offensichtlich nicht in die Pfanne hauen zu wollen ... War dieses Wesen eine Art Superfrau? Ella war hin und hergerissen zwischen Bewunderung, aber auch Misstrauen. Wobei Melinas Trauer so unmittelbar spürbar war, dass sie ihr damit bestimmt unrecht tat.

„Jonna ist zur Zeit sehr schwierig.“ Melina war ins Reden gekommen. „Meine Mutter und sie zoffen sich nur noch. Ich versuche immer, es ein bisschen zu entschärfen, aber ...“ Sie zuckte die Achseln.

„Zumindest Jonna wird das wohl nicht so gut finden“, ergänzte Ella für sie.

„Nee, am Ende ist sie auf mich immer wütender als auf meine Mutter.“ Sie lachte traurig. „Wir beide sind vollkommen verschieden. Ich war halt immer die vernünftige große Schwester, bei der alles ganz problemlos läuft. Schule und so. Und auch mit meinen Eltern hatte ich nie weiter Ärger. Das nimmt Jonna mir schon lange übel. Was ich gut verstehen kann, gerade weil sie es immer schwerer hatte. In der Schule und auch sonst. Weil sie so ... jugendlich ist. So klassisch auf Krawall gebürstet, wissen Sie? Das war sie schon mit zwölf. Da hatte sie eine beste Freundin, die Gothic war, dieser Jugendkult, bei dem es um Drama und Düsternis geht, um Kokettieren mit dem Tod. Das war was für Jonna. Seitdem färbt sie sich die Haare schwarz und schminkt sich Ringe unter die Augen und blutige Tränen. Da hat sie sich endgültig aus der Familie rausgezogen. Und irgendwie ist das so geblieben. Naja, sie ist ja auch erst sechzehn. In dem Alter ist es doch ganz normal, sich von den Eltern abzugrenzen.“

„Sie haben viel Verständnis für sie“, beschloss Ella, es einfach auszusprechen.

„Wir sind keine perfekte Familie“, räumte Melina prompt ein. „Im Gegenteil. Meine Eltern haben in den letzten Jahren so manche schwierige Phase durchgemacht. Und mein Vater und mein Großvater ...“ Sie erstarrte. Man konnte förmlich zuschauen, wie ein Schauer der Erinnerung sie durchlief.

Zeit für ein neues Taschentuch. Jetzt klappte es reibungslos mit der Wechselprozedur.

„Die beiden hatten so eine klassische Vater-Sohn-Konkurrenz“,

fuhr Melina dann unter Tränen fort. „Eigentlich lieben sie sich und ziehen ja auch am selben Strang, was das Geschäft betrifft. Aber sie streiten eben auch viel. Meine Therapeutin sagt, dass es solche Beziehungen einfach gibt. Und solange die Beteiligten nichts daran ändern wollen, hat man als Außenstehender keine Chance."
„Sie haben versucht, zwischen den beiden zu vermitteln?", erkundigte Ella sich im Plauderton.
Alarmiert schreckte Melina zu ihr herum. „Mein Vater hat nichts damit zu tun", stieß sie hervor. „Er hat meinen Großvater geliebt, trotz allem."
„Natürlich", beeilte sich Ella zu versichern.
„Zu Hause haben die beiden sich wie wild angebrüllt, sich sonst was an den Kopf geworfen." Skurrilerweise lächelte Melina versonnen, als gehörte das zu ihren glücklichen Erinnerungen. „Um dann am nächsten Tag einträchtig ins Geschäft zu kommen und das durchzuziehen, worüber sie so uneins waren."
„Wer hat gewonnen?", wollte Heinrich wissen. Typisch Mann.
„Oh, mal der eine, mal der andere", erwiderte Melina ganz unbefangen. „Das war ausgewogen. Wie gesagt, eigentlich sind sie ein gutes Team. Waren. Sie waren ein gutes Team."
Ein neuer Taschentuchwechsel war nötig. Ella beobachtete sie von der Seite, während sie sich bemühte, der Flüssigkeiten Herr zu werden, die ihr aus Augen und Nase liefen. Ob die junge Frau das wirklich beurteilen konnte? Überhaupt war es doch komisch, das, was die beiden Männer in der Öffentlichkeit gezeigt hatten, als Wahrheit zu setzen, und das hinter verschlossenen Türen nicht so wichtig zu nehmen.
„Gab es in letzter Zeit eine konkrete Auseinandersetzung?", fragte Heinrich unvermittelt, während Ella noch überlegt hatte, wie sie weitermachen sollten. Aber er schien seiner Sache sicher. Löste sich von Melinas Seite und ging um den Schreibtisch herum, um sich ihr gegenüber aufzustellen.
Neupositionierung. Damit demonstrierte man, dass man die Situation unter Kontrolle hatte. Und dass man wieder maximal aufmerksam war, um dem Gespräch eine neue Richtung zu geben. „Gestern zum Beispiel? Oder heute am frühen Morgen?"
Ellas Herz beschleunigte sich. Just waren sie in unmittelbarer Nähe des Mordes gelandet ...
„Nein. Großvater war ja krank. Darauf hat mein Vater natürlich

Rücksicht genommen." Melina dachte sogar noch einmal nach. „Nein, heute Morgen war es total hektisch, weil ja der Anruf von der Polizei kam. Wegen der Brandstiftung. Mein Vater war so aufgebracht und ist dann sogar rüber zu Großvater, obwohl er doch krank war." Sie schluckte, schaffte es dann aber, gleich weiterzureden. „Ich habe nicht verstanden, warum er ihn unbedingt mitnehmen wollte. So wichtig war es ja nun doch nicht. Aber mein Vater hat nicht auf mich gehört und Großvater geweckt und mitgeschleppt." Sie schnäuzte sich und reichte Ella das Taschentuch, als wäre das ihre Aufgabe.
Perplex nahm die es entgegen, um es dann mit einer gewissen Rigorosität in den Papierkorb zu werfen.
„Haben die beiden gestritten?", fragte Heinrich eindringlich.
„Ich sagte doch schon, mein Vater hat nichts mit der Sache zu tun", wiederholte Melina heftig. „Außerdem war Großvater sogar ganz guter Dinge. Er hat mir zugewunken, als ich durchs Fenster geguckt habe."
„Haben Sie die beiden danach noch gesehen?", ließ Ella endlich die Frage los, die ihr schon die ganze Zeit auf der Zunge lag. „Nachdem Ihr Vater Ihren Großvater nach Hause gefahren hatte, meine ich?"
„Nicht richtig." Nun streckte Melina ihre Hand in Ellas Richtung, um ein neues Taschentuch gereicht zu bekommen. Mit einer gewissen Befriedigung zog Ella das letzte aus der Packung.
„Meine Mutter und ich haben uns extra beeilt, weil doch nicht klar war, ob mein Vater es rechtzeitig bis zur Ladenöffnung schaffen würde. Wir haben die beiden unterwegs getroffen, sie kamen uns im Auto entgegen. Im Windebyer Weg. Wir haben uns per Lichthupe begrüßt." Schließlich wurde sie doch vom Schluchzen übermannt. „Das war das letzte Mal, dass ich ihn gesehen habe."
Betreten sah Ella sich im Zimmer nach mehr Taschentüchern um. Und zuckte zusammen, als Heinrich von der anderen Seite des Schreibtisches mit den Fingern schnippte. Verwirrt suchte sie seinen Blick – als sie die Taschentuchpackung entdeckte, die er ihr hinhielt. „Oh, danke", murmelte sie perplex und griff danach. Ehe sie realisierte, dass er Melina die doch wohl auch selbst hätte geben können. Wer war sie denn, dass die beiden anderen sie zur Taschentuchspenderin degradieren konnten?
„Okay." Heinrich sprach bedächtig. War wohl unsicher, ob er weiter machen durfte angesichts Melinas immer aufgelösteren Zustands.

„Wie war die Stimmung gestern Abend?“, nutzte Ella sein Zögern aus, zugleich der Trauernden ein Taschentuch darbietend. Wenn von ihr erwartet wurde, die Dinger herauszurücken, dann wollte sie auch etwas davon haben!

„Gestern ...“ Auch jetzt senkte Melina ihren Blick, um sich zu erinnern, ehe sie weiter antwortete. „Gestern war es in der Tat extrem stressig“, berichtete sie dann. „Es fing schon vorgestern an. Jonna hat wohl einen neuen Freund. Wir wussten davon noch gar nichts. Ich habe es auch erst gestern Nachmittag mitbekommen, als nämlich Jonnas Ex vor der Tür stand. Der das aber auch noch gar nicht wusste. Dass er ab sofort nur noch der Ex ist, meine ich. Hat eine Riesenszene gemacht, in Jonnas Zimmer. So laut, dass ich in meinem Zimmer alles mitbekommen habe. Da habe ich ihr später auch gesagt, dass das nicht gerade die feine Art ist.“

Ella überlief ein gelindes Schaudern. Diese perfekte Schwester musste für die arme Jonna ein Albtraum sein! „Was hat sie dazu gesagt?“, konnte sie sich nicht verkneifen.

„Zuerst hat sie mir nur die Tür vor der Nase zugeknallt. Eskaliert ist es erst gestern Abend. Da wollte sie nämlich unbedingt noch weg, obwohl sie das in der Woche eigentlich nicht darf. Sonst geht sie einfach, so ist das nicht. Meine Eltern sind immer ziemlich früh im Bett, sodass das kein Problem ist. Gestern hat sie es aber darauf angelegt. Hat extra bis zum Abendessen gewartet, bis wir alle versammelt waren, um uns dann eine haarsträubende Story aufzutischen, obwohl mir sonnenklar war, dass sie bloß zu ihrem neuen Freund wollte. Aber meine Mutter ist eh nicht darauf eingestiegen. Sie war auch gleich auf hundertachtzig, weil Jonna in der letzten Woche gleich zwei Fünfen kassiert hat.“ Die große Schwester, die garantiert allzeit gut in der Schule gewesen war, zuckte ratlos die Achseln. „Jedenfalls kriegte Jonna Zimmerarrest und ist dann wenig später unter lautem Trara aus dem Haus gestürmt.“

Offener Ungehorsam? Na, die traute sich was! „Was haben Ihre Eltern gesagt?“, fragte Ella atemlos. Ob dieser Einblick in die Niemannfamilie zu etwas führte oder nicht, spannend war es allemal.

„Die haben natürlich getobt. Meine Mutter hat ihr alles angedroht, was ihr nur eingefallen ist, und mein Vater hat sogar versucht, sie mit Gewalt aufzuhalten.“

„Wird er öfter gewalttätig?“, platzte Heinrich heraus.

Oh nein, er konnte doch jetzt nicht so eine Frage stellen!

Erwartungsgemäß fiel Melina alles aus dem Gesicht. „Er ist nicht gewalttätig. Er hat sie angefasst. Am Arm meine ich. Um sie daran zu hindern zu gehen. Er würde sie niemals schlagen. Oder so." Röte überlief ihr Gesicht.
Ella war es fast peinlich, dass sie sofort an die Liste der vegetativen Anzeichen einer Lüge dachte, die sie mal hatte auswendig lernen müssen. „Und? Wie ist es ausgegangen?", überspielte sie den schwierigen Augenblick.
„Ich weiß nicht. Großvater und ich sind rübergegangen zu ihm."
Fassungslos starrte Ella sie an. Da tobte bei ihr zu Hause der Bär – und sie räumte mittendrin das Feld? Und dann noch zusammen mit ihrem Großvater?
„Ich mag keinen Streit", erklärte Melina fast trotzig. „Außerdem wollte ich ihn sowieso ins Bett bringen. Es war das erste Mal, dass er auf war, und er war schon ...", ihr kamen die Tränen, „schon wieder ziemlich erschöpft." Da brach das Schluchzen endgültig aus ihr hervor. „Ich kann nicht glauben, dass er tot ist. Er war noch nicht alt und kerngesund. Ich verstehe es einfach nicht." Sie klappte regelrecht zusammen. Im letzten Moment griff Ella zu, konnte sie letztlich jedoch nicht am Fallen hindern. Doch dann war auch Heinrich bei ihnen, schlang mit Nachdruck seine Arme um Melinas Taille und hielt sie aufrecht.
„Es ist wohl besser, wenn Sie sich jetzt ausruhen", hatte Ella das Gefühl aussprechen zu müssen. „Im Ruheraum, oder? Sollen wir Sie in den Ruheraum bringen?"
Heinrich gehorchte ihr aufs Wort, setzte sich in Bewegung und zog die unverändert laut weinende Melina mit sich. Was ihre Aufpasserin wohl dazu sagen würde? Ella biss sich auf die Lippen. Nachdem sie der versichert hatte, dass es ihrem Schützling guttun würde, über ihr Trauma zu reden?
Bis sie den Tresen erreicht hatten, hatte Melina sich zum Glück wenigstens so weit gefasst, sodass Heinrich sie – bereits unter den misstrauischen Augen der Übermutter – loslassen konnte.
„Vielen Dank, dass Sie sich Zeit für uns genommen haben, Frau Niemann", war Ella diejenige, die die Höflichkeit wahrte.
Melina, bereits auf dem Weg zum Ruheraum – drehte sich extra noch einmal um. „Ich habe es für meinen Großvater getan."
Sie hatte sich sofort wieder zum Gehen gewandt. Trotzdem musste Ella es aussprechen. „Niemand kann Ihnen das nehmen."

Melina stockte. Zwiegespalten war Ella ja durchaus, was die Beziehung der beiden betraf. Aber vielleicht war das nur Neid? Sie selbst wäre so froh gewesen, einen solchen Opa zu haben – gerade weil die sogenannte 'schwierige Phase' ihrer eigenen Eltern sich ja keineswegs auf eine Phase beschränkt hatte ...
„Was Sie mit ihm hatten“, sagte sie leise. „Das ist wirklich etwas ganz Besonderes.“
„Ich muss auch Ihnen noch ein paar Fragen stellen“, dröhnte Heinrich mitten hinein in das, was eine andächtige Stille hätte werden können.
Erschrocken wirbelte Ella zu ihm herum. Melina, die zuvor sehr wohl gezögert hatte, drehte sich nicht um, sondern floh regelrecht. Die Aufpasserin war so perplex, dass sie nicht widersprach.
„Wann haben Sie Ihren Seniorchef das letzte Mal gesehen?“, fing Heinrich schon an, ehe Melina die Tür zum Ruheraum hinter sich zugemacht hatte. Er war ein Trampel!
„Letzten Donnerstag“, entgegnete die Angesprochene wie aus der Pistole geschossen. Sie hatte sich das bereits zurechtgelegt. „Am Freitag kam er nicht zur Arbeit, weil er Magen-Darm-Grippe hatte.“ Sie legte den Finger an die Lippen und deutete auf eine Tür auf der anderen Seite des Tresens. „Sie sollte jetzt Ruhe vor alledem haben“, raunte sie vielsagend und eilte voran.

„Unser Pausenraum“, erklärte sie, als Heinrich und Ella sich weisungsgemäß nacheinander auf die Eckbank gequetscht und sie gegenüber am Tisch Platz genommen hatte.
„Darf ich fragen, wie Sie heißen und welche Funktion Sie hier innehaben?“, nutzte Ella die Gelegenheit und zückte ihr Notizbuch, das bisher vergessen in ihrer Tasche gelegen hatte.
„Margit Koch. Ich bin die Koordinatorin der Geschäftsleitung, wenn Sie so wollen. Meine Arbeit besteht darin, dass ich ...“
„So ins Detail zu gehen, ist nicht nötig“, bremste Heinrich sie aus. Dabei war sie im Gegensatz zu vorhin jetzt so zugänglich, fast eifrig. Wenn er das nur nicht kaputt gemacht hatte ...
„Sie sagten, dass Sie dem Mordopfer vergangenen Donnerstag zuletzt begegnet sind“, nahm er den Faden wieder auf. „Danach hatten Sie keinen Kontakt zu ihm?“
Frau Koch hatte nur im ersten Moment pikiert geblinzelt. Nun lehnte sie sich vor und sah Heinrich direkt an. „Nein, warum sollte

ich? Ich hatte Wochenende. Und heute Morgen ...", sie schüttelte den Kopf, um ihrer Bestürzung Ausdruck zu verleihen, „konnte er ja nicht mehr kommen."
„Wie war Ihr Verhältnis zu ihm?", erkundigte Ella sich extra freundlich.
„Er war der Chef." Ihr Tonfall zeigte, dass sie diese Aussage für eine Antwort hielt.
„Ein guter Chef?", forschte Ella weiter.
Die Frau seufzte. „Sagen wir so: Sein Betrieb hier lag ihm sehr am Herzen."
Die offenkundige Diplomatie aus ihrem Munde mutete seltsam an.
„Was meinen Sie damit?"
„Dass er alles getan hat, was dem Laden nützte."
„Auf Kosten von wem?"
„Najaaa." Jetzt wand sie sich. „Wie soll ich das ausdrücken? Sein Geschäft stand für ihn im Mittelpunkt seines Lebens. Oder mehr noch: Er war das Geschäft, und das Geschäft war er. Alles andere musste dahinter zurückstehen." Sie holte Luft. Sprach dann jedoch nicht weiter, sondern atmete mit einem Stoß aus und lehnte sich zurück. Ohne Heinrich oder Ella direkt anzusehen. Sie wollte sich drücken.
„Wie hat sich das auf Sie ausgewirkt?", fragte Ella sanft. „Und auf die Mitarbeiter?"
Frau Koch seufzte. Biss kurz die Lippen aufeinander, ehe sie den Mund aufmachte. „Leider war ihm nicht klar, dass ein Betrieb nicht allein Verdienst des Chefs ist, sondern dass auch die Mitarbeiter ihn zu dem machen, was er ist." Wiederum verstummte sie, ehe sie zum Punkt gekommen war.
Ella wartete, bis sie ihren Blick aufgefangen hatte, ehe sie ganz konkret nachfragte: „Er hat Sie nicht gut behandelt?"
Frau Kochs Lider fielen – und als sie sie wieder hob, waren ihre Augen auf die Tischplatte vor sich gerichtet. Ella sah sie schlucken. Erneut Luft einsaugen. Man konnte in ihr lesen wie in einem offenen Buch.
Als sie sich endlich dazu durchgerungen hatte zu antworten, hielt Ella vor Spannung den Atem an. „Er war ..." Oh nein, da brach sie schon wieder ab. „... schwierig", endete sie dann lahm. Sie hatte etwas anderes sagen wollen, ohne jeden Zweifel.
„Wie – schwierig?", bohrte Ella nach.

„Wie ich schon sagte, sein Betrieb stand für ihn an erster Stelle, war wichtiger als alles andere. Seine Angestellten. Seine Familie. Alles eben."

„Was mei...", *nen Sie konkret?,* hatte Ella beharren wollen.

Doch Heinrich kam ihr zuvor. „Galt das auch für seine Enkelin?"

Empört fuhr Ella herum. Was sollte das denn jetzt? Er unterbrach ihren Gesprächsfluss – um mitten in einem himmelschreienden Ausweichmanöver der Zeugin das Thema zu wechseln?

„Wir haben den Eindruck gewonnen, dass Melina eine Ausnahmeposition innehatte in seinem Leben", machte Heinrich zu allem Überfluss auch noch eine Suggestivfrage draus.

Und selbstredend durfte Ella ihn weder darauf hinweisen noch sich beschweren, wie unmöglich er sich aufführte. Wütend biss sie die Zähne zusammen.

„Melina ...", wieder zauderte Frau Koch, ehe sie sich einen Ruck gab, „hat ihn anders gesehen als die meisten anderen."

„Sie ihn oder er sie?", fragte Heinrich sofort nach.

„Beides wahrscheinlich."

„Was wissen Sie über seine Beziehung zu Melina?", drängte sich Ella dazwischen. Zu ungeduldig, sie musste ihren Ärger in den Griff bekommen.

„Das geht mich nichts an", erwiderte Frau Koch prompt, indem sich ihre Miene demonstrativ verschloss.

Mist verdammter! „Wir befinden uns in einer wichtigen Ermittlung", wollte Ella anheben.

Doch ein weiteres Mal sprach Heinrich mitten hinein. „Mögen Sie Melina?"

Verblüfft richtete Frau Koch sich auf.

Das war gut, diesmal hatte Heinrich das Richtige getan.

„Sie mögen sie doch, so vehement und liebevoll, wie Sie sie eben beschützt haben", präzisierte Ella eifrig. „Deshalb geht es Sie etwas an. Melinas Verhältnis zu ihrem Großvater."

„Und dass wir seinen Mörder finden. Auch um Melinas willen", steuerte Heinrich bei.

„Er war schwierig", wiederholte Frau Koch zunächst das, was sie bereits gesagt hatte. „Und folglich war auch alles andere schwierig, was mit ihm zu tun hatte."

„Auch sein Verhältnis zu Melina?" Heinrichs Blick schien sie festzuhalten.

„Auch das.“ Frau Koch ließ angestaute Luft in einem Schwall entweichen.
Aufgeregt lehnte Ella sich vor. „Inwiefern?“
„Einzelheiten weiß ich nicht.“ Abrupt sprang Frau Koch auf. „Ich muss weiterarbeiten, es tut mir leid.“
„Wir sind aber noch nicht fertig.“ Heinrich stand ebenfalls. Was seinen autoritären Tonfall wirklich eindrucksvoll untermauerte. „Und wenn Sie jetzt keine Zeit mehr haben, müssten wir Sie offiziell vorladen.“
Wegen der Fensterscheibe. Oh, oh. Zum Glück ließ Frau Koch sich gehorsam zurück auf ihren Stuhl sinken.
„Geben Sie uns noch fünf Minuten“, übernahm Ella umso freundlicher. „Wir machen auch ganz schnell, damit Sie wieder an Ihre Arbeit kommen“, plapperte sie überflüssigerweise weiter – doch sie musste Zeit gewinnen, die beste Einstiegsfrage finden. Und Heinrich davon abhalten, diese zweite Chance zu vergeuden. Also ... „Was war es genau, das Herrn Niemann senior so wichtig war?“, ratterte sie ohne Übergang los. Ja, das war richtig. Weg von dem Bereich, den Frau Koch meiden wollte, zurück zum Allgemeinen. „Das Geschäft, haben Sie gesagt. Aber was genau? Der Profit?“ Gleich konnte sie dann auch diese Finanzsache einbringen, die Frau Wolter erwähnt hatte.
„Nee, er war nicht neerig, im Gegenteil“, ging Frau Koch sofort auf das Thema ein. Oh nein, sie würde doch nicht schon wieder stocken? Doch bevor Ella genervt aufstöhnen konnte, besann Frau Koch sich und fuhr fort. Mit gesenkter Stimme, aber ohne weitere Zeit zu verlieren. „Der Junior schon eher. Für den ging es immer um Geld. Um neue Filialen, Werbung, die Wahl der Zulieferer, ob sie einen Online-Handel aufziehen sollten.“
„Was ja aber auch im Sinne des Betriebes liegt.“
„Was er unter Betrieb versteht und was sein Vater – das sind zwei Paar Schuh. Für den Alten ging es um den Namen. Niemann. Eckernförde. Um Ansehen. Um Einfluss in der Ratsversammlung. Um die Tradition, er hat den Laden ja von seinem Vater übernommen. Der ihn nach dem Krieg aus dem Nichts aufgebaut hat. Dem soll das ziemlich zu Kopfe gestiegen sein, von wegen neureich, Sie wissen schon. Aber sein Sohn, Delf Niemann der Zweite – also Niemann senior – war da anders.“ Nun kam sie in Fahrt. Schien ihre Ressentiments vergessen zu haben und plauderte frei von der

Leber weg. „Sein Sohn dagegen, Delf Niemann III, hat Eckernförde im Geiste längst verlassen, der wäre am liebsten schon lange an der Börse oder so, ohne mit all dem Staub und Dreck in unseren Lagern in Berührung zu kommen. Für seinen Vater wiederum ist das Verrat. An seiner Familie und an seiner Stadt."
Heinrich nickte, sichtlich beeindruckt von dieser Analyse.
„Sie haben da sehr viel Einblick", sprach Ella es aus. Ein bisschen Honig ums Maul konnte ja nicht schaden.
Frau Kochs Grinsen war richtig breit. „Ich bin schon seit meiner Lehre hier, das sind jetzt an die vierzig Jahre."
„Herzlichen Glückwunsch!" Sollte Ella die Sache direkt ansprechen? „Man munkelt, es gebe da Unstimmigkeiten mit den Umsätzen", bemerkte sie vorsichtig.
„Was? Wo? Wie kommen Sie denn darauf?" Ein Ruck war durch die Frau gegangen. Und wenn nicht schon die Heftigkeit verdächtig genug gewesen wäre, so verstärkte Frau Koch den Eindruck noch, indem sie ohne Pause weiterredete. „Hier stimmt alles, da können Sie jeden einzelnen Mitarbeiter fragen. Der alte Herr Niemann würde sterben ..." Sie erstarrte. „Er hätte niemals irgendetwas zugelassen, was sich auch nur am Rande der Legalität bewegt hätte, das können Sie mir glauben."
Na, wenn man so eindringlich dazu eingeladen wurde ...
„Das haben Sie aus der Kolonie, stimmt's?" Triumphierend bohrte Frau Koch ihre Augen in Ellas.
„Aus der Kolonie?", wiederholte sie dämlich.
„Aus den Schrebergärten! Die kämpfen nämlich mit allen Mitteln, um zu verhindern, dass die Niemanns deren Gelände aufkaufen."
„Das auf der anderen Seite des Noores?"
„Auf der anderen Seite der Norderhake. Ja, genau, der Schrebergartenverein versucht wirklich alles, um das zu verhindern. Da sind die nicht mal davor zurückgeschreckt, solche fiesen Gerüchte in die Welt zu setzen. Unkoschere Finanzen!" Sie schnaubte verächtlich. „Dass ich nicht lache!" Auch das tat sie ziemlich laut.
„Wie kam Niemann senior mit seinen Angestellten aus?", lenkte nun Heinrich das Gespräch auf Ellas Anfangsthema zurück.
„Oh, da waren Vater und Sohn gleichermaßen unbeliebt", entgegnete Frau Koch noch ganz spontan. „Wobei der Sohn noch angenehmer ist." Um dann immer langsamer zu werden. „Der Alte ..." Und schließlich vollkommen zu verstummen.

Würde sie sich jetzt überwinden? Ella hielt den Atem an.
„Was ist es, das Ihnen zu schaffen macht?", ließ Heinrich sie perplex aufhorchen. Weil er plötzlich wieder das personifizierte mitfühlende Verständnis war. Nun in der nicht-flirtenden Variante. Nun machte er einen auf Traum-Schwiegersohn.
Fast hätte Ella das Gesicht verzogen.
Allerdings hatte er Erfolg. Vollen Erfolg. „Ich hatte Ärger mit ihm", stieß Frau Koch in einem Schwall hervor. Und dann gab es kein Halten mehr. „Ich bin in der Mitarbeitervertretung. Die er von Anfang an ignoriert hat. Als neumodisches Getue hat er uns abgetan. Wir würden uns aufplustern, Konflikte hochstilisieren, den Betrieb behindern. Ihn persönlich sabotieren. Hat er gesagt. Und ich ...", sie sog tief Luft ein, „bin die Vorsitzende."
Eine Sekunde der Stille folgte.
„Haben Sie die Hütte angezündet?", ließ Heinrich völlig unvermittelt die Bombe platzen.
„Nein!"
„Die Scheibe eingeworfen?"
„Nein!"
„Jemanden beauftragt, das zu tun?"
„Nein! Und ihn umgebracht habe ich auch nicht!" Zuletzt hatte sie beinahe geschluchzt.
Verstohlen schielte Ella zu Heinrich. Hatte er Frau Koch auf diese Weise ein Geständnis entlocken wollen? Und glaubte er, dass ihre Neins etwas bedeuteten?
„Dann beschreiben Sie uns doch, was so schwierig war mit ihm", forderte er sie jetzt ganz sanft auf. Vielleicht hatte er lediglich ihren Widerstand brechen wollen? Das jedenfalls hatte er geschafft.
„Er war ein Tyrann", gab sie bereitwillig an. „Früher war er unerträglich jähzornig, ist regelmäßig ausgerastet, sodass man selbst als Außenstehender aufpassen musste, dass man ihm nicht zu nahe kam. Das ist mit den Jahren besser geworden. Stattdessen wurde er allerdings immer pedantischer. Das war zwar nicht mehr gefährlich – aber mühsam blieb es. Mühsam und zermürbend und ... oftmals nicht zu ertragen." Sie schnaufte aus.
Wirklich sehr involviert. Und hasserfüllt. Kein Wunder, dass sie Angst gehabt hatte, über ihn zu sprechen, wenn es ihr dermaßen schwer fiel, ihren Hass zu verbergen!
„Wenn man es positiv ausdrückt", oh, ihr war wohl ebenfalls

bewusst geworden, dass sie sich etwas mäßigen sollte, „dann war er korrekt, zielgerichtet, sparsam – aber eben so ausgeprägt, dass es an Fanatismus grenzte. Bei ihm war es immer ein Kampf, alles. Eine längere Krankheitsphase anzukündigen, Urlaub einzureichen, eine Gehaltserhöhung zu verlangen – oder auch nur Mitarbeiterprozente zu bekommen. Überstunden gab es nicht – man sollte es als Geschenk an den Betrieb sehen, weil man den so sehr geliebt hat." Ihre Stimme war immer dumpfer geworden. Ihr war anzuhören, dass sie sich an eine ewig lange Reihe unschöner Szenen erinnerte. Und sich mächtig zusammenreißen musste, um ihren Zorn auf den Chef nicht offen hervorbrechen zu lassen.
„Haben die beiden Chefs miteinander gestritten?"
Oh nein, warum ließ er ihr nicht noch ein bisschen Zeit, doch noch die Beherrschung zu verlieren? Und überhaupt hätte er diese Frage offen formulieren müssen. Zumal Melina doch gesagt hatte, dass sie das nur hinter verschlossenen Türen getan hätten.
„Immer und ständig", wurde sie dann von Frau Koch überrascht. „So verschieden, wie die waren ..." Sie stieß ein freudloses Lachen aus. Entspannte sich ein wenig.
Wobei Ella gerade nicht mal entscheiden konnte, ob das gut oder schlecht war.
„Wie war es in letzter Zeit? Gab es da eine konkrete Auseinandersetzung?" Und das war etwas, das sie ja auch auf jeden Fall in Erfahrung hatten bringen müssen.
„Hmm." Frau Koch dachte nach. „Nein, da war es ein wenig ruhiger. Was, glaube ich, auf Melinas Eintreten in den Betrieb zurückzuführen ist. Sie ist jetzt seit fast einem Jahr hier und hat sich in dieser Zeit vor allem ums Personal gekümmert. Was dem Klima hier extrem zugutegekommen ist. Und das hat irgendwie auf die Männer abgefärbt."
Ella dachte an Melinas Worte. *Wenn die beiden Streithähne es nicht wollen, kann ein Außenstehender nichts tun.* Und dass die beiden ihrer Aussage nach zu Hause sehr wohl gestritten hatten, auch in letzter Zeit. „Gab es vor dieser ruhigeren Phase einen Streit zwischen Vater und Sohn, den Sie mitbekommen haben?", beschloss sie, einfach noch nachzuschieben.
„Oh ja, natürlich." Frau Koch suchte nach einer bequemeren Haltung auf ihrem Stuhl und holte tief Luft, als sie die gefunden hatte. „Da war die Geschichte mit der Renovierung."

Ella spürte, wie Heinrich sich genauso wie sie erwartungsvoll aufrichtete.
Frau Koch sah von ihm zu ihr und wieder zurück. „Sie haben doch sicher die Kate gesehen. Wie, denken Sie, passt die zu seinem Geiz?"
„Das Haus ist extrem teuer ausgebaut worden", nickte Heinrich. „Auch die Ausstattung – alles vom Feinsten und so gepflegt, was wohl auf seine Haushälterin zurückzuführen ist. Er muss einen sehr gehobenen Lebensstandard gehabt haben."
„Eben. Aber das war gar nicht er. Das war sein Sohn."
„Wie?"
„Der Inhaber eines der größten Baumärkte Schleswig-Holsteins muss auch so leben, dass man ihm das abnimmt, hat der junge Herr Niemann gemeint. Es sei ein Aushängeschild. Er war es, der diesen Star-Architekten angeschleppt und seinen Vater gezwungen hat, ihn zu engagieren."
„Und der hat sich darauf eingelassen?"
„Monatelang haben sie nur gestritten. Oben in der Chefetage, aber auch immer und überall. Dann haben sie überhaupt nicht mehr miteinander gesprochen. Es schien vom Tisch, der Alte hatte gewonnen."
„Aber dann?"
„Letztendlich ist das Ding trotzdem ins Rollen gekommen, keine Ahnung, wie sein Sohn ihn dazu gebracht hat. Aber der Alte hat sich gerächt, indem er sich selbst horrende Rechnungen ausgestellt hat."
„Wie?"
„Bei den Kosten, die da angefallen sind, wäre es naheliegend gewesen, wenn er zumindest an den Baustoffen gespart hätte, nä? Hat er aber nicht. Jeden einzelnen Stein hat er ordentlich abgerechnet. Und zwar nicht zum Einkaufspreis."
Er hat ja sogar den Igel bezahlt, fiel Ella die Beteuerung seiner Enkelin wieder ein. Selbst einen kleinen Deko-Artikel.
„Ich glaube, das war für den alten Niemann so was wie eine Selbstbestrafung. Wie die Mönche das machen, mit Peitsche und so."
„Ah ja. Und was ist mit der Haushälterin? Hat er sich schließlich überzeugen lassen, sie einzustellen?"
„Nee, die hatte er schon vorher. Das ist sein schwacher Punkt, wissen Sie? Sein Sauberkeitsfimmel. Das ist eine echte psychische

Zwangsstörung, ich hab mich darüber informiert. Die hat er, seit er mit dem Trinken aufgehört hat."
„Er war Alkoholiker?", fragte Ella überrascht. Warum hatte Frau Wolter ihr das nicht erzählt?
„Früher. Jetzt ist er trocken. Seit beinahe zwanzig Jahren. Damals war Melina Baby, und ihre Mutter hat ihrem Schwiegervater verboten, sich der Kleinen zu nähern. Da hat er aufgehört. Von einem Tag auf den anderen." Frau Koch stöhnte auf. „Wir Angestellten haben das hautnah miterlebt", lieferte sie dann die Erklärung dafür. „Die erste Zeit war schrecklich. Er war ständig mies gelaunt und jähzornig! Sie machen sich keinen Begriff. Fast täglich ist er wegen irgendwas ausgerastet, hat uns angebrüllt und oft sogar Gegenstände umhergeworfen. Da ist so einiges zu Bruch gegangen, das können Sie mir glauben!"
„Aber er hat das in den Griff bekommen?"
„Er hat das Symptom verlagert", erklärte sie wichtig, zitierte wohl einen Artikel, den sie gelesen hatte. „Er fing an, dass alles sauber und ordentlich zu sein hatte, was sich dann zu einem regelrechten Zwang ausgewachsen hat. Die Hölle, sage ich Ihnen, wir befinden uns hier in einem Baumarkt! Er war es vorher mit dem Schnaps und ist es auch ohne den Schnaps geblieben: Ein Tyrann. Hat echt jedem das Leben zur Hölle gemacht, der was anderes wollte als er."
Ella pustete aus. Ob Melina ihren geliebten Opa erkennen würde, wenn Frau Koch ihn beschrieb? „Okay ..."
Eine Pause entstand.
„Haben Sie noch Fragen?", bot Frau Koch dann eifrig an. Sie war wie ausgewechselt.
„Sie haben uns sehr geholfen, vielen Dank", erhob Heinrich sich sogleich, nestelte an seiner Lederjacke, zog etwas heraus. „Hier, meine Karte. Könnten Sie eine bitte Melina, also Frau Niemann geben? Das habe ich vorhin ganz vergessen. Sie soll mich anrufen, wenn ihr noch irgendwas einfällt. Und Sie natürlich auch!"
„Danke", sagte Frau Koch und sah augenblicklich auf die beiden Visitenkarten in ihrer Hand. „Kriminaloberkommissar Heinrich?"
Der nickte nur und wandte sich zur Tür.
„Was ist mit dem Ausbau des Marktes?", fiel Ella gerade noch rechtzeitig ein. „War das auch ein Streitpunkt zwischen den beiden Herren Niemann?"

Jetzt durfte zur Abwechselung mal Heinrich überrascht sein. Was er leider nicht zeigte. Immerhin kam er zurück und setzte sich.
„Oh, da sind sich die beiden zur Abwechslung mal absolut einig gewesen", antwortete Frau Koch voller Inbrunst. „In dieser Sache haben sie Seite an Seite gegen Ratsherrn Lehnhardt gekämpft.
In diesem Moment hätte Ella sich am liebsten seufzend zurückgelehnt und erst mal die Augen geschlossen. Was für ein anstrengendes Leben der Niemanns!

Zusammen raufen

„Warten Sie, ich hole mir schnell noch was zum Essen." Schon als sie gekommen waren, wäre Ella am liebsten beim Bäcker im Eingangsbereich des Baumarktes gestoppt, hatte es sich aber verkniffen. „Sie müssen doch auch Hunger haben."
Von Heinrich kam nur ein Brummen. Immerhin blieb er stehen, um in einigem Abstand auf sie zu warten. Vielleicht hatte er ja was Besseres in Aussicht. Oder er mochte keine belegten Brötchen.
Ella schon. Diese hier sahen wirklich lecker aus. Allerdings gestattete sie sich nicht, in Ruhe zu wählen, um Heinrichs Geduld nicht zu strapazieren. So entschied sie sich rasch für Pute und Camembert. Griff gleich das Putenbrötchen aus der Tüte und biss, nachdem sie bezahlt hatte, noch an der Theke hinein.
„Hm, lecker!", erzählte sie – Heinrichs Rücken, denn er hatte sich schon wieder in Bewegung gesetzt. Noch einen Bissen nehmend, legte sie ein paar Laufschritte ein, um ihn einzuholen. „Eine Kantine gibt es doch nicht bei uns, oder?", erkundigte sie sich kauend. „Ich meine, wo wir doch im Ersatzquartier sind?"
„Nein", kam es knapp zurück.
„Wie ist das mit dem Essen geregelt?"
„Jeder, wie er mag."
„Ah ja. Und wann ist Mittagspause?"
„Zwölf bis halb eins."
Sie warf einen vielsagenden Blick auf ihre Armbanduhr. „Jetzt ist es halb drei!"
„Kommt vor."
„Aha." Ella wandte sich vorerst wieder ihrem Brötchen zu und warf einen Blick über das Noor, das sich jenseits der Umgehungsstraße erstreckte. Wirklich hübsch, dieser See, der kein richtiger See war. So nah an der Küste. War wohl irgendwann mal Teil der Bucht gewesen – Förde hieß das hier – der sich im Lauf der Zeit komplett von der Ostsee abgetrennt hatte. „Ist das Noor eigentlich salzig?", fragte sie mit vollem Mund.

„Allerd..." Heinrich, einen halben Schritt voraus, machte für Ella völlig unvermutet einen Satz nach hinten, als ein Motorrad ihn schnitt. „Mistkerl." Beinahe hätte es ihn erwischt.
Die dabei unsanft angerempelte Ella verschluckte sich und begann zu husten.
Der Fahrer des Motorrads hatte davon entweder nichts mitbekommen, oder es war ihm egal, jedenfalls brauste er laut knatternd weiter die Noorstraße entlang.
„Am liebsten würde ich die alle ..." Heinrich knurrte lauter, als es Oskar je möglich wäre, und starrte hinterher. „Blöderweise kann ich die Zulassung nicht erkennen. Sonst ..."
Ella schluckte mühsam an dem wieder hochgewürgten Brocken, aber wenigstens war der Husten vorbei. „Sehen hier alle Motorräder gleich aus?" Der Fahrer erinnerte sie eindeutig an den von heute Morgen, als sie vor der Kripo geparkt hatte. „Dunkle Lederjacke, dunkler Helm", zählte sie die Gemeinsamkeiten auf, „und genauso rücksichtslos."
„Hmm." Mehr konnte sich der Herr offenbar nicht abringen.
„Jung und dumm?", hatte Ella noch im Angebot. Fragend sah sie ihren Chef an.
Der lediglich stumm nickte.
Na gut, wenn Sprechen plötzlich nicht mehr ging ... Ella, wild entschlossen, sich von seinen Launesprüngen nicht weiter irritieren zu lassen, biss herzhaft von ihrem Brötchen ab und folgte ihm, der offenbar umdisponiert hatte und nun den Gehweg entlangging.
Sie überquerten die kleine Stichstraße zwischen dem Baumarkt und einem Gelände, das auf den ersten Blick wie eine riesige Baustelle aussah. Aber dann sah Ella das Schild. Hier war das Baustofflager, von dem die Rede gewesen war. Es bestand auf den ersten Blick aus Bergen von unterschiedlichem Kies und Steinen, dazwischen kleine Kräne und ganz hinten ein überdimensionierter Betonmischer. Wenig interessant.
„Und, was denken Sie?", beschloss sie, Heinrich ganz direkt anzugehen, nachdem sie ein weiteres Mal mit ihm aufgeschlossen hatte. „Über die Niemanns? Über Melina? Und die Frau Koch?" Nun würde nicht einmal er es schaffen, nicht mit ihr zu sprechen. „Die war ja echt extrem wütend auf ..." Sie stockte, als sie in diesem Moment realisierte, weswegen er so wortkarg war.
Er war wütend auf sie, befand sich noch immer im Krieg mit ihr.

Mit eiskalter Miene blickte er starr nach vorn, während er sein Tempo noch steigerte. Stumm natürlich.
Angewidert ließ Ella ihr Brötchen sinken. Guter Vorsatz hin oder her, dieser Mann kotzte sie an! Noch größere soziale Inkompetenz konnte man sich kaum vorstellen. So jemanden sollte sie von nun an ihren Vorgesetzten nennen? Sie war ja wohl so was von gelackmeiert! „Es wäre effektiv, wenn wir unseren Weg nutzen würden und unsere Gedanken zu unserem Fall ordnen", beschloss sie, ihm noch eine allerletzte Chance zu geben. „Meinen Sie nicht auch?"
Das war echt nicht zu glauben! Selbst jetzt ignorierte er sie. Diesmal beschleunigte er nicht einmal. Ging einfach neben ihr her und schwieg. So dreist konnte man doch gar nicht sein! Ella hielt die Luft an, um nicht laut loszuschreien. Musste sie sich seine Gesellschaft wirklich antun? Dummerweise hatte sie keine Ahnung, wie sie von hier aus zur Kripo zurückfinden sollte, insofern war es schon ratsam, sich an ihn zu hängen. Aber über den Fall musste sie wohl allein nachdenken. Widerwillig stopfte sie sich den Rest ihres Brötchens in den Mund.
Oh, Mann, jetzt wurde er noch schneller. Wobei die Ursache diesmal nicht Ella war, wie sie gleich darauf erkannte. Sondern dieser Kulturmensch. Auf einer diesmal etwas kleineren Plakatwand vor dem Bahnübergang hing eines der Plakate. Jenseits der Schienen auf der anderen Straßenseite noch eines. Spätestens jetzt gab es keinen Zweifel mehr: Heinrich reagierte auf diesen Mann, und zwar äußerst heftig. Und bei der Ähnlichkeit, die einem geradezu ins Auge sprang ... Erst jetzt entdeckte Ella auch seinen Namen am unteren Bildrand: 'Henning Lorenz, ehemaliger Kultursenator aus Hamburg, gründet die Begegnungsstätte für Kunst und Kultur in Carlshöhe'.
„Sie sind mir in den Rücken gefallen", platzte er da aus heiterem Himmel heraus.
Vor Schreck verschluckte Ella sich erneut. Hustend bemühte sie sich zu verhindern, den Rest ausspucken zu müssen, und schluckte ein paarmal. „Was?", stieß sie hervor, als sie dazu wieder fähig war. Sie hatte ihn lediglich gefragt, ob er mit dem Typen verwandt sei. Nicht mal das Naheliegende ausgesprochen, nämlich dass es sich bei ihm um einen sehr nahen Verwandten handeln musste, mit dem Heinrich augenscheinlich ein Riesenproblem hatte. Auch wenn der Name ja erst mal unverfänglich klang.

„Es steht Ihnen nicht zu, meine Vorgehensweise infrage zu stellen, geschweige denn, eigenmächtig zu entscheiden, mir Ihre aufzuzwingen."
„Äh ..." Sie hatte doch nichts ...
„Sie haben sich erdreistet, das Verhör an sich zu reißen", spie er geradezu aus und strebte immer schneller vorwärts.
Selbst jetzt benötigte Ella eine Sekunde, um endgültig zu erfassen, was er meinte. Sie schnappte nach Luft, ihr Mund blieb offenstehen. Das war ... Er war ... unglaublich.
Es vergingen wieder zwei Sekunden, ehe sie imstande war loszulaufen, ihm nach. Doch dann war sie wieder voll da. „Das ist nicht Ihr Ernst", brüllte sie ihn an. „Wir haben gerade drei total effektive Gespräche hinter uns. Natürlich sind wir nicht annähernd aufeinander eingespielt, haben überdies oftmals ... unterschiedliche Ansichten, sag ich mal." An wie vielen Stellen wäre sie eingeschritten, um ihn zu stoppen, wenn sie gekonnt hätte? Weil er Fehler gemacht hatte, objektive Fehler in der Gesprächsführung, die ihm jeder Ausbilder vorgeworfen hätte. Und sein plumpes Herumgeflirte mit Melina, das an sexuelle Nötigung gegrenzt hatte! „Trotz alledem haben wir ziemlich gut zusammen funktioniert. Haben Informationen in rauen Mengen gewonnen, mehr, als wir auf diesem Stand der Ermittlungen auswerten und in sinnvolle Zusammenhänge ordnen könnten. Und Sie knabbern die ganze Zeit an ... Ihrer gekränkten Eitelkeit?" In diesem Moment wäre sie am liebsten umgekehrt und hätte diesen dämlichen, narzisstischen Kerl ein für allemal stehenlassen.
„Sie haben mich bloßgestellt", klagte er. „Sie haben sich über mich hinweggesetzt und Ihre eigene Arbeitsweise ..."
„Sagen Sie mal, geht's noch?" Ihr Zorn war zu groß, als dass sie imstande gewesen wäre, Rücksicht auf ihr Dienstverhältnis zu nehmen. „Meine Intervention an der Stelle hat alles, was danach kam, erst möglich gemacht! Die Frau Koch hätte uns rausgeworfen. Anstatt uns Melina anzuvertrauen, anstatt selbst mit uns zu sprechen, sich uns als erstklassige Verdächtige zu präsentieren."
„Das ist Unsinn, ich hätte das schon auch geschafft."
„Oh nein, das hätten Sie nicht. Weil es nämlich einen Sinn hat, dass wir zu zweit arbeiten, im Team. Weil man gemeinsam weiterkommt als allein. Und wenn Sie nicht ein so ..." *ignoranter Egoist wären, wären Sie auch Manns genug, das zuzugeben!* Zu ihrem

Glück hatte ihr beruflicher Selbsterhaltungstrieb gerade noch rechtzeitig wieder eingesetzt. „Haben Sie wirklich keine Ahnung, was meine Absicht in der Situation war?", folgte sie einer spontanen Eingebung, wie sie das Ruder noch mal herumreißen konnte. Die Wahrheit war es nicht, in dem betreffenden Moment hatte sie nur ausbügeln wollen, was Heinrich verbockt hatte. Doch es passte. „Ich dachte, dass ich genau das tat, was Sie von mir erwartet haben", setzte sie noch eins drauf, ohne allzu deutlich zu werden.
„So ein Blödsinn, Sie haben sich über mich hinweggesetzt, mich wie einen Idioten dastehen lassen!"
Er hatte noch immer nicht verstanden. „Oh, niemals würde ich mir so etwas erlauben!" Ella funkelte ihn an, sprach langsam und überdeutlich. „Nur habe ich unseligerweise geglaubt, Sie wollten mich testen. Nämlich ob ich in der Lage bin, 'Guter Cop – böser Cop' zu spielen."
Wie seine Beine ihm den Dienst versagten, wie ihm die Kinnlade herunterklappte, wie er zu ihr herumfuhr mit großen, entgeisterten Augen – machte so einiges wieder wett. Sie musste sich zusammenreißen, um nicht zu grinsen. „Ich habe also die Rolle des guten Cops übernommen – was doch auch wunderbar gewirkt hat", stand sie triumphierend vor ihm. „Frau Koch ist in unseren Händen geschmolzen wie ein Eisblock."
Darauf wusste Heinrich nichts zu erwidern. Ha!
„Ich bin es, die Grund hätte, auf Sie sauer zu sein", kam sie dann zu dem Punkt, auf den sie sich schon die ganze Zeit gefreut hatte. „Warum haben Sie mir den Igel unterschlagen? Mit Absicht? Wollten Sie den Clou der ganzen Geschichte für sich allein behalten, um den Fall am Ende als Alleinkämpfer zu lösen?"
Oh ja, sie hatte ihn. Bestürzung war in seinem Gesicht aufgeflackert, die sich gleich in ein saftig schlechtes Gewissen verwandelte. „Nein", war alles, was er im ersten Moment dazu sagen konnte.
Befriedigt setzte Ella sich wieder in Bewegung. Sie hatte es ihm gegeben, den Spieß umgedreht und damit ihre Wut zum größten Teil getilgt. Außerdem war es jetzt zweifelsohne auch am vernünftigsten, Schadensbegrenzung zu betreiben. „Ich würde vorschlagen, wir betrachten uns als quitt", rief sie ihm über die Schulter zu und kramte in der Tüte nach dem Camembert-Brötchen. „Und jetzt lassen Sie uns endlich über den Fall reden!"

Unfähig, irgendetwas zu sagen, trottete Thorsten wie ein Idiot neben ihr her. Hatte er sich jemals mehr blamiert als eben? Freiberg und er hatten Verhöre immer auf diese Weise durchgezogen, wenn sie sich mit unkooperativen Zeugen hatten herumplagen müssen. Thorsten hatte den Anfang gemacht, ihnen ordentlich eingeheizt – bis Freiberg übernommen und in seiner ruhigen, verständnisvollen Art so manchen binnen kürzester Zeit geknackt hatte. Warum also war er eben bei der Kirsch so blind gewesen?

„Frau Koch hat sich schon ein bisschen verdächtig verhalten, finden Sie nicht?", fragte die jetzt in unbefangenem Eifer. „Wie sie sich zuerst darum herumdrücken wollte, von ihm zu erzählen? Und wie sie ihn hasst - schon auffällig, oder?" Sie sah ihn von der Seite an. Neugierig darauf, was er erwidern würde.

Offenbar war sie bereit, darauf zu verzichten, ihren Triumph auszukosten, und zur Tagesordnung überzugehen. Das war echt in Ordnung von ihr.

Außerdem hatte sie recht. Er musste all die Informationen, die sie eben bekommen hatten, in sinnvolle Zusammenhänge bringen. Was im Rahmen eines Gesprächs besonders gut ging. Er holte tief Luft. „Naja. Wenn sich ihr Hass auf die Arbeit beschränkt, würde das als Motiv nicht ausreichen, denke ich." Aber er musste ihr irgendwie recht geben. „Aber wenn persönlichere Sachen hinzukommen?"

„Als sie über den Alten und Melina sprach, machte sie schon einen irgendwie involvierten Eindruck."

„Ja, stimmt."

„Aber auch von ihr selbst abgesehen, war sie echt ergiebig, nicht? Was sie über den Zwist zwischen Vater und Sohn erzählt hat ... Und die Sache mit dem Ratsherrn und dem Grundstück an der Norderhake hat sie ebenfalls erwähnt."

Thorsten ließ ihr ein freundliches Nicken zukommen. „Dank ihr haben wir bereits mehrere handfeste Spuren, denen wir folgen können." *Folgen könnten – wenn wir denn die Befugnis hätten, im Mordfall zu ermitteln.* Hätte er hinzufügen müssen.

Aber wie die Miene der Kirsch aufstrahlte ... „Wir haben wirklich schon total viel", pflichtete sie ihm bei. „Und das nach der Vernehmung von den ersten beiden Zeugen. Wir sind doch echt gut!"

Wow, was für ein Friedensangebot! Meinte sie das ernst, oder war das eine Falle? Ihr Lächeln wirkte echt. Somit war es besser, wenn er das erwiderte. Er zog die Mundwinkel in die Höhe. Für die Dauer von zwei Schritten sahen sie sich an.
„Dieser Igel ist verwirrend", wechselte sie dann abrupt das Thema. „Glauben Sie wirklich, dass derjenige, der den Igel auf Melinas Schreibtisch umgedreht hat, auch den Igel von Niemanns Nachttisch auf das Fensterbrett gestellt hat?"
„Hmm." Leider war er nicht annähernd so weit, irgendetwas zu glauben, was dieses Viech betraf. „Was wir wissen", fasste er zusammen, um Zeit zu gewinnen: „Der Mord fand etwa zwischen zwanzig nach sieben und dem Zeitpunkt statt, an dem die Haushälterin die Polizei gerufen hat. Während das kaputte Fenster in seinem Schlafzimmer zwar heute Morgen entdeckt wurde, aber davor zu Bruch gegangen sein kann."
„Gestern Abend, als Melina ging, stand der Igel noch auf dem Nachttisch", erinnerte die Kirsch ihn.
„Okay, und die Scheibe wird auch heil gewesen sein."
„Dann müssen wir also in Erfahrung bringen, wann Melina gestern gegangen ist und ob sie danach noch was gehört hat." Die Kirsch stöhnte, allerdings gut gelaunt. „Es geht mir immer so, dass mir nach einem Gespräch noch jede Menge Unklarheiten auffallen. Aber wir können ja alles noch anbringen, wenn wir das nächste Mal mit den einzelnen Frauen reden."
„Sie sind Optimistin." Was ihm durchaus gut gefiel.
„Bin ich." Die Kirsche nickte ernst. „Und ich lebe sehr gut damit."
„Okay, dann lassen Sie uns doch noch mal konzentrieren – auf alles, was uns besonders unklar erscheint. Die Rolle des Igels hatten wir schon."
„Dass zwei Fensterscheiben kaputt sind, bei jedem Igel eine."
„Die Schrebergartenkolonie, die auch zweimal auftaucht", steuerte er bei. „Einmal im Zusammenhang mit der Brandstiftung und einmal mit den Niemanns persönlich."
„Wieder ein merkwürdiger Zufall, stimmt." Die Kirsch überlegte. „Ein Zufall, der es vielleicht rechtfertigen würde, die Bagatellen doch vom Mord zu trennen, oder?"
„Oh Gott, ist das kompliziert!", rutschte ihm heraus.
Ella Kirsch lachte zustimmend. „Wirklich wahr. Aber ungeheuer spannend!" Ihre Augen glitzerten verschwörerisch.

„Und ein Segen, denn wenn alles so schön miteinander verflochten ist, haben wir die Chance, in den Randbereichen Ermittlungen anzustellen, obwohl wir in der Mordsache nicht ermitteln dürfen", brachte Thorsten endlich an.
„Oh." Prompte Enttäuschung in der Kirsch-Miene.
„So wie die Dinge liegen, können wir auch peripher eine Menge herausbekommen", tröstete er sie.
„Das heißt, wir interviewen alle Beteiligten in Hinblick auf die Bagatellen ..."
„... und bringen nebenbei so viel wie möglich über den Mordfall in Erfahrung", vollendete er verheißungsvoll. Und grinste, als die blauen Kirsch-Augen sofort wieder zu funkeln begannen. Sie tauschten einen Blick.
„Machen wir weiter?", schlug sie eifrig vor.
Thorsten lachte. „Nur zu!"
„Die Familie haben wir bisher vernachlässigt", war sie gleich wieder drin. „Dabei finden über sechzig Prozent aller Morde im persönlichen Umfeld des Ermordeten statt, davon sind die Hälfte Beziehungstaten innerhalb einer Ehe oder Familie. Die Niemanns scheinen da ja mit reichlich Möglichkeiten aufwarten zu können."
„Familie ist etwas Schreckliches", stellte er grimmig fest und hielt seine Augen davon ab, dem nächsten Plakat zu nahe zu kommen, das dick und fett an der Tankstelle am Mühlenberg prangte. Hatten die den Kerl wirklich an jeder Straßenecke aufgehängt?
Im Augenwinkel sah er die Kirsche zögern.
Er sah sie herausfordernd an. „Also das, was da zwischen Melina und dem Alten abgelaufen ist, ist doch Missbrauch. Oder sind Sie da anderer Ansicht?"
„Ich weiß nicht." Sie zögerte immer noch. „Natürlich hab ich das auch zuerst gedacht. Ich meine, welches Mädchen tanzt auf dem Abiball mit ihrem Opa?"
„Und welcher Opa hängt ein Foto von eben diesem Abiball vor seinen Wandtresor?"
„Wirklich?"
„Ich habe Ihnen von den vielen Bildern an seinen Wänden erzählt! Es war nur so viel, da hab ich das vor dem Tresor nicht extra erwähnt. Und den Igel ..." Er stockte.
„Vergessen haben Sie ihn doch wohl kaum." Der Kirsch-Blick war wieder anklagend geworden.

„Es war so viel.“
„Ah ja.“
„Ich wusste doch, dass das Gespräch früher oder später darauf kommen würde. Wieso hätte ich Ihnen den vorenthalten sollen?“
„Um einen Vorsprung zu haben? Und gleich ins Verhör einzusteigen, während ich diese Information verarbeiten musste?“
Oh, oh, sie war nicht dumm. Thorsten brachte es nicht fertig, das abzustreiten.
Sie nickte grimmig. „Haben Sie vor, so weiterzumachen?“, fragte sie ihn rundheraus.
„Nein!“ Das war jetzt ganz automatisch aus seinem Mund gekommen.
„Das heißt, dass Sie in Zukunft mit mir zusammenarbeiten?“
Plötzlich war ihm nur noch peinlich, dass sie ihm jedes Wort aus der Nase ziehen musste. Jetzt 'ja' zu sagen – würde ihn aber endgültig in die Rolle des unartigen Schülers verweisen.
„Okay.“
Wie es schien, reichte ihr das so. Nee, das konnte er dann doch nicht auf sich sitzen lassen. „Es tut mir leid.“ So schwer war das gar nicht gewesen.
„Oh.“ Voller Erstaunen war die Kirsche zu ihm herumgefahren. Für eine halbe Sekunde hielt sie inne.
Ihm brach der Schweiß aus. Sie würde das doch jetzt nicht etwa auswalzen wollen?
Dann jedoch grinste sie ihn einfach an und wandte sich um, um noch einen Blick auf den Hafen zu werfen, ehe sie den Mühlenberg in Angriff nahmen, den sie mittlerweile erreicht hatten. Wieder schien sie kurz zu überlegen – ging aber weiter, ohne etwas zu sagen.
„Halten Sie es für möglich, dass der Igel eine geheime Botschaft an Melina sein könnte?“, nutzte er die Gelegenheit, zum Thema zurückzukehren.
„Sie meinen, eine Art Warnung? 'Ich habe deinen Großvater umgebracht, du wirst die Nächste sein.'“
„Das ist Unsinn, oder?“ Verdammt, sonst wäre er in der Pflicht, Polizeischutz zu beantragen. *Zuallererst wäre es deine Pflicht, diese Informationen weiterzugeben,* meldete sich sein innerer Freiberg. Was völlig überflüssig war, immerhin würden Klaasen und Marten beide Igel genauso zu Gesicht bekommen. Deren Sache war es, die

notwendigen Schlüsse daraus zu ziehen. Thorsten zog eine Grimasse. War er etwa froh, dass diese Verantwortung ihm erspart blieb? Ob er Freiberg anrufen sollte? Der sich gerade in Griechenland befand. Im ersten Urlaub seit Jahren ...
„Hätten wir Maßnahmen ergreifen müssen?“, rief ihm die besorgte Stimme der Kirsch in Erinnerung, dass er ja keineswegs allein war. Okay. „Lassen Sie es uns genau durchdenken und hinterher entscheiden.“ Und zwar zusammen. Er holte tief Luft.
„Es müsste sich um jemanden handeln, der beide kennt.“
„Und beide hasst.“
Sie sahen sich an.
„Die Schwester?“, war sie diejenige, die es aussprach.
„Wir müssen in Erfahrung bringen, ob sie ein Alibi hat. Könnten Sie das aufschreiben?“
„Hätte sie ihren Großvater erwürgen können?“, gab die Kirsche zu bedenken.
„Er war mehrere Tage krank und den Augen nach ja auch noch keineswegs wieder gesund.“
„Aber eine Sechzehnjährige ...“
„Die gewusst hat, was der Igel für Melina bedeutet. Und wohl auch für den Opa, immerhin hatte er ihn auf dem Nachttisch stehen.“
„Wäre das nicht sehr dumm? Eine solche Spur zu legen?“
„Bei einer Tat aus Leidenschaft? Noch dazu von einer Sechzehnjährigen?“
„Aber was genau sollte ihre Leidenschaft geweckt haben? Sie hatte einen neuen Freund, Ärger mit dem Ex. Bloß weil sie ihre Schwester hasst ...“
„Sie meinen, sie hätte die Schwester umgebracht, nicht den Opa?“
„Melinas Angaben nach hat Jonna doch schon lange nichts mehr mit dem Opa am Hut gehabt.“
„Ihr Vater?“
„Könnte der seinen Vater ermordet haben, weil ...“
„... er eine unkoschere Beziehung mit seiner Tochter hatte?“
„Etwas, womit er seinen Vater erpresst haben könnte, als es um die Renovierung ging.“
„Warum ausgerechnet heute?“
„Weil sein Vater im Auto irgendwas gesagt hat?“
„Hmm.“
„Die Mutter?“, schlug die Kirsche vor. Sie ging rückwärts, damit sie

ihn anschauen konnte, Buch und Stift wie eine Dirigentin erhoben.
„Selbes Motiv?"
„Es könnte ja auch sein, dass sie es erst ganz kurzfristig herausgefunden haben."
„Ich weiß nicht."
„Ich auch nicht." Sie grinste.
Er ebenfalls. „Schreiben Sie das mit auf?"
„Mir raucht der Schädel", gab sie lachend zu.
„Mir auch." In diesem Moment freute er sich richtig, mit ihr hier zu sein. Er hatte es gemocht, mit Freiberg zusammenzuarbeiten. Aber mit einer Person in seinem Alter, noch dazu einer klugen und humorvollen, machte es beinahe noch mehr Spaß.
„Soll ich das auch aufschreiben?" Herausfordernd stach sie mit dem Stift in die Luft, wie um ihn zu piken.
„Dass wir nach stundenlangen intensiven Ermittlungen die Arbeit für heute einstellen? Ja, bitte, schreiben Sie das auf."
„Aber morgen machen wir weiter." Sie zwinkerte ihm zu. „Das kriegen wir doch irgendwie gerechtfertigt, oder?"
Thorsten stieß ein Grunzen aus.
Nun brach das Lachen gänzlich aus ihr heraus. „Ob die Neumünsteraner auch so viel aus den beiden Frauen herausbekommen? Deren Lust auf Verhöre wird zumindest nicht mehr allzu groß sein."
Thorsten verzog das Gesicht. „Hoffentlich kriege ich keine Mahnung wegen Behinderung der Polizeiarbeit."
„Wenn, dann kriegen wir sie beide." Sie grinsten sich an.
Leider verging ihm das Grinsen relativ schnell wieder. Gerade waren sie in der Schleswiger angekommen und noch mitten in ihren Überlegungen, welche Berichte sie schreiben und wie zensieren sollten, als Thorsten merkte, wie die Aufmerksamkeit der Kirsche abschweifte.
An der Schwingtür angekommen, zögerte sie. Erst dann rückte sie damit heraus. „Ich muss erst mal meinen Hund holen." Ihr war sehr wohl bewusst, dass er nicht begeistert reagieren würde.
„Sie wollen jetzt schon Feierabend machen und mir die Berichte überlassen? Nachdem Sie heute Morgen schon zu spät waren?"
„Ich will doch noch gar nicht gehen – und die halbe Stunde werde ich selbstverständlich länger arbeiten als Sie", gab sie, gleich wieder angefressen, zurück. „Oskar ist in Güdes Büro. Die werde ich erlösen und anschließend in unser ..."

„Nein, Sie können den Hund nicht mit ins Büro bringen!"
„Warum denn nicht? Er ist brav. Ich meine, nachdem ich mit ihm einen kleinen Gang ums Haus gemacht habe. Die Zeit werde ich selbstverständlich auch hinten dranhängen", setzte sie noch pissiger hinzu, als er den Mund öffnete.
„Sie können den ganzen Hund hinten dranhängen. Ich habe heute Morgen eine volle Überstunde gemacht, die ich jetzt gleich abbummeln werde. Zumal ich noch immer nichts gegessen ..."
„Sie wollten doch nichts. Die Brötchen waren gut."
„Das haben Sie mir ja auch eindringlich vor Augen geführt!"
Die Kirsch wurde rot, anscheinend war Essen ein wunder Punkt von ihr. War sie auch eine von den Frauen, die einem immer die Ohren voll heulten, dass sie zu dick seien?
„Wollen Sie mir jetzt vorwerfen, dass Sie vorhin zu eingeschnappt waren, um dafür zu sorgen, was in den Magen zu bekommen?", zischte sie.
Boah, die schlug mit voller Wucht zurück. „Wenn Sie nicht ganz so gierig gewesen wären, hätten Sie mir ja vielleicht ein kleines Stück abgeben können", schoss er auf der gleichen Ebene zurück.
„Was wollen Sie damit sagen?"
„Dass Sie den Mund ziemlich voll nehmen."
Gerade jetzt war er weit offen. Ihr Mund. Sie wusste nichts zu erwidern. Er hatte gewo...
„Ihr siezt euch noch immer?"
Thorsten fuhr herum.
„Und streitet noch immer. Oder habt ihr zwischendurch mal eine Pause eingelegt?" Er sah mitten in Hobbis breit grinsende Visage.
Die Kirsch blieb genauso stumm wie Thorsten.
„Oh Mann, ihr scheint eine Pause zu brauchen. Komm, Kirsche – ich darf dich doch so nennen, oder? Das ist einfach zu verlockend", er zwinkerte ihr in seiner ewig guten Laune zu, „ich habe gerade frischen Kaffee aufgesetzt. Gehen wir in die Küche und lassen dem eisernen Heinrich ein bisschen Zeit, runterzufahren. Du bekommst aber auch einen, keine Sorge", bekam Heinrich noch über die Schulter zugerufen. „Dauert nur noch einen Moment."
Der schnaufte nur hart aus. Kirsche, so nannte Hobbi die Neue? Naja, lag irgendwie nahe, ihm war es schließlich auch nicht anders gegangen. Wie hieß sie gleich nochmal mit Vornamen? Ella, oder?

Nachtschicht

Es war ja echt nicht spät, noch nicht mal vier. Und doch war Thorsten so erschöpft, als hätte er, statt die morgendliche Überstunde abzubummeln, noch mindestens zwei drangehängt. Naja, zuerst die sich seit dem frühesten Morgen überschlagenden Ereignisse, dann der ständige Ärger mit der Kirsch. Gerade zum Schluss war es wieder maximal nervtötend gewesen. Er pustete aus.
Wie auch immer. Unterm Strich war alles zufriedenstellend. Er hatte sein Board wie versprochen wohlbehalten im Büro vorgefunden und sich gleich per Mail bei Piolek bedankt. Mit Kaffee und Keksen, die Hobbi spendiert hatte, war dann auch die Kirsch wieder erträglicher gewesen. Thorsten und sie hatten die Berichte aufgeteilt und sie sich bereiterklärt, den längeren über den Leichenfund zu übernehmen, sodass er sich pünktlich hatte vom Acker machen können. Sie saß wohl noch immer am Computer und tippte. Unter dem Aspekt der Arbeitsteilung gesehen, war es wirklich ein Vorteil, dass sie heute gekommen war.
Nun war er sogar noch schnell im Supermarkt gewesen, hatte sich gleich zwei Tiefkühlpizzas mitgenommen – Hobbis Kekse hatten zwar seinen Blutzuckerspiegel gehoben, aber auch seinen Magen angekurbelt, der allmählich unmissverständlich signalisierte, dass er nicht bereit war, noch länger auf richtige Nahrung zu warten. Backofen an, duschen, Füße hoch und essen – so lautete der Plan. Von daher ...
Gerade war er im Begriff, in den Schatten des Hauses einzutauchen, als sich eine wohlvertraute Gestalt daraus löste. Er seufzte ergeben. Nein, Reden stand nicht auf seinem Plan – und sowieso ganz unten auf der Liste seiner aktuellen Bedürfnisse. Aber was half es? „Hallo Mutter."
„Hey, ich muss doch einmal schnell fragen: Wie ist sie so? Deine neue Kollegin?"
„Du hast es gewusst", kam da aus einer ganz anderen Ecke seines Bewusstseins. Er hatte das nicht tun wollen. Nicht aussprechen,

nicht darüber reden, nicht darüber nachdenken. Er war müde. Hungrig. Und wieder maximal schlecht gelaunt!
„Entschuldige!“ Mutter hatte verteidigend die Hände gehoben. „Entschuldige, dass Hobbi es seiner Frau erzählt hat und die es mir. Und entschuldige auch, dass Ulli längst einen ersten Eindruck mitgeteilt gekriegt hat und überhaupt darüber informiert worden ist, was Eckernförde ab heute in Atem hält.“ Sie lachte dabei.
„Was Hobbi da macht, ist illegal, damit kann er in Teufels Küche kommen, und ich denke nicht daran, mich ebenso ...“
„Ich weiß, dass du keine Geheimnisse preisgeben willst – und Hobbi hat doch auch nichts Schlimmes gesagt. Zumal das sowieso morgen früh in der Zeitung steht, und auf Facebook hat es auch schon längst die Runde gemacht. Die Neue ist doch erst recht kein Geheimnis, von daher ist es legitim, wenn ich dich einfach ...“
„Du hast es gewusst!“, wiederholte Thorsten noch anklagender. „Und im Gegensatz zu unseren beruflichen Interna betrifft mich das unmittelbar. Denkst du nicht, dass es deine Pflicht gewesen wäre, mich vorher zu informieren, damit ich es nicht ohne Vorwarnung hätte sehen müssen?“
In ihre Miene war schlagartig Schuldbewusstsein getreten. Jetzt wusste sie, wovon er sprach. „Ich wollte es dir sagen, natürlich. Es war nur so, dass ...“
„Ihr redet also immer noch miteinander“, stieß er angewidert hervor. „Das verstehe ich nicht. Ich verstehe dich einfach nicht.“
„Thorsten, wenn du mir nur mal zuhören würdest ...“, wollte sie zu einer Rechtfertigung ansetzen.
Doch darauf hatte er echt keinen Nerv mehr. „Wann wolltest du es mir mitteilen?“, schnitt er ihr das Wort ab.
„Schon die ganze Zeit. Es ...“
„Wie lange weißt du es schon? Seit der Bürgerschaftswahl?“
„Es kam mir immer unpassend vor ...“
Was? Das war provokativ gemeint gewesen! Dass sie es nicht abstritt ... Sein Zorn überflutete ihn so jäh, dass er im ersten Moment keine Luft mehr bekam. „Wann haben die ihn aus dem Senat gekickt? Im Februar? Und du lässt Monate verstreichen, ohne mich zu informieren, was er vorhat? Du hattest es gar nicht vor, gib es zu. Dir schien es leichter, einfach zu warten, bis ich es so herausfinde. Das ist echt nicht zu glauben!“
„Es war doch schon seit Wochen in den Zeitungen, da dachte ich ...“

„Da war von einem 'Förderkreis Hamburger Kulturmäzene' die Rede, wie soll ich da ahnen ..."
„Letzten Freitag war er selbst in der Zeitung, nachdem der Verkaufsvertrag unterzeichnet worden war."
„Du weißt, dass ich die KN ohne den Regionalteil lese!"
„Jedenfalls bin ich davon ausgegangen, dass du es mittlerweile mitbekommen hast."
„Danke auch. Solche Infos entnehme ich am liebsten öffentlichen Medien, anstatt ..."
„Ach, hör auf! Du machst es einem wirklich nicht leicht. Wie oft hat er versucht, mit dir ..."
„ER SOLL SICH VON MIR FERNHALTEN."
Mutter war einen Schritt von ihm abgerückt, die Arme vor dem Busen verschränkend. „Eben. Du zeigst es mir doch gerade wieder." Sie sprach leise, aber durchdringend. Spätestens jetzt war auch sie spürbar sauer. Verhalten noch, bereit, jederzeit ein Einlenken zu akzeptieren und den Streit mit einem wegwerfenden Lachen zu den Akten zu legen.
Aber nach Einlenken war Thorsten absolut nicht. Er hatte die Augen verengt und starrte sie herausfordernd an.
Sie erwiderte seinen Blick mit zusammengepressten Lippen – und schüttelte dann in demonstrativer Ratlosigkeit den Kopf. „Dir gegenüber dieses Thema anzuschneiden, bedeutet, dass man bereit sein muss, sich dieser Reaktion auszusetzen. Für die nächste Stunde, den Rest des Tages, die kommende Woche ... Vielleicht kannst selbst du dich wenigstens mal für einen klitzekleinen Augenblick so weit in mich hineinversetzen, um nachzuvollziehen, dass meine Lust auf so was ..."
„Hast du dich jemals gefragt, ob ich Lust auf so einen Vater habe?"
Sie schnappte nach Luft. „Sag mal, geht's noch?" Jetzt hatte er sie endgültig sauer gemacht. Sie hatte die Hände in die Seiten gestemmt und blitzte ihn an.
Die zweite Frau heute, die er in diesem Zustand ertragen musste. Thorsten stöhnte gebeutelt.
Das allein reichte, um seine Mutter endgültig zum Überkochen zu bringen. „Ist das dein Ernst? Du hast jetzt vor, erst mal wieder auf unbestimmte Zeit in Selbstmitleid zu schwelgen? Mir vorzuwerfen, was für ein Scheiß-Leben ich dir zugemutet habe, indem ich dich geboren habe? Soll ich mich womöglich auch noch für die Gene

entschuldigen, die du von meiner Seite aufgedrückt bekommen hast? Vergib mir, mein Sohn, dass ich dich mit der Kurzsichtigkeit meines Vaters vergiftet habe?"
„Nun wirst du aber unsachlich!"
„Und du bist die Sachlichkeit in Person?"
„Jedenfalls lässt du dich immer wieder von ihm einwickeln."
„Du machst es dir so einfach!"
„Ja, klar. Es ist ja auch egal, was ich denke. Ich war immer nur Mittel zum Zweck, eure Spielfigur, um Macht über den anderen ..."
„STOPP. Stopp, verdammt. Wenn du jetzt weitersprichst, könnte es sein, dass ich ernstlich böse werde." Ihr Tonfall: Mutter.
Sein Reflex: Mit noch mehr Wucht zuzuschlagen. Er hatte schon Luft geholt, den Mund aufgemacht ...
Als er realisierte, dass er sie wirklich getroffen hatte. Es war nicht das erste Mal, dass er ihr so was an den Kopf geworfen hatte. Dass er es heute bemerkte ... Seine Wut sickerte aus ihm heraus, als hätte man ein prallgefülltes Fass angepikt. Geballte Erschöpfung blieb zurück. Er schüttelte den Kopf, unendlich müde plötzlich. „Es tut mir leid", hörte er sich sagen. Zum zweiten Mal an einem Tag. Kein Wunder, dass er so fertig war.
Diesmal stimmte es nicht, es tat ihm nicht leid, er war derjenige, der im Recht war. Aber im Augenblick war es schlicht leichter, die Schuld auf sich zu nehmen, als ihre Verletzlichkeit ertragen zu müssen. „Ich möchte einfach nur nach Hause, Mutter. Es war ein langer Tag."
Da fiel die Spannung von ihr ab. Auch sie atmete tief durch. Ein Lächeln brachte sie nicht zuwege, dafür war es wohl zu schlimm gewesen. Und trotzdem war sie bereit, ihm zu vergeben. Jetzt sofort.
„Es tut mir leid." Das war wirklich ehrlich gewesen.
„Willst du eine Tasse Kaffee und ein Stück ...?"
„Nein, nein, mir ist mehr nach Pizza." Er hob die Tüte. „Ja, Mutter, mir geht es gut", erstickte er die erwachende Fürsorglichkeit in ihren Augen im Keim. „Ich komme morgen vorbei, okay?" Naja, das war das Mindeste, was er tun musste.
„Gut. Ich backe Blauen Heinrich."
„Das ist doch nicht nötig, ich muss nicht jeden Tag Torte essen!"
„Jeden Tag nicht. Aber morgen." Sie zwinkerte ihm noch einmal zu und wandte sich dann erstaunlich schnell zum Gehen. Um ihm keine Gelegenheit zum Widerspruch zu lassen.

Na gut. Mit einem neuerlichen tiefen Seufzer setzte Thorsten sich endlich in Bewegung, der Wohnung entgegen, in der er erst einmal Unterschlupf gefunden hatte.

Natürlich hatte Ella nicht erwartet, dass der erste Tag völlig entspannt verlaufen würde. Kollegen kennenlernen, Büro in Besitz nehmen, Einstiegsformalitäten erledigen – die ganze Zeit über offen und voll da zu sein – all das war anstrengend, das war ihr von den Praktika noch deutlich in Erinnerung. Sie hatte durchaus damit gerechnet, dass ihr am ersten Abend der Kopf schwirren würde von den vielen neuen Gesichtern, Infos, Aufgaben. Womit sie nicht gerechnet hatte, war die Tatsache, eben mal schnell ins kalte Wasser gestürzt zu werden – und das an der Seite dieses Kollegen! Dieser Heinrich lag ihr schwer im Magen. Egozentrisch, stur, unfair, launisch, reizbar, unberechenbar, unreflektiert, ohne jede Fähigkeit zu Vernunft und Empathie, weit entfernt von jeglicher Bereitschaft, Verantwortung zu übernehmen und seine eigenen Belange zurückzustellen, wenn die Situation es erforderte – und zu alledem noch hundefeindlich! Wie sollte sie mit so einem tagaus, tagein zusammenarbeiten?
Mit zusammengebissenen Zähnen pfriemelte sie den Autoschlüssel aus ihrer Handtasche. Okay, den doofen Heinrich jetzt mal abhaken. Zumindest für heute. Auf zum nächsten Punkt auf der Tagesordnung. Der da wäre ... Sie warf einen Blick auf die Uhr. Himmel, sie hatte für halb fünf die Wohnungsübergabe ausgemacht. Jetzt war es nach halb sechs!
Die Tasche in den Wagen zu schmeißen und sich selbst hinterher, war dann fast eins. Was außerdem noch anstand, hatte sie mittlerweile auch wieder klar vor Augen: Wohnung beziehen, Wagen ausräumen, irgendwo was Essbares auftreiben – der Tag war lange noch nicht zu ende. Sie gurtete sich an und drehte den Wagenschlüssel. Der Diesel tuckerte brav los, sie blinkte links, sah in den Rückspiegel, fuhr an – und schrie auf. Nicht nur, dass sie keinerlei Ahnung hatte, wohin sie nun musste, das Aller-, Allerwichtigste hatte sie völlig vergessen! Eilig lenkte sie den Wagen an den Straßenrand zurück und stürzte hinaus, zurück ins Gebäude, den Flur entlang.

„Mein Oskar, da bin ich endlich wieder." Schon kniete sie auf dem Boden und umarmte den begeistert mit dem Schwanz peitschenden Hund. Der ihr prompt mit der Zunge übers Gesicht fuhr.
„Vorsicht, er fegt mir die Unterlagen vom Tisch." Güde war aufgesprungen und rettete die Papiere, die sie auf einem niedrigeren Tischchen fein säuberlich sortiert hatte. „Jedesmal wenn jemand in den Raum kommt, fliegt alles durch die Luft. Und glaub mir, hier geht es zu wie im Taubenschlag." In ihrer Stimme keinerlei Belustigung, nicht die Spur eines Lächelns in ihrer Miene. Oh weh.
„Tut mir leid." Ella biss sich auf die Unterlippe. So ein Mist aber auch. Hatte sie es sich mit der netten Sekretärin gleich am ersten Tag verscherzt? „War es so schlimm?"
„Naja, Oskar ist schon ein netter Hund. Aber auch ein bisschen ungezogen. Sitz und Platz macht er nur, wenn er mag."
„Ich weiß." Verlegen kratzte sich Ella hinterm Ohr. Die Hundeerziehung hatte während des ganzen Beziehungschaos mit Stefan natürlich gelitten. „Wir arbeiten aber dran. Gibt's hier eine gute Hundeschule?"
„Keine Ahnung." Güde fuhr den Computer runter, klappte den Aktenschrank zu, schloss das Fenster. „Schluss für heute." Als sie Ella wieder ansah, war ihr Blick zum Glück etwas freundlicher. „Morgen ist ein neuer Tag."
„Ja", nickte die, „und zwar einer ohne Oskar. Ich muss jetzt gleich los zu meiner neuen Wohnung. Wo ist denn der Ronnenbergweg?"
„Hast du einen Stadtplan?", fragte Güde zurück.
„Nein", antwortete Ella. „Nur ein uraltes Navi."
„Es ist nicht weit." Güde kramte schon in ihrer Schreibtischschublade, holte einen Faltplan heraus und klappte ihn auf. „Siehst du, hier sind wir. Du fährst einfach die Schleswiger und den Mühlenberg runter, unten gleich links in den Vogelsang, also noch vor dem Hafen. Und dann ...", ihr Zeigefinger rutschte die Straße entlang, „guck, das hier ist der Ronnenbergweg. Du kannst da ein Stück reinfahren und eventuell sogar parken, da sind Garagen, aber davor ..."
„Vielen Dank." Ella winkte Güde noch einmal zu. „Ich muss mich jetzt sputen, sonst wird die Wohnung noch an jemand anderes vermietet." Rasch befestigte sie die Leine an Oskars Halsband. „Los geht's, Dicker. Du musst nur noch ein bisschen brav sein, dann gehen wir nachher fein Gassi und gucken uns die Gegend an."

„Ich mag Hunde", stellte Bernhard Biesig, der Vermieter, ein hagerer, glatzköpfiger Mann um die Fünfzig, drohend fest. „Wenn sie gut erzogen sind." Mit skeptischem Blick musterte er Oskar.
„Der ist ganz brav", beteuerte Ella hoffentlich nicht zu verzweifelt. „Ein Labrador, die kennen Sie doch sicher. Eine Seele von Hund, treuergeben und durch und durch gutmütig Die kann man auf Babys aufpassen lassen." Dass Oskar darüber hinaus ein unerzogenes Früchtchen war, würde Ella ihm nicht auf die Nase binden.
„Babys mag ich nicht." Biesig nahm seine Augen von Oskar und bohrte sie stattdessen in Ellas. „Wenn Ihr Hund wirklich brav ist ..."
„Sie wussten doch von Anfang an, dass ich einen habe."
Worauf Biesig gar nicht einging. „Es versteht sich von selbst, dass er weder Böden noch Einrichtung in Mitleidenschaft ziehen darf."
„Er wird allerhöchstens mal auf dem Boden liegen. Ansonsten schläft er nur auf seinem Hundebett."
„Schneiden Sie ihm regelmäßig die Krallen, damit er das Laminat nicht verkratzt."
„Das mache ich natürlich. Und überhaupt werden Sie gar nicht merken, dass er da ist", beeilte sich Ella zu versichern und lenkte das Gespräch lieber auf ein anderes Thema, welches ihn bestimmt auch sehr gut beschäftigen würde. „Was muss ich denn in Ihrem Haus so alles beachten?"
Dieses sogenannte Haus war wohl eine Ferienwohnung gewesen, stand direkt an den erstaunlich steilen Hang geschmiegt, gleich neben seinem eigenen. Winzig waren beide. Aber nun ja, die fünfundvierzig ausgeschriebenen Quadratmeter Wohnfläche würden Ella einstweilen reichen. Auch dass es nicht schön, aber praktisch möbliert war, kam ihr entgegen. Im Bad hing ein Boiler, in der Küche funktionierten Herd und Kühlschrank, und im Schlafzimmer sah das Bett nicht allzu durchgelegen aus. Es passte also alles.
„Bei Regen müssen Sie aufpassen, dass die Tür gut geschlossen ist", erklärte Biesig und deutete durch die offene Haustür den Berg hinauf. „Da läuft das Wasser nur so runter und in den Flur."
„Oh, dass abgeschlossen ist, darauf werde ich nicht nur bei Regen achten." Was hatte der Mann für Vorstellungen!
Doch Ellas ironischer Tonfall war an ihm abgeperlt. „Die Gartenmöbel auf dem Hof können Sie auch nutzen."
„Prima." Ella nahm den Schlüssel entgegen. „Ich danke Ihnen."
„Keine Partys, keine Männerbesuche, keine laute Musik."

Im ersten Moment öffnete sie empört den Mund – besann sich dann aber und nickte. Legte schnell eine Hand in Oskars Nacken, der alarmiert die Ohren aufgestellt hatte, um ihn daran zu hindern, ein Grollen auszustoßen. Es war so süß, dass er, die Sanftmut in Person, sie verteidigen wollte. Aber was sollte es? Partys waren ohnedies nicht ihr Ding, von Männern hatte sie erst mal die Nase voll und laute Musik brauchte sie nicht.
Biesigs Blick war wachsam zwischen Oskar und ihr hin und her gewandert. Ehe er zum Glück entschied, es auf sich beruhen zu lassen. „Die Sicherung ist ein bisschen schwach auf der Brust. Wenn sie rausfliegt, einfach wieder rein drücken." Er deutete auf den Kasten im Flur. „Da, sehen Sie?"
Ella streichelte Oskar hingebungsvoll. „Alles klar."
„Im ganzen Haus sind Energiesparbirnen, aber bitte achten Sie darauf, dass Sie nur in einem Raum Licht anhaben."
„Äh ..." Weiterstreicheln.
„Ehe Sie lüften, Heizung aus."
Sie streichelte, was das Zeug hielt. „Gut." Es war ja warm.
„Jetzt im Sommer ist die Heizung abgeschaltet, am ersten November mache ich sie an. Ab da lassen Sie die Türen in der Wohnung geschlossen, damit sich die Wärme besser hält."
Herrgott, war der nicht ganz dicht?
„Wenn Sie das Wasser zu schnell aufdrehen, brummt die Leitung."
„Ich werde mich bemühen."
„Warmwasser ist auf vierzig Grad gestellt, das genügt zum Duschen, wenn Sie abwaschen wollen, machen Sie einfach einen Teekessel Wasser heiß."
„Oh, aber ..." Streicheln!
„Benutzen Sie vor allem die große Energiekochplatte, die anderen heizen viel langsamer. Das schluckt viel zu viel Strom."
„Herr, Biesig, das können Sie aber nicht ..."
„Rrrrrrrrr."
Nun war ihm der Hund offensichtlich egal. „Es gibt keine Waschmaschine", fiel er ihr mit erhobener Stimme ins Wort, „aber auf dem Hof will ich sowieso keine Wäscheleinen haben und im Haus ist Wäscheaufhängen selbstverständlich verboten. Wenn Sie Ihre Wäsche bei mir abgeben, bekommen Sie sie für fünf Euro gewaschen und getrocknet wieder zurück."
„Rrrrrrrrrrrr."

Ella klappte die Kinnlade herunter. Und gab ihrer Hand den Befehl, das Streicheln wieder aufzunehmen. Dieser Mann war ... eine wandelnde Unverschämtheit! Wenn sie sich nicht schon so ausgelaugt gefühlt hätte ... Aber was sollte es? Sie würde größtmöglichen Abstand zu diesem Kerl halten. Und um einen Waschsalon würde sie sich kümmern, wenn es soweit war. Vorläufig galt es, diese schreckliche Situation irgendwie hinter sich zu bringen.
Das schien Herr Biesigs Anliegen leider nicht zu sein. „Ach, die Hauptsache habe ich ja vergessen!"
Ella stöhnte leise, sorgte hektisch dafür, dass Oskar ruhig blieb.
„Die Wände sind frisch gestrichen. Nägel einschlagen oder gar Löcher bohren geht nur mit meiner Genehmigung."
Das ... nein! Jetzt platzte Ella doch der Kragen. Sie ließ Oskar los, richtete sich auf. „Das geht nicht, Herr Biesig."
Oskar stieß ein warnendes Bellen aus. Mit einer untypisch ruppigen Bewegung nahm Ella ihn am Halsband, befahl ihm, sich hinzulegen – und war so überzeugend, dass er sofort gehorchte.
Respekt flackerte in Herrn Biesigs Augen auf.
Ella straffte die Schultern und baute sich ihm gegenüber auf. „Es tut mir sehr leid, aber das können Sie beim besten Willen nicht verlangen. Ich meine, kann ich nicht einmal ein Bild aufhängen, ohne Sie zu fragen?"
„Selbstverständlich dürfen Sie die Bilder durch eigene austauschen", versicherte er ihr unterwürfig. Doch noch ehe sie Oskar für diesen Sieg feiern konnte, fuhr er leise, aber umso biestiger fort: „Aber nur die, die bereits im Haus hängen. Darüber hinaus – nein."
„Aber das werde ich nicht ... Oskar, ruhig!"
„Austauschen auch nur, solange Sie meine ordentlich in Zeitungspapier verpacken und auf dem Dachboden einlagern. Pulen Sie aber nicht das Papier aus den Rahmen, da verknickt alles. Den Schaden müssen Sie mir bezahlen, also richten Sie sich danach."
„Ich werde ... Ruhig, Oskar!"
„Sie werden alles haargenau so machen, wie ich es Ihnen sage, weil ich Sie nämlich ansonsten vor die Tür setze. Das haben Sie unterschrieben, steht alles Punkt für Punkt im Kleingedruckten. Fristlose Kündigung bei Verstoß gegen die grundsätzlichen Vermieterrichtlinien. Haben Sie das verstanden?"
Ella konnte ihm nur fassungslos in sein verkniffenes, spießiges Gesicht starren.

„Wollen Sie den Vertrag vielleicht wieder auflösen?", erkundigte er sich zuvorkommend, fing sogar an zu grinsen. „Ich wollte eigentlich gar nicht langfristig vermieten. Habe nämlich mehrere Stammgäste auf der Warteliste, die in dieser Saison kommen wollen. Tun Sie sich also keinen Zwang an."
Ella bekam nur ein Brummen heraus.
„Ist das ein Ja?" Herr Biesig legte genüsslich den Kopf schief.
„Nein", würgte Ella hervor.
„Also ordnen Sie sich meinen Richtlinien unter?"
Sie musste gegen eine Welle der Übelkeit anschlucken.
„Ja?", bohrte Biesig.
Ellas Kopf schien über dem Körper zu schweben. „Ja", krächzte sie.
„Sehr gut, dann hätten wir ja alles geklärt." Herr Biesig klatschte in die Hände und wandte sich schwungvoll zum Gehen, um mit beschwingten Schritten auf sein eigenes Haus zuzugehen.
Völlig ermattet taumelte Ella rückwärts ins Haus und warf mit letzter Kraft die Tür zu. Wo war sie nur gelandet? Erst die Troschke, dann Heinrich, jetzt der olle Biesig. Waren alle Leute in Eckernförde so – so bissig?
Oskar war aufgesprungen, stupste sie schwanzwedelnd an. Jetzt wieder himmelweit davon entfernt, sich als bissig aufzuplustern. Ella kniete sich zu ihm und öffnete die Arme, um ihn an sich zu drücken. Da konnte sie schon wieder grinsen. Biesig biestig, bissig – was für ein treffender Name für diesen Mann!
Und darüber hinaus waren ja längst nicht alle Menschen, die sie heute kennengelernt hatte, so. Hobbi, Ülkü, Güde waren gute Gegenbeispiele. Sogar die Zeugen heute waren nett gewesen. Nee, nee, sie hatte einfach Pech gehabt. Mit diesem Tag, mit diesem Start. Morgen sah sicher alles schon anders aus.
Sie schnappte sich die Wagenschlüssel. Jetzt erst mal ein paar Kisten reinschleppen. Da mussten auch irgendwo Oskars Näpfe sein, sein Trockenfutter, ein paar Dosen. Später würden sie schön gemeinsam Gassi gehen. Nur jetzt erst mal ein kleines bisschen Ruhe. Ella bewegte ihre Schultern. Ja, das würde ihr gut tun.

Das Bett war wirklich angenehm. Rasch bezog sie es, ehe sie sich mit erleichtertem Seufzen drauf fallen ließ. Oskar, der inzwischen in seinem gewohnten Hundebett lag, blickte sie ganz versonnen an. Ja, ein weiches Bett und ein gefüllter Bauch waren doch was

Feines. Bei ihr hielten noch die am Nachmittag verspeisten Brötchen vor. Später allerdings würde sie sich noch irgendwo was zu Essen besorgen müssen.
Zunächst holte sie sich das Telefon, sie brauchte dringend einen Plausch für die Seele. Routiniert wählte sie, lauschte dem Tuten – und hörte erleichtert, dass abgenommen wurde. „Hallo Jana."
„Aah, ich hab schon auf deinen Anruf gewartet." Die Freundin hielt sich gar nicht erst mit einer langen Begrüßung auf. „Hast du den ersten Tag endlich hinter dir? Wie war's, erzähl!"
„Puh, anstrengend. Das ging schon heute ganz früh los. Stell dir vor, Stefan hat mir Oskar ganz plötzlich aufs Auge gedrückt. Und weißt du, warum?" Den ganzen Tag hatte sie es eisern beiseite gedrängt. Jetzt musste es raus, dringend, sonst wäre sie geplatzt. „Weil Andrea schwanger ist. Stell dir vor, die kriegen ein Kind. Bestimmt heiraten sie auch noch, ehe sie zu dick sein wird, ihr weißes Traumhochzeitskleid zu tragen ..." Dass ihr Tränen übers Gesicht liefen, merkte sie erst, als ihr eine in den Mund rann.
„Oh Mann, das ist ja der Hammer!" Jana brauchte einen Moment, um die Neuigkeit zu verarbeiten. „Wow, das ... hätte ich echt nicht gedacht. Und so schnell ..."
Bei Ella öffneten sich alle Schleusen. Rasch fischte sie nach einem Taschentuch, schnäuzte sich in der Hoffnung, die Tränen gleich mit rauszuschniefen.
„Oh, Ella ..." Auch Jana schluckte. „Das tut mir so leid für dich!"
Ihr Mitleid war nicht sehr hilfreich. Hastig wischte Ella sich die Augen, schnaufte erneut aus.
„Hey ..." Jana zögerte, suchte nach Worten. „Aber irgendwann musste das wohl kommen, oder?", fragte sie sanft.
„Stefan und Heiraten?" Ella lachte hysterisch. „Das ist absurd!"
„Die beiden sind ein Paar, sie wohnen zusammen – und Andrea ist älter als er, oder?"
„Dreiunddreißig", heulte Ella. „Und sie wohnen nicht nur zusammen, sie bauen auch noch ein Haus."
„Dreiunddreißig", nahm Jana diesen Faden wieder auf. „Da tickt sie ja schon ordentlich, die biologische Uhr. Und wenn die beiden glücklich sind ..."
„Sie mag Oskar nicht!", stieß Ella hervor.
„Auch wenn sie nicht glücklich sind, ist es das Naheliegendste, was Andrea machen kann – ihn vor vollendete Tatsachen zu stellen."

„Aber ...", *er hat sich heute Morgen so glücklich angehört! So eifrig und aufgeregt und ... total erfüllt von der Idee, Vater zu werden.* „Er will es wirklich!" Das tat so weh, das tat einfach nur schrecklich schrecklich weh.
„Na komm, jetzt bist du aber schon ein bisschen unfair", merkte Jana vorsichtig an. „Zwischen euch ist doch alles geklärt, oder nicht? Ihr seid nicht mehr zusammen, habt euch offiziell getrennt ..."
Nachdem er bestimmt zwei Monate hinausgezögert hatte, Ella zu sagen, dass er sich in eine andere Frau verliebt hatte. Nachdem er sich auch da noch Bedenkzeit erbeten hatte, weil er die Jahre mit Ella nicht 'einfach so' hatte hinschmeißen wollen. Nachdem er ihr unter Tränen gestanden hatte, nicht anders zu können, sich nicht länger gegen seine Liebe zu Andrea wehren zu können, es tue ihm unendlich leid, sie solle ihm bitte verzeihen ... Ella würgte.
„Ihr habt eure gemeinsame Wohnung aufgelöst, den Hausstand aufgeteilt, ihr habt nach den ersten Wirren geschafft, euch als Freunde um Oskar zu kümmern."
Bis Andrea angefangen hatte, Oskar abzulehnen, sie immer öfter Dinge vorgehabt hatte, wo Oskar nur im Weg gewesen wäre oder sich gelangweilt hätte. Und Stefan, der den Hund leidenschaftlich geliebt hatte, hatte nicht etwa darauf bestanden, seine Zeit mit ihm zu verbringen, hatte nicht darum gekämpft, ihn in sein neues Leben mit Andrea zu integrieren. Sondern den Schwanz eingezogen und sich Andrea gefügt. Wütend rang Ella nach Luft.
„Du hast neulich erst gemeint, dass du Stefan gar nicht mehr wiederhaben willst", erinnerte Jana sie verzweifelt.
„Er ist ein gemeiner, unzuverlässiger, konfliktscheuer und verantwortungsloser Schlappschwanz", stieß Ella hervor.
„Da hast du es!" Jana triumphierte. „ Warum soll er dann kein Kind mit Andrea kriegen?"
„Weil!" Ella konnte nicht weiter sprechen. Sie schluchzte nur noch. Weil er so gemein und unzuverlässig und konfliktscheu und verantwortungslos und ein Schlappschwanz war!
Weil er mit ihr auf keinen Fall ein Kind gewollt hatte oder zumindest noch ganz lange nicht. Sie seien viel zu jung, Ella ja sowieso noch im Studium, da wäre es total unvernünftig und verantwortungslos. Außerdem wollten sie ihr Leben doch zuerst genießen. Seine ebenfalls kinderlosen Freunde treffen und feiern und reisen und ihre Zweisamkeit in vollen Zügen auskosten, ehe sie sich so

unwiderruflich für ewig festlegten und das langweilige, vorhersehbare Dasein Erwachsener fristeten.
Und jetzt? Jetzt bekam er mit Andrea ein Baby. Obwohl die keine Ausbildung hatte, nur ein abgebrochenes Studium und einen mies bezahlten Job als Krankenpflegehelferin. Obwohl sie katholisch war und unbedingt kirchlich heiraten wollte und Stefan Religion und Kirche und alle Leute, die so was nötig hatten, erbärmlich fand. Ganz davon abgesehen, dass er für Ella nicht mal bereit gewesen wäre, standesamtlich zu heiraten, weil er nicht einsah, warum Liebe Stempel und Unterschrift nötig hatte. Und obwohl – obwohl Andrea bis vor ein paar Monaten Ellas beste Freundin gewesen war, die hinter ihrem Rücken ein Verhältnis mit Stefan angefangen hatte, verdammt! Alles, alles hatte sie sich herausgenommen, ohne jede Rücksicht auf irgendwen. Und jetzt wurde sie auch noch dafür belohnt!
Und Ella? Was bekam Ella?
Keinen Ring, keinen Babybauch, kein schönes Haus, in dem sie das Kinderzimmer stylen durfte, keinen Familienvan.
Aber Oskar aufs Auge gedrückt, denn einer Schwangeren war dieser lebhafte Hund natürlich nicht mehr zuzumuten. Was, wenn er sie ansprang? Sie gar umwarf? Oder sie mit irgendwelchen fiesen Krankheitserregern verseuchte? Ella schluchzte hemmungslos. „Hätte ich nicht ja gesagt, ins Tierheim hätte er ihn abgeschoben, stell dir vor!“
Schon vor einer ganzen Weile war Oskar auf ihren Kummer aufmerksam geworden. Hatte sich zuerst schwanzwedelnd vor das Bett gesetzt und Ella mit seinen warmen, braunen Augen angesehen – um schließlich zu ihr hochzuspringen und sich inniglich an sie zu kuscheln. Heftig schluchzend presste Ella ihr Gesicht in sein weiches, herrlich nach Hund duftendes Fell. Stefan war gemein! Was konnte denn Oskar dafür? Gar nichts! Er hatte so etwas nicht verdient. Er war ein unschuldiges Opfer, genau wie sie. Und er hielt zu ihr, würde sie niemals im Stich lassen. Liebevoll leckte er ihre Hand und klopfte ohne Unterlass mit seiner Rute aufs Bett, sodass die Matratze nur so hallte.
„Ella? Bist du noch da?“, klang es aus dem Telefon. Jana!
Die hatte sie ganz vergessen. „Ja“, schniefte sie.
„Du wolltest mir doch von deinem ersten Tag in Eckernförde erzählen. Kriegst du das hin?“

Oskar noch fester in die Arme schließend, atmete Ella tief durch und begann endlich. Zuerst stockend, dann zunehmend flüssiger und schließlich sogar eifrig. Und in aller Ausführlichkeit.

Ella erwachte, weil Oskar sich aus ihren Armen gewunden hatte und sie anstupste. Aber vielleicht stupste er sie auch nur, weil ihr Magen so laut knurrte? Egal, jedenfalls war es halb zehn – und von draußen kam noch immer helles Tageslicht herein.
„Du musst jetzt dringend raus, nicht?" Und sie brauchte fast ebenso dringend was zwischen die Zähne. Das eine würde sich doch gut mit dem anderen verbinden lassen.
Doch wohin? Wo ging man hier mit einem Hund, ohne Ärger zu bekommen? Es würde sicher irgendwo einen Hundestrand geben. Oder irgendwelche Wege ... Naja, sie konnte zum Noor fahren. Dort in der Nähe des Baumarktes hatte es so ausgesehen, als ... Und auf dem Weg würde sie die Augen aufhalten nach einem Imbiss.

Natürlich steppte in Eckernförde an einem Montagabend um diese Uhrzeit kein Bär mehr, als Ella Richtung Noor fuhr. Offene Imbisse sah sie auch keine. Als sie dann endlich ein gelbes 'M' aufleuchten sah, war sie sehr erleichtert. Sie fuhr zum Autoschalter, deckte sich ein – und machte sich auf den Weg Richtung Baumarkt.
Der war erstaunlich nah. Naja, Eckernförde war eine Kleinstadt, kaum zu vergleichen mit Münster, wo sie studiert, oder Kiel, wo sie mit Stefan zusammengelebt hatte.
Schon wieder dieser Kerl! Sie hatte doch wirklich nicht mehr an ihn denken wollen. Eilig schob sie jeden Gedanken an ihn zur Seite. Dass sie dabei den Blinker zu ebendieser Seite setzte und auch abbog, als die Ampel, auf die sie zufuhr, auf grün sprang, kam ihr erst, als prompt die Straße in einen kleinen Parkplatz auslief. „Süderhake II, Kleingärtnerverein Eckernförde" stand über dem Weg, der davon abzweigte.
Wo war sie denn gelandet? Doch nicht etwa dort, wo letzte Nacht ... Eigentlich keine schlechte Idee, hier spazieren zu gehen, fand Ella. Da konnte sie gleich mal eine Ortsbegehung vornehmen. Und morgen vielleicht ein wenig mitreden, wenn es an die Klärung der zerbrochenen Fensterscheibe im Baumarkt ging.
Sie stieg aus, ließ Oskar gleich ohne Leine laufen und sich erst einmal in die nahegelegenen Büsche schlagen. Der Arme hatte

ebenfalls einen harten Tag hinter sich und einen schönen Spaziergang mehr als verdient.

Dröhnende Musik machte Thorsten aufschrecken. Er rieb sich die Augen, rückte seine Brille zurecht, die er der Entspannung halber gegen seine Kontaktlinsen ausgetauscht hatte, und blinzelte in Richtung des laufenden Fernsehers. War der die ganze Zeit so laut gewesen? In diesem Moment wedelte Steffen Dohl mit geschmeicheltem Gegrunze in die Kamera – wohl der Begrüßungsapplaus. TV-Genial, das fehlte ihm gerade noch! Sich endlich in die Senkrechte raffend, fischte er nach der Fernbedienung und drehte dem Lärm den Saft ab. Viertel nach zehn. Mehr als fünf Stunden hatte er gepennt. Kein Wunder, dass er sich so ausgeschlafen fühlte.
Nachdem er sich die Zähne geputzt und den Rest der Pizza vertilgt hatte, war er gänzlich wach. Nein, jetzt direkt ins Bett zu gehen, konnte er sich nicht vorstellen. Was sollte er sonst machen? DVD gucken? Laptop hochfahren und zocken? Sonst gab es in dieser Wohnung ja nichts. Sein Trimmrad – das wär's jetzt gewesen. Zumal er irgendwie müde werden musste; die ganze Nacht durchzumachen, war nicht ratsam, wenn er anschließend bis vier arbeiten musste. Die Zeiten, in denen er so was mühelos weggesteckt hätte, waren leider vorbei. Okay, joggen. Seine Sporthose trug er bereits.
Als er wenig später ins Freie trat, kam ihm schlagartig die Idee, dass er diesen nächtlichen Ausgang auch effektiv nutzen konnte. Rasch lief er noch mal rauf, um sich einen dunklen Hoodie zu holen. Seine Dienstwaffe lag zwar warm und trocken im Safe in der Kripo. Aber es ging ja eh nur um Jugendliche, Jugendliche aus einer Kleinstadt in der Provinz. Da brauchte er ja wohl nichts zu dramatisieren. Wo war die verflixte Taschenlampe schon wieder? Und sollte er das Board nehmen? Nein, es war besser, maximal beweglich zu bleiben und nichts in der Hand zu haben. Also hinjoggen, es war ja nicht weit.

Wo sollte er anfangen? Auf der rechten Seite der Umgehungsstraße zum Noor hin? Oder hinter der Norderhake auf der Seite des Baumarktes? Dass die Leute von der Gang, sollten sie was auf dem Kerbholz haben, gleich heute Nacht von neuem zuschlagen

würden, war natürlich nicht allzu wahrscheinlich. Erst recht nicht, wenn sie mitbekommen hatten, in welch hohem Maße sich die Polizei am Tatort engagiert hatte.
Aber wer konnte das schon mit Sicherheit sagen? Wenn man es mit dummen Jugendlichen zu tun hatte ... Er würde sich erst mal auf der Noorseite umschauen und sich anschließend in die Nähe des Baumarktes vorpirschen.
Die Sonne war vor etwa einer Stunde untergegangen, der Himmel noch ziemlich hell. Insofern konnte er sich gut orientieren. Alles war ruhig, vom Zirpen der Grillen und dem einen oder anderen Entenschrei abgesehen. Was wohl bedeutete, dass die Jugendlichen noch nicht hier waren. Brammer dagegen würde garantiert auf der Lauer liegen und sich auf Thorsten stürzen, sobald der ihm zu nahe kam. Eine Waffe hatte Brammer nicht, hatte er schon zu Beginn der Schrebergarten-Affäre schriftlich versichert. Insofern würde Thorstens Judo ausreichen ...
Da! Alarmiert hielt er inne. Gerade war er um eine Ecke in einen parallel zum Noor verlaufenden Weg gebogen. Hier zwischen den hohen Hecken war es schon ziemlich dunkel, sodass es zuerst nur seine Ohren aufgefangen hatten. Alle Konzentration in seine Augen legend, erfasste er nun eine Gestalt. Zu klein und schmal für Brammer. Vielleicht ein anderer Kleingärtner, der heute Nacht Patrouille ging? Oder aber ein Gangmitglied. Thorsten lockerte seine Schultern, um vorbereitet zu sein.
Wer auch immer es war, er stand ebenfalls still. Thorsten konnte fühlen, wie er zu ihm her starrte. Ehe sich ihm die Nackenhaare aufstellten. „Rrrrrrrrrrrr."
Verdammt, derjenige hatte einen Hund dabei. Jetzt konnte Thorsten den kleineren, für die Spezies allerdings ziemlich großen und breiten Schatten einordnen. Mist, auf so was war er nicht gefasst gewesen. Wenn das Vieh abgerichtet war und ihn angreifen würde, halfen ihm seine Kampfkünste wenig. Klar, er hatte ein paar Tricks zur Abwehr von Hunden drauf – den obligatorischen Einsteigerkurs, den er trotz dicker Handschuhe und Lederkluft nicht besonders bravourös absolviert hatte ...
„Ruhig Oskar", erhob der dazugehörige Mensch seine Stimme über das Knurren. Weiblich. Trotzdem laut und selbstsicher, ohne hörbare Angst.
Und von alledem abgesehen unverkennbar ... „Das darf doch nicht

wahr sein", stieß Thorsten hervor, wobei seine Entrüstung von zu viel Erleichterung überlagert wurde, als dass sie giftig hätte klingen können.
Dass er sich damit ebenfalls zu erkennen gegeben hatte, wurde ihm erst bewusst, als auch die Gestalt erleichtert ausschnaufte.
„Oskar, das ist nur Herr Heinrich", erklärte sie ihm mit übertriebenem Eifer, wie Frauen – oder Hobbi – ihn in ihren Ton legten, wenn sie mit einem kleinen Kind sprachen. „Du hast ihn heute Morgen schon kennengelernt, erinnerst du dich?"
Thorsten verengte die Augen. Wollte sie ihn verarschen? Oder redete sie tatsächlich so mit dem Tier, als könnte es mehr verstehen als 'Sitz' und 'Platz'? Fast hätte er ebenfalls geknurrt.
„Sie sind ja immer noch so gut drauf", rief die Kirsch im Näherkommen. Nicht mal sonderlich provokativ, eher vergnügt. Als würde sie einen Scherz machen und erwarten, dass sie jetzt gemeinsam in freundschaftliches Gelächter ausbrechen würden.
„Was tun Sie hier?", fragte er scharf.
„Ich freue mich auch, Sie zu sehen", hatte sie doch tatsächlich die Stirn, ironisch zu erwidern. „Was für ein Zufall!"
„Zufall, ja? Dass Sie ausgerechnet hier herumstromern? Was soll das? Wollten Sie mir morgen früh die Schrebergarten-Gang auf einem Silbertablett präsentieren? Ach was, mir? Frau Troschke natürlich. Damit die sich gleich darüber im klaren ist, was sie an Ihnen hat? Während ich nichtsahnend in die Falle gelaufen wäre?"
Die Kirsch war mitten im Gehen erstarrt. Einzelheiten in ihrem Gesicht konnte Thorsten bei dem spärlichen Licht nicht erkennen, doch er meinte, Entsetzen aus ihrer Körpersprache zu lesen. Im ersten Moment. Dann verkehrte sich alles an ihr in Zorn. „Sagen Sie mal, sind Sie krank?" Mit dem Adrenalinschub hatte sie sich wieder in Bewegung gesetzt, stampfte nun mit abgehackten Schritten auf ihn zu.
Untermalt von leisem Knurren. Ihr Hund fühlte ihre Stimmung und übernahm sie gleich. Was für einnehmende Lebewesen! Naja, trauen, das Vieh auf ihn zu hetzen, würde sie sich ja wohl nicht.
Thorsten hob herausfordernd das Kinn und verschränkte die Arme vor der Brust.
Auch durch die Kirsche ging ein Ruck. Kinn hoch, Augenbrauen noch höher, baute sie sich vor ihm auf. Ihr Köter hatte keine Sekunde aufgehört zu knurren.

Thorsten hätte ihr auf den Kopf spucken können. Beeindruckend war ihre überschäumende Wut dennoch. Gespannt beobachtete er, wie sich ihr Mund öffnete – etwas langsamer, als ihr Erregungszustand hätte vermuten lassen. Vielleicht hatte sie die Worte, die sie ihm an den Kopf schleudern wollte, noch nicht parat.
Ehe das der Fall war, fiel ihre Attacke jedoch in sich zusammen. Tief durchatmend, lockerte sie den Nacken und schüttelte den Kopf – wie ihr Hund das wohl auch täte, wenn er aus dem Wasser kam. Kurz und heftig – um anschließend sauber weiterzutrotten. Frau Kirsch stand ihm noch immer gegenüber und suchte seine Augen, soweit das hier im Düstern möglich war.
„Das haben Sie eben nicht ernst gemeint, geben Sie es zu. Sie wollten mich aus der Reserve locken. Und ich bin beinahe drauf reingefallen." Auch wenn sie sogar ein amüsiertes Lachen ausstieß, war die Warnung in ihren Worten nicht zu überhören. *Nimm mein Angebot an, sonst weiß ich nicht, was ich tue!*
Sie glaubte doch nicht ernsthaft, dass er sich auf so was einlassen würde! „Dass Sie hier spazierengehen, soll Zufall sein?", fragte er mit uneindeutiger Betonung, um Zeit zu gewinnen.
„Ich schätze, Ihr Auftauchen hier ist in etwa ebenso zufällig", war die Antwort. „Schsch, Oskar, lass gut sein."
Der dachte gar nicht daran zu gehorchen. Sie musste ihm zuerst einen Klaps auf die Nase geben und anschließend reuevoll kraulen, bis er aufhörte. Vermutlich weil er vergaß, dass er hatte knurren wollen. Thorsten verzog verächtlich den Mund.
„Wollen Sie das abstreiten?", verlangte die Kirsch kiebig zu wissen.
„Was?"
„Dass Sie hier sind, um mir morgen die Schrebergarten-Gang zu präsentieren?", drehte sie seinen Spieß kurzerhand um.
„Äh ..."
„Aber Sie dürfen das selbstverständlich. Sie können machen, was Sie wollen. Während ich Sie ehrfurchtsvoll beäugen muss, um auszuloten, ob ich mir erlauben kann, etwas zu tun."
„Das meinen Sie jetzt aber nicht ernst."
„Nein." Sie legte den Kopf schief und schielte seitlich zu ihm herauf. „Sind wir wieder quitt und können gemeinsam nach den Typen suchen?"
Ihre Frage war lang genug gewesen, dass Thorsten seine Gesichtszüge am Ende fertig sortiert hatte.

„Na, dann los“, befand die Kirsche zufrieden und sah sich auffordernd um. „Ich bin auf meinem Weg keiner Menschenseele begegnet – und Sie auch nicht, vermute ich mal. Oder vielleicht diesem Oberwächter?“
„Brammer?“ Thorsten schnaubte. „So viel Wirbel, wie wir hier veranstaltet haben ... Ich würde mal sagen: Wenn er in der Nähe gewesen wäre, hätte er auf der Matte gestanden.“
„Die andere Seite der Straße habe ich mir extra aufgespart.“ Er konnte hören, dass sie grinste.
„Haben Sie überhaupt keine Angst? Als Frau? Ohne Waffe? Ist der Hund etwa scharf?“
Sie lachte auf und streckte die Hand aus – woraufhin der Hund sogleich angehechelt kam und sie mit der Nase anstupste. Mit seinem hellen Fell war er gut zu sehen auf dem düsteren Weg. „Oskar spuckt große Töne, wie Sie ja gehört haben. Aber ob er sich darüber hinaus noch was trauen würde?“ Sie zuckte die Achseln. „Ehrlich gesagt, wage ich das zu bezweifeln.“
„Trotzdem laufen Sie hier in der Einsamkeit umher – zu nachtschlafender Zeit?“
„Wenn ich ehrlich sein soll“, wiederum beugte sie sich zum Hund und klopfte ihm auf den Rücken, „war dieser Spaziergang gar nicht geplant. Ich dachte, ich laufe am Noor entlang, immerhin hab ich heute gesehen, wie schön es ist, und Oskar liebt es zu baden. Dass ich dann gerade hier gelandet bin ...“ Sie zuckte die Achseln. „Aber es erschien mir günstig, nachdem wir ja unsere eigentliche Jagd nach der Schreber-Gang so sträflich vernachlässigt haben.“
„Sie wollten uns einen Gefallen tun?“
„Genauso wie Sie auch. Oder etwa nicht?“
„Doch, klar. Mir kam die Idee auch ganz spontan. Dass es nicht schaden könnte ...“
„Richtig. Gucken wir, ob wir diesen Brammer auf der anderen Seite finden?“
Sich noch einmal zunickend, machten sie sich auf den Weg.
„Steht Ihnen übrigens gut.“
„Was?“ Erstaunt fuhr er zu ihr herum.
„Die Brille.“
„Ach so.“ Unwillkürlich war seine Hand an den Bügel geschnellt. „Das ist Quatsch.“
„Was ist Quatsch?“

„Diese Gläser sind dick wie Glasbausteine." Er schnaubte verächtlich. „Die Brille kann mir nicht stehen."
Die Augen der Kirsche verengten sich, als sie Thorsten nun intensiver musterte. Aufhören sollte sie, ihn in Ruhe lassen!
„Sie macht Sie verletzlich. Lässt Sie so wirken, meine ich." Nachdenklich klang sie. Als würde sie sich Gedanken darüber machen.
Thorsten schnaubte wieder.
„Doch, das ist durchaus reizvoll bei so harten Männern wie Ihnen."
„Wollen Sie mich anmachen?", ging er zum Angriff über. Gut, dass es mittlerweile wirklich schon ziemlich dunkel war.
Ella lachte nur. „Ich stehe auf nette Männer."
„Ihr Glück." Zu seinem eigenen wurden seine Augen in den Garten zu seiner Linken gelenkt. „Da drin ist Licht." Er ging näher heran, spähte über die Hecke. „Und sogar ein Fernseher, wenn mich nicht alles täuscht."
„Meinen Sie, da wohnt jemand?" Neugierig war Ella neben ihn getreten und presste ihre Nase an die Trallen der Gartenpforte.
„Naja, erlaubt ist das nicht. Jedenfalls nicht auf Dauer. Wenn ich mir den Chef hier vorstelle, Brammer, ich hab Ihnen ja von ihm erzählt, der würde keinen Verstoß gegen die Vereinssatzung dulden."
„Vielleicht übernachtet derjenige ja nur mal so hier. Weil er zuhause Zoff hat oder so."
Thorsten schauderte. „Aber es könnte auch einfach sein, dass er heute als Schreber-Wehr eingeteilt ist und nicht so viel Lust hat, in der Kolonie Streife zu gehen."
„Stimmt", kicherte Ella. „Wir könnten ihn bei diesem Brammer verpetzen."
„Erst mal gucken wir, was er heute Nacht verpasst." Thorsten wandte sich zum Gehen. „Ihr Hund ist schon ganz da vorne."
Einholen taten sie ihn erst am Parkplatz.
Das ist Ihr Auto?, hätte Thorsten fast dämlich gefragt, als sie an dem einsam dort abgestellten Sprinter vorbeigingen. „Machen Sie alle Touren mit dem Auto?", lenkte er den Impuls um.
„Oh – naja, wenn ich nicht genau weiß, wie weit ich muss. Haben Sie kein Auto?"
„Nein. In Eckernförde braucht man keins."
„Wenn man nicht gerade nach Windeby muss." Sie grinste ihm zu.
Er schnaubte gutmütig. „Okay, Sie haben gewonnen."
„Ich dachte, ich komme gleich morgen mit dem Auto zur Arbeit,

damit wir genau dahin fahren könnten, falls es sich ergibt." Verschmitzt sah sie zu ihm auf.
„Eine schlechte Ausrede!" Grinsen tat er trotzdem. Ein bisschen. „Immerhin haben wir eine reichhaltige Auswahl an Dienstwagen."
„Oh, echt? Wie viele denn?"
„Na, zwei. Den großen und den kleinen. Wobei ersterer fest in Troschkes Hand ist. Die Troschkendroschke."
Ella kicherte. „Na, wenn das so ist ..."
„Jetzt aber leise", entschied er dann. „Es kann natürlich sein, dass Brammer uns auf dem Schirm hat, sobald wir die Straße überqueren. Aber wenn nicht, ist es bestimmt aufschlussreicher, wenn er uns noch nicht bemerkt."
„Ich nehme Oskar lieber an die Leine, dann macht er uns auch keine Scherereien."
Erstaunlicherweise kam der gleich an, als sie ihn rief, und ließ sich auch anstandslos anleinen. Ah, um mit einem Hundekuchen belohnt zu werden.
„Haben Sie inzwischen was gegessen?", erkundigte sich Ella, die wohl seinen Blick bemerkt hatte.
Thorsten schnaubte. Witzig war sie, das konnte man wirklich nicht anders sagen. „Also, von jetzt ab Ruhe."

Das Schweigegelübde hatten sie nur ein kleines bisschen zu früh abgelegt. Bogen zunächst in den Schulweg, dann aber gleich nach rechts in die Kleingartenanlage. Ihre Schritte knirschten über den Kiesweg, Oskar schnüffelte geräuschvoll herum, benahm sich ansonsten aber prima – für seine Verhältnisse, natürlich. Er zog immer dorthin, von wo es ihm am verheißungsvollsten entgegen duftete, und gestattete Ella erst nach einer Mindestschnüffeldauer weiterzuziehen. Aber er war so brav gewesen heute, hatte so lange auf sie gewartet ...
Anfangs war auch außen herum nichts anderes zu hören als zuweilen ein Auto auf der großen Straße, die die beiden Kleingartenanlagen durchschnitt. Es war idyllisch, fand Ella, auch wenn die Gärten hier drüben eindeutig intensiver gepflegt waren und sie eher die naturnahe Variante der anderen Seite bevorzugen würde. Sogar die Wege hier waren völlig unkrautfrei.

Nun ja, dass bunt bemalte Zäune hier nicht gerne gesehen waren, konnte Ella sich gut vorstellen. In der jetzt schnell zunehmenden Dunkelheit waren die zwar nicht so gut zu erkennen, aber wenn man genauer hinsah – ja, auch hier hatten die Jugendlichen diesbezüglich zugeschlagen.
„Ob Brammer wohl auf der Lauer liegt?“, raunte sie Heinrich zu.
Der winkte nur ab, drosselte sein Tempo und trat sehr vorsichtig auf. Seine Schritte waren kaum mehr zu hören. Ella bemühte sich, es ihm gleichzutun, schlich hinter ihm her und spähte dabei in die Dunkelheit. Hatte er etwas gesehen oder gehört?
„Wau!“ Oskar, davon gänzlich unberührt, bellte plötzlich los, machte einen Satz nach vorn. Die Leine straffte sich, Ella riss es vorwärts, auf den vor ihr schleichenden Heinrich. Gleichzeitig hoppelte ein Schatten eilig an den Zäunen entlang, weg von ihnen.
Oskar zerrte wie verrückt. „Bleib, verdammt, hör auf zu ziehen.“
Nur mit Hilfe von Heinrich, der erst nur Ella, dann aber auch die Leine hielt, gelang es ihr, das Gleichgewicht wiederzufinden und letztlich auch Oskar zu bändigen, der jetzt völlig außer sich war und kläffte, was das Zeug hielt.
„Scht, du ...“ *Mistvieh*, hätte auf ihrer Zunge gelegen. Sie verkniff es sich. Das würde Heinrich auf der Stelle übernehmen und Oskar dann nie wieder anders nennen. Jedenfalls, wenn sie seine Körperhaltung richtig deutete.
Trotz der Dunkelheit hatte sie das zumindest richtig erkannt. „Töle, verdammte. Verdirbt uns hier alles.“ Ella konnte seine Augen nicht erkennen, wohl aber, dass er sich ihr zugewandt hatte. Naja, wie er dabei blickte, konnte sie sich auch so vorstellen. „Das war's dann wohl, Frau Kommissarin Kirsch mit ihrem überaus wohlerzogenen Hund. Nur ein Schwerhöriger wird jetzt noch nicht wissen, dass wir hier sind. Wir können also gleich wieder einpacken.“
„Ach wo“, widersprach Ella automatisch, obwohl sie seine Meinung durchaus teilte. Es war der Ton, dieser gemeine Unterton in seiner Stimme, diese Häme und Selbstgerechtigkeit – so nach dem Motto: 'Ich hab's ja gleich gesagt' – der sie trotzig werden ließ. Pah, jetzt erst recht! „Wir gehen weiter. Das bisschen Bellen verschreckt doch keine dreisten Jugendlichen.“ Ohne Heinrichs Reaktion abzuwarten, übernahm sie die Leine und marschierte eilig weiter.
„Das bisschen Bellen?“, hörte sie ihn hinter sich. „Das nennen Sie ein bisschen Bellen?“

Sie antwortete nicht. Er war im Recht, leider.
„Engelstrompeten beim Jüngsten Gericht könnten nicht lauter schallen." Und er hörte nicht auf.
Rechthaber! Selbstherrlicher Idiot! Schnacker! „Sie sind wohl religiös?", fauchte sie ihn über die Schulter an und eilte stur weiter, auf den Weg, der gerade ziemlich rechtwinklig nach links abbog.
„Evangelisch, Sie nicht?", rief er ihr hinterher.
Leise war offensichtlich beendet. Nun ja, dann würde sie auch nicht mehr darauf achten, möglichst geräuschlos zu gehen. Wütend stampfte sie auf. „Natürlich. Aber Jüngstes Gericht und Engelstrompeten – ist das nicht sehr katholisch?"
„Es ist Altes Testament, und das ist bekanntermaßen sowohl als auch." Er war wieder an ihrer Seite. „Noch nie die Bibel gelesen?"
Sie schnaubte.
„Das meistgelesene Buch überhaupt."
„Mainstream liegt mir nicht. Außerdem lese ich nur Hundebücher."
Genau in diesem Moment machte Oskar erneut einen Satz. Diesmal nach links, sprang in eine dunkle Nische und schlug erneut an. Ein großer Schatten löste sich aus der Dunkelheit, sprang auf den Weg, rannte, weg von ihnen. Diesmal eindeutig kein Kaninchen.
„He!" Heinrich war sofort an Ella vorüber und spurtete der Gestalt hinterher. „Stehenbleiben, Kriminalpolizei."
Auch Ella rannte jetzt, jedoch weitaus langsamer als Heinrich. Sie ließ Oskars Leine los.
Woraufhin der freudig bellend Heinrich hinterherrannte, ihn überholte, der dunklen Gestalt nachsetzte ... Und er holte sie ein, er hatte sie! Sprang laut bellend an ihr hoch – und brachte sie damit zu Fall. Ella war klar, Oskar betrachtete das alles als hübsches Fangspiel. Der Gestürzte jedoch sah das anders: „Aaaah, Hilfe, Hilfe!" Dunkle Arme fuchtelten durch die Luft. Eine männliche Stimme, registrierte Ella. Jung. Wohl tatsächlich einer der Jugendlichen.
Aber da war Heinrich schon dort.
„Oskar, hierher", rief Ella und staunte nicht schlecht, als der sich sofort aus dem dunklen Pulk löste und schwanzwedelnd auf sie zukam. Sie tätschelte seine Flanke, als er sie erreicht hatte, und nahm die Leine wieder auf. „Gut gemacht, mein Dicker."
Heinrich hatte den am Boden Liegenden inzwischen aufgerichtet. Und hielt plötzlich eine Taschenlampe in der Hand. Die er anknipste.

Der Junge, anders konnte man dieses Milchgesicht nicht bezeichnen, kniff die Augen zusammen, als der Lichtkegel sich direkt auf sein Gesicht richtete.
Ella war nah genug heran, um ein Lippenbärtchen zu erkennen, Pickel, dunkle Haare.
„Ausweiskontrolle", sagte Heinrich lapidar und streckte die Hand aus. Ella bestaunte seinen Mut, den Jungen gar nicht mehr festzuhalten.
Der zögerte, wegspringbereit, hatte wohl den gleichen Gedanken. Doch dann fiel sein Blick auf Oskar, der jetzt ganz friedlich neben Ella stand und freudig mit dem Schwanz wedelte – und er sank sichtlich ein Stück in sich zusammen. „Hab ich nicht dabei."
„Okay, dann Name und Adresse."
„Ist es vielleicht ein Verbrechen, hier spazierenzugehen?"
„Mit Farbspray schon." Heinrich schnappte dem jungen Mann einen Gegenstand aus der Hand und hielt ihn nach oben, um ihn besser erkennen zu können. „Roter Lack, macht sich echt hübsch auf Gartentüren." Er steckte die Dose ein. „Hübsches Beweismittel, sicher auch voller hübscher Fingerabdrücke. Also, dein Name?"
„Pascal Meier."
„Haha." Heinrichs Stimme klang überhaupt nicht erheitert. „Namen und Adresse, sonst nehm ich dich mit aufs Revier."
Das beeindruckte den jungen Mann dann doch. Ella, die lieber erlebt hätte, was Heinrich tun würde, war fast enttäuscht, als der Junge zu wimmern begann. „Ich heiß Schäfer, Pascal Schäfer, und wohn in Wilhelmstal oben. Im Diestelkamp siebzehn. Echt. Aber ich hab doch nichts getan." Jetzt hatte der Junge es aber eilig. „Ich muss nach Hause."
„Zäune beschmieren, in Gärten einbrechen, Kaninchen freilassen, Hütten abfackeln – Sachbeschädigung, Hausfriedensbruch, Brandstiftung." Heinrich klang zufrieden, als er die Aufzählung auf den Jungen niederprasseln ließ. „Nichts getan sieht anders aus."
„Die Zäune, ja ich geb es zu, die hab ich besprüht. Und auch ein paar Hasenställe aufgemacht und die armen Viecher befreit. Die werden doch viel zu eng gehalten." Pascal hob flehend die Hände. „Aber mit der brennenden Hütte hab ich ehrlich nix zu tun."
„Wer dann?" Heinrich hatte den Jungen am Schlafittchen gepackt und nah an sich herangezogen. Drohend sah er ihn an. „Dann sag mir, wer hat das getan?"

„Das weiß ich doch nicht. Keine Ahnung, echt. Ich weiß nicht, wer das war. Ich würde doch nie – also, eine Hütte anzünden, nee, echt nicht. So was würde ich niemals tun. Nur harmlose Sachen."
„Rentnerärgern ist nicht harmlos", wandte Ella ein und ärgerte sich über ihre flapsige Wortwahl. „Die haben einen Haufen Geld bezahlt für all das hier und haben oft nichts anderes im Leben."
„Hier sind nicht nur Rentner", widersprach der Junge trotzig. „Viele haben Geld wie sonst was. Gucken Sie sich die großen Schlitten auf dem Parkplatz an. Erbärmliche Spießer sind das! Aber die Hütte vom Baumarkt hat doch nichts mit den Gärten zu tun, ich hab nichts damit zu tun, ehrlich nicht, ich würde nie ..."
„Warum bist du heute allein?", schnitt Heinrich ihm das Wort ab.
„Wie?" Pascal blinzelte sehr überzeugend. „Ich bin immer allein."
„Du willst den Helden spielen und alles auf deine Kappe nehmen? Junge, das nimmt dir keiner ab, tut mir echt leid."
„Ich bin allein, ich hab alles allein gemacht, ich schw..."
„Es gibt Zeugen."
„Das kann nicht sein."
„Wir wissen genau, dass ihr zu mehreren seid."
„Wenn Sie was Handfestes hätten, wären Sie jetzt nicht hier", platzte Pascal heraus. Oh, er war gar nicht dumm. Oder hatte bereits Erfahrung mit Straftaten.
„Wir wissen, dass ihr eine ganze Bande seid", wiederholte Heinrich stur. „Sechs Personen. Wer sind die anderen fünf?"
„Ich bin allein", beharrte Pascal.
Wenn Ella ehrlich war, dann hatte er gewonnen. Sie hatten keine Beweise, und er wusste das.
„Wir werden dich vorladen", war auch schon alles, was Heinrich gegen ihn in der Hand hatte. „Und jetzt verschwinde, Pascal Schäfer aus dem Diestelkamp. Geh nach Hause und lass dich hier nie wieder blicken, weil du nämlich ab sofort Hausverbot hast. Und Hausverbot heißt es, auch wenn es sich auf ein Grundstück bezieht", erstickte er Pascals Aufbegehren im Keim. „Auf das Grundstück des Kleingärtnervereins Süderhake. Das gesamte Gelände einschließlich all seiner verstreuten Teile, diesseits und jenseits der Umgehungsstraße und auch weiter hinten in Richtung Carlshöhe. Habe ich mich klar ausgedrückt?"
Von Pascal kam nur eine Art Grunzen.
„Du bekommst das selbstverständlich noch schriftlich. Mitsamt

der Anzeige wegen Hausfriedensbruch, Einbruch, Sachbeschädigung."
So sehr Pascal die ganze Zeit nichts lieber als weggewollt hatte – jetzt blieb er ganz zahm ihnen gegenüber stehen, rang verzweifelt die Hände. „Das geht nicht. Mein Vater darf nichts davon mitkriegen. Der schlägt mich tot, wenn er das hört."
„Besagte Anzeige wurde bereits erstattet", entgegnete Heinrich ruhig. „Das hätten Sie sich besser vorher überlegt."
„Scheiße." Der Junge hatte kapiert, worin er saß. Und zwar hüfttief. „Oberkacke, verdammte. Was mach ich denn jetzt?" Er hatte sich ein paar Schritte entfernt, blieb dann unschlüssig stehen. „Mein Alter, ey, ich sag's euch, mein Alter wird mich windelweich prügeln. Tot, ich bin tot. Und ihr", anklagend hob er die Hand und deutete auf Heinrich und Ella, „ihr zwei da seid schuld. Ja, das seid ihr." Damit wandte er sich endgültig ab und gab Fersengeld.
„Puh. Viel hätte nicht gefehlt, und er wäre in Tränen ausgebrochen." Ella sah dem in der Dunkelheit davoneilenden Schatten nach. „Meinen Sie, der heißt wirklich Pascal Schäfer?"
„Natürlich." Heinrich wandte sich zum Gehen. „Wieso fragen Sie?"
„Weil Pascal französisch ist und Lamm bedeutet. Lamm und Schäfer? Das kann doch nicht wahr sein, oder?" Sie schüttelte den Kopf.
„Das konnten seine Eltern nicht wissen", sagte Heinrich trocken.
„Wie kommen Sie denn darauf?"
„Der Junge wohnt im Diestelkamp", erwiderte Heinrich, als würde das alles erklären.
„Und er wird geschlagen."
„Mag sein." Heinrich zuckte die Achseln. „Aber das ist nicht unser Problem."
„Nicht?" Ella schob entschlossen die Augenbrauen zusammen. „Wessen dann?"
„Himmel", brauste Heinrich auf. „Sind Sie Mutter Teresa und wollen die Welt retten? Es wird immer Väter geben, die ihre Söhne prügeln. Wollen Sie die etwa alle einsperren?" Er drehte sich um, ging einfach davon.
„Klar", brüllte Ella ihm nach. „Wir sind die Polizei. Haben Sie vielleicht vergessen? Es heißt: 'Die Polizei, dein Freund und Helfer'!"
„Ich bin jetzt aber nicht im Dienst. Helfen findet also erst morgen wieder statt." Heinrich hob die Hand, winkte nach hinten. „Sie finden alleine zurück? Prima. Gute Nacht."

Mord vor Mord

Es ging Ella nach. Sogar noch am nächsten Morgen, als sie um sechs die Haustür öffnete, um Oskar gründlich Gassi zu führen, ehe sie zum Dienst musste. Ihr war schon klar, dass es unprofessionell war, so zu empfinden, aber sie hatte Angst um den Jungen. Der hatte doch nur harmlosen Unsinn getrieben! Netten Unsinn – die Brandstiftung jetzt mal ausgenommen – denn egal, wie die Gartenbesitzer es sahen, die Zäune waren jetzt hübscher als zuvor. Und die Kaninchen – auch sie selbst hatte schon immer gefunden, dass deren Ställe viel zu eng waren. Die wollten doch herumhoppeln können, Grünzeug knabbern und sich gegenseitig besuchen.
„Dicker, wir gehen jetzt zum Strand."
Runter zur Ostsee war es wirklich ganz nah. Naja, zunächst einmal war da eine Werft im Weg. Eine ehemalige Werft, heute hatte man Schaufenster für zwei Edelklamottenläden hineingesetzt und dazwischen einen Durchgang zum Wasser gelassen. Ganz von selbst zog Oskar dort hinein – auf eine total niedliche Brücke zu, die sich über die an dieser Stelle nur flussbreite Förde spannte. Oh, aber im Augenblick konnte man gar nicht drüber. In der Mitte waren die Holzplanken hochgeklappt – weil gerade ein kleines Boot hindurchtuckerte. Neugierig strebte Ella bis unmittelbar an das Halteschild heran und beobachtete den scheinbar frei dahinschwebenden Mast – eines echten Fischerbootes! Das um diese Zeit offenbar schon von seiner Fangtour zurückkehrte. Dass es hier überhaupt noch echte Fischer gab ... Sie wartete, bis die Brücke sich wieder geschlossen hatte – zu einer Art Spitzdach in der Mitte – und lief mit Oskar darüber hinweg aufs andere Ufer.
Hier war der eigentliche Hafen, und im Gegensatz zu drüben waren außer Ella noch mehr Menschen unterwegs. Nein, keine Touris, die schliefen natürlich aus. Aber zwei weitere Fischer werkelten an Bord ihrer Kutter herum, und dort vorn schleppte ein Mann eine Kiste Bier an Deck eines größeren Bootes mit der Aufschrift 'Angelfahrten'. Neugierig schlenderte Ella daran vorbei am Kai

entlang und machte sich einen Spaß daraus, jedem, der sie bemerkte, ein 'Moin' entgegenzurufen.
Dann entdeckte sie einen gelb-blau geringelten Leuchtturm – enttäuschend klein – dafür an einer Art gemauertem Landungssteg ein beeindruckendes altes Segelschiff, welches wohl als Restaurant fungierte. Gleich dahinter führte eine Mole ins Meer – aber Ella wurde vom Strand angezogen, der sich auf deren anderer Seite anschloss. Ein breiter, weißer Sandstrand, der sich an diesem Ufer der Förde erstreckte – weiter, als Ella überblicken konnte. War das da in der Ferne eine Steilküste?
Hier vorne war nicht viel Platz für Natur. Strandkorb drängte sich an Strandkorb. Dazwischen ein paar Sandburgen und ein paar Möwen, die sich lauthals um Abfälle rauften. Aber noch keine Menschenseele. Wunderbar. Ella leinte Oskar ab, behielt ihn im Blick, falls er – ah, da hatte er sich schon ein dezentes Plätzchen gesucht. Sie zog eine Hundetüte aus der Tasche und packte seine Hinterlassenschaft hinein.
Oh, Mann, diese Müll-Möwe hielt sogar das für einen begehrenswerten Leckerbissen! Hockte mit Ella zugewandtem Auge dreist auf der Deckplatte eines Abfalleimers und zuckte nicht mal einen Millimeter zur Seite, als Ella mit der Tüte – in sicherem Abstand, die Viecher waren jedes Mal wieder viel größer, als man für möglich hielt – vor ihrem Schnabel herumwedelte. Selbst als Ella nach Oskar pfiff, beobachtete das Möwenauge in aller Seelenruhe, wie der angerannt kam – um sich erst im wirklich allerletzten Moment ärgerlich kreischend in die Lüfte zu erheben. Angewidert folgte Ella ihr mit den Augen. Dass diese Vögel oftmals so romantisiert wurden! Sie hatte Mühe, mehr in ihnen zu sehen als ziemlich eklige Aasfresser ...
Rasch nutzte sie die Gelegenheit, den Beutel zu entsorgen. Dann klatschte sie erneut und sah Oskar an. „Bereit zu einem kleinen Morgenbad, der Herr?“
Der sah sie mit schief gelegtem Kopf an, den Schwanz erhoben und trat erwartungsvoll von einer Pfote auf die andere.
„Na, dann spring!“ Ella hob die Arme, dann rannte sie mit ihm um die Wette, erst aufs Wasser zu, dann am Brandungssaum entlang. Himmlisch! Ein Stück nur, dann setzte sie sich, zog ihre Schuhe aus. Den Sand fühlen, noch morgenkalt, das wollte sie jetzt. Und mit den Füßen ins Wasser. Huh, frisch! Oskar war da eindeutig

weniger empfindlich, sprang, schwamm und war in seinem Element. Ella hob einen herumliegenden Stock auf und schwang ihn ins Wasser. „Hol ihn!“ Es machte ihr immer wieder Freude, seine Begeisterung beim Apportieren zu beobachten.
Der Himmel sah heute wieder vielversprechend klar aus, wenn das so blieb, würde auch noch ein schöner Frühabendspaziergang für Oskar und sie herausspringen.
Sie suchte sich ein trockenes Plätzchen, setzte sich erneut und ließ, während Oskar die Möwen verscheuchte, ihren Blick über die Bucht schweifen. Schön war es hier. Da hatte sie jahrelang in Kiel gelebt und war doch nie nach Eckernförde gekommen. Wobei – nun ja, sie war ja nur an den Wochenenden bei Stefan gewesen und in den Semesterferien. Ella seufzte. Dass sich immer wieder dieses unselige Thema in ihre Gedanken schleichen musste? Sie wollte doch nicht mehr zurückdenken, sondern vorwärts. Dem neuen Sonnenaufgang entgegen. Neues Spiel, neues Glück. Was gestern gewesen war, war doch wirklich nicht mehr wichtig.
„Ich glaube nicht, was meine müden Augen sehen.“
Die Stimme, die sie plötzlich hinter sich hörte, war die von gestern. Und sie war wichtig. Leider.
„Guten Morgen.“ Ella wandte den Kopf nur ein wenig. Noch hatte ihr Dienst schließlich nicht begonnen.
„Der Hundekönig und seine Hofdame“, stellte Heinrich hinter ihr in seiner liebenswerten Art die Reihenfolge klar, in der sie beide ihm aufgefallen sein mussten. „War doch klar, dass man Sie hier auch trifft.“
„Mir zwar nicht, sonst wäre ich woanders hingegangen.“ Ella fühlte mit einem Mal, dass sie zu wenig geschlafen hatte. „Guten Morgen dem Herrn, der privat nicht freundlich und hilfreich ist.“
„Das ist rein Ihre Interpretation“, antwortete Heinrich ruhig, der anscheinend sofort wusste, wovon sie redete. „Ich sprach gestern lediglich davon, dass ich privat unterwegs war und nicht als Freund und Helfer.“
„Dafür haben Sie sich aber ganz schön amtlich aufgeführt. Sie haben den Jungen doch verhört!“ Jetzt ging es leider nicht mehr anders, Ella stand auf, drehte sich um und stemmte die Arme in die Hüften. „Beinahe hätten Sie ihn noch in Gewahrsam genommen.“
Heinrich zuckte die Achseln. „Es war Gefahr im Verzug. Sie wissen doch wohl, werte Frau Kollegin, dass in solch einem Fall jeder

mündige Bürger einen anderen festnehmen und in, um das schöne alte Wort zu benutzen, Gewahrsam nehmen kann."
Wieder hatte er recht. Die Müdigkeit war verflogen, dafür wuchs Ellas Zorn. „Sie haben ihn in dem Wissen entlassen, seine Eltern zu informieren. Und das, obwohl er doch noch alles zugegeben hat."
„Alles? Sind Sie wirklich der Meinung, er hat uns alles gesagt, was er weiß? Wie seine Kumpels heißen, beispielsweise?"
Heinrich war, wie Ella erst jetzt auffiel, in Sportkleidung und sah verschwitzt aus. Was ihm zugegebenermaßen ausnehmend gut stand. Sein Haar sah aus wie gegelt, das enge T-Shirt klebte an seinem durchtrainierten Oberkörper, und seine Oberarme ... Unwillkürlich nickte sie anerkennend. Auch wenn es doch etwas affig war, dass er selbst beim Joggen seinem Spitznamen alle Ehre machte und ausschließlich Blau trug.
Ihr Nicken hatte er offenbar für eine Bestätigung gehalten. „Oh nein, das war schon alles richtig gewesen, gestern. Ich denke nämlich, Ihr Musterknabe hat es faustdick hinter den Ohren. Für's Erste hat er jetzt eine unruhige Nacht hinter sich. Wenn wir dann später bei ihm auftauchen, wird er uns alles vorsingen, was wir hören wollen."
„Und dann?", hakte Ella nach. „Hauen Sie ihn in die Pfanne?"
Heinrich schob die Unterlippe ein Stück vor und die Mundwinkel abschätzend nach unten. Ehe er Ella überraschte: „Diese Absicht hatte ich nie."
„Sie haben geblufft?", fragte Ella ehrlich verblüfft.
Da zog sich ein Grinsen über Heinrichs Gesicht. „Hab ich anscheinend gut hingekriegt."
„Oskar – fass!", rief Ella. „Fass diesen Herrn, der ist ein Schwindler." Dabei lachte sie. Und noch mehr, als Oskar tatsächlich angerannt kam, um den blauen Heinrich begeistert zu begrüßen – und dabei mit seinen heftigen Rutenschlägen ordentlich nass zu machen.
Doch Heinrich, der im ersten Moment tatsächlich auf ihr Gebluffe hereingefallen war, schien Oskar das diesmal nicht krumm zu nehmen. Er lachte sogar. Vielleicht würde sie ihn doch noch irgendwie gezähmt kriegen?
„Ich geh dann mal duschen." Er machte eine unbestimmte Bewegung den Strand entlang.
Wo gerade eine ältere Frau aus ihren Kleidern schlüpfte und im Badeanzug zum Wasser hinunterlief. Gespannt beobachtete Ella

sie, doch sie schrak nicht zurück, sondern watete, ohne zu zaudern, hinein.
„Sie könnten auch schwimmen gehen", schlug sie Heinrich vor und musterte unauffällig nochmals die Konturen seines Oberkörpers.
„Nach Ihnen." Er verbeugte sich leicht, mit erhobenen Augenbrauen auf ihre bloßen Füße schauend.
Die Frau war bereits bis zu den Oberschenkeln drin und warf sich jetzt mutig in die Fluten.
Ella schauderte. „Oh, für mich ist es eindeutig noch zu kalt. Aber für Sie?" *Für einen gesunden jungen Mann wie Sie,* hatte sie sich dann doch nicht getraut.
Heinrich lachte – als hätte er es durchaus so verstanden. „Natürlich könnte ich den Ehrgeiz aufbringen, bei fünfzehn Grad Wassertemperatur meine Männlichkeit unter Beweis zu stellen." Er verzog ironisch das Gesicht. „Aber da die Dame das schon so eindrucksvoll erledigt ..."
„Ihre Männlichkeit?" Er war witzig. Sie mochte Männer, die sich selbst auf die Schippe nahmen. „Ob sie sich deswegen überwindet?" Der Kopf der badenden Frau bewegte sich in beträchtlichem Tempo zwischen den Wellen fort.
„Jedenfalls will ich ihr mal nicht die Schau stehlen und nehme mir die Freiheit, Warmduscher zu sein. Also bis gleich im Büro!" Eine letzte Grimasse an Ella, dann setzte er sich wieder in Bewegung und lief – um einiges schneller als im Joggingtempo – los.
Ella sah noch einen Augenblick zu, wie seine blaue Gestalt sich von ihr entfernte – doch ehe er sich am Ende noch mal umdrehte, wandte sie sich um und rief Oskar, um den Rückweg anzutreten.

Thorsten unterdrückte das dritte Gähnen in Folge und nahm stattdessen einen Schluck Kaffee, während sein Computer hochfuhr. Vorgebend, den Monitor zu betrachten, beobachtete er in Wirklichkeit Kirsch, die gerade dabei war, Freibergs Schreibtisch in ihren eigenen zu verwandeln.
Freiberg war ja schon seit dem ersten März weg – und sein Schreibtisch nahezu genauso lange anderweitig belegt. Mit Thorstens Kram. Es war wirklich kein Problem für ihn, vorhandene Ablageflächen zu nutzen.

Gerade fummelte Frau Kirsch eine Art Weihnachtsbaumanhänger an der Schreibtischlampe fest. „Das ist mein Glücksbringer.“ Sie hatte ihn ertappt. „Ein Geschenk zur Abschlussprüfung von meiner Ausbilderin.“

„Dann muss er da natürlich hängen“, erwiderte er ernsthaft und gab sein Passwort ein.

„Ja, muss.“ Die Kirsch lachte, ihr war seine Ironie nicht entgangen. „Ich weiß, dass ihr Männer so was nicht nachvollziehen könnt.“

„Ich hab ein Taschenmesser bekommen, ganz klassisch“, hörte er sich sagen. Und die Luft anhalten, denn dieses Thema wollte er heute ganz gewiss nicht schon wieder anrühren.

„Auch von Ihrem Ausbilder?“, fragte die Kirsch prompt nach. Plötzlich lag ihre gesamte Aufmerksamkeit auf ihm.

Das Bummelding hing – es war ein Lederband mit einer kleinen Lupe dran. Zu klein, um sie zu benutzen.

„Wer hat Ihnen das Messer geschenkt?“, wiederholte die Kirsch hartnäckig.

Thorsten seufzte. „Meine Mutter“, log er. Was er immerhin auch geglaubt hatte – solange er das Ding benutzt hatte. Danach, nun ja. Der Groll auf seine Mutter schwappte leider wieder hoch.

Wie er den versprochenen Besuch bei ihr hinter sich bringen sollte, ohne dieses Reiz-Thema zu streifen, war mehr als fraglich. Er seufzte erneut und trank seinen Kaffee in einem Rutsch aus.

„Tragen Sie es immer bei sich?“

„Was?“

„Ihr Messer.

„Ich habe es verloren.“ *Weggeschmissen.* Sich seine leere Tasse schnappend, sprang er auf. „Ich hole mir noch einen Kaffee. Soll ich Ihnen auch noch heißen zuschenken?“

Nun war sie dazu übergegangen, die Schubladen umzusortieren. Die Stifte aus der obersten, die Thorsten auch als seine ansah, weil er sich ständig daraus bediente, hatte sie in einen von ihr mitgebrachten Becher gestopft und an die rechte Kante der Tischplatte geschoben. Genau dort, wo er sich immer hinzusetzen pflegte, wenn er telefonierte ...

„Ja, gern. Warten Sie kurz, jetzt müsste er abgekühlt genug sein.“ Sie trank ihre noch halbvolle Tasse auf ex. „Hier“, reichte sie die ihm lächelnd.

Im Weggehen erkannte er das Motiv auf dem Stiftbecher. Ihr Hund.

Na, wenigstens hatte sie den heute ordnungsgemäß zu Hause gelassen.
In der Küche traf er auf Hobbi und die Bayerin, die mit dampfenden Tassen an der Kaffeemaschine standen und lebhaft zweisprachig diskutierten.
„Ah, du bist auch endlich eingetrudelt", wandte Hobbi sich sofort ihm zu. „Rate, wo Elke gerade herkommt?"
„Eigentlich hat er es nicht verdient", merkte die Bayerin säuerlich an. „Ich habe mir gestern den ganzen Nachmittag um die Ohren gehauen und mit einem Schlag drei Minusstunden gemacht – für nichts – nur um heute Morgen um fünf Uhr aufstehen zu müssen und noch eine halbe oben draufzulegen."
Sehr gut, sie hatte ihr Date mit dem Gerichtsmediziner wahrgenommen. Brav. „War die Obduktion nicht gestern um ein Uhr angesetzt?", nahm Thorsten den beiden Geheimniskrämern genüsslich den Wind aus den Segeln.
Elke verzog lediglich das Gesicht. „Die haben den anderen Fall vorgezogen. Gefahr im Verzug. Haben dann ewig gebraucht. Ich habe bis sechs gewartet, bis diese Hübscher unbedingt weg musste, bevor sie zu unserer Leiche gekommen ist. Und heute in der Früh hat es dann auch noch zwei Stunden gedauert, wo ich in der stinkenden Kälte herumstehen musste und nur herumgestoßen wurde."
„Was? Jack Bauer hat dich nicht vor dem hübschen Drachen beschützt?"
„Was?"
„Kennst du anscheinend nicht."
„Jedenfalls sehe ich nicht ein, dir die Früchte meiner harten Arbeit in den Schoß zu schmeißen."
„Aua!" Er tat so, als wäre er genau dort schwer getroffen.
„Och, Elke, du bist viel zu nett, um so hartherzig zu sein", versuchte Hobbi gleich wieder zu vermitteln. Wie konnte dieser Mann bloß so ... edel sein?
„Warum soll ich nett zu jemandem sein, der niemals nett zu mir ist?" Elke war eine Ziege. Wie hieß das auf Bayerisch? Geiß, oder? Aber es war ja nicht so, dass er nicht mit ihr fertig werden könnte.
„Pass auf, Elke, ich mach dir einen Vorschlag." Um zu überspielen, wie dämlich er sich in dieser Rolle fühlte, zapfte er sich erst mal einen Kaffee.
„Du willst mich ködern? Damit ich dir verzeihe?"

Ellas Tasse füllte er gleich auch noch, hatte sie doch eben erwähnt, dass sie den Kaffee lieber abgekühlt mochte. „Verzeihen musst du mir nicht." Lässig drehte er sich zu ihr um. „Du sollst dich nur auf einen Deal einlassen."
„Na, da bin ich aber gespannt."
„Kannst du auch." Er war selbst sehr angetan von seiner Idee. Die ihm erst heute Morgen gekommen war, nachdem er die ganze Nacht vergeblich darüber gegrübelt hatte.
„Heimatland, so spuck es schon endlich aus!"
„Weißt du, was in rund drei Wochen beginnt?"
„Mein wohlverdienter Frühsommerurlaub", zischte sie.
„Der ja nicht zufällig auf diesen Zeitpunkt gelegt ist."
„Wäre es vielleicht möglich, das Prozedere ein wenig zu beschleunigen?" Kiebig funkelte sie ihn an.
Aber sie würde anbeißen, oh ja, das würde sie. Er gestattete sich ein kleines Grinsen und hauchte vielsagend: „Die Kieler Woche!"
Sie versuchte noch immer, das zu verbergen, aber ihre Augen hatten sie längst verraten. Elke liebte Volksfeste. Zum Oktoberfest fuhr sie alljährlich nach Hause nach München, doch sie schwärmte auch schon seit Jahren von der Kieler Woche, die ihrer Meinung nach das zweitschönste Event der Welt sei. „Was ist damit?", fragte sie aufmüpfig.
„Du hast doch letztes Jahr so geschimpft, weil du so viel zwischenfahren musstest. Zu Lasten von Benzin, Zeit und so. Und Bier natürlich." Sie war keine strenggläubige Muslimin. Was mit ihrer Leidenschaft für's Oktoberfest ja auch nicht vereinbar gewesen wäre, zumindest nach dem, was er darüber gehört hatte. „Ich habe eine Wohnung für dich. Also eine halbe. In allerbester Lage. Mit Dielenfußboden, großem Wannenbad, Waschmaschine, Trockner, Geschirrspüler, Kaffeemaschine ..." Er nahm endlich einen Schluck aus seiner Tasse. „Umsonst. Für die gesamte Dauer der Kieler Woche einschließlich der Abschlussnacht mit dem Feuerwerk. Na, was sagst du dazu?"
„Hat Robin dich verlassen?", war natürlich Hobbi derjenige, der als Erster reagierte, noch während der Entscheidungsprozess der Bayerin lief.
„Ich bin ausgezogen", stellte Thorsten klar. Sollte seine Mutter sich wahrhaftig an sein Verbot gehalten haben, ihrer Kollegin – Hobbis Frau – davon zu erzählen?

„Oh Mann, ihr zwei wart lange zusammen. Für deine Verhältnisse. Mehr als zwei Jahre."
„Das weiß ich selbst."
„Was ist passiert?"
„Wir haben uns einvernehmlich getrennt, und ich bin ausgezogen. Fertig." Das ging ihn schlicht und ergreifend nichts an. „Zum ersten siebten sucht Robin einen Untermieter. Also wenn ihr jemanden wisst oder selbst nach Kiel ziehen wollt ... Beste Lage in der Nähe der Holtenauer Straße. Leider ohne Autostellplatz, der ist ja Robins. Die Parkplatzsituation während der Kieler Woche ist natürlich verheerend, aber ..."
„Wo wohnst du jetzt?", unterbrach Hobbi ihn.
Täuschte Thorsten sich, oder war das etwas lahm gewesen? „Sie hat es doch schon erzählt", schoss er einen Versuchsballon ab.
„Nein!"
„Nun verarsch mich nicht. Natürlich hat sie. Sie wäre nicht meine Mutter, wenn sie so was für sich behalten könnte."
„Sie macht sich Sorgen um dich."
„Ah ja."
„Sie macht sich ehrlich Sorgen. Sie ist deine Mutter. Will, dass es dir gut geht, dass du glücklich bist."
„Danke, mir geht es gut."
„Jedenfalls siehst du jetzt", richtete sich Vater Theresa glücklicherweise an Elke, „es ist es kein Wunder, dass er so extrem miese Laune hatte in letzter Zeit."
„Ihr habt über mich geredet? Hinter meinem Rücken?" Das war jetzt auf keinen Fall mehr okay.
„Grad nicht", bremste die Bayerin ihn gleich. „Ganz rührend hat dein Freund sich bemüht, Verständnis für deine Arschigkeitsallüren zu wecken – ohne mir den Grund dafür zu verraten."
„Das war nicht der Grund", fauchte Thorsten.
„Jedenfalls tut es mir auch leid", beteuerte die Bayerin.
Während die ganze Zeit über Hobbis Blick mitfühlend an ihm klebte, als überlegte er, irgendwelche Hilfsmaßnahmen einzuleiten.
„Mir geht's gut, danke. Ich bin noch nie in meinem Leben so glücklich ..."
„Es tut mir leid für Robin", verbesserte Elke sich. Doch ihr Gesicht war weich und verständnisvoll. „Meinst du denn, dass es okay ist, wenn ich in eurer Wohnung ...?"

„Gebongt." Triumphierend blitzte Thorsten sie an. „Deal?" Auffordernd reckte er ihr die Hand hin.
„Aber ..."
„Robin geht es auch gut. Ehrenwort. Ist alles abgesprochen." Wie gesagt, all das ging die beiden einen Scheißdreck an.
„Deal." Elke strahlte. „Das ist wahrhaftig sehr günstig."
„Nicht wahr?" So war es nämlich. Es war auf der ganzen Linie günstig. „Den Schlüssel gebe ich dir rechtzeitig. Ach ja, und bis zum dreißigsten ist auch noch mein Trimmrad dort. Aber dann brauche ich den Schlüssel zurück, weil ich den Rest meiner Sachen holen muss." Ja, und um eine richtige Wohnung kümmern musste er sich auch. Wenn er endlich die Ruhe dazu fand. „So, jetzt aber. Die Obduktion!"

Zehn Minuten später machte er sich hochzufrieden auf den Rückweg in sein Büro, beladen mit einer neu gefüllten heißen und einer lauwarmen Kaffeetasse. Das hatte doch wirklich ganz hervorragend geklappt und war längst nicht so anstrengend gewesen, wie er befürchtet hatte. Außerdem hatte er seine Kollegen endlich über seine neue Adresse informiert, was ja ohnehin noch angestanden hätte. Insofern ... Naja, und ganz davon abgesehen, hätten die Erkenntnisse aus der Obduktion auch einen weitaus höheren Preis wettgemacht.
Mit dramatischem Klappern stellte Thorsten die beiden Tassen auf Freibergs Schreibtisch ab.
„Danke." Die Stimme der Kirsch drang dumpf aus den Tiefen der untersten Schublade, wo sie – was auch immer – mit den dort lagernden Notizblöcken anstellte.
Das war Freibergs Spleen gewesen. Notizblöcke in allen Größen und Formen. Die Hälfte seines Schatzes hatte er schon von jeher in Thorstens unterste Schublade ausgelagert, sodass der mindestens für die nächsten zehn Jahre eingedeckt war. Außerdem hatte Freiberg schon Monate vor seiner Pensionierung angekündigt, dass er in seinem letzten Lebensabschnitt von seiner Notizblock-Sammelsucht loszukommen gedenke. Hatte sich zuerst einen elektronischen Terminplaner und später sogar ein ausgewachsenes Laptop zugelegt. Von daher war es in Ordnung, was auch immer die Kirsch mit den Blöcken in Freibergs Schreibtisch anstellen würde.
Und wie gesagt, die neuesten Erkenntnisse ließen sowieso keinen

Platz für schlechte Laune. „Raten Sie, was bei der Obduktion herausgekommen ist", spielte er mal Hobbis Echo.
Ihr Oberkörper schnellte hoch wie eines dieser Teufelchen, die mit zusammengepresster Feder in einer Box steckten. „Was? Na, sagen Sie schon!"
„Wenn man Niemann senior gestern nicht ermordet hätte ..." Er brach ab.
Beobachtete amüsiert, wie ihr Rücken immer länger wurde, als könnte sie von oben in seinen Kopf gucken. „Was dann?"
Thorsten trat rückwärts und lehnte sich an die Wand.
„Was dann, was dann, was dann?", fragte die Kirsch begierig.
„Dann wäre er heute auch von allein gestorben."
„Nein!"
„Doch!"
„Er war unheilbar krank? Die gelben Augen." Ihre Stirn runzelte sich, dann strahlte sie auf. „Er war doch nicht trocken. Leberzirrhose im Endstadium!"
„Besser!"
„Besser?" Erneutes Stirnrunzeln. Anhaltendes.
„Die Leber war schon richtig. Leberversagen, genauer gesagt. Nur nicht aufgrund des Alkohols. Den hatte seine Leber tatsächlich vergessen, es gab keine Spuren alkoholischer Abbauprodukte, ich hab extra noch mal nachgefragt."
„Seine Leber hat versagt? Aber warum? Melina meinte doch, er sei kerngesund gewesen, und Sie haben doch auch keine Medikamente ..." Ihr Gesicht erstarrte – um sich dann in pure Fassungslosigkeit zu verwandeln. „Gift?"
„Gift." Thorsten stieß sich von der Wand ab und ging mit dramatisch langsamen Schritten zu seinem Stuhl hinüber, um sich darauf sinken zu lassen. „Amatoxine." Extra auswendig gelernt eben.
Die Kirsch-Augen waren rund wie Teller. „Er wurde vergiftet?"
„Naja. In diesem speziellen Fall ist ein Unfall wahrscheinlicher." Er wollte sie schon wieder auf die Probe stellen, doch dann fiel ihm ein, dass er ihr nichts von dem Pilzvorratsregal erzählt hatte.
„Pilze?", überraschte die Kirsch ihn da. „Melina hat doch erzählt, dass sie zusammen mit dem Opa Pilze sammeln war", fügte sie erklärend hinzu.
„Bingo." Thorsten richtete sich auf, um nach seinem Kaffee auf ihrem Tisch zu angeln. „Oh, nur noch lauwarm. Da muss Ihrer schon

völlig kalt sein. Nehmen Sie am besten den." Er schob die Tasse zurück. „Oh, ich habe eben daraus getrunken ..."
Sie schlürfte schon. „Sie sind ja anscheinend gesund. Im Gegensatz zu Opa Niemann." Sie überlegte. „Sie meinen, das war ein Unfall?"
„Eine Pilzvergiftung? Im Haus eines Pilzsammlers? So was kommt vor. Und ist natürlich ein Versehen."
„Außer, es handelt sich um die Tat eines Familienangehörigen."
„Die typische Giftmörderin, außen liebend und angepasst, aber innen eiskalt und skrupellos?"
Keiner von ihnen sprach den Namen aus, aber Thorsten war sicher, dass die Kirsch denselben meinte. Er wiegte den Kopf. „Ich weiß nicht ..."
„Nein, wir wissen es nicht." Was das begierige Glitzern in ihren Augen nicht die Spur dämpfte. „Aber das könnte doch bedeuten, dass der alte Niemann zweimal ermordet worden ist."
Thorsten spürte, wie sein Herzschlag sich erwartungsvoll beschleunigte. „In dem Fall würden wir ab jetzt in zwei Morden ermitteln."
„Was ich Ihnen mit allem Nachdruck untersage", ließ eine scharfe Stimme sie beide zur Tür herumfahren. Wo just in diesem Moment die Troschke aufgetaucht war. Mit strenger Miene. Sehr strenger Miene. „Es ist schon fragwürdig genug, dass Kollegin Sahin sich in die Rechtsmedizin eingeschlichen hat, ob sie das nun als ihre Freizeit deklariert oder nicht. Jetzt auch noch vertrauliche Informationen zu streuen ..."
„Wir alle, die wir gestern mit in Windeby waren, sind persönlich betroffen", kam die Kirsch Thorsten zuvor. Sehr viel einfühlsamer, als er geklungen hätte. „Wir alle haben heute unruhig geschlafen, uns Gedanken gemacht. Über den Toten, seine Familie ..." Richtig kummervoll sah sie aus. Trug sie da nicht ein bisschen zu dick auf?
„Ja, natürlich haben wir das." Oh, aber für die Troschke schien die Dosis Schmalz gestimmt zu haben. „Und ich hätte mich schon auch noch um den Obduktionsbericht bemüht, so ist das nicht."
Die Kirsch strahlte zu ihr hoch. „Das ist lieb von Ihnen."
Einen Augenblick lang – eine volle Viertelsekunde – hatte die Troschke ihr Lächeln erwidern wollen, da war Thorsten sich ganz sicher. Dann hatte sie ihre Reaktion wieder in den Troschke'schen Normbereich verlegt. Kinn hoch, Augen schmal, Lippen geschürzt.
„Die Wellen schlagen schon so extrem hoch. Für die regionalen

Medien kommt so ein Mordfall in der Kleinstadtprominenz vor dem Sommerloch sehr gelegen. Frau Sahin hat schon vermeldet, dass sie heute an der Gerichtsmedizin von mehreren Medienvertretern belästigt worden ist."

„Mit ihrem bayerischen Charme ist die spielend mit denen fertiggeworden", grinste Thorsten. Zumindest hatte die Begegnung mit einem wohl ziemlich aufdringlichen Reporter von Radio Schleswig Holstein ihre Sammlung von Anekdoten um eine äußerst erbauliche vergrößert, wie sie vorhin mit Wonne unter Beweis gestellt hatte.

„Sie alle sind angehalten, auf gar keinen Fall irgendwelche Informationen weiterzugeben, nicht an die Medien, aber auch sonst an niemand Außenstehenden. Sagen Sie den Leuten, dass wir nicht zuständig sind, und verweisen Sie sie an die Pressestelle in Neumünster."

Thorsten musste ein Grinsen unterdrücken beim Gedanken an die Leichtgläubigkeit von Assistent Bauer, der eine Schlüsselrolle in Elkes Erzählung innegehabt hatte.

„Herr Heinrich, ich möchte Sie bitten, die Sache mit dem gegebenen Ernst anzugehen."

„Aber sicher, wie gesagt, ich ..."

„Außerdem", schnitt Troschke ihm das Wort ab, „weise ich Sie noch einmal ausdrücklich auf den Kern der ganzen Sache hin. Sie – wir alle, auch wenn wir gestern in Windeby waren – sind jetzt nicht mehr zuständig für den Fall. Wiederholen Sie das."

Irritiert war der Blick der Kirsch zu ihm geschnalzt.

Thorsten setzte sich extra aufrecht hin und legte den Zeigefinger an eine imaginäre Mütze. „Wir sind nicht zuständig", wiederholte er in ergebenstem Tonfall.

Im ersten Moment wollte die Kirsch losprusten, dann hatte sie offenbar das unnachgiebige Gesicht der Troschke analysiert und nickte ernst. „Wir sind nicht zuständig", echote sie gehorsam.

„Sie werden sich um Ihre aktuellen Fälle kümmern, die da wären?"

„Die Schreber-Gang", antwortete Thorsten, ganz Pflichtbesessenheit. „In dieser Sache haben wir gestern Nacht einen entscheidenden Durchbruch erzielt."

Das wilde Zucken von Kirsches Mundwinkeln war echt animierend. „Wir haben einen Tatverdächtigen überwältigt, den wir heute als Kronzeugen verdingen werden."

Die Troschke hatte misstrauisch die Augen verengt.
„Das ist wahr", schaltete die Kirsch sich ein. „Wir waren undercover in den Schrebergärten unterwegs, und uns ist tatsächlich einer der Jugendlichen in die Falle gegangen." Nun, da sie selbst fabulierte, blieb sie vollkommen ernst.
„Sie bekommen zeitnah den Bericht, korrekt datiert und von uns beiden unterschrieben", übernahm Thorsten wieder.
Die Kirsch nickte feierlich. „Sobald wir nachher von unserem Außeneinsatz zurück sind, fangen wir an."
„Na gut." Die Troschke wandte sich zum Gehen.
„Wollen wir los?" Seine Kollegin sah Thorsten auffordernd an.
„Klar." Er sprang auf, griff automatisch nach seinem Board, das an der Heizung hing, ehe ihm einfiel, dass sie ja ein Auto brauchten. „Ist der Kleine frei?"
„Dieser Außeneinsatz ...", begann die Troschke, die sich in der Tür noch mal umgedreht hatte.
„... führt uns in den Diestelkamp, wo unser Zeuge wohnt", ergänzte Thorsten einfach mal.
„Und danach ..."
„... fahren wir hoffentlich die Adressen ab, die der uns gibt."
„Und egal, was Sie heute tun ..."
„... wird nicht auch nur im entferntesten ..." Die Kirsch, die diesmal übernommen hatte, stockte.
Da brauchte es dann doch einen skrupelloseren Lügner. „... mit dem Mordfall zu tun haben", vollendete Thorsten ernst.
„Ich verlasse mich auf Sie." Endlich schien die gestrenge Chefin zufrieden. „Und ja, der Kleine müsste da sein, Sahin und Hobbe sind heute im Innendienst."
„Stubenarrest?", hauchte die Kirsch ungläubig, nachdem die Troschke verschwunden war.
„Das hätte sie wohl gern." Unwillkürlich hatte Thorsten sich zu ihr vorgelehnt.
Und ruckte ertappt zurück, als die Besagte abermals in der Tür erschien. „Der Anführer der Kleingärtner war gestern Nachmittag hier. Er behauptete, er habe einen Termin bei Ihnen."
„Oh, keinen ausdrücklichen ..." Aber seit die Kleingärtner auch im Mordfall Niemann aufgetaucht waren, war Brammer ja zu einem regulären Zeugen aufgestiegen. Vielleicht sogar zu einem Verdächtigen. Von daher musste Thorsten ihn unbedingt aufsuchen.

„Herr Heinrich, so können Sie mit Zeugen nicht umspringen", holte die Troschke unterdessen zu einer richtigen Predigt aus. „Sie brauchen deren Kooperation. Pflegen Sie sie, halten Sie sie bei Laune, kochen Sie ihnen Kaffee, um ihnen den Aufenthalt bei uns so angenehm wie möglich zu gestalten. Aber vor allen Dingen: Seien Sie da!"

„Jawohl", stieß Thorsten hoffentlich nicht allzu ironisch hervor. „Ich werde mich bessern, versprochen."

Frau Troschkes Lippen wurden schmal.

„Es ging gestern einfach drunter und drüber", fügte er, so ernsthaft es ihm möglich war, hinzu. „Aber ich kümmere mich um ihn. Vorbildlich. Wiederum versprochen."

„Weil Sie sich den Mord zu eigen gemacht haben, statt Ihren Zeugen zu empfangen. Ich habe ihn für heute um vierzehn Uhr erneut eingeladen. Diesmal werden Sie hier sein." Die Troschke wirbelte herum und schritt von dannen.

„Selbstverständlich", hauchte Thorsten ihr nach. Und wie er das würde. Sehr nett von ihr, dass sie Brammer bereits gebucht hatte.

„Wenn wir jetzt losfahren, sind wir doch rechtzeitig zurück." Frau Kirsch stand schon bereit.

„Okay. Dann hole ich mal den Wagenschlüssel." Schon aus der Tür, hielt er plötzlich inne. „Es spricht doch nichts dagegen, dass Sie fahren, oder?"

Verständnislos starrte sie ihn an.

„Spricht etwas dagegen?"

„Nein. Es ist nur ... Das hätte ich Ihnen jetzt echt nicht zugetraut."

„Wie?"

„Ich hätte jeden Eid geschworen, dass Sie niemals den Zündschlüssel aus der Hand geben würden."

„Tja, da sehen Sie mal. Kommen Sie, ich zeige Ihnen, wie das mit den Dienstwagen funktioniert."

Voll kollegial

Thorsten stöhnte, als er seine Beine auf die Zentimeter verteilte, die der verflixte Kleinwagen zu bieten hatte. Dabei waren hier auf dem ganz nach hinten gestellten Beifahrersitz durchaus ein paar mehr vorhanden als auf dem Rücksitz. Nee, nee, da lobte er sich doch sein Board!

„Das nehme ich Ihnen nicht ab." Die Kirsch hatte den Zündschlüssel schon im Schloss, ihre Hand jedoch wieder zurückgezogen und mit beiden das Lenkrad gepackt. Sie rüttelte einmal kurz daran, als wollte sie eine Tür dazu bewegen, sich zu öffnen. Dann ließ sie wieder los und wandte sich ihm zu. „Also los. Verraten Sie es mir!"

Es wäre cooler gewesen, wenn er gewusst hätte, wovon sie sprach. „Was?"

„Weshalb lassen Sie mich fahren?"

Du liebe Güte, dass das eine solche Bedeutung für sie hatte! Echt interessant. „Ich bin nicht gerne berechenbar", erklärte er freundlich.

„Wie?" Ihre Augen verengten sich misstrauisch. „Sie lassen mich fahren, weil ich erwartet habe, dass Sie mich auf keinen Fall fahren lassen?"

„Sie sehen, man sollte Menschen nicht leichtfertig in Schubladen sortieren." Diese philosophische Weisheit war das Sahnehäubchen.

„Hmm." Wirklich überzeugt war sie noch nicht.

„Na los jetzt, bevor ich doch noch in Ihre Schublade springe!"

Sie verzog den Mund zu einem unfreiwilligen Grinsen und startete den Motor.

„Rechts, rechts, geradeaus und wieder rechts", kommandierte er händeklatschend. „Zum Baumarkt. Oder?"

Da strahlte sie. „Meinen Sie wirklich, wir sollen?"

„Das ist sogar unsere Pflicht." Thorsten schenkte ihr ein verschwörerisches Grinsen. „Es geht schließlich um eine zerbrochene Fensterscheibe."

Zehn Uhr an einem Werktag. Beeindruckt sah Ella auf die vielen Menschen, die rund um den Baumarkt herumwuselten. Hatten die Leute denn alle keine Arbeit? Und laut war es. Über der allgemeinen Geräuschkulisse dudelte vom Bäcker im Eingangsbereich Radiomusik herüber, die gerade von einem gut gelaunten Moderator unterbrochen wurde. Wo war Heinrich geblieben? Oh, er drängte sich an die Bäckerei-Theke. Heute wollte er Brötchen? Belustigt verzog Ella den Mund und schlenderte schon mal Richtung Schranke.
Um wenig später überrascht die Augen aufzureißen, als Heinrich sie einholte – und zwei kleine Brötchentüten vor ihrer Nase schwenkte. „Ich habe uns Putenbrötchen gekauft", verkündete er fast stolz und ließ seine Beute in den ausgebeulten Taschen seiner Jacke verschwinden. „Die waren doch so gut, haben Sie gesagt. Nur falls wir wieder Schwierigkeiten haben sollten, eine Mittagspause zu finden."
„Oh – danke." Ganz verdattert folgte Ella ihm in den Laden. Das war ja richtig süß von ihm. Anscheinend hatte er sich vorgenommen, ein guter Kollege zu sein. Wie lange das wohl anhalten würde ...

Auch heute versah Frau Koch ihren Dienst hinter dem Tresen. Sie hob den Kopf, als sie um die Ecke kamen, und verzog den Mund zu einem dünnlippigen Lächeln. „Sieh einer an: Die Kripo Eckernförde – die gar nicht für die Mordermittlung zuständig ist."
Ella zuckte zusammen. Ihre Finte gestern war also durchschaut.
Heinrich schaffte es, unauffälliger zu erschrecken. Oder war er wirklich so cool? Jedenfalls stellte er sich in bester Cowboymanier vor den Tresen und lächelte Frau Koch breit an. Fehlte nur noch, dass er Kaugummi kaute. „Wer sagt Ihnen denn, dass wir deswegen ermitteln?"
„Erzählen Sie mir nichts. Sie haben Frau Niemann wegen dem Mord vernommen, nicht etwa wegen der verbrannten Hütte oder der Fensterscheibe."
„Und Sie meinen, davon ausgehen zu können, dass das nicht alles miteinander zusammenhängt? Das sollten Sie mir näher erklären."
Heinrich blieb so breitbeinig stehen, verschränkte zusätzlich die

Arme vor der Brust und musterte Frau Koch aus schmalen Augen. „Kann es sein, dass Sie mehr wissen, als Sie zugegeben haben?"
Ah, da war sie zusammengezuckt. „Nein, natürlich nicht. Ich habe keine Ahnung." Unmerklich bloß. Ehe sie kiebig den Kopf hob. „Aber ich habe einen gesunden Menschenverstand. Und der sagt mir, dass es Ihnen nicht recht wäre, wenn ich Ihrem Vorgesetzten erzählen würde, wie Sie gestern hier ..."
„Psssst." Heinrich hatte den Finger an die Lippen gelegt, sprach ganz leise: „Wenn Ihr gesunder Menschenverstand Ihnen solche Dinge einflüstert, wird es besser sein, wenn Sie ihn jetzt mal außen vor lassen. Ansonsten könnte es passieren, dass er Sie ganz schnell in Schwierigkeiten bringt."
War er nicht ganz dicht? Beinahe wäre Ella entgeistert zu ihm herumgefahren, verschränkte stattdessen die Arme vor der Brust, um den Impuls zu überspielen. Diese Frau war voll im Bilde darüber, was Heinrich und sie hier abzogen – und er legte sogar noch nach, indem er ihr explizit drohte?
Was an Frau Koch total abprallte. „Was wollen Sie mir damit sagen?", fragte sie, und auch in ihrer Stimme lag eine unverhohlene Drohung.
„Wir gehen", zischte Ella Heinrich zu.
Der dachte nicht daran, im Gegenteil. Er machte einen Schritt nach vorn und stützte sich auf den Tresen, sich zu Frau Koch hinüberlehnend. „Ich mache mir nur Sorgen um Sie", säuselte er. „Sie sollten nichts Unüberlegtes tun."
Am liebsten hätte Ella ihn am Ärmel genommen und aus dem Gefahrenbereich gezerrt.
„Sie machen sich Sorgen darum, was mir passiert, wenn ich mich offiziell über Sie beschwere?" Frau Koch war nicht einen Millimeter vor ihm zurückgewichen. Ihre Stimme war zuckersüß.
Ella hielt den Atem an. *Bitte, Heinrich, lenk endlich ein und komm weg von hier!* Ein Anruf von der Koch, und Frau Troschke würde Heinrich und Ella Brandstiftung und Fensterscheibe entziehen, ehe sie auch nur den Hörer aufgelegt hätte. Was würde Heinrich ...?
„Sehr verehrte Frau Koch." Oh nein! Er machte weiter? Völlig ungerührt – zumindest dem Anschein nach. „Unser Auftrag hier bei Ihnen kommt direkt von meiner Chefin. Wenn Sie bei ihr nachfragen wollen: Ihre Durchwahl lautet 84197 – 01."

Verbissen starrte Ella auf einen am Tresen angepinnten Handzettel mit dem Bild eines lachenden jungen Mannes auf einem Trecker – 'Arbeiten aller Art in Haus und Garten – Ich kann und mache alles'. *Wenn du alles kannst,* dachte sie, *kannst du dann auch Heinrich zum Schweigen bringen, bitte?*
„Wollen Sie sich die Nummer aufschreiben?", bot Heinrich zuvorkommend an. „Zunächst landen Sie bei Frau Wittkopp, ihrer Sekretärin. Aber die wird Sie gern weiter verbinden, und Sie dürfen sich vergewissern, dass alles mit rechten Dingen zugeht. Danach muss ich Sie allerdings dringend bitten, Ihre Verzögerungstaktik aufzugeben, damit wir unsere Ermittlungen fortsetzen können."
„Verzögerungstaktik? Was soll das denn heißen?", brauste Frau Koch prompt auf. „Ich lasse mich doch nicht von Ihnen einschüchtern, wenn Sie so offensichtlich Mist gebaut haben. Ich werde ..."
Ella hörte lieber nicht mehr hin. Das ging nicht gut aus. Frau Koch würde sie anschwärzen, und Ella an ihrem zweiten Arbeitstag suspendiert werden, einen Eintrag in der Personalakte erhalten und schon in der Probezeit ...
„Ich sehe, dass Sie offensichtlich ein verdächtig starkes Interesse daran haben, unsere Ermittlungen zu behindern", brachte Heinrich da Frau Koch und Ella gleichzeitig dazu, verblüfft zu stocken. „Oder soll ich sagen: Ein starkes Motiv, Informationen zurückzuhalten?", erhöhte er den Einsatz sogleich noch einmal.
Und schien wirklich zu gewinnen. Frau Koch verlor merklich an Körperspannung. „Was unterstellen Sie mir da?", fragte sie lahm.
Heinrich beugte sich noch weiter zu ihr. „Haben Sie ein Motiv?"
Frau Kochs Augen flackerten. Würde sie zurückweichen? „Ich habe kein Motiv, ich habe gar nichts. Habe ihn nur rein beruflich gekannt, Mitarbeitervertretung, ich bin nur die Vorsitzende der ..."
„Dass Sie extra betonen, keine private Beziehung zu ihm gehabt zu haben, macht schon einen verdächtigen Eindruck", stellte Heinrich freundlich fest.
„Aber ..." Frau Koch schnappte nach Luft. „Es stimmt aber, das ist die Wahrheit. Da können Sie jeden fragen, wirklich, alle werden Ihnen das bestätigen!"
„Auch das ..."
„Ich ..." Nun war sie endgültig am Schwimmen. „Was soll ich denn noch sagen? Ich hab nichts getan, ich war es nicht, ich habe den Alten nicht umgebracht, ich schwöre!"

„Dann haben Sie also keinen Grund, uns weiterhin Steine in den Weg zu legen?", erkundigte Heinrich sich sanft.
„Nein, dazu habe ich nicht den geringsten Grund!" Sie hatte Angst, daran bestand kein Zweifel. Na gut, wer hätte das nicht, wenn ein Kommissar ihn so auseinandernahm. Doch vielleicht steckte bei ihr ja tatsächlich mehr dahinter, was sie auf jeden Fall noch untersuchen sollten. Für den Augenblick jedoch waren sie am Ziel.
„Das ist sehr gut", zischte Heinrich unvermittelt scharf. „Dann möchte ich jetzt ..."
Zeit für das Auftauchen des guten Cops. „Dann ist ja alles in bester Ordnung", trat Ella mit beschwichtigender Geste vor. „Würden Sie uns dann bitte zu Frau Niemann bringen? Wir müssen auch heute noch einmal mit ihr sprechen."
Frau Kochs Blick schnellte erst zu Heinrich, ehe sie wagte, Ella zu antworten. „Sie fühlt sich nicht wohl."
Heinrich holte Luft.
Und trieb Frau Kochs Hände in die Höhe. „Ich würde sie holen, aber ich kann nicht. Weil sie nicht da ist. Sie hat sich krank gemeldet. Wie der Juniorchef übrigens auch. Und das ist ja wohl auch kein Wunder, oder? Nach dem, was passiert ist. Aber damit habe ich wirklich überhaupt nichts zu tun!"
„Oh, natürlich", räumte Ella beschämt ein. Dass die Familie am Tag nach einem Mord nicht einfach zur Tagesordnung überging, hätten sie sich auch denken können. Was waren Heinrich und sie bereits abgestumpft! „Na, dann brauchen wir Sie jetzt nicht weiter zu behelligen." Damit wollte sie sich zum Gehen wenden, Heinrich nach, der ...
Sich in diesem Moment schwungvoll und in bester Columbo-Manier umdrehte – nein, an den Kopf fasste er sich dann doch nicht. „Sammeln Sie Pilze?", verlangte er in beiläufigem Ton zu wissen.
Das kann er doch nicht machen! Diesmal war Ellas Entsetzen schneller als ihre Selbstbeherrschung. Mit leisem Japsen war sie zu ihm herumgewirbelt.
Zum Glück war Frau Koch mit ihrer eigenen Überraschung beschäftigt. „Äh – wir haben Juni, das ist keine Zeit für Pilze."
Wider Willen gespannt musterte Ella deren Gesichtsausdruck. Fühlte sie sich ertappt? Sie stand unter Druck, immer noch, jetzt noch mehr. Aber ob ihr die Tragweite der Pilzfrage klar war, hätte Ella nicht sagen können. Nur dass Heinrich, indem er ihr diese

Information zugespielt hatte, eine überaus wichtige Zeugin für alle Zeiten versaut hatte, das wusste sie.
„Aber im Herbst sammeln Sie", stellte er in befriedigtem Tonfall fest.
Frau Koch war anzusehen, wie gern sie nein gesagt hätte. Wobei das aber doch überhaupt nichts aussagte! „Naja." Sie schnaufte aus. „Manchmal. Selten. Früher mehr als heute. Meine Mutter stammte aus Ostpreußen, und sie hat das Pilzesuchen Zeit ihres Lebens beibehalten."
Heinrich nickte verständnisvoll. „Können Sie genießbare Pilze von gefährlichen sicher unterscheiden?"
„Was soll das?" Ihre Stimme klang schrill.
„Gar nichts", rief Ella, ehe Heinrich reagieren konnte. Sie mussten aufhören. Wenn sie Pech hatten, würde Frau Kochs Angst sich wieder in Zorn verkehren und sie doch noch sämtliche Hebel in Bewegung setzen lassen, um Heinrich und Ella in die Pfanne zu hauen. Und Heinrichs Frage nach den Pilzen würde man ja wohl beim besten Willen mit keiner verbrannten Hütte in Verbindung bringen können – Ella und er wären geliefert. „Es gibt da nur eine Unklarheit, die eventuell mit einem giftigen Pilz in Zusammenhang stehen könnte", erklärte sie hastig. „Und wir haben Schwierigkeiten, einen Experten aufzutreiben, die Sachverständigen sind krank oder in Urlaub, wissen Sie."
Voller Misstrauen sah Frau Koch von einem zur anderen. „Sie wollen meine Hilfe?"
„Es wäre praktisch, wo wir doch gerade hier sind." Ella lächelte aus Leibeskräften, als ob sie Heinrich auf diese Weise davon hätte abhalten können, sich einzumischen.
Seine Anspannung schien ihr im Nacken zu hocken, doch er verhielt sich ruhig.
„Sie sagten ja schon, dass im Moment keine Pilze wachsen", fing sie langsam an, um Zeit zu gewinnen.
Und wurde gleich von Frau Koch unterbrochen. „Es gibt schon welche. Nicht so viele wie im Herbst und nicht alle Sorten."
„Wäre es denn möglich, ein Pilzgericht zusammenzubekommen?"
„Natürlich. Wenn Sie Wiesenchampignons nehmen oder ..."
„Könnte man die mit giftigen Pilzen verwechseln?", hakte Ella ein.
„Ich nicht, meine Mutter war eine ausgezeichnete Lehrerin."
„Aber theoretisch?"

„Theoretisch gibt es ein Verwechslungsrisiko." Frau Koch sprach immer noch gehetzt, defensiv.
„Mit dem grünen Knollenblätterpilz, oder?", schaltete sich da schon wieder Heinrich ein. Demonstrativ harmlos – aber so übertrieben, dass er ebenso gut explizit hätte drohen können. Hatte er denn überhaupt kein Gespür für ihre Belastbarkeit? „Ist das nicht sogar der giftigste Pilz, der in diesen Breiten vorkommt?" Nun steigerte er den Druck sogar noch mehr: „Aber Sie sagen, dass Sie einen Giftpilz erkennen, wenn Sie ihn sehen?"
Frau Koch atmete heftig. „Ich weiß, worauf ich achten muss und wann ich ein Exemplar lieber stehenlasse. Aber warum ...?"
„Das ist ja interessant", fasste Heinrich triumphierend zusammen und richtete sich auf, um zum endgültigen Angriff überzugehen.
„Wir danken Ihnen", schritt Ella rasch ein, packte Heinrich am Ärmel und zog mahnend immer stärker daran, während sie eilig immer weiter sprach. „Das hilft uns schon mal weiter für den Augenblick. Wenn Sie einverstanden sind, würden wir bei Gelegenheit noch mal Kontakt mit Ihnen aufnehmen." Heinrich musterte ihr Profil, blieb tatsächlich stumm.
Nun wusste die arme Frau Koch endgültig nicht mehr, wie ihr geschah. „Was ist mit ... Ihren Vorwürfen?"
„Sie haben uns bewiesen, dass Sie kooperationsbereit sind", versicherte Ella ihr und wandte sich, mit Heinrich im Schlepptau, zum Gehen. „Vielen Dank!"
„Ich habe nichts getan", schallte ihnen Frau Kochs verzweifelte Stimme nach.
„Das glau...", *...be ich Ihnen,* blieb ihr dann im Hals stecken – okay, das war wohl auch besser so – weil Heinrich in diesem Augenblick den Spieß umdrehte und nun sie mit einem Ruck mit sich zog.
„Damit sollten Sie nicht voreilig sein", knurrte er Ella ins Ohr und trieb sie weiter von Frau Koch weg, dem Ausgang entgegen. „Aber zuerst überprüfen wir die Familie."
Ella brauchte noch ein paar Schritte, ehe sie in der Lage war, ihren Zorn zu kanalisieren und auf Heinrich loszugehen. Aber dann! „Sie haben überhaupt nicht im Gefühl, was Sie Menschen zumuten können, oder? Diese Frau war am Limit, sie wäre fast durchgedreht." Oh ja, sie war sauer! Weil Heinrich so ein Idiot war. Unfähig und egozentrisch und verantwortungslos! Den Poker-Macho rauszuhängen, während die andere am längeren Hebel saß und jederzeit

alles um sich herum mit hochgehen lassen konnte, wenn sie explodierte. „Was, wenn sie echt Frau Troschke anruft? Ich bin neu, in der Probezeit. Was, meinen Sie, hätte es zur Folge, wenn ich gleich in ein Disziplinarverfahren verwickelt werde? Sie hacken die ganze Zeit ohne Sinn und Verstand auf der Frau herum, bis sie ganz kurz vorm Ausrasten ist – ich schaffe es gerade so, uns zu retten – nur damit Sie dann doch noch alles kaputt machen? Sagen Sie mal, geht's noch?"
„Die Tante kann uns gar nichts!"
„Aber natürlich kann sie! Und wenn wir uns zuerst noch hätten herausreden können, weil wir Frau Troschkes Ermahnung erst heute Morgen bekommen haben, so können wir das jetzt ja wohl komplett vergessen! Wie konnten Sie sie auf die Pilze ansprechen? Damit haben wir uns nicht nur explizit in den Mordfall eingemischt, nein, darüber hinaus haben Sie Interna an eine Zeugin weitergegeben, ach, was rede ich? An eine Verdächtige! Nun ist sie informiert, dass die Polizei sie auf dem Schirm hat und wird ... was weiß ich, was sie tun wird? Auf jeden Fall können alle nach Ihnen einpacken, wenn sie sie verhö..."
„Sie wird keinen Ärger mehr machen", schnitt Heinrich ihr ungerührt das Wort ab. „Außerdem ist sie nicht mehr verdächtig. Sie hat den Alten nicht vergiftet."
„Wie wollen Sie das wissen?"
„Ihr Verhalten war eindeutig. Sie hätte niemals zugegeben, Pilzsammlerin zu sein, wenn sie wirklich etwas damit zu tun hätte. Und niemals gesagt, dass ihr kein Unfall passieren könnte."
„So ein Unsinn. So einfach ist das nicht, und das wissen Sie genau!"
„Oh doch, das ist so einfach. Also regen Sie sich endlich wieder ab und lassen Sie uns einsteigen."
Längst waren sie am Wagen angekommen, standen sich an Fahrer- und Beifahrertür gegenüber und blitzen sich über das Autodach hinweg an.
„Sie sind so ein Ignorant", zischte Ella unvermindert zornig.
„Ich habe uns ganz nebenbei einen großen Schritt weitergebracht. Wenn Sie zu verbohrt sind, das zuzugeben ..." Er hielt inne und zog eine Augenbraue hoch, um ihr Gelegenheit zum Kontern zu geben. Doch Ella konnte ihn nur entgeistert anstarren. Dieser Mann war gefährlich. Und er war ihr Vorgesetzter, sie war ihm ausgeliefert auf Gedeih und Verderb.

„Ich sehe, Sie sind schon fertig? Dann los, schließen Sie auf!"
Hilflos schnappte Ella nach Luft – konnte aber ja nichts anderes tun, als sich zu fügen. Einen tiefen Atemzug später öffnete sie den Wagen und ließ sich hinters Steuer plumpsen.
Heinrich faltete sich nebenan zusammen. Gut so, sollte er sich ruhig quälen!
Doch er gönnte ihr die Schadenfreude nicht. „Windeby – wir kommen", ließ er einen gut gelaunten Schlachtruf ertönen und wandte ihr sein grinsendes Gesicht zu.
„Sie wollen da echt hinfahren?" Das war alles, was sie an Widerspruch mobilisiert bekam.
„Sie wollen sich von nun an ultra-korrekt an jede Vorschrift halten?", hielt Heinrich in interessiertem Tonfall dagegen.
Ella presste die Lippen aufeinander.
„Na also, da hätten Sie mich auch echt enttäuscht." Er klatschte auffordernd in die Hände. „Los jetzt, geben Sie Gas! Damit wir vor Ort sind, bevor die nächste Fensterscheibe zu Bruch geht."

Sie lachte nicht. Na gut, so witzig war es auch nicht gewesen. Immerhin kam sie seiner Aufforderung nach, startete den Motor und manövrierte zügig aus der Parklücke. Für eine Frau parkte sie sehr gut ein und aus. Und sie schien einen ausgeprägten Orientierungssinn zu haben. Setzte den Blinker gleich zur richtigen Seite, ehe er etwas sagen konnte. Auch dann ordnete sie sich von allein links ein.
„Hoffen wir mal, dass die Konkurrenz von der Mordkommission nicht auch schon vor Ort ist", startete er einen neuen Versuch, sie aus der Reserve zu locken, nachdem sie auf der Umgehungsstraße waren. „Aber wir werden unseren unschlagbaren Trumpf ausspielen: Die wahnsinnig dringende Frage zur kaputten Fensterscheibe." Oh Mann, mehr als diesen schwachen Joke hatte er nicht auf Lager? Selbstironisch verzog er das Gesicht.
Wie erwartet kam noch immer keine Reaktion von ihr. Sie starrte nur auf die leere Fahrbahn. Ernst und immer noch besorgt.
Okay, dann würde er mal ein bisschen nachhelfen. „Es ist alles in bester Ordnung", begann er. „Sie brauchen nicht beunruhigt zu sein."

„Ach nein?", brauste sie sofort wieder auf. „Sie haben uns da eben richtig in die Scheiße geritten, auf Deutsch gesagt. Und ich soll nicht beunruhigt sein?"
Wow, dieser energische Ruck, mit dem sie den Gang wechselte ...
„Wenn ich mich entscheide, uns in die ...", er erlaubte sich ein Lachen, „also nein, Ihre Ausdrucksweise kann ich gar nicht wiederholen. Ich sag es einfach so: Was ich eben getan habe, ist allein meine Sache."
Klar, dass die liebe Ella gleich an die Decke ging. „Das ist es eben nicht. Wir sind ein Team. Alles, was einer von uns macht, fällt automatisch auch auf den anderen zurück."
„Sie glauben wirklich, dass Sie mich hätten stoppen können?", fragte er amüsiert.
„Ich hätte es tun müssen. Denn so, wie es gelaufen ist, kann ich gleich einpacken." Nun bebte ihre Stimme auch noch. Sie war ehrlich verzweifelt.
Er machte seine Stimme lieb und nett. „In Zukunft können Sie sich ganz entspannt zurücklehnen, denn ich nehme alles, was ich tue, auf meine Kappe. Sie werde ich da völlig raushalten, versprochen."
Ihre Miene war noch immer verschlossen.
„Das ist der Vorteil der Situation, dass ich Ihr Vorgesetzter bin", legte er nach. „Wir beide können das tun, was ich will."
„Ich will Ihnen mal sagen, was es bedeutet, dass Sie mein Vorgesetzter sind", ging sie gleich zum nächsten Angriff über. „Sie tragen die Verantwortung für mich!"
„Das wollte ich damit gesagt haben." Sein Grinsen war inzwischen so stark, dass er sich zusammenreißen musste, um nicht loszuprusten. „Ich habe alles im Griff. Mich selbst – und Sie auch."
Die Kirsche atmete empört ein und aus, offensichtlich auf der Suche nach einer passenden Erwiderung.
„Was bereitet Ihnen denn sonst noch Kopfzerbrechen?", erkundigte er sich in seinem einfühlsamsten Tonfall. „Mich zu verlieren, falls ich suspendiert werden sollte?"
Also dass sie daraufhin nicht zumindest ganz kurz grinsen musste ... „Ich finde es ganz ehrlich bedenklich, dass Sie eben die Pilze ins Gespräch gebracht haben", rückte sie todernst heraus. „Das war ..." Sie zögerte, überwand sich dann aber: „Das war schlicht inkompetent!"
„Puh." Er stieß hörbar Luft aus und wedelte mit der Hand, als hätte

er sich verbrannt. „Sie wollen also sagen, dass Sie mir nicht mehr über den Weg trauen, weil Sie mich für inkompetent halten?"
„Weil Sie unvernünftig und unüberlegt handeln, weil Sie sich nicht mit mir absprechen, weil ..."
„... ich inkompetent bin", vollendete er theatralisch.
„Wollen Sie wirklich abstreiten, dass Sie mit den Pilzen einen Fehler gemacht haben?" Ihre Stimme war mehr flehentlich als anklagend.
„Meiner Meinung nach war meine Entscheidung richtig."
„Etwas so Wichtiges hätten Sie erst mit mir diskutieren müssen."
Er kam gar nicht dazu zu antworten.
„Wollen Sie so ein Vorgesetzter sein?", spie sie förmlich aus. „Der im Alleingang vorprescht ohne Rücksicht auf alles und jedes um ihn herum?"
„Nun lassen Sie mal diese Verallgemeinerungen. Ich hatte schlicht keine Gelegenheit. Mir kam die Idee, und ..."
„Aber das war falsch. Es war zu früh."
„Das will ich grundsätzlich gar nicht abstreiten. Ich hätte auch gewartet, wenn ich nicht die einzige Chance hätte nutzen müssen."
„Was? Sie haben das getan, weil ..."
„... in den Sternen steht, ob wir noch ein weiteres Mal mit Frau Koch sprechen können. Wenn die Kollegen von der Mordkommission sie erst mal in der Mangel haben ...
„Sie sind denen in den Rücken gefallen! Bloß weil Sie sich profilieren wollen? Einen Sieg über eine widerspenstige Frau einfahren? Sie sind so was von ..."
Er gluckste. „Inkom..."
„Und lassen Sie den Scheiß mit dem 'Inkompetent'! Das ist inkompetent. Behinderung der Ermittlungen. Leichtsinnig und selbstgerecht und ignorant! Die Koch wird der Mordkommission stecken, dass sie das mit den Pilzen von uns hat. Die werden total sauer sein und sich bei der Troschke beschweren, und wir haben keine Möglichkeit, es abzustreiten und am Ende werde ich gefeu..."
„Das wird nicht passieren, weil Frau Koch es aus dem Radio hat", gestattete er sich endlich, sie zu erlösen, als es ihm verkehrstechnisch günstig erschien.
„Wie?" Tatsächlich ruckten ihre Hände am Lenkrad.
„Ich habe es selbst auf RSH gehört. Vorhin beim Bäcker."
Zu beobachten, wie ihre Miene von Verblüffung in Erleichterung

umschlug, um sich dann langsam wieder in Richtung Ärger zu wandeln, war wirklich unterhaltsam. „Warum haben Sie mir das nicht gleich gesagt?"
Schnell intensivierte er sein Lächeln und legte entwaffnend den Kopf schief. „Naja, ich war so ...", *inkompetent* – nee, jetzt musste er aufhören, sie zu trietzen. „Achtung, da will einer einbiegen", schob er rasch dazwischen und ließ der Kirsch Zeit, darauf zu reagieren.
„So kann ich nicht mit Ihnen arbeiten", kam sie ihm dann zuvor.
Okay, sie war weit davon entfernt, über die ganze Sache lachen zu können.
„Nehmen Sie es nicht so persönlich." Er klang extra humorvoll. „Es war einfach so verlockend, Sie ein bisschen an der Nase herumzuführen."
Ihre Lippen blieben schmal. „Können wir uns darauf einigen, dass Sie das in Zukunft unterlassen?"
„Ja, doch." Er sah sie von der Seite an. Allmählich wurde ihr Gesicht schon etwas weicher. „Frieden?" Er setzte sein Entwaffnungslächeln auf und drehte sich zu ihr.
„Eine Entschuldigung wäre angebracht."
Oh Mann, die machte es aber spannend! „Ich entschuldige mich", sprach er gehorsam aus. Was für ein Glück, dass er neuerdings Entschuldigungsexperte war.
Da gab sie sich einen Ruck und nickte. Rang sich sogar ein Lächeln ab. Erleichtert aufseufzend lehnte Thorsten sich auf seinem Sitz zurück.
„Sie haben es im Radio gehört und mir nichts gesagt?", setzte sie seiner Ruhe gleich wieder ein Ende. „Da wäre aber Zeit gewesen."
Ich war so damit beschäftigt, Ihnen ein Brötchen zu kaufen, dachte Thorsten grimmig. „Wie wäre es mit einer kleinen Pause mit Frühstück", fiel ihm dann ein, und er kramte die Tüten hervor. „Soll ich eins für Sie auswickeln?"
„Nein, danke, ich hab keinen Hunger."
Mit einem weiteren Seufzer packte er sie wieder weg.
„Bitte erzählen Sie mir nächstes Mal, wenn Sie so was hören, ja?"
„Ich hab doch ja gesagt."
Zunächst forderte der Kreisverkehr ihre Aufmerksamkeit. Nachdem der hinter ihnen lag, war die Kirsch-Stirn glatt und entspannt.
„Was haben die im Radio denn genau gebracht?" Ihre Neugierde war erwacht.

Befriedigt fing er an zu berichten. „Natürlich dramatisieren die total. Ein altehrwürdiges Eckernförder Original sei einem Doppelmord zum Opfer gefallen. Wobei das ja ein völlig unzulässiger Schluss ist, denn bei einer Pilzvergiftung ist ein Unfall weitaus wahrscheinlicher. Dass es überhaupt durchgesickert ist ... Bei der undichten Stelle würde ich auf Jack Bauer, den Hübscher-Assistenten, tippen. Was sehr witzig ist, denn für unsere fesche Bayerin war es kein Problem, den RSH-Fuzzi in die Flucht zu schlagen. Jedenfalls weiß Schleswig-Holstein längst mehr als wir – und wir haben von Frau Koch nicht das Geringste zu befürchten."

Endlich. Die Kirsche erwiderte sein Lächeln ganz offen. Er hatte es geschafft. Ein weiteres Mal tief durchatmend, ließ er seinen Kopf an die Kopfstütze sinken. Das nächste Mal würde er vorsichtiger mit ihr umgehen. Der Aufwand, eine derartige Verstimmung wieder auszuräumen, war schlicht unverhältnismäßig groß.

Unglückspilze

„**B**oah", rief die Kirsche aus, als sie von der Landstraße in den Niemannweg einbogen. „Ich hätte nicht gedacht, dass die so schnell reagieren."
Recht hatte sie. Insgesamt parkten sage und schreibe sechs Wagen entlang der Stichstraße. Ein Streifenwagen, ein Neumünsteraner Golf und zwei dunkelblaue Kombis mit Kieler Kennzeichen. Außerdem noch zwei Autos, die hier offenkundig nichts zu suchen hatten: Ein knallroter Mini und ein weißer Golf mit dem RSH-Logo. Das waren die Besucher, die sich vor den verschlossenen Toren der Niemanns herumdrückten und, als sie die Kirsche und ihn nun bemerkten, mit begierigen Mienen auf sie zu geeilt kamen. Ob der Knilch, der Elke heute Morgen angegraben hatte, darunter war?
„Wollen wir uns eine Kampfstrategie zurechtlegen?", fragte er. Eigentlich rhetorisch. Ehe er, die Hand schon am Gurt, zögerte. Es stand sechs gegen zwei – und die sechs sahen nicht aus, als ob sie die Kirsch und ihn ohne Gegenwehr durchlassen würden.
„Was können Sie uns zum Stand der Ermittlungen sagen?", hatte da der erste Reporter ihr Auto erreicht und klopfte aufdringlich aufs Dach. Mist, der kannte Thorsten, er war von der Eckernförder Zeitung und hatte ihn letzte Woche zur Schreber-Gang interviewt. Da konnte er seine Idee, sich als Melinas Leibarzt auszugeben, leider vergessen.
„Haben Sie neueste Informationen?"
„Wie genau lautet Ihr Auftrag?"
„Hat Neumünster Verstärkung aus Eckernförde angefordert?"
Die Meute hatte sich aufgeteilt, belagerte nun beide Seiten des Autos und überbrüllte sich gegenseitig – völlig unbeeinträchtigt von der Tatsache, dass sie keine Antworten bekamen.
Kurz zog Thorsten in Erwägung, einfach sitzenzubleiben und zu warten, bis sie irgendwann abziehen würden. Doch es war unmöglich, den Krawall auszublenden und sich auf etwas anderes zu konzentrieren. Ergeben aufseufzend, schnallte er sich ab, stieß die Tür

so heftig auf, dass sie dem aufdringlichen Kerl an die Hüfte knallte, und kam so schnell, wie es ihm möglich war, aus dem Wagen.
„Kommen Sie vom Krankenhaus?“, wurde er prompt von einer neuen Fragen-Lawine überrollt. „Gibt es neueste Erkenntnisse zu den jüngsten Giftopfern? Wie geht es ihnen? Sind sie am Leben?“
Während Thorsten alle Mühe hatte, sein Pokerface aufrechtzuerhalten, war Frau Kirschs Reaktion anscheinend leichter zu deuten gewesen.
„Sie wissen nichts davon?“, stürzte sich sofort eine Frau mit gezücktem Diktiergerät auf sie. „Gibt es Mängel in der Koordination der einzelnen Polizeidirektionen? Wird unsere Eckernförder Polizei ausgegrenzt und an den Rand gedrängt? Was halten Sie davon, dass wir keine eigene Mordkommission haben? Ist es nicht unsinnig, dass wir gezwungen sind, sowohl mit Kiel als auch mit Neumünster zusammenzuarbeiten? Was sagen Sie zu dem Vorwurf, dass ...?“ Es nahm kein Ende. Je mehr und je schneller die redeten, desto höher jagte Thorstens Aggressionspegel. Und das hatten die doch auch verdient, wie die sich hier gebärdeten!
Er nahm regelrecht Anlauf, stürmte zwischen den Gestalten auf seiner Seite hindurch – dass die Tussi auf ihren hochhackigen Schuhen wankte, als sein Ellenbogen sie traf, bereitete ihm grimmige Genugtuung. Als er um die Motorhaube herum stürmte, wichen die drei auf der Fahrerseite ordnungsgemäß vor ihm zurück, sodass er die Hand der Kirsche schnappen und sie energisch aus dem Kreis der Hyänen ziehen konnte. Ohne ein Wort zu denen rannten sie Hand in Hand zum kleinen Tor und ließen sich vom dort postierten Polizeibeamten öffnen. Atemlos schlüpften sie hindurch und liefen noch ein paar Schritte weiter, während der Beamte das Tor hinter ihnen zuknallte.
„Das war knapp!“ Thorsten musste erst mal Luft schnappen.
„Man bekommt automatisch das Gefühl, dass alles vorbei ist, wenn die einen kriegen, nicht?“ Die Kirsche lachte ihm verschwörerisch zu und hob ihre Hand, die noch immer in seiner lag.
Rasch ließ er sie los. „Was haben die mit den weiteren Vergiftungsopfern gemeint?“ Mit einem Ruck setzte er sich in Bewegung. „Kommen Sie!“

Ah, das hatte er gehofft. Niemand anderer als sein Kollege Jacoby erwartete sie am rotweißen Band, das den Eingang absperrte. Als

er Thorsten erkannte, grinste er – eine Sekunde lang, dann wurde er untypisch ernst.
„Was ist hier passiert?", rief Thorsten ihm schon von Weitem zu.
„Tja, das war klar, dass du hier auftauchen würdest!" Noch einmal zuckten Jacobys Mundwinkel kurz in die Höhe. „Jurek hat mir schon erzählt, dass er gestern für dich Taxi gespielt hat. Er ist drüben an der Kate."
„Wen hat es noch getroffen?", rief die Kirsch ungeduldig. „Die Pilze. Wer wurde noch vergiftet?"
„Das ist ein Ding, was? Wir sind eigentlich nur geschickt worden, um das Grundstück für die Spurensicherung abzuriegeln, die die Pilzbestände der Familie sichern sollte. Aber wir kamen zu spä..."
Ein durchdringendes Quietschen machte sie alle drei herumfahren – zum großen Flügeltor, das offensichtlich dringend mal wieder geölt werden musste. Ein nagelneuer schwarz-roter Smart Forfour schoss mit über dreißig aufs Niemann'sche Grundstück, beschleunigte auf dem Kiesweg und bremste hart ab, um unmittelbar vor ihnen zum Stehen zu kommen.
Der Wachposten hatte alle Hände voll zu tun, die Medienmeute abzuwimmeln, die natürlich sofort versuchte, sich mit ihren Fotoapparaten an ihm vorbeizudrängeln. Vergeblich – doch das hielt sie nicht davon ab, auch so tausend Fotos zu schießen.
„Melina?" Die Kirsch war auf dem Weg zum Smart, noch ehe die Fahrertür geöffnet wurde und tatsächlich Melina Niemann aus dem Auto sprang. Aufgelöst war sie ja schon gestern gewesen. Heute sah sie aus wie ein Zombie. Offene, ungekämmte Haare, blutunterlaufene Augen, verschwollene Nase, hektische Flecken auf den Wangen.
Auch Thorsten hatte sich automatisch in Bewegung gesetzt, ihr entgegen.
Sie benahm sich auch völlig weggetreten. Ruderte wild mit den Armen durch die Luft, wie um einen Mückenschwarm abzuwehren und stammelte: „Ich muss Jonna holen, Jonna, meine Schwester, ich muss sie holen." Ihr Blick war unverwandt auf den Neubau gerichtet, sie nahm nicht die geringste Notiz von der Kirsch.
Die inzwischen bei ihr angekommen war und beruhigend auf sie einredete, während sie versuchte, so weit an Melina heranzukommen, dass sie sie umfassen konnte. Melina jedoch torkelte unbeirrt vorwärts wie eine irre Schlafwandlerin. Es war ein Wunder, dass

sie heil hier angekommen war. Was auch immer sie vorhatte, sie mussten verhindern, dass sie sich noch einmal ans Steuer setzte.
„Hallo Frau Niemann? Frau Niemann!“ Mit weit ausgebreiteten Armen stellte Thorsten sich ihr in den Weg. „Was ist passiert? Frau Niemann!“ Sie musste aus diesem Zustand raus. Sich fokussieren. Stehengeblieben war sie notgedrungen, nahm aber trotzdem keine Notiz von ihm. Stattdessen fing sie an zu brüllen. „Jonna, Jonna, komm raus. Jonnaaaa!“
Hilfesuchend wandte Thorsten sich um, suchte Jacoby.
Der offenen Haustür nach war der bereits drinnen auf der Suche nach ihr. „Jonna?“, war zwischen Melinas Geschrei auch seine Stimme zu hören. „Jonna, deine Schwester ist draußen!“
Mittlerweile war Ella gelungen, die am Arm zu fassen, doch Melina machte nicht den Eindruck, als ob sie das irgendwie registrierte. „Jonna, Jonna! Jonnaaa!“ Dafür dass sie so fertig war, verfügte sie noch über beachtliche Kräfte.
Statt des zu erwartenden sechzehnjährigen Mädchens erschien eine große, breite, eindeutig männliche Gestalt im Türrahmen. „Frau Niemann“, ließ sich dann die dazugehörige Stimme vernehmen. Kommissar Klaasen persönlich. „Frau Niemann, das trifft sich gut. Ich muss dringend mit Ihnen sprechen.“
Was? Ungläubig starrte Thorsten ihn an. Hatte er sich verhört?
„Jonnaaaa“, schrie Melina hinter ihm ohne Unterbrechung weiter. „Jonna, ich muss dich abholen, komm runter!“
Klaasen war die Stufen vom Eingang herabgestiegen, ging mit beschwörend vor sich ausgestreckten Händen auf Melina zu, als könnte er sie auf diese Weise zur Ruhe bringen. „Frau Niemann, ich muss Sie bitten, uns ein paar Fragen zu beantworten.“
„Sagen Sie mal, sind wir im selben Film?“, platzte Thorsten heraus. Klaasens verständnisloser Blick heizte seinen Zorn erst richtig an. Wütend machte er einen Schritt auf diesen Idioten zu. „Begreifen Sie nicht, was hier vor sich geht?“
„Wer sind Sie denn?“ In einer seltsamen Mischung aus Irritation und Gleichgültigkeit blinzelte Klaasen ihn kurz an, um sich sofort wieder Melina zuzuwenden. „Frau Niemann, ich muss gleich nach Neumünster zurück, insofern möchte ich Sie bitten ...“
„Sie sehen doch, dass sie nicht vernehmungsfähig ist“, schaltete sich auch Ella ein. „Sie muss sich beruhigen und ...“
„Ich muss mich nicht beruhigen, ich muss meine Schwester ins

Krankenhaus bringen", brüllte Melina sie allesamt nieder. „Und zwar sofort. sonst ist es zu spät; zu späät!" Immerhin schien sie jetzt auf Ella reagiert zu haben. Das war ja schon mal ein Anfang.
„Zunächst einmal müssen wir mit Ihnen sprechen." Klaasen war in sicherer Entfernung vor Melina stehengeblieben und brabbelte leise, aber penetrant gegen ihr Gebrüll an. „Anschließend können Sie gehen, wohin Sie wollen, solange Sie sich für weitere Befragungen bereithalten. Aber zuerst muss ich Sie dringend befragen, kommen Sie bitte mit und ..."
„Wo ist Jonna, zum Teufel nochmal?", musste Thorsten diesen Idioten zum Schweigen bringen. „Wir brauchen Jonna!"
Na endlich! Jacoby war zurück, und er schob ein ebenfalls ziemlich unwilliges Mädchen vor sich her. Sichtlich schwarz gefärbte Haare zu sehr weißer Haut, Augen schwarz umrandet, Nasenpiercing, grellrot geschminkte Lippen. Das Kleid, das sie trug, wirkte wie ein Kostüm aus einem Historienfilm. Weiß, Unmengen an Rüschen und Spitze. Dazu derbe schwarze Stiefel. Perfekt gestylt für den Club. Während hier doch wahrscheinlich der Teufel los gewesen war.
„Sie will nicht", rief Jacoby unsicher.
„Jonna, Gott sei Dank, da bist du ja." Huch? Melina sprach plötzlich ganz normal. „Mach schnell jetzt, wir müssen los, wir müssen ins Krankenhaus." Wieder winkte sie ungeduldig, diesmal jedoch im Normalbereich.
„Ich sehe nicht ein, was das bringen soll." Jonna war die Coolness in Person.
„Jonna, ich bitte dich." Melinas Stimme wurde gleich wieder schrill. „Deine Schwester braucht dich, checkst du das nicht?" Im selben Moment war Thorsten bei Jonna, packte sie am Handgelenk und schleifte sie mit sich. „Ob du es nun einsiehst oder nicht, ist mir scheißegal, du bewegst jetzt deinen Hintern zu deiner Schwester und tust, was sie sagt."
Diese Behandlungsweise hatte sie wohl so verblüfft, dass sie keine Gegenwehr leistete. Anstandslos ließ sie sich zu Melina bringen und von der an die Hand nehmen.
„Jonna, wir müssen uns testen lassen, hörst du? Sie brauchen unsere Leber. Jeder eine. Und zwar so schnell wie möglich."
„Vorher habe ich aber noch ein paar Fragen", ließ da Hauptkommissar Klaasen Thorsten entgeistert zu ihm herumwirbeln.

Nee, ne? Das war jetzt echt nicht wahr. Ehe er selbst wusste, was er da tat, hatte Thorsten sich zwischen den Kerl und die beiden Mädchen geworfen und schob letztere mehr oder weniger gewaltsam vor sich her. Weg von Klaasen, den Kiesweg hinunter, Richtung Tor.
„Was haben Sie vor?“, schrie Klaasen entrüstet.
Thorsten war schon bei Ella. „Nehmen Sie den Dienstwagen“, rief er ihr zu. „Bringen Sie die beiden zur Imlandklinik. Umgehungsstraße immer weiter und irgendwann rechts, ist ausgeschildert. Und keinen Kommentar zur Presse, sagen Sie dem Kollegen, dass er Sie beschützen soll. Ich kümmere mich um Klaasen.“
Der hatte ihn bereits erreicht. „Was bilden Sie sich ein, meine Ermittlungen zu gefährden? Ich entscheide, wann ich ein Verhör vornehme.“
„Wenn ich sehe, dass eine Frau so offensichtlich nicht vernehmungsfähig ist, schreite ich ein“, stieß Thorsten sauer hervor.
„Ich entscheide, wer vernehmungsfähig ist. Und wer sich mir in den Weg stellt, den werde ich wegen Behinderung der Ermittlungen anzeigen. Sie werden ...“
„Diese Frau brauchte Hilfe. Ich musste ihr h-e-l-f-e-n.“
„Wer sind Sie überhaupt, dass Sie sich dazu aufspielen?“
„Oberkommissar Heinrich von der Kripo Eckernförde. Wir haben uns ges...“
„Sie arbeiten bei der Kripo? Das macht Ihre Lage ja noch schlimmer! Ich werde Sie wegen Befehlsverweigerung belangen. Sie haben hier nichts verloren – und dann kreuzen Sie auf und behindern mich bei meiner Arbeit?“
„Ich habe eine Zeugin geschützt!“
„Sie haben meine Zeugin entführt! Und zwar obwohl Sie nicht mal das Recht haben, sich hier auf dem Grundstück aufzuhalten. Das ist Hausfriedensbruch, ach was, Einbruch, ich werde ...“
„Ich ermittle hier, und Sie selbst haben das abgesegnet!“
„Wie?“
„Gestern. Ich habe Ihnen den Fall unterbreitet, und Sie haben ...“
„Ich erinnere mich nicht.“
Das ... das war jetzt echt nicht wahr. „Sie sind so ein ...“ *Arschloch.*
„Beamtenbeleidigung, das kommt noch obendrauf. Anzeigen werde ich Sie! Ihnen eine Dienstaufsichtsbeschwerde aufbrummen, die sich gewaschen hat. Sie werden ...“

„Ich werde Sie anzeigen wegen Amtsmissbrauchs." Thorsten sprach jetzt ganz ruhig, jedes Wort auskostend. „Und ich bin sicher, dass ich lediglich der Nebenkläger sein werde, weil nämlich die Familie Niemann garantiert ihren besten Anwalt auf Sie ansetzen wird. Am Ende werden Sie die Dienstaufsichtsbeschwerde am Hals haben, und in Ihrem Alter ist so was ..."
„RUHE!" Jacobys Schrei ließ sie beide erstarren. „Kühlen Sie runter und lassen Sie uns sehen, dass wir die Sache hier geklärt kriegen."
„Ich denke gar nicht daran. Für mich ist die Sache klar. So was hat keinen Platz in der Kriminalpolizei. Dieser Mann wird gehen!"
Thorsten erstarrte. Das konnte ein x-beliebiger Polizist, und sei er auch Hauptkommissar, nicht, oder? Er war wegen der Fensterscheibe hier, und in seinem Bericht, den die Troschke schon auf dem Tisch hatte, stand schwarz auf weiß, dass Klaasen ihm die offiziell überlassen hatte. Und was er selbst über Niemanns Anwalt gesagt hatte, stimmte auch. Er hatte nichts zu befürchten, dieser Typ konnte ihm gar nichts!
„Herr Heinrich war privat hier", hörte er da Jacobys Stimme. „Nicht in seiner Eigenschaft als Kriminalbeamter."
Verwirrt starrte Thorsten ihn an.
„Die junge Frau Niemann hat ihn beauftragt, dafür zu sorgen, dass sie heil in die Klinik kommt."
Thorsten hatte den Mund geöffnet, doch Jacobys Blick brachte ihn zum Schweigen.
„Das ist Unsinn", startete Klaasen einen Widerspruch. „Ich habe genau verfolgen können, was vor sich ging!"
„Herr Heinrich, seine Kollegin, Frau Niemann selbst und ihre Schwester ...", Jacoby machte eine Pause, als kämen dann noch mehr Zeugen aus ihren Löchern, „wir alle haben ebenfalls gesehen, was vor sich ging."
Fassungslos gaffte Thorsten ihn an. Er war bereit, ihn zu retten? Falsche Angaben zu machen? Einfach so?
„Mein Kollege und ich werden Sie fertig machen, Sie alle. Und Sie vor allen anderen, mein Lieber, das können Sie mir glauben!"
„Wo ist Ihr Kollege denn?", fragte Jacoby freundlich.
Klaasen wich mit gerunzelter Stirn zurück.
„Soweit ich weiß, überwacht er die Spurensicherung in der Kate", erklärte Jacoby seelenruhig. „Was wiederum mein dort postierter Kollege bezeugen kann."

Thorsten musste eine Grimasse schneiden, um sein erleichtertes Grinsen zu unterdrücken.
Klaasens Kinnlade kippte herunter. „Das können Sie doch nicht machen ..."
„Was denn?" Jacoby war die personifizierte Arglosigkeit.
„So dreiste Lügen bemühen. So viele Leute beim Lügen aufeinander abstimmen ..."
„Entschuldigen Sie, ich weiß gar nicht, wovon Sie sprechen." Jetzt lächelte Jacoby sogar. „Wir alle werden berichten, wie wir die Situation erlebt haben. Und allen voran wird es Melina Niemann tun", seine Stimme war zuerst nur unmerklich schärfer geworden, ab jetzt zischte er jedoch unverkennbar zornig, „die von ihrer Verzweiflung erzählen wird, von ihrer Angst, ihre Schwester nicht rechtzeitig zu finden, um sie ins Krankenhaus zu bringen. Es geht nämlich um Leben und Tod. Sie wird erzählen, wie unendlich erleichtert sie war, als Herr Heinrich einschritt, um sie zu retten. Wie dankbar sie ihm und seiner Kollegin war, dass die sie gefahren hat. Dass sie den beiden auf ewig dankbar sein wird."
Klaasen hatte sich wutschnaubend weggedreht und rannte fast den Weg zur Kate entlang. Ganz offensichtlich brauchte er jetzt einen Kollegen, der auf seiner Seite war. Der ihm unglückseligerweise aber nicht die Bohne helfen konnte, weil er nachweislich nichts von alledem mitbekommen hatte.
Mit einem Stöhnen entwich Thorsten die geballte Erleichterung. „Jacoby – ich ..."
„Schscht. Wir sollten kein Wort mehr darüber verlieren. Und erst recht nicht, solange der Kerl noch auf dem Grundstück weilt."
„Ich werde für immer in deiner Schuld stehen." Thorstens Lippen hatten sich ohne sein Zutun bewegt.
Jacobys Mundwinkel hob sich. „Das klingt verlockend. Aber im Ernst: Um ein Haar hättest du dich hier um Kopf und Kragen gebracht."
„Der Kerl ist unfähig", wollte Thorsten von neuem aufbrausen.
„Schschscht. Natürlich ist er das. Deshalb habe ich getan, was ich tun musste. Weil du im Recht warst. Aber Junge, wenn ich nicht zur Stelle gewesen wäre, um deinen Arsch zu retten – das hätte übel ausgehen können."
Thorsten nickte ergeben.
„Na komm, wir gucken erst mal, ob die die Küche schon wieder

freigegeben haben, damit wir uns einen Kaffee abzwacken können. Und dann erzähle ich dir, was sich abgespielt hat, ehe du hier aufgetaucht bist!"

Von dem Zeitpunkt an, als ihre Schwester die Szenerie betreten hatte, hatte sich Melina schlagartig wieder gefasst. Ruhig hatte sie dafür gesorgt, dass Jonna ins Auto geklettert war, hatte sich selbst auf den Beifahrersitz gesetzt – um dann von einem Moment auf den anderen in sich zusammenzufallen. Seitdem saß sie reglos und stumm wie ein Geist da und starrte nach vorne auf die Straße.
Ella warf einen Blick in den Rückspiegel. Jonna saß ebenfalls still und sah aus dem Seitenfenster. Im Gegensatz zu ihrer Schwester, die aus allen Poren ausstrahlte, wie schlecht es ihr ging, wirkte sie gänzlich unbeteiligt. Aber irgendwie ... wirklich unbeteiligt. Hätte sie auf cool gemacht, große Töne gespuckt, wild herumprovoziert, wäre klar gewesen, dass sie damit lediglich überspielt hätte, dass das Drama um sie herum ihr sehr wohl naheging. Doch so wie sie jetzt Ellas Augen im Spiegel begegnete und ihr ein beiläufiges Lächeln zukommen ließ – sie war durch und durch lässig. Tiefenentspannt.
Ella fuhr an die Bundesstraße heran und setzte den Blinker. Vielleicht konnte sie Melina ein bisschen einbinden? Irgendwie musste sie sie zum Reden kriegen, musste schließlich endlich erfahren, was geschehen war. „Melina, könnten Sie mal mitgucken, ob jemand von rechts kommt?"
Keine Reaktion.
Hinter dem Schwarzen müsste es gehen ... Ella gab Gas. „Könnten Sie beide mich ein bisschen lotsen?", fragte sie, während sie schaltete. „Ich bin erst gestern hierhergezogen. Kleinstadt oder nicht: Im Moment schwirrt mir noch der Kopf von all den Straßen und Kreuzungen und Schleichwegen."
„Geradeaus durch den Kreisverkehr dort vorn, dann dreimal links und die Umgehungsstraße immer weiter, bis rechts die Klinik auftaucht", vermeldete Jonna prompt von hinten. „Wie Ihr Kollege eben schon sagte", fügte sie hinzu – in doch tatsächlich schadenfrohem Tonfall.
„Entschuldige." Dieses Mädchen schrie geradezu danach, geduzt zu

werden, hatte Ella kurzerhand beschlossen. „Ich wollte dich nicht für dumm verkaufen, ich dachte nur ..."
„... dass meine Schwester es nötig hat, auf den Teppich geholt zu werden." Jonna verzog ironisch das Gesicht und winkte ab. „Ist schon in Ordnung, tun Sie sich keinen Zwang an." Sprach's und wandte sich wieder der Landschaft zu.
„Und du? Du bist auf dem Teppich?" Mit vor Ärger überdosierter Kraft schaltete Ella in den fünften Gang und gab noch mehr Gas. Schon waren sie auf Höhe der Siedlung Windeby. Es war echt nicht weit nach Eckernförde rein.
„Och, da bin ich schon von Haus aus nicht gern – auf einem Teppich." Jonna schnitt eine Grimasse. „Schon gar nicht, wenn meine Eltern den für mich ausgelegt haben."
„Aber die sterben!" Melinas Aufschrei gellte Ella in den Ohren, noch ehe sie deren Bewegung erfasst hatte, mit der sie zu ihrer Schwester herumgefahren war. „Wie kannst du da sitzen und so tun, als wäre nichts?" Von null auf bebend vor Zorn. Puh!
Lockte sie Jonna damit endlich aus der Reserve? Als Ella in den Rückspiegel sah, war es wahrscheinlich einfach zu spät, um die zu entlarven. Jonna erwiderte Melinas Blick und antwortete ruhig: „Das tut mir echt leid."
„Sie sind auch deine Eltern, Herrgott noch mal!", brüllte Melina sie an. „Du bist sechzehn. In deinem Alter kann man doch noch nicht so mega-abgenabelt sein!"
„Schsch, beruhigen Sie sich." Ella langte nach Melinas Hand, verfehlte sie aber und musste sich zunächst auf den Wagen vor ihr konzentrieren.
„Du bist einfach eine begnadete Schauspielerin, gib es zu." Immerhin war Melina leiser geworden. „Oder so geschockt, dass dein Verhalten außerhalb der üblichen menschlichen Reaktionen liegt."
„Du musst es ja wissen", war alles, was von Jonna zurückkam. Mit gleichmütigem Schulterzucken, als könnte sie nichts erschüttern. Zumindest nicht ihre große Schwester.
„Was ist denn überhaupt passiert?", musste Ella endlich wissen. „Was ist mit euren Eltern? Jonna, kannst du mir ...?"
„Eine Vergiftung. Es ist eine Pilzvergiftung", war es Melina, die vor ihr antwortete. „Das Gift des Knollenblätterpilzes. Dabei dachte ich, sie hätten sich einfach bei Opa angesteckt. Aber auch der hatte Knollenblätterpilzgift im Körper. Heute Nacht ging es Papa so

extrem schlecht, er ist sogar ohnmächtig geworden." Sie sprach abgehackt, machte den Eindruck, als wäre ihr gar nicht bewusst, dass sie überhaupt redete. Aber sie hörte nicht mehr auf, sodass Ella sich endlich zusammenreimen konnte, was geschehen war.
„Mama hat mir geholfen, Papa im Bad auf eine Matratze zu legen. Da konnte sie noch gehen, obwohl es ihr auch schon sehr schlecht ging. Ich habe ihnen beiden geholfen. Es ging schon, es ging alles schon, es war nur eine ganz normale Magen-Darm-Grippe, dachte ich. Dachten wir alle. Sie hätten sich bei Opa angesteckt. Der hatte doch auch nur eine Magen-Darm-Grippe ..." Sie plapperte wie ein kleines Kind, das sich die Augen zuhielt.
Fast hätte Ella eine zusätzliche Runde im Kreisverkehr gedreht. Gerade noch rechtzeitig schaffte sie es, in Richtung Stadtmitte abzubiegen. Schnell schalten – dann schob sie ihre Hand von neuem zu Melina hinüber, bekam ihre diesmal zu fassen und drückte sie. Eiskalt. Deren Verzweiflung schnürte ihr die Kehle zusammen.
„Es war kein Problem. Ich war auch gar nicht müde. Hab auch davor schon nicht schlafen können. Ich hab geholfen. Putzen und Eimer hinstellen und Tee kochen. Vater zum Klo bringen, dann Mama. Bis Papa dann ohnmächtig geworden ist."
Und? Hast du auch geholfen?, hätte Ella der gleichmütig dreinblickenden Jonna am liebsten an den Kopf geworfen. Sie musste sich mäßigen. Eine gesunde Distanz wahren, damit sie sich ein möglichst realistisches Bild machen, unabhängig Schlüsse ziehen konnte.
„Alles war kein Problem. Es war doch nur eine ganz normale Magen-Darm-Grippe. Nicht schön, aber auch nicht schlimm. Sowas ist zu schaffen, das kann ich. Ich schaffe das. Aber dann klingelte es. Es war noch ganz früh." Von Wort zu Wort steigerte sich Melina immer mehr in Erregung. Sie schluchzte wild, sprach aber weiter: „Ich wusste nicht, wer das sein könnte. Wir waren ja krank. Wenn man krank ist, kann man nicht aufmachen. Aber die sollten uns in Ruhe lassen. Die sollten uns einfach alle in Ruhe lassen." Dann brach sie endgültig in verzweifelte Schluchzer aus, so heftig, dass sie kaum noch Luft bekam.
Verzweifelt rieb und drückte Ella ihre Hand, entschied dann, sie loszulassen, um erst mal ein Taschentuch aus ihrer Tasche zu pfriemeln. Drehte sich überrascht um, als Jonna ihr ungefragt zu Hilfe kam. Ihrerseits die Taschentuchpackung öffnete, sorgfältig

eins auseinanderfaltete und ihrer wild schluchzenden Schwester reichte.
„Ich wollte nicht aufmachen, ich wollte nicht, wir hatten nur eine Magen-und-Darm-Grippe, ich wollte nicht aufmachen ..."
„Deshalb hab ich das ja gemacht."
Verblüfft schnellten Ellas Augen nach hinten.
Jonna fing ihren Blick auf und wiederholte ruhig: „Ich habe der Polizei aufgemacht. Es war auch gar nicht mehr so früh, halb sieben oder so."
Was? Mehr gedachte sie nicht zu sagen? Nein, sie schien sich wirklich schon wieder ausklinken zu wollen. Lehnte sich zurück und ließ ihren Blick entspannt zum Fenster hinaus schweifen.
Ella ließ jede Rücksicht fahren. „Was hat die Polizei gewollt? Jetzt lass dir doch nicht jedes Wort aus der Nase ziehen!"
„Hat Melina doch schon gesagt", erwiderte Jonna höflich. „Das mit dem Pilzgift."
„Das Ergebnis der Obduktion? Dass Ihr Großvater eine Pilzvergiftung hatte?"
„Ja. Und als meine Mutter das hörte ..." Sie hob die Schultern, um anzudeuten, dass man sich den Rest ja wohl auch denken könne.
Ella hätte dieses Gör schütteln können! Uff. Im letzten Moment war sie auf die Bremse getreten. Einen Zentimeter hinter ihrem Vordermann kam sie zum Stehen.
Sie waren schon an der Ampel angekommen, wo man links abbiegen musste und dann gleich auf die große Kreuzung zukam. Und sie standen auf dem Rechtsabbieger. Ella blinkte links und ließ das Auto schon mal so weit wie möglich an die Nebenspur rücken, um ihrem Hintermann zu verstehen zu geben, dass sie rübermusste.
„Leider haben Sie kein auswärtiges Kennzeichen", kommentierte Jonna trocken. „Sonst könnten Sie das besser rechtfertigen."
Ellas Fassungslosigkeit griff immer weiter um sich. Was war mit diesem Mädchen los? War sie völlig gefühllos? Die Augen stur auf die noch immer rote Ampel geheftet, bemühte sie sich um einen sachlichen Tonfall. „Heißt das, dass eure Eltern ebenfalls von den vergifteten Pilzen gegessen haben?" Hohl klang sie. Unecht.
„Es sieht so aus."
„Und das lässt dich völlig kalt?" Fast wäre sie doch wieder zu Jonna herumgeschnalzt, doch die Ampel schaltete endlich um, und sie musste sich erst einmal richtig einfädeln.

Jonna wartete höflich, bis sie – diesmal ordnungsgemäß auf der Linksabbiegerspur – auf die nächste Ampel zu rollten. „Ich habe denen schon immer gesagt, wie bescheuert es ist, Pilze zu sammeln. Wenn man welche essen will, kann man sie im Supermarkt kaufen. Gefahrlos. Aber die haben immer behauptet, dass sie sich niemals irren, dass sie sich zu hundert Prozent sicher wären. Klar, meistens hat man Glück. Aber heute hat man es dann ja gesehen. Beziehungsweise schon bei Opa."

„Wir haben keine Knollenblätterpilze geschnitten, nie und nimmer. Champignons haben wir doch auch nie gesammelt. Mit denen könnte man die vielleicht verwechseln. Steinpilze habe ich ihnen gebraten und ein paar Täublinge, es waren nur Steinpilze und Täublinge, und die kenne ich, niemals würde ich die verwechseln, niemals!"

„Warum hast du dann selbst nichts davon gegessen?" Zum ersten Mal lag Schärfe in Jonnas Stimme.

„Warum hab ich nichts davon gegessen, oh Gott!" Melinas Schluchzen steigerte sich ins Hysterische. „Ich hab nichts gegessen, überhaupt nichts. Warum? Warum hab nicht ich davon gegessen?"

Ella musste schreien, um sie zu übertönen. „Willst du damit andeuten, dass du deine Schwester verdächtigst, eure Eltern mit Absicht vergiftet zu haben?"

„Es ist grün", lieferte die die Erklärung für das penetrante Gehupe hinter ihnen.

Hastig kuppelte Ella, gab Gas, wartete, bis sie auf der Umgehungsstraße waren und sie wieder in den Rückspiegel gucken konnte. „Was wolltest du ...?"

„Natürlich würde meine große Schwester, die perfekte und einzigartige Mary-Sue, so etwas niemals tun", spie Jonna aus. „Warum sollte sie? Für sie lief es doch prächtig. Wo man hinsah, nur eitel Glück und Sonnenschein. Sagt man nicht so?" Sie schenkte Ella ein strahlendes Lächeln.

Die musste den Blick abwenden, um nicht zu schreien. Atmete stattdessen tief durch und betrachtete den Baumarkt, an dem sie gerade vorbeifuhren.

Mist, bei alldem hatte sie versäumt, Melinas Reaktion auf die Andeutungen ihrer Schwester zu beobachten. Gerade drückte Jonna der in aller Gelassenheit ein weiteres Taschentuch in die Hand.

Ist das Melinas Eigenheit?, dachte Ella plötzlich. *Dass sie sämtliche*

Menschen um sie her fernsteuert, damit die sie mit Taschentüchern versorgen, wann immer sie eines braucht?
Sie war gemein. Die arme Melina hatte allen Grund, Taschentücher zu brauchen, und Ella konnte sich beim besten Willen nicht vorstellen, dass sie sich das freiwillig ausgesucht hätte. Jedenfalls nicht bei ihren Eltern. Selbst wenn sie ihren Opa, den sie ja anscheinend als Einzige Großvater nannte ...
Nein, das war zu abgedroschen. Und außerdem doch dumm. Melina wäre auch diejenige, die man zuerst verdächtigen würde, wenn man von einer mutwilligen Vergiftung durch Pilze ausging. Außerdem sagte sie doch, dass man die Pilze, die sie gesammelt hatte, überhaupt nicht mit diesen Knollenblätterpilzen verwechseln konnte. Wenn man dann einen dieser Art im Familienessen fand ...
„Warum haben Sie denn gestern nichts gegessen?", fragte sie dann aber trotzdem.
„Ich hatte einfach keinen Hunger", weinte Melina in ihr Taschentuch. „Großvater war tot, ich konnte doch nichts essen, weil Großvater gestorben war. Gekocht habe ich. Weil ich etwas tun musste, ich musste irgendwas tun. Deshalb habe ich gekocht, deshalb wollte ich meine Eltern ein bisschen verwöhnen. Papa war so schlecht drauf, er hatte doch auch noch nichts gegessen, brauchte unbedingt was in den Bauch." Sie streckte die Hand nach hinten aus.
„Wenn der auf nüchternen Magen trinkt, ist er am Folgetag noch unausstehlicher als sonst", erklärte Jonna zuvorkommend, während sie Melina das nächste Taschentuch reichte.
Zu deren Füßen türmte sich bereits ein kleiner Berg davon. DNA-Proben von ihr wären also kein Problem ...
„Ich liebe Pilze", schluchzte Melina weiter. „Sie riechen so gut. Im Wald nach Erde und Feuchtigkeit und Leben. Und in der Pfanne gibt es nichts Köstlicheres. Großvater hat immer gesagt, dass sie seine Seele geheilt haben. Pilze können Seelen heilen ..." Hier übermannte sie wieder das Schluchzen.
Was ist, wenn sie den Mörder ihres geliebten Großvaters aus dem Weg räumen wollte?, fuhr es Ella durch den Kopf. Ihr Herz beschleunigte sich schon wieder. Oh Mann, das war doch wirklich eine Möglichkeit, oder? Gleich nachdem sie die Mädchen abgeliefert hatte, würde sie Heinrich anrufen – dessen Nummer zum Glück auf dem Merkzettel stand, den sie von Frau Troschke erhalten hatte.

Oh, aber zuvor fehlte natürlich noch eine Frage: „Warum hast du nichts von den Pilzen gegessen, Jonna?"
„Weil ich nicht lebensmüde bin", gab die, ohne auch nur zu blinzeln, zurück. Melina heulte auf wie ein durchgedrehter Wolf.
„Ich finde Pilze ekelhaft, ob gekauft oder selbst gesammelt", fuhr Jonna fort. Bedachte Ella mit einem verbindlichen Lächeln und drehte ihren Kopf weg, zur Straße.
In diesem Augenblick jedoch meinte Ella zu spüren, dass sie sich einfach mit aller Gewalt abmühte, Distanz zu ihrer völlig kaputten Familie zu wahren.

„Oh Mann", rief Thorsten aus, als Jacoby seinen Bericht beendet hatte, und schnupperte beklommen an der dampfenden Tasse in seiner Hand.
„Den kannst du beruhigt trinken", grinste der. „Ich hab schon eine Tasse intus und lebe noch." Er verzog das Gesicht. „Das war pietätlos, entschuldige."
Thorsten lachte freudlos auf. „Naja, das Problem ist, dass dieses Gift verzögert wirkt, oder? Der alte Niemann ist am Freitag wegen Magen-Darm zu Hause geblieben, wäre aber erst heute am Gift eingegangen, hat die Obduktion ergeben. Und du hast ihn ja gesehen gestern Morgen. Augen quittegelb, aber ansonsten eigentlich ganz lebendig."
„Lass uns das doch mal googeln", schlug Jacoby vor. „Ihr jungen Leute habt doch wandelndes Internet dabei."
„Ich habe ein Handy zum Nur-Telefonieren."
„Oh. Na dann ... Jurek hat ein Smartphone. Sobald Freund Klaasen weg ist, gehen wir rüber zu ihm. Ich denke nur, es wäre nicht so ratsam, wenn du dem Streithammel heute nochmal über den Weg laufen würdest."
„Ich wollte mich eh noch mal hier umsehen." Thorsten ließ seinen Blick durch die Küche schweifen. Entgegen seiner Erwartungen sah die nach wie vor ziemlich ordentlich aus. Kriminaltechniker gingen doch sonst nicht so behutsam vor, oder? „Sind die hier schon komplett fertig?"
„Im Augenblick sind sie im Keller zugange. Willst du sie befragen? Komm, hier geht es lang."

Verstohlen stellte Thorsten seine unberührte Tasse neben die Spüle, ehe er ihm zurück in die Diele folgte, von wo eine Treppe in den Keller führte.
„Das ist mein Kollege Thorsten Heinrich von der Kripo“, stellte Jacoby ihn vor. „Könnt ihr ihm schon einen ersten Überblick geben?“ Er klang, als käme er ständig mit so einer Bitte zu ihnen.
„Klar.“ Der ihnen am nächsten stehende Mann in Weiß ließ von dem Regal ab, an dem er gerade beschäftigt gewesen war, und kam einen Schritt näher. „Begonnen haben wir in der Küche. Von der Pilzmahlzeit an sich war nichts mehr übrig. Pfanne und Essgeschirr waren sauber im Geschirrspüler, sogar den Pfannenwender aus Holz hatten sie mit reingestopft. Wir haben alles eingetütet, mal sehen, ob die im Labor noch Spuren finden.“
„Die Küche war blitzsauber, alle Flächen abgewischt und sogar der Müll frisch geleert, sodass wir die Tonnen draußen untersuchen mussten“, übernahm ein Kollege. „Im Restmüll oder im Kompost war jeweils nichts zu finden.“
„Okay.“ Thorsten nickte.
„Außerdem hat Ihr Kollege Hauptkommissar Klaasen uns in die erste Etage geschickt, um dort nach Auffälligkeiten zu suchen.“
„Was für Auffälligkeiten?“, war Thorsten herausgerutscht, ehe er sich auf die Zunge beißen konnte.
Der Techniker grinste zum Glück nur. „Das habe ich auch gefragt. Als ich hochkam, wusste ich es.“ Er machte eine erwartungsvolle Pause.
„Nämlich?“, bat Thorsten zähneknirschend.
Der Kerl zögerte noch immer, um den maximalen Effekt zu erheischen. „Die Tochter hat offenbar schon heute Nacht sämtliche Spuren beseitigt!“, rückte er dann in verschwörerischem Tonfall raus.
„Was?“ Ungläubig runzelte Thorsten die Stirn.
„Die Fenster waren überall auf Kipp, es war sauber und aufgeräumt, keine Spur mehr von dem Schweinkram, den diese Nacht mit sich gebracht haben muss. Das Bad war frisch geputzt, es gab nicht mal Spritzer am Spiegel. Die Betten waren ebenfalls frisch bezogen. Die Dreckwäsche war schon in der Waschmaschine. Die lief noch, als wir kamen, war aber schon kurz vorm Endschleudern, sodass uns nichts anderes blieb, als sie zu Ende laufen zu lassen. Ich hab reingeguckt. Zwei Mal Bettzeug, mehrere Handtücher und Geschirrhandtücher, ein Schlafanzug, Unterwäsche und

drei T-Shirts." Triumphierend sah er Thorsten an und erwartete schon wieder zusätzliche Würdigung.
Was sollte er sagen? *Toll gemacht?* Ersatzweise rang er sich ein einigermaßen anerkennendes Nicken ab.
„Wann hat diese Supertochter das denn gemacht?", mischte sich Jacoby ein. „Nachdem ihre Eltern im Krankenwagen abtransportiert worden sind, war sie nur noch kurz hier oben, um sich fertigzumachen. Keine zehn Minuten hat das gedauert, dann ist sie in ihr Auto und hinterher in die Klinik."
„Die Wäsche hat sie lange vorher aufgesetzt", warf der Techniker ein.
„In welcher Verfassung war sie da?", wandte Thorsten sich stirnrunzelnd an Jacoby. Eigentlich hätte er ihn anblaffen müssen, wie er hatte zulassen können, dass eine Frau in Melinas Zustand sich hinters Steuer setzte. Freundschaftliche Verflechtungen waren schon nachteilig.
„Sie war ganz ruhig!" Jacoby wusste sofort, worauf er hinauswollte. „Ich habe ihr angeboten, sie zu fahren, oder ein Taxi zu rufen, aber sie meinte, sie wolle so flexibel wie möglich sein. Wäre sie auch nur annähernd so drauf gewesen, wie du sie erlebt hast, hätte ich sie gefesselt und geknebelt, um sie persönlich zu bringen."
„Okay." Musste er sich jetzt entschuldigen? Noch ein Nachteil von Freundschaften. Es war doch echt besser, ungebunden zu bleiben.
„Wie gesagt, sie muss schon in der Nacht mit Aufräumen und Putzen begonnen haben", stellte Jacoby fest. „Schon seltsam, oder?"
„Meine Rede", pflichtete ihm der Techniker bei.
„Nicht mal unser Massenmörder damals hatte ein so aufgeräumtes Haus!", rief ein weiterer.
Oh, Thorsten gefiel ganz und gar nicht, welche Schlussfolgerung hier in der Luft lag. „Das besagt gar nichts", stieß er ärgerlich hervor.
„Aber das macht man doch nicht." Der erste Techniker schnaubte. „In so einer Nacht schmeißt man alles, was stinkt, auf den Balkon, und betet, dass sie endlich vorübergeht."
„Wohl dem, der einen Balkon hat", warf ein anderer ein.
Gelächter von allen Seiten.
Was nahmen die sich heraus, dass die so daherredeten? „Wenn Sie schon hehre Schlüsse ziehen wollen: Melina hatte eine extrem enge Beziehung zu ihrem Großvater, der nach den Angaben einer

Baumarktmitarbeiterin zwanghafter Sauberkeitsfanatiker war. Sie scheint sich da angepasst zu haben."
„Was du alles weißt!" Jacoby pfiff durch die Zähne. „Über Me-li-na." Er zwinkerte Thorsten zu. „Sie ist aber auch eine echte Sahneschnitte."
„Oh ja."
„Nee, du, wenn die ein Putzteufel ist, macht die jedem Mann das Leben zur Hölle", stimmte ein Techniker, der aus der hintersten Ecke aufgetaucht war, ein.
Gedachten die, sich jetzt hier das Maul zu zerreißen über ein Mädchen, das eben fast durchgedreht war vor Kummer? „Menschen reagieren unterschiedlich auf Stress", hatte Thorsten das Bedürfnis klarzustellen. „Manche ziehen sich die Decke über den Kopf. Andere rennen weg oder rasten aus. Wieder andere treiben Sport oder putzen."
„Oder sie rasten aus und putzen", posaunte der Eckenmensch laut heraus, was allgemeines Gegröle nach sich zog.
„Gehen wir, oder?" Jacoby hatte nur in gequältem Amüsement das Gesicht verzogen und schubste Thorsten nun mit sich zur Kellertreppe. „Macht's gut, Jungs, behaltet eure gute Laune."
„Aber doch nicht auf anderer Leute Kosten", knurrte Thorsten sauer.
Er war schon fast oben, als ihm dämmerte, dass er leider noch einmal umkehren musste. Natürlich zog sein erneutes Auftauchen wiederum großes Gelächter nach sich. Grimmig wartete er, bis er wieder durchdringen würde. „Was habt ihr denn hier gefunden?"
„Nichts bisher. Keine Pilzvorräte. Und den Keller hat die schöne Melina eindeutig nicht aufgeräumt!"
Ehe die fertig gegrölt hatten, war Thorsten schon wieder oben in der Diele.
„Schnell, in die Küche", wurde er da gleich von Jacoby gepackt und in besagte Richtung geschoben. „Feind im Anmarsch!"
Thorsten wurde die Tür hinterm Rücken zugeknallt und hörte Jacoby sich rasch gen Haustür entfernen. „Erdgeschoss und erster Stock sind fertig", ertönte gleich darauf seine diensteifrige Stimme. „Zur Zeit durchsuchen sie den Keller."
Von Klaasen war gar nichts zu hören. Oh, doch, die Kellertür ging. Er war wohl runter, um seinerseits nach dem Rechten zu sehen.
Da streckte auch schon Jacoby den Kopf herein. „Er wird bestimmt

eine Weile da unten bleiben. Willst du warten, bis er vielleicht ganz verschwindet, oder wollen wir jetzt ..."
„Ein bisschen Abenteuer muss sein."

„Das hab ich mir gedacht, dass ich dich hier treffe." Jurek grinste über das ganze Gesicht.
Thorsten grinste zurück. „Moin." Musste er ihm eigentlich noch ein zweites Mal für gestern danken? Oder war das affig? Naja, es konnte ja durchaus sein, dass Jurek seine E-Mails noch gar nicht gecheckt hatte ... Hey, war er eigentlich noch ganz dicht? Sich plötzlich ständig solche Gedanken zu machen? Sonst war ihm doch auch scheißegal, was man von ihm dachte!
„Hast du was mitbekommen?" Jacoby wies mit dem Kinn zur Haustür.
„Das Siegel war noch intakt, von daher war es wohl übersichtlich. Die haben Hunderte von Gläsern mit eingemachten Pilzen rausgeschleppt. Außerdem gab es auf dem Dachboden einen Trockenschrank ..."
„Trockenschrank?"
„Ja. Für Pilze. Zum Haltbarmachen. Den haben sie auch ausgeräumt, zerlegt und alle Teile mitgenommen. Jetzt sind sie noch im Garten. Graben im Kompost und nehmen jede Menge Proben. Aber sie sagen, dass man erst im Labor Ergebnisse erwarten kann." Er neigte bedauernd den Kopf. „Sonst hätte ich dich gern mit allem versorgt." Er blinzelte Thorsten zu.
Der runzelte reflexhaft die Stirn, ehe er realisierte, dass auch das zu den Fertigkeiten gehörte, mit denen man als Freund aufwarten musste. „Danke", murmelte er, weil ihm nichts Besseres einfiel.
Was gab es da zu lachen? Ärgerlich fuhr er zu Jacoby herum.
Und zuckte zusammen, als der ihm amüsiert auf die Schulter klopfte. „Es ist schon erstaunlich, was dieser Kerl hier mit den beiden korrektesten Polizisten von ganz Eckernförde anstellt, oder?"
Hastig glättete Thorsten sein Gesicht. Und lachte, um nicht schon wieder Danke zu sagen.
„Jurek, hast du noch Datenvolumen?", erinnerte Jacoby sie endlich daran, was sie eigentlich hier wollten.
„Kannst du mal nachsehen, was man über Knollenblätterpilze in Erfahrung bringen kann?"
Erleichtert beugte er sich dann über Jureks Smartphone, während

der und Jacoby sich in ein eifriges Gespräch über das Medienverhalten von Jacobys Kindern stürzten. Beim Zurückgeben des Handys würde er sich noch ein letztes Mal bedanken. Dann reichte es aber wirklich!

Ella beugte sich vor, um Heinrichs Nummer von ihrem Merkzettel in das altertümliche Autotelefon einzutippen, das mit Klebeband an der Station befestigt war. Okay, aber es war in der Lage, die Nummer zu erkennen und zu übernehmen. Jetzt ganz normal auf den grünen Hörer, oder? Ja, ein vielversprechendes Tuten ertönte. Sie startete schon mal und drehte sich so, dass sie den Parkplatz hinter ihr einsehen konnte.
„Heinrich?“, meldete sich der in klassischer Manier.
„Ja, die dazugehörige Nummer hab ich gewählt.“ Ella grinste das Display an und ließ einen fetten Geländewagen vorbei.
Der jedoch sofort wieder stehenblieb, drei Zentimeter vor ihrer Motorhaube. Weil er wohl ausgerechnet den Parkplatz zwei weiter übernehmen wollte. „He, dann hättest du doch wohl auch auf meinen warten können! Immer mitdenken, Leute, vorausschauend fahren!“ Oh. „Ich bin gerade zugeparkt worden“, erklärte sie in Richtung Telefon. „Also kurzfristig, es wird sich gleich wieder auflösen.“ Wobei der zwei links von ihr sich Zeit ließ. Sie seufzte.
Hatte Heinrich wirklich noch nichts gesagt? Naja, sie hatte angerufen, also sollte sie wohl auch das Gespräch eröffnen. „Ich gehe davon aus, Sie wissen inzwischen, was geschehen ist?“ Diesmal wartete sie Heinrichs Reaktion gar nicht ab, sondern sprach sofort weiter: „Die beiden Mädchen werden vorsorglich getestet, ob sie als Leberspender infrage kommen. Das Gift ...“
„... zerstört die Leber, ich weiß. Dann hilft nur noch eine Transplantation.“ Ah, er war anwesend. „Wie geht es den Eltern?“
„Keine Ahnung“, musste Ella widerstrebend zugeben. So ein Mist, warum war sie nicht darauf gekommen, auch was das betraf, zu ermitteln, was es zu ermitteln gab? Sie war so erschüttert gewesen, so voll, so ... das genaue Gegenteil vom 'im Vollbesitz ihrer geistigen Kräfte'. „Aber ich habe eine ganze Menge interessanter Details aus den Mädchen rausbekommen. Die Jonna ist eine extrem interessante Person, die ...“

„Warum sind Sie nicht mit reingegangen?“, kam da auch schon Heinrichs bitterliche Anklage.
Oh Mann! „Ich war das Taxi, nicht der Babysitter“, fauchte Ella. Wenn er nett geblieben wäre. Aber so ... „Ich habe die Mädchen vor der Notaufnahme abgesetzt. Melina wollte das so. Zum Parkdeck muss man mit dem Auto erst um die ganze Klinik herum und anschließend zu Fuß mitten hindurch, um auf die 'Innere' zu kommen.“ Ah, der Geländewagen trollte sich in seine Parklücke, und sie konnte sich endlich in Bewegung setzen. „Sie wollte schnell machen und ist mit Jonna allein auf direktem Weg rein.“ Das war die Wahrheit.
„Sie hätten anschließend einen Parkplatz suchen können“, knurrte Heinrich aus dem Telefon.
Das Ding war ja, dass sie das sogar getan hatte, weil es die einfachste Art und Weise gewesen war zu wenden. Und Heinrichs Handynummer rauszusuchen.
So, inzwischen war sie an der Ausfahrt der Klinik angelangt. Jetzt sollte sie entgegen ihrem Orientierungssinn rechts abbiegen?
Und Heinrich hörte nicht auf. „Super Arbeitseinstellung, muss ich sagen.“
„Sie haben mir diesen Job aufgedrückt. Wenn Ihnen nicht passt, wie ich ihn erledige, machen Sie es das nächste Mal doch selbst!“
„Das werde ich auch!“
„Super!“
Stille.
Eins, zwei, drei, atmen! Erst mal nutzte Ella die Chance, in Ruhe den Schildern zu folgen, die sie auf die Umgehungsstraße Richtung Stadt zu leiten versprachen. Für eine an sich so überschaubare Kleinstadt waren diese Zubringerschleifen megakompliziert ...
Hatten sie nicht eben erst ein Grundsatzgespräch gehabt, was ihre Zusammenarbeit betraf? Wie konnte er denn schon jetzt wieder so ... asozial sein? Sie würde ihm jetzt gar nichts mehr erzählen. Wenn er was über die Mädchen wissen wollte, würde er sich förmlich entschuldigen müssen, oh ja! Anscheinend war es notwendig, alles, was sie bei ihm durchkämpfte, schriftlich festzuhalten und von ihm unterschreiben zu lassen. Dafür würde sie sorgen. Und wie sie das würde!
Aus dem Hörer drang noch immer kein Geräusch. Gedachte Heinrich jetzt, sie die ganze Fahrt anzuschweigen?

Er hatte ja recht. Sie hatte einfach nicht nachgedacht. Sollte sie sich entschuldigen? Andererseits hatte sie das Gefühl, dass er dann für den Rest ihres gemeinsamen Berufslebens auf ihr herumhacken würde.
Jetzt schwieg er weiter. Und stand auch still, sie konnte keinen schwereren Atem hören. Ansonsten flötete ein Vogel im Hintergrund. Er war also im Freien.
„Was tun Sie?“, hielt sie es irgendwann nicht mehr aus.
„Ich lese.“
„Was?“
„Über Knollenblätterpilze und Vergiftungen.“
„Oh. Ach so. Und was?“
„Was?“
„Lesen Sie vor!“
„Äh ...“
„Ich bin auf dem Rückweg. Die Zeit könnten wir ja schon nutzen, oder? Von wegen Arbeitseinstellung und so.“ Sie formte einen Kussmund und hauchte ihn dem Telefon entgegen. Die kleinen Freuden des Lebens ...
Wollte Heinrich schon wieder schweigen?
„Also, in grünen Knollenblätterpilzen sind zwei unterschiedliche Gifte enthalten“, fing er dann an, offensichtlich frei zu referieren.
Gut. Ella konzentrierte sich auf seine Stimme.
„Amatoxine und Phallotoxine. Laut Wiki könnten diese Phallos auch ungefährlich sein, aber die Amas allein reichen vollends aus, um einen Menschen schon durch kleinste Mengen zu töten. Null Komma eins Milligramm pro Kilogramm Körpergewicht.“
„Solche Zahlen sagen mir immer nicht allzu viel“, warf Ella ein. Er konnte sich ruhig ein bisschen ins Zeug legen.
„Hier steht, dass weniger als fünfunddreißig Gramm Pilzkörper ausreichen, um einen siebzig Kilo schweren Menschen umzubringen. Und ein Pilz kann durchaus fünfzig Gramm wiegen.“
„Heißt das, dass für Herrn und Frau Niemann dann ein einzelner Pilz gar nicht gereicht hätte?“
„Hmm. Ich habe einen Artikel aus der Eckernförder Zeitung von 1968 gefunden. Da wird von einer ganzen Familie berichtet, die einem einzigen Pilzessen zum Opfer gefallen ist. Wobei die natürlich auch mehrere Knollenblätterpilze gebrutzelt haben können.“
Ella schauderte.

„Es hängt wohl von der Dosis ab, ob der Betreffende noch eine Chance auf Rettung hat", fuhr Heinrich fort. „In diesem Artikel waren zwei Frauen schon gestorben, zwei Kinder rangen noch mit dem Tod. Keine Ahnung, ob sie überlebt haben."
„Wie schrecklich!" Ella fasste das Lenkrad fester. „Aber so was passiert doch heute kaum noch, oder?" Und dann ausgerechnet bei den Niemanns ...
„Die passionierten Pilzesucher sterben aus, nehme ich an. Denken Sie an die Mutter der Koch, die ja selbst auch längst nicht mehr jung ist."
„Die kann eigentlich wirklich nichts mit dem Fall zu tun haben, oder? Wie sollte sie den Niemanns einen Giftpilz untergejubelt haben, wo sie gar nicht privat mit denen verkehrt?"
„Was wir noch überprüfen müssen."
„Wahrscheinlicher ist, dass es ein Unfall war."
„Oder eine Familiensache."
„Melina hat nichts von den Pilzen gegessen", fiel Ella wieder ein.
„Sie hat ihre kotzenden Eltern gepflegt und simultan alles wieder weggeputzt." Heinrich hörte sich widerstrebend an.
„Das macht sie schon verdächtig, finden Sie nicht?", fragte sie vorsichtig.
„Was glauben Sie?"
„Dass sie total aufgelöst war und verzweifelt – und alles getan hat, um eine Transplantation zu ermöglichen. Was zu einem megaschlechten Gewissen passen würde."
Schweigen am anderen Ende. Es gefiel ihm nicht, Melina zu verdächtigen, kein Zweifel. „Ich denke schon, dass Melina die Hauptverdächtige ist", hatte sie das Bedürfnis, extra auszusprechen.
„An diesen Amatoxinen stirbt man sozusagen in Etappen." Oh, Heinrich war übergangslos zum ursprünglichen Thema zurückgekehrt. Ein offenes Buch, der Gute. „Etwa acht bis zwölf Stunden nach Verzehr setzt in den meisten Fällen das sogenannte Amatoxin-Syndrom ein. Brechdurchfälle."
„Das passt, Melina hat gestern Abend die fraglichen Pilze zubereitet", warf Ella ein.
„Es ist aber auch möglich, dass sich das Gift erst nach acht bis sechsunddreißig Stunden zeigt. Was den alten Niemann betrifft, können wir also nicht sicher sein."
Und sie hatte versäumt, Melina dahingehend zu befragen. Ella

presste die Lippen aufeinander. „Melina war nicht in der Lage, klar zu reden", erklärte sie schnell. Was ja der Wahrheit entsprach.
Von Heinrich keine Reaktion. Seine soziale Inkompetenz erreichte beim Telefonieren schlicht ungeahnte Höhen! Wieder machte er einfach weiter im Text: „Wenn diese Vergiftungssymptome erst mal einsetzen, ist es jedenfalls bereits zu spät, um noch den Magen auszupumpen oder ein Gegengift zu verabreichen. Was es durchaus gibt. Aber wenn das Gift erst mal in der Blutbahn ist ..."
„Das ist ja wohl meist der Zeitpunkt, wo die Leute hellhörig werden, nicht?" Nein, Ella würde niemals nie selbstgesammelte Pilze essen!
„Was interessant ist", fuhr Heinrich fort, „Die Symptome klingen danach für zwei bis drei Tage wieder ab. Wirken im Körper aber weiter, bis sich das Ganze nach etwa fünf Tagen nach dem Pilzessen zu einem kompletten Leberversagen auswachsen kann. Dann hilft in schweren Fällen wirklich nichts anderes mehr als eine neue Leber."
„Herrn und Frau Niemann geht es also schon jetzt so schlecht, dass eine Transplantation im Gespräch ist?", hatte Ella laut gedacht, ehe sie begriff, dass sie damit wiederum an ihre Nachlässigkeit erinnerte. „Aber die hätten mir doch auch gar keine Auskunft gegeben, von wegen ärztlicher Schweigepflicht und so", setzte sie rasch hinzu. „Wir werden Melina bei nächster Gelegenheit befragen. Was sie uns kaum verwehren kann, so dankbar, wie sie uns sein muss."
Wow, ein zustimmendes Brummen drang aus dem Telefon.
Ella legte den Kopf schief und ließ selbigem noch einen Luftkuss zukommen. Telefonieren mit dem Blauen Heinrich hatte doch was.
„Ich lege jetzt auf", entschied der prompt. „Die Troschke klopft an. Die wird uns daran erinnern wollen, dass wir uns um Fensterscheiben und Schauhütten zu kümmern haben."
„So schade." Ella lachte. „Ich bin in maximal fünf Minuten bei Ihnen. Gehen Sie schon mal zur Bundesstraße vor. Auf dem Weg zu unserem Kronzeugen müssen Sie mir dann berichten, was Sie in meiner Abwesenheit getrieben haben."

Unfreundlich bis pampig

„Da drüben." Diestelkamp siebzehn war, wie in der Gegend üblich, ein Klinkerbau. Mehrparteienhaus, zweistöckig, Grasstreifen vor den Fenstern im Hochparterre, Fahrräder vor dem Eingang. Nichts Besonderes, aber auch nicht ungepflegt.
„Jetzt bin ich aber gespannt, ob es dort eine Familie Schäfer gibt." Ella warf Heinrich, der sich bereits anschickte auszusteigen, noch einen Blick zu. „Wir bleiben dabei, dass wir versuchen, den Jungen allein zu sprechen?"
„Sofern sich seine Angaben als wahr erweisen. Sonst garantier ich für nix."
„Sollte der Knabe gelogen haben, wird es hier eh nix zu garantieren geben." Ella stieg aus, ging über die Straße und studierte die Namensschilder. Riepen, Hansen, Marohn, Zimmermann, Schwarz, Hohmann, Larsson. Kein Schäfer. „Potzblitz, er hat gelogen." Jetzt standen sie schön blöd da!
„Diese kleine Ratte", schimpfte auch Heinrich neben ihr. „Und damit ist die Garantie abgelaufen." Wie selbstverständlich drückte er auf den untersten Klingelknopf.
„Was tun Sie?"
„Fragen." Er schob die Tür auf, die in dem Moment lossummte. „Kann doch nicht schaden, oder?"
Der Hausflur war gekachelt, die Treppen sauber. Fünf Stufen hinauf, die Heinrich in zwei Sätzen nahm. „Hallo Frau Riepen, entschuldigen Sie bitte, ich suche Familie Schäfer. Ich dachte, die wohnt hier in siebzehn." Er grinste die Frau mit seinem gewinnendsten Lächeln an.
Die dunkelhaarige, sehr schlanke Frau erwiderte das voller Herzlichkeit. „Schäfer? Seit wir hier wohnen ..."
„Denken Sie ruhig nach." Nun zog er auch noch die eine Augenbraue hoch.
Die Lider der Frau schlossen sich für einen langen Moment – während ihre Lippen sich leicht öffneten. „Soll ich Ihnen sämtliche

Nachbarn aufzählen?", lachte sie dann glockenhell und neigte fast unmerklich den Kopf, um ihm symbolisch ihren Hals darzubieten. Ella hatte mal eine Dokumentation über die Körpersprache beim Flirten gesehen – und Heinrich und die Riepen hätten ein Parade-Anschauungspaar abgegeben. Abschätzig verzog sie den Mund. Und dann noch mehr, als ihr bewusst wurde, dass er diese Robert Redford-Taktik vorhin auch bei ihr angewandt hatte. Nur dass sie gegen so was natürlich immun war. Hatte sie es ihm eigentlich schwer genug gemacht?
„Ich würde Ihnen gern geben, was Sie wollen", säuselte Frau Riepen. „Nur leider ...", Kopf-schief-legen war dran, völlig richtig, „kenne ich niemanden, der Schäfer heißt."
„Mama", meldete sich da eine helle Kinderstimme aus dem Innern des Flures, „das ist doch Kalle! Der heißt anders als die anderen Hansens."
Mama Riepen war empfindlich zusammengezuckt und nahm etwas widerstrebend einen etwa sechsjährigen Jungen in Empfang, der sich zwischen Mutter und Türrahmen schob, den Kopf weit im Nacken, damit er seiner Mutter ins Gesicht blicken konnte. „Du weißt doch, die Frau, die immer so rumschreit im Treppenhaus. Ihr Sohn heißt Kalle. Und Schäfer. Kalle Schäfer."
„Ach Gott, stimmt ja, die Hansens." Frau Riepen war, wie es schien, vom Flirt- in den Muttermodus gewechselt, und strich ihrem Sohn über die Wange. „Danke, Theo. Frau Hansen ist in zweiter Ehe verheiratet", fuhr sie dann, an Heinrich gerichtet, sachlich fort. „Sie hat einen Sohn mitgebracht. Heißt der eigentlich richtig Kalle?", fragte sie wieder ihren Jungen. „Oder ist das nur ein Spitzname?"
„Kalle Schäfer, nee, ich meine ..." Theo legte den Zeigefinger neben die Nase und schien angestrengt nachzudenken. „Ich weiß nicht, alle sagen immer nur Kalle."
„Vielleicht Pascal?" Ella und grinste den Jungen freundlich an.
„Ja, richtig", strahlte der auf. „Paskalle Schäfer heißt der."
„Na, wunderbar, da ist unser Problem auch schon gelöst", freute Heinrich sich demonstrativ. „Manchmal muss man nur auf die passende Unterstützung warten. Wenn wir gewusst hätten, dass hier ein so aufmerksamer Beobachter wohnt ..."
Ah ja, eine Frau einzuwickeln, indem er ihr Kind toll fand, hatte er also auch drauf. Irgendwie brachte er das Kunststück fertig, den Jungen so peripher anzugucken, dass er eigentlich nur die Mutter

anstrahlte. „Vielen Dank, dass Sie sich die Zeit genommen haben, Frau Riepen."
Die war längst hin und weg, schaute ihm tief in die Augen und strahlte über das ganze Gesicht. „Aber gerne doch."
„Und viel Spaß noch mit Theo." Heinrich hielt Blickkontakt, während er sich schon zur Treppe nach oben wandte.
„Bei den Hansens werden Sie jetzt aber nicht viel Glück haben", hielt Frau Riepen ihn zurück. „Die sind jetzt alle zur Arbeit oder in der Schule."
„Bis auf den Mann", widersprach Theo prompt.
Wofür er einen strafenden Blick seiner Mutter kassierte.
„Aber das hast du doch selbst gesagt", verteidigte sich der Junge. „Dass Herr Hansen oft zuhause bleibt, weil er zu betrun..."
„Theo!" Der Frau war es so offensichtlich unangenehm, was ihr Sohn ausplauderte, dass sie sich, verlegen grinsend, erneut an Heinrich wandte. „Bei den Hansens ist einiges ein bisschen schwierig, wenn Sie verstehen, was ich meine."
„Ja, klar." Heinrich nickte ernst. Senkte zusätzlich die Stimme. „Tragisch."
Die Frau seufzte. Heinrich mit ihr. Du liebe Güte, der zog aber alle Register! Die Frau war verheiratet und bestimmt zehn Jahre älter als er und überhaupt. Mussten Männer so wahllos sein?
„Wo kann ich denn Pascal jetzt finden?" Er hatte den Kopf gesenkt, strich mit seinem rechten Fuß langsam über den Boden, als wolle er testen, ob da Sand läge. Der Augenaufschlag, mit dem er Frau Riepen dann bedachte, ließ die aufs neue dahinschmelzen. Frauen waren anscheinend genauso wahllos.
„In der Schule", haspelte sie und setzte hinzu, als Heinrich ratlos die Schultern hob. „Ich glaube, Peter-Ustinov-Schule."
„Da geh ich auch hin", verkündete Theo.
„Gar nicht", sagte seine Mutter und sah den Jungen stirnrunzelnd an. „Wie kommst du denn darauf?"
„Weil der Name so lustig klingt. Peter Rustinov."
„Ustinov", verbesserte Frau Riepen. „Die ist im Schulzentrum Süd."
„Schulzentrum Süd", wiederholte Ella langsam. Für Heinrich, der immer noch damit beschäftigt war, Frau Riepen herzallerliebst anzustrahlen. Was war er doch liebenswürdig. Zum Kotzen!
„Kommen Sie." Ella ging ein paar Schritte zum Ausgang. „Heinrich?"

„Äh – ja." Als käme er zur Besinnung, ließ er endlich von der wundervollen Frau Riepen mit ihrem unwiderstehlichen Fratz Theo ab – und folgte Ella.
„Sauerstraße'", rief ihnen die sogleich hinterher. „Dort sind auch die Jungmann- und die Gorch-Fock-Schule."
„Und die Villa Kunterbunt", rief Theo fröhlich.
„Wie kommst du denn darauf?", fragte seine Mutter schon wieder.
Doch da hatte Ella die Haustür bereits erreicht, riss sie auf und stürmte hinaus.
Heinrich kam ihr verständnislos nach. „Was haben Sie denn?"
„Sie sind so ein Ekel", zischte Ella und rannte über die Straße zum Wagen.
„Moment – ich war doch nett. Ich bin die ganze Zeit schon total nett. Den ganzen Tag heute. Ich hab Ihnen ein Brötchen gekauft. Wollen Sie das vielleicht jetzt?" Schon wieder fuhren seine Hände simultan in die Jackentaschen.
„Nein!"
Er schien überhaupt nichts zu verstehen. Kopfschüttelnd stand er mitten auf dem Gehweg und blickte ihr nach. Während Ella schon den Wagen umrundet hatte und vor der Beifahrertür stehenblieb.
„Sie sind bisher immer unfreundlich gewesen, meist sogar pampig. Oder aber fordernd und arrogant. Rücksichtslos sowieso, wie ein Eisklotz. Und auf einmal kehren Sie den Sunnyboy heraus?"
„Ich kann halt auch freundlich", erklärte Heinrich mit treuherzig schief gelegtem Kopf. „Wenn man zu mir nett ist, bin ich das auch."
Hinter der Gardine in Nummer siebzehn regte sich etwas. Unwillkürlich verengte Ella die Augen. „Also bin ich es, die Sie so, so ..."
Ihr fehlte das passende Wort! Mit einer wütenden Geste drehte sie sich, dass ihr Gesicht vom Fenster aus nicht zu sehen war.
„Da bin ich einmal der gute Cop und Sie drehen gleich durch?"
Heinrich stand plötzlich neben ihr.
„Sie waren überhaupt kein Cop, sie waren einfach nur – ein Mann", fauchte Ella. „Was Sie da für eine Show abgezogen haben! Dabei hätte bei dieser Frau doch schon ein einziger Augenaufschlag genügt, und sie wäre vor lauter Bereitwilligkeit dahingeschmolzen."
„Oh, da täuschen Sie sich man nicht." Heinrich wiegte den Kopf.
„Mit Müttern über fünfunddreißig ist das etwas aufwendiger."
„Argh." Um ein Haar hätte Ella zu einem Schlag ausgeholt. „Sie sind so was von ..."

„... kompetent, wollen Sie sicherlich sagen, kommen Sie schon!"
„Hören Sie auf zu lachen!"
„Na, dann kommen Sie mal wieder runter. Hauptsache ist doch, wir haben unser Ziel erreicht, oder?" Sie hatte es geschafft. Hatte bis eben noch die Freundlichkeit an ihm geklebt wie Honig, so war seine Laune nun umgeschlagen. Ungeduldig und genervt. Pampig. Wie sich das für ihn gehörte. „Und jetzt lassen Sie uns endlich los."
„Genau", schnappte Ella, zog den Wagenschlüssel aus der Tasche und ließ ihn vor seinem Gesicht baumeln. „Schubladentausch, Sie fahren."
Der blinzelte. „Wie jetzt?" Machte aber keine Anstalten, den Schlüssel zu übernehmen.
War er so schnell aus dem Konzept zu bringen? Nun war Ella doch überrascht. „Wir tauschen", wiederholte sie. „In jeder Hinsicht. Ab sofort sitze ich auf dem Beifahrersitz und suhle mich in Ekelhaftigkeit, während Sie fahren und nett zu mir sind."
„Sie scheinen noch immer nicht den Grund erfasst zu haben, warum ich darauf bestehe, dass Sie fahren." Prompt probierte er es wieder mit Charme. Demselben, mit dem er gerade noch Frau Riepen betört hatte. „Sie werden sich hier viel schneller zurechtfinden, wenn Sie sich aktiv mit dem Verkehr auseinandersetzen."
Das war für Ella der endgültige Beweis. Heinrich log, und zwar so sehr, dass sich die Balken bogen. Was auch immer er bezweckte ... Oh, sie musste sich ein Lächeln verkneifen, ihr war eine Idee gekommen, was der Grund für sein atypisches Verhalten sein könnte.
„Das ist wirklich nicht nötig. Ich werde ab heute Abend den Stadtplan studieren. Dann kenn ich mich noch viel schneller hier aus."
„Nun haben Sie sich nicht so, ich will doch nur Ihr Bestes!"
„Oh, da fällt mir was ein: Blauer Heinrich, hat der Name vielleicht einen ganz anderen Bezug als ich annehme?" Sie grinste frech und hob ein imaginäres Glas an die Lippen. „Ist der Lappen vielleicht deswegen weg?"
Heinrichs Lächeln fiel in sich zusammen. „Wie kommen Sie denn auf so was?" Der Knurrhahn war zurück.
Sie verschärfte ihren Ton. „Oder war's etwa Drogenmissbrauch?"
Doch Heinrich ging nicht darauf ein. „Was auch immer, es geht Sie nichts an."
„Aber ich soll fahren?" Ella öffnete die Beifahrertür und ließ sich auf den Sitz gleiten. „Eine gute Begründung bitte, oder ich bleibe

hier sitzen." Zuckersüß lächelte sie schräg aufwärts in sein grimmiges Gesicht.
„Bin beim Sehtest durchgefallen", brummelte er.
„Lüge." Ella schüttelte den Kopf. „Sie mögen ja Brillenträger sein. Aber so schlecht sehen Sie nicht, sonst wären Sie nicht im Polizeidienst."
„Das können Sie beurteilen?"
Der Winkel von unten nach schräg oben war günstig, sie konnte seine Kontaktlinsen erahnen. Weil er für die Brille zu eitel war! „Nein, ich weiß es. Für den Führerschein reicht ein Sehvermögen von fünfzig Prozent auf dem besseren Auge. Ohne Sehhilfe. Für den Polizeidienst muss man auf beiden Augen mindestens fünfzig Prozent erreichen."
Heinrich sah sie einen Moment fassungslos an. „Das lernt man an der Polizeihochschule?"
Ella ging nicht darauf ein. „Ich höre?"
„Fühlen Sie sich wohl in dieser Rolle?"
Wollte er sie damit zum Aufgeben bewegen? „Yep."
Er stöhnte. „Mit kleinen Geheimnissen ist das Leben viel spannender, glauben Sie mir."
„Ich will nicht glauben, ich will wissen."
Ergeben seufzend hob er die Schultern. „Sie sind selbst schuld."
„Das Risiko ist mir die Sache wert."
„Na schön." Mit neuerlichem Stöhnen hob er die Hände, als bedrohte sie ihn mit einer Pistole. „Ich habe schlicht und ergreifend keinen Führerschein. Zufrieden jetzt?" Damit riss er die Beifahrertür noch weiter auf und machte Anstalten einzusteigen. „Dann rutschen Sie endlich rüber."
Und das tat Ella.

Leicht beklommen trat Heinrich durch den Haupteingang der Peter Ustinov Schule in die geschäftige Stille, die es nur in Schulen während des Unterrichts gab. Hier in der Eingangshalle tickte eine überdimensionierte Uhr, die einen automatisch rückwärts zählen ließ bis zum ersehnten Pausengong. Von irgendwoher schallte eine helle Jungenstimme durch eine der geschlossenen Klassentüren. Oben knallte ein Fenster zu.

„Du meine Güte, wie lange bin ich in keiner Schule mehr gewesen!“ Ella lachte wehmütig auf bei ihrer Feststellung.
Thorsten war eher nach Flucht zumute. Oder danach, gellend loszuschreien, um sich der Stimmung zu verweigern, die sich mit den Jahren nicht einen Deut weniger unangenehm anfühlte.
„Sie waren auch hier?“, fragte Ella neugierig.
„Nebenan in der Jungmannschule. Aber ich weiß, wo das Sekretariat ist. Durch die Glastür da.“ Der fensterlose Gang dahinter roch noch genauso muffig wie früher. Es schien ja auch noch derselbe braune Nadelfilz zu sein. „Die Tür rechts. Da sind wir auch schon.“
„Oh, schöne große Pflanzen“, rief Ella bewundernd aus.
Heinrich schnaubte. „Die standen auch schon zu meiner Zeit hier rum. Gehen Sie rein? Ich warte hier.“
Ella maß ihn mit forschendem Blick. „Haben Sie ein Schultrauma?“
„Ich hasse Schulen“, gab er in scharfem Ton zurück. „Reicht das?“
„Wirklich?“ Da blickte sie doch tatsächlich ungläubig drein. „Warum denn?“
„Weil Schulen Scheiße sind.“
„Also meine nicht.“
„Meine schon. Nun gehen Sie endlich. Und denken Sie an Ihre Geschichte.“ Er spürte sie zögern, spannte schon den Bauch an, um ihr eine gepfefferte Antwort zu verpassen, wenn sie ihm dumm kommen würde. Doch sie setzte sich ohne ein weiteres Wort in Bewegung und verschwand in der Tür.
Hier in dieser stickigen Sachgasse herumzustehen wie bestellt und nicht abgeholt, war allerdings auch nicht angenehm. Erst recht nicht, als durch die Lautsprecher ein unheilvolles Knacken ertönte – und ihm gleich darauf ein Gong um die Ohren dröhnte. Thorsten pustete aus, um sich für die Schülerstürme zu wappnen, die doch bestimmt gleich hier reinstürmen würden, um sich Stempel zu holen, Formulare abzugeben oder Lehrer abzufangen.
Und war froh, als schon im nächsten Moment Ella wieder vor ihm stand. „Wenn wir uns beeilen, erwischen wir ihn noch in der Klasse. Zehn c.“ Sie war schon an ihm vorbei im Dunkelgang, lief zurück in die Eingangshalle. „Im ersten Stock rechts in den Gang und dann die erste Tür auf der linken Seite“, erklärte sie ihm, als er sie eingeholt hatte, und strebte zur Treppe. Nun war es ihm eine grimmige Genugtuung, sich gegen den schnell dichter werdenden Schülerstrom die Treppe hoch zu kämpfen.

Sie hatten Glück, die betreffende Klassentür war noch zu. Dahinter rief eine Lehrerin der schon längst im Aufbruch befindlichen Klasse Anweisungen zu. Thorsten schnaubte.
„Wenn Sie sich jetzt wieder in einen Frauenflüsterer verwandeln, trete ich Ihnen vors Schienbein", knurrte Ella.
„Die Dame da drin ist mir zu schrill", gab er zurück.
Der Laut, den Ella daraufhin ausstieß, hörte sich durchaus interessant an. Leider ging an dieser Stelle der Unterhaltung die Tür auf. Inzwischen jedoch schien sich der pawlow'sche Köter in ihm beruhigt zu haben, und er konnte ohne unangenehme Nebenwirkungen in den Türrahmen treten und in den Raum spähen, der auf den ersten Blick nur aus einem heillosen Durcheinander aus Tischen, Stühlen, Schülern und Arbeitsmaterialien bestand.
Ehe Thorsten entschieden hatte, wie er vorgehen sollte, war Ella schon zur Lehrerin vorgeprescht. Die durchaus hübscher aussah, als sie klang. Na gut, vielleicht war es auch nur ihre Verzweiflung gewesen darüber, dass ihr keiner mehr zugehört hatte.
„Pascal?"
Gleich zwei Köpfe im Schülergewusel schnellten herum – während links von Thorsten etwas in sein Blickfeld schnalzte. „SCHEIßE, DIE BULLEN!"
Doch seine Reflexe waren einwandfrei – allerdings musste er erst ein paar Tanzschritte einlegen, um das Gleichgewicht zu halten, nachdem er den Jungen von gestern Nacht in voller Lebensgröße und -schwere im Arm hatte. „Hey, Kumpel, nicht so eilig."
„Pascal Schäfer ist gemeint", präzisierte die Lehrerin im Klassenraum.
„Hier", vermeldete Thorsten und hob ironisch die Hand. Nun war er so weit, dass es ihm schon fast Spaß machte, diese Schülerdinge abzuspulen. „Hör auf zu toben, wir sind hier, dir einen Deal anzubieten." Er hatte ziemlich laut sprechen müssen, um die Geräuschkulisse zu übertönen und zu Pascal durchzudringen, der immer noch nicht still hielt. „Einen Deal", schrie Thorsten schließlich.
Pascals Widerstand erlahmte.
„Wo wollen wir hin?", gesellte Ella sich zu ihnen. „Jetzt folgt die Zwanzig-Minuten-Pause, wir haben also ein bisschen Zeit."
„Am besten raus hier." Schon wieder wurde Thorsten angerempelt, weil die Schüler nicht rafften, wie viel Abstand sie halten mussten, um ihn zu umgehen. Vielleicht guckten sie auch bloß nicht richtig

hin, weil sie so damit beschäftigt waren, ihren frisch 'verhafteten' Mitschüler anzugaffen.
Den die allgemeine Aufmerksamkeit nicht im Geringsten zu stören schien. Offensichtlich galt es hier als cool, in Konflikt mit der Obrigkeit zu geraten. Ob er die Ergebnisse seiner nächtlichen Aktionen regelmäßig auf Facebook postete oder welche Plattform auch immer gerade angesagt war?
„Wir sind in Gedanken bei dir, Junge", schlug ihm doch tatsächlich ein sorgfältig gestylter Klassenkamerad – mit zwei halben Frisuren, Glatze auf der einen, lange, blonde Haare auf der anderen Hälfte – im Vorübergehen auf die Schulter. Das war doch Sarkasmus gewesen. Oder doch nicht? Jetzt legte der Typ den Arm um seinen Nebenmann, der sich ebenfalls dramatisch besorgt nach Pascal umsah. *Wir halten zusammen gegen den äußeren Feind.*
Nein, es war wirklich so: Pascal war der Star an vorderster Front. Und alle vereint durch diese unter dem Poansatz hängenden Revoluzzer-Hosen ...
„Was wollen Sie denn noch von mir?", keuchte Pascal, der eigentlich längst nicht mehr außer Atem hätte sein müssen, und rief Thorstens abgeschweiften Blick zu sich zurück. „Ich habe Ihnen alles gesagt, was ich weiß!" Auch das ein stereotypes Echo aus jeder Fernsehserien-Folterszene.
Thorsten ließ ihn los, als hätte er sich verbrannt, und hob demonstrativ die Hände. „Wenn das so ist, hat sich unser Deal erledigt."
Pascals Miene verfinsterte sich. „Was für ein Deal?"
Thorsten schenkte ihm ein übertriebenes Lächeln. „Wir könnten die Anzeige gegen dich fallenlassen."
An Pascals sich weitenden Pupillen war abzulesen, dass er höchst interessiert war.
„Dann gehen wir ..."
„Ich weiß nicht genau, aber kann es sein, dass Sie die Einverständniserklärung seiner Eltern brauchen, um ihn zu vernehmen?", wehte die leicht quäkige Stimme der Lehrerin von der Tür zu ihnen heran.
Okay, Action. „Ella-Schätzchen, hast du ihr nicht gesagt, dass ich Pascals Onkel bin, Liebling?" Mit hoffentlich hinreichend überraschter Mimik wandte er sich zu ihr um. Und musste zusätzlich die Stirn runzeln, um nicht zu grinsen, weil sie so belämmert dreinblickte.

Dabei musste er sich konzentrieren. „Das tut mir leid“, wandte er sich dann, demütig den Kopf neigend, der Lehrerin zu. „Meine Freundin hier ist bei der Kripo und drückt gerade ein Auge zu, damit ich die Sache mit meinem Neffen klären kann. Bitte“, er senkte verschwörerisch die Stimme und mischte ihr einen flehenden Unterton bei, „bitte verraten Sie sie nicht. Natürlich darf sie Pascal nicht bevorzugen, bloß weil er mit mir verwandt ist. Nur hat der Arme doch schon genug Schwierigkeiten zu Hause, wie Sie sicherlich wissen. Deshalb hat sie es einfach nicht übers Herz gebracht ...“ So, jetzt noch der Hormondrüsen-Blick, der Ella bei Pascals Nachbarin so aggressiv gemacht hatte.
Bingo. Die sozial engagierte Lehrerin nickte mitfühlend und lächelte Pascal sogar zu. „Bring es in Ordnung, was auch immer du verzapft hast, hörst du? Es ist nicht selbstverständlich, dass man eine solche Chance kriegt. Danke.“ Das war für Thorsten. „Danke.“ Dies für Ella.
Der schien es noch immer die Sprache verschlagen zu haben, jedenfalls nickte sie nur und ging mit raschen Schritten an Pascal und Thorsten vorbei Richtung Treppe.
„Na los, mein Junge.“ Gönnerhaft legte Thorsten den Arm um seinen 'an-erlogenen' Neffen und spürte schadenfroh, wie der sich versteifte. „Bereinigen wir unsere Familienangelegenheit.“

„Die Polizei – dein Freund und Helfer, was?“, fragte der Junge flapsig – damit witzigerweise ja genau das aufnehmend, was beim letzten Mal zwischen Ella und ihm Thema gewesen war.
„Meine Freundin hat mir keine Ruhe gelassen, nachdem du uns gestern Nacht verlassen hast.“
Leider blieb Ellas Zucken, das er beabsichtigt hatte, aus.
Also noch eins drauf. „Du ahnst nicht, wie fies Frauen sein können, wenn sie dich zu etwas bringen wollen. Die schrecken vor gar nichts zurück. Glaub mir, ich hätte zu Hause die Hölle gehabt, wenn ich nicht nachgegeben und mich darauf eingelassen hätte, dir diesen Deal vorzuschlagen.“ Herausfordernd suchte er Ellas Blick. War sie echt so hartgesotten? „Also, mein Engel? Du siehst, ich tue alles, was du willst. Bitte sei wieder gut!“ Zeit für den Snape-Augenbrauentrick ...
„Ich nehme deine Bemühungen zur Kenntnis“, antwortete Ella lässig.

Doch noch ehe Thorsten seine Enttäuschung über ihren langweiligen Konter zum Ausdruck bringen konnte, ertönte ihre Stimme glockenrein: „Damit du vollständig im Bilde bist, Pascal: Ich habe meinem Schatz gesagt, er kriegt erst wieder Sex, wenn er die Sache mit dir in Ordnung gebracht hat."
Thorsten hustete.
Pascal schien das nicht die Bohne peinlich. „Hören Sie auf, mich zu verarschen, und kommen Sie auf den Punkt", verlangte er trocken.
„Na, dann?" Ella lächelte Thorsten strahlend an. „Walte deines Amtes, Mausebär!"
MAUSEBÄR? Das war ... beschämend! Hastig zog er die Augenbrauen zusammen und drehte sich so, dass er sie nicht ansehen musste. „Wenn du uns die Namen aller nennst, die bei deinen Aktionen in den Gärten ..."
„Das sind nicht meine Aktionen", stritt Pascal empört ab.
„Nicht?"
„Wir ..." Er stockte, wohl weil ihm dämmerte, dass er allein mit dieser Information eine Grenze überschritten hatte und dass es von dort aus kein Zurück für ihn gab.
Thorsten würde den Vorgang ein bisschen beschleunigen. „Wir wissen bereits, dass ihr zwei Mädchen und zwei oder drei Jungs seid und dass es letztes Mal Streit gegeben hat." Damit war er undeutlich genug geblieben, um sich keine Suggestivfragen vorwerfen lassen zu müssen.
Pascal starrte ihn an, und man konnte förmlich hören, wie seine Gehirnrädchen schepperten und quietschten.
„Wir haben Fotos", schob Thorsten nach, falls Pascal sich gefragt hatte, wie es sich mit der Beweislage verhielt.
„Ich habe niemals einen Blitz gesehen, und sonst wären die so dunkel, dass man niemanden darauf erkennen könnte." Oh Mann, der Knabe traute sich was. Der geborene Pokerspieler.
Thorsten schürzte die Lippen. „Herrn Brammer vom Vorstand des Kleingärtnervereins habt ihr doch gewiss schon kennengelernt. Der hat sich eine Kamera mit Nachtsicht-Objektiv organisiert und hat schon eifrig Bilder geschossen." Diese Lügerei war echt anregend.
„Was wollen Sie dann von mir? Sie können ja alle Leute auf dem Foto identifizieren."
Mist, der Junge war nicht dumm.

„Das könnten wir selbstverständlich", übernahm Ella geistesgegenwärtig. „Aber dann könnten wir dir keinen Deal anbieten."
„Äh ..."
Einen Augenblick lang tat er Thorsten fast leid. Dem Jungen war anzusehen, dass er durchaus diffus erfasste, dass sich in der Geschichte eine Schlange in den Schwanz biss. Nur konnte er diese Schlange nicht finden.
„Dass wir zu dir gekommen sind, ist für dich von Vorteil", erklärte Thorsten höflich. „Denn nur wenn du die Gelegenheit hast, uns etwas zu geben, werden wir dir auch etwas zurückgeben."
Noch immer hatte Pascal seinen Denkprozess nicht abgeschlossen.
„Gib uns die Namen der anderen, dann zerreiße ich die Anzeige", wiederholte Thorsten, ehe er zu einem Ende gelangt war.
„Dann wäre ich ja ein Verräter."
Sehr schön, wenn er sich bereits damit beschäftigte, hatten sie ihn so gut wie in der Tasche. „Du bist ein sogenannter Kronzeuge, und deren Identität wird geschützt."
Pascal blieb misstrauisch.
„Du hast uns versichert, dass du und deine Freunde kein ernstes Vergehen begangen habt. Bleibst du dabei?"
„Die Zäune, die Regentonnen, die Rosen, die Wetterhähne, die Kaninchen und die Nummern", ratterte Pascal herunter.
„Himmel, was habt ihr mit den Regentonnen und den Wetterhähnen gemacht?"
Pascals Lider flatterten. Tja, Junge, ärgerlich, ne?
„Wir haben das Wasser mit Lebensmittelfarbe eingefärbt", rückte er widerwillig heraus. „Absolut ungiftig. Aber effektiv." Ihm war anzusehen, dass er hin- und hergerissen war, ob er grinsen sollte oder nicht.
„Welche Farbe?" Thorstens streng sachlicher Tonfall täuschte leider kaum darüber hinweg, wie unprofessionell er sich benahm.
Pascal war dementsprechend verblüfft. „Wir mussten uns zwischen Rot und Grün entscheiden, weil das total teuer war. Und haben dann Rot genommen. Unnatürlicher."
„Ah ja." Das wäre bestimmt ein Spaß gewesen, Zeuge beim Blumengießen zu sein.
„Und die Wetterhähne?", kam Ella ihm zuvor.
„Die haben wir untereinander vertauscht."
„Ist einer dabei verlorengegangen?"

„Nein. Sie sind alle noch da. So viele waren da gar nicht, und die waren weit auseinander, sodass wir gar nicht alle geschafft haben, nur acht."
„Keine schwerwiegenden Vergehen", fasste Thorsten zusammen.
„Ja, Mann."
„Du würdest also einen Eid schwören, dass ihr mit der Brandstiftung nichts zu tun habt."
„Ja, Ich schwöre. Echt, Alter."
Bildete Thorsten sich das ein, oder hatte der Junge angefangen, ihn mit 'Mann' und 'Alter' anzusprechen? „Wer war das dann?"
„Sie haben gesagt, Sie wollten die Namen."
„Wer hat die Hütte angezündet?"
„Das weiß ich nicht. Ich weiß es doch nicht, Alter, ehrlich, ich schwöre!" Er war auf den Geschmack gekommen.
„Na gut." Damit würden sie jetzt eh nicht weiterkommen. „Dann gib meiner K... Freundin die Namen."
Die schaltete ihr Smartphone auf Aufnahme. „Es kann – losgehen."
„Bleibt locker." Pascal verdrehte die Augen. „Malte Behrend, Yannis Holm, Dominik Koch, Luca Weber. Und Meri Meier."
Vor dem letzten Namen hatte er unmerklich gezögert. „Was ist mit „Meri Meier?", hakte Thorsten sofort in seinem strengsten Ton nach. „War Meier letzte Nacht nicht noch dein Nachname?"
„Sie hat einen Doppelnamen. Meier-Sassa."
„Stimmt der Name, Pascal?"
„Klar stimmt der. Wir haben alle Spitznamen", setzte er zu einer Erklärung an. „Da muss ich immer erst überlegen, wie die richtig heißen."
„Wie lautet dann Meris richtiger Name?"
„Meri", kam ohne Verzögerung zurück. „Das ist ihr richtiger Name."
„Pascal ..."
„Ehrenwort, Mann."
Na gut, vielleicht sagte er die Wahrheit. Oder er war schlicht und einfach scharf auf diese Meri, sodass es ihm die Sprache verschlug, wenn die Rede auf sie kam. „Ist Luca das zweite Mädchen?"
„Ja."
„Wie ist ihr Spitzname?"
„Hat keinen."
„Ah ja."
„Also, ich hab gemacht, was Sie wollten. Jetzt sind Sie dran."

„Wenn wir die Namen überprüft haben."
Hatte sein Lid gezuckt?
„Dir ist klar, dass wir das tun werden? Wir werden es herausfinden. Und wenn sich herausstellt, dass auch nur ein einziger dieser Namen falsch ist, werden wir dich nächstes Mal bei dir zu Hause aufsuchen."
Pascals Pupillen zogen sich zusammen. Angst.
„Willst du noch was korrigieren?", bot Thorsten ihm drohend an.
„Nein."
„Falls du das noch nachholen möchtest", er drückte dem Jungen seine Karte in die Hand. „Bis heute um vier hast du Zeit."
Pascal schüttelte den Kopf, nahm die Karte jedoch an und steckte sie in seine Hinterntasche. „Wenn die das alles abstreiten, kann ich nichts dafür. Und Sie haben mir versprochen, denen nicht zu sagen, dass ich es war, der Ihnen die Namen gegeben hat. Sie haben ja diese Fotos. Die können Sie doch nehmen, oder?"
„Klar."
„Dann geh ich jetzt." Zuerst ein paar Schritte rückwärts, dann wandte er sich um und ...
„Was war das mit den Nummern?", rief Ella ihm nach.
Pascal drehte sich zurück, und nun zuckte ein Lächeln um seinen Mund. „Die haben wir ausgetauscht. Es war gar nicht so leicht, dass wirklich keiner seine Originalzahl bekommen hat. Wir haben nur das Viertel an der Norderhake geschafft."
Thorsten wartete mit seinem Grinsen, bis Pascal verschwunden war. „Ich frage mich, warum Brammer uns nicht jeden einzelnen Streich mitgeteilt hat", meinte er nachdenklich.
„Dass man plötzlich einen fremden Hahn auf dem Dach hat, kann einem schon mal entgehen." Auch Ella – die Kirsche, Herrgott nochmal – grinste amüsiert. „Und die Nummern guckt man doch eh gar nicht mehr an. Wobei mir die Idee sehr gut gefällt."
Thorsten lachte. „Mir auch. Die sind schon echt kreativ, die Kids."
„Aber die Aktion mit dem roten Wasser ..." Die Kirsche zog eine Grimasse. „Das hätte doch auf jeden Fall auffallen müssen."
„Vielleicht hält sich der Effekt in Grenzen in der dunklen Regentonne, in einer dunklen Gießkanne, auf der dunklen Erde?"
„Oder sie haben zu wenig Farbe genommen?"
„Jedenfalls sollten wir Brammer gleich damit konfrontieren, wenn er kommt."

„So, dann darf ich mir ja wohl jetzt zuallererst meinen wohlverdienten Lohn bei Ihnen abholen“, ließ Thorsten wie beiläufig fallen, als die Kirsche im Auto neben ihm Platz nahm.
Es war köstlich, das absolute Unverständnis auf ihrem Gesicht sich mit einem Schlag in pure Röte verwandeln zu sehen.
Thorsten guckte sie direkt an und kostete es aus. Eine Sekunde. Noch eine. Dann grinste er und wandte sich ab. „Na, dat ward wohl nix mit uns.“
Er sah sie noch im Augenwinkel nach Luft schnappen und ihrerseits zwei Sekunden verstreichen lassen, bis sie sich langsam zu ihm umdrehte. „Was tun Sie, wenn ich jetzt 'ja' sage?“
Er lachte. Unernst bleiben und Zeit gewinnen. „Nun pokern Sie aber.“
„Glauben Sie?“ Ihre Stimme war zuckersüß.
Zeit, ihre Augen zu suchen und ihr zu zeigen, wer hier die Oberhand hatte. Mausebär! Dafür musste er sich sowieso noch rächen.
Sie erwiderte seinen Blick mit nur unmerklich verengten Augen. Aber sie blinzelte nicht.
Er auch nicht. Wobei der Impuls durchaus zunahm.
Diese Frau zeigte kein Erbarmen.
„Wollen Sie jetzt hören, dass Sie gewonnen haben?“, knurrte er und wandte sich nach vorn.
„Wollen Sie lieber was von mir hören?“ Kokett und schmeichelnd.
War ihr klar, dass sie bei ihm damit auf Granit biss? Aber gut, dann konnte er ihr den Sieg auch wirklich gönnen. „Herzlichen Glückwunsch. Ich habe begriffen, dass man sich mit Ihnen lieber nicht anlegen sollte.“
Ihre Augen weiteten sich.
„Habe ich was Falsches gesagt?“
„Ich ... Sie sind schon wieder aus meiner Schublade gefallen“, sagte sie, immer noch ganz verdattert.
„Ich bin rausgesprungen“, verbesserte er und lehnte sich mit wohligem Stöhnen zurück. „Und nun walten Sie Ihres Amtes und fahren Sie uns gen Heimat.“ Es war erstaunlich, wie viel einfacher es mit Frauen war als mit Männern. Erstere ließen sich viel leichter manipulieren.

Tiraden-Arie

Schon kurz nachdem Ella in ihren Teil des Ronnenbergwegs eingebogen war – zu Fuß, das Auto hatte sie auf dem Garagenparkplatz abgestellt – hörte sie es. Himmel! Sie fing an zu laufen, erreichte das Haus des Vermieters, war mit wenigen Sätzen an ihrer Tür. „Ruhig, Dicker, ruhig." Es war immer wieder schön, wie ihr Ankommen seine lauten Einsamkeitsäußerungen auf der Stelle beende...
„Na, na also das geht ja man gar nich, ne?" Doch noch ehe sie den Schlüssel aus der Jackentasche gefischt hatte, erwischte er sie. „Also, das Tier hier einzusperren und stundenlang zu verschwinden." Der Bissig, oje!
Oskars Bellen war freudigem Winseln gewichen. Was in Bissigs Augen wohl nicht wirklich besser war. Eilig schob Ella den Schlüssel ins Türschloss.
„Seit Stunden geht das nun schon so", jaulte es nun auch noch rücklings auf sie ein. Wahrscheinlich hatte er die ganze Zeit über auf der Lauer gelegen, um sie frisch beim Nachhausekommen ertappen zu können.
Ruhig bleiben, befahl sie sich und schob die Tür auf. Oskar schoss heraus, jaulte, bellte, schlug mit seinem energischen Wedelschwanz um sich – und wusste vor Freude weder aus noch ein.
„Du bist erlöst", murmelte Ella. „Es tut mir doch leid, dich so lange alleine lassen zu müssen, ehrlich. Es tut mir total leid." Mit aller Hingabe tätschelte sie ihn am Kopf. Und am Po. Wo sie den wild wirbelnden Derwisch halt gerade erwischte. Laut winselnd berichtete er ihr von der Pein, stundenlang in einem einsamen, fremden Haus zurückgelassen worden zu sein. „Nun beruhige dich, mein Süßer, ich bin ja da. Endlich bin ich da."
„So geht das aber nicht", wurde sie gleichzeitig von hinten belehrt. „Sie haben gesagt, der Hund ist ruhig. Haben versprochen, dass er im Haus nicht eine Spur hinterlassen würde. Wie wollen Sie mir das garantieren, wenn sie ihn in einem derartigen Zustand zurücklassen? So was geht nicht, da mach ich nicht mit."

„Entschuldigen Sie." Schuldbewusst wandte sich Ella zu ihm um. „Ich muss arbeiten, da geht es nicht ..."
„Die Nachbarn haben mir die Bude eingerannt, um sich zu beschweren", unterbrach er sie in seinem bissigen Jammerton. „Was meinen Sie, wie sich das auf die Feriengäste hier ringsum auswirkt? Die zahlen schließlich für Ruhe und Erholung."
Die Häuser 'hier ringsum' wirkten so gar nicht nach Ferienwohnungen. Dennoch – Herr Bissig saß am längeren Hebel. Wenn der ihr das Häuschen kündigte ...
„Wenn das noch ein Mal passiert, setze ich Sie vor die Tür. Haben Sie das verstanden?"
„Es wird nicht wieder vorkommen", murmelte sie hastig und fühlte sich gleichzeitig hundeelend. Weil sie etwas versprach, was sie nicht versprechen konnte. Schon in ein paar Minuten war ihre Mittagspause zu Ende. Dann würde sie Oskar wieder einsperren und wegfahren müssen. Shit, shit, shit.
Es sei denn ... Naja, eine wirkliche Wahl hatte sie nicht, oder? Schließlich musste sie irgendwo wohnen. „Komm Dicker, ich nehm dich wieder mit." Sie lief ins Haus, holte Leine und einen Kauknochen, stopfte letzteren in einen Leinenbeutel und klatschte in die Hände. „Oskar, sitz!"
Unter den wachsamen Augen ihres Vermieters leinte sie ihn an, schloss dann sorgfältig die Haustür ab und machte sich mit dem aufgeregt ziehenden Hund auf den Weg zum Parkplatz.
„Heute Nachmittag haben Sie wieder die Ruhe, die Sie und Ihre Feriengäste so dringend brauchen, Herr Bissig", wollte unbedingt noch raus. Dann winkte sie ihm lässig zu und eilte los, ohne sich zu ihm umzudrehen. Ein bisschen wunderte sie sich über sein verdutztes Gesicht. Hatte sie es dem so gegeben?
Erst als sie schon von fern die Türen des Autos aufspringen ließ, fiel es ihr auf – und das bewirkte, dass ihr augenblicklich kalt wurde: Sie hatte den Bissig genauso genannt. *Herr Bissig.* Obershit!

„Entschuldigen Sie nochmals die Unannehmlichkeiten", drang die schleimende Troschkenstimme über den Flur zu Thorsten herein. „Aber jetzt ist mein Kollege ganz für Sie da. Ich werde veranlassen, Ihnen einen Kaffee zu bringen." Hatte sie umgesattelt? War jetzt

Empfangsdame in einem Hotel oder so? Aber sollte die Troschke ihn im Auge haben als Kaffeeservierer, konnte sie lange warten.
„Vielen Dank." Brammer klang durchaus überrascht über den Service. „Es ist aber doch gar nicht so wichtig. Angesichts dessen, was Sie hier zur Zeit stemmen müssen ..."
„Darüber machen Sie sich mal keine Gedanken, schließlich ist das unser Job."
Allerdings – aber ja wohl ohne das Verwöhn-Programm für Zeugen. Was bei Brammer ohnedies schlicht unnötig war, denn der Typ war dermaßen motiviert, sich seine Auftritte als Zeuge einzuheimsen, dass er Thorsten seinerseits bestochen hätte, nur um aussagen zu dürfen!
Er setzte sich aufrecht hin und wandte all seine Aufmerksamkeit dem Bericht zu – beziehungsweise den ersten fünf Zeilen davon, die er in der halben Stunde, die er hier war, zuwege gebracht hatte. Er hatte Ella versprochen, mit der Überprüfung der Namen auf sie zu warten, bis sie von ihrer Pause zurückkam. Die sie ihrem Hund hatte widmen müssen, weil der anscheinend nicht in der Lage war, den Tag über allein zu Hause zu bleiben. Aber sie hatte ihm versichert, dass sie um zwei hier auf der Matte stehen würde, weil sie sich Brammer nicht entgehen lassen wollte. Insofern musste sie jeden Moment zurück sein.
„Moin, Moin, Herr Heinrich", war Brammer, die angekündigte Kaffeetasse bereits in Händen, endlich in Thorstens Büro angelangt. Das Türkis seines Jogginganzugs leuchtete im Sonnenlicht, das vorher gar nicht so intensiv gewirkt hatte. Wechselte der nie die Kleidung? Oder hatte er gar nichts anderes im Schrank?
„Moin, Herr Brammer. Augenblick bitte, ich bin gleich für Sie da."
Nun ja, er lief ja auch ewig in Jeans herum. Jedem das seine.
„Ich war gestern schon hier, wie wir es ja verabredet hatten", fühlte der sich berufen, Thorsten unter die Nase zu reiben.
„Ah ja."
„Ihre Vorgesetzte hat sich bereits für Sie entschuldigt, machen Sie sich keinen Kopf."
„Hm-m."
„Nee, nee, ich habe vollstes Verständnis dafür. Man hat einen Plan vom Tag – und dann geht das Telefon, und von jetzt auf gleich wird alles durcheinandergeworfen. Da kann man nichts machen."
„Hm-m."

„Gerade bei der Kripo. Die Verbrechenstatistik steigt und steigt – aber am Beamtentum wird gespart, so lang es nur geht. Und dann sind Sie ja auch bloß die Nebenstelle."

„..."

„In Neumünster ist das ja vielleicht anders. Obwohl es da ja auch schlimm aussehen soll mit den Verbrechen. Schlimmer als in Hamburg, hab ich gehört."

Thorsten ließ ein verstohlenes Seufzen entweichen. Brammer erweckte so gar nicht den Eindruck, als ob er sich durch Thorstens Zeitschinde-Taktik auch nur die Bohne beeinträchtigt fühlte, im Gegenteil. Er unterhielt sich ganz prächtig auf seiner Bühne, und es war ihm, wie es schien, völlig egal, ob der Zuschauer nun zuschaute oder nicht.

„Wie gesagt, in Neumünster sind sie ja öfter mal mit so was konfrontiert, aber wir hier, in uns' lütt-Eckernför ... Wir können es alle immer noch nicht fassen!"

Gut, er war beim Mord angekommen. Jetzt wurde es spannend.

Wie ein Gör, das verzweifelt nach Aufmerksamkeit suchte und in seinen Provokationen immer eine Nummer schwerwiegender wurde, machte Brammer einen jähen Schritt auf Kirsches Stuhl zu.

„Ich setze mich dann einfach mal, dann können Sie in Ruhe zu Ende arbeiten."

„NICHT DA."

Brammers Hintern stockte, wo er war.

„Meine Kollegin wird gleich dazukommen. Sie nehmen sich bitte einen unserer Besucherstühle."

„Oh. Natürlich." Mit leisem Ächzen ließ Brammer sich auf den eigentlich deutlich sichtbaren Klappstuhl neben der Tür sinken.

„Hoppchen, raus mit dir."

Brav sprang der Labrador aus dem Wagen und trabte, als könnte er kein Wässerchen trüben, neben Ella her. Schnauze und Schwanz hoch erhoben, wirkte er erfreut und heiter. Und darüber hinaus völlig entspannt.

Ganz im Gegensatz zu Ella. Die hatte die Lippen in ihrer Not fest zusammengepresst. Was sollte sie jetzt tun? Wohin mit dem Hund? Heinrich und damit ihr Büro fielen ja so was von flach. Und

Güde? Nee, die war gestern schon nach ein paar Stunden echt angenervt gewesen. Blieben nur Hobbi und Ülkü, die sich ebenfalls um Oskar gekümmert hätten, wäre ihnen allen nicht der Mord dazwischen gekommen. Wie das heute sein würde ...
Mist aber auch! Wütend kickte Ella ein Steinchen aus dem Weg. Oh ja, wütend war sie. Und sie wollte wütend sein, sehr sogar! Allerdings wusste sie nicht so recht, auf wen. Auf diesen miesen Vermieter? Naja, auch wenn der wirklich ziemlich doof reagiert hatte, irgendwie hatte er ja schon recht.
Auf Oskar? Immerhin war er es, dank dessen sie jetzt in der Bredouille saß. Allerdings konnte der Hund ja wohl von allen am wenigsten dafür. Gestern Abend hatte er das neue Haus zum ersten Mal betreten, und heute hatte er dort gleich allein bleiben sollen. Dabei dann ruhig und entspannt zu bleiben, war wirklich viel verlangt. Nein, seine Reaktion war mehr als verständlich gewesen. Vielmehr hätte er Grund, auf sie wütend zu sein.
Also, auf wen konnte sie wütend sein?
Ein unwillkommenes Bild schob sich vor ihre Augen. Ihr Ex, glücklich lächelnd und Hand in Hand mit der noch glückstrahlenderen Andrea, die einen prallen Babybauch vor sich herschob. Oh ja, das war es, diese beiden waren es! Andrea, die treulose Egoistin, die sich vom Freund der besten Freundin schwängern ließ. Und Stefan, der nichts Besseres zu tun gehabt hatte, als das zu erledigen. Stefan! Im Grunde war Stefan an allem schuld. Verließ Ella, schob Oskar ab, nahm sich, was er wollte, und kam damit durch. Dieser gemeine, egoistische, rücksichtslose, unzuverlässige – Schuft!

„Sie haben ja im Moment alle Hände voll zu tun, ne? Mit dem Mord. Ausgerechnet der alte Herr Niemann. Gott hab ihn selig." Herausfordernd sah er Thorsten an. Als wäre dessen Stichwort gefallen, und er hätte seinen Einsatz verpasst. Mit seinem Besuch legte Brammer es eindeutig darauf an, etwas vom vermeintlich leckeren Kuchen des Mordfalls abzubekommen.
Zu dumm, dass Thorsten ihm diesen Gefallen tun musste. Und dann auch noch sofort. Warum kam Ella auch zu spät? „Er war Ihr Gegner in einer Streitsache. Sie haben gegen ihn gekämpft, um die Expansion des Baumarkts hinter die Norderhake zu verhindern."

„Aber nein!" Zeit für die erste einarmige Opern-Geste.
„Nicht?"
„Gegner?" Der andere Arm. „Naja, rechtlich gesehen, vielleicht. Wir hatten einen Interessenkonflikt, sag ich mal. Aber Delf war noch einer vom alten Schlag. Und er hatte sein Herz am rechten Fleck. Eigentlich hatte er den Plan schon fallenlassen. Nur sein Sohn war noch nicht so weit." Ende der Operneinlage. Beide Hände sanken nacheinander in seinen türkisfarbenen Schoß.
Thorsten betrachtete sie gedankenvoll. Das war doch äußerst interessant. Ausgerechnet der offizielle Feind Niemanns sprach so voller Wohlwollen von ihm – während sich sonst fast alle einig waren, dass der ein unausstehliches Ekel gewesen war? „Herr Niemann und Sie haben sich geduzt?", erkundigte er sich interessiert.
„Wir sind zusammen zur Schule gegangen." Die erste Hand hob ... „In die Borbyer Volksschule, die heutige Richard Vosgerau Schule. ... und senkte sich wieder. „Meine Kinder waren auch da." Diesmal kam die zweite zuerst. „Jetzt sind meine Enkel auch schon in der Schule."
„Sie waren Schulkameraden?", hätte Thorsten viel eher einhaken müssen. Er musste aufhören, auf Brammers Gestik zu achten. Das ging echt auf Kosten seiner Konzentration. „Hatten Sie denn – von der Streitsache abgesehen, in jüngerer Zeit auch noch Kontakt?"
„Oh ja, oft sogar. Wir haben regelmäßig einen getrunken. In unserer Stammkneipe am Hafen unten. Immer mal wieder. Er war in Ordnung, das kann man nicht anders sagen." Brammers Tonfall hatte sich verändert. Er gedachte, eine lange Geschichte zu erzählen. „Sein Alter hatte ja immer schon ordentlich was an den Füßen. Aber das ist ihm nie zu Kopf gestiegen. Schon damals in der Grundschule ..."
„Hat Herr Niemann Alkohol getrunken?", ging Thorsten dazwischen.
„Äh ..." Mund und sämtliche in unermüdlicher Aktion befindlichen Körperteile stockten mitten in der Bewegung. „Ich nehme es an."
Mist, dadurch dass Thorsten ihn unterbrochen hatte, war nicht festzustellen, ob Brammer einfach nur aus dem Konzept gebracht worden oder aber ernsthaft verunsichert war. Warum auch immer. Thorsten musste beide Möglichkeiten prüfen.
„Aber wenn ich so darüber nachdenke, dann weiß ich es gar nicht. Ich kann Ihnen nicht sagen, was er getrunken hat, tut mir leid."

Schade, wenn er dem trockenen Alkoholiker Schnaps angehängt hätte ... War es wenigstens verdächtig, dass seine Hände ruhig blieben? „Da waren so viele Leute, wissen Sie. Da hab ich echt nicht darauf geachtet, welches Glas zu wem gehörte."
Nachvollziehbar. Damit würde er überall durchkommen. Thorsten seufzte. „Laut zweier Zeuginnen war die Streitsache keineswegs beigelegt", versuchte er noch den anderen Hebel.
„Oh, unsere Einigung war nur unter der Hand", war Brammer auch hier um keine Antwort verlegen. „Noch nicht mal der Sohn wusste davon, das sagte ich ja schon."
„Bedeutet das, dass Sie jetzt, wo der alte Herr Niemann tot ist, nichts in der Hand haben?"
Ein Brammer'scher Arm schnalzte dramatisch in die Höhe. „Oh ja! Ja, das heißt es." Für einen ganz kurzen Moment machte sich in seiner Miene Genugtuung breit – *Schaut alle her, ich habe kein Motiv!* – die dann in reine Bestürzung umschlug. „Leider. Das ist ja schlimm. Das ist sehr schlimm." *Ich kann ihn nicht umgebracht haben, sehen Sie?*
Thorsten rieb sich die Stirn. Brammer in den Kreis der Verdächtigen zu erheben, war doch Unsinn, oder? Brachte man jemanden um, weil derjenige einem den Garten wegnehmen wollte?
„Nun sind wir dazu verdammt, von neuem zu beginnen", verkündete der Gärtner mit maximaler Dramaunterlegung. „Doch den jungen Niemann von unserer Sache zu überzeugen", Stimme und Hände hoben sich, „das kann schwierig werden. Sehr schwierig. Ob es uns gelingen wird ..." Er holte seine Arme zurück, senkte die Stimme. „Letztens hab ich allerdings einen sehr netten Hamburger Politiker näher kennengelernt, der auch für die Ratsversammlung kandidieren will. Henning Lorenz, er will dieses neue Kulturzentrum in Carlshöhe eröffnen, vielleicht haben Sie sein Plakat ...
„Ich sehe mal nach, wo meine Kollegin bleibt", sprang Thorsten im letzten Moment auf und stob aus dem Raum. Knallte die Tür hinter sich zu und schnappte erst mal nach Luft.
„Hast du ein Gespenst gesehen?", tönte es von rechts aus Hobbis offenem Büro.
Oh, Thorsten war direkt in seine Blickbahn getappt. Schüttelte mechanisch den Kopf und stolperte vorwärts. Zur Küche.
Wo Elke und Güde sich angeregt unterhielten. „Heinrich, wie ist dir?", musste Letztere natürlich prompt besorgt ausrufen.

„Nichts." Weiter. Zum Klo.
Den Türgriff schon in der Hand, schreckte er zur Seite weg. Um ein Haar hätte er die sich just in dem Moment mit Schwung öffnende Eingangstür an den Kopf bekommen.
Die instinktiv in ihm hochkochende Wut machte ihn zum Schuldigen herumfahren.
„Oskar, na los, rein da!"
Nee, ne? Die neue Schrecksekunde verbrachte Thorsten damit, der vorlaut-blonden Schnauze auszuweichen, die ihm zwischen die Füße zu geraten drohte.
„Oh, Oskar, Vorsicht!", kam die Kirsch auch schon hinterher. „Tut mir leid, Heinrich, ich hab Sie gar nicht gesehen ..."
„DER HUND MUSS WEG", brüllte er sie einfach nieder. „Wir können nicht anständig arbeiten, wenn der Köter uns vor den Füßen rumkraucht. Wenn ich zurückkomme, ist er verschwunden!" Damit wirbelte er ein weiteres Mal herum und flüchtete durch die Klotür.

Mann, Mann, Mann, dieser Heinrich! Welche Laus war dem wohl wieder über die Leber gelaufen? Ella war mehr als verdutzt. Und verletzt. Und wütend! „Mistk..."
„Hab ich recht gehört, und hier ist grad ein Orkan durchgefegt?" Es war Hobbi, der plötzlich im Flur erschien.
Sein freundliches Lächeln wirkte heilend auf Ellas Wut. Die sich sofort in Kläglichkeit verwandelte. „Blau und Heinrich, ja, allerdings." Sie deutete auf Oskar. „Seinetwegen. Aber ich hatte keine Wahl, er wollte nicht alleine bleiben. Worüber ich mich ja hinwegsetzen könnte, wenn da nur nicht mein Vermieter ..." Prompt standen Tränen in ihren Augen. Mist, die konnte sie jetzt ja wohl am allerwenigsten brauchen. Sie schluckte gegen den Drang loszuweinen an. Taff bleiben. Sie war doch kein weinerliches Weibchen, das sich in Tränen auflöste, sobald etwas schief lief.
„Wo ist der blaue Schreck jetzt hin?"
„Klo."
„Dann schnell weg hier, ehe er wieder auftaucht." Hobbi winkte sie heran. „Mir scheint, ich muss den guten Herrn mal ein wenig darüber aufklären, wie man sich seinen Mitmenschen – und -tieren – gegenüber benimmt. Und wie nicht."

„Oskar-Schätzchen." Ülkü stand am Schrank und legte gerade den Pistolengürtel an. „Schön, dass du uns besuchen kommst."
Hobbi schloss die Tür. „Ist noch Zeit für eine kleine Krisenbesprechung, Bayerin?"
„Nur wenn ich dabei einen Kaffee kriege. Mein Kopf befindet sich im Mittagsloch und braucht jetzt entweder Aktivität oder Koffein."
„Wird geliefert, werte Kollegin." Hobbi war schon wieder an der Tür, öffnete sie übertrieben vorsichtig und spähte in den Flur. „Erst mal sehen, ob die Luft rein ist. Willst du auch einen, Kirsche?"
„Gern." Nachdem das Mittagessen dem Oskar-Chaos hatte weichen müssen, fühlte sich Ella zwar kein bisschen müde, aber etwas Warmes im Magen konnte nicht schaden.
„Heinrich lässt wieder mal die Sau raus", seufzte Ülkü. „Mit dem zu arbeiten – du tust mir echt leid." Sie setzte sich auf einen Stuhl und streichelte Oskars Ohren. „Weich wie bei einem Teddybär."
„Was habt ihr denn gleich vor?", fragte Ella. Wenn Hobbi und Ülkü außer Haus mussten, saß sie tief in der Tinte.
„Nachbarschaftsstreit in Borby." Elke verdrehte die Augen. „Fast täglich ruft eine der streitenden Parteien an. Wir waren schon vorgestern dort. Scheint grad ein bissl zu eskalieren. Aber immerhin hat der die Troschke dazu gebracht, unseren Stubenarrest wieder aufzuheben."
Sie mussten weg. So ein Mist aber auch. „Ich brauch ne Lösung für den Hund", stöhnte Ella. „So kann das nicht weitergehen."
„Genau", sagte Hobbi, der schon wieder in der Tür stand – mit drei Tassen in den Händen. „Lasst mich nur mal rasch das heiße Zeug hier abstellen." Er zog sein Smartphone aus der Hosentasche und drückte ein paar Tasten. „Ulrike, ich hab dir doch von Oskar erzählt. Ja, der Labrador unserer neuen Kollegin. Der braucht für heute Nachmittag ein nettes Plätzchen. – Ja, ist ganz brav. – Du musst arbeiten? Ach Mensch." Hobbi sah Ella an. „Sie fragt gerade."
Ella und Ülkü starrten ihn an, als könnten sie so durch die Leitung beobachten, was am anderen Ende vorging.
„Es geht klar?" Er lächelte, nickte. „Wunderbar. Wir kommen gleich vorbei." Schwungvoll legte er das Handy weg und sah die beiden Damen triumphierend an. „Aber erst trinken wir brav unsere Tassen aus."
„Ich kann gar nicht sagen, wie dankbar ich dir bin." Wieder hätte Ella am liebsten losgeheult. Diesmal aber vor Erleichterung. So

was Doofes, dass sie heute so nah am Wasser gebaut war. „Soll ich mitkommen?"
„Das war Sörines Bedingung." Hobbi nickte. „Sie will unbedingt unsere neue Kirsche kennenlernen. Und Ulrike natürlich auch."
„Und was sage ich meinem Blauen Heinrich?", wandte Ella ein.
„Gar nichts." Hobbi hatte als Erster ausgetrunken und knallte die Tasse auf den Tisch. „Wer sich so aufführt, wird einfach mal übergangen."
„Außerdem bist du ja nicht lange weg." Elke schlüpfte in eine dünne Sommerjacke. „Wir bringen dich gleich wieder."

Von Elkes und Güdes Küchenplausch war nichts mehr zu hören, und Hobbis Büro war leer, als Thorsten ziemlich genau sieben Minuten später aus der Toilette kam und in sein Büro zurückkehrte. Wo keine Kirsch auf ihn wartete. Und auch nicht ihr Köter.
„Sie könnten sie doch auf dem Handy anrufen", wurde er stattdessen von Brammer fürsorglich empfangen. „Wenn ich Ihre Handynummer gehabt hätte, hätte ich sie gestern anrufen können und mit Ihnen persönlich den Termin ausmachen."
Einen tiefen Atemzug noch. Eigentlich hatte Thorsten für seine Verhältnisse sehr schnell geschafft, wieder runterzukommen. Seine übersteigerte Reaktion auf diesen unseligen Namen war ja auch dermaßen unprofessionell gewesen! Was war nur in diesen Tagen mit ihm los? „Das mit meiner Kollegin ist geklärt." Einigermaßen lässig ließ er sich auf seinem Platz nieder und öffnete ein Vernehmungsdokument. „Alles in bester Ordnung." *Dass die schon wieder Minusstunden sammelt, ist ja nicht mein Problem.* Er brachte ein joviales Lächeln zustande. „Dementsprechend werde ich Sie jetzt allein zu unserem gemeinsamen Anliegen befragen."
„Befragen? Ich sollte doch nur meine Aussage unterschreiben."
„Wo waren Sie gestern Abend beziehungsweise in den ersten Nachtstunden?"
„Äh ..." Nun hatte er Brammer aber eindeutig erwischt! „Ich war ..." Er verstummte. Verengte die Augen. „Warum wollen Sie das wissen?"
„Das werde ich Ihnen schon mitteilen, wenn ich es für angemessen halten sollte."

„Ich bin hier als Zeuge in der Brandstiftungsgeschichte. Wenn Sie außerdem noch was von mir wollen ..."
„Das, was ich will, beschränkt sich rein darauf. Wo waren Sie gestern Abend?"
„Zu Hause. Bei meiner Frau. Die kann das bezeugen."
„Warum waren Sie zu Hause?"
„Das geht Sie nichts an." Allein der durch und durch feindselige Tonfall, den der einstige Superzeuge jetzt an den Tag legte, war so was von aufschlussreich!
„Warum waren Sie nicht auf Ihrem Posten in den Gärten?", präzisierte Thorsten scharf.
„Was soll das denn? Ich bin ja wohl nicht verpflichtet, da zu sein. Wäre ja noch schöner. Ich bin Rentner, und ich kann meine Freizeit gestalten, wie ich das will. Sie haben da gar nichts ..."
„Ich habe mich nur gewundert ..."
Brammer war schlagartig verstummt. Seine Stirn war nach wie vor gerunzelt. Es war beeindruckend, wie er sich bemühte, unauffällig nachzudenken. Während allein das völlige Fehlen seiner Opern-Gymnastik davon beredt Auskunft gab.
„Ich habe mich nur gewundert", wiederholte Heinrich, „dass Sie nicht zur Stelle waren, als meine Kollegin und ich eine verdächtige Person auf frischer Tat ertappt haben."
„Sie sind in den Gärten gewesen?"
„Ja. Und habe dort einen gewissen Jugendlichen angetroffen, dessen Identität uns bekannt ist und der als einer der Hauptverdächtigen gilt."
Brammers Mund stand so weit auf, dass man mehrere Goldplomben aufblitzen sehen konnte. Die waren doch garantiert in keiner normalen Krankenversicherung enthalten, oder?
„Sie haben bestimmt einen Vereinskollegen beauftragt, Wache zu halten", bot Thorsten ihm – zuvorkommend, wie er war – an.
„Wir haben die Wache eingestellt", erklärte Brammer. Sein arroganter Tonfall war nicht echt.
„Ausgerechnet jetzt, da unsere Verdächtigen von unschuldigen Kinderstreichen zu ausgewachsenen Delikten übergegangen sind? Das halte ich für sehr unvernünftig." Thorsten bohrte seine Augen in Brammers.
„Wir sind zu dem Schluss gekommen, dass die brennende Hütte außerhalb unseres Landes liegt und obendrein einem Mann

gehört, der gestern eines gewaltsamen Todes gestorben ist." Zu Brammers vorgetäuschter Arroganz hatte sich eine gewisse Gönnerhaftigkeit gemischt. „Brandstiftung ist eine ganz andere Hausnummer als die ja wirklich zum Teil ganz lustigen Kinderstreiche, wie Sie ganz richtig festgestellt haben. Von den armen Kaninchen mal abgesehen. Oder auch dem rosa Wasser, das meiner Frau nun doch etwas Angst gemacht hat im ersten Moment." Er schickte ein gekonntes Lachen hinterher.
„Gestern Morgen waren Sie noch ganz versessen darauf, mich davon zu überzeugen, dass die Gang ..."
„Ich war aufgeregt. In Panik. Wenn die anfangen würden, unsere Lauben abzufackeln, hab ich gedacht, Gott bewahre!" An dieser Stelle hatte er auch seine Operngestik wieder eingeschaltet. „Aber wie gesagt, inzwischen habe ich mich beruhigt und mit mehreren Leuten beraten. Wir sind übereinstimmend zu dem Schluss gekommen, dass wir von der Norderhake es nicht mit echten Verbrechern zu tun haben. Für die sind Sie zuständig. Während wir in uns um die jungen Leute kümmern."
„Aber das haben Sie zumindest gestern Nacht nicht getan", rief Thorsten ihm in Erinnerung.
„Man kann das ja nicht ewig weiterführen. Dass man gegen die kreative Energie der jungen Leute ankämpft. Wir waren inzwischen am Ende unserer Kräfte, wissen Sie?" Nun sprach er vertraulich und im Plauderton, untermalte den immer wieder durch dezente Hand- und Fingerbewegungen. „Wir überlassen Ihnen die Ermittlungen und vertrauen darauf, dass Sie den Brandstifter dingfest machen. Und wenn wir ein offizielles Hausverbot für die Jugendlichen erlangen könnten, wären wir unter Umständen sogar bereit, unsere Anzeige wieder zurückzuziehen."
Nee. Das nahm Thorsten ihm nie und nimmer ab. Er ließ sich doch von diesem Typen nicht für dumm verkaufen! Ihm einheizen würde er, und zwar gehörig. „Der Junge hat einige interessante Dinge behauptet", merkte er in ebenfalls sehr nebensächlich gehaltenem Tonfall an.
„Was soll das?", kam es von Brammer ohne geringste Verzögerung zurück. Aber mehr empört als alarmiert. Mit theatralischer Beid-Arm-Geste. Und auch sonst hatte Thorsten keinen davon abweichenden Subton wahrnehmen können.
„Dinge, die darauf schließen lassen, dass Sie ..." Dumm, dass er so

gar nichts in der Hand hatte. Andererseits ging es bei der hohen Kunst des Bluffens doch genau darum, trotzdem ans Ziel zu gelangen, oder?
„Dass ich – was?“ Noch immer war nicht möglich, bei Brammer eine Unsicherheit festzustellen.
„Er machte den Eindruck, als würden sie beide sich kennen“, schob er bedächtig hinterher, als könnte er auch vor sich selbst kaschieren, dass er soeben die Grenze zur handfesten Lüge überschritten hatte.
„Sie lügen“, schrie Brammer prompt voller Empörung aus, die ihn sogar auf die Beine trieb. „Das ist eine Frechheit! Ich bin freiwillig hier. Um meine Pflicht als gesetzestreuer Staatsbürger zu erfüllen. Und Sie treten mich hier in einem fort mit Füßen?“
Konnte das sein? Konnte Brammer zu hundert Prozent sicher sein, dass Pascal nichts Verfängliches über ihn gesagt hatte? „Für mich sah es so aus, als könnten Sie versucht haben, die Jugendlichen für Ihre eigenen Ziele einzuspannen“, ging Thorsten noch einmal aufs Ganze.
Und erreichte damit leider nur, dass Brammer völlig ausrastete. „Ich habe keine Ahnung, worauf Sie hinauswollen“, zischte er außer sich. „Was ich aber sicher weiß, ist, dass Sie mir gar nichts können. Ich bin es, der Sie mit so einem Versuch, mich mit Lügen zu manipulieren, in die Pfanne hauen könnte. Was ich auch tun werde, sollten Sie mir noch ein einziges Mal quer kommen. Ich werde jetzt gehen. Wenn Sie was zu unterschreiben haben, schicken Sie es mit der Post, meine Adresse haben Sie ja. Schönen Tag noch.“
Uff, da hatte Thorsten sich auf ganzer Linie verzockt. Brammer machte Ernst. Räumte seine geliebte Bühne binnen einer Minute. Und ließ nichts als seine sorgfältig geleerte Kaffeetasse auf Freibergs Schreibtisch zurück.
Thorsten war ebenfalls aufgesprungen. Stand unschlüssig auf halbem Weg zwischen Fenster und Tür und starrte Brammers verwaisten Stuhl an.
Musste er den Schluss ziehen, dass der Gartenknilch tatsächlich unschuldig war? Oder hatte der lediglich besser gepokert als er?
Sollte er? Ihm folgen? In der Hoffnung, dass er schnurstracks zu Pascal oder zu wem auch immer rennen würde, mit dem er was Dubioses am Laufen hatte?

So dumm wäre er nicht, oder? Aber wenn, würde Thorsten sich in den Hintern beißen.
Was er sowieso tun würde, weil Brammer unter Garantie mit dem Auto da war und er, Thorsten, keinen Fahrer hatte. Und selbst wenn Brammer wider Erwarten zu Fuß oder mit dem Rad unterwegs war, war Thorsten mit dem Board so laut und auffällig, dass er sich gleich direkt an Brammers Rockzipfel hängen könnte. Mist verdammter. Verdammter, verfluchter Mist!
Er hatte es verbockt. Auf ganzer Linie. Und warum? Er spürte, wie alles in ihm kalt und hart wurde. Wegen IHM. Wenn er nicht gewesen wäre, wäre er selbst nicht ausgerastet. Den Hund hätten sie von ihm aus wieder Güde aufgedrückt und gemeinsam das Verhör geführt. Die Kirsche wäre viel behutsamer vorgegangen als er und hätte Brammer länger im Spiel gehalten. Und jetzt hätten sie ein Auto gehabt. Ja, er war schuld. Er allein. Wie auch an allem anderen, was in Thorsten Heinrichs Leben schief lief.

Im Tortenstübchen

„**W**as ist dieses 'Tortenstübchen' denn?", fragte Ella vom Rücksitz des Dienstwagens. Oskar lag quer über ihrem Schoß und war so schwer, dass sie am liebsten in Kindergequengel ausgebrochen wäre. *Wie lange dauert es denn noch?* „Klingt wie ein Café."
„Wart's ab", sagte Elke vom Beifahrersitz. „Gleich sind wir da."
Na also, damit hatte sie die Antwort gegeben, auf die Ella gewartet hatte. Gleich würde sie den schweren Hund von den Beinen bekommen. Gleich würden sich seine Knie nicht mehr in ihre Oberschenkel bohren. Gleich. Einstweilen, so klar war schließlich nicht, ob sich 'gleich' auf 'sofort' oder doch eher auf 'nachher' bezog, schob sie ihn schon mal ein Stück zur Seite. Ah, das war besser. Dieser Hund war eindeutig zu schwer.
Doch Hobbi fuhr bereits an den Straßenrand. „Da sind wir."
Ella hatte noch immer nicht verinnerlicht, wie klein Eckernförde war, und dass die Fahrt nie lange dauerte, ganz egal, wohin man fuhr. Drüben neben dem Glaseingang war ein Grünoval zu sehen mit der Aufschrift: 'Tortenstübchen'. Also war es genau das, was Ella vermutet hatte: Ein Café. In einem modernen zweistöckigen Wohnhaus. Einem von vielen, die gesamte rechte Seite des Jungfernstiegs war damit gesäumt. Im Gegensatz zur linken Straßenseite, wo sich ein altes Fischerhäuschen an das andere schmiegte.
Jetzt noch mehr gespannt – Name, Schild und Gebäude, passten nicht so recht zusammen – öffnete Ella die Wagentür. In weiser Voraussicht biss sie die Zähne aufeinander, als sich auch schon Oskars Krallen in ihre Oberschenkel bohrten, als der sich abstieß, um aus dem Wagen zu springen. So, geschafft. Rasch schnappte sie sich die Leine, ehe der Kerl mal eben zu einem Streifzug durch die Nachbarschaft aufbrechen konnte.
„Auf den ersten Blick vielleicht nicht so spektakulär", meinte Elke entschuldigend. „Aber die Lage ist super. Gleich hinter den Häusern ist der Südstrand. Gegenüber Altstadt und Einkaufsstraße. Und da vorn kommt der Hafen." Sie wies die Straße hinunter.

Ella sah sich um. So im direkten Vergleich mit der malerischen Altstadt wirkte das Haus des Cafés groß und sachlich-kühl. Schon nett mit seinen Loggias und der Durchfahrt. Aber eben nicht ehrwürdig oder nostalgisch, wie der Name des Cafés anmuten ließ.
Dieser widersprüchliche Eindruck verlor sich augenblicklich, als Ella das Tortenstübchen betrat. Drin war eindeutig der Name Programm. Sofas sah sie als erstes, viele Kaffeekannen. Nostalgie schon im Eingang und überall. Sie liebte es sofort und wusste: Hier würde sie sich wohlfühlen.
Oskar auch. Allerdings weniger wegen der urigen Einrichtung, sondern wegen all der leckeren Düfte, die aus der Küche, respektive vom Tortenbuffet kamen. Schnuppernd stand er da, ehe er sich entschlossen in Bewegung setzte. Bis sich die Leine straffte, dann musste er notgedrungen stehenbleiben.
„Wir sind da", rief Hobbi in Richtung Küche.
Aus der gerade eine hochgewachsene, hellblonde Frau trat. „Hallo." Sie schenkte Hobbi und Ülkü ein Lächeln und ging sofort auf Ella zu. „Ich bin Ulli."
„Ulli ist meine Frau", schob Hobbi stolz nach.
„Die Hundesitterin für heute", sprach Ulli weiter und beugte sich zum entsprechenden Kandidaten hinab. „Na, vertragen wir uns?"
Oskar beantwortete die Frage auf seine Weise und schleckte flugs einmal quer über das ihm neugierig entgegengereckte Gesicht.
„Oh, ich sehe, das wird klappen." Sich lachend über Wangen und Nase wischend, lief Ulli in die Küche. „Sörine, sie sind da."
„Ah, die neue Kirsche. Ich bin ja schon so gespannt!" Eine runde Frau in Schürze eilte heran, kurzer grau-gesträhnter Fransenschnitt, das Gesicht ein einziges freundliches Lachen. „Hobbi und die Bayerin haben schon viel von Ihnen erzählt." Sie zwinkerte Ella zu, während sie zuerst Oskar die Hand entgegenreckte. „Freund?"
Klar. Oskar stupste gegen die Finger. Wer so lecker nach Sahne und Torte roch, konnte nur ein Freund sein.
„Ich weiß, ihr seid immer in Eile, aber jetzt bleibt ihr doch einen Moment, oder?" Sörine dirigierte sie augenblicklich zu einem der Sofas. „Nur bis sich Oskar ein wenig eingewöhnt hat. In der Zeit könnt ihr ein Stück Torte essen. Ich hab Blauen Heinrich gebacken. Wer will?" Ohne eine Antwort abzuwarten, machte sie kehrt und lief in die Küche. „Ulli, dreimal Kaffee, dreimal Heinrich. Für mich Tee und trockenen Kuchen. Und für dich, was du willst."

Blauer Heinrich? Ella stutzte. „Warum heißt eine Torte so wie –er?"
„Er liebt sie nun mal. Und da es so Weniges gibt, was er wirklich liebt ..." Hobbi ließ den Satz offen und zog einen Stuhl heran. „Ich nehme an, die Damen bevorzugen das Sofa?"
„Nicht nur er liebt diese Torte", seufzte Ülkü und setzte sich äußerst willig. Ehe sie die Stimme hob: „Aber es ist und bleibt Beamtenbestechung, Sörine."
Die ließ ihr freundliches Gesicht im Kücheneingang sehen. „Vorsorge ist die beste Sorge. Kinders, ihr kennt doch meine Devise. Ich stopfe euch so voll mit meinen Torten, dass ihr irgendwann, wenn ich es mal brauche, gar nicht anders könnt, als mich laufen zu lassen."
„Guter Plan", murmelte Ülkü. „Funktioniert ganz sicher. Vor allem deswegen, weil wir dann langsamer sind als du."
Alle lachten.
„Eines verstehe ich nicht." Ella hing noch immer am Blauen Heinrich fest. „Thorsten heißt doch mit Nachnamen Heinrich. Legt doch eher den Verdacht nahe, dass die Torte nach ihm benannt worden ist, nicht umgekehrt. Oder?"
„Eine Frau, die denkt." Hobbi schnalzte anerkennend mit der Zunge. „Der Zusammenhang ist bisher noch niemandem aufgefallen."
Er nahm sie auf den Arm, oder? Ella blinzelte. Scherze auf ihre Kosten – ach, so ein Neubeginn war wirklich nicht einfach.
„Zufall", beruhigte Ülkü sie da aber schon. „Sein Nachname und die Vorliebe für genau diese Torte haben ihm den Namenszusatz 'Blauer' eingebrockt. So war das doch, nicht wahr, Herr Hobbe?"
„Ich hab schon Alkohol in Erwägung gezogen", gab Ella zu.
Wofür sie einhelliges Gelächter kassierte. „Der und trinken? Da kannst du lange warten. Der ist so trocken wie die Sahara." Hobbi grinste. „Wenn ich ihm das sage, wird Freude bei ihm aufkommen."
„Das hab ich selbst schon erledigt." Ella grinste zurück. „Und er hat sich nicht mal aufgeregt." Sie setzte sich neben die Bayerin. „Wobei das lange nicht für alles gilt, was ich sage."
„Ihr zwei habt es nicht leicht miteinander." Ülkü rutschte ein Stück zur Seite.
„Leider."
„Aber du gibst nicht auf?"
„Bleibt mir was anderes übrig?"
„Tollkirsche", warf Ülkü ein. Und fügte hinzu, als Ella und Hobbi

lachten: „Ich meine das ernst. Wäre ich Heinrichs Partnerin, hätte es schon längst Mord und Totschlag gegeben."
Ella zog den ständig die Nase in die Luft hebenden Oskar neben sich. Vorsichtshalber, falls der auf die Idee kommen sollte, eine Exkursion in die Küche starten zu wollen.
Hier standen überall hübsch-alte Kaffeekannen herum, auf der Fensterbank, auf den Regalen. Außerdem hingen altmodisch-schöne Bilder an den Wänden, Tafeln und Stickbilder mit netten Sprüchen, die zu Kuchen, Torten und Bäckerinnen passten. Dieses Café müsste eigentlich bei den Gästen ein Renner sein. Dennoch saß an keinem der Tische jemand. „Warum ist es hier völlig leer?"
„Weil wir erst in wenigen Minuten öffnen. Für euch hatte ich schon ein bisschen früher aufgeschlossen." Ulli war mit einem großen Tablett herangekommen, altmodisch wie alles hier. Darauf Kuchenteller und Kaffeetassen. „Drei Blaue Heinrichs, bitte sehr." Nachdem sie alles abgestellt hatte, setzte sie sich ebenfalls.
Genau in dem Moment ging die Tür.
„War ja klar." Ulli hob ihre Tasse und schlürfte ein bisschen.
„Hallo Herr Rüter. Sie sind ja heute früh auf dem Dampfer." Sörine stand hinter der Tortentheke und lächelte den ersten richtigen Gast des Tages an.
Der Mann mit weißen Haaren, in Jeans und Kordjacke, blieb kurz hinter dem Eingang stehen und sah sie erschrocken an. „Haben Sie noch nicht geöffnet?"
„Für Sie immer. Aber setzen Sie sich doch." Sörine winkte ihn an einen kleinen Tisch. „Die Zeitung bringe ich Ihnen gleich. Einen Tee, wie üblich?"
„Nein, nein." Herr Rüter blieb stehen. „Heute habe ich keine Zeit. Ich fahre nämlich zu meinem Enkel. Dem geht es nicht so, und da wollte ich ihm ein Stück Ihrer köstlichen Torte mitbringen. Der Bus geht gleich, wissen Sie?"
„Torte zum Mitnehmen, na dann kommen Sie mal." Sörine winkte den Mann, der immer noch wie festgezurrt dastand, zum Tortenbuffet. „Heute gibt es Johannisbeer-Mascarpone-Torte auf Trüffelboden mit Schuss, Rhabarber-Erdbeerbaiser mit Minzblättchen und Blauen Heinrich. Außerdem Kirschkuchen auf Nuss-Buchweizen-Biskuit mit ..."
„Blauer Heinrich", entschied der alte Herr schnell. „Wenn es den schon mal gibt."

Sörine lachte. „Herr Rüter, den haben wir doch regelmäßig im Angebot."
„Ja?" Rüter schüttelte kurz den Kopf. „Ich ess ja nicht oft Torte, vielleicht bekomme ich das einfach nicht mit."
„Mag sein. Also, zweimal Blauen Heinrich zum Mitnehmen", wiederholte Sörine und kramte einen Papp-Untersetzer hervor.
„Einmal, bitte nur ein Stück, für meinen Enkel", verbesserte Herr Rüter sofort.
„Ein Stück?" Sörine sah überrascht auf. „Mögen Sie lieber was anderes?"
„Ich – nein." Rüter schüttelte den Kopf. „Ein Stück reicht."
Sörine stutzte. Ehe sie entschlossen zwei Stück Torte auf den Untersetzer packte. „Sie müssen doch mit Ihrem Enkel gemeinsam essen."
„Entschuldigen Sie", murmelte Herr Rüter leise. „Aber ich kann wirklich nur ein Stück mitnehmen."
„Heute ist 'Iss zwei, zahl eins'-Tag. Zweimal Blauer Heinrich zum Preis von einem." Energisch stellte Sörine das inzwischen gut eingeschlagene Paket auf die Ablage. „Macht dreifünfzig."
Herr Rüter hatte seine Geldbörse schon in der Hand, und sogar Ella konnte sehen, dass die sehr schmal war, alt, abgegriffen. „Sind Sie sicher?", musste er sich allerdings noch einmal vergewissern.
„Ganz sicher", bestätigte Sörine und nahm die ihr gereichten Münzen entgegen.
„Das ist wirklich lieb." Herr Rüter strahlte auf einmal. „Ich mag die Torte nämlich furchtbar gern. Aber sonst hätte es für die Busfahrkarte nicht mehr genügt."
Sörine reichte ihm das Paket. „Bitteschön."
Doch der Mann rührte sich nicht.
„Herr Rüter?"
Ella brauchte einen Moment, ehe sie erkannte, dass der Mann auf die Wand starrte, wo die 'Eckernförder Zeitung' an einem Bügel hing. Der heutige Hauptartikel samt Riesenfoto handelte – wer hätte das gedacht – vom gestrigen Mord.
„Er ... ist tot?", stammelte Herr Rüter.
„Wer?" Sörine sah erschrocken auf. „Wer ist tot, Herr Rüter?"
„Delf", sagte der tonlos. „Delf Niemann."
„Ach ja, hab ich auch schon gehört. Das ist der Besitzer vom Baumarkt. Ist wohl ermordet worden, mitten in uns' lütt Eckernför'.

Das kann man gar nicht glauben, nicht?“ Sie sah zu Ella und den anderen herüber und neigte vielsagend den Kopf, als wollte sie sagen: *Verratet jetzt bloß nicht, dass ihr von der Kripo seid.*
Nun ja, sie alle hielten den Mund. Schauten jedoch zu, wie der Mann mit dem Schreck umging, auf das Bild starrte, dann auf sein Tortenpaket und wieder auf die Zeitung.
„Kannten Sie ihn?“, fragte Sörine mitfühlend.
„Ist schon lange her, von der Schule“, antwortete Rüter sofort. „Delf war ein paar Jahre jünger als ich. Arrogant und überheblich war er. Ist bei reichen Eltern aufgewachsen. Das färbt ab.“ Er schluckte, schüttelte sich kurz, als wollte er sich endlich zur Ordnung rufen. „Ermordet. Delf Niemann, ermordet. Wer ist denn der Mörder?“
„Keine Ahnung.“ Wieder warf Sörine Ella und den anderen einen raschen Blick zu. „Ist wohl noch nicht gefasst.“
Rüter nickte. „Ich will ja niemandem was Böses, aber dieser Mann“, er deutete auf Niemanns Foto, „hat sich viele Menschen zum Feind gemacht. Da wird es so einige geben, die jetzt nicht traurig sind.“
„Wie meinen Sie das, Herr Rüter?“, fragte Sörine leise.
„Wie der Herr, so's Gescherr“, antwortete der. Ehe er sich sichtlich straffte und endlich nach seinem Kuchenpaket griff. „Ich habe zu danken.“
Just als er das Café verließ, kamen weitere Gäste. Ulli musste aufstehen und sie bedienen. Sörine jedoch nahm sich noch einen Moment, setzte sich zu ihnen an den Tisch, um wenigstens ihren Tee in Ruhe zu trinken.
„Wer ist dieser Rüter?“, fragte Ella, während sie sich eine Gabel voll Torte in den Mund schob. Oh – die schmolz ja im Mund. Superlecker!
„Ach, der wohnt hier irgendwo in der Gegend. Ist so ein einsamer alter Kerl, der bis auf einen Enkel niemanden mehr hat.“ Sörine schlürfte aus ihrer Tasse. „Der kommt immer mal auf einen Tee, liest dabei die Zeitung und geht dann wieder.“
„Es war sehr nett von Ihnen, ihm ein Stück Torte zu schenken.“
„Ihnen?“ Sörine sah Ella empört an. „Ich heiße Sörine, und du sagst du zu mir. Sonst muss ich dich Frau Kirsch nennen.“
„Also, dann nochmal fürs Protokoll.“ Ella räusperte sich. „Es war sehr nett von dir, dem alten Herrn ein Stück Torte zu schenken.“
„Ich hab mir vorher nie Gedanken gemacht, warum der immer nur einen Tee nimmt. Heute ist bei mir endlich der Groschen gefallen.“

Voller Unverständnis über sich selbst schüttelte Sörine den Kopf. „Ist doch ein Jammer, wenn man sich im Alter so gar nichts mehr leisten kann, oder?"
Ella nickte und wusste gleichzeitig: Sörine würde jetzt öfter Ausnahme-Aktionen machen. 'Bestell 'nen Tee und krieg ein Stück Torte gratis dazu'-Tag – oder so in der Art. Jedenfalls wenn so arme Schlucker wie dieser Rüter auftauchten. Ihr war ziemlich warm ums Herz, und das kam ganz sicher nicht vom Kaffee.
„So, ich muss dann mal mit anpacken gehen, die Ulli muss wie ein Füllen springen, um all die Gäste zu bedienen. Dabei ist die doch auch schon 'ne ruhigere Stute." Leise ächzend stand Sörine auf. „Wir alle werden ja wohl auch nicht jünger."
Ella sah ihr nach, wie sie dann flink zur Theke eilte. Mittlerweile waren wirklich alle Tische besetzt, der Laden brummte. Sie hatte recht behalten, offenbar gab es eine Menge Menschen, denen das Tortenstübchen so gut gefiel wie ihr. Da öffnete sich die Tür auch schon für einen neuen Gast.
Doch dieser brachte ziemlich kalten Wind mit sich. Jedenfalls für Ellas Empfinden. „Hier seid ihr?" Kein anderer als der Blaue Heinrich höchstpersönlich stand, Hände in den Hüften, im Türrahmen und bekam sein Gesicht nicht recht in den Griff. Naja, vielleicht bemühte er sich auch nicht. Jedenfalls sah er ungehalten aus. Vorwurfsvoll, anklagend, säuerlich. Und natürlich blickte er Ella direkt an. „Ich muss mich mit dem nervigsten aller Zeugen herumschlagen, während Sie hier in aller Ruhe Ihre Pause überziehen?"
„Ein Vögelchen hat mir gezwitschert, dass ein gewisser Herr einen gewissen Hund keinesfalls in seinem Büro haben wollte. Also blieb seiner liebreizenden Kollegin nichts anderes übrig, als einen anderen Platz für ihren wundervollen Hund zu suchen", flötete Ülkü in Heinrichs Richtung.
„Nun macht aber mal halblang", verteidigte sich der gewisse Herr im Brustton der Überzeugung. „Hunde haben im Büro nichts zu suchen. Wo kämen wir denn da hin, wenn jeder ...?"
„Na, ins Tortenstübchen", platzte Ülkü heraus.
Alle prusteten los. Alle bis auf Heinrich natürlich.
„Humor", hauchte Hobbi in seine Richtung. „Das Zauberwort, das das Leben für alle Beteiligten angenehmer macht."
Was auf Heinrich natürlich den gegenteiligen Effekt hatte. „Hör auf!" Seine Stirn war gefährlich gerunzelt.

Hobbi flößte er damit keinen Respekt ein. „Na, das würde ich dir mal gehörig empfehlen, mein Lieber. Vielleicht hab ich mich ja auch nur verhört. Jedenfalls ist mir zu Ohren gekommen, dass der gewisse Hund dir gestern einen eindeutigen Ermittlungserfolg in der Kleingarten-Sache beschert hat."
„Das war außerhalb der Arbeitszeit", fauchte Heinrich.
„Dann war es ja sogar so, dass Oskar für dich Überstunden gemacht hat", gab Hobbi lapidar zurück. „Seit wann bist du diesbezüglich so pingelig? Fakt ist doch: Du hast jetzt einen der Jugendlichen und kommst bei deinen Ermittlungen voran. Also, ich an deiner Stelle wäre Oskar dankbar."
„Ah, Junge, schön dass du auch vorbeikommst."
Die Stimme von hinten ließ Heinrich augenblicklich herumfahren. Und Ella sich aufrichten. Hörte sie richtig? Sörine nannte ihren Chef 'Junge'?
„Hallo Mutter."
Entgeistert ließ Ella sich auf das Sofa zurücksinken. Sörine und Heinrich ... äh, Thorsten. Und der Blaue Heinrich. Plötzlich waren alle Zusammenhänge klar. Mutter, Sohn und Lieblingstorte. Und natürlich war die Torte nach dem Sohn benannt worden und nicht umgekehrt. „Ihr gemeinen Schwindler", zischte sie zu Hobbi und Ülkü hinüber. „Mich so auf die Schippe zu nehmen."
Die beiden grinsten einhellig.
„Setz dich, ich bring dir gleich einen Blauen." Sörine strahlte ihren Sohn an. „Deine neue Kollegin habe ich nun ja schon kennengelernt. So was von lieb und nett. Da hast du wirklich Glück gehabt." Eilig verschwand sie wieder in Richtung Tortentresen.
Das Glück, von dem sie gesprochen hatte, spiegelte sich zwar keineswegs in Heinrichs Gesicht wider, aber wenigstens schnappte er sich einen freien Stuhl und setzte sich Ella gegenüber. „Ihnen ist schon klar, dass Sie sich in einer ziemlich ausgedehnten Pause befinden?"
„Ich arbeite das nach", fauchte Ella zurück. Du meine Güte, was sollte dieses Gepingel?
„Unter diesem Gesichtspunkt betrachtet: Darf man nachfragen, was du gerade hier treibst?" Hobbi lächelte jetzt kein bisschen mehr.
„Mittagspause", brummte Heinrich, ohne zu zögern. „Eine halbe Stunde. Steht laut Arbeitszeitverordnung jedem von uns zu."

Hobbis Mund öffnete sich. Doch genau in dem Moment war Sörine wieder da und stellte Teller und Tasse vor Heinrich hin. „Hier, min Jung. Lat di dat schmecken. Vielleicht hilft das auch deiner Laune ein bisschen auf die Sprünge."

„Mutter!"

„Doch, doch, Jung. Wie ich dich kenne, hast du heute noch nicht viel in den Magen gekriegt. Und ein zu niedriger Blutzucker kann einem ganz schön die Laune verhageln. Iss und genieße. Dann scheint dir auch gleich wieder die Sonne. Und Oskar ist ein ausnehmend netter Hund."

Nein, die Sonne wollte für Heinrich absolut nicht aufgehen. Mit finster zusammengezogenen Augenbrauen stach er seine Gabel viel zu heftig in die Torte, zerrte ein Stück daraus und ... Nun ja, es hätte unter Umständen in seinem Mund landen können, tat das aber nicht, sondern flog in hohem Bogen über den Tisch – auf Ella zu. Die ruckte mit dem Oberkörper ein Stück zurück und beobachtete, wie das sahnige Geschoss den Tisch knapp verfehlte – und auf den Boden klatschte. Direkt vor Oskars dankbare Schnauze.

Danach – völlig klar – war Heinrich sein auserkorener Freund. Vertrauensvoll setzte er sich an seine Seite und fixierte ihn mit seinen sanften braunen Augen.

Jeder andere hätte diesem Bettelblick nicht mal eine halbe Minute standhalten können, Heinrich dagegen hatte ganz offensichtlich überhaupt kein Problem damit. Mit ein paar riesigen Hapsen verschlang er seinen Heinrich, ohne Oskar auch nur eines verstohlenen Seitenblickes zu würdigen.

Das war dann doch zu viel für ihn. Mit einem auffordernden Geräusch, halb Jaulen, halb Wimmern, legte er Heinrich seine Vorderpfote aufs Knie. Der ultimative Torten-Ausgabe-Antrag.

„Äh, hau ab." Heinrich schnellte vom Tisch hoch.

Und Oskar ließ ein verzweifeltes Bellen los.

„Ruhe."

Oskar verstummte. Würde er jetzt noch etwas bekommen?

Er hatte Pech. Ella zog ihn zu sich und bestimmte forsch: „Platz."

In Heinrichs Jackentasche vibrierte es hörbar. Schnell hatte er sich das letzte Stück Torte in den Mund gestopft, sprang auf und rannte förmlich zur Tür, ehe er sein Handy hervorzog und dranging. Sodass Ella nicht das Geringste hören konnte. Das hatte er doch absichtlich so gemacht!

Er lauschte angestrengt, um dann herauszuplatzen: „Melina? Äh – Frau Niemann?“
Ha! Alarmiert hatte Ella sich aufgerichtet und lauschte mit aller Konzentration.
„Ja, natürlich, das habe ich gesagt, Sie könnten mich jederzeit anrufen.“ – „Aber ja, ich ... wir kommen zu Ihnen, oder? Meine Kollegin und ich. Nach Windeby? Sind Sie zu Hause?“ – „Verhalten Sie sich ruhig, wir sind auf dem Weg.“ Noch während er sprach, hatte er sich zu Ella umgedreht.
Die stand längst an ihrem Platz.
Das Handy noch am Ohr, kam Heinrich wieder näher. „Sind Sie mit dem Wagen da?“
„Wir sind alle drei mit demselben Wagen da“, antwortete Hobbi an ihrer Stelle. „Aber wenn es wirklich so wichtig ist, können Elke und ich auch zu Fuß ...“
„Hey, kannst du mich gefälligst auch mal fragen, ehe du so absurde Angebote machst?“ Ganz offensichtlich war Ülkü keine passionierte Fußgängerin.
„Wenn ihr es gegen halb sieben wiederbringt, könnt ihr mein Auto nehmen“, schaltete Sörine sich von hinter der Tortentheke ein, wo sie gerade den letzten Heinrich auf einen Teller bugsierte.
„Danke dir.“ Thorsten war schon draußen.
Danke dir, dass du nicht mal kurz auf mich warten kannst! Ella war von ihrem Platz hochgeschossen – doch dann wurde ihr bewusst, dass sie ihn in der Hand hatte – fahrtechnisch. Und sie würde ihn zappeln lassen!
Naja, vielleicht nicht unbedingt diesmal, wo es so dringlich war und Melina auf sie wartete. „Ulli, wir müssen ganz schnell los. Geht das einfach so?“
Die nickte, war gerade damit beschäftigt, einen Tisch abzukassieren. Ella ließ einfach die Leine los. „Sei brav, Dicker. Und vielen vielen Dank“, rief sie in die Runde.
„Hier, die Schlüssel“, war Sörine plötzlich neben ihr und drückte sie ihr in die Hand.
„Ich komme nachher wieder.“
„Allens klaar.“ Vergnügt winkte Sörine ihr nach.

Abgrundtief

Mutters Auto stand wie üblich auf dem Platz neben dem Café. Und es war offen, ebenfalls üblich für sie. So saß Thorsten längst, als die Kirsch folgte. Volle drei Minuten später.
„Ulli ist so lieb, sich um Oskar zu kümmern", erklärte sie atemlos und startete immerhin unverzüglich den Motor. „Und Ihre Mutter ist einverstanden, dass er im Café bleibt." Sie strahlte ihn von der Seite an, als hätte er da Aktien drin. „Sie ist ganz schrecklich lieb, also sie beide sind es. Aber eine solche Mutter zu haben – da haben Sie wirklich Glück."
Tja, was sollte er dazu sagen? „Ja."
Er spürte ihre Verblüffung. „Schon wieder ein Schubladenproblem?", fauchte er.
„Ja", gab sie unumwunden zu. „Drin machten Sie den Eindruck ..."
„Ich mag es nicht, fremde Leute unangemeldet in meinem Privatleben zu begrüßen, aber meine Mutter ist mir lieb und teuer. Ist das so in Ordnung für Sie?"
Inzwischen hatte sie gewendet. War jedoch an der Straße stehengeblieben und spielte mit dem Blinker. „Ich hatte gehofft, dass Sie für heute durch wären."
„Wie?"
„Sie haben mich schon genug angegiftet. Da hätte ich gedacht, dass wir jetzt sofort in den 'Wir-arbeiten-friedlich-und-freundlich-zusammen'-Modus schalten könnten."
„Äh ..."
„Ich hätte nämlich Klärungsbedarf, ehe wir da sind. Wären Sie so nett? N-e-t-t", setzte sie flüsternd hinzu. „Tut nicht weh. Außerdem hatten wir das heute auch schon mal."
Thorsten verzog unwillig das Gesicht.
„Also: Wollen wir los?"
„Ja doch."
„Wohin?"
Er holte Luft – und die Worte, die er sich vorhin schon für sie

zurechtgelegt hatte, sprudelten heraus. „Exklusiv-Interview mit Melina Niemann im ansonsten von allen guten Geistern verlassenen Anwesen ihrer Familie hinter Windeby." Er war selbst überrascht, dass er sich eifrig anhörte.
„Das ist ja Wahnsinn!" Die Kirsch war so nett, ausgiebig zu frohlocken, und wusste sogar schon, dass der Weg nach links der schnellere war. „Wir sind so was von gut im Geschäft!"
„Was ein bisschen haarig ist: Ich bin heute Morgen mit Hauptkommissar Klaasen aneinandergeraten." In dieser Sache hätte er sich wirklich gern mit Freiberg beraten. „Allerdings dürfte nichts Gravierendes nachkommen, denn Kollege Jacoby hat mich gerettet und erklärt, Melina habe mich privat zu Hilfe gerufen."
„Genau das hat sie doch auch gerade getan."
„Ziemlich explizit, ja."
„Sie meinen, wir müssten den Klaasen anrufen und ihn informieren, dass wir zu seiner Zeugin fahren?"
„Das ist Unsinn, oder nicht?"
„Wir könnten es hinterher. Also falls wir Ergebnisse kriegen, müssen wir das auf jeden Fall. Wenn es etwas Relevantes ist."
„Ja."
„Aber erst mal bringen wir Melina dazu, uns diese Ergebnisse zu geben." Schon wieder ging eine freudige Welle von ihr aus.
Wobei sie vollkommen recht hatte. Sie waren echt gut im Geschäft, was den Mordfall betraf. Wenn man bedachte, wie holzhammermäßig Klaasen vorgegangen war. Auf diese Weise würde der überhaupt nichts aus der völlig aufgelösten Melina herausbekommen. Da konnte er froh sein, dass sie das Verhör für ihn erledigten ...
„Müssen wir uns irgendwie abstimmen?", fragte die Kirsch. „Wie wir in dem Gespräch vorgehen?"
„Am Telefon eben war Melina mindestens so außer sich wie heute Morgen. Ich würde sagen, dass wir sie erst mal reden lassen."
„Und dann spontan entscheiden, was für Fragen wir stellen?"
„Auf der Grundlage, dass wir ihr vermitteln, ihr helfen zu wollen."
„Ist das gelogen?" Das war eine echte Frage, keine Anklage.
„Naja, wir wollen ihr helfen, so das in unserer Macht steht." *Und Klaasen ausstechen.* Aber das konnte Melina ja egal sein.
„Nur wenn sie ...", die Kirsch zögerte, offenbar fiel ihr schwer, das Folgende auszusprechen, „wenn sie irgendwie schuldig ist, können wir das natürlich nicht."

„Für wie wahrscheinlich halten Sie das?"
Sie war überrascht über die Frage. „Naja ..." Wollte Zeit schinden.
„Sie können es ruhig sagen. Ich weiß, dass rein von der Sachlage her Melina als die Hauptverdächtige gelten muss."
„Aber Sie glauben das nicht." Vorwurfsvoll klang sie. Zögerte einen Atemzug lang – um dann herauszuplatzen: „Weil sie der Prototyp ist, oder? Der Prototyp des unschuldigen Rehs. Zart und hilfebedürftig und zu schön, als dass irgendjemand – irgendein Mann – ihr etwas Böses zutrauen könnte?"
Sollte er sich angegriffen fühlen? Oder sich lieber darauf konzentrieren, dass die Kirsch sich angegriffen fühlte? „Sie sind neidisch", stach er zu. Wie praktisch, zuweilen zwei Fliegen mit einer Klappe erwischen zu können.
„Wieso sollte ich neidisch sein?" Oh, oh, nun war sie endgültig eingeschnappt.
Und so durchschaubar! Ihr wunder Punkt lag auf dem Präsentierteller vor ihm, er brauchte nur zuzuschlagen ...
„Mich regt es einfach auf, dass Männer sich so leicht um den Finger wickeln lassen", stieß sie wütend hervor. „Ein schönes Gesicht, ein paar Tränen in den langen Wimpern, ein flehender Blick – und schon geht der Reflex mit ihnen durch, sich zum Ritter der armen Jungfrau aufzuschwingen."
Und Sie behaupten, dass Sie das nicht genauso machen würden, wenn Sie so schön wären? Oder: *Sie ärgern sich darüber, dass Sie sich nicht trauen, dieselben Hebel zu betätigen?* Oder auch die andere Schiene, die er Elke gegenüber gewählt hätte, die sich Melinas bezüglich übrigens ganz genau wie Ella gebärdet hätte: *Und Sie sind sich zu schade für diese effektiven Mechanismen? Wollen sich über Frauen wie Melina stellen, die so klug sind, sich dieser urmenschlichen Muster zu bedienen?*
Es hätte so viele äußerst effektive Möglichkeiten gegeben, wie er hätte reagieren können. Was ihn in diesem Moment ritt – er hatte keine Ahnung. „Ich gehöre nicht zu den Männern, die auf Reh-Frauen reinzufallen pflegen." Vielleicht war er einfach des Streitens müde. Oder hatte keine Lust, sich nach seinem Schlag, wie befriedigend er auch gewesen wäre, stundenlang zu bemühen, die beleidigte Kirsch-Leberwurst wieder zu besänftigen. Auf jeden Fall war es, was die Arbeit betraf, sowieso viel vernünftiger, sich gut zu stellen mit seiner Teamkollegin.

„Ach." Sie glaubte ihm nicht.
„Denken Sie wirklich, ich würde mich so weit erniedrigen?"
„Zuzugeben, ein schwanzgesteuertes Wesen zu sein?", zischte sie. Richtig kiebig.
Er gestattete sich ein anerkennendes Grinsen. „Manchmal bringt es Ihre deftige Ausdrucksweise auf den Punkt."
„Sie wollen also behaupten, dass Ihre Zweifel an Melinas Schuld nichts damit zu tun haben, dass sie ..."
Fehlten ihr die Worte? „... dieser Prototyp ist, wie Sie es eben genannt haben?", half er ihr weiter. „Ja, das behaupte ich."
Keine Erwiderung.
„Sie ist nett anzusehen, klar. Und so bedürftig, dass ein Mann, der anfällig ist für diese Mechanismen, sich bestimmt berufen fühlen könnte, sie zu retten. Sich einzubilden, er könnte sie halten, weil sie so abhängig ist. Auch würde ich den Faktor nicht unterschätzen, dass sich ein solcher Mann durch eine so ansehnliche und klischee-weibliche Frau extrem aufgewertet fühlen könnte."
„Ach – und gegen all das sind Sie immun?", forderte die Kirsche ihn schon wieder offen heraus, so abrupt in die Bremsen steigend, als wäre die Ampel gerade erst auf Rot umgesprungen.
War sie wirklich scharf darauf, ein solches Klischee-Weibchen zu sein? Elke war das nicht, das wusste er. Bei ihr als Türkin war es vielmehr so gewesen, dass man das von ihr erwartet hatte. Um dem zu entkommen, hatte sie schon als Zwölfjährige durchgesetzt, Kickboxen zu lernen, hatte schließlich geschafft, das Leben einer durch und durch emanzipierten Frau zu leben. Worauf sie zu recht total stolz war.
Die Kirsch dagegen war bestimmt schon perfekt emanzipiert aufgewachsen, hatte sich dann ja sogar für einen ursprünglich männlichen Beruf entschieden. Aber vielleicht hing ein Teil von ihr doch noch an der Idee, eine schöne Prinzessin zu sein, um von einem Prinz auf seinem Schimmel hofiert zu werden?
„Darüber müssen Sie ja lange nachdenken!" Mit einem genervten Ruck legte sie den Gang ein und gab Gas – zu einem Kavalierstart hätte nicht viel gefehlt.
Okay, er brauchte eine gute Antwort. „Sagen wir mal so: Ich lasse mich ungern manipulieren. Und diese biologischen Mechanismen tun genau das. Sie manipulieren uns, hindern uns daran, den Kopf einzuschalten und zu sehen, was Sache ist."

„Und? Was ist Sache?"
„Schönheit ist keine Eigenschaft, die irgendetwas Relevantes über einen Menschen aussagt – mit Ausnahme dessen, dass sie diesen Menschen in die Lage bringt, sein Äußeres berechnend einzusetzen. Oder seinen Selbstwert aus der Bewunderung der Männer und dem Neid der Frauen zu ziehen. Oder sich gar vollständig auf das Aussehen reduzieren zu lassen."
Der Kirsch-Blick blieb skeptisch. „Das heißt, Sie haben dieses Geflirte eingesetzt, um Melina Ihrerseits zu manipulieren?"
„Logisch." Wieder die obige Entscheidung. Sich angegriffen fühlen oder auskosten, dass sie ...? „Es kann nie schaden, sich derartige Gegebenheiten zunutze zu machen." Was war mit ihm, dass er heute so zahm war?
Was die Kirsche natürlich überhaupt nicht zu schätzen wusste. „Und trotzdem weigern Sie sich, Melina zu verdächtigen?"
„Unsinn, klar weiß ich, dass sie verdächtig ist."
„Aber?"
Hmm. Er schwieg.
„Sie haben zumindest Mitleid mit ihr, geben Sie es zu!", nutzte die Kirsch gleich die Chance, ihn von neuem anzuklagen.
Er sandte ihr ein warnendes Stirnrunzeln. „Nicht wegen der Prototypsache!"
„Sondern?"
Verdammt, das war dumm. Er war dumm. Und unlogisch. War er nicht total angenervt gewesen von diesen Opa-Enkelin-Bildern? Und zuvor schon, weil Melina so ... vernünftig und erwachsen und perfekt gewirkt hatte? Wann war das denn umgeschlagen? In – naja, es war Mitgefühl. Und es erschwerte ihm wirklich, objektiv zu bleiben, wenn er ehrlich war. Also er war es – objektiv – aber das kostete ihn eine gewisse Anstrengung.
Die Kirsche nickte wissend.
Und ließ damit jäh Aggression in ihm hochkochen. „Vielleicht sollten Sie sich mal fragen, ob nicht Sie genauso von diesen Mechanismen gesteuert sind", schoss er diesmal ohne Zögern auf sie ab.
„Wie meinen Sie das?", kam es in aller Schärfe zurück.
„Dass Sie einer schönen und bedürftigen Frau Ihr Mitgefühl verweigern, das sie normalerweise sehr wohl gehabt hätten? Bloß weil Sie zu sehr damit beschäftigt sind, mit ihr zu konkurrieren?"
„Ich konkurriere doch nicht mit ihr!"

„Nicht?“ Grimmig fixierte er ihr Profil.
Sie presste die Lippen aufeinander.
„Hätten Sie mit ihr mitfühlen können, wenn sie hässlich gewesen wäre?“, beharrte er.
Noch immer Schweigen.
„Sehen Sie? Und damit sind Sie nicht einen Deut besser als jeder Mann, der sich von Melina einwickeln lässt“, musste er nochmal in aller Ausdrücklichkeit feststellen. Triumphierend lehnte er sich auf dem Sitz zurück.
„So ist es nicht“, nuschelte sie.
„Nicht?“ Er wandte ihr seine hochgezogene Augenbraue zu.
„Nein. Sie tut mir sehr wohl leid. Dass sie ihren geliebten Großvater verloren hat. Sie war ja wohl seine Prinzessin, wie man so sagt. Jemanden, der einen so sehr liebt, zu verlieren ...“ In ihrer Stimme lag ein sehr ähnliches Gefühl wie seines, als er die Bilder an Niemanns Wänden gesehen hatte.
„Sie haben so jemanden wohl nicht gehabt?“, hörte er sich fragen.
„Sie schon, oder? Ihre Mutter?“
Das hatte er provoziert. „Nein“, war er ihr schuldig, ehrlich zu antworten. Ganz davon abgesehen, dass er auf gar keinen Fall als Prinz seiner Mutter hätte dastehen wollen!
„Meine Eltern lieben mich“, hatte sie wohl das Bedürfnis, ihn aufzuklären. „Nur ... ich stand niemals so im Fokus, wie das bei Melina gewesen ist.“
„Wir wurden nicht über alles gesetzt.“
„Genau.“ Sie überlegte. „Sind wir darauf wirklich neidisch?“, fragte sie dann.
Wir. Das musste er berichtigen. Er schluckte. Und kriegte es doch nicht heraus.
„Manchmal hätten wir uns das gewünscht, oder?“ Sie warf ihm einen Seitenblick zu.
Auf einmal fühlte er sich gar nicht mehr angegriffen. „Weil wir, was dieses 'Im-Mittelpunkt-der-elterlichen-Liebe-zu-stehen' angeht, zu kurz gekommen sind?“
Sie nickte. Nachdenklich. „Meine Eltern waren ausschließlich mit sich selbst beschäftigt“, erzählte sie dann. „Damit, sich gegenseitig zu zerfetzen. Ich war nur interessant, wenn es darum ging, mich ins Boot zu bekommen – gegen den anderen.“
„Haben Sie denen den Gefallen getan?“

„Ich habe alles getan, um mich irgendwie da rauszuhalten. Was nicht leicht war. Genauer gesagt, war es ein Fulltimejob."
„Das kann ich mir vorstellen." Es war seltsam, so etwas über sie zu erfahren.
„Wie war das bei Ihnen? Ihre Eltern sind auch nicht mehr zusammen, oder?"
„Mein Vater ist tot", wandte er automatisch seine übliche Lüge an. Ehe ihm dämmerte, dass er damit nicht um eine Antwort herumkam. Na gut. „Meine Eltern waren auch ausschließlich mit sich selbst beschäftigt", konnte er ja ohne Bedenken preisgeben. „Und sie haben mich ebenfalls in ihrem Kampf miteinander eingesetzt." Auch das. „Haben mich benutzt, um sich gegenseitig zu manipulieren." Uff, da kam er dann doch seinem Zorn zu nahe.
„Das ist es, oder?", rief Ella aus. Freudig, weil Thorsten und sie etwas gemeinsam hatten. Aber auch voller Bitterkeit. „Dass sie uns benutzt haben? Dass wir als Person nichts gezählt haben? Um die Ehe ging es. Nur um die Ehe."
Thorsten holte Luft – musste aber weg von diesem Thema. Dringend. „Die Frage ist doch, ob Melina nicht ebenso benutzt worden ist", sprach er das aus, was ihm von Anfang an aus diesen 'Wir-lieben-uns-über-alles'-Bildern entgegen gesprungen war. Und erst recht aus dem Abiballfoto.
„Sexueller Missbrauch?", präzisierte die Kirsche sofort.
„Wäre es nicht sonst zu schön, um wahr zu sein?", fragte er wider.
„Damit hätte sie ein Mordmotiv." Nun war ihr Tonfall vorsichtig.
Seine Antwort diesmal prompt. „Ja."
„Also sind wir offen für die Möglichkeit, dass sie ihren Großvater getötet haben könnte?"
„Ihn vergiftet haben zumindest. Ob sie ihn auch erdrosselt hat ..."
Wie war das von der Rechtslage her? Könnte sie des Mordes angeklagt werden, obwohl ihr Opa einem zweiten Mörder zum Opfer gefallen war?
„Da stoßen wir wieder auf die Sache mit dem Zufall." Die Kirsche spitzte die Lippen. „Dass es zwei Mörder gibt, die zur selben Zeit beschließen zuzuschlagen?"
„Und dass es auch noch die Eltern getroffen hat – auch Zufall? Oder die unbewusste Sehnsucht, gefasst zu werden?"
„So was könnte ich mir von Melina schon vorstellen. So jung und labil, wie sie ist." Ihr war wohl bewusst geworden, dass sie wieder

abfällig klang, und fügte sanfter hinzu: „Und so traumatisiert. Womöglich sogar im Rahmen einer posttraumatischen Belastungsstörung?" Sie hörte sich gut informiert an.
„Sie meinen, es ist in jüngster Vergangenheit etwas vorgefallen, das sie dazu gebracht hat, sich an ihrem Großvater zu rächen?"
„Oder aber: Sie hat erst da realisiert, was er ihr angetan hat."
„Okay, das wäre möglich." Er nickte ihr zu. „Jedenfalls könnte sie den Plan gefasst haben, ihn zu vergiften – und ihr als Pilzsammlerin fallen natürlich sofort die Knollenblätterpilze ein."
„Aber dazu hätte sie die irgendwo auftreiben müssen", gab die Kirsche zu bedenken. „Wachsen die jetzt schon? Ansonsten hätte sie die ja auf Vorrat haben müssen." Wie auch immer sie zu Melina stand – sie war ebenso offen für ihre Unschuld.
„Also doch eher ein Unfall?" Er sah sie an.
„Obwohl sie davon überzeugt ist, dass ihr niemals passieren könnte, diese Pilze zu verwechseln?"
„Sagten Sie nicht sogar, dass Melina behaupte, dass sie gar keine Doppelgängerpilze gesammelt hätten?", fiel Thorsten ein.
„Keine Champignons, genau. Sondern Steinpilze und Täublinge, glaube ich. Stimmt, ich wollte noch ..." Sie sah hinter ihn auf die Rückbank. „Könnten Sie mal mein Handy aus der Tasche nehmen? Dann forschen wir noch mal schnell, wie das aussieht mit den Verwechslungsmöglichkeiten."
„Na gut. Aber Sie müssen mir sagen, wo ich draufdrücken soll."
„Heinrich, Sie stecken gerade bis zum Hals in einer Schublade für Klischee-Frauen!"
Er stockte, verrenkt auf dem Beifahrersitz, noch hatte er die Hoffnung, sich nicht extra abschnallen zu müssen, nicht aufgegeben. „Was reden Sie da?"
„'Frauen und Technik' – schon mal gehört? Während Männern die Fähigkeit in die Wiege gelegt wurde, mit schlafwandlerischer Sicherheit zu erahnen, welche Tasten sie bei einem technischen Gerät welcher Art auch immer drücken müssen."
„Ach so." Grinsend ließ er sich mit seiner Beute wieder in den Sitz sinken. „Technische Geräte egal welcher Art interessieren mich nicht. Ich besitze ein Laptop und einen Fernseher. Mein Trimmrad hat einen Lenker, einen Sattel und zwei Pedale, kein Display. Und mein Handy – ich bin von höchster Stelle gezwungen worden, eines mit mir herumzutragen – das kann telefonieren und noch ein

paar andere Kleinigkeiten, die ich noch nie gebraucht habe. Insofern: Lassen Sie mich in meiner Anti-Technik-Schublade in Ruhe."
Die Kirsche ließ ihm ein gutmütiges Lachen zukommen. „Also gut. Dann drücken Sie als erstes den Knopf oben rechts."
„Wo ist oben?"
„Hey, Sie haben noch maximal drei Minuten, bis wir da sind."
„Okay." Das Display hatte er inzwischen zum Leuchten gekriegt. „Das Firefox-Symbol?", schlug er vor. Doch es wurde langweilig, daher tippte er nun selbständig ein: 'Verwechslungen Pilze'. Um festzustellen, dass der Bildschirm so lange weiß blieb, dass Kirsche und er noch ausgiebig weiter hätten kabbeln können.
„Es dauert", kommentierte sie dann auch. „Aber gleich müsste er es haben." Sie bremste ab, um in den Niemannweg einzubiegen. „Jetzt!"
Oh ja. „Nehmen wir einfach mal den ersten Link."
Sie stoppte den Wagen vor den Niemann'schen Toren, als das Display endlich bunt wurde.
„Ah, eine Riesenliste." Er überflog die Namen. „Steinpilze könnte man mit dem Gallenröhrling, dem Wurzelnden Bitterschwamm, dem Wurzelnden Bitterröhrling oder dem Schönfußröhrling verwechseln."
„Gibt es ein Bild?"
„Nee, aber die werden ja wohl alle wie Steinpilze aussehen, oder?"
Die Kirsche lachte. „Manchmal bin ich unschlagbar scharfsinnig. Aber zumindest habe ich erfasst, dass der Knollenblätterpilz da nicht auftaucht. Gucken Sie beim Täubling."
Thorsten war schon dabei. „Bingo! Der Täubling, der Grüngefederte Täubling und der Pfirsichtäubling können mit dem Grünen Knollenblätterpilz verwechselt werden."
„Was Melina mir nicht dazu gesagt hat." Energisch drückte sie das Gurtschloss, sodass der Gurt sich mit einem Surren einrollte. „Weil sie es nicht gewusst hat?", schob sie mit gelinder Hoffnung in der Stimme nach.
„Als versierte Pilzsucherin, die von sich behauptet, unfehlbar zu sein?"
„Ausgeschlossen." Sie seufzte und fasste nach dem Türgriff.
„Zu diesem Thema sollten wir auf jeden Fall mal eine kleine Frage einfließen lassen." Thorsten drückte ihr das Handy in die Hand und ließ seinen Gurt zurückschnalzen.

Während die Kirsche noch immer sitzen blieb. „Ich habe irgendwie das Gefühl, dass ich nicht annähernd vorbereitet bin auf das, was jetzt kommt", sprach sie aus, was ihm, wenn er ehrlich zu sich gewesen wäre, ebenfalls durch den Kopf gegangen war.
„Wir verlassen uns auf unsere Intuition. Hat mein ehemaliger Chef immer gesagt. Er war der Meinung, so etwas zu haben." Thorsten verzog das Gesicht.
Sie warf ihm einen Seitenblick zu. „Wissen Sie was? Jeder hat das. Intuition. Wir also auch."
Er lachte und öffnete die Tür. „Dann lassen wir sie einfach raus!"
Die Kirsche folgte. „Jedenfalls sind wir nicht allein."
Ja, da hatte sie recht. Seite an Seite wanderten sie zum kleinen Tor und drückten auf die Klingel.

„Danke, vielen vielen Dank, dass Sie gekommen sind", schluchzte Melina ihnen entgegen, noch ehe sie die Tür geöffnet hatte. „Kommen Sie herein. Ich konnte einfach nicht länger in der Klinik bleiben. Meiner Mutter geht es total schlecht, mein Vater liegt sogar im Koma. Die Ärzte meinen, seine Leber versagt bereits." Sie winkte sie durch den Flur, an der noch versiegelten Küche vorbei. „Und ich bin durchgefallen."
„Wie – durchgefallen?"
„Ich komme als Leberspenderin nicht infrage. Vielleicht hätte ich ihn retten können. Wobei er selbst daran schuld ist, dass es in diesem Stadium der Vergiftung schon so schlimm um ihn steht. Durch den regelmäßigen Alkoholkonsum ist seine Leber schwer vorgeschädigt. Sonst ginge es ihm wie meiner Mutter. Die kriegt Medikamente. Vielleicht wirken die auch nicht. Aber sie hat eine Chance."
Diese Sätze hatten sachlich und unbeteiligt geklungen. Was natürlich nicht unbedingt etwas bedeuten musste. Doch auch die Art und Weise, wie sie nun das Wohnzimmer durchquerte und sich auf dem Sofa niederließ ...
„Das tut mir sehr leid um Ihren Vater", erklärte Kirsche und trat vor Thorsten ins Wohnzimmer.
Wo sein Blick gleich auf die edle Anrichte an der Seite gelenkt wurde. Dort hatte man die übliche Deko – poliertes Silbergeschirr auf Spitzendeckchen – zur Seite geschoben und ein richtiges Buffet aufgebaut. Käse und Obst, Pumpernickel, Baguette. Dazu gleich mehrere Liter Traubensaft und Mineralwasser. Und Schokolade.

Sortenweise. Alles sah unberührt aus, nur aus dem Glas Wasser auf dem Couchtisch hatte sie getrunken.
„Nun zahlt Vater die Rechnung für seinen Alkoholismus." Melina wies einladend auf das zweite Sofa ihrem gegenüber. Bemerkte dann wohl ihr Staunen. „Oh, Frau Wolter wollte mich unbedingt mit zu sich nach Hause nehmen, aber ich mochte nicht. Da hat sie mir wenigstens eine Kleinigkeit zu essen dagelassen, wo ich doch nicht in die Küche darf. Die ist versiegelt." Sie schnaubte, was sogleich ein Taschentuch notwendig machte. Zu diesem Zweck stand eine Großpackung Kleenex auf dem Couchtisch bereit. „Also bedienen Sie sich ruhig."
Die Kirsche setzte sich, ohne zu zögern. „Nein danke, ich habe gerade gegessen."
Thorsten auch. Und ausgerechnet in diesem Haus etwas zu nehmen ...
Melina schluchzte wild auf. „Halten Sie mich etwa auch für eine Giftmörderin? Für eine Gift-Massenmörderin?" Wütend rupfte sie ein neues Kleenex aus der Packung und schmiss das alte in einen Papierkorb unter dem Tisch. Zu mehr als zwei Dritteln gefüllt mit Zellstoff. „Ich habe Sie angerufen, weil Sie nett zu mir waren, Herr Heinrich." Ja, auch jetzt schwangen Anklage und Wut in ihrer Stimme. „Weil Sie mich heute Morgen beschützt haben. Und Sie waren doch auch so lieb zu mir." Letzteres an die Adresse der Kirsch. „So voller Verständnis. Ich dachte, Sie könnten mir auch jetzt helfen. Sie sind doch gekommen. Ich habe Sie angerufen, und Sie sind sofort gekommen ..."
„Naja, wir arbeiten bei der Kripo. Wenn uns eine Zeugin anruft ..."
„Sie arbeiten nicht an dem Mordfall, das weiß ich mittlerweile. Von Hauptkommissar Klaasen. Sie sind für die Fensterscheibe zuständig, sagt er. Er ist der von der Mordkommission. Und er hält mich für die Hauptverdächtige."
„Wirklich?"
„Das überrascht Sie, oder?" Flehend blickte sie von der Kirsche zu Thorsten und zurück. „Sie sind überrascht, weil das absolut daneben ist? Absolut daneben." Sie putzte sich lautstark die Nase.
„Naja." Die Kirsche verzog mitleidig das Gesicht. „Wir haben gespürt, wie traurig Sie sind, dass Ihr Großvater tot ist. Wie sehr Sie ihn geliebt haben. Und wie außer sich Sie waren, als es nun auch noch Ihre Eltern erwischt hat." Sie machte das gut. Hatte nur

offensichtliche Dinge ausgesprochen und doch Melina das Gefühl gegeben, auf ihrer Seite zu sein.
„Wie baut der Herr Klaasen denn Ihre Eltern mit ein?", musste er sich dennoch einmischen. „Sollen Sie denen die Reste der Pilzmahlzeit verabreicht haben?" Mist, das war jetzt wohl taktlos gewesen.
Zum Glück stieß Melina einen lach-ähnlichen Laut aus. „Das könnte ein Unfall sein, sagt er. Oder ich könnte sie ebenso gut gezielt aus dem Weg geräumt haben, um den Mord an meinem Großvater zu vertuschen." Herausfordernd sah sie ihn an.
Tja, was sollte er dazu sagen?
Angewidert das Gesicht verziehend, wandte sie sich von ihm ab, zur Kirsche. „Sie finden das nicht, oder? Nicht auch noch Sie?"
Gespannt schielte Thorsten zu ihr. Würde sie Melina zu willen sein?
Die hatte sich erneut zu Thorsten gedreht. Mit einer neuen Taktik. Tränenbenetzte Augen blinzelten, bebende Lippen öffneten sich.
Fast hätte er gegrinst. Wenn sie geahnt hätte, dass Ella und er sich ausführlichst über diese Masche ausgetauscht hatten ...
Anscheinend hatte Melina ein gutes Gespür dafür, was in den Menschen um sie herum vorging. Jedenfalls waren ihre Augen plötzlich wieder trocken, dafür biss sie tapfer die Lippen aufeinander, straffte sich und wischte damit scheinbar jedes manipulative Gehabe beiseite. „Ich habe meinen Großvater nicht vergiftet", erklärte sie dann laut und deutlich. Nicht das kleinste Schluchzen in ihrer Stimme. „Für jeden einzelnen Pilz, den sie in diesem Haus und drüben in der Kate mitgenommen haben, lege ich meine Hand ins Feuer. Es ist kein Knollenblätterpilz darunter. Nicht ein einziger."
„Das werden die Laborbefunde ja zeigen."
„Es wird dauern, bis die Proben alle ausgewertet sind, sagte Herr Klaasen. Mindestens bis übermorgen. Und selbst dann ..."
„Ja?"
„Er sagt, ich hätte ja alle Spuren beseitigt. Könnte die Reste des Giftpilzes sonstwo verschwinden lassen haben. Deshalb würde es mich nicht einmal retten, wenn man nichts findet. Weil ich ja alles mutwillig beseitigt habe. Ich werde des Mordes angeklagt werden, sagt er. In jedem Fall."
„Das ist doch Unsinn", wallte da Thorstens Zorn auf diesen Idioten in ihm auf. „Selbst wenn Sie verdächtigt werden, heißt das noch

lange nicht, dass Sie auch angeklagt werden. Erst recht nicht, wenn man keine Beweise findet. Und die soll Klaasen gefälligst beschaffen, statt pauschale Verleumdungen auszustoßen."
„Aber wenn es nach den Indizien geht ... Es gibt ja schon Verurteilungen, die auf Indizien beruhen, oder?" Nun lag doch wieder Flehen in ihren Augen.
Doch war das nicht nachvollziehbar? Wenn man an die Justizirrtümer dachte, die ja immer wieder vorkamen ... Das hatte sie nicht verdient. Jahre ihres Lebens dafür zu bezahlen, dass sie unschuldig ins Gefängnis wanderte. „Im Zweifel für den Angeklagten", beschwor er ernst. Sie mussten offen bleiben für alle Varianten. Jetzt erst recht. „Ohne Beweise ...", *kann Ihnen nichts passieren,* hatte der unprofessionelle Teil in ihm über die Stränge schlagen wollen, „... wäre ein Geständnis von Ihnen vonnöten."
„Ich habe niemanden vergiftet."
„Dann werden Sie auch nicht angeklagt", wanderte dann doch noch über seine Lippen.
„Apropos Beweise ..." Ella warf Thorsten einen warnenden Blick zu, ehe sie wieder Melina ansah. „Sie haben wirklich gründlich geputzt und aufgeräumt, sogar den Müll rausgebracht."
„Weil ich das immer so mache. Ich schaffe sofort wieder Ordnung. Schon während ich es tue. Immer. Wenn ich koche, wasche ich währenddessen ab und räume auf, wenn ich esse, räume ich alles in die Maschine und wische ..."
„Wenn Sie etwas wegwerfen, bringen Sie immer sofort den Müll raus?", hakte Thorsten ein.
„Ja, natürlich. Zwiebelschalen stinken, gekochte Abfälle ziehen Ungeziefer an, wenn man Müll zu lange im Beutel lässt, ist nachher alles voller Maden ..." Ihr Ekel war heftig, allein die Vorstellung löste Würgereiz bei ihr aus.
„Sind Sie genau so ... extrem in ihrer Sauberkeit wie ihr Großvater?", erkundigte die Kirsche sich vorsichtig.
Melinas Augen weiteten sich. „Extrem?"
„Zwanghaft, heißt es", präzisierte Thorsten. Was brachte es, um den heißen Brei herumzureden?
„Ich weiß nicht. Ich ... fühle mich gut damit. Mir geht es gut ... besser. Wenn es um mich herum sauber und ordentlich ist."
„Haben Sie deshalb sämtliche Spuren der Pilzmahlzeiten, die Sie für Ihren Großvater und gestern für Ihre Eltern zubereitet haben,

beseitigt?", fasste Ella nochmals den Stand der Dinge zusammen. Es war angenehm mit ihr. Sie spielten sich gegenseitig den Ball zu, kamen gut voran. Er nickte ihr zu. Und bekam ein kleines Lächeln zurück.
„Die Pilze meines Großvaters habe ich nicht zubereitet", lenkte Melina ihre Aufmerksamkeit wieder auf sich. „Er hat allein gekocht. Und ...", da fiel ihre Selbstbeherrschung wieder in sich zusammen. „Er hat allein gegessen", würgte sie hervor. „Wenn ich mit ihm gegessen hätte, wäre ich jetzt auch tot." Sie wurde von verzweifeltem Schluchzen geschüttelt.
Noch während Thorsten erwog, irgendeinen zweifelhaften Trost vorzubringen wie: *Aber Sie leben ja noch, also beruhigen Sie sich,* machten Ellas leise Worte ihn zusammenfahren:
„Es ist gut, dass Sie leben, Melina. Ihr Großvater hätte doch nie und nimmer gewollt, dass Sie auch sterben."
Melina heulte auf. Thorsten blinzelte. Hatte er was verpasst?
Er hatte. „Es ist nicht richtig, dass er allein gestorben ist. Es falsch, falsch, falsch! Ich hätte bei ihm bleiben sollen. Ich war immer bei ihm, immer. Ich müsste auch tot sein. Ich hätte mit ihm zusammen essen sollen!"
„Nein, das hätten Sie nicht", beharrte Ella, die im Gegensatz zu ihm anscheinend wirklich begriff, was hier vor sich ging. „Er ist froh, dass Sie leben, glauben Sie mir. Er wünscht sich, dass Sie leben und dass es Ihnen gut geht. Dass Sie glücklich werden. Er wünscht sich ein langes, glückliches Leben für Sie."
„Er hat mich eingeladen." Melina hatte bloß geflüstert.
„Was?", musste Thorsten sich vergewissern.
„Am Donnerstag." Sie weinte, ihr liefen die Tränen nur so runter. Doch ihre Stimme war klar und deutlich. „Schon am Wochenende davor. Er habe so Appetit auf unsere Spezialpilzpfanne, ob ich nicht in den nächsten Tagen Zeit und Lust hätte. Donnerstag, hab ich gesagt." Sie rang nach Luft.
Ella reichte ihr ein Kleenex und nahm dann gleich ihre Hand. Schaffte es tatsächlich, dass Melina ihre Fassung weitgehend behielt und zeitnah fortfahren konnte.
„Weil ich keine Lust hatte", stieß die angewidert hervor. „Ich hatte schlicht und ergreifend keine Lust."
Wiederum verging eine Sekunde, bis Thorsten begriff, dass ihr Ekel keineswegs ihrem Großvater galt, sondern sich selbst.

„Es war nicht so, dass es ein Terminproblem gab. Zeit hätte ich gehabt, schon am Sonntag. Oder Montag. Aber ich hatte einfach keine Lust." Längst hatten die Schluchzer wieder überhandgenommen.
„Aber Melina, das ist doch in Ordnung", rief Ella voller Bestürzung. „Es ist in Ordnung, dass Sie keine Lust hatten."
„Nein, das ist es nicht", spie Melina regelrecht aus. „Es ist ganz und gar nicht in Ordnung. Ich habe ihn doch geliebt."
Ella schüttelte ungläubig den Kopf. „Aber das eine hat doch nichts mit dem anderen zu tun. Natürlich haben Sie ihn geliebt. Auch wenn Sie mal ein paar Tage keine Lust auf ihn hatten."
„Wenn man jemanden liebt, will man immer mit ihm zusammen sein."
„Das ist nicht wahr!" Ellas Stimme überschlug sich fast vor unterdrückter Erregung. „Wenn man jemanden liebt, möchte man manchmal auch allein sein."
„Ich hatte einen alten Schulkameraden wiedergetroffen. Online." Melina hauchte nur. „Wir haben gechattet. Sonnabend schon. Und Sonntag. Als mein Großvater mich eingeladen hat. Ich hatte die Hoffnung, dass er sich wieder melden würde. Deshalb habe ich meinen Großvater vertröstet."
Du liebe Güte, sie redete, als wäre dies die Beichte des Jahrhunderts! Als ob sie fremdgegangen wäre. *Sie haben sich verliebt, na endlich. Das war ja wohl schon lange überfällig!* Thorsten musste sich arg zusammenreißen, um nicht damit herauszuplatzen.
Ella war garantiert besser in diesen Belangen. Deren Augen waren kurz zu ihm geschnellt, wahrscheinlich hatte sie gemerkt, dass er mit sich rang. Er nickte ihr beruhigend zu.
Erst dann fuhr sie fort. „Manchmal können wir auch mit einem anderen Menschen zusammen sein wollen, wenn wir jemanden lieben. Trotzdem."
Haben Sie sich verliebt? Haben Sie sich endlich von diesem alten Knacker befreit und sich in einen Anderen verliebt? Was war es, dass er so darauf brannte, Melina das entgegenzuschleudern?
„Ich habe Delf geliebt", verstärkte sie diesen Impuls im nächsten Augenblick ins Unermessliche. Sie konnte ihren Opa doch nicht beim Vornamen nennen!
„Ich habe ihn geliebt", wiederholte sie wie eine Beschwörung. „Ich habe ihn geliebt."
Thorstens Mund öffnete sich von allein. „Aber den jungen Mann

aus Ihrer Schule haben Sie auch geliebt!" Jetzt war es raus. Schuldbewusst presste er die Zähne aufeinander.
Bestürzung in den Kirsch-blauen Augen.
Melinas Reaktion vorwegnehmend. „So ein Unsinn. Das hatte doch nichts mit Liebe zu tun. Ich wollte mich nur mit ihm unterhalten!"
„Statt mit Ihrem Opa zusammen ..."
„Delf", heizte Melina ihn an.
„Heinrich!" Während Ella ihn zum Schweigen brachte.
„Delf war der wichtigste Mensch in meinem Leben", erklärte Melina, und zumindest in diesem Moment überdeckte ihre Leidenschaft alles andere. „Daran hatte sich nichts geändert. Alles, was ich wollte, war ... mal was anderes zu hören. Jemand anderen zu sehen. Vielleicht mal auszugehen. Mit jemandem, der so alt ist wie ich. Das bedeutet ja schon etwas. Nichts Wichtiges. Aber es ist auch mal interessant, mit jemandem zu reden, der in derselben Lebensphase ist." Das Lodern in ihrer Stimme war verschwunden. Nun wirkte sie müde und kraftlos.
„Hat Ihr Großvater das nicht verstanden?", fragte Ella behutsam.
„Er hatte Angst." Plötzlich sprach Melina wieder liebevoll. „Er war so voller Angst." Ihre Stimme brach. „Er dachte, ich würde ihn eines Tages verlassen."
„Aber er war Ihr Großvater!" Dieses kranke Gefasel war einfach nicht auszuhalten! Thorsten machte einen Satz. Weg von den Frauen. Um auf dem Absatz herumzuwirbeln. „Jede Enkelin zieht eines Tages aus und fängt ein selbständiges Leben an. Das ist von der Natur so vorgesehen! Und es ist nicht vorgesehen, dass Opas mit ihren Enkeltöchtern Liebesbeziehungen unterhalten!"
„Aber doch nicht so. Nein, überhaupt nicht. Delf und ich", Melina straffte die Schultern und erwiderte seinen herausfordernden Blick, „Delf und ich hatten eine besondere Beziehung. Kein sexuelles Verhältnis, es ist doch typisch, dass alle immer gleich so was denken. Als wäre Sex Gott weiß wie wichtig." Sie stieß ein abfälliges Schnauben aus, als wäre sie neunzig und hätte mit so was lange abgeschlossen.
Ob das Delfs Meinung ist?, dachte Thorsten sarkastisch. *Weil der schon seit Jahren keinen mehr hoch kriegt?*
„Er und ich – wir hatten so was nicht nötig", verkündete Melina feierlich. „Wir waren uns wirklich nah. So nah, wie man sich nur sein kann."

„So nah, dass für niemand anderen Platz blieb?“ Ella hatte nur gemurmelt.
Melina schloss den Mund.
„Durften Sie keinen Freund haben?“, konnte Thorsten nicht unterdrücken.
„Ich wollte keinen.“
„Das ist doch Un...“
„Sie wollten niemanden sonst“, fiel Ella ihm ins Wort. „Alles, was Sie wollten, war, sich manchmal mit jemand anderem, jemandem aus Ihrer Generation zu unterhalten.“
Melina nickte. So was wie Erleichterung war bei ihr nicht zu spüren.
„Aber auch dafür war in Ihrer Beziehung kein Platz? Also für ganz normale Freundschaft?“ Okay, mit der sanften Kirsch-Methode kamen sie bestimmt weiter als mit harter Konfrontation.
Melina hatte sich etwas entspannt und antwortete ruhig. „Ich hatte nie das Bedürfnis.“
„Sie hatten niemals Freunde? Auch als Kind nicht?“
„Naja, in der Schule hatte ich schon mehrere Freundinnen. Großvater hat sie öfter zu uns eingeladen. Dann haben wir immer tolle Dinge gemacht.“
„Während er dabei war?“, stieß Thorsten angewidert hervor. Das Schwein war pädophil gewesen, da konnte Melina sagen, was sie wollte!
„Das war immer sehr schön. Wie Kindergeburtstag, haben die anderen gesagt.“ Sie lächelte glücklich. „Melina hat jede Woche Kindergeburtstag!“
„Hatten Sie auch mal eine Freundin für sich allein“, forschte Ella.
„Manchmal.“ Melina war anzumerken, dass sie da in unangenehmer zu beantwortende Gefilde drifteten.
„Was heißt das?“
„Dass Delf immer so traurig war, wenn ich was ohne ihn machen wollte.“
„Und dann haben Sie das gelassen“, beantwortete Ella ihre gar nicht erst gestellte Frage.
„Ja. Aber das habe ich gern getan. Ihm zuliebe. Ich habe es gern für ihn getan.“
„Nur letzten Donnerstag – da haben Sie es nicht so gern getan.“ Ella sprach ganz vorsichtig.

Wie erwartet schluchzte Melina auf. „Diesmal habe ich ihn verraten."
„Nein, das haben Sie nicht", stellte Ella in strengem Ton fest. „Es war in Ordnung, dass Sie das Bedürfnis nach anderen Menschen hatten. Nicht in Ordnung war, dass Ihr Großvater Ihnen das nicht erlaubt hat."
„Er hat es mir nicht verboten. Er hat das auch gesagt. Was Sie sagen. Dass ich gehen solle. Dass es gut für mich wäre, mehr rauszugehen. Dass ich mir einen Freund suchen solle. Er wollte sogar, das ich mir einen Freund suche!" Ein regelrechter Heulkrampf folgte.
Warum haben Sie das dann nicht getan? Doch Thorsten ahnte, dass diese Frage nicht gut kommen würde.
„Manchmal sagt ein Mensch mit Worten eine Sache. Und mit seinem Verhalten etwas anderes", gab Ella ihm die Antwort. Sie war wirklich gut.
„Ich hätte ihm das niemals angetan", stieß Melina weinend hervor. „Niemals. Er hätte keine Angst haben müssen. Er hätte mir vertrauen können. Warum hat er mir denn nicht vertraut?"
Thorsten schwindelte. Dieses Mädchen schwankte doch die ganze Zeit zwischen zwei sich gegenseitig ausschließenden Wahrheiten, oder war er nur zu doof, sie zu verstehen? Sie hatte ihren liebsten Delf versetzt, weil sie sich in einen anderen verguckt hatte – aber hörte nicht auf zu beteuern, dass sie ihn niemals verlassen hätte, dass er ihr hätte vertrauen müssen?
„Sie hatten in der letzten Woche mal das Bedürfnis, etwas ohne ihn zu machen." Ella schien den Stand der Dinge zusammenzufassen. Vielleicht konnte sie es ihm erklären. „Aber das war nicht gefährlich. Sie hätten ihn trotzdem nicht verlassen, nicht wahr? Das ist es, was Sie sagen wollten?"
Hä?
„Ja." Melina nickte erleichtert. „Ja, genau. Es war nicht gefährlich. Delf fand das. Er fand es gefährlich. Aber er hätte mir vertrauen können."
„Haben Sie ihn vergiftet, Melina?"
Ein Laut der Überraschung verließ Thorstens Mund – derselbe, der auch aus Melinas kam. Echt, kein Zweifel. Ihre Überraschung war genauso echt gewesen wie seine eigene.
„Nein." Nicht die Spur von Empörung in ihrem Tonfall. „Ich war nicht gefährlich für ihn. Niemals hätte ich ihn absichtlich verletzt."

Sie schniefte, schnäuzte sich in das Kleenex, das Ella ihr reichte. Richtete sich dann auf. „Aber Donnerstag ..." Alles Weinen war von ihr abgefallen. Tapfer sah sie Ella in die Augen und sprach mit fester Stimme. „Donnerstag habe ich ihn versetzt. Ich hatte es nicht vor, ehrlich nicht. Ich wollte hingehen, immerhin hatte ich ihn schon so viele Tage warten lassen. Vier Tage lang habe ich ihn hingehalten. Es war nur so, dass ... Tommy sich gemeldet hat. Im Chat. Ich wollte nur absagen. Wollte ihm erklären, warum ich keine Zeit hatte. Wir hätten es ja vertagen können."
„Und dann haben Sie die Zeit vergessen?", schlug Ella ihr vor.
„Nein." Erbarmungslos klang Melina. „Ich hatte keine Lust aufzuhören. Ich hatte Spaß. Mit Tommy. Ich wollte lieber mit ihm chatten, als meine Verabredung mit Delf einzuhalten. Irgendwann rief er an. Da war es schon acht Uhr, und er war fertig mit Kochen. Pilze kann man doch nicht aufwärmen. Da rief er an, um mich herzuholen. Aber ... aber ich ... ich bin nicht ..." Das war so schlimm, dass sie es nicht mal über die Lippen brachte. „Daraufhin muss er beschlossen haben, allein anzufangen. Allein zu essen. Allein die vergifteten Pilze zu essen."
„Sie wollen sagen, dass er in Wahrheit Sie hat umbringen wollen?", platzte Thorsten heraus.
„Oder Sie beide?", klinkte Ella sich atemlos ein. „Sie beide zusammen? Das wäre erweiterter Selbstmord."
„Und als er erkannt hat, dass er verloren hatte, ist er auf Selbstmord umgeschwenkt?", übernahm Thorsten wieder.
Der Kirsch-Blick zu ihm war anerkennend.
„Niemals hätte er mir etwas angetan." Melina sprach mit absoluter Überzeugung. „Er hat gewusst, dass ich nicht kommen würde. Ich habe ihn verletzt und das wahrgemacht, wovor er solche Angst hatte. Das hat er gedacht, er hat gedacht, das wäre der Anfang vom Ende. Und als ich dann selbst am fünften Tag nicht kam", hier machte sie eine winzig kleine Pause, „da hat er sich allein das Leben genommen. Um mir zu geben, was ich wollte. Allein zu sein. Ohne ihn. Ohne ihn zu leben."

Familie auf Station

„Selbstmord als Geschenk?", hing Ellas entgeisterte Stimme noch Augenblicke in der nachfolgenden Stille.
„Ich habe ihn dazu getrieben, sich umzubringen. Er hat es getan und sich dadurch zugleich an mir gerächt." Melina sprach ohne Erbarmen.
Thorsten wurde ganz schwindlig. „Indem er Ihnen den Mord an sich anhängt?"
„Nein, auf so was wäre er nie gekommen. Und dafür gibt es ja auch keine Beweise."
„Aber wie wollte er sich dann rächen?"
„Indem er Melina zwingt, von nun an ohne ihn zu leben", war wiederum Ella diejenige, die ihm antwortete.
Thorsten schüttelte sich, um die Beklemmung loszuwerden, die ihn bei so irren Erklärungen befiel. „Wenn Sie recht haben und er sich tatsächlich bewusst das Leben genommen hat ..." Ein Punkt, den sie eben im Auto am Wickel gehabt hatten, fiel ihm wieder ein. „Hat er den Giftpilz etwa zu diesem Zweck im Haus gehabt?"
„Wir haben mal über Selbstmord geredet. Im Zusammenhang mit seiner Vergangenheit", erzählte Melina vollkommen sachlich . „Da ist er einmal an dem Punkt gewesen, sich umbringen zu wollen. 'Ich verstehe gar nicht, wieso die Leute da so einen Aufwand betreiben', hat er gemeint. 'Schnell einen Waldspaziergang einschieben, einen Knollenblätterpilz suchen und rein damit.'"
Na klar. Thorsten verzog das Gesicht. So einfach!
„Um diese Jahreszeit wachsen aber noch keine Pilze, oder doch?", fragte Ella nach.
„Naja, wir haben uns immer auf den Herbst konzentriert. Wegen des Geschmacks, der bei Pilzen im Laufe der Saison immer besser wird. Aber geben tut es sie bei uns schon seit Juni."
„Er hätte auch Sie umgebracht!", brach es aus Thorsten heraus. „Er hat sie zu einem vergifteten Essen eingeladen, und Sie waren kurz davor hinzugehen. Wie können Sie dann jetzt so ... so ...?"

Die Kirsch-Augen waren erschrocken zu ihm geschnellt.
Doch Melinas Unerschütterlichkeit bekam nicht mal einen Knacks. Sie schien wie befreit, seit sie ihre Theorie laut ausgesprochen hatte. „Es ist doch meine eigene Schuld“, erklärte sie im Brustton der Überzeugung. „Wenn ich Sonntag oder Montag gekommen wäre, wäre alles gut gewesen. Vielleicht hat er den Giftpilz ja auch erst beigemengt, nachdem ich ihn an dem Abend versetzt habe?“
Da konnte er nicht still bleiben, beim besten Willen nicht. „Er hat Sie mit Ihrem und seinem Leben erpresst, damit Sie bei ihm bleiben! 'Bleib bei mir, oder ich bringe uns beide um.' Das ist ungeheuerlich, das ist ...“
„Heinrich, nein“, mahnte Ella ihn leise.
„Es tut mir unendlich leid.“ Jetzt zitterte Melinas Stimme wieder. Und begriffen hatte sie auch nichts.
„So was geht nicht so schnell“, murmelte Ella. „Wir sollten uns den Fakten zuwenden.“
Fakten? Thorsten blinzelte. Ihm war, als trudele er in einer skurrilen Parallelwelt, in der es so etwas wie reale Tatsachen überhaupt nicht gab.
„Sie haben uns angerufen, weil Sie Hilfe brauchen“, musste seine Kollegin ihm erst ins Gedächtnis rufen.
„Hilfe gegen Klaasen, der Sie ungerechtfertigterweise unter Druck setzt.“ Er atmete tief durch. Das war gut. Eine gute Tatsache.
„Da wäre es günstig, wenn es Beweise gäbe, die Sie entlasten“, übernahm die Kirsche wieder. „Beweise für einen Selbstmord.“
„Hat er vielleicht etwas zu Ihnen gesagt, als das Gift schon wirkte?“, schlug Thorsten hoffnungsvoll vor. „Sie haben erzählt, sich um ihn gekümmert zu haben, als er ... krank war.“ Damit war auch klar, warum sie das so aufopferungsvoll getan hatte. Weil sie ein schlechtes Gewissen gehabt hatte.
„Er war so lieb zu mir. So lieb wie nie zuvor. So als wollte er mich noch rechtzeitig um Vergebung bitten.“ Sie rang nach Luft. Einen Moment lang befürchtete Thorsten, dass sie ihre Fassung verlieren würde. Doch dann atmete sie wieder ruhiger. Dachte anscheinend sogar nach. Lange. Schüttelte dann bedauernd den Kopf. „Ausdrücklich gesagt hat er nichts. Nein, ich glaube nicht.“
„Es wäre ja auch kein Beweis gewesen“, tröstete die Kirsche sie.
Thorsten seufzte. „Wenn er nur einen Abschiedsbrief hinterlassen hätte! Dann wäre alles einfach.“

Huch? Als hätte sie die ganze Zeit auf dieses Stichwort gewartet, sprang Melina auf und lief zur Anrichte. Nein, daran vorbei, zu einem Regal neben dem Fenster. Um gleich darauf mit einem dicken, braunen DinA4-Umschlag zurückzukommen.
„Das ist sein Abschiedsbrief?" Empört trat Thorsten näher. „Warum haben Sie das denn nicht gleich gesagt?"
„Nein, nein." Als sie ihn vor sich auf den Couchtisch legte, erkannte er das große, rot-glänzende Siegel darauf. „Den hat er mir schon vor Wochen gegeben, als ...", sie schluckte, „als noch alles in Ordnung war."
Die Kirsche hatte Melina mit großen Augen verfolgt. „Das scheint ja ein ganzer Packen zu sein!"
„Da steht alles drin, was ich wissen muss, hat er gesagt. Dass ich es nach seinem Tod öffnen soll."
„Wann genau hat er das getan?", fragte Thorsten scharf.
„Vor ein paar Wochen, sagte ich doch schon. Ich weiß nicht mehr genau." Melina klang ausweichend.
„Gab es einen Anlass?"
„Keinen, der mir bewusst gewesen wäre."
„Versuchen Sie, sich zu erinnern", bat die Kirsche eindringlich. „Das war doch seltsam, Sie werden sich gewundert haben, sich Sorgen gemacht ..."
„Haben Sie ihn nicht sogar gefragt, warum er Ihnen das gegeben hat?", ergänzte Thorsten ungeduldig.
„Natürlich habe ich gefragt." Eine weitere Sekunde sperrte sie sich sichtlich, dann rang sie sich dazu durch, rückhaltlos zu antworten. „Ich habe gefragt, was das soll. Dass ich es nicht wolle. 'Es ist wichtig', hat er beharrt. 'Es ist ein Tagebuch, dass all die Fragen, die nach meinem Tod aufkommen könnten, beantworten wird'. Nach seinem Tod wolle ich gar nichts mehr, hab ich gesagt. Da sei mir alles egal. Aber er hat gemeint, dass ich es einfach weglegen soll, ich würde dann schon wissen, wann es an der Zeit sei, es zu öffnen."
„Das hat er gesagt? Sie würden wissen, wann?"
„Naja." Melina verzog gequält das Gesicht. „Er hatte ja recht. Jetzt weiß ich, dass ich es lesen muss."
„Heißt das, dass er zu dem Zeitpunkt schon gewusst hat, dass er sich umbringen würde?" Kirsches Stirn war skeptisch gerunzelt. „Hatten Sie zu dem Zeitpunkt schon Kontakt zu ...?"
„Ich hatte zu überhaupt niemandem Kontakt", wurde Thorsten

heftig unterbrochen. „Da war noch alles gut. Er hatte da irgendwelchen anderen Ärger. Kam noch spät zu uns rüber und hat einen Streit mit meinem Vater vom Zaun gebrochen. Viel habe ich nicht mitgekriegt, sie waren in Vaters Arbeitszimmer. Nur so viel, dass es um Geld ging. Um viel Geld. Und irgendwelche Nachlassregelungen. Delf machte sich Sorgen ums Geschäft, und Vater schmetterte ihn ab. Das übliche. Deshalb hab ich auch nicht gelauscht."
„Und danach ist er zu Ihnen gekommen?"
„Er hat mich mit rübergenommen, um den Umschlag aus dem Tresor zu nehmen. Ich sei diejenige, der er das zur Verwahrung geben wolle. Und dass ich meinem Vater nichts davon verraten soll."
„Was Sie auch nicht haben?"
„Natürlich nicht!"
„Okay ..." Thorsten überlegte. „Das, was ihn da umtrieb, kann durchaus mit dem Mord zusammenhängen."
Der Kirsch-Mund stand eine Sekunde offen. Dann nickte sie. „Ja, das ist sogar wahrscheinlich, oder? Von dem her, was er dazu gesagt hat? Also seinen Tod vorwegzunehmen? Womöglich hat er eine Morddrohung erhalten!"
„Was vielleicht sogar da drin steht."
Wenn das so war ... Und auch überhaupt: Die Existenz dieses Briefes war eine der Informationen, die an Klaasen weitergereicht werden mussten, daran gab es nichts zu rütteln. Der gesamte Inhalt dieses Briefes musste an ihn weitergereicht werden. Wie auch immer sie Melina dazu bringen würden. Vielleicht könnten sie eine Kopie anfertigen?
„Wie verfahren wir damit?", fragte die Kirsch bange.
Melina schob den Umschlag in ihre Richtung. „Sie lesen es."
„Es ist für Sie, Sie müssen es zuerst lesen."
„Euch ist schon klar, dass es sich um ein Beweismittel handelt", warf Thorsten drohend ein. „Das wir zurückhalten würden?"
Melina riss es wieder an sich. „Ich gebe sie Ihnen, nicht Herrn Klaasen."
„Was, wenn wir es morgen früh abgeben?", schlug die Kirsche hoffnungsvoll vor. „Dann könnten wir ihn jetzt noch ..."
„... lesen und kopieren."
Rrring, ließ ein altertümliches Telefonklingeln sie alle drei zusammenzucken. Melina sprang auf. Von einem Moment auf den anderen schlotterte sie nur so vor Angst. War so zittrig, dass sie kaum

vom Fleck kam. Eilig rannte Thorsten ebenfalls los, auf den Flur, woher das Klingeln zu kommen schien. Nahm es von der Station. Und reichte es rasch an Melina weiter, die inzwischen bei ihm angelangt war. „Niemann? – Ja?“ Kreidebleich war sie geworden.
Ganz automatisch umfasste Thorsten sie, damit sie nicht umfiel.
„Ja. Ich bin es, ja.“
Die Stimme am anderen Ende war eine Frau, so viel konnte Thorsten hören.
„Oh Gott.“ Melina ließ die Hand mit dem Apparat sinken. In ihren Augen stand die reine Panik.
„Ist jemand bei Ihnen?“, drangen nun verständliche Worte aus dem Telefon.
Melina machte keine Anstalten zu reagieren.
So nahm Thorsten das als Aufforderung. „Heinrich hier. Kripo Eckernförde.“
„Polizei?“
„Kriminalpolizei. Wir verhören die Zeugin Niemann.“
„Ah, ja. Gut. Also ... Hier spricht Schwester Sarah von der Imland Klinik Eckernförde. Werden Sie sich um Frau Niemann kümmern können? Sie ist heute Mittag auf eigene Verantwortung entlassen worden, ich habe den Auftrag von ihrem behandelnden Arzt, ausdrücklich nachzufragen, ob sie in guten Händen ist.“
In der Zwischenzeit war Ella aufgetaucht, um Melina in Empfang zu nehmen. Sanft, aber bestimmt bugsierte sie sie zum Sofa zurück.
„Ich bin hier, ja.“ Was sollte er auch anderes sagen.
„Warten Sie, ich stelle Sie zu ihm durch.“ Klick.
Was sollte das denn jetzt?
„Professor Doktor Jensen“, erklang gleich darauf eine geschäftsmäßige Stimme.
„Oberkommissar Heinrich.“
„Äh ...“ Papier raschelte. Durchsuchte der wichtige Professor Doktor etwa erst jetzt die Karteikarten, um zu erfahren, wen er in der Leitung hatte? „Herr Heinrich ...“
„Meinen Namen werden Sie in Frau Niemanns Akte nicht finden“, fauchte der.
„Ah, Frau Niemann. Da haben wir sie ja. Ich wollte mich davon überzeugen, dass sie jemanden hat, der sie nach der Todesnachricht auffangen kann.“

„Todesnachricht? Wer? Ihr Vater?"
„Das muss Ihnen Frau Niemann selber sagen."
„Wenn Sie sich schon berufen fühlen, hier den mitfühlenden Menschen zu spielen, dann schmeißen Sie gefälligst auch die Vorschriften über Bord und sagen Sie mir das, was ich wissen muss, um sie aufzufangen."
„Ich kann verstehen, dass Sie aufgebracht sind ..."
„SIE VERSTEHEN ALLEM ANSCHEIN NACH GAR NICHTS!"
„Ich schreibe auf, dass ich Sie am Telefon hatte." Klick.
Das ... das war ... Thorsten schnappte nach Luft.
„Was ist denn, Melina?", tönte Ellas verzweifelte Stimme zu ihm heraus. „Reden Sie mit mir!"
Er stürmte zu ihnen. „Todesnachricht. Aus der Klinik. Ist Ihr Vater tot, Melina?"
Die saß stocksteif, ihr Gesicht weiß und starr wie eine Maske. Ganz offensichtlich nicht in der Lage zu antworten.
„Ihr behandelnder Arzt hat mich aufgeschrieben, dass ich sie auffange", stellte er dümmlich fest.
Glücklicherweise nickte Ella, fühlte sich damit auch angesprochen.
„Wir lassen Sie nicht allein, Melina. Sie sind in Sicherheit. Ihnen kann nichts passieren."
Eine glatte Lüge. Melinas Welt brach nach und nach zusammen. Da war sie ja wohl ganz und gar nicht in Sicherheit.
„Was ist mit Jonna?", fragte Ella.
Ihn. Sie fragte ihn. „Äh ... der Arzt und die Schwester haben nichts über sie gesagt."
„Aber wenn es um eine Lebertransplantation ging – oder immer noch geht – dann wird sie ja wohl noch in der Klinik sein, oder?"
„Wollen Sie die jetzt auch noch auffangen?"
„Solange wir nicht wissen, in welchem Zustand sich die Mutter befindet, ist sie doch auch ganz allein."
„Sie meinen, also, wir sollen in die Klinik fahren?"
„Vielleicht tut es Melina gut, ihre Schwester zu sehen? Und umgekehrt ... jetzt müsste doch sogar die Familienrebellin froh sein, wenn sie sich an ihrer großen Schwester festhalten kann."
Melina hatte während des Wortwechsels unbeteiligt dagesessen, meilenweit weggetreten.
„Okay. Ich nehme den Umschlag mal an mich. Und dann brechen wir auf, oder?"

Puh, Thorsten wusste schon, weshalb er keine Krankenhäuser mochte! Erst recht keine, wo alles irgendwie zusammen unter ein Dach gepfercht war, aber trotzdem so weit auseinanderlag, dass man das Gefühl hatte, kilometerweit gelaufen zu sein, bis man endlich da war. Selbst mit seinem wirklich gut entwickelten Orientierungssinn würde er sich nie und nimmer hier zurechtfinden.
Melina auch nicht. Wobei das natürlich auch an ihrem inneren Ausnahmezustand liegen mochte, der sich noch nicht verändert hatte. Stocksteif und stumm ließ sie sich von der Kirsche an der Hand durch Flure und Türen und in Aufzüge führen. Wartete, während Thorsten nach dem Weg fragte, und setzte sich wieder in Bewegung, wenn sie weitergingen.
„Brauchen wir wieder eine Geschichte?", fragte die Kirsche ihn, als sie im ungefähr siebten Aufzug mal wieder nach unten fuhren.
„Da wir als Freunde der Familie und ich wohl selbst als Melinas Ehemann keine Auskünfte kriegen würden ..."
Die Kirsche verzog das Gesicht.
„Nein, ich denke, wir gucken mal, wie weit uns unsere Dienstmarken bringen werden."
Freundlich waren sie alle, denen sie auf ihrer Odyssee begegneten, und auch die Schwester hinter dem Tresen der Station sieben a lächelte ihnen entgegen. Sie war hübsch und jung, so in Melinas Alter, und das Schild an ihrem Kitteloberteil wies sie als Schwester Sarah aus.
„Haben wir miteinander telefoniert?", trat Thorsten auf sie zu und wedelte mit seiner Marke. „Kripo Eckernförde, meine Kollegin und ich kommen mit Melina Niemann."
„Frau Niemann, oh ja." Ehrliche Bestürzung war auf Schwester Sarahs Gesicht erschienen. Mit raschen und zugleich unaufdringlichen Schritten kam sie um den Tresen zu ihnen heraus und blieb zwei Armeslängen vor Melina stehen.
Die noch immer an der Hand der Kirsche hing, ohne richtig da zu sein.
„Es tut mir sehr leid", sagte Sarah leise. „Mit Ihrem Vater. Ihre Mutter liegt auf Intensiv. Zu ihr könnten Sie nur allein." Unsicher sah sie zur Kirsche.
„Könnten wir vielleicht den Vater zusammen sehen?", schlug die vorsichtig vor.
„Aber sicher. Fühlen Sie sich dazu in der Lage, Frau Niemann?"

Melina guckte sie durchaus an. Reagierte aber ansonsten gar nicht. „Mit Ihnen zusammen vielleicht?", wandte Sarah sich erneut an die Kirsche. „So was ist allein auch wirklich schwer." Sie war nett.
Und dass sie kein Problem mit irgendwelchen Vorschriften aus dem Boden stampfte, war natürlich sehr in Thorstens Sinne. Unauffällig folgte er den drei Frauen in einigem Abstand bis ans Ende des Ganges, wo an einer Tür 'Abschiedsraum' angeschlagen war. Schwester Sarah klopfte, steckte den Kopf hinein – und öffnete so weit, dass die Kirsche und Melina eintreten konnten.
Ehe Sarah umkehrte, setzte Thorsten rasch sein Frauenlächeln auf. Und tatsächlich: Sie kam nicht auf die Idee, ihn wegzuschicken, sondern schenkte ihm ihrerseits ein dezentes Lächeln. „Wenn Sie mich brauchen und ich nicht am Empfang bin, klingeln Sie, ja?" Damit entfernte sie sich wieder.
Während Thorsten ebenfalls durch die Tür in den Abschiedsraum schlüpfte. Oder nein, noch nicht in den Raum, wo die Toten aufgebahrt wurden. *Nennt man das so?* Sondern in einen langgezogenen fensterlosen Vorraum mit Sofa und Tischchen, wo Wasserflaschen und Gläser bereitstanden. Und einem Bild von Chagall an der Wand. Der eigentliche Abschiedsraum kam erst dahinter.
Leise ging Thorsten auf die offenstehende Tür zu, schon unterwegs überrascht registrierend, dass sich außer dem Toten auch noch ein weiterer lebendiger Mensch in dem kleinen, aber quadratischen Raum befand.
Jonna Niemann. Sie hatte sich abgeschminkt und normale Alltagsklamotten an, kurze Hose und T-Shirt. Und einen Mundschutz im Gesicht, daher hatte es eine Sekunde länger gedauert, bis Thorsten sie erkannt hatte. Wobei es ja keine Überraschung war, sie hier anzutreffen, schließlich hatte sie auch niemanden sonst. Sie wirkte allerdings nicht annähernd so in Mitleidenschaft gezogen wie ihre Schwester, selbst mit dem Mundschutz und dem Zugang oberhalb ihres linken Handgelenks.
Anders als die Kirsche und Melina, die sich ehrfürchtig ans Fußende des Totenbettes gestellt hatten, saß Jonna auf der Fensterbank und blickte nicht zu ihrem Vater, sondern auf das Display ihres Handys. Ohne zu reden, ohne zu tippen. Und doch waren ihre Augen vor allem dort.
Thorsten, ohnehin nicht scharf darauf, sich den Tod anzusehen, schlenderte in ihre Nähe.

Oh, das Handy zeigte ein Video. Einen Video-Chat, den bunten Buttons unten drunter nach zu urteilen. Leider konnte er das Gesicht ihres Gesprächspartners nicht genau erkennen ...
„Meine beste Freundin", ließ Jonna ihn erschrocken zusammenzucken, indem sie mit dem Handy in sein Blickfeld pikte. „Sie ist bei mir." *Im Gegensatz zum Rest der Welt,* schwang darin mit. Durch den Mundschutz waren ihre Worte ein bisschen verwaschen, was ihren Weltuntergangs-Trotz noch verstärkte.
Thorstens Verblüffung über ihr jähes Kommunikationsangebot war noch nicht gewichen. „Ah ja", sagte er, um irgendetwas zu sagen.
Sie hatte ihre Hand wieder eingezogen und sich der Freundin zugewandt, schien sich nicht weiter mit Thorsten abgeben zu wollen.
„Jetzt ist deine Schwester ja auch da", stellte er etwas dämlich fest. „Da könnt ihr euch zusammentun."
„Darauf kann ich verzichten", kam schon wieder eine Antwort, die er so unverblümt nicht erwartet hatte. Mit einem vehementen Ruck rutschte Jonna von der Fensterbank. „Sehen Sie sich meine Schwester doch an." Ihr Arm ruckte zum Bett, während sie an Thorsten vorbei ging. „Mal wieder völlig neben der Spur."
Da sie weiter mit ihm sprach, sollte wohl heißen, dass es sinnvoll war, ihr hinterherzulaufen. Eilig kehrte Thorsten ebenfalls um und folgte ihr in den Vorraum.
„So ist sie immer", wurde er von ihr schon auf dem Sofa empfangen. „Du kennst sie ja, Luca." Dies an die Freundin gerichtet.
„Naja." Thorsten war neben dem Sofa stehengeblieben. Unwillkürlich blickte er sich um, konnte Melina von hier aus allerdings nicht sehen. „Deine Schwester hat heute so einiges durchgemacht."
„Ich habe so ziemlich genau dasselbe durchgemacht", stellte Jonna genervt fest. „Und noch einiges mehr, behaupte ich einfach mal."
„Das kannst du ja wohl laut sagen", tönte es klar und deutlich aus dem Handy. „Du spendest deine Leber!"
„Die Hälfte meiner Leber", verbesserte Jonna und hielt Thorsten nochmals ihr Handy hin. „Das ist Luca, meine Seelenverwandte. Luca, das ist dieser Kripo-Typ, von dem ich dir erzählt habe. Der heute Morgen den Helden gespielt und uns vor dem alten Ekelbullen gerettet hat." Sie musterte ihn mit provozierend schiefgelegtem Kopf. „Und es ist genau, wie ich vermutet habe: Er hat sich in seiner Rolle als Retter Mary Sues eingerichtet."

„Mary Sue?“, musste Thorsten leider zugeben, dass ihm wesentliche Voraussetzungen fehlten, um als besagter Retter bezeichnet zu werden.
„Eine Mary Sue ist rundum perfekt“, erläuterte Lucas Video zuvorkommend. „Sie kommen in Filmen oder Romanen vor, sind allesamt bildschön, haben einen edlen und vorbildlichen Charakter, werden von jedermann geliebt und haben zumeist lila Augen.“
„Lila Augen?“, fragte Thorsten verständnislos.
„Ein Insider“, erklärte Jonna trocken. „Aber wenn Sie die Augenfarbe weglassen?“
„Deine Schwester?“ Oh, das war zu laut gewesen. „So siehst du sie?“, setzte er gedämpft hinzu.
„Ich hab's ja gesagt.“ Dies war an Luca gegangen. „Er hat als Marys Retter angeheuert.“
„Männer!“, schnaubte Luca am anderen Ende.
Thorsten hatte schon den Mund geöffnet, um den beiden kleinen Kröten ihre vorlaute Mäuler zu stopfen, als aus dem Nichts Töne laut wurden. Eine Melodie aus Jonnas Handy. Brian Adams. Der Titelsong von Robin Hood.
„Er ist es“, jubelte die Luca zu.
„Er will doch kommen, ich wusste es! Na, geh nachsehen. Ich bin gespannt!“ Der Apparat gab so etwas wie einen kleinen Seufzer von sich, während Lucas Bild verschwand.
Und Jonna ein anderes Programm aufrief. Einen schriftlichen Chat, wie es schien. Von einem Moment auf den anderen war sie von prickelnder Aufregung umgeben. Es war offensichtlich, sie war verliebt in den, der ihr geschrieben hatte. Es offenbar immer noch tat. Mit einem neuen kleinen Ton erschien ein neuer Textblock auf dem Display. Lesen konnte Thorsten nichts, fühlte nur, dass Jonna den Atem anhielt, während sie es tat.
„Dieser Arsch“, lieferte sie ihm gleich darauf immerhin die Zusammenfassung. „Das kann echt nicht wahr sein!“
„Was denn?“, erkundigte er sich automatisch.
Und erhielt erstaunlicherweise eine Antwort. „Er weigert sich zu kommen. Dabei hätte ich ein Taxi zu ihm geschickt mit einem Fahrer, der ihn bis hierher geleitet hätte. Er ist blind, müssen Sie wissen. Aber das ist nicht das Problem, wie gesagt, ich hab Geld für ein Dutzend Taxis mit Zusatzservice. Nee, er will nicht. Weil er keine Krankenhäuser mag. Hallo? Bin ich vielleicht gefragt worden,

ob ich Krankenhäuser mag? Und ich soll mich aufschneiden lassen! Mir die Hälfte eines Organs abschneiden! Wochenlang werde ich lahmgelegt sein, hier rumhängen und mich nach Besuch verzehren. Und er? Er schickt mir ab und zu mal ein paar Zeilen. 'Denk an dich. Halt die Ohren steif.'" Zum ersten Mal zitterte ihre Stimme. Nicht nur vor Trauer und Verletzlichkeit, sondern auch einer gehörigen Portion Zorn.
„Dein Freund?", entschloss sich Thorsten zu einem weiteren kleinen Schubs.
„Wir sind ganz frisch zusammengekommen", sprudelte es bitter aus Jonna heraus. „Er hat gesagt, er liebt mich." Sie schnaubte verächtlich. „Das kann er sich sonstwohin stecken. Auf so was kann ich echt verzichten, aber wirklich!"
„Willst du ihn anrufen? Dann geh ich raus", bot Thorsten an.
„Was soll das bringen? Soll ich ihn anflehen zu kommen? Ihm die Ohren vollheulen? Ihn erpressen?"
„Vielleicht ist ihm einfach nicht klar, was es dir bedeutet? Wie sehr du ihn brauchst?"
„So einen brauche ich nicht", stieß sie mit einer Inbrunst hervor, die Thorsten bewundernd nicken ließ. Dieses Mädchen hatte echt Biss. Wahrscheinlich war der arme Junge völlig überfordert mit der Situation. Gerade wenn er blind war. Es kostete doch bestimmt einiges, sich einem wildfremden Taxifahrer anzuvertrauen. Eigentlich war es doch schon beeindruckend für einen Jungen in dem Alter, dass er auf die Idee gekommen war, ihr überhaupt zu schreiben. Thorsten selbst mit sechzehn – puh, da war er noch nicht mal in der Lage gewesen, überhaupt ein Wort mit einem Mädchen zu wechseln! „Äh, Moment", kam ihm erst da in den Sinn. „Wie kann er denn schreiben, wenn er nicht sehen kann? Hat er jemanden bei sich, der das für ihn macht?"
„Er hat ein Spezialprogramm auf seinem Computer, der seine Stimme in Text verwandelt." Das interessierte Jonna im Moment allerdings nicht die Bohne. Sie schnaubte voller Abscheu. „Männer sind Scheiße", spie sie aus. „Luca, die ist da. Und zwar obwohl wir uns gestern gestritten haben. Ich habe ihr nur geschrieben, was passiert ist – und sie hat mich auf der Stelle angerufen, ohne auch nur noch ein Wort über unseren Streit zu verlieren. Mit Seg ..." Sie ließ das in der Luft hängen.
Seg? Thorsten runzelte die Stirn. Was meinte sie jetzt?

Doch schon ihre nächsten Worte brachten Licht in die Sache: „Seg hat mir einen vorgeschleimt. Aber letztendlich ist nichts dahinter. Wie bei den meisten Typen halt."
Ah, Seg – so hatte er das verstanden – war ein Name. „Bist du echt zu allen Männern so streng?"
„Naja, Sie sind hier, obwohl Sie Schiss vor Krankenhäusern haben."
„Was? Wie kommst du denn darauf?", rief Thorsten empört.
„Das können Sie nicht verstecken!" Jonna lachte.
„Das ist Unsinn."
„Hey, das outet Sie als guten Kerl", erklärte sie versöhnlich. „Sie haben Melina nicht im Stich gelassen, obwohl Sie nicht mal mit ihr zusammen sind."
„Das steht gar nicht zur ..."
„Und nein, ich bin nur zu Schlappschwänzen streng."
„Ah ja." Unterm Strich war Thorsten viel zu amüsiert, um sie wirklich unmöglich zu finden. Und dass sie so frei von der Leber weg daherplapperte ... *Leber weg – oh Mann!* Vermutlich war sie im Moment eh in Weltuntergangsstimmung, sodass ihr alles mehr oder weniger egal war. Falls sie überhaupt im Normalfall diskreter gewesen wäre. Jedenfalls beschloss Thorsten, aufs Ganze zu gehen.
„Was hältst du von den Männern in deiner Familie?"
„Von den beiden Toten, meinen Sie? Mehr sind ja nicht mehr übrig von der altehrwürdigen Familie Niemann. Ich frage mich schon die ganze Zeit, wie viele Delfs sich heute Nacht in ihren Gräbern umdrehen." Sie schnaubte. „Delf – also bitte, wer nennt sein Baby denn freiwillig Delf?"
„Da sind die gesammelten Delf-Gattinnen wohl nicht gefragt worden, oder?"
Jonna lachte. „Meine Mutter hat mal durchblicken lassen, dass sie ganz froh war, dass ihr ein Delf-Baby erspart geblieben ist. Aber mein Vater? Puh! Für den war es die Katastrophe."
Stimmt, da fing die Leidensgeschichte der jungen Niemann-Frauen ja schon an!
„Melina ist ja von vornherein zu Opa übergelaufen", fuhr Jonna fort. „Der hatte ja seinen Delf schon. Beziehungsweise hatte inzwischen so viel Ärger mit dem, dass er schon bereute, überhaupt einen Sohn zu haben."
„War es so schlimm mit den beiden?", hakte Thorsten nach.
„Oh ja, die haben sich bekämpft bis aufs Messer."

Aufs Ganze. „Hältst du es für möglich, dass sie sich gegenseitig etwas hätten antun können?"
Erst jetzt verengte Jonna misstrauisch die Augen. „Sie machen ein Mordverhör."
„Nein. Ich bin nicht mal zuständig für den Mord. Melina hat mir nur so einiges erzählt."
Mist, da ging bei Jonna eine Klappe runter.
„Was mich an meinen eigenen Vater erinnert hat", fügte er todesmutig hinzu.
„Sie hatten einen Vater wie Melina?" Er hatte ihre Aufmerksamkeit zurück.
Oh, aber sprach sie jetzt von dem Alten? Und dachte, dass sein Vater ihn ... „Nein", rief er rasch. „Nein, ich hatte so einen wie du."
„Also keinen." Jonna verzog den Mund, was man interessanterweise trotz des Mundschutzes sehen konnte. „Und Sie haben ihn auch nicht mehr?"
„Nein. Er ist gestorben, als ich dreizehn war." Unwillkürlich sog er Luft ein und pustete aus. Aber für ihn war er nun mal tatsächlich gestorben. Mehr ging niemanden etwas an.
„Oh, da haben wir dann ja noch was gemeinsam." Jonna nickte wissend. „Er ist aber nicht vergiftet worden?"
„Nein, natürlich nicht."
„Vergiftet." Sie schüttelte fassungslos den Kopf. „Wem passiert denn auch so was?"
„Hast du keine Idee? Wer das war, meine ich?"
„Da kommt schon wieder der Bulle durch, was?" Jetzt grinste sie so breit, dass der Mundschutz sich bewegte. „Ich habe keinen Schimmer. Wird ja wohl ein Unfall gewesen sein, ein Versehen. Dass Melina es war, glauben Sie doch nicht, oder?"
„Nein." War das so? Wenn er ehrlich war, hatte er jetzt noch weniger Ahnung als vor dem Gespräch mit Melina. „Dass du es warst, glaube ich auch nicht", setzte er mit mehr Überzeugung hinzu.
„Dann wäre ich kaum hier und würde mich ausschlachten lassen." Sie stieß ein sarkastisches Lachen aus. „Aber Sie wollten den Bullen in sich drin mal knebeln und von Ihrem Vater erzählen."
„Wollte ich das?"
„So ein harter Kerl wie Sie würde so was niemals tun, stimmt's?" Seufzend wollte sie sich wieder ihrem Handy zuwenden.
„Mein Vater wollte mich auch nicht", hörte er sich antworten. Und

rückte mit einem Mal sehr nah an seine private Wahrheit. „Für ihn war ich eine wandelnde Mahnung, wie er seiner Frau untreu sein konnte, seine wahren Kinder hintergehen. Und ich war eine Gefahr. Eine permanente Drohung, dass ich ihn eines Tages verraten würde."

„Oh." Beeindruckt sah Jonna auf. „Er hatte ein außereheliches Verhältnis mit Ihrer Mutter?"

„Jep." War er erbärmlich? Das auszuplaudern? Seine Mutter in den Dreck zu ziehen? Aber das endlich mal auszusprechen – in dieser Situation, einem Mädchen gegenüber, das er nach ihrer heutigen Begegnung nie wiedersehen würde. Das genauso mies dran war wie er, das ihn vielleicht sogar verstehen konnte. Ja, es war gut, es endlich einmal über die Lippen zu bringen. Doch, doch, es war gut.

Jonna nickte wissend. „Sie waren dann ein Unfall, oder?"

„Naja, meine Mutter hat mich gewollt. Hat es sogar darauf angelegt."

„Um ein Druckmittel zu kriegen", erfasste Jonna sofort. „Weil sie gehofft hat, dadurch an den Mann ranzukommen." Sie hatte nicht mal den Anstand gehabt, das in eine Frage zu kleiden. Vielmehr nickte sie fast anerkennend. „Klar, da wäre sie nicht die Erste gewesen, die sich so den Mann geangelt hätte, den sie wollte."

Thorsten biss die Zähne zusammen.

„Das sagt aber nicht, dass sie Sie dann nicht richtig geliebt hat", setzte Jonna voller Überzeugung hinzu. „Mütter tun das meist automatisch, wenn man erst mal da ist. Also die meisten."

„Ja, doch, das hat sie." Thorsten dachte nach. „Als sie begriff, dass er seine wahre Familie nicht verlassen würde, hat das an ihrer Beziehung zu mir nichts geändert."

„Meine Mutter hat mich auch geliebt."

„Hey, sie lebt noch!"

„Ja, so meinte ich das nicht. Deshalb gebe ich ihr ja meine Leber." Sie hob das Kinn ein Stück, ihre Augen wurden hart. „Für ihn würde ich das nicht tun. Ganz davon abgesehen, dass er sie sowieso binnen kürzester Zeit kaputtgesoffen hätte."

„Dein Vater?"

„Mein Vater", wiederholte sie ironisch theatralisch. „Der hat zwar bei uns gewohnt. Aber er hatte ständig Freundinnen nebenher. Und Sie können mir glauben, diese Seite der Medaille ist auch nicht angenehmer."

„Ihr wart sozusagen seine wahre Familie?" Was für ein Zufall. Dass sie die andere Seite kannte.
„Das 'wahr' können Sie getrost streichen. Ein Mann, der sich nicht für eine Familie entscheiden kann, hat keine wahre Familie. Nur eine, die er ständig versetzt und die dann mit der heulenden Mutter allein essen muss. Oder die gezwungen ist, mit ihm am Tisch zu sitzen, während seine Ehefrau ihn anschweigt, weil sie so verletzt ist. Kinder, die sich angewöhnen müssen, immer erst einmal die Lage zu sondieren. Wie ist Mama drauf? Muss ich sie ablenken, damit sie nicht wie auf Kohlen sitzt, wenn er wieder mal zu spät ist? Darf ich dem Frieden trauen, wenn er wieder mal eine Geliebte in den Wind geschossen hat? Wie ertrage ich, dass Mama so glücklich darüber ist? Während ich doch genau weiß, dass es höchstens ein paar Wochen dauert, bis er wieder verliebt vor sich hin pfeifend durchs Haus wandert. Oder eben gar nicht erst nach Hause kommt, weil er nach dem angeblichen Meeting in Hamburg festsitzt – weil sich angeblich schon wieder so ein armes Schwein vor den angeblich allerletzten Zug geschmissen hat." Sie schwieg einen Moment, ehe sie hinzufügte: „Leben Sie mal ständig mit solchen Geschichten. Ich kann schon gar nicht mehr zählen, wie viele angebliche Selbstmorde geschehen sind, um ihm ein Alibi für die Nacht zu geben."
„Uff", entwich es Thorsten, als Jonna, die sich immer mehr in Rage geredet hatte, schließlich fertig war.
„Natürlich hatte er keine Ahnung, dass man so was im Internet nachprüfen kann", fügte sie noch bitter hinzu. Um ihn dann etwas verlegen unter dem Mundschutz anzugrinsen. „Sie sehen – die erste Familie Ihres Vaters wird es auch nicht viel besser getroffen haben als Sie."
„Die heulende Mutter kenne ich auch. Das war der Normalzustand. Wenn er sich dann angekündigt hatte, hat sie gestrahlt vor Glück. Hat geräumt und gekocht und gebacken. Essen durfte ich noch mit, danach hat er mir immer eine Gute-Nacht-Geschichte vorgelesen, während sie verklärt lächelnd im Türrahmen stand und die Vater-Sohn-Idylle betrachtete. Aber dann musste ich weg. Zu meiner Oma. Die mir natürlich noch eine Geschichte vorgelesen hat."
„Aber die hat sich wie Bestechung angefühlt."
Verblüfft hob er den Kopf. „Ganz genau."
„Und ein Vater-Mutter-Kind-Frühstück am nächsten Morgen?"

„War nicht drin. Er hat bestimmt schon vor Mitternacht nach Hause gemusst."
„Und als Sie nach Hause kamen, heulte Ihre Mutter wieder."
„Genau. Sie hat sich nach Kräften bemüht, na klar. Hat mich geherzt und umsorgt und gelacht und geplaudert. Und sich nur dann eine Träne erlaubt, wenn Klein-Thorsten nicht hingeguckt hat."
„Oh, Mann, das ist wirklich Scheiße."
„Ich kann mich nicht erinnern, dass ich jemals mal mit meinem Vater allein gewesen bin. Also zu der Zeit, als sie noch zusammen waren."
„Er hat sie auch fallenlassen?"
„Nein, sie hat sich von ihm getrennt."
„Wow!" Jonnas Augen, die bis dahin vor sich hingestarrt hatten, schnellten zu ihm. Neugierig. Nein, bewundernd.
„Da war ich aber schon zehn", musste er Mutters Verdienst leider einschränken.
„Trotzdem." Jonna nickte mit Nachdruck. „Das hat sie gut gemacht."
„Aber es hat gedauert."
„Klar."
„Also versucht hat sie es immer wieder. Aber sie ist regelmäßig umgefallen."
„Kriegen Sie immer sofort Ihre Probleme auf die Reihe? So was dauert eben. Ich habe auch Jahre gebraucht, bis mir meine Familie egal war."
„Mein Vater ist mir auch egal", gab Thorsten dem Drang nach, das auszusprechen.
Jonna brummte verstehend.
„Nach jeder Trennung hat er uns eine Zeitlang die Bude eingerannt. Bis meine Mutter ihn dann wieder reingelassen hat."
„Und beim letzten Mal?"
„Da hat sie ihn von Anfang an auf mich umgelenkt."
„Wie?"
„Sie hat mich ans Telefon geschickt. Hat ihn in die Wohnung gelassen und ist selbst weggegangen. Plötzlich war ich nur noch allein mit ihm."
„War das nicht das, was Sie sich immer gewünscht hatten?"
„Ja. Aber als es dann so war ... da war es einfach nur peinlich."
„Hm-m."

„Außerdem war es nicht echt. Seine Zuwendung war nicht echt. Er wollte meine Mutter zurück, und zwar allein sie. Sie sollte mich gefälligst zu Oma bringen. Als sie dann nicht mehr mitgespielt hat, war ich der einzige verfügbare Hebel. Mich konnte er mit Liebe überschütten, damit ich zu ihr rennen sollte und ihr berichten, was für ein toller Vater er jetzt war. Er hat mich nur benutzt." Uff, so weit hatte er das Gespräch nicht kommen lassen dürfen!
Jonna saß stumm neben ihm und blickte wieder vor sich hin. Seufzte dann. Mehr nicht. Saß einfach da und seufzte.
Schritte im Abschiedsraum durchbrachen die Stille. Dann erschien die Kirsche mit Melina am Arm im Türrahmen. „Wir gehen noch mal zu der Mutter. Willst du mitkommen, Jonna?"
„Nein, danke." Ihrer Stimme war nichts anzumerken.
Während Thorsten sich räuspern musste, ehe er antworten konnte. „Okay. Ich komme dann gleich nach."
„Ist schon Scheiße mit Familie", stellte Jonna tiefsinnig fest, nachdem die Tür hinter den beiden ins Schloss gefallen war.
„Allerdings. Scheint irgendwie ein Konzept zu sein, das nur selten funktioniert."
„Sie sagen es."
„Melina hat das bei euch in der Familie gar nicht so extrem empfunden. Hat zumindest nichts gesagt. Von einer 'schwierigen Phase' eurer Eltern hat sie nur gesprochen."
„Sie war doch nie da. Mary ist doch immer rüber zu ihrem Großvatilein gerannt, wenn es schwierig wurde."
„Okay." Sollte er? Aus Ermittler-Sicht musste er sogar. „Hatten die beiden was ... Unkoscheres am Laufen?"
„Na, wenn das nicht unkoscher war, dann weiß ich auch nicht!"
„Ich meine ..."
„Ob er sie sexuell missbraucht hat?", vollendete Jonna für ihn, ohne mit der Wimper zu zucken. „Nein, glaub ich nicht. Also sie waren ständig allein in seinem Haus, waren zusammen im Urlaub, mit dem Auto weg, im Wald. Gelegenheiten hätten sie noch und nöcher gehabt. Aber ich glaube nicht, dass es ihm darum ging. Die beiden waren einfach ein Herz und eine Seele. Als sie ein Baby war genauso wie später, als sie erwachsen wurde."
„Es ging ihm nicht um Mädchenkörper?" Etwas in Thorsten weigerte sich immer noch, das zu glauben.
„Wie gesagt, ich kann es nicht wissen. An mich hat er sich nie

rangemacht. Auch nicht als Melina älter wurde. Er hat nie das Interesse an ihr verloren. Das wäre doch aber so gewesen, wenn er ..." Sie sah ihn fragend an. Ehe sie mit den Schultern zuckte. „Melina hat auch immer beteuert, dass es das nicht ist."
„Das war Thema?"
„Allerdings. Meine Mutter war geradezu besessen davon."
„Sie hat ihn beschuldigt? Ihn angegriffen?"
„Oh ja, mehrfach."
„Und wie hat dein Opa reagiert? Ist er ausgerastet?"
„Nö. Hat ruhig geantwortet, dass er ihr niemals so etwas antun würde. Und Melina hat immer zu ihm gehalten. Natürlich hat meine Mutter es trotzdem nicht geglaubt."
„Könnte sie die Mörderin sein?", kam es ihm plötzlich.
„Sie meinen, ob sie meinen Opa erwürgt hat – deswegen?" Sie schien das zu prüfen. „Kann ich mir, ehrlich gesagt, nicht von ihr vorstellen."
Konnte irgendjemand sich das von der eigenen Mutter vorstellen?
„Immerhin hat sie ihn wieder und wieder damit konfrontiert."
„Naja, schon."
„Könnte es sein, dass sie sich selbst vergiftet hat? Aus Resignation? Und deinen Vater hat sie mitgenommen – aus Rache? Weil er sie im Stich gelassen hat – und überhaupt?"
„Mit Pilzen kannte sie sich nicht aus. Hat aber auch keine gesammelt", setzte sie hinzu, als er den Mund aufmachte. „Also vorstellen kann ich es mir nicht." Sie wies es aber auch nicht empört von sich ... „Mein Vater hätte sich jedenfalls niemals selbst umgebracht, dazu war er viel zu egoistisch", dachte sie von sich aus weiter. „Und meiner Mutter hat er auch nichts angetan. Dazu war sie ihm nicht wichtig genug. Vielleicht könnten Sie mal seine neueste Flamme überprüfen. Die hat ziemlich Stress gemacht."
„Du glaubst, die könnte euch die Pilze untergeschoben haben?"
„Hmm. Wäre schwierig gewesen, nicht? Nee, streichen Sie das."
„Hättest du ihren Namen?"
„Claudia. Mehr weiß ich leider nicht. Aber er hat sie bei der Arbeit kennengelernt."
„Okay. Das muss doch rauszukriegen sein."
„Der Bulle ist zurück." Bedauernd verzog Jonna das Gesicht.
Thorsten lachte. „Der ist nie lange ruhigzukriegen. Könntest du auch noch mit ihm reden?"

Ihr Lachen war wohl ein 'Ja'.
„Melina meint, ihr Großvater hätte sich selbst vergiftet. Was sagst du dazu?"
„Hmm." Sie überlegte. Zuckte dann die Achseln. „Der war dermaßen durchgeknallt – da könnte ich mir schon so was vorstellen."
„Hast du eine andere Theorie, was den Mord an ihm betrifft? Wer könnte ihn getötet haben?"
„Ich?" Auf seinen geschockten Laut hin lachte sie. „Nein, ich war es nicht. Einen Menschen töten – nee, das ist was anderes, als ihn sich nur wegzuwünschen."
Thorsten nickte.
„Außerdem war Opa mir sowieso schon lange scheißegal."
Den Eindruck erweckte sie ja wirklich.
„Und ansonsten?" Sie schüttelte ratlos den Kopf. „Opa war ein Arsch, also zu allen, die nicht Melina waren." Oh, war da doch ein Hauch von Bitterkeit mitgeschwungen? „Von daher hat es da sicher so einige gegeben, die zumindest mal darüber nachgedacht haben, ihn zu erwürgen."
„Hast du da 'ne Liste?"
„Die hab ich schon Ihrem Kollegen gegeben. Dem, der heute Morgen bei uns war, als Sie kamen."
„Ah."
„Das reicht doch, oder?"
„Ja, ja. Das reicht. Danke. Für das Gespräch."
„Ich sage nichts weiter, was Ihr Privatleben betrifft", versicherte sie sofort. „Und mir ist klar, dass Sie mir das nicht versprechen können."
„Äh – nein, leider nicht. Ich kann dir aber versprechen, dass ich jede verzichtbare Einzelheit für mich behalten werde."
„Danke. Es war spannend, mit Ihnen zu reden. Aufschlussreich und – ja, spannend." Sie war aufgestanden und streckte ihm ihre Hand entgegen.
Automatisch wollte er die ergreifen, als er realisierte, dass sie ihm eine Visitenkarte in die Hand gedrückt hatte.
„Emanzipierte Frauen warten nicht, bis der Mann ihnen seine Nummer gibt." Sie schickte ein strahlendes Lächeln hinterher. „Also wie wär's? Gehen wir mal einen Wein trinken?"
Das meinte sie doch nicht ernst! Verblüfft hielt er die Karte am langen Arm von sich weg. „Du willst mich anbaggern?"

Jonna grinste ihm direkt in die Augen. „Sie haben schon bei Mary angebissen, oder?"
„Nein, Unsinn. Ich gehe doch nicht mit Zeuginnen aus. Erst recht nicht mit minderjährigen Zeuginnen." Er pikte mit der Ecke der Karte in ihre Nase – die größte Erhebung unter dem Mundschutz. Und freute sich, dass Jonna kicherte. „Sie können meine Nummer ruhig behalten. Ich bin ab morgen volljährig."
„Wie?"
„Für die Transplantation. Sonst hätten die mich nicht gelassen."
„Ach so!"
„Von daher wäre da sogar mehr als ein Weinchen für mich drin. Weinbrand. Oder Wodka." Sie gluckste.
„Aber klar." Zwinkernd wedelte er mit der Karte. „Weil deine halbe Leber nur so darauf brennt, es endlich mal mit richtigen Giften zu tun zu kriegen."
Sie lachte laut. „Du bist wirklich witzig."
„Sie", wies er sie mit schlagartigem Ernst auf ihren Platz zurück.
„Okay." Gutmütig lachend hob sie die Schultern. „Aber zum Trost stecken Sie meine Nummer ein. Und wenn die Ihnen so in anderthalb Jahren mal wieder in die Hand fällt – dann bin ich achtzehn und auch längst keine Zeugin mehr."
Thorsten stimmte in ihr Lachen ein. „Na gut. Und falls noch was sein sollte, solange du Zeugin bist ..." Er kramte seine eigene Karte hervor. „Du kannst mich jederzeit anrufen. Nicht als Date, sondern um zu reden. Alles klar?"
„Danke."
Mit Frauen war es echt leicht. Sehr befriedigt verließ er den Vorraum und schlenderte den Gang zurück zum Empfangstresen. Das hatte er hervorragend hinbekommen. Hatte die garantiert widerständigste Zeugin geknackt, die dieser Fall zu bieten hatte. Wie ein Buch hatte sie geplaudert! Das sollte ihm erst mal einer nachmachen!

Schwer verdauliche Kost

Melina schien sich zumindest ein Stück weit gefasst zu haben, als sie eine ganze Weile später an der Seite der Kirsche, aber ohne noch von ihr gestützt zu werden, bei Thorsten am ansonsten verwaisten Tresen auftauchte. Erschöpft und verquollen sah sie aus, aber ihre Augen schienen ihn wieder zu sehen, als er ihr grüßend zunickte: „Wie sieht es aus?"
Die Kirsche warf Melina einen Seitenblick zu, ob sie antworten wolle. Doch die schüttelte müde den Kopf und setzte sich auf einen der Wartestühle, wo sie auf der Stelle in sich zusammensackte. Sie fing aber nicht wieder an zu weinen, gut. Lehnte nur ihren Kopf an die Wand und schloss die Augen.
„Frau Niemann braucht Jonnas Leber, das steht inzwischen fest", berichtete die Kirsche für sie. „Die Vorbereitungen sind angelaufen, morgen früh werden die beiden nach Kiel überführt und am Mittag operiert. Wie geht es Jonna?"
„Ganz gut so weit. Aber sie legt wohl keinen Wert ... Ich meine, sie möchte lieber allein sein, glaube ich."
„Melina können wir nicht allein lassen."
Beide drehten sich zu ihr um, die in unveränderter Haltung dasaß.
„Meinen Sie nicht, dass sie erst mal rund um die Uhr schlafen wird?", meinte Thorsten hoffnungsvoll.
„Das werde ich", bekam er unerwartete Verstärkung von Melina. „Es wäre nett, wenn Sie mich nach Hause fahren könnten. Dann komme ich allein zurecht."
„Nein, das geht nicht", erklärte die Kirsche entschieden.
„Vielleicht noch 'ne Beruhigungspille ...", schlug Thorsten vor.
„Nein. Sie kann nicht allein bleiben, ausgeschlossen."
„Oder könnte sie hier ...?"
„Das würde nur gehen, wenn sie sich als Patientin in der Psychiatrie aufnehmen lässt, ich habe gefragt."
„Und das möchte ich nicht", ergänzte Melina, die sich sogar aufgesetzt hatte und energisch den Kopf schüttelte.

„Sonst wäre da nur Frau Wolter."
„Zu der will ich auch nicht. Sie mag mich nicht. Ich kann nicht bei jemandem schlafen, der mich nicht mag."
„Das verstehe ich", nickte die Kirsche sofort.
Thorsten zuckte die Achseln. „Okay, dann würde ich vorschlagen, wir legen heute ein paar Überstunden ein und öffnen alle drei den Umschlag."
„Einverstanden." Melina nickte und stand auf, um das zu untermauern.

„Zuallererst bringe ich Ihrer Mutter das Auto zurück, hole Oskar und komme dann mit ihm zu Fuß hierher", hatte die Kirsche bestimmt und Melina und Thorsten bei der Kripo rausgelassen. „In der Zwischenzeit können Sie ja schon mal Pizza bestellen. Aber mit dem Umschlag warten Sie auf mich, ja?"
„Natürlich", hatte Melina, die nach wie vor völlig klar war, ihr bereitwillig versprochen.
Ja, die Kripo war der geeignete Ort für ihr Unterfangen, es ging schon auf sechs Uhr zu, und sie würden allein im Gebäude sein.
Hatte Thorsten gehofft. Dementsprechend geriet er erst mal ins Schwimmen, als niemand anders als die Troschke den Kopf aus ihrem Büro steckte, kaum dass er aufgeschlossen und Melina in den Korridor geschoben hatte.
„Guten Abend, Herr Heinrich. Ich erkenne Sie ja kaum noch wieder, so lange wie ich Sie nicht mehr gesehen habe." *Haha*. „Und das ist?" Mit unverhohlener Neugierde musterte sie Melina.
Die schon den Mund öffnete, um zu antworten.
„Eine Freundin", kam Thorsten ihr hastig zuvor. Glück im Unglück, dass die Troschke Melina bisher nicht begegnet war. „Ich muss kurz noch meinen Bericht beenden, und Me...ry wartet so lange. Müssen Sie vielleicht mal aufs Klo?", zischte er ihr ins Ohr und schob sie in die betreffende Richtung des einzigen hermetisch abgeschlossenen Raumes.
„Nein, ich war doch eben in der Klinik."
Er stöhnte verstohlen. Dann also in sein Büro, wo sie jedes Wort mitkriegen würde, wenn die Troschke ins Brüllen geriet.
„Herr Heinrich, ich habe einen wütenden Anruf von Hauptkommissar Klaasen erhalten", fing die schon an, als er auf Höhe ihres Büros war.

Oh, verdammt, dass der sich so schnell regen würde!
„Und daher habe ich den begründeten Verdacht, dass Sie sich heute keineswegs nur mit Ihrem Fall beschäftigt haben. Laut Ihrer Berichte der letzten Tage gibt es zur Zeit aber auch keinen anderen, an dem Sie dran sind.“
„Die Fensterscheibe und die Brandstiftung, damit waren Frau Kirsch und ich den ganzen Tag zugange.“
Ehe Melina in Versuchung hätte kommen können, etwas Unbefugtes zu dem Gespräch beizusteuern, drückte er sie in sein Büro und schloss die Tür zwischen ihr und ihm.
„Herr Klaasen klagte, Sie hätten sich auf äußerst destruktive Weise eingemischt und seine Arbeit erschwert.“
„Wie Sie meinem Bericht entnehmen können – also sobald ich ihn fertig habe – war ich dort, weil ich ...“ Shit, da war er laut Jacoby ja nur privat gewesen. „Ich meinte, dazu müssen Sie Kollege Jacobys Bericht lesen, ich bin nämlich als Privatmann dort in Erscheinung getreten. Die Frau hatte mich angerufen und um Hilfe gebeten.“ Dass eben diese gerade in seinem Büro saß, schickte ihm eine Hitzewallung durch den Körper. „Sie fühlte sich von Klaasen bedrängt. Der setzte sie massiv unter Druck, indem er sie dazu zwingen wollte, sich einem Verhör zu unterziehen. Obwohl sich die Zeugin in einer persönlichen Notlage befand.“ Uff.
Die skeptischen Troschke-Augen bohrten sich unverändert in seine Stirn.
„Deshalb habe ich sie geschützt und habe sie in die Klinik zu ihrer Familie gebracht.“
„Haben Sie das?“
„Frau Kirsch. Frau Kirsch hat sie gefahren. Sie und ihre Schwester.“
„Und was haben Sie gemacht?“
„Ich ... Pause. Ich habe Pause gemacht. Weil ich ja schon Pause machte. Ich meine, ich war natürlich in der Pause da.“
„Wie viele Pausen haben Sie heute gemacht?“
„Ich werde alle protokollieren und von meiner Arbeitszeit abziehen.“
„Heinrich, wenn das stimmt, was Sie mir da erzählen ...“
„Natürlich stimmt das, wie gesagt, Hauptmeister Jacoby und Obermeister Pionek werden das in ihrem Bericht bestätigen.“
„... dann waren Sie sehr wohl mit einer der wichtigsten Zeuginnen in der Mordsache unterwegs.“

„Sie hat mich zu Hilfe gerufen!“
„Und sind obendrein noch befangen!“
Thorsten starrte sie an.
„Wenn Sie sich nicht schleunigst von allem und allen, die auch nur im entferntesten ...“
„Frau Kirsch und ich ermitteln ja in Sachen Fensterscheibe und ...“
„Jetzt nicht mehr“, wurde er eiskalt unterbrochen. „Morgen um elf Uhr ist Vollversammlung hier im Großen Saal. Da werden Sie alles, was Sie bis jetzt haben, offiziell bei Herrn Klaasen abgeben und von mir neue Fälle zugeteilt bekommen.“
Verdammt.
„Elf Uhr. Pünktlich. Mit sämtlichen Berichten. Und jetzt muss ich los. Schönen Abend noch.“ Sprach's und stampfte von dannen. Im folgenden Moment knallte die Tür hinter ihr ins Schloss, und draußen auf der Treppe entfernten sich ihre Schritte.
Verdammte Scheiße.

„Das tut mir leid, dass Sie meinetwegen Ärger haben“, empfing ihn Melina in seinem Büro.
„Kein Problem“, behauptete Thorsten. „Wollen Sie ...“, *sich setzen,* hatte er sagen wollen, als sein Telefon zu düdeln begann. „Ja?“
„Ich bin es, Pascal. Schäfer. Sie haben gesagt, ich kann Sie anrufen.“
„Bis um vier.“ Thorsten warf einen Blick auf die Uhr über der Tür. „Inzwischen bist du satte zwei Stunden drüber.“ Was für ein Glücksfall, dass er gerade hier war! Nur nicht allein. „Warte kurz.“ Er sah zu Melina.
Die ihn interessiert beobachtete.
„Könnten Sie kurz draußen warten?“, flüsterte er ihr zu.
„Oh – ja, natürlich. Ich gehe doch mal auf die Toilette. Neben dem Eingang, nicht?“ Sie verließ den Raum und machte sogar die Tür hinter sich zu.
Na, wunderbar, jetzt klappte wirklich alles. „Ich höre?“
„Ich war nicht sicher. Ob ich anrufen sollte. Also ich wollte nicht anrufen“, druckste das Lämmchen aus dem Hörer.
„Aber jetzt tust du es doch“, ergänzte Thorsten zuvorkommend.
„Deshalb bin ich zu spät.“ Der Junge schluckte lautstark. „Geht es jetzt noch?“
Hey, ich bin hier und rede mit dir! Aber ein anspornendes Brummen konnte er ja rausrücken.

„Ich ..." Prompt schien Pascal von sämtlichen Zweifeln erneut heimgesucht zu werden. „Ich ..."
„Also nachdem ich dir soeben zwei zusätzliche Stunden gewährt habe, könntest du jetzt mal zu Potte kommen."
„Ich habe Ihnen einen falschen Namen gegeben", platzte er endlich heraus.
„Ach? Sieh an. Und? Wie heißt deine Meri Meier-Sassa wirklich?"
„Jonna", ließ Pascal ihn im nächsten Augenblick völlig vergessen, wie egal ihm dieser Fall war. „Sie heißt Jonna Niemann."
Das ... durfte doch nicht wahr sein!
„Du bist ihr Ex!", fiel es Thorsten wie Schuppen von den Augen. Melina hatte doch davon berichtet. Pascal war es gewesen, der Jonna die Tür eingerannt hatte. Und eiskalt bei ihr abgeblitzt war. Erst an dieser Stelle kam ihm der Gedanken zu checken, ob die Luft auch wirklich noch rein war. Er rannte zur Tür und spähte – auf den zum Glück leeren Flur hinaus.
„Sie hat mich verlassen", stieß der Junge bitter hervor. „Wegen diesem Zac. Weil er älter und cooler und obendrein blind ist. Das ist wahrscheinlich das Coolste an ihm. So gebrochen und bemitleidenswert, aber so tapfer, wie er sein Schicksal annimmt. Ach ja, und zu alledem ist er auch noch Vollwaise." Würgegeräusche drangen aus dem Hörer. „Eigentlich ist er einfach nur krank und kaputt. Er ist es, der die Hütte abgefackelt hat. Wollte uns ..."
„Kennst du seinen vollen Namen?", hakte Thorsten rasch ein.
„Nee, leider nicht. Zacharias irgendwie. Er ist nicht unser Jahrgang, und von früher kenne ich ihn auch nicht."
„Weißt du, wo er wohnt?"
„Tut mir leid. Aber er soll eine eigene Bude haben. Was Jonna auch abgefahren findet. Jedenfalls wollte der uns alle anstiften. Ausgerechnet ein Blinder will uns zeigen, wo es langgeht – das ist doch echt nicht wahr, Alter. Wir sollten uns nicht länger mit dem Kinderkram abgeben. Sondern was Richtiges verzapfen, damit sich wirklich was verändern kann." Er schnaubte traurig. „Jonna hing die ganze Zeit an ihm dran und himmelte ihn an. Was verändern! Dass ich nicht lache. Die haben eine richtige Brandstiftung begangen. Aber was haben sie damit denn bewirkt?"
„Sie? Meinst du damit Zacharias und ...?" Natürlich, wie sollte ein Blinder allein ein Verbrechen begehen?
„'Du musst meine Augen sein', hat er immer geschwafelt", erzählte

Pascal weiter. „Von daher wird sie es gemacht haben – mit seiner Anleitung. Ohne zu checken, dass sein Geschwafel von 'Rache macht frei' nur dazu da war, eine Dumme zu finden, die sich von ihm missbrauchen lässt, damit sie seine Pläne in die Tat umsetzt, die er allein nicht auf die Reihe kriegt." Er musste erst einmal durchschnaufen. „Ich wollte sie trotz allem nicht reinreiten. Aber dann ... ist mir klar geworden, dass ich mein Leben zerstöre, wenn ich sie schütze. Und von meinem Leben ...", er räusperte sich, „... hat sie doch ohnehin schon kaum was übriggelassen."
„Puh! Na, lass man die Dramaqueen in ihrer Kiste, Junge." Jonna war es, deren Leben gerade zusammenbrach. Und darauf noch eine Jugendstrafe? *Verdammt, Mädchen, was hast du dir dabei gedacht? Und was soll das überhaupt? Hast du mir nicht glaubhaft versichert, dass dir deine Familie völlig egal ist?*
Das war der Punkt, ob er es sich nun eingestehen wollte oder nicht. Sie hatte ihn angelogen. Er hatte sich vor ihr zum Affen gemacht, hatte ihr anvertraut, was er noch keinem Menschen anvertraut hatte – und sie ... machte einen auf cool und abgebrüht und verkaufte ihn für dumm.
„Was ist mit der Fensterscheibe?", musste er noch fragen.
„Von 'ner Scheibe weiß ich nichts. Nur von der Hütte. Aber das reicht ja wohl auch." Man hatte förmlich vor Augen, wie Pascal sich die Haare raufte. „'Das ist echte Liebe', hat sie gesagt. 'Sogar so was für die Geliebte zu tun. Er ist bereit, für mich in den Knast zu gehen', hat sie gesagt."
„Das ist nicht zu glauben." Thorsten tat das. Krallte die Finger in sein Haar. „Wie kann man nur so verblendet sein?"
„'Wir kämpfen gegen die schlechte Welt. Bis zum letzten Blutstropfen. Diese dämliche Hütte ist erst der Anfang!'", hat sie gesagt. „'Hauptsache, wir haben uns.'"
„Das mit dem Haben hat sich angesichts echten Blutes erledigt", war es Thorsten eine grimmige Befriedigung, ihm mitzuteilen.
„Wie?"
„Ihr Vater ist tot, vergiftet", berichtete er so leise wie möglich, „und Jonna soll ihrer sterbenden Mutter ein Stück ihrer Leber spenden."
„Das wusste ich nicht. Wenn ich das gewusst hätte ..."
„Was du vor allem wissen solltest, ist, dass Zac sich angesichts dieser Lage nicht gerade mit Ruhm bekleckert hat. Er hat nämlich zu viel Schiss vor Krankenhäusern, um Jonna dort zu besuchen."

„Echt?"
„Er hat sie gerade jämmerlich im Stich gelassen. Also wenn du ihr beweisen willst, dass sie sich geirrt hat." Zeit für einen erneuten Blick vor die Tür. Melina war schon aus dem Klo gekommen, schlenderte aber über den Flur und betrachtete die Bilder, die überall herumhingen. Offensichtlich wartete sie, bis Thorsten sie wieder reinholte. Wenigstens die behandelte ihn mit Respekt.
„In welchem Krankenhaus ist sie?" Der Junge hatte angebissen.
„In Eckernförde. Noch zumindest. Morgen früh wird sie nach Kiel verlegt. Wenn du dich also gleich auf den Weg machst ..."
„Und Zac hat sich geweigert zu kommen?" Wie sich Pascals Laune hob, war selbst durchs Telefon deutlich spürbar. Der Arme hatte wirklich Liebeskummer gehabt.
„Jonna ist so was von angepisst, das kannst du mir glauben." Das hatte sie ihm ja schon gezeigt.
„So ein Arschloch", hauchte Pascal aus tiefstem Herzen.
„Und das in mehrfacher Hinsicht. Du hast also die Chance, deinen Charakter dagegenzusetzen." Was sie auf jeden Fall verdient hatte. Dass es ihr unterm Strich ultra-mies ging – das war keine Lüge gewesen. Ebenso wenig wie all die Dinge, die sie über ihre Eltern gesagt hatte.
„Danke, Mann." Man hörte Pascal förmlich grinsen.
„Ehe du jetzt zu ihr fährst, müssen wir noch eine Sache klären", wollte Thorsten anfangen.
Als Pascals plötzlich panische Stimme ihn innehalten ließ. „Können Sie diesen Anruf streichen?"
„Was?"
„Vergessen, so tun, als ob er nie stattgefunden hätte?"
Tja, wenn der wüsste, wie gern Thorsten genau das getan hätte!
„Das geht nicht."
„Weil er aufgezeichnet ist?"
„Weil wir nicht im wilden Westen leben, wo der Sheriff sich aussuchen kann, welches Verbrechen er verfolgt und welches nicht."
„Ihre Eltern könnten die Anzeige doch wieder zurückziehen? Die wegen der Brandstiftung?"
„Nein, können sie nicht. Die hat die Staatsanwaltschaft erhoben."
„Oh, verdammt. Verdammt! Ich hätte niemals anrufen dürfen."
„Dann hätten wir unsere Exklusiv-Infos nicht austauschen können."

„Sie wird mich nie zurücknehmen, wenn sie erfährt, dass ich es war, der sie ans Messer geliefert hat." Och Gott, nun zitterte seine Stimme.
Thorsten seufzte. Jonna tat ihm ja auch leid. „Warst du dabei, als dieer Zacharias das Feuer gelegt hat?"
„Nein, natürlich nicht!"
„Woher weißt du dann, ob Jonna wirklich involviert ist?"
„Weil sie es war, die sich begeistert auf Zac und seine Theorien gestürzt hat. Sie war total scharf darauf, es ihrer Familie zu zeigen."
„Naja, selbst wenn sie den Vorsatz hatte, ist ja nicht gesagt, dass sie letztlich Ernst gemacht hat. Wenn dieser Zacharias aussagen wird, dass sie mitschuldig ist, wird es schon haarig, aber selbst dann ..."
Pascal seufzte gequält. Der Knabe war echt in Ordnung.
„Du erinnerst dich an unseren Deal?", kam Thorsten zur Sache.
„Jetzt habe ich Ihnen wirklich alles gesagt, was ich weiß!"
„Bis auf Zacharias' Namen und Adresse."
„Die hab ich aber nicht."
„Aber Jonna hat sie. Fahr zu ihr und sag ihr, dass ab morgen um elf der Ekelbulle ihren Fall übernimmt, sie weiß schon, wen ich meine. Und dass ich, solange ich es kann, alles tue, um sie möglichst heil aus dieser Geschichte rauszubringen. Wenn sie mich gleich anruft und mir ihren tollen Zacharias liefert."
„Das wird sie nicht machen. Sie liebt ihn." Bei solchen Sätzen hörte er sich immer an wie ein Schnulzenschauspieler.
„Wie sie sich über ihn aufgeregt hat – glaub mir, wenn du das gehört hättest ..."
„Was hat sie denn gesagt?"
„Sie hat ihn einen Schlappschwanz geschimpft", war es Thorsten eine besondere Genugtuung zu wiederholen.
„Ah."
„Zumindest hat sie nicht eine Sekunde in Erwägung gezogen, noch irgendwas in ihn zu investieren. Klar könnte sie sich das nochmal überlegen, wenn er doch noch in der Klinik aufschlagen sollte. Aber wenn du schneller bist ..." Es war schon echt schräg, wie er sich hier als Kuppler betätigte! „Und gerade jetzt, wo sie Scheiße gebaut hat, braucht sie jemanden wie dich. Der für sie da ist, der ihr helfen will, der ihr vernünftige Ratschläge gibt."
Pascal konnte sein Glück wohl immer noch nicht fassen.

„Sorgst du dafür, dass sie mich anruft?“
„Ja.“
„Aber unter der Handynummer erreicht sie mich auf jeden Fall.“
„Okay.“
„Sehr gut. Na dann los. Mach dich auf und sei ihr Held. Gastro-Station, dritter Stock im mittleren Gebäude hinten links.“
„Danke, Mann. Ich fahre sofort hin.“ Klick.
„Ich danke dir auch für deinen Anruf“, sagte Thorsten ins tote Telefon. „Wenn Jonna kooperiert und wir Zac noch vor der Versammlung abgreifen, können wir Klaasen einen abgeschlossenen Fall übergeben.“ Ella würde staunen!

Gleich zwei Kirchturmglocken schlugen sechs Uhr, als Ella den Wagen parkte und um die Ecke flitzte, ins Tortenstübchen.
Das mittlerweile wieder leer war. Abgesehen von einem ziemlich ruhig daliegenden Oskar. Der noch dazu völlig untypischerweise nur ganz gelinde mit dem Schwanz wedelte. Und von Sörine und Ulli, die an einem Tisch daneben saßen und nicht sehr glücklich dreinschauten. Es war auf den ersten Blick ersichtlich: Irgendwas war gewaltig schiefgegangen. Ella tippte auf Oskar.
„Da bin ich endlich. Was hat er angestellt?“, kam sie ohne Umschweife zum Thema.
„Nun ja, er war erst wirklich brav“, begann Ulli zögernd. „Hat sich hingelegt und das Treiben hier nur beobachtet.“
„Aber dann ...?“ Ella hielt die Luft an. Ein Verdacht drängte sich ihr auf.
„Es war viel los, und so haben wir irgendwann nicht mehr ganz so gut auf ihn aufgepasst. Plötzlich war er weg.“ Sörine saß auf dem kleinen Sofa rechts an der Wand, Unterlagen vor sich auf dem Tisch, das Telefon. Machte sie hier ihre Büroarbeit?
„Ja, und als wir dann gesucht haben, haben wir ihn in der Küche gefunden“, fuhr nun wieder Ulli fort.
„Die Käsesahne für morgen allerdings nicht mehr“, ergänzte Sörine und warf einen Blick auf Oskars verdächtig angeschwollene Leibesmitte.
„Echt, eine ganze Torte hat der jetzt im Bauch?“ Ella konnte es nicht fassen. Dieser verfressene, dieser unmögliche ...

„Ich fürchte. Wenn er sie nicht irgendwo versteckt hat." Sörine stieß ein nicht sehr kleinlautes Lachen aus. „Wir haben uns Sorgen gemacht und gleich bei einem Tierarzt angerufen. So viel Sahne und Quark und Eier und Zucker, das ist vielleicht für einen Hund gefährlich. Doch der Arzt meinte nur, bis auf ein bisschen Durchfall müssten wir mit keinen Komplikationen rechnen. Naja, dass es viel zu viele Kalorien waren, das hat er auch noch gesagt. Und geraten, die nächsten Mahlzeiten ausfallen zu lassen."
„Hunde neigen dazu, sich die Bäuche bis zum Rand vollzuschlagen", steuerte Ulli bei. „Also, in der Natur."
„Ja, mit dem Unterschied, dass es sich dabei nicht um Käse-Sahne-Torte handelt." Ella wusste vor Peinlichkeit weder ein noch aus. „Oh Mensch, das tut mir ganz schrecklich leid, wirklich, ich weiß gar nicht ..."
Doch Sörines nächste Worte verschlugen ihr die Sprache. „Ach was, uns tut es leid. Wir haben zu wenig aufgepasst. Es ist doch klar, dass der Arme nicht widerstehen kann, wenn er so eine Köstlichkeit vor die Schnauze bekommt. Nur was, wenn er jetzt Bauchweh kriegt?"
„Er rührt sich kaum mehr, seitdem, hängt irgendwie nur noch in den Seilen", ergänzte Ulli. „Der arme Hund."
„Ihr bemitleidet Oskar, weil er euch eine ganze Torte weggefressen hat?" Ella konnte es nicht glauben. „Und ich dachte, ihr seid mir böse, weil ich ihn euch aufgedrängt habe."
„Ach was, nein", rief Sörine. „Oskar ist ein Schätzchen. Wie er die Gäste begrüßt, voller Freundlichkeit. Nein, wir sind es ..."
„Er ist völlig verfressen. Natürlich zahle ich die Torte." Ella kramte nach ihrem Portemonnaie. „Wahrscheinlich nehmt ihr ihn morgen dann nicht wieder, oder?", nuschelte sie mit gesenktem Kopf.
„Aber doch, wenn du ihn trotz allem noch bringen magst. Einen Café-Hund können wir wirklich gut gebrauchen." Sörine sah allen Ernstes erleichtert aus. Als hätte sie Ellas Zorn gefürchtet und das harte Urteil, nie wieder etwas mit Oskar zu tun haben zu dürfen. Du lieber Himmel! Wie gutmütig konnte man denn sein?
„Gleich morgens kannst du ihn mir bringen. Ich geh dann mit ihm Gassi, also, falls er Durchfall kriegen sollte", bot Ulli an.
Und dann geschah, was Ella heute schon einige Mal mehr oder weniger erfolgreich hatte unterdrücken können: Sie weinte. Vor Rührung, vor Erleichterung, vor Freude. „Mensch, seid ihr nett."

Genau das dachte sie auch, als sie wenig später, den ziemlich unförmigen und recht geh-unwilligen Hund neben sich an der Leine, durch die Schleswiger Straße marschierte. Sörine und Ulli. Hobbi und Elke. Lauter total nette Leute. Und Heinrich, nun ja, der war im Moment ja auch durchaus erträglich. Vielleicht würde es hier in Eckernförde doch noch ganz nett werden.
„Na, dann komm, mein Dickerchen", rief sie und spornte Oskar wenigsten zu schnellem Schritt an. „Du fastest in den nächsten drei Tagen. Das hast du nun davon."

„Haben Sie die Pizza schon bestellt?", schallte die Stimme der Kirsch aus dem Hörer.
„Das hatte ich gerade vor. Haben Sie sich umentschieden? Wollen Sie doch keine mit Spinat?"
„Doch, doch, es ist nur ... Wir haben etwas vergessen."
„Was denn? Falls Sie den anderen Fall meinen, da habe ich ..."
„Nein, nicht den Fall, sondern den Hund. Wenn wir unsere Überstunde in Ihrem Büro abhalten wollen, bedeutet das, dass ich Oskar mitbringen muss."
Verflixt, den hatte Thorsten wirklich nicht bedacht. „Können Sie ihn nicht im Auto lassen?"
„Nein. Sowieso nicht, aber heute erst recht nicht. Er ist nämlich krank."
„Er ist krank?"
„Vergiftet. Sozusagen. Mit Käse-Sahne-Torte."
„Meine Mutter hat ihn vergiftet?"
„Er sich selbst. Mutwillig."
„Das darf nicht wahr sein! Und jetzt haben Ulli und Mutter ihn rausgeworfen und weigern sich, ihn je wieder zu nehmen, habe ich recht?"
„Nein. Ihre Mutter ist so lieb. Und Ulli auch. Und überhaupt!"
„Ah ja." Wobei das hundesittertechnisch ja gut war.
„Er ist auch so gestraft genug. Bauchschmerzen und Durchfall. Aber daher frage ich mich, wie Sie es aufnehmen würden, wenn ich mit ihm ins Büro käme."
„Hund und Durchfall? Was denken Sie denn, wie ich das aufnehme?"

„Deshalb dachte ich, wir könnten uns an einem neutralen Ort treffen."
„Sie wollen mit dem Durchfallhund in eine Kneipe?"
„Ich habe noch nicht eingeräumt, aber mein Häuschen ist möbliert. Etwas eng, doch es müsste gehen, wenn wir ein bisschen zusammenrücken. Außerdem könnte ich zwischendurch immer mal mit Oskar vor die Tür."
„Hmm."
„Gut. Bestellen Sie also die Pizza in den Ronnenbergweg 39a. Dann kommen Sie raus, ich warte bereits mit laufendem Motor."
Aufgelegt.
Noch unschlüssig, wie er es aufgenommen hatte, wandte er sich zu Melina um, die ihn erwartungsvoll ansah. „Wir ziehen um. Kommen Sie. Und vergessen Sie den Umschlag nicht."

Oh ja, eng würde es werden. Die Kirsche hatte eine der letzten original-alten Fischerhütten angemietet. Klein und gedrungen schmiegte sie sich an den Ballastberg. Ihr Vermieter wohnte in einem Extrahäuschen gegenüber des kleinen Hofes.
„Draußensitzen ist ungünstig", raunte die Kirsche ihm zu, die seinen Blick zu den Gartenmöbeln bemerkt hatte, und schielte vielsagend zum auf Kipp stehenden Fenster des Vermieterhauses. Wo hinter einer klassisch weißen Gardine menschliche Umrisse zu erkennen waren.
„Nee, in Anbetracht unserer Mission heute Abend ..."
„Aber wir können die Tür auflassen, dann kann Oskar selber entscheiden, ob er raus oder rein will."
„Können Sie ihn nicht gleich draußen anbinden?", knurrte Thorsten.
„Nein", kam es von der Kirsch im selben Ton zurück.
Thorsten verdrehte die Augen. Bislang war dem Vieh nichts anzumerken – also bis auf die Tatsache, dass es ziemlich schwerfällig und phlegmatisch wirkte. Ganz angenehm eigentlich, in diesem Zustand würde es nicht weiter stören.
„Melina, Sie müssen ihn nicht festhalten, er läuft nicht weg", rief die Kirsch ihr zu.
Laufen? Nee, ganz gewiss nicht. Thorsten verzog das Gesicht.
Melina hatte sich ganz hingerissen auf den Köter gestürzt und ihn die ganze Fahrt über nicht mehr losgelassen. Auch jetzt tat sie dies

nur sehr widerstrebend. Hockte sich ersatzweise zu ihm, um ihn zu streicheln.
Das war doch passend. Man fraß eine Torte, die eine Stunde Arbeit und die Zutaten gekostet hatte – und wurde ausgiebig dafür belohnt. Das würde er nie verstehen! Thorsten schnaubte und trat, den Kopf einziehend, hinter der Kirsche ins Haus.
Direkt von draußen landete man in einem Wohnzimmer. In einem Wohnzimmerchen, um genau zu sein, das völlig ausgefüllt wurde von einem Tisch mit vier Stühlen und einem alten Ausziehsofa, das man aber nur dann entfalten konnte, wenn man Tisch und Stühle aus dem Haus schaffte. Gegenüber ging es in die Küche, so winzig, dass die Kirsche, die nun wirklich nicht ausladend war, kaum vollständig hineinpasste, als sie nun den Oberschrank aufmachte, um Teller und Messer zu holen.
Thorsten öffnete die drei bereits mitgebrachten Pizzakartons und nahm das Messer von ihr entgegen. „Den Platz für die Teller können wir uns doch sparen. Melina, sind Sie so weit?"
„Oskar, kommst du mit?"
„Nein, wir essen jetzt", schrie er lauter, als vonnöten gewesen wäre. „Und dann öffnen Sie endlich den Umschlag."

Vergangenheit und Gegenwart

Inzwischen war Thorsten richtig hungrig geworden und musste schon nach kurzer Zeit feststellen, dass er eine der drei Schachteln allein geleert hatte, während die Kirsche gerade mal zwei Stücke geschafft hatte.
Melina nuckelte noch immer an ihrem ersten herum. „Soll ich mit Oskar rausgehen?“, fragte sie ungefähr alle drei Minuten. „Er hat doch sicher schon Bauchweh, vielleicht hilft es ihm, wenn er sich etwas bewegt?“
Thorsten warf einen Blick unter den Tisch, wo der Hund wie ein gestrandeter Wal auf dem Boden lag, ohne sich zu rühren. In diesem Zustand war er wirklich sehr erträglich.
„Im Augenblick ist er einfach nur vollgefressen und müde, glauben Sie mir, Melina“, beruhigte die Kirsche sie mit unglaublicher Geduld. „Er wird unruhig, bevor es losgeht, das werden wir dann schon merken.“
Oh Mann! Warum luden sich die Leute auf, für so ein aufwendiges Tier zu sorgen, das mindestens so viel Platz und Energie fraß wie ein Kleinkind? „Soll ich den Umschlag für Sie öffnen, ehe der Hund durchdreht?“ Ungeduldig sprang Thorsten auf und zwängte sich erst mal zum Bad durch, um die Hände zu waschen.
Als er zurückkam, saßen Kirsche und Melina – ohne Pizza und ohne den Hund zu beachten – in erwartungsvoller Aufregung da. An seinem Platz lag der Umschlag, daneben ein sauberes Messer.
„Okay.“ Er wog ihn in den Händen. „Sind Sie bereit?“
Melina nickte. Es kam ihm vor, als vollstrecke er ein Urteil. Niemanns Todesurteil. Auch die Frauen hielten den Atem an, selbst als in diesem Moment Oskar ein Stöhnen ausstieß, blieben ihre Augen bei ihm. Vorsichtig holte er den Stapel Papiere heraus und legte ihn vor sich auf den Tisch, um ihn dort für alle sichtbar in Augenschein nehmen zu können. Es waren handgeschriebene Blätter, ausnahmslos. Und alle zusammenhängend, jede Seite war nummeriert. 'Windeby, 19. Oktober 1998' stand oben auf Seite eins.

„Das ist nicht Delfs Schrift“, platzte Melina unvermittelt heraus, nachdem sie mehrere Momente lang schweigend auf Thorstens Hände gestarrt hatte, während er das Manuskript bis zum Ende durchblätterte. „Wer hat das geschrieben?“
„Da steht: 'Deine Mutter Anna Niemann'“, entzifferte er die Unterschrift. Hoffentlich war nicht alles so unleserlich. „Es ist ein Brief – aber, wie es scheint, nicht an Sie, Melina.“ Stirnrunzelnd betrachtete er nochmals die erste Seite. „Allerdings gibt es keine Anrede, es geht sofort los mit dem Text.“ Er schob ihn Melina zu. „Erkennen Sie die Handschrift?“
Die beugte sich mit zusammengekniffenen Augen darüber. „Nein, die hab ich noch nie gesehen. Schwer zu lesen ...“
„Sagt Ihnen der Name Anna Niemann etwas?“ Auch die Kirsche lehnte sich neugierig zu ihr hinüber, um einen Blick darauf zu werfen. „Ist das vielleicht Ihre Oma?“
„Nein, meine Oma hieß Sophie. Ist es wirklich nur dieser eine Brief?“ Abermals ließ Melina ihre Finger durch die Seiten gleiten und blickte dann enttäuscht auf. „Nichts von meinem Opa?“ Mit neu aufkeimender Hoffnung griff sie nach dem Umschlag, drehte und wendete ihn und schüttelte ihn aus. Nichts, er war unwiderruflich leer.
„Nein, dies ist wirklich kein Abschiedsbrief“, stellte Thorsten fest.
„Wer ist Anna Niemann?“, wiederholte die Kirsche, die sich die Zettel gegriffen hatte und nochmals die Unterschrift studierte. „Das 'A' und das verschnörkelte 'N' – das ist noch alte deutsche Schrift, so hat meine Uroma geschrieben.“
„Na, wenn Anna mit 'Deine Mutter' unterschreibt und dieser Brief sich in Delfs Besitz befand, könnte man ja auf den Gedanken kommen, dass es sich um seine Mutter handelt“, ließ Thorsten ironisch einfließen.
Die Kirsche brummte.
„Er hat nie von ihr geredet“, kam es kummervoll von Melina „Seine Kindheit war wohl nicht so schön.“
Wunderte einen das? Thorsten unterdrückte ein Schnauben. „Uns bleibt wohl nichts, als zu lesen. Frau Kirsch, Sie haben ja offensichtlich Übung mit dieser Schnörkelschrift.“
„Wenn Sie einverstanden sind, Melina?“
Die schob ihr den Stapel noch näher hin und lehnte sich zurück. „Lesen Sie.“

Carlshöhe, 19. Oktober 1998

Was bin ich doch für ein schlechter Mensch! Meine Scham ist so groß, dass mir übel ist, und größer als die Angst vor dem, was mir bevorsteht. Wenn ich zurückblicke auf mein Leben, kann ich nur sagen: Den Tod, nein besser, diesen Tod habe ich verdient. Wobei es schon ziemlich mies ist, an Speiseröhrenkrebs ganz langsam zu verrecken. Dennoch, wird solch ein Tod meine Schuld tilgen können? Ich bin mir nicht sicher. Sicher bin ich nur, Gutes steht mir nicht mehr bevor. Nicht hier im Leben, nicht drüben, wo ich ganz sicher auf ewiglich in der Hölle schmoren werde. Wobei, in der Hölle – bin ich da nicht schon längst angekommen? Seit damals ...

Ella hielt inne und blickte auf. „Oh mein Gott."
„Das klingt dramatisch", musste Thorsten ihr recht geben.
Melina nickte nur. Ihre linke Hand baumelte nach unten – auf den Hund, vermutete Thorsten, zumindest bewegte sie sich sacht hin und her. Melinas ganze Haltung wirkte jedoch alles andere als entspannt. Naja, diese Beichte, die die Kirsche und ihn schon beklommen machte, musste ihr ja erst recht zusetzen. Wenn das Hundefell ihr da helfen konnte ...
„Mal sehen, wann Anna das erste Konkrete schreibt", erinnerte er die Kirsche daran weiterzulesen.

Diese vermaledeite Schuld, die schon so lange Zeit auf mir lastet. Geduckt bin ich seitdem durchs Leben gegangen, niedergedrückt von etwas, das viel zu schwer für mich war. Wenn ich das vorher auch nur ansatzweise geahnt hätte – nie, niemals hätte ich ...
Unsinn, ich hätte doch. Schließlich war das, was vorher gewesen ist, auch kein Zuckerschlecken. Und Evert hatte sich schwer versündigt.

„Evert?“, ließ die Kirsche das Blatt sinken.
„Das ist einer der Gründer des Baumarktes gewesen“, platzte Melina aufgeregt heraus.
„DEN Baumarktes.“ Wenn einen das zu Grammatikfehlern zwang, fand Thorsten es noch dämlicher.
„Genau, die beiden Brüder. Großvaters Vater Delf und sein Bruder Evert.“
„Und dieser Evert hat sich versündigt. Als Annas Mann vielleicht? Was wissen Sie darüber, Melina?“
„Nichts weiter, nur dass dieser Evert recht früh gestorben ist und dann Delf das Geschäft allein aufgebaut hat.“
„Keine privaten Details?“, forschte die Kirsche weiter.
„Leider nicht. Ich weiß total wenig über diese Familie.“
Diese Familie. Als ob es nicht ihre wäre. „Umso spannender ist jetzt, was Anna uns zu sagen hat. Lesen Sie weiter, Frau Kirsch.“

Dennoch – Schuld mit Schuld zu sühnen ... Vielleicht ist Everts Part der einfachere gewesen? Der ist schließlich tot. Ich dagegen habe mein ganzes Leben in der schrecklichen Gewissheit verbringen müssen, ihn umgebracht zu haben.
Ich bin Anna Niemann, mittlerweile einundsiebzig Jahre alt. Ehe ich sterbe, muss ich irgendwie diesen Druck mildern, der mich schon jetzt kaum mehr atmen lässt. Schuld, Schuld, Schuld hämmert es tagaus, tagein in meinem Kopf, lässt mein Herz bereits jetzt erkalten. Vor Grausen. Mich graust es vor mir. Dabei hätte ich jetzt, am Ende meines Lebens, wirklich anderes zu tun. Meine Kinder ... Evert, mein Evert.

„Sie hatte noch einen Sohn, der auch Evert hieß?“, platzte Melina ungläubig heraus. „Aber wenn Delf – also mein Großvater – auch ihr Sohn war, dann ... ist dieser Evert ja sein Bruder. Warum hat er den niemals erwähnt?“
„Und warum ist von ihm hier nicht die Rede?“, ergänzte Ella. „Das ist doch merkwürdig, dass eine Mutter einem ihrer Kinder so einen Brief schreibt und dem anderen nicht.“

„Immerhin hat er diesen Brief ja bekommen. Warum hatte er ihn und nicht Evert?“
„Ich weiß so wenig ...“ Melina hob hilflos die Schultern. „Mein Großvater hat nie über seine Vergangenheit gesprochen und auch nicht über die seiner Familie, also vor seiner Zeit. Schon als Kind habe ich immer wieder versucht, Informationen aus ihm herauszulocken. Aber er hat nur gesagt: 'Mein Leben hat neu begonnen, als du auf die Welt kamst. Ich bin hier und jetzt, bei dir. Mehr brauche ich nicht. Und du auch nicht, mein unschuldiger Engel, gerade du solltest dich mit all dem nicht belasten.'“
Naja, bei der Größe der Leichen, die da im Keller vor sich hinmoderten, konnte Thorsten ihm das nicht mal verdenken. Was Jonna wohl dazu sagen würde? Der war der Niemann'sche Familiensumpf ja schon vor Annas Beichte unerträglich gewesen ... Thorsten warf einen Blick auf sein Handy. Warum blieb es stumm? Würde Jonna sein Angebot ausschlagen?
„Ich lese weiter, oder?“
„Ja.“
„Ja lesen Sie.“

Mir wird schon wieder speiübel. Weil mein Sohn wie sein Vater heißt. Evert. Mit Evert verbinde ich seit damals nur schlechte Gefühle. Und schlechte Erinnerungen. Evert wird auf ewig mit Hass verbunden sein. Ich hasse den Namen. Und deshalb meinen Sohn Evert ebenfalls. Obwohl der das Opfer war, immer nur das Opfer.
Das kann ich sehen. Aber ihn kann ich nicht ertragen. Weil er seinem Vater ähnlich ist. Oh, nicht nur äußerlich, auch im Wesen. Ich kann ihn nicht ertragen, wie ich auch seinen Vater nicht ertragen konnte. Dabei müsste ich ihn um Verzeihung anflehen, hoffen, mich mit ihm aussöhnen zu können, jetzt, wo ich am Ende stehe.
Ich schreibe dies für Evert. Den Jungen, den ich nicht haben wollte und der dennoch in meinem Herzen ist. In meinem kalten, einsamen, verzweifelten Herzen. Ich weiß, ich werde sterben, ohne ihn gesehen zu haben. Ich kann das nicht. Aber vielleicht ... Mein Testament, ich werde mein Tagebuch zu meinem Testament legen und dem Notar übergeben. Dann wird Evert das erhalten. Und endlich wissen ...

Nein, ich hoffe nicht mehr auf Verzeihung, dazu habe ich mich zu schwer versündigt. Doch Evert soll endlich wissen, woher er kommt – und wie alles geschehen ist. Seine Vergangenheit, er soll mit ihr abschließen können, wenn ich es schon nicht kann. Mein Sohn. Im Herzen. Hier ist meine Geschichte:

Alles begann mitten im Krieg. Anfang 1943, um genauer zu sein. Ich war gerade sechzehn geworden und arbeitete in der Fischräucherei Behnke & Söhne.

Die gibt es heute nicht mehr, denn von all den fünf Behnke-Männern kam nur der Piet aus dem Krieg zurück. Versehrt, nicht nur körperlich. Arm weg, auf dem linken Ohr taub und die Seele ... Krieg ist eine ganz scheußliche Sache. Ganz egal, wo er stattfindet. Aber ich schweife ab. Es geht hier und jetzt um meinen Krieg. Und der begann sehr freudvoll am Eckernförder Hafen, wohin ich eine Kiste Sprotten und Aale ausliefern musste. Zum Schiff mit dem wohlklingenden Namen Odessa.

Vor diesem doch eher bescheiden aussehenden Kahn war interessanterweise eine ganze Menschentraube zu sehen. Damals war ich von der Erkenntnis überrascht, dass es sich dabei reinweg um Frauen handelte. Junge Frauen. Die nicht unerheblichen Lärm mit ihrem Gekichere und Gegackere verursachten.

Frauen waren am Hafen keineswegs unüblich. Es war Krieg, die meisten Ehemänner und Väter waren an der Front. Die Frauen mussten für den Lebensunterhalt sorgen. Sie arbeiteten überall. Die meisten in der Torpedo-Versuchsanstalt, aber auch viele hier am Hafen, Schiffsladungen löschen, neu beladen. Männerarbeit.

Dennoch – in dieser Horde befanden sich überwiegend sehr junge Frauen. In meinem Alter. In Schürzen, wie auch ich eine trug. Schlicht, dunkel, abgetragen. Die Zeiten waren mager. Die Menschen auch.

Nun waren auch junge Frauen in der Hafengegend gar nicht so selten. Denn hier gab es Männer. Junge Matrosen, deren Schiffe in Eckernförde angelegt hatten, liefen oftmals durch die Straßen. Der Hafen sei ein Heiratsmarkt, behauptete meine Mutter, aber einer der unglücklichen Herzen, denn die Matrosen mussten allesamt auf ihre Schiffe zurück, wenn diese ausliefen. Danach war dann alles ungewiss. Manche Schiffe kehrten wieder und mit ihnen die Matrosen. Andere nicht. Das war dann immer ein Drama.

Doch all das traf auf dieses Schiff nicht zu. Es war nämlich kein Kriegsschiff.
Also, warum waren all die Frauen und Mädchen hier versammelt? So sehr ich mir auch den Hals verrenkte, einen Grund konnte ich nicht ausmachen. Aber ich musste genau dorthin, mitten hinein in den Pulk.
Es war ein blödes Gefühl, als ich mich durch die Reihen schob. Die Frauen wichen nur sehr widerwillig zur Seite.
Nun ja, den Anlass für den Auflauf konnte ich dann schnell ausmachen. Er war blond, blauäugig und sah wirklich verwegen aus. Ein junger Mann, bartlos, olivgrüne Tarnhose, wattierte Jacke, rote Ohren. Der Wind blies an diesem Januartag sehr kalt.
Aber das war nicht das eigentlich Auffällige an ihm, nicht der Grund, warum ihm diese immense Aufmerksamkeit zuteil wurde. Es war das, was er in den Händen hielt, womit er eifrig herumhantierte, was er wie eine Flagge schwenkte.
Im ersten Moment sah ich nur irgendwas Flaches, Braunes, das ich nicht einordnen konnte. Doch das andächtige Flüstern des Mädchens neben mir, brachte mich erst darauf, was ich sah.
„Nylons."
Mein Atem stockte. Nylons? Noch nie hatte ich welche gesehen, gleichwohl ich schon einiges darüber gehört hatte. Die kamen aus Amerika, man stelle sich vor, aus dem fernen, fernen Amerika. Allein das war schon spektakulär. Aber die Strümpfe an sich sollten das noch bei weitem übertreffen. Durchsichtig sollten sie sein, hatte ich gehört, ganz zart und fein, dass man sie auf den Beinen fast nicht sehe. Naja, bis auf die Naht auf der Rückseite. Fast nackt solle man sich damit fühlen.
Wobei ich mir das jetzt so gar nicht als schön vorstellen konnte. Selbst meine dicken Wollstrümpfe waren nämlich nicht in der Lage, den momentan eisigen Wind abzuhalten. Und das, obwohl ich die kratzigen Strümpfe in jedem Moment sehr wohl spürte. Nylons waren sicher nur für den Sommer gedacht.
Dennoch, gegen ein paar dieser Nylons hätte ich nichts einzuwenden gehabt. Um damit anzugeben, an Sonntagen. Oder so. Jetzt aber musste ich erst mal zusehen, diese Kiste Fisch loszuwerden, die war nämlich ganz schön schwer.
„Wer mag eine Packung haben?", fragte der junge Kerl und schwenkte die begehrten Nylons.

„Ich", schrie es von allen Seiten. „Ich, ich, ich."
Ich schrie zwar auch, aber etwas ganz anderes: „Lieferung für die Odessa, ich bringe den Fisch."
Der junge Mann musste mich gehört haben, denn er senkte die Hände und sah mich an. „Was sagtest du?"
„Lieferung", wiederholte ich und hob meine Kiste ein Stück. „Für die Odessa, hat man mir gesagt."
Das Lächeln, das mir der Mann daraufhin schenkte, ließ meine Knie weich werden. „Komm", sagte er, als ich mich endlich zu ihm vorgearbeitet hatte, packte mich beim Ellbogen und zog mich zum Laufsteg aufs Schiff. *Nur ich*, dachte ich wie betäubt, *nur mich nimmt er mit*. Samt seinen Nylonstrümpfen.
Die anderen mussten draußen bleiben. Ich wandte den Kopf, sah in ihre enttäuschten Gesichter und hörte ihr Murren, während sie mir nachsahen. Sie beneideten mich. Und das machte mich glücklich. Kommen, sehen, siegen. Es war wie ein Rausch.
Dass ich dieses Privileg nur meinen Fischen verdankte, war mir in dem Moment nicht bewusst. Er! Der schönste und herrlichste Mann weit und breit hatte mich auserwählt. Der Herr über die Nylons. Er war mein Prinz, der mit mir gerade auf seinem Ross in den Sonnenuntergang ritt.
Dass ein Prinz mir die Kiste abgenommen, dass er mich über die schmale Planke ohne Seitenbefestigung aufs Schiff geleitet hätte, machte ich mir ebenfalls nicht klar. Der Rausch, ich schrieb es ja schon.
Damals fragte ich mich auch nicht, wie ein junger Mann es geschafft haben konnte, nicht eingezogen zu werden in einer Zeit, in der alle Männer seines Alters, ich schätzte ihn auf etwa zwanzig, allesamt entweder tot, verkrüppelt oder an einer der Fronten waren.
„Ich muss gleich abkassieren", sagte ich, als wir endlich unter Deck angekommen waren und er mir die Ecke gezeigt hatte, in der ich meine Kiste abstellen konnte.
Er verschwand wortlos. Und weil ich nicht wusste, was tun, wartete ich, wo ich gerade war. Neben meiner Kiste Räucherfisch.
Räucherfisch war damals beliebt, war er doch lange haltbar und musste nicht kühl, nur trocken aufbewahrt werden. Dazu war er recht fett, vor allem die Aale, sodass er gut nährte.
Ich kletterte erst wieder an Deck, als der Matrose mich von oben

rief. Nicht einmal da merkte ich, dass es die ganze Zeit nicht um mich gegangen war. Ich war nicht auserwählt. Nur einfach bequem zu erreichen. Im Gegensatz zu den anderen.
Der Matrose blickte ernst über die Kaimauer, wo doch gerade noch eine Horde Frauen nichts anderes zu tun gehabt hatte, als ihn anzubeten. Doch alles war leer, alle weg.
Mir war es recht.
„Wie heißt du?“, fragte er mich.
„Anna“, antwortete ich.
„Ich bin Evert“, sagte er. „Hast du heute schon was vor?“

So lernte ich Evert kennen. Am gleichen Abend führte er mich aus. Ach, es war bescheiden, nur in eine der abgerissenen Hafenspelunken. Wo wir Wein tranken. Und Schnaps. Ich war tief beeindruckt. Ich und er und sonst niemand. Betrunken war ich auch. Und so folgte ich ihm schließlich auf die Odessa, in eine stinkende Kajüte, in eine schmuddelige Koje. Mir war egal, dass meine Mutter vor Sorge fast verging. Evert war mein. Und eine Packung Nylons.
Am nächsten Tag legte die Odessa ab, und Evert verschwand aus meinem Leben. Der Rausch war vorüber. Verkatert ging ich nach Hause, kehrte in mein gewohntes Leben zurück.
Doch er hatte mir nicht nur ein Paar durchsichtiger Strümpfe hinterlassen, sondern auch dich, mein Sohn. Ich war schwanger, und meine Ernüchterung über Everts Verschwinden verwandelte sich in heulendes Elend.
Meine Mutter marschierte zur Hafenverwaltung. Genauer, sie ging stracks zum alten Hohmann, mit dem sie früher mal getanzt hatte, in jungen Jahren. Nie habe ich rausgekriegt, ob da je mehr zwischen den beiden gewesen war, aber er hat sich für sie ins Zeug gelegt. Ausfindig gemacht, wo die Odessa gerade schipperte, und ihr verraten, dass sie Mitte März wieder in Eckernförde anlegen würde. Er verriet ihr auch Everts Nachnamen, Niemann, und seinen Wohnort. Zu meiner Überraschung stammte er ganz aus der Nähe, nämlich aus Windeby,
Meine Mutter nahm Kontakt mit der Familie auf.
Ich denke, es war für Evert eine große Überraschung, als er im März in die Kate seiner Eltern zurückkehrte – und dort mit Kopfnüssen und Vorwürfen empfangen wurde.

Weder seine noch meine Familie interessierte sich dafür, ob wir uns wollten oder nicht. Wir hatten ein Kind fabriziert, Schande über alle gebracht. Die musste so schnell wie möglich aus der Welt. So ergab es sich quasi ohne unser Zutun – und weitgehend auch ohne unseren wirklichen Willen – dass wir im Mai verheiratet waren und vier Wochen später eine Einraum-Wohnung in Borby bezogen. Der Hausrat wurde von den beiden Familien zusammengekratzt, und im Oktober kam unser Kind zur Welt. Ein Junge, der der Niemannschen Tradition folgend nach dem Vater benannt werden musste. Evert junior, der umgehend getauft wurde.
Die Schande war getilgt, ich war zur Ehefrau, Hausfrau und Mutter geworden und musste mich mit meinen sechzehn Jahren um einen schreienden Säugling kümmern. Meine ganze Welt hatte sich verändert. Everts nicht. Der schipperte weiterhin auf der Odessa zwischen Eckernförde, Hamburg und Bremen herum.
Aber wir hatten immer Geld. Evert, der trotz seiner Jugend bereits das Kapitänspatent in der Tasche hatte, transportierte nämlich, wie er sagte, Kriegsbedarf. Zudem gehörte das Schiff der Familie. Alles hätte gut sein können. War es aber nicht.
Noch während der Schwangerschaft bin ich ein einziges Mal mitgeschippert. Der sogenannte Kriegsbedarf entpuppte sich als Möbel, als Wertgegenstände, Schmuck, alte Bücher. Ich hab Fragen gestellt. Bekam Ohrfeigen dafür, aber keine Antworten.
Viel später erst hab ich die bekommen, aber da war Evert schon tot. Es handelte sich um Transporte für die SS. Judenhausrat. Das war auch der Grund, warum Evert nicht an der Front gewesen war: Die SS hatte ihn gebraucht.
Auch wenn ich das gewusst hätte, wäre es mir recht gewesen. Damals war ich jung und dumm genug, darüber keine eigene Meinung zu haben. Und die Geschäfte waren lukrativ.
Doch sämtlicher Wohlstand der Welt hätte mein Leben nicht glücklich machen können. Denn der schmucke Evert entpuppte sich als rechter Frauenheld. In jedem Hafen eine, das traf wohl auf ihn zu. Mindestens. War er zuhause, trank er viel und wurde dann grob. Sehr grob bisweilen, an manchen Tagen konnte ich nicht außer Haus, weil meine Augen so verschwollen waren. Klein Evert beachtete er nicht weiter.
So verging der Krieg.

„Oskar muss raus“, wurden sie von Melinas besorgter Stimme in die Gegenwart zurückgeholt.
„Oh.“ Die Kirsche sprang auf. „Na, komm, mein Dicker, na los, erleichtere dich ein wenig, na geh schon.“
Nun mussten sie den Hundeherrn auch noch hinauskomplimentieren? Oh Mann!
Und warum hatte Jonna immer noch nicht angerufen? Na, in dieser Hinsicht war die Unterbrechung gar nicht schlecht. Während die beiden Frauen Oskar vom Grundstück auf den öffentlichen Weg schleiften – wie rücksichtsvoll – schlüpfte Thorsten ebenfalls aus dem Haus und verdrückte sich in den Schatten des Hofes. Nach einem weiteren Vergewisserungsblick – die Frauen waren weit genug weg – zog er Jonnas Nummer aus der Hosentasche und wählte. Freizeichen.
Freizeichen.
„Leider ist der von Ihnen gewünschte Gesprächspartner zur Zeit nicht verfügbar.“
„Super, danke.“ So ein Mist! Warum hatte er sich nicht Pascals Handynummer geben lassen? Der wäre bestimmt zuverlässiger.
Rasch glättete er sein Gesicht, als er die Kirsche auf den Hof treten hörte. Den Hund hatte sie wohl Melina anvertraut. „Müssen Sie jemandem absagen?“, fragte sie im Vorübergehen. „Gibt es hier so was wie eine Regentonne? Oder einen Gartenschlauch?“
„Äh ...“
„Oskar“, erwiderte sie nur. „Oh, da ist eine Regentonne. Entweder, ich hole jetzt einen Topf von drinnen ... Nein, wunderbar, da sind ja auch Gießkannen.“ Sie griff nach einer, tauchte sie in die Tonne und zog sie gefüllt heraus.
„Ich hatte einen äußerst interessanten Anruf, während Sie vorhin im Café waren“, erwähnte Thorsten jetzt einfach mal, weil es ihn ärgerte, dass sie ihre Frage an ihn, wie es schien, einfach vergessen hatte.
Die zweite Gießkanne aus dem Wasser ziehend, drehte sie sich zu ihm um. „Nämlich?“
„Unser Freund Pascal.“
„Er hat diese Meri Sassa oder wie sie hieß, enttarnt?“, zog sie sofort den richtigen Schluss.

„Und wie."
„Wie?"
„Frau Kirsch?", schallte da Melinas besorgte Stimme vom Gehweg herüber. „Ist das normal, dass er sich so krümmt?"
„Oh, warten Sie, ich komme ..."
„Ach, das macht doch nichts", rief er ihr sarkastisch nach. Um leise hinzuzusetzen: „Solange die Meri Sue dabei ist, kann ich es Ihnen sowieso nicht sagen."
Aber seine engagierte und scharfsichtige Kollegin war schon weg – wankend zwischen den beiden vollen Gießkannen, um die ausufernde Hinterlassenschaft ihres Hundes wegzuschwemmen – und selbst wenn sie in der Lage gewesen wäre, ihn zu hören, hätte sie seinen doch echt genialen Wink garantiert trotzdem nicht verstanden. Seriöse Polizeiarbeit mit Hund? Das konnte man sich ja wohl abschminken!

Ich verstehe es bis heute nicht, warum ich vorher nichts von Everts Zwillingsbruder erfahren hatte. Immerhin war ich in der reetgedeckten Kate der Eltern gewesen, hatte Fotos gesehen. Dass es einen sogar eineiigen Zwilling zu Evert gab, erfuhr ich erst, als der vor mir stand.
„Das ist Delf", sagte Evert bloß und sparte sich jede Erklärung. „Wir haben die Odessa verkauft und steigen jetzt in Baustoffe ein."
Die SS gab es nicht mehr, Everts Geschäfte hatten sich erledigt. Aber es war Geld da. Damit kauften sie einen Grund, außerhalb von Eckerförde, direkt am Noor.
Man konnte von dort aus hinübersehen, zur Kate der Eltern. Hübsch. Der Baustoffhandel nicht. Sand- und Schotterberge, Steine, Kräne, Bagger, Lärm, eine Baracke. Ich sollte wieder arbeiten, in der Baracke war ein Raum als Büro eingerichtet. Aber wohin mit Klein-Evert? Ich nahm ihn mit. Er störte. Wollte spielen, wollte beschäftigt werden, brauchte mich. Mein Kleiner. Damals war er meinem Herzen noch ganz nah.
Groß-Evert war das egal. Er sah nur, dass die Arbeit nicht voranging. Er brüllte, schlug mich. Nicht mehr ins Gesicht, denn dann hätte ich ja nicht arbeiten gehen können. Ich begann endgültig, ihn zu hassen.

Delf war viel netter als Evert. Immer. Er redete und lachte mit mir. Er war es, der mir ab und zu etwas mitbrachte. Blumen, ein Eis. In der Zeit, in der es nichts gab, kam er an Eis heran, cremig, vanillig. Es war wie ein Wunder. Ich schmolz dahin, wenn ich ihn sah. Sogar Klein-Evert reckte ihm die Ärmchen entgegen, sobald sein Onkel in der Tür erschien. Wie konnten Zwillinge nur so unterschiedlich sein?

Es kam, wie es kommen musste. Evert hatte offenbar das Interesse an mir verloren. Delf nicht.
Eines Abends, Evert war auf 'Dienstreise', so nannte er es immer, wenn er zu seinen Liebschaften ging, stand Delf in der Tür. Mittlerweile lebten wir in der Kate ihrer Eltern, die beide in den letzten Kriegsmonaten gestorben waren. Nun ja, immerhin hatten wir jetzt mehr Platz. Wenn auch noch immer kein Bad und nur ein Plumpsklo im Garten.
Delf stand da, lächelte, einen Blumenstrauß in der Hand. Und Pralinen. Mein Gott, Pralinen! Wir spielten mit dem Jungen, schließlich legte ich ihn in sein Bettchen. Und dann ...
Danach wieder und wieder. Wenn Evert weg war. Was immer öfter der Fall war. Bis meine Periode eines Tages ausblieb.
Ich hätte nicht einmal behaupten können, dass das Kind von Evert sei, er rührte mich ja nicht mehr an. Ich war verzweifelt. Genau wie Delf.
Da kam mir die Idee. Die Zeitung in Eckernförde war voll mit dem Ölskandal. Menschen waren vergiftet worden, weil sie Öl aus der Torpedo-Versuchsanstalt gegessen hatten. Man munkelte, dass die alle sterben würden.
Delf besorgte das Öl, bei seinen Verbindungen war das ein Leichtes. Ich kochte Everts Lieblingsgerichte und achtete darauf, dass der Kleine nichts davon abbekam.
Evert begann zu spucken, ihm wurde übel, sein Kreislauf brach zusammen. Ich rief keinen Arzt. Er überlebte dennoch. Danach bekam er Zuckungen, konnte seine Hände nicht mehr bewegen. Aber er lebte eisern weiter. Eine Zeitlang befürchtete er, sich Syphilis geholt zu haben. Ich widersprach nicht.
Doch irgendwann kam ihm der richtige Verdacht. Er tobte. Natürlich tobte er. Allerdings hatte er zu dem Zeitpunkt seinen Schrecken für mich verloren. Viel zu schwach war er. Seine eisernen

Arme waren weich geworden. Zuckten nur noch hilflos. Er war ein Wrack. Aber verdammt nochmal, er starb einfach nicht an dieser Krankheit. Wie die anderen, die ebenfalls von diesem Öl gegessen hatten, übrigens auch. Sie wurden nur krank und nie mehr wieder gesund, aber sie alle starben nicht.
Evert sah mich an und wusste, was ich getan hatte. Und er sah noch mehr, denn mein Bauch wurde bereits dick. „Du hast dir einen Braten in die Röhre schieben lassen? Von wem?"
Ich schwieg. Was hätte ich auch sagen sollen?
Diese Wut! Nie werde ich seine Augen vergessen, die vor Wut zu Schlitzen wurden. Ebenfalls nie werde ich vergessen, dass er plötzlich eine Stange in Händen hielt. In genau denen, die sonst zuckten und so schwach waren. Die Wut schien ihn geheilt zu haben. Er drosch auf mich ein, besonders auf meinen Bauch. Klein Evert schrie wie am Spieß, genau wie ich.

Es war wieder ein Junge, das Kind, das noch in dieser Nacht zur Welt kam. Natürlich tot. Wie ich ja auch fast. Als ich aus der Besinnungslosigkeit erwachte, war Evert nicht da. Das winzige Kind auch nicht. Immerhin fand ich Klein-Evert schlafend in seinem Bett.
„Wo ist mein Kind?", fragte ich Groß-Evert, als er zurückkam.
„Weg", antwortete er und sah zum Fenster, das aufs Noor rausging. „Im Moor."
Danach sprach er nicht mehr mit mir. Aber er verprügelte Klein-Evert. Einfach so. Riss das schlafende Kind aus dem Bett und verprügelte es vor meinen Augen.
Danach hab ich nie mehr ein Wort mit Groß-Evert gesprochen. Als ich jedoch wieder aufstehen konnte, bin ich zu Delf gegangen und hab verlangt, dass er mir half. Groß-Evert musste weg. Endgültig.
Die Stange. Sie stand noch immer im Zimmer. Evert war nicht mehr wütend und deswegen wieder schwach, lag im Bett.
Delf tat es, ich wartete mit Klein-Evert draußen. Der sollte nichts davon mitbekommen, wie sein Vater ... In mir war nur Hass. Nichts anderes. Kein Mitleid, keine Reue. Da noch nicht.
Ich ging also mit meinem kleinen Evert am Rande des Moores herum und dachte an mein Baby, das hier irgendwo ...
Da hörte ich die Schläge, dumpf, hörte Evert aufschreien. Hieb, Hieb. Ruhe.

Klein-Evert sang ich ein Lied und zwang mich weiterhin, an mein totes Kind zu denken. Wenn es einer verdient hatte, dann Groß-Evert.
Später dann, als Klein-Evert im Bett war, wickelten wir die Leiche in ein Laken. Weil ich Groß-Everts Gesicht nicht mehr sehen wollte. Es war ohnedies nicht mehr schön gewesen. Ganz zerschlagen. Gemeinsam schleppten wir ihn zu einer Stelle hinter der alten Weide, ganz nah beim Haus, von der Delf wusste, dass sie besonders gefährlich war. Ich fand es passend, dass der Mörder zu seinem Opfer kam.
Es gluckerte, als Groß-Evert versank. Aber mehr war da nicht. Kein Gefühl in mir außer Erleichterung.

Die Zeit danach ... Everts Lebenswandel war auch der Nachbarschaft nicht verborgen geblieben. Niemand wunderte sich, dass er verschwunden war. Niemand wunderte sich, dass er nicht zurückkam. Ich meldete ihn als vermisst, die Polizei kam, befragte mich, suchte nach Anzeichen eines Verbrechens. Sie fand nichts, Delf und ich hatten gründlich sauber gemacht.
Wir wussten, es würde sieben Jahre dauern, bis ich Evert für tot erklären lassen konnte und Delf heiraten. Es wäre vernünftig gewesen, diese Zeit abzuwarten. Oder wenigstens ein paar Jahre. Wir schafften es nicht. Unsere gemeinsame Schuld hatte uns eng zusammengeschweißt.
Delf zog zu mir in die Kate und im Nu war ich wieder schwanger.
1948 kam Klein-Delf zur Welt und zwei Jahre darauf Wiebke.
Gleichzeitig mussten Groß-Delf und ich mit dem Gerede der Leute fertig werden, schließlich waren wir nicht verheiratet, hatten aber zwei Kinder. Und Klein-Evert. Zu dem Zeitpunkt wollte Delf ihn noch adoptieren, aber ohne Trauschein ging das nicht. Und später ...
Tja, so nah am Grab des ermordeten Ehemanns zu leben, verlangte seinen Tribut. Tag für Tag sah ich hinüber zu seinem Moorgrab. Und Nacht für Nacht fühlte ich ihn das Haus umstreichen. Er suchte nach dem Eingang, wollte herein, wollte mich.
Und damit begann das neue Elend.

Zwischenspiel

„Uff, das schaffe ich jetzt aber nicht auch noch." Ella stieß ein erschöpftes Stöhnen aus und ließ das Tagebuch sinken.
„Das ist so schrecklich." Melina hatte sich nach irgendeiner Oskar-Austritts-Pause auf dem Fußboden niedergelassen und kraulte den inzwischen doch arg gebeutelten Kranken hingebungsvoll. „Dass es solche Familien gibt, in denen einfach alles schiefläuft! Und sie haben keine Chance, da rauszukommen, oder? Es geht nur immer weiter mit Hass und Gewalt und ... Mord." Sie erschauderte.
Heinrichs Adamsapfel zuckte.
Ella wusste, was ihm auf der Zunge lag. Melina sprach von Annas Familie, als wäre es nicht auch ihre eigene. Dabei hatte sie genau das ausgesprochen, was sich einem geradezu aufdrängte: *Es geht nur immer weiter.* Bis hin zum Mord.
Heinrichs Blick war zu ihr geschweift. Sie sahen sich in die Augen.
Wie offen können wir jetzt reden?, meinte sie zu verstehen.
Keine Ahnung. Im Moment scheint sie ganz stabil zu sein. Zumindest solange sie keine Verbindung zum Hier und Jetzt herstellte.
Wenigstens schien Heinrich über dem zunehmenden Drama um Anna Niemann vergessen zu haben, beleidigt zu sein.
In jeder Lesepause, wenn Melina mit Oskar nach draußen gerannt war, hatte Ella sich bei ihm entschuldigt und ihn gebeten, ihr doch bitte endlich von Pascals Anruf zu berichten. Er hatte sich strikt verweigert. Allmählich war sie der Verzweiflung nahe gewesen, weil sie davon hatte ausgehen müssen, dass er ihr diese Informationen auch für den Rest des Abends vorenthalten würde. Aber wenn er sich jetzt doch endlich abgeregt hatte und es ihr nun gelang, ihn wieder versöhnlich zu stimmen ...
Es war doch zum Kotzen! Dass dieser Mann ihr das Leben so schwer machte, dass sie sich ständig ins Zeug legen musste, um ihn zumindest einigermaßen bei Laune zu halten!
„Die arme Anna!", rief Melina unvermittelt laut aus. „Ihre Ehe mit Evert war ja die Hölle. Und damals konnte man als Frau ja auch

noch nicht so leicht weggehen, nicht? Oder überhaupt nicht? Da kann ich sogar verstehen, dass sie keinen anderen Ausweg gesehen hat als ..." Sie erschauderte abermals.
„Was haben der vergangene Mord mit den gegenwärtigen gemein?", stellte Heinrich die alles entscheidende Frage.
„Oskar muss raus", drückte sich Melina hastig auf die Beine, während der noch platt und dösend am Boden lag. „Komm, du Armer."
Sie wollte nicht. Heinrich und Ella tauschten einen bedeutungsvollen Blick.
„Das bereden wir wohl besser, wenn wir allein sind", befand Heinrich, als sie allein waren.
„Bitte!" Ella spitzte ironisch die Lippen.
„Wenn wir jetzt anfangen zu denken und gleich wieder unterbrochen werden ..."
„Bitte verraten Sie mir den richtigen Namen von Meri Sassa", hauchte Ella. „Das geht ganz schnell."
Für einen Moment verschloss sich Heinrichs Miene. Dann seufzte er resigniert, zückte sein Handy – und verzog sichtlich enttäuscht den Mund, nachdem er seine Benachrichtigungen gecheckt hatte.
„Jonna Niemann", murmelte er wie beiläufig.
„WAS?"
„Frau Kirsch?", tönte es von draußen.
„Oh Mann!" Ella starrte Heinrich fassungslos an. „Das kann doch nicht wahr sein!"
Er hatte sich zu ihr gelehnt, flüsterte dicht an ihrem Ohr. „Und sie war die Brandstifterin. Zusammen mit ihrem neuen Freund. Zacharias."
Die 'Sss' kribbelten ihr im Nacken.
„Pascal ist ihr Ex. Jonna und Zac, wie sie ihn nennen, haben die Hütte angezündet. Beziehungsweise Jonna allein, dieser Zac ist nämlich blind, interessanterweise."
Ella rieb sich den Haaransatz. „Und das Fenster? Haben die beiden auch ..." Sie verstummte, als sie Melinas Schritte vor der Tür hörte.
Oh, wunderbar, sie holte die Gießkannen selbst.
„Darüber wusste Pascal nichts", berichtete Heinrich, als sie vorüber war. „Aber er soll sie dazu bringen, mich noch heute Abend anzurufen."
„Oh, hoffentlich macht sie das auch. Das wäre die Lösung unseres Falles, das wäre toll, oder?" Sie strahlte ihn an.

Sah ihn eine Grimasse ziehen.
„Was ist denn?“
„Morgen um elf kriegen wir ihn entzogen. Unseren Fall.“
„Was?“ Entsetzt starrte sie ihn an. „Der Klaasen?“
„Mit freundlicher Genehmigung der Troschke.“
„Verdammt.“
„Es ist wohl eine Vollversammlung angesetzt, wo wir unsere Ergebnisse vortragen müssen und anschließend von dem Fall abgezogen werden.“
„Verdammt!“
„Sie sagen es.“
Melina kreuzte ihr Sichtfeld, die schwappenden Gießkannen in der Hand. Ella wartete, bis sie weit genug entfernt war. „Umso wichtiger ist, dass Jonna anruft.“
„Und uns vielleicht in die Lage versetzt, denen unseren Ermittlungserfolg zu überreichen.“
„Unter allen Umständen.“
Ein anerkennendes Grinsen erschien in Heinrichs Gesicht. „So die Kleine mitspielt.“
„Sie muss, sie muss, sie muss.“ Ella stutzte. „Sie ist es, die sie eben vergeblich angerufen haben, oder? Wieso haben Sie ihre Nummer?“ Misstrauisch studierte sie seine Mimik.
„Ich habe sie mir geben lassen, weil ich ...“, bis dahin hatte er einen Tick zu schnell geantwortet, um für die Fortsetzung einen Tick zu lange zu brauchen, „weil ich das Gefühl hatte, dass es wichtig wäre, sie erreichen zu können.“
„Okay ...“
„Rein beruflich, was unterstellen Sie mir denn da?“
Allein dass er sofort diesen Schluss gezogen hatte!
„Ich lasse mir immer die Nummern meiner Zeugen geben, und wenn Sie das noch nicht so handhaben, würde ich Ihnen dringend empfehlen, das in Zukunft zu tun.“ Klar, jetzt war er sauer auf sie.
Extra liebreizend lächelte sie ihn an. „Dann haben Sie ja sicherlich auch Pascals Nummer. Über ihn kommen wir an sie ran.“
Keine Reaktion.
„Ah ja.“
„Ich dachte, es wäre nicht notwendig“, brummte er ungeduldig.
„Keine Frage, wie notwendig es bei Jonna war.“ Diese Spitze hatte noch sein müssen.

„Das steht doch wohl außer Frage."
„Natürlich."
„Natürlich!"
Stille.
Na super. Ella sollte sich wirklich angewöhnen, die Zeit zu stoppen. Auf diese Weise könnte sie sich wenigstens einen Spaß daraus machen, Rekorde aufzustellen. Eine Stunde bis zur nächsten Entzweiung. Eine halbe. Zehn Minuten ... Missmutig stand sie auf, um nach Oskar und Melina zu sehen.
Als sie überrascht verharrte.
„Und wenn wir noch mal hinfahren?", war es sehr leise von Heinrich gekommen. Betreten. Und tatsächlich irgendwie reuevoll.
Hauptsächlich, um das in seiner Miene zu überprüfen, drehte sie sich unverzüglich zu ihm um. „Aber was machen wir mit Melina?"
Was hatte sie für ein Glück, dass er keinen Führerschein besaß! Sonst wäre er längst über alle Berge gewesen, während sie hier ihrem Babysitterjob frönte.
„Na, die scheint doch gerade ganz stabil zu sein."
„Solange sie hier bei uns ist. Abgelenkt vom Tagebuch. Und von Oskar."
„Sie könnten ihn bei ihr lassen."
„Nein, Heinrich." Es tat ihr echt leid, die Rolle der Spielverderberin übernehmen zu müssen. „Oskar mag der geborene Therapiehund sein, aber er ist nicht in der Lage, allein auf eine völlig labile Frau aufzupassen."
„Mir geht es gut, ehrlich", wurde sie von hinten eiskalt erwischt.
Ertappt fuhr sie zu Melina herum.
Deren Lächeln war aufmunternd, fast vergnügt. „Ich bleibe hier und passe auf Oskar auf, und Sie fahren dahin, wo sie hin müssen."
Suspekt, mit anderen Worten.
„Wir lassen Sie nicht allein, Melina, keine Sorge."
„Aber ich ..."
„Was machen wir dann?" Heinrich hatte kein Problem damit, dass Melina seinen Unmut eins zu eins abbekam.
„Die Arbeit auf morgen verschieben?", schlug Ella mit hörbarem Tadel in der Stimme vor.
Heinrichs Augen wurden schmal.
„Und weiterlesen. Immerhin gehört das Tagebuch ja wohl auch zu den Dingen, die wir morgen abgeben müssen."

Heinrich gab gleich schon mal ein verkniffenes Grunzen von sich. „Haben Sie 'ne bessere Idee?"
„Ich versuche nochmal, den Zeugen zu erreichen", erhob er sich – so heftig, dass er gegen den Tisch polterte.
„Oh, Melina, könnten Sie sich vielleicht so lange um Oskar kümmern, während wir das Telefonat führen?", wollte Ella ihm nach. „Haben Sie auch ein Handy, das ich vielleicht kurz leihen könnte?"
„Mein Handy leihen? Äh – klar."
„Ich habe keines, hatte nie das Bedürfnis danach. Normalerweise nehme ich den Computer dazu. Haben Sie Skype? Ich würde mich nämlich gern bei meiner Schwester melden. Also wenn das für Sie okay ist."
„Ja, klar. Das ist okay, das ist gut – also dass wir auf diese Weise erfahren, wie es Jonna geht."
„Heute Nachmittag war ich ja nicht in der Lage ..."
Eifrig kramte Ella ihr Handy hervor und reichte es Melina. „Sie müssen die App erst runterladen. Aber das ist kein Problem. Und lassen Sie sie drauf, Sie wollen ja bestimmt nachher noch mal mit ihr reden."
Triumphierend lief sie hinter Heinrich her, dessen Miene ihr bereits von Weitem verriet, dass Jonna seinen Anruf ignoriert hatte. Flüsternd brachte sie ihn auf den neuesten Stand, und zusammen schlichen sie über den Hof, bis sie in Hörweite Melinas waren.
„Oh, Jonna, das freut mich aber!"
Frohlockend schnellten Ellas Augen in Heinrichs. „Sie hat sie erreicht!"
„Er ist ein lieber Junge, das habe ich doch immer gesagt!"
Und Pascal hatte seine Mission zumindest in Angriff genommen. Jonnas Antworten waren nicht zu verstehen, so sehr Ella auch die Ohren spitzte. Heinrichs angestrengter Miene nach zu urteilen, ging es ihm genauso.
„Ja, das ist wirklich die richtige Entscheidung, Jonna. Sehr gut."
„Sie redet wie eine Prüferin", stieß Heinrich angewidert hervor. „Und warum geht Jonna bei ihr dran und bei mir nicht?"
Ella lachte leise. „Was für eine Schmach! Jedenfalls ist es kein Wunder, dass Jonna ihr nichts erzählt."
Sie sahen sich an und grinsten.
„Zumindest war es ein voller Erfolg, den Jungen auf sie anzusetzen. Also für die beiden. Beziehungstechnisch."

„Sie haben ihn bewusst zu ihr geschickt, damit sie wieder zusammenkommen?" Ungläubig hatte Ella einen Schritt von ihm weg gemacht.
Er grinste verschwörerisch. „Dieser Zac hat sich ja wohl zu genüge disqualifiziert. Und sie braucht jemanden. Ebenso sehr wie ihre Schwester."
Ella war ganz gerührt. „Sie sind wirklich ... jenseits all meiner Schubladen!"
Er lachte spontan auf, ihr direkt in die Augen.
Ein Rotwerd-Reflex, na klar. Hastig machte sie noch einen Schritt – in Richtung Haustür.
Wo in diesem Moment Melinas Stimme sich veränderte. Sie war beim Tschüßsagen angekommen.
„Melina, könnten wir vielleicht auch einmal schnell mit Jonna sprechen?", entschied Ella, die Gelegenheit sofort zu ergreifen. „Es geht um den Fall", fügte sie pflichtschuldig hinzu.
Spürte Heinrich in derselben Sekunde neben sich im Türrahmen. „Und der Hund hat gestöhnt, er muss wieder raus!"
Um ein Haar hätte sie losgeprustet.

Jonna, deren Mundschutz einen grellen Kontrast zu ihrem Gesicht bildete, nickte ergeben in die Kamera, als Heinrich und Ella sich in den Aufnahmebereich ihres Handys schoben. „Ich hab mich schon gefragt, wann Sie endlich kommen. Mary hat mir gesagt, dass Sie beide um sie herumscharwänzeln."
„Warum hast du mich nicht angerufen?", platzte Heinrich schon heraus, bevor sich Melina nach Ellas Geschmack weit genug entfernt hatte. „Hat Pascal dir nicht ausgerichtet, dass du ...?"
„Danke, hat er. Und überhaupt danke. Dass Sie ihn geschickt haben."
„Gerne. Nur geht es jetzt um etwas Ernsteres. Jonna, wie konntest du so was unglaublich Dummes tun?"
Irritiert musterte Ella ihn von der Seite. Er sprach, als wären die beiden richtig miteinander vertraut.
Jonnas Züge verschwammen in Pixel, ehe sie sich wieder neu formierten.
„Du hast mir gesagt, die wären dir alle egal. Warum musstest du dann ... zu solchen Maßnahmen greifen?"
Unwillkürlich rückte Ella noch weiter von Heinrich ab, um nicht

mehr von der Kamera erfasst zu werden. Am besten, Jonna vergaß, dass sie da war.
„Das hab ich erst danach gecheckt. Dass es mir egal ist. Ich wollte es. Zuschlagen. Etwas richtig Schlimmes machen, damit sie es endlich raffen. Und als ich dann da stand und das Feuerzeug ..“
„STOPP.“
Jonna und Ella waren gleichermaßen zusammengezuckt.
„Warte. Überleg genau, was du sagst. Ob du nicht besser ...“
Jonna schüttelte heftig den Kopf. „Ich stehe schon dazu. Ich hätte Sie angerufen. Weil ich eben dazu stehe. Ich musste nur darüber nachdenken. Alles durchgehen. Aber ich habe diese Hütte angesteckt, und ich werde die Konsequenzen tragen.“
„Du warst es aber nicht allein“, legte Heinrich ihr tatsächlich in den Mund.
„Doch.“
„Unsinn, wir alle hier wissen, dass ...“
„Ich habe das Benzin besorgt, ich hab es ausgegossen, ich hab das Streichholz reingeworfen.“
„Du hast es nicht aus deinem eigenen Entschluss heraus getan.“
„Doch.“
„Aber Zac hat dich angestif...“
„Unsinn, wenn ich es nicht gewollt hätte, hätte ich es nicht gemacht.“
„Jonna“, bat Heinrich, zunehmend entmutigt.
„Du hast es nicht allein geplant und warst auch nicht allein, als du es in die Tat umgesetzt hast“, sprach Ella hoffentlich die Fakten aus, die sie weiterbringen würden. „Zac war bei dir. Dein neuer Freund.“ *In den du verliebt bist. Dem du gefallen wolltest. Dem du beweisen wolltest, dass du ihn liebst.* Auch sie steckte mitten in der Mitgefühlsfalle ...
Jonnas Schweigen war Antwort genug.
„Hast du es getan, weil Zac blind ist?“, fragte Ella weiter.
„Ich habe es getan, weil es meine Rache sein sollte. An meiner Familie. Zac hatte damit nichts zu tun.“
„Aber er war mit dabei?“
Schweigen.
„War er bei dir, Jonna?“
„Hm.“
„Ja?“

„Ja, doch!"
„Warum?"
„Wie?"
„Warum war er dabei? Warum bist du nicht allein gegangen?"
„Er wollte dabei sein."
„Warum?"
Schweigen.
„Was hat er getan – währenddessen?"
„Zugeguckt."
„Ein Blinder?"
Schweigen. Dann: „Er hat eine Rede gehalten."
„Eine Rede?"
„Über Rache. Und Freiwerden. Und Stolz." Nur ein verwaschenes Murmeln unter Jonnas Mundschutz.
Diesmal keine Frage. „Er hat dich angespornt."
„Er hat gesagt: Wir ziehen es gemeinsam durch", nuschelte Jonna.
„Da haben Sie es!" Pascal schrie regelrecht. „Sie haben es doch gemeinsam gemacht!"
„Hat er das gesagt, Jonna? Dass ihr das gemeinsam durchziehen würdet?" Auch Heinrichs Stimme überschlug sich.
„Wir wollten alles zusammen machen." Jonna war anzuhören, wie eisern sie sich bemühen musste, nicht endlich loszuweinen.
Am liebsten hätte Ella sie durchs Internet in ihre Arme gezogen. Wie gut, dass sie Pascal bei sich hatte, dem sie wirklich wichtig zu sein schien.
„Die Frage ist, ob ihr auch die Brandstiftung zusammen gemacht habt", übernahm Heinrich wieder. „Habt ihr sie zusammen durchgezogen, wie du eben gesagt hast?" Er klang wie ein aufs äußerste besorgter Vater, der seine Tochter anflehte, sich endlich von ihm helfen zu lassen.
„Sie sind echt lieb." Jonna wischte sich die Augen.
Bekam nur ein Schnauben zurück. „Habt ihr?"
„Ja."
„Gut!", brach es nun voller Erleichterung aus Pascal heraus. „Und Zac ist schon zwanzig, während Jonna noch nicht mal volljährig ist. Das ist doch gut, oder?"
Er ist auch lieb, hätte Ella ihr am liebsten zugerufen. Hoffentlich realisierte Jonna das und gab dem Jungen noch eine Chance.
„Wo finden wir Zac?" Dieser sanfte, behutsame Ton – bei einem

Mann, den man doch sonst fast ausschließlich ungeduldig und ruppig kannte! Voller Zuneigung betrachtete Ella seinen gequälten Gesichtsausdruck, als Jonna noch immer keine Anstalten machte zu antworten.
„Habt ihr auch die Scheibe eingeworfen?", fragte er nach einer Weile leise.
„Ich! Das war ich wirklich ganz allein. Niemals hätte Zac sich mit so etwas Belanglosem abgegeben. Ich war so dämlich." Jonna lachte sarkastisch auf, seltsam verzerrt durch Mundschutz und Mikro. „Ich hatte eine unheimliche Wut auf Mary, ich konnte einfach nicht mehr!"
„Aber du bist nicht durchs Fenster gestiegen, oder?"
„Nee, das war mir dann doch zu blöd. Diesen behämmerten Igel habe ich von drinnen umgedreht, auf dem Weg zur Schule. Ich komme ja an die Schlüssel."
„Ah. Klar. Und der Igel im Schlafzimmer deines Opas?"
„Was ist mit dem?"
„Du weißt, dass es ihn gibt?", hakte er alarmiert ein. Mitgefühl hin oder her – er war bereit, die notwendigen Fragen zu klären.
Atemlos reckte Ella den Kopf, damit ihr auf dem Display nichts entging.
„Klar weiß ich von dem, alle wissen von ihm." Verächtlich verdrehte Jonna die Augen. „Deshalb war ich ja so angepestet. 'Mein Igel von Großvater'. 'Sein Igel von mir.' 'Wollen wir nicht noch mehr aus der Igelserie bestellen? Die sind doch so süß, und Großvater und ich haben sie doch auch so gern.'" Würgegeräusche folgten.
„Hast du den deines Opas deshalb umgedreht?"
„Wie? Nein! Ich war seit Jahren nicht mehr bei Opa drin."
An dieser Stelle suchte Heinrich ganz selbstverständlich Ellas Augen. Sie musste die Lippen anspannen, um ihre Befriedigung darüber nicht durchblicken zu lassen. Zumal es doch ein Jammer war, dass Jonna ihnen darüber nichts sagen konnte.
Einhellig zogen sie die Stirnen kraus. Naja, vielleicht war es zu viel verlangt, wenn sich alle Fragen auf einmal klärten. Ihre Zusammenarbeit zumindest ...
„Pass auf, Jonna, meine Kollegin und ich", wandte Heinrich sich wieder dem Handy zu, „werden diesen Fall morgen früh um elf abgeben müssen. Danach wird es sehr viel schwieriger werden, dir zu helfen. Wenn du dich also nicht entschließen kannst, mit uns

zusammenzuarbeiten, dann wende dich wenigstens an deine Schwester, damit sie einen Anwalt einschaltet, Deine Eltern haben doch bestimmt einen Hausjuristen, oder? Dann kannst du mit dem zusammen ..."

Jonna schnaubte in ihren Mundschutz. „Erst mal tauche ich eh ab in die Bewusstlosigkeit. Und vielleicht wache ich ja auch gar nicht wieder ..."

„Nix da. Ich werde nämlich einen Wein mit dir trinken, wenn du wieder fit bist. Und deine Leber vor allem. Zusammen mit meiner Kollegin." Er packte die verblüffte Ella am Oberarm und zog sie zu sich heran. So dicht, dass ihre Köpfe sich berührten, als sie gemeinsam im kleinen Video auftauchten. „Kein Date, aber reden. Okay?"

Jonnas Kopf verschwamm, weil sie eine so ruckartige Bewegung gemacht hatte.

So ähnlich fühlte Ella sich innen in ihrem Kopf. *Kein Date, aber reden.* Ah ja.

„Außerdem ist es schon möglich – auch nachdem wir nicht mehr zuständig sind – dass Ell... ich meine Frau Kirsch und ich dich ... beraten."

Ella blinzelte. Er hatte sie beim Vornamen nennen wollen? Wenn sie sich nicht verhört hatte. Naja, andererseits war es ziemlich komisch, dass sie penetrant das 'Sie' benutzten, während alle um sie herum sich duzten. Irgendwie hatten sie den Absprung verpasst ...

„Vielleicht werden wir sogar als Zeugen auftreten können. Also wenn dein Anwalt das veranlasst. Da lässt sich bestimmt was drehen, Jonna, wirklich."

„Wenn ich den Deal einhalte", ergänzte sie in sehr desillusioniertem Tonfall.

„Unabhängig davon", verblüffte Heinrich Ella schon wieder.

Jonna auch. „Ehrlich?", staunte sie mit großen Augen.

„Ja." Heinrich nickte ernsthaft in die Kamera.

Meinte er das wirklich ernst? Oder bluffte er? Gespannt hielt Ella den Atem an.

Auch Jonna schien nicht zu wissen, was sie davon halten sollte. „Heißt das, ich lege jetzt auf, ohne Ihnen Zacs Adresse zu liefern – und Sie helfen mir trotzdem?"

„Ja." Heinrich war absolut cool. Als wäre ihm Zacharias' Name nicht so wichtig wie Jonnas Person.

„Und der Wein?"
„Steht."
„Das heißt, es entstehen keine Nachteile für mich, wenn ich seinen Namen nicht preisgebe?"
„Naja, wenn du vor Gericht als Alleintäterin in Erscheinung trittst und Zacs Rolle außen vor lässt – das ändert wohl schon so einiges. Zum Negativen."
Jonna nickte. Das Video war nicht so gut, als dass man ihren Gesichtsausdruck genau hätte analysieren können, und der Mundschutz erschwerte es noch zusätzlich.
Plötzlich verrutschte ihr Kopf – und ein zweiter schob sich ins Bild. Pascal. „Seid ihr jetzt fertig mit eurem Gepoker? Jonna, im Gegensatz zu dir bin ich verpflichtet, denen seinen Namen zu sagen. Also würdest du bitte? Bitte!" Schon ironisch, aber durchaus mit der gebotenen Dringlichkeit.
„Das finde ich auch", nahm Ella sich dieselbe Freiheit wie er und drängte Heinrich ein Stück zur Seite, um allein im Bild zu sein. „Überhaupt hat dieser Zac es nicht im mindesten verdient, verschont zu werden, bloß weil Jonna und Herr Heinrich ihr Pokerspiel durchziehen müssen."
Wieder verrückte sich das Bild, bis Jonna allein auf dem Display auftauchte. „Sie haben ja recht. Er heißt Zacharias Thomsen und wohnt in seinem Schrebergarten am Noor in der Süderhake II, Parzelle Nummer ..."
„WAS?", übertönten Heinrich und sie die betreffende Zahl – die doch aber eh noch vertauscht sein würde.
„Ganz ehrlich, ich hab das nicht gewusst, ich schwöre", rief Pascal, der ihren Ausbruch wohl auf sich bezog. „Auf so was wäre ich doch nie gekommen. Dass der Typ da wohnt ... Wir sind da doch ständig rumgerannt. Aber der hat sich nie was anmerken lassen." Man konnte förmlich mitverfolgen, wie nach und nach Fragen in ihm aufkeimten. Kein Zweifel, diese Information war neu für ihn gewesen. „Wieso habt ihr so ein Geheimnis daraus gemacht, Jonna?"
„Es ist illegal, dass er da wohnt." Sie fühlte sich angegriffen. „Der Oberfuzzi, dieser Brammer, duldet das zwar vorübergehend, aber er hält Zac andauernd unter die Nase, dass das kein Dauerzustand sein kann. Deshalb will er nicht, dass es zu viele Leute wissen, ist doch nachvollziehbar."
„Warum das denn? Nee, also echt nicht. Abhängen wollte er mit

uns, dazugehören, oder nicht?. Da wäre es ja wohl angebracht gewesen, uns einen Vertrauensvorschuss zu geben."
An Jonnas Wangen konnte man sehen, dass sie unter dem Mundschutz die Lippen aufeinanderpresste.
Während Pascal so richtig in Fahrt geriet. „Wie geht das überhaupt? Als Blinder in einer Gartenhütte zu pennen? Ohne Strom, ohne Hilfsmittel? Braucht man da nicht jede Menge? Zumindest einen Menschen. Wie kann er denn ganz allein klarkommen?" Seine Stimme war immer fordernder geworden.
Jonnas Augen im gleichen Maße schmaler. „Das ist sein Ehrgeiz", erklärte sie, und es war so offensichtlich, dass sie noch lange nicht durch war mit ihrem Zac. „Er will frei sein, unabhängig, selbstbestimmt. So wie jeder andere Nichtbehinderte auch."
„Ach. Dafür macht er aber ein Heidengedöns um seine nicht vorhandenen Augen. Der zelebriert das doch geradezu! Als würde er permanent vor sich hinmurmeln: 'Ich kann nicht sehen. Ich kann nicht sehen. Hey, vergesst nur nicht, ich kann nicht sehen!"
„Das ist nicht wahr, überhaupt nicht", sprang Jonna sofort für Zac in die Bresche. „Er ist total empfänglich für alle anderen Sinne. Und für noch viel mehr, was zwischen Himmel und Erde schwingt. Wenn er sich offen dafür macht, sich auf die Wellen konzentriert ..."
„Jedenfalls führt er sich auf wie ein durchgeknallter blinder Hellseher!"
„Du warst von Anfang an neidisch auf ihn!"
„Quatsch, nie würde ich ..."
„Weil er ein richtiger Mann ist, der weiß, was er will, der sein Leben in die Hand nimmt. Während du ..."
„Er ist ein Verbrecher!"
„Du bist ein Schlapp..."
„Könntet ihr euren Streit so lange vertagen, bis ihr wieder allein seid?", brüllte Heinrich ins Handy.
Einen Augenblick lang waren alle still.
Dann sprudelte Jonna los, als hätte sie die ganze Zeit nur darauf gewartet, Pascal zu entkommen. „Wie gesagt: Zac hat zur Zeit keine Wohnung, ist aber offiziell woanders gemeldet. In Borby oben bei einem Verwandten, ich weiß nicht, wer das ist. Nicht sein Vater, der ist nämlich im Knast. Und seine Mutter ist schon lange tot. Bei diesem Typen ist Zac aber so gut wie nie, nur wenn er ihn um

Geld anhauen will. Der steht wohl irgendwie in seiner Schuld. Jedenfalls wohnt Zac in Parzelle zwei-null-acht, wenn Sie den Hauptweg nehmen und dann die erste Abzweigung links ..."
„Wir waren schon mal da", stoppte Heinrich sie. „Ohne zu wissen, wen wir da vor uns hatten. Wirklich ganz schön dreist, der Knabe. Sich so nah am Tatort einzunisten, während er mit euch durch die Schrebergärten getingelt ist!"
„Und ganz in der Nähe der Holzhütte, die er angezündet hat", ergänzte Ella, wider Willen beeindruckt. „Der hat echt Nerven!"
„Ja, ne, Jonna? Du fandest gerade das cool", kam es schon wieder anklagend von Pascal aus dem Off.
Lass mal gut sein, wollte Ella ihn gerade bitten.
Als es aus heiterem Himmel aus Jonna herausbrach: „Das hält mich nicht davon ab, ihn jetzt zu verraten." Erbarmungslos. Voller Verachtung für sich selbst.
Ella schnürte es die Kehle zu. Wollte etwas tun, wenigstens irgendwas sagen. Und wusste zugleich, dass sie nicht helfen konnte. Nichts, was Heinrich und sie tun konnten, würde ihr wirklich helfen. „Es ist richtig, dass du ihn seinen Anteil an der Sache tragen lässt, Jonna", sprach sie trotzdem aus, auch wenn das nicht bei dem Mädchen ankommen würde. „Für dich – aber auch für ihn selbst, wenn er sein Leben noch mal auf die Reihe kriegen will. Und für die Allgemeinheit natürlich auch, ohne Frage. Danke, dass du dich entschieden hast, uns zu helfen."
„Danke", sagte auch Heinrich. Tief und ruhig und voll auf männlich.
Neuerliches Schweigen folgte.
Bis Heinrich sich räusperte. „Dann ist zwischen uns alles klar, oder?"
Wie auf Kommando schoben sich alle vier ins Bild. Und alle nickten.
„Dann ... toi toi toi für die OP." Heinrichs Ton war unsicher geworden.
„Die ist Routine", schaltete Ella sich ein. „Du wirst ganz sicher wieder aufwachen."
„Und ich bin dann bei dir." Pascal.
„In diesem Sinne", war es schließlich Heinrich, der das Gespräch abrupt beendete – zumindest hätte er das, wenn er den richtigen Button gefunden hätte.
Auch Ella wischte zunächst vergeblich auf dem Display herum. Bis

Jonna und Pascal am anderen Ende losprusteten und mit einem letzten Winken dafür sorgten, dass das Handy mit einem speziellen Laut verstummte.

„Und unsere Mary Sue führt eifrig Ihren Hund aus, als bekäme sie was dafür", zeigte Heinrich auf Melinas Gestalt auf einem Weg am Berg, den Ella vorher gar nicht registriert hatte.

„Sie bekommt Oskars Zuneigung", musste sie mal klarstellen. „Und unsere, schließlich hat sie uns ermöglicht, unseren ersten gemeinsamen Fall zu lösen." Herausfordernd legte sie den Kopf schief.

„Sie haben vollkommen recht." Irgendwie war er gar nicht in die Blauer-Heinrich-Schublade zurückgehüpft, seit er die das letzte Mal verlassen hatte. Dass er die Hand ausstreckte und Ella ganz leicht an der Schulter knuffte, ließ sie dann aber doch die Augen aufreißen.

Sie dürfen ruhig auch offiziell Ella zu mir sagen, kroch es ihr auf die Zunge. „Haben Sie eben geblufft?", rutschte ihr stattdessen ziemlich abrupt heraus.

„Aber natürlich." Irgendwo zwischen den Schubladen zwinkerte Heinrich ihr zu. „Ich bluffe grundsätzlich, wenn sich mir die Gelegenheit dazu bietet."

Ella lachte und legte die Hand über die Augen, um auf den Hügel hinaufzuspähen, von dem der Ronnenbergweg seinen Namen hatte.

Nacht der Helden

„**O**skar geht es besser, wir haben grad einen kleinen Rundgang gemacht, und ihm ist kein Malheur mehr passiert", verkündete Melina gleich bei ihrem Eintreten ins Haus. „Von daher können wir nun machen, was wir wollen." Sie kicherte, als gäbe es da wer wusste was für Möglichkeiten.
Thorsten sah zu Ella. „Melina wird hier bei Ihnen übernachten, oder nicht?"
Die wand sich. „Ich darf über Nacht niemanden hier haben."
„Wer sagt das?", fragte Thorsten verdutzt.
„Mein Vermieter. Keine Männerbesuche, hat er von Anfang klargestellt."
Verständnislos runzelte Thorsten die Stirn. „Melina ist doch aber eine Frau."
„Das findet er garantiert noch weitaus schlimmer, das können Sie mir glauben!"
„Oh, aber ..." Unwillkürlich warf er einen Blick auf das inzwischen erleuchtete Fenster jenseits des Hofes. War das rechtens? Dass sich Leute, nur weil sie Wohnraum besaßen, erdreisten durften, über das Leben derjenigen zu bestimmen, die keinen hatten?
„Ich muss mir eine neue Wohnung zu suchen." Ella hatte seinen Gesichtsausdruck richtig gedeutet. „Bisher bin ich allerdings noch nicht mal dazu gekommen, meine Sachen aus dem Auto zu holen. Dass wir sofort in einen solchen Fall verwickelt werden würden, der einem überhaupt kein Privatleben mehr lässt ..." Sie schnaubte – durchaus nicht abfällig.
Wahrscheinlich war ihr in diesem Moment gar nicht bewusst, dass besagter Fall ab morgen Vergangenheit sein würde. Er seufzte verstohlen. „Aber ich kann sie doch erst recht nicht mit zu mir nehmen", wandte er sich erst einmal dem naheliegendsten Problem zu.
„Hat Ihre Frau etwas dagegen?", erkundigte sich Melina begierig.
„Ich habe keine Frau."

„Ihre Freundin."
„Ich habe auch keine Freundin."
„Dann übernachten Melina und ich in Ihrer Wohnung und Sie in meiner", entschied Ella ein wenig schrill.
„Aber ich bin ein Mann", musste er einfach anbringen.
„Äh ..."
Er lachte. „Da ist sie aber baff, die Ella."
Die wurde doch tatsächlich rot wie eine Kirsche. Ein Glucksen stieg in seiner Kehle auf. Oh Mann, er durfte nicht zu ausgelassen werden. Diese Anspannung den ganzen Tag über – das ganze reale Drama, dann Annas Tagebuch, danach die nervenaufreibende Auflösung der beiden un-kapitalen Niemann-Fälle – und all das nach der schlafmäßig äußerst mageren letzten Nacht ... Das stieg ihm irgendwie zu Kopfe.
„Können wir denn nicht alle vier zusammen schlafen?", ließ Melinas kindliche Stimme Ella und ihn zu ihr herumfahren. „Es wäre doch viel einfacher. Und ich würde mich sicherer fühlen. Nicht weil Sie ein Mann sind, Herr Heinrich. Sondern ... weil Sie beide so süß zusammen sind."
„Süß?", wiederholte Thorsten dämlich.
Während Ellas Wangen, deren Farbe sich gerade wieder normalisiert hatten, von neuer Kirschröte überzogen wurden.
Herrgott, die beiden Flaschen Rotwein, die sich in seine Vorstellung von ihrer bevorstehenden Nacht eingeschlichen hatten, sollte er wirklich besser streichen.

„Ich habe nur ein Bett und ein Sofa", erinnerte Heinrich sie zum nunmehr dritten Mal und schloss endlich seine Wohnungstür auf. „Und das Bett ..."
„... ist nur ein Meter vierzig breit", fiel Ella ihm ins Wort, während sie sich mitsamt ihrem Bettzeug und dem Schlafsack an ihm vorbei in den kleinen Flur quetschte. „Aber ich versichere Ihnen, dass uns zwei Frauen das reicht, Sie müssen nicht auf dem Fußboden schlafen, keine Sorge."
„Ich kann sowieso nicht schlafen, schon seit Tagen nicht", mischte sich Melina ein. Die zunehmend merkwürdiger geworden war. Die Erstarrung, die sie nach der Todesnachricht befallen hatte, war ja

bereits von ihr gewichen, nachdem sie sich überwunden und ihre Mutter besucht hatte. Danach war sie dann total erschöpft, aber nicht mehr apathisch gewesen. Oskar hatte ihr dann so richtig gutgetan, sie hatte ihn ja wie eine Besessene umsorgt, nach und nach ganz ohne Ellas Hilfe. Sogar seinen Durchfall hatte sie weggespült, ohne mit der Wimper zu zucken. Und abgesehen davon, dass sie Annas Tagebuch überhaupt nicht auf sich bezogen hatte, hatte sie auf deren Enthüllungen ja auch völlig normal reagiert.
Zuerst war es Ella gar nicht aufgefallen. Erst eben auf der Fahrt hierher. Vielleicht war es auch nur die Erschöpfung. In einigen Momenten war Melina nämlich so müde, dass ihr die Augen zufielen. Doch dann riss sie sich jedes Mal wieder heraus, ruckte hoch – und war ... seltsam eben. Eine Mischung aus Albernheit und Eifer und Neugierde und Provokation. So ganz bekam Ella es nicht zu fassen. Vielleicht kannte sie Melina auch nicht genug, um es wirklich beurteilen zu können, aber sie kam ihr sehr kindlich vor. Ja, das traf es ganz gut. Wie ein völlig überdrehtes kleines Kind, das sehr wohl mitbekommen hatte, dass den Eltern heute etwas Schlimmes passiert war. Das aber weder begriff, was genau es war, noch erfassen konnte, was das für es selbst bedeutete.
Deshalb, so glaubte Ella, hatte Heinrich nachgegeben, dass sie alle drei bei ihm übernachten sollten. Weil er Ella nicht die alleinige Verantwortung für so ein kleines Kind überlassen wollte. Weil es ungefährlich war, ein kleines Kind mit dessen Aufpasserin in seinem Bett schlafen zu lassen. Naja, und vielleicht ... auch noch aus einem anderen Grund. Bevor sie schon wieder rot wurde, schleppte sie ihre Ladung durch die einzig offene der drei Türen ins Wohnzimmer, von wo es aber auch ins Schlafzimmer ging.
„Eine schöne Wohnung", flötete Melina-Kind, die ihr gefolgt war. „Die hätte ich Ihnen gar nicht zugetraut, Herr Heinrich. Nicht wahr, Oskar? Das findest du auch?"
Zu schön für ihn. Ja, im Gegensatz zu Oskar, dem das völlig schnuppe war, konnte Ella dem zustimmen. Obwohl ... „Stellen Sie die Pizza auf keinen Fall unbeaufsichtigt ab, Oskar könnte schon wieder einsatzbereit sein", rief sie Melina zu. Und begriff in diesem Moment: „Das ist gar nicht Ihre Wohnung, Heinrich!"
Der war anscheinend noch in der Küche, wo er die Einkäufe abgestellt hatte.
„Zumindest nicht Ihre allein."

„Ich lebe aber allein hier", gab er zurück.
„Der Schminktisch, die alte Nähmaschine, die Deko, die Bücher, der uralte Fernseher ..." Ella trat wieder ins Wohnzimmer, wo Melina und Oskar schon einträchtig auf dem Sofa saßen. „Runter", zischte sie den panisch an. „Wenn er das sieht, schmeißt er uns alle raus!"
„Was ist los?" Oh, Heinrichs Tonfall war bereits misstrauisch.
Puh, aber Oskar hatte sich getrollt und unter den Tisch zurückgezogen. „Diese Wohnung hat eine Frau eingerichtet, da können Sie sagen, was Sie wollen", rief sie ihm zu.
„Ja, Sie haben recht." Er stellte Wein und Traubensaft auf dem Couchtisch ab. Ging wieder in die Küche, holte drei Weingläser und stellte sie neben die Getränke. „Aber dieses Thema möchte ich nicht vertiefen, wenn es möglich ist."
Er war so zugänglich heute Abend. Sogar diese Warnung war nicht wirklich abweisend gewesen. Und angesichts der Weinflasche, die er gerade im Begriff war zu entkorken, wäre Ella wirklich bereit gewesen, ihn in Ruhe zu lassen.
Melina-Kind nicht. „War das Ihre Freundin?", plapperte sie weiterhin ohne Rücksicht auf Verluste drauflos. „Die die Wohnung eingerichtet hat?"
„Ich sehe mal nach dem Knabberzeug", verkündete Ella laut und deutlich, um Heinrich zu verstehen zu geben, dass sie seine Privatsphäre zu wahren bereit war, und dampfte, ohne eine Antwort abzuwarten, in die Küche. Lauschen tat sie selbstredend trotzdem.
„Die Wohnung gehört meiner Mutter."
Oh. Ja, das passte.
„Aber die lebt nicht hier?"
„Nein." Er klang schon genervt. Aber lange nicht so genervt, wie zu erwarten gewesen wäre. Außerdem drangen Geräusche zu ihr, die Ella nicht einordnen konnte. Er wurschtelte irgendwie herum, mit etwas Weichem, so viel konnte sie hören. Was machte er da?
Er war doch nicht etwa scharf auf Melina? Ella biss sich auf die Unterlippe. Verdammt, das konnte ihr doch wohl egal sein! Das war es ja auch. Sie war bis auf weiteres fertig mit Männern. Und auf so ein unberechenbares Exemplar, das dreißig Mal am Tag die Stimmung wechselte, konnte sie sowieso getrost verzichten!
„Wohnen Sie übergangsweise hier?"
„Ja."

Oh, er hatte sich von Melina wegbewegt. Und jetzt drangen Schleifgeräusche zu ihr. Er hatte den Sessel aus dem Schlafzimmer geholt, und das weiche Geräusch waren Kissen und Decken, die er umverteilte.
„Wo wohnen Sie denn normalerweise?“, fragte Melina unverdrossen weiter.
„In Kiel.“
„Wann gehen Sie zurück?“
„Gar nicht mehr. Aber jetzt reicht es. Setzen Sie sich hin. Sie müssen was trinken.“
„Wein, bitte.“
„Nein.“
„Doch!“
„Sie trinken keinen Wein, nicht heute. Und auf nüchternen Magen schon mal gar nicht. Hier.“
„Aber ich ...“
„Hier. Traubensaft. Trinken.“ Er sprach mit ihr wirklich wie mit einem Kind.
Erleichtert legte Ella die abgewaschenen Trauben in eine große Schüssel, verteilte Chips und Erdnüsse auf zwei kleinere und kehrte damit beladen ins Wohnzimmer zurück.
„Ich nehme den Sessel, Sie gehen zu Melina aufs Sofa“, wurde sie von Heinrich aufrecht empfangen. Der ihr eines von zwei vollen Gläsern Rotwein reichte, die er in der Hand hielt.
„Danke.“ Strahlend nahm sie es entgegen. „Und diesmal lesen Sie.“ Sie legte den Kopf schief.
„Ich lese nicht ...“
„Ich sage nur: Schublade“, lachte Ella.
„Oh.“ Prompt klappte er den Mund wieder zu. „Na gut. Aber ich nehme Sie mit in meine Schublade.“
„Was?“ Ella merkte selbst, wie ihr die Gesichtszüge entglitten.
„Äh, ich wollte sagen: Wir wechseln uns ab“, murmelte Heinrich verwaschen, und im indirekten Licht, das vom Flur hereinfiel, meinte Ella auch in seinem Gesicht eine leichte Röte ausmachen zu können.
„Ich sag ja: Sie sind absolut süß zusammen“, platzte Melina mitten rein.
„Essen Sie endlich“, befahl Heinrich und stopfte sich selbst ein halbes Pizzastück auf einmal in den Mund.

Ich wurde das Gefühl nicht los, von Everts Geist heimgesucht zu werden. Von Evert, der nach Rache sann. Der mich zerstören wollte. Mich und seinen Sohn. Mit dem, so schien mir, fing er an.

Klein-Evert war gar nicht mehr so klein, jedenfalls im Vergleich zu seinen beiden Geschwistern. Dass er in Wirklichkeit noch kaum aus den Windeln war und das Sprechen nur langsam gelernt hatte, nahm ich kaum wahr. War zu sehr eingespannt mit allem. Drei Kinder – und ich war gerade zwanzig Jahre alt! Dazu Delf, der wie sein Bruder fast nie da war. Der Betrieb ging immer vor. Da mussten Probleme geklärt, Aufträge an Land gezogen werden. Dann ging wieder eine Maschine kaputt, einer der Arbeiter verunglückte. Abends dann der Bürokram. Ich stand ja dafür nicht mehr zur Verfügung.

Wenn Delf zuhause war, wollte er seine Ruhe haben. Die Kleinen schliefen ja noch viel. Evert nicht mehr. Nachdem er endlich sprechen konnte, quasselte er die ganze Zeit. Stellte Fragen. Warum ist das so? Woher kommt dies? Wie geht das? Er wollte lernen, die Welt begreifen. Aber er war anstrengend. Fordernd und eifersüchtig auf seine kleinen Geschwister. Er schrie viel, nervte damit auch Delf. Überhaupt, es zeichnete sich rasch ab, dass Delf seinen Stiefsohn ablehnte. Ich verstand es erst nicht, Evert war seinem Vater und damit seinem Stiefvater wie aus dem Gesicht geschnitten.

Aber genau das war das Problem. Klein-Evert erinnerte Delf an seinen Bruder. Sobald er ihm vor Augen kam. Was bedeutete, immerzu, wenn Delf zuhause war. „Schaff mir den Balg vom Hals", verlangte er.

Ich tat mein Bestes. Schickte Evert raus, wann immer es ging, lenkte ihn ab, beschäftigte ihn. Doch die Kate war eng. Wie sollte ich den Jungen die ganze Zeit von Delf fernhalten?

Und wie sollte ich mit meinem schlechten Gewissen fertig werden? Immer wenn ich aus dem Küchenfenster sah, konnte ich die Stelle sehen ... Nah der krüppeligen Weide. Nur wenige Meter außerhalb des Zauns. Ich war nie mehr dort gewesen. Hinsehen tat ich jeden Tag. Und wenn Nebel aufkam, schien es mir, als sehe ich Groß-Evert. Und feixen: 'Du wirst schon sehen, was du davon hast.'

So verging eine Zeit.

Nein, ich habe es nie bereut, dass Groß-Evert weg war. Aber es dauerte auch nicht lange, da regte sich in meinem Herzen wieder Zorn. Auf denjenigen, der mir das Leben so schwer machte. Auf meinen Sohn. Auf dich, mein Evert.
Du warst unschuldig. Das wusste ich immer. Doch statt nach dem wahren Schuldigen zu suchen, ließ ich zu, dass ich dich immer mehr als Dorn im Fleisch empfand. Dein ständiges Geplapper, deine Wildheit, deine Frechheit – Kinder sind mitunter frech! Aber dir warf ich das plötzlich vor.
Du warst dann auch schlecht in der Schule, hast dich ständig geprügelt. Ich musste zu den Lehrern, mich von ihnen mahnen, schließlich sogar beschimpfen lassen. Dafür schlug ich dich. Mit Kochlöffeln. Delf benutzte einen Gürtel.
Es war immer schrecklich, du schriest wie am Spieß. Aber du wurdest dadurch nicht ruhiger. Nicht angepasster. Nicht friedlicher. Das Gegenteil geschah. Es wurde schlimmer mit dir. Du logst auf einmal, klautest Dinge, schließlich hautest du ab, verschwandst einfach für ein paar Stunden. Dann für Tage. Dann über Nacht.
Damals habe ich nichts verstanden, hab dich als meinen Feind gesehen, als denjenigen, der mir das Leben zur Hölle machte. Dabei warst du das Opfer. Wurdest abgelehnt, von mir, von Delf, weil du nicht sein Blut warst, sein Same, seine Gene.
Heute hasse ich mich dafür, das nicht schneller durchschaut zu haben. Aber damals ... Blindlings richtete sich mein Hass auf dich.
Du brachst die Schule schließlich vorzeitig ab. Und verschwandst. Endgültig.
Wir suchten dich nicht, meldeten dich nicht als vermisst. In einem dunklen Winkel meiner verbohrten Seele hoffte ich sogar, dass du deinem Vater gefolgt wärst ins Moor.
Den ich immer noch Nacht für Nacht um mich fühlte. Seinen kalten Geisterhauch, der mir über die Wange strich. Ich vermied es fortan, aus dem Küchenfenster zu sehen, und redete mir ein, dass ohne dich meine Probleme hinter mir lägen.

Doch nichts wurde besser. Sicher, der ganze Ärger um dich fiel weg. Aber die Kälte blieb. Die rüden Worte, die schroffen Bewegungen. Und es waren nicht die Kinder. Die waren, wie Kinder halt sind. Ich sah dich, mein Evert, plötzlich in neuem Licht. Auch Delf log und raufte sich ständig. Wiebke wurde zickig und verschwand

manchmal. Sie nahmen Geld, stahlen Süßigkeiten, und ich kapierte, dass Kinder in einem gewissen Alter das machen. Sicher nicht alle. Ihr allerdings schon. Ich begriff, dass ich dir, mein Evert, etwas vorgeworfen hatte, wofür du nichts konntest. Und ich begann endlich, besser aufzupassen.
Es war Groß-Delf. Warum hatte ich es nie gesehen? Weil ich es nicht sehen wollte? Aber Delf war wie sein Bruder. Nicht immer war er im Büro, wenn er abends nicht heimkam. Lange nicht. Er hatte Liebschaften. Es gab Skandale um die Firma. Die Mitarbeiter waren unzufrieden, weil Delf ungerecht war und schlecht zahlte.
Da ich nun schon mal dabei war, näher hinzusehen, durchwühlte ich all die Papiere, die Delf im Laufe der Jahre in die inzwischen deutlich vergrößerte Kate geschleppt hatte. Er führte inzwischen auch hier ein Büro. Und hier entdeckte ich so einiges. Nicht nur, dass er offensichtlich regelmäßig Geld an diverse Frauen schickte – ich vermutete, wegen Unterhaltszahlungen – nein, da war noch mehr. Krumme Dinger.
Tatsache war, Delf machte Geschäfte. Ich weiß bis heute nicht, welcher Art die waren, vermute aber, dass sie mit Schmuggel und Drogen zu tun hatten. All die Papiere wiesen darauf hin. Delf hatte gewaltig Dreck am Stecken, wie man so sagt.
Als ich ihn mit meinen Erkenntnissen konfrontierte, flippte er komplett aus, schrie, ich sei Schuld. Wenn es mich nicht gäbe, würde er mit seinem Bruder den geplanten Baumarkt, diese Dinger seien inzwischen modern geworden, längst schon gebaut haben. Aber weil ich mich eingemischt hätte ... Ich sei schuld. An allem. Ich hätte ihn verhext, denn nie, nie, nie hätte er sonst Hand an seinen Bruder gelegt. Ich hätte sein Leben verpfuscht, und deswegen hätte ich für alle Zeiten mein Maul zu halten.
Damals wunderte ich mich, dass er nach diesem Streit bei mir blieb, dass alles beim alten blieb. Inzwischen weiß ich, es war die gemeinsame Schuld. Schuld kann manchmal enger zusammenschweißen als Liebe. Wir beide hatten Schuld auf uns geladen, und fortan bewachten wir uns gegenseitig. Ging der eine, war der andere in Gefahr.
Bis heute frage ich mich, warum wir nicht versuchten, uns gegenseitig umzubringen. Aber da müssen irgendwo noch gute Anteile in uns gewesen sein. Zum Glück.

1973, die Kinder waren lange schon aus dem Haus, wurde der Baumarkt gebaut und DEN-Baumarkt genannt. Delf und Evert Niemann. Als wäre Evert noch da.
Ich glaube, damals hatte Delf auch seine krummen Geschäfte aufgegeben. Er wurde zu einem gepflegten Geschäftsmann, dem es sehr um Ansehen und einen guten Ruf ging.
Unsere beiden Kinder studierten zu der Zeit, stiegen nach ihren Abschlüssen jedoch in den Baumarkt mit ein.
Nun ja, Wiebke ist schnell wieder ausgestiegen, hat einen Norweger geheiratet und ist ihm in sein Land gefolgt. Aber Delf junior ist geblieben.

Irgendwann einmal, als Delf senior begann, sich um seinen inzwischen deutlich angewachsenen Nachlass zu sorgen, fragte ich, welchen Erbteil er Klein-Evert zugedacht hatte. Da hat er mich angesehen, als käme ich vom Mond. „Der ist doch weg. Tot. Mausetot."
Aber das warst du nicht, Evert, das wusste ich damals schon. Irgendwann hatte ich nämlich einen Privatdetektiv beauftragt, und der hatte dich gefunden. Quicklebendig und als Matrose zur See mit Wohnort in Hamburg. So weit weg warst du also gar nicht.
Ich hab es nie gewagt, Kontakt mit dir aufzunehmen. Aber ich ließ immer wieder nach dir sehen. Es war nichts Gutes, was ich mitbekam. Deine schlimme Kindheit zog sich einfach weiter fort, machte dich unglücklich.

Jetzt, am Ende meines Lebens angelangt, bleibt mir nichts als festzustellen, dass Groß-Evert, beziehungsweise sein Geist, recht behalten hatte. Niemand von uns ist glücklich geworden.
Wiebke nicht, die zwei Kinder bekommen hat, Arvid und Silje. Danach ist ihr der Mann weggelaufen mit einer anderen. Sie hat sich nach Kräften bemüht, aber beide ihrer Kinder sind auf die schiefe Bahn geraten. Es ist ein Fluch mit diesen Drogen.
Wiebke kommt mich immer zu Weihnachten besuchen. Sie sieht verhärmt aus, traurig. Ich wünsche ihr, dass sie ein wenig Frieden findet. Und ihre Kinder auch.
Delf junior führt den Baumarkt und lebt in der Kate, seit ich ins Altersheim gezogen bin. Er ist inzwischen Witwer. Wie sein Vater soll er ein Leuteschinder sein, der zu viel trinkt.
Sein Sohn, auch ein Delf, hat neben der Kate groß gebaut. Er hat

bisher nur ein Mädchen bekommen. Ich wünsche ihm auch keinen Sohn. Keinen Delf und auch keinen Evert. Nur Töchter. Vielleicht verschwindet damit der Familienfluch?
Delf senior, der Mann, den ich sieben Jahre nach dem Mord geheiratet habe, ist längst schon tot. Eingegangen an einer schlimmen Krankheit, die binnen weniger Jahre hinwegrafft. Ich hab den Namen vergessen, mir war es nie wichtig, woran er letztlich starb. Nach seinem Tod bin ich hier in dieses Altersheim gezogen. Noch immer nicht wirklich weit entfernt vom Noor, aber immerhin weit weg von der ständigen Anklage der krüppligen Weide. Ich weiß nicht mal, ob sie noch steht, bin seitdem nie mehr in der Kate gewesen. Wer mich sehen will, muss mich besuchen kommen.
Seit Delfs Tod ist es ruhiger geworden. In mir. Alle leben, irgendwie. Alle haben selbst Schuld, wenn es nicht so ist, wie sie es sich gewünscht haben. Schließlich sind alle wohlversorgt und müssten nicht tun, was sie besser lassen würden.
Bis auf dich, mein Evert. Dein Leben ist ungerecht gewesen, von Anfang an, und ich war maßgeblich daran beteiligt. Das tut mir in der Seele leid.
Du bist im Gefängnis, schon lange. Weil der Fluch bei dir weiterwirkt. Ich leide mit dir, bin bei dir in jedem Moment. Mein Sohn, ich wünsche mir nichts weiter, als dass du dich befreien wirst vom Niemann-Fluch. Vom Namen hast du dich ja bereits befreit. Ich hab gelacht, als ich davon erfuhr. Gut gemacht, min Jung!
Ich schreibe das heute, an deinem fünfundfünfzigsten Geburtstag. Nächstes Jahr, wenn alles gut geht, wirst du frei sein. Ich wünsche es dir so sehr. Und auch, dass du begreifst!
Ich werde zu dem Zeitpunkt nicht mehr hier sein.
Bitte verzeih mir, wenn du mir verzeihen kannst. Aber ich glaube, das wird dir nicht möglich sein. Zu schlimm ist, was dir geschehen ist, zu groß meine Schuld.
So sterbe ich in der Gewissheit, dass ich drei Kinder hinterlasse, drei Kinder, die ein schweres Erbe in sich tragen. Jeder für sich. Schuld vergeht nämlich nie.

Ella ruckte aus dem Schlaf – weil sie allein im Zimmer war. Kein Gewicht auf ihren Beinen, kein Fell an den Fingerspitzen, kein

Gehechel auf ihrer Haut. Nicht einmal sein hypnotisierender Blick, wenn er morgens bei Fuß saß, um sie wach zu gucken.
Erst im zweiten Moment realisierte sie, wo sie sich befand und warum es umso befremdlicher war, dass niemand sonst mit ihr im Bett lag.
„Melina?“ Es dämmerte, musste wohl um und bei vier Uhr sein. Ella setzte sich auf und blickte sich um. Keine Überraschung, sie war wirklich die Einzige im Zimmer. Melinas Schlafsack verlassen, Oskars Platz am Fußende ebenso. Melinas Jacke lag noch da. Geschlafen hatte sie aber in Jeans und T-Shirt, von daher hieß das nichts.
„Melina?“ Mit Rücksicht auf Heinrich auf dem Sofa im Zimmer nebenan konnte sie lediglich flüstern. Es half also nichts, sie musste aufstehen und die beiden suchen.
Sie schlich zur Tür, öffnete sie leise und spähte ins Wohnzimmer. Heinrich lag zusammengerollt wie ein Kind auf dem ausgezogenen Sofa und atmete tief und gleichmäßig. Mit geschlossenen Augen fielen seine langen dunklen Wimpern erst richtig auf. Und der weiche Zug um seinen Mund, den er im Wachzustand viel zu oft verzog oder zusammenkniff. Jetzt im Schlaf wirkte er unerwartet verletzlich. Was auch an seiner Haltung lag. Die Arme hatte er vor der Brust gekreuzt, sodass er sich selbst umschlungen hielt, als wäre ihm kalt. Ella widerstand der Versuchung, diesen anderen Heinrich noch einen kleinen Moment länger zu betrachten – nicht auszudenken, wenn er sie dabei ertappte!
Außerdem hatte sie noch immer keinen Laut aus dem Rest der Wohnung aufgefangen. Was zunächst nur eine diffuse Unruhe gewesen war, formierte sich zu ausgewachsener Besorgnis. Wo war Melina? Dass sie in der kleinen Küche oder im noch kleineren Bad wieder eingeschlafen war und Oskar sich dazugelegt hatte – klar, das war eine Möglichkeit. Die einzige, die Ellas Angst auf der Stelle wieder auflösen würde.
So schnell es ihrem Gefühl nach ging, ohne Heinrich doch noch zu wecken, tappte sie durch den Raum und schlüpfte in den Flur.
Niemand.
Nicht in der Küche, nicht im Bad. Verdammt!
Melina, wo bist du? Hätte Ella nicht die ganze Zeit in Alarmbereitschaft sein müssen, so seltsam, wie Melina sich mit fortschreitendem Abend verhalten hatte? Was, wenn sie jetzt vollkommen durchgedreht war? Auf und davon in die Nacht – um ins Wasser zu

gehen? Oder sich vor den nächstbesten Zug zu werfen? Oh, verdammter Mist, dann würde auch Oskar, den sie ja wohl mitgenommen hatte, sie nicht beschützen können. Und nachher würde er selbst durch die unbekannten Straßen von Eckernförde tapern – vor ein Auto? Vor die Füße eines Hundefängers?
Nun mach aber mal nen Punkt und denk nach. Denk nach!
Heinrich wecken?
Und dann? Erst mal in Ruhe abwarten, bis sein Wutanfall sich gelegt hatte? Während wertvolle Minuten verstrichen, in denen sie vielleicht noch was drehen konnten? *Aber wie, wie, wie?*
Ein durchdringendes Piepen ließ sie erschrocken nach Luft schnappen. Dann erkannte sie es. Das Warnsignal eines Handys, das aufgeladen werden wollte. Ihr Handy. Auf dem Küchentisch. Melina musste es von Heinrichs Nachttisch mit hierher genommen haben – um noch einmal mit Jonna zu chatten?
Rasch lief Ella hin und schaltete das Display ein. Wie erwartet, war das Videochatprogramm offen. Aber nicht nur Jonnas Name stand auf der Liste der Kontakte. 'Tommy', stach Ella sofort ins Auge, orange umrandet als Letzter, mit dem Melina gechattet hatte.
Sie hatte doch einen jungen Mann erwähnt, mit dem sie gechattet hatte, während ihr Großvater sich umgebracht hatte. War das dieser Tommy gewesen? Er musste es sein. *Und das ist schlimm, oder? Das kann nur was Schlimmes bedeuten!*
Mit zittrigem Finger tippte sie auf seinen Namen – und dann auf den grünen Hörer. Das ihr inzwischen bekannte Tuten ertönte. Wenn Heinrich davon wach wurde, war es eben so.
Keine Antwort. Tommy ging nicht ran. Er ging nicht dran, während Melina ...
Nun ohne Rücksicht auf Heinrich, rannte Ella ins Schlafzimmer, schlüpfte in ihre Schuhe, rannte zur Wohnungstür.
„Ella?“
Nein, sie hatte keine Zeit, sich auch noch um ihn zu kümmern. Getragen von ihrem panischen Adrenalinschub hastete sie die Treppe hinunter, aus dem Haus.
Es war wirklich schon ziemlich hell. Und laut. Zwischen den Häusern in den kleinen Straßenbäumen zwitscherten Vögel. Erst nach ein paar Schritten realisierte Ella, was sie hier machte. Völligen Unsinn nämlich. Sie blieb stehen, spürte plötzlich die morgendliche Kälte, schlang fröstelnd die Arme um sich. Was hatte sie sich

gedacht? Dass sie jetzt auf die Schnelle ganz Eckernförde absuchen sollte?
Sie fuhr herum, als hinter ihr die Haustür geöffnet wurde. Heinrich. Erleichtert ging sie ihm entgegen. „Melina und Oskar sind weg. Ich wollte ..."
Er blickte sich um. „Hätte ja sein können, dass sie ihn nur schnell rausgelassen hätte. Wie gestern Abend auch."
„Sie hatte Kontakt mit diesem Typen. Auf meinem Handy. Und sie war doch vorher schon so komisch. Da dachte ich ..." Ja, was eigentlich?
„Sie meinen diesen Schulfreund, von dem sie erzählt hat? Mit dem sie neulich – so viel Spaß hatte?" Heinrich zuckte die Achseln. „Da würde ich erst mal an was Nettes denken. So was wie ein Mutter-Vater-Hund-Spaziergang in der Morgendämmerung. Hey, sind Sie als Jugendliche nie um diese Uhrzeit von zu Hause abgehauen – gerade zur Sommersonnenwende hat das was, finden Sie nicht?"
„Äh – weiß nicht. Bei uns waren die Nächte auch nicht ganz so kurz."
„Ich finde es durchaus reizvoll." Sich um die eigene Achse drehend, bewegte Heinrich sich ein Stück von ihr weg und kam dann, sie direkt anlächelnd, wieder zu ihr. „Diese Stunde zwischen Nacht und Morgen. Wo es nach Tag aussieht, aber sich noch wie Nacht anfühlt."
Ella starrte ihn mit großen Augen an. „Wollen Sie auch noch in die Poeten-Schublade?"
„Frühaufsteher." Vergnügt neigte er den Kopf, wohl um eine Verbeugung anzudeuten.
Dieser Mann brachte einen echt um den Verstand! „Glauben Sie nicht, dass wir vielleicht einen Ihrer Kollegen anrufen sollten, um Melina zu suchen?"
„Weil eine zwanzigjährige Frau mit einem großen Hund einen Morgenspaziergang macht – obendrein wahrscheinlich nicht mal allein, sondern in Begleitung eines Schulfreundes?" Er zog eine Grimasse. „Ich denke, die würden uns blöd angucken."
„Wir sollen uns also oben hinsetzen und abwarten?"
„Einiges zu besprechen gäbe es ja. Wir haben noch gute sechs Stunden, bis wir den Fall niederlegen müssen."
„Ich weiß nicht." Ella hatte den Abstand zu ihm wieder vergrößert, sah sich gehetzt um.

„Wo würden Sie jetzt spazierengehen?"
Überrascht drehte sie sich zu ihm um. „Wie?"
„Wo?", wiederholte er nur.
„Am Strand."
„Na, dann kommen Sie." Er winkte sie mit sich. „Da haben wir ja auch einen weiten Überblick. Vielleicht sehen wir sie gleich."
Seite an Seite liefen sie zwischen den Häusern hindurch zum Strand. Der dann in einem überwältigenden Sonnenaufgang weit und leer und mit ganz glattem Wasser vor ihnen lag. „Wow."
„Die ideale Kulisse für ein junges Paar im Annäherungsprozess", raunte Heinrich ziemlich nah an ihrem Ohr.
Die Gänsehaut abschüttelnd, wollte Ella sich zu ihm drehen.
Doch er war schon weiter, über die Promenade, durch eine Öffnung im Zaun, an den Strand. „Und da haben wir sie ja auch schon!"
Sie war ihm nachgeeilt, folgte seinem ausgestrecktem Zeigefinger mit den Augen. In einigem Abstand konnte man ein winziges Paar ausmachen, das Hand in Hand am Ufer entlangschlenderte. Und da war Oskar. Mit den Pfoten im Wasser war er den beiden noch ein gutes Stück voraus.
Breit grinsend wandte sich Heinrich zu ihr. „Na, wollen Sie sie zurückpfeifen? Oder gehen wir vor und machen in Ruhe unsere Hausaufgaben?"
Doch Ella hörte gar nicht mehr richtig hin. „OSKAR!" Sie lief los, fing an zu rennen. Egal was Heinrich dachte, das ging doch nicht! Melina befand sich in einem Ausnahmezustand, und war nach allem, was Ella gelernt hatte, zurzeit nicht zurechnungsfähig. Sie konnte im Moment nichts beurteilen. Nicht, ob ein Spaziergang mit Oskar am Wasser harmlos genug war, um das ohne Ankündigung zu tun, und schon gleich gar nicht, ob ein mysteriöser junger Mann, der mal eben so aus dem Internet aufgetaucht war, wirklich der war, für den er sich ausgab. Zumal es dieser Typ anscheinend nicht für nötig hielt ...
... um Erlaubnis zu fragen? Shit, Ella führte sich echt auf wie eine besorgte Mutter. Warum sollte dieser Tommy sich bei ihnen vorstellen und um Melinas Hand anhalten, bevor er sie auf einen romantischen Spaziergang in den Sonnenaufgang entführen durfte?
Schwer schnaufend blieb sie stehen. Über den Strand zu rennen, war ziemlich anstrengend. Sie neigte sich nach vorn, stützte sich

auf den Knien ab und spähte zum jungen Glück. Das sie bisher weder gehört noch gesehen hatte.
Oskar jedoch ... Er zumindest war auf der Stelle umgekehrt und spurtete vergnügt durch die Wellen auf das Paar zu. An den beiden vorbei. Zu Ella.
„OSKAR!“ Wenn sie schon kein Recht hatte, Melina zurückzupfeifen, bei ihrem Hund lag die Sache ganz anders. „Komm, Dicker, komm!“
Jetzt wandte auch das junge Glück die Köpfe.
Sie waren zu weit weg, um Genaueres zu erkennen, doch so viel war zu sehen, dass sich der Abstand zwischen den beiden auf einmal vergrößerte. Nix mehr Händchenhalten – die sprangen auseinander, als wären sie ertappt worden!
Umso vehementer winkte Ella. „HAAAALLO MELIIIIINA!“
Die winkte zurück. In der Luft lag ein dünner Ruf. Ah, soviel war auf diese Entfernung zu hören. Viel zu wenig, um sich zu verständigen. Ella unterließ also jeden weiteren Versuch, gestikulierte nur, dass sie Oskar mitzunehmen gedachte.
Da war der bereits heran. Hechelnd, freudig, fit. Der dicke Bauch war verschwunden, der ganze Hund strahlte reines Wohlbefinden aus.
„Na, geht's dir wieder gut?“ Ella beugte sich nach vorn, streichelte den nassen Hundekopf. Und sah wieder auf. Wollte winken und damit signalisieren, dass alles in Ordnung sei, dass die beiden ihren Spaziergang weiter fortsetzen konnten. Cool wollte sie bleiben, eben weil sie keine Mutterglucke war, sondern nur die Kripo-Polizistin, die sich halt mal eben eine durchgeknallte Zeugin aufgehalst hatte.
Doch das war überhaupt nicht mehr nötig. Melina kam ebenfalls auf sie zu. Ohne den Typen. Der lief ziemlich raschen Schritts weg vom Strand.
Heinrich war der Erste, der bei Ella ankam. „Soviel zum Thema Annäherung im romantischen Sonnenaufgang“, stellte er spöttisch fest und trat ziemlich dicht neben sie, um ebenfalls Melina entgegenzublicken.
Würde er so anschmiegsam bleiben? Oder sollte Ella sich lieber für den nächsten Stimmungsumschwung wappnen? Der in fünf Minuten über sie hereinbrechen würde oder erst in fünfzehn oder sechzig?

„Ist das nicht ein wunderschöner Morgen?", rief ihnen Melina schon von Weitem zu. Die strahlte, winkte, vor Vergnügen hüpfte. Und dadurch ziemlich durchgeknallt wirkte. Natürlich nur, wenn man wusste, was sie momentan eigentlich durchmachte. Für einen Außenstehenden mochte sie wie eine glückliche junge Frau aussehen. Ein wenig bleich vielleicht und dünn, ansonsten aber ... Der Zusammenbruch würde schon irgendwann kommen. Das wusste Ella zumindest theoretisch.
„Warum macht man das so selten? Ganz früh aufzustehen und den Tag so zu begrüßen? Herrlich, oder?"
„Also keine Hausaufgaben in aller Ruhe", raunte Heinrich an ihrem Ohr. „Ihre Entscheidung."
„Das ist gemein", wisperte Ella zurück und hoffte, dass ihm ihre Stimme ebenso eine Gänsehaut über den Rücken schicken würde wie die seine eben. „Als ob ich eine Wahl gehabt hätte!"
Sie sah ihn an, sah sein Kinn zucken, seine Schulter. Na, er mochte das anders sehen. Ella seufzte. Glucken-Gene schienen Heinrich wirklich nicht zu plagen.

Morgendliche Übelkeiten

„ES HAT GEKLINGELT", schrie Ella, damit Heinrich es unter der Dusche hörte.
„Der Summer ist rechts neben der Wohnungstür unter dem Lichtschalter", kam es zurück. „Ist vermutlich nur der Postbote, der unten ins Treppenhaus will."
Ella tat, wie ihr geheißen. Ging dann in die Küche, wo Melina – noch immer das vergnügte Kind – auf Heinrichs einzigem Küchenstuhl saß und 'Candy Crush' auf Ellas Handy spielte, während sie mit ihren bloßen Füßen Oskar streichelte, der, alle Viere in die Höhe gereckt, vor ihr auf den Fliesen lag.
Oh, aber jetzt hatte es geklopft. Na gut, das konnte ja immer noch der Postbote sein. Heinrichs Bademantel enger um sich ziehend, lief sie zur Tür und öffnete. „Oh ... ist etwas passiert?"
Im ersten Moment wich der uniformierte Kollege draußen vor ihr zurück, ehe sein freundliches Lächeln wieder aufkeimte. „Nee, nee, ich wollte nur ... eigentlich mal kurz bei Thorsten vorbeischauen", erklärte er in niedlichem slawischen Akzent und zögerte erneut.
„Na dann ..." Ella bemühte sich, sich ihre Verwirrung nicht anmerken zu lassen – auch nicht, wie unpassend es ihr vorkam, dass dieser Mann Heinrich so selbstverständlich beim Vornamen nannte – und trat beiseite, um den echt nett aussehenden, wenn auch etwas farblosen Blonden hereinzulassen.
Sie hatte Hobbi und Elke schon über ihn reden hören, anscheinend hatte er gestern mehrfach bei Güde angerufen, weil er irgendetwas mit Heinrichs Skateboard hatte regeln wollen. Aber klar, darum ging es ihm vermutlich auch jetzt.
„Äh ..." Der ließ einen weiteren Augenblick verstreichen, ehe er sich entschloss, ihr zu folgen.
„Heinrich ist noch unter der Dusche", erklärte sie über die Schulter und kehrte in die Küche zurück. „Möchten Sie einen Kaffee? Ich wollte gerade einen aufsetzen."
„Ich will nicht stören ... oh." Jetzt hatte er Melina gesehen.

Klar, er musste ja gedacht haben ... „Wir haben hier zu dritt übernachtet“, versicherte sie schnell.
„Oh.“ Hatte er erleichtert geklungen? „Ich dachte schon!“ Er lachte und wischte sich pantomimisch den Schweiß von der Stirn.
Verständnislos starrte Ella ihn an.
„Ich wollte gar nichts Bestimmtes, nur schnell Hallo sagen. Wobei ich es einfach ein andermal wieder versuche.“ Er zwinkerte ihr zu. „Wenn ich ihn allein erwische.“ Winkte noch einmal neckisch zu Melina – die ebenfalls ziemlich irritiert dreinblickte – und verschwand wieder nach draußen.
Ella konnte ihm nur stumm nachgaffen. Was hatte er jetzt mit diesem Auftritt bezweckt?
„Der hat ein Auge auf unseren Heinrich geworfen. Oder? Anders kann man das nicht deuten.“ Skepsis schwang in Melinas Stimme.
„Aber ...“ Ellas Stirn runzelte sich. „Das kann nicht sein.“
„Das finde ich auch. Gerade nachdem Sie beide ...“ Melina brach ab und wandte sich wieder dem Spiel zu. „Aber was wir in dieser Hinsicht finden“, schob sie seufzend nach, „wird Herrn Heinrich wahrscheinlich egal sein.“
Ella schluckte, ging eilig ins Schlafzimmer, um das Fenster zu schließen und sein Bett in den Ursprungszustand zurückzuversetzen.

„Ihr Freund war hier“, stellte sie beiläufig fest, als Melina in der Dusche verschwunden war.
Heinrich, der gerade dabei war, Kaffee in den Filter der Kaffeemaschine zu löffeln, hielt inne. „Wer?“ Sein Tonfall war uneindeutig.
„Ihr Freund.“ Ellas wahrscheinlich genauso.
„Wer soll das sein?“ Nun war er genervt. Und schaufelte unmotiviert weiter Kaffeepulver.
„Der gutaussehende Pole.“
Er blinzelte. „Pionek? Gefällt er Ihnen?“
Ella runzelte die Stirn. *Gefällt er denn Ihnen?,* brachte sie jedoch nicht über die Lippen.
„Und warum geht das jetzt nicht?“ Der Filter war gefüllt und in die Maschine geschoben. Dafür leuchtete nun der Knopf der Kaffeemaschine nicht, obwohl Heinrich wie wild darauf herumdrückte. Auch ein Schlag auf die Abdeckplatte änderte daran nichts. „Was wollte er denn?“

Wider Willen musste Ella grinsen, als sie dabei zusah, wie Heinrich jetzt den Stecker der Kaffeemaschine überprüfte. Der sich außerhalb der Steckdose befand. Männer und Technik! Umständlich beförderte er ihn hinein. „Warum ist er gekommen?"
Seine offen zur Schau gestellte Unwissenheit – war ganz sicher nur vorgetäuscht. *Dieser Pionek ist sein Freund. Oder zumindest hätte er nichts dagegen, dass es so wäre.* Ella klapperte extra laut mit den Tassen. „Er wollte Sie allein sprechen und deshalb lieber an einem anderen Morgen wiederkommen."
Heinrich schüttelte sich, wie Oskar es tat, um trocken zu werden. „Versteh ich nicht."
„Er wird es Ihnen bestimmt erklären."
„Hmm."
„Wenn er Sie allein antrifft. Hat er gesagt."
„Da wir sowieso noch auf den Kaffee warten müssen, fahre ich mal schnell Brötchen holen." Damit schnappte er sich sein Board aus dem Einbauschrank neben der Wohnungstür und knallte die schon im nächsten Atemzug hinter sich zu.
Tja, Herr Heinrich, dies war wohl ihr Coming-Out. Zumindest ihr gegenüber. Und Melina. Jetzt nur noch schlecht gelaunt, stampfte Ella ins Schlafzimmer, knüllte den Schafsack zusammen und stopfte ihn viel zu heftig in den Tragebeutel. Was für eine groteske Situation!

Ella schüttelte sich. Wie vorhin Heinrich, aber, im Gegensatz zu ihm, wohlweislich nur innerlich. Aber seit sie Oskar hatte und miterleben konnte, wie sich dessen Gesichtshaut dabei verschob und verzog, hatte sie es nie wieder leibhaftig probiert. Wer wollte denn schon derart verzerrt aussehen? Also – sie nicht.
Dennoch war sie ausschließlich mental dabei geblieben, sich zu schütteln, wenn etwas weg musste, etwas, womit sie nichts zu tun haben wollte. Heinrich gehörte heute eindeutig dazu. Dieser ganze komplizierte Mensch voller Ecken und Kanten. Weg damit, weg!
Oh, da kam ja auch schon ihr nächstes Sorgenkind aus dem Bad. „Was machen wir denn mit Ihnen, Melina, wenn wir nachher wieder in die Dienststelle müssen?"
Melinas Augen schweiften prompt zu Oskar. „Wir beide bleiben hier."
„Nee, das geht nicht." Es war offensichtlich, dass die beiden sich

wunderbar verstanden. Wobei das für Oskar nichts Außergewöhnliches war. Jeder Mensch mit einer streichelnden Hand oder etwas Fressbarem war für Oskar ein Freund. Melina dagegen zeigte ihrerseits deutlich, dass Oskar für sie mehr war. Trost, Begleitung, jemand, der keine dummen Fragen stellte und dennoch an ihrer Seite blieb, ganz egal, wie sie sich fühlte.
Oskar war wirklich ein warmes, wenngleich manchmal etwas schlabbriges Bollwerk gegen Einsamkeit und Trostlosigkeit. Das wusste Ella aus eigener Erfahrung nur zu gut. Von daher verstand sie Melinas Wunsch vollkommen. Aber Oskar alleine reichte leider nicht aus, um auf sie aufzupassen. So praktisch das für sie alle auch wäre – immerhin musste ja nicht nur Melina untergebracht werden. Ella schüttelte ungläubig den Kopf. Wie sich von Tag zu Tag die Zahl derer verdoppelte, für die gesorgt werden musste!
Moment! Ella lief in die Küche, wo Melina ihr Handy abgelegt hatte. Vielleicht – naja, es konnte schon sein, dass Ulli und Sörine das als Zumutung empfanden. Aber vielleicht ... Sie musste es auf alle Fälle probieren. Rasch schaltete sie das Handy ein. Wie gut, dass sie gestern noch die Nummern getauscht hatten.
Es war gar nicht Ulli, die ans Telefon ging, sondern Hobbi. Mit einer Hiobsbotschaft: „Ulli ist krank, sie hat die ganze Nacht gespuckt. Sie kann Oskar heute leider nicht nehmen."
Schei-ben-kleister! Ella biss sich auf die Lippen und lauschte Hobbis Ausführungen von wegen Ansteckung und Allgemeinzustand und Dehydrierung und überhaupt. *Was jetzt, was jetzt, was jetzt?*
„Nun gib mir doch mal das Ding", hörte sie Ullis Stimme im Hintergrund.
„Lass mich das nur machen", wiegelte Hobbi ab.
„Ich will aber mit ihr sprechen." Ulli mochte krank sein, energisch war sie dennoch. „Ella, hörst du mich?"
Ella riss sich den Hörer vom Ohr. Krank oder nicht, laut war Ulli allemal. „Ja. Wie geht es dir denn?"
„Ich find alles zum Kotzen." Sie krächzte. Oder lachte, so genau konnte Ella das nicht entscheiden.
„Hast du Pilze gegessen?", fragte sie besorgt und schüttelte gleich darauf den Kopf. Schnapsidee. Nur weil sie in einem Vergiftungsfall ermittelten – oder eher nicht ermittelten, aber immerhin nah dran war ...
„Natürlich nicht", wehrte denn auch Ulli mit leicht schwankender

Stimme ab. „Wobei mir da gleich wieder schlecht wird ..." Sie atmete tiefer ein und aus.
„Entschuldigung." Ella wand sich. „Ich wollte dich nicht irritieren oder ..."
„Kein Ding", wurde sie von Ulli unterbrochen. „Aber lass uns schnell machen, ich glaub, es geht gleich wieder los." Sie schluckte hörbar. „Also, ich hab vorhin Sörine für heute abgesagt."
Klar, so konnte sie nicht arbeiten. Ella sank in sich zusammen, sah sich mit Oskar auf der Straße stehen. Verdammt, was nun?
„Aber ich hab gleich noch mit ihr abgemacht, dass sie Oskar heute auf alle Fälle nimmt. Sie ist allerdings erst ab zehn im Café."
Überrascht richtete Ella sich wieder auf. „Das ist ... also, das wäre ja ..." Sie kam direkt ins Stottern, so bewegt war sie. Mensch, diese beiden Frauen, Ulli und Sörine – die machten sie echt noch fertig, mit ihren riesengroßen Herzen! „Dass ihr mich schon wieder rettet – das ist ... Danke ..."
„Also, wenn es bis zehn Uhr mit Oskar nicht so geht, dann bring ihn zu mir. Ich kann mich halt nicht um ihn kümmern." Ulli gab ein Stöhnen von sich, gefolgt von einem Würgen. Und dann – klack – war das Gespräch weg. Mensch, der ging es richtig dreckig. So ein Magen-Darm-Virus war wirklich einer der scheußlichsten Zustände, die dieses Leben einem zu bieten hatte!
Schaudernd kamen Ella Melinas Worte wieder in den Sinn. 'Es war doch nur eine ganz normale Magen-Darm-Grippe!' Dabei war in den Adern ihrer Eltern bereits das Gift gekreist, was den Vater dahingerafft, die Mutter an den Rand des Todes gebracht hatte. Und schon da war es unwiderruflich zu spät gewesen ... Ella wurde ganz flau. Würde sie jemals wieder Pilze essen können?
„Was hat sie gesagt?", holte Melina sie ins Hier und Jetzt zurück. Obwohl sie aufmerksam gelauscht hatte, hatte sie offenbar trotzdem nicht alles mitgekriegt.
Ella musste erst einmal tief durchatmen, ehe sie sich wieder auf das besinnen konnte, was jetzt für sie anstand. „Ab zehn Uhr kann Oskar ins Tortenstübchen runter."
„Hmm." Melina war mit einem Schlag betrübt.
„Ich hab ein total schlechtes Gewissen, weil Ulli krank ist und Sörine alleine den Laden schmeißen muss. Und dann soll sie sich auch noch um Oskar kümmern?" Der Torten fraß. Und Durchfall kriegte. Oh weh!

„Und wenn ich ...", Melina musste sich räuspern, „also, wenn ich auch mitgehe und helfe?"
Automatisch wollte Ella abwehren. Das war ja wohl eine Schnapsidee. Unmöglich konnte sie der armen Sörine noch eine verrückte Kindfrau aufs Auge drücken, die bei jeder Gelegenheit abhaute ... Moment mal: Melina war fast zwanghaft ordentlich, penibel, perfektionistisch – aber doch bestimmt auch super verantwortungsbewusst in solchen Dingen. Und Ulli war krank. „Könnten Sie sich vorstellen, heute eventuell als Bedienung auszuhelfen?"
Melinas Augen leuchteten augenblicklich auf. „Oh, was müsste ich denn tun?"
„Naja", davon hatte Ella dummerweise wenig Ahnung. Aber sie rief sich ihren Besuch vom Vortag in Erinnerung. „Die Gäste bedienen, Torte und Getränke servieren, Küchenarbeiten."
„Das kann ich." Melina strahlte. „Alles."
„Sie müssten sich natürlich verpflichten, die gesamte Zeit zur Verfügung zu stehen – bis das Café schließt und darüber hinaus, zum Aufräumen und Abwaschen und so."
„Aber das versteht sich doch von selbst!" Melinas Miene leuchtete vor Glück.
„Naja, Sörine müssten wir erst noch fragen", musste Ella ihre Begeisterung etwas bremsen.
„Dann rufen wir sie sofort an, ja?" Melina hatte die Hand schon nach dem Telefon ausgestreckt.
Schnell drückte Ella schon mal den grünen Hörer und gab die Nummer vom Zettel erneut ein. „Na gut." Sie wartete, bis es tutete. „Hallo Sörine." Und dann erklärte sie. Eine Zeugin, Zeugenschutzprogramm, naja, sowas in der Art. Ihr wurde heiß. Sörine derart anzulügen ...
Es ging nicht anders, wie hätte sie in Melinas Anwesenheit von Schutz vor sich selbst sprechen können? Dass deren Augen die ganze Zeit über fasziniert an ihren Lippen hingen, machte es wirklich nicht leichter. Aber die junge Frau schien den Zeugenschutz wahrhaftig zu schlucken.
Ella drehte sich ein bisschen von ihr weg und sprach ins Telefon: „Sörine, seien Sie ganz ehrlich. Wenn Ihnen das dann mit Oskar zu viel ist ...?"
„Auf den pass ich doch auf", mischte Melina sich da ein. „Zwischendurch, wenn es geht, führ ich ihn Gassi."

„Nein, nein, selbstverständlich ist Oskar mir nicht zu viel!" Sörine hatte nur einen winzigen Moment gezaudert, ehe sie zusagte. „Ohne Wenn und Aber!"

Ella war schon wieder ganz schwindelig. „Dich wenn wir nicht hätten", sagte sie noch, ehe sie auflegte. Damit war der Tag erst mal geritzt. „Bis zehn Uhr bleibt ihr am besten hier", wies sie Melina schon mal an. „Dann einfach die Treppe runter. Das Tortenstübchen ist direkt unter uns."

„Ich weiß." Melina nickte. „Dort gibt es die besten Torten im Ort. Finde ich." Dabei fuhr sie sich so überzeugend über die Lippen, dass man einen Augenblick über ihre magere Figur hinweggetäuscht wurde, die sehr beredt davon sprach, wie oft sie Torte aß. Oder eher nicht aß. Aber wie auch immer, Ella war davon überzeugt, dass Sörine in Melina einen guten Ersatz haben würde. Jedenfalls, solange die nicht zusammenbrach. Aber hier – weitab von allem Schrecklichen, das ihr Leben so durcheinandergebracht hatte, und von Oskar und der neuen Aufgabe abgelenkt – würde Melina den Tag gewiss gut hinter sich bringen.

„Gut, dann werden wir Heinrich unseren Plan unterbreiten, sobald er wieder hier aufschlägt." In Ellas Zuversicht schlich sich ein klein wenig Skepsis. Wie glücklich würde der Blaue sich erweisen, wenn nun seine Mutter auch noch in den 'Fall' hineingezogen würde?

Aber egal. Auch er müsste doch erleichtert sein, wenn Melina heute gut untergebracht war und sie ungestört ihrer Arbeit nachgehen konnten. „Dann decken wir mal den Tisch, damit wir gleich frühstücken können."

Interview mit einem Freak

„Müssten wir ihn nicht festnehmen? In Untersuchungshaft?"
Oh, gleich zwei Fragen auf einmal aus Ellas Mund. Und das, obwohl der ziemlich abrupt bremsende Mercedes vor ihnen ihr eine bessere Ausrede lieferte, sich mit dem Verkehr beschäftigen zu müssen, als die ereignislose Fahrt zuvor.
„Flucht oder Verborgenhalten, Fluchtgefahr, Verdunkelungsgefahr, Wiederholungsgefahr", ratterte Thorsten herunter. „Wenn einer der vier Punkte erfüllt ist, müssten wir. Ansonsten haben wir seinen Namen, seine offizielle Adresse, einen häufigen Aufenthaltsort und Jonna als Kontaktperson. Und in Anbetracht der Tatsache, dass sein Verbrechen nicht allzu schwer ist – eine unbewohnte Ausstellungshüte auf einem ohne Einbruchsmaßnahmen öffentlich zugänglichen Grundstück ..."
„Hm-m." Die Ampel am Fuße des Mühlenbergs schlug auf Grün um. Konzentriert wartete Ella ab, bis der Mercedes endlich anfuhr, und gab Gas.
„Also wenn er sich gleich vernünftig zeigt, uns reinlässt, mit uns redet und am Schluss das Formular unterschreibt, würde ich sagen, dass wir darauf verzichten können."
„Hm-m."
„Wobei da die Frage auftaucht: Wie macht man das mit Blinden? Unterschreiben die ein Dokument im Vertrauen darauf, dass es ihnen richtig vorgelesen worden ist? Oder ist da ein unbeteiligter Mittelsmann notwendig?"
„Hmm." Schon verfiel sie wieder in Schweigen, ohne verkehrstechnisches Alibi, denn der Abbieger zur Noorstraße war völlig frei.
Sie war komisch. Einsilbig und reserviert. Unauffällig beobachtete Thorsten sie von der Seite, wie sie, stur auf die rote Ampel starrend, das Tempo drosselte, um der Ampel Zeit zu geben, noch rechtzeitig umzuschalten. Er konnte sich nicht erinnern, seit wann ihre Stimmung umgeschlagen war. Heute Morgen am Strand war sie noch normal gewesen ...

Mit einem Ruck beschleunigte sie wieder, die Kupplung knarzte herzerweichend – das kriegte sie sonst auch sanfter hin.
Naja, er konnte nicht erwarten, dass sie immer gleichmäßig gut gelaunt war. Gerade er durfte das nicht. Und vielleicht war sie ja auch einfach nur müde. Oder ernüchtert, weil sie sich Sorgen um Melina gemacht hatte, die dann strahlend verliebt wieder aufgetaucht war. Oder genervt, weil sie den Hund wegorganisieren musste, während ihr Ex-Freund sich davor drückte. Oder weil sie auch lieber glücklich verliebt wäre als getrennt. Was auch immer sie haben mochte, Grund dazu hatte sie garantiert.
Wie würde sich ihre Laune auf das Verhör auswirken? Ob er zur Abwechslung mal die Rolle des Guten übernehmen musste? Sie daran hindern, beim ersten Mucken des Verdächtigen die Pistole zu ziehen? Er grinste in sich hinein. Es war echt viel abwechslungsreicher mit ihr als mit Freiberg.
Mit unveränderter Vehemenz fuhr sie auf den Parkplatz der Schrebergartenkolonie und drehte quasi auf der Stelle, um an derselben Stelle parken zu können wie beim letzten Mal.
Die Bemerkung darüber sparte Thorsten sich wohl besser. Schon wieder grinsend stieg er aus dem Auto und rückte den Waffenhalfter unter dem Arm zurecht. Er trug ihn viel zu selten, sodass er sich damit immer ungewohnt fühlte. Das musste er dringend ändern.
„Sind Sie bereit?" Auf die waffenbedingte Ausbuchtung seiner Jacke deutend, hob er die Augenbrauen.
Ellas vollführten die entgegengesetzte Bewegung. Nur im ersten Moment, dann entspannte sie ihr Gesicht und nickte. „Ja, klar."
„Gut." Thorsten warf einen Blick auf die Uhr. Es war noch vor neun. Da lag Zacharias garantiert noch in den Federn. Mit dem würden sie leichtes Spiel haben. *Überhaupt wird es leicht werden, wo er doch blind ist,* fiel ihm ein. *So leicht, dass es eigentlich unfair ist.*
Außer ihnen war noch kein menschliches Wesen unterwegs – von ein paar Autos auf der Umgehungsstraße mal abgesehen. Deren Lärm verlor sich schon, als sie zwischen die Hecken des Hauptweges tauchten. Die Vögel trällerten, die immer noch bunten Zäune strahlten in der Morgensonne, drüben im Schilf schnatterte eine Ente. Wirklich nett war es hier. Zumindest solange die Kleingärtner nicht in Erscheinung traten.
Zacharias' Parzelle hatten sie rasch wiedergefunden. Keineswegs

Nummer zwei-null-acht, wie Jonna angegeben hatte, sondern zwei-eins-sieben. Wie gut, dass sie nicht auf die korrekte Nummer angewiesen waren. Grinsend drehte er sich zu Ella.
Deren Aufmerksamkeit jedoch bereits jenseits des Zauns lag. Mit konzentrierter Miene drückte sie die Pforte auf und trat ein.
Die Aufteilung des Gartens war die übliche. Ein gepflasterter Weg in der Mitte, zu beiden Seiten zunächst Beete – verwildert, hier hatte man schon lange nichts mehr angebaut – dann ein ungemähter Rasen mit ein paar wild wuchernden Obstbäumen, links eine befestigte Terrasse mit verwitterten Gartenmöbeln. Die obligatorische Satellitenschüssel auf dem Dach sah rostig und vermoost aus. Lediglich der jüngst gebrauchte Grill – billigstes Baumarktmodel – nebst einer halbvollen Tüte Holzkohle zeugte von aktuellem menschlichem Leben. Während die Hütte aussah, als müsste sie jeden Moment in sich zusammenfallen. Uralte Fenster, die man wohl bei einem Wohnungsumbau in den Siebzigern abgestaubt hatte, abblätternde Holzwände, verbeulte Dachpappe. Kein Schornstein, den Winter würde Zacharias woanders verbringen müssen. *Können Blinde Feuer machen? Und löschen, falls es brenzlig wird?*
„Haben Sie das Notstromaggregat gesehen?"
Thorsten drehte sich zu Ella, die auf den Überhang des Daches auf der anderen Seite zuging. Ja, auf einem Regal zwischen Blumentöpfen und Tüten mit Saatgut und Düngerflaschen stand ein altes, aber augenscheinlich funktionstüchtiges Gerät. „Jede Menge Benzinkanister", ergänzte er. Auf dem untersten Brett. Vier volle und drei leere. „Und ganz offensichtlich fehlt einer", wies er auf den betreffenden freien Platz. „Er macht es uns einfach, der Gute."
„Ist doch prima." Ella hatte sich schon abgewandt.
„Wenn Melina an Jonnas Stelle gewesen wäre, hätte sie nach der Brandstiftung den leeren Kanister ausgewaschen und wieder hierhergestellt." Er gluckste.
Und war ziemlich sicher, dass Ella noch gestern Abend an dieser Stelle losgeprustet hätte. Jetzt gab sie bloß ein sarkastisches Schnauben von sich. Sie war echt konsequent schlecht gelaunt.
„Naja, so viel Fürsorge hätte er auch gar nicht verdient", hatte er das Bedürfnis, das Thema offiziell zu beschließen. „Dass Zac Jonna jetzt so schmählich im Stich gelassen hat, ist echt das Letzte." Nun schnaubte Thorsten selbst. Bei allem, was der Junge verbrochen haben mochte, das nahm er ihm am meisten übel. „Wie auch

immer, schnappen wir uns den Kerl." Entschlossen schob er noch einmal den Halfter zurecht – und suchte automatisch Ellas Blick, um ihr verschwörerisch zuzugrinsen.

Sie blieb ernst.

Na gut, dann eben nicht. Er klopfte. Und horchte. Kein Knarren, kein Rascheln. Nichts.

Er klopfte erneut. „Bitte, Junge, gönn uns, dass du da bist", murmelte er in Ellas Richtung.

Die lediglich die Stirn runzelte und nickte.

Und Zacharias? Thorsten schlug heftiger gegen die Tür. „Herr Thomsen? Kripo Eckernförde, wir wollen mit Ihnen sprechen." Er konzentrierte sich auf die Stille hinter der Tür.

Meinte plötzlich, den angehaltenen Atem eines Menschen zu spüren. Aber vielleicht wünschte er sich das auch nur. „Bitte machen Sie auf, ansonsten müssten wir sie Sie auf die offizielle Fahndungsliste setzen."

Ha! Da war etwas gewesen. Ein Schnaufen. Unmittelbar hinter der Tür. Die tatsächlich im nächsten Moment geöffnet wurde.

Thorsten spürte Ella neben sich anders einatmen. War sie dem Knaben schon mal begegnet?

Nein, bestimmt hatte sie auf seine Augen reagiert, wusste er, als er Zac ins Gesicht sah. Die trübe und matt in ihren Höhlen lagen. Leer. Zombiemäßig.

Ansonsten sah er nicht sonderlich einzigartig aus. Durchschnittliche Gesichtszüge, braune Haare, rausgewachsener Standardkurzschnitt, spärlicher, ungepflegter Vollbart, Jeans und formloses T-Shirt. Logisch, wieso sollte jemand, der nicht sehen konnte, Wert auf Äußerlichkeiten legen? Dass ein Mädchen wie Jonna auf ihn abfuhr – okay, vielleicht hatte er das wiederum dem Reiz seiner Blindheit zu verdanken ...

„Herr Zacharias Thomsen?", vergewisserte er sich erst einmal. „Ich bin Oberkommissar Heinrich von der Kripo Eckernförde, meine Kollegin Kommissarin Kirsch ist mit mir hier."

„Hallo", sagte die – wie er selbst unwillkürlich lauter, als sie üblicherweise sprach. Aber es war auch eine ungewohnte Situation, jemandem gegenüberzustehen, der einen nicht sehen konnte.

Der junge Mann hob das behaarte Kinn – war das ein Tattoo? Nein, ein Muttermal, direkt über seinem Kehlkopf. Es wirkte so künstlich, weil es beinahe herzförmig war. Wenn es sich auch beim

Sprechen unschön verzerrte. „Was wollen Sie?“ Als Sehender hätte er Ella und Thorsten gewiss herausfordernd angefunkelt. Das konnte er natürlich nicht. Und doch tat er etwas Vergleichbares.
Das war seltsam. Dass er trotz allem 'einen Blick' hatte. Ohne Sehnerv, ohne die Abläufe, in denen ein Gehirn Lichtreize in Bilder übersetzte. In Zacs Hirn kamen trotzdem Bilder an – na, indem er sich der übrigen Sinne bediente. Nein, das war es nicht. Zacs Blick konnte nicht dazu dienen, ihm Bilder der Welt zu liefern. Bei ihm war es umgekehrt. Er benutzte seine nutzlosen Augen, um die Welt mit seinem Bild zu konfrontieren, mit einem Bild von ihm.
'Ihr könnt mich gar nicht sehen, ihr seid nicht in der Lage, zu erkennen, wer ich bin.' 'Ich lebe in Sphären, die ihr Normalsterblichen niemals auch nur aus der Ferne schauen werdet!'
Und das strahlte nicht nur aus seinen Augen. Es war seine gesamte Persönlichkeit. Von oben herab. 'Ihr könnt mir gar nichts.'
Okay, das wäre bei einem kriminellen jungen Mann kaum anders zu erwarten gewesen. Bei Zac ging das jedoch darüber hinaus. Thorsten brauchte einen Moment, ehe er es gänzlich zu fassen bekam. Diese Unantastbarkeit, die Zacharias an den Tag legte, war nicht aufgesetzt, war keine Methode, sich zur Schau zu stellen, die Welt zu blenden, sie zu beeinflussen. Er forderte die Polizisten, die ihm ans Leder wollten, nicht zum Kampf heraus. Dieser junge Mann strahlte es aus, er war es: Erhaben. Unverwundbar. Jenseits von allem. Wie ein uralter Mann, dem niemand mehr etwas anhaben konnte, nicht mal das Leben selbst.
Und das, das war es bestimmt gewesen, was Jonna, die ja einen ähnlichen Zustand anstrebte, an ihm so anziehend gefunden hatte. *Dieser Junge würde sich nicht von irgendwelchem Kindheitsscheiß beeinträchtigen lassen wie ich,* dachte Thorsten mit widerwilliger Bewunderung. Mutter tot, Vater im Knast – was mochte Zac alles hinter sich haben? Aber es hatte ihn nicht umgebracht. Stärker hatte es ihn gemacht. Stärker, als ein in Glück und Frieden aufgewachsener Mensch es jemals sein könnte.
Dabei war das eine Lüge. Kein Mensch könnte alledem wirklich entwachsen sein – naja, der Dalai Lama vielleicht. Ganz gewiss kein New Adult-Straftäter. Und Thorsten würde ihn entlarven, würde ihm sein Lügenmärchen um die Ohren hauen, würde beweisen, dass er keinen Deut erleuchteter war als er!
„Sie wissen nicht, warum wir hier sind?“, fragte er, bewusst darauf

achtend, seine Überlegenheit nicht in seinen Tonfall dringen zu lassen.
Zac schien zu lauschen – als könnte er die Antwort von irgendwoher aus dem Weltraum auffangen. „Weil Jonna mich verraten hat?", bot er dann in ironisch zuvorkommendem Tonfall an.
„Klar: Wer ein Verbrechen anzeigt, ist schuld daran", zischte Thorsten. Der unbedingt seinen Zorn in den Griff kriegen musste.
„Das heißt, Sie streiten es nicht ab, zusammen mit Jonna Niemann am Montagmorgen eine Gartenhütte des DEN-Baumarktes an der Noorstraße in Brand gesteckt zu haben?", erkundigte Ella sich höflich.
Okay, Thorsten war einfach nicht für die Rolle des Guten geschaffen. Sie dagegen schon.
„Hätte es denn einen Sinn, das abzustreiten?" Zac klang zuckersüß.
„Nein", erwiderte Ella. „Zumindest würde Jonnas Aussage gegen Ihre stehen."
„Warum unterstellen Sie mir dann, so etwas zu tun?"
Äh ... Thorsten verengte die Augen und fixierte ihn wie durch ein Zielfernrohr. Ehe ihm klar wurde, dass die Aufwartung an Körpersprache an Zac verschwendet war. „Sie könnten behaupten, dass es Jonnas Idee war. Dass sie Sie unter Druck gesetzt hat, damit Sie mitmachen. Dass Sie versucht haben, Jonna davon abzubringen. Dass sie es dann allein durchgezogen hat." Stattdessen hatte er aus seinen abgehackten Sätzen-Salven gemacht und sie gezielt auf Zac abgeschossen.
„Warum sollte ich so etwas tun?", gebrauchte der dieselben Worte und wandte den Kopf zu Thorsten. Wiederum als könnte er ihn sehen – und daran änderten auch seine trüben Augen nichts.
„Weil Sie das Arschloch sind, das seine Freundin mitten im Familiendrama sondergleichen einfach hängenlässt?", feuerte Thorsten erneut.
„Davon abgesehen, war es in der Tat ihre Idee", ließ Zac im folgenden Moment Thorstens Kinnlade herunterklappen.
„Sie wollen allen Ernstes Jonna ans Messer liefern, um Ihre eigene Haut zu retten?", brüllte Thorsten los.
Noch währenddessen realisierend, dass Zac in aller Seelenruhe weitersprach, ohne sich darum zu kümmern, ob Thorsten in der Lage war, ihm zuzuhören oder nicht.
„Das war Jonnas und meine Verbindung", fing er noch einmal an,

nachdem Thorsten verstummt war. „Der Hass auf unsere Familien, die beide nicht verdienen, unsere Familien zu sein. Während ich nach langen schmerzvollen Jahren schließlich darüber hinweggekommen bin und mit mir im reinen, was meine Geschichte angeht, steht Jonna auf diesem Weg noch ganz am Anfang."

Thorsten spürte Ella den Jungen genauso verständnislos anstarren, wie er selbst es tat.

„Während ich über das Stadium, um jeden Preis Rache üben zu müssen, hinaus bin, ist das für Jonna noch notwendig. Sie muss sich mit dem, was ihr angetan wurde, auseinandersetzen, um aus der Opferrolle herauszukommen. Um nicht mehr passiv zu leiden, sondern auf Aktivität umzuschalten, kreativ zu werden. Sie muss lernen, ihre Energie dazu zu nutzen, eine aktive, kreative Antwort auf den Schmerz zu schaffen. Dadurch heilen ihre Wunden. Dadurch kann sie irgendwann gesund werden. Ihre Kräfte aus dem verzehrenden Kampf gegen diejenigen, die sie verletzt haben, herausziehen und wieder für sich selber, für ihre eigene Seele nutzbar machen. Um endlich zu wachsen. Um den feindlichen, schädlichen, destruktiven Menschen in ihrem Leben und dem, was die ihr angetan haben, zu entwachsen. Und am Ende auch über sich selbst hinauszuwachsen."

Ella sog scharf den Atem ein. Auch Thorsten hatte unwillkürlich nach Luft geschnappt. Dieser Tonfall ...

Zacs Worte hätten überzogen klingen können. Zu theatralisch, zu euphorisch, zu leidvoll, zu beseelt. Dann hätte man ihn sofort als verrückten Spinner empfunden, der sich als solcher auf der Stelle disqualifiziert hätte. Nicht so Zacharias Thomsen. Er sprach in alledem wohldosiert. Leidenschaftlich, aber nicht zu dick aufgetragen, überzeugt, aber nicht fanatisch, berufen, aber nicht missionarisch. Ja, er strahlte das aus, was er sagte – doch ohne dass er einen wahrnehmbaren Appell damit verknüpfte. Stattdessen sprach er das aus, was seiner innersten Überzeugung entsprach, was er – zumindest angeblich – erlebt und erkannt und in die Tat umgesetzt hatte. Es war ihm egal, wer ihn hörte, wer ihm glaubte und ob ihm letztendlich jemand folgte oder nicht. Er überließ es dem Zuhörer, was der mit seinen Erkenntnissen anfangen wollte. Und gerade das – seine Autarkie, seine Unabhängigkeit und die Freiheit, die sich daraus für den Zuhörer ergab – wirkte auf eine unwiderstehliche Weise einladend. Wie ein Sog.

Er wäre der ideale Sektenführer, dachte Thorsten, der unwillkürlich nicht weitergeatmet hatte.
„Sie wollen also aussagen, dass Jonna für die Brandstiftung verantwortlich ist?“, fasste Ella zusammen.
Und machte Thorsten voller Bewunderung zu ihr herumfahren. Wie machte sie das, dass sie in Gesprächen mit Verrückten immer auf den Boden der Tatsachen zurückfand?
„Nein“, verblüffte Zac ihn dann schon wieder.
„Nein?“, plapperte Thorsten dämlich nach.
Nicht einmal jetzt war Zac das Bedürfnis anzumerken, sich zu erklären. Geradezu wegwerfend winkte er ab, tastete sich zu seinem Bett und rutschte ans Kopfende, um sich über Eck an der Wand anlehnen zu können. Vollkommen entspannt.
Dadurch – und weil er bei alledem so bedächtig, so langsam war und Ella und Thorsten natürlich nicht ansah, erweckte er am Ende den Eindruck, als hätte er sie längst vergessen, als wäre er allein im Raum. Wobei das wiederum nicht wie eine Show rüberkam. Sondern völlig authentisch.
Thorsten zuckte zusammen, als er realisierte, dass seine Augen die ganze Zeit wie gebannt an Zac hingen. „Sie geben zu, dass Sie die Brandstiftung begangen haben?“, ging er sofort zum Angriff über.
Zac machte sich nicht mal die Mühe, zeitnah auf diese Unterstellung zu reagieren. Wo jeder andere so was schon aus Reflex heraus abgestritten hätte, schien er sich davon nicht im mindesten stressen zu lassen. „Wie ich schon sagte“, begann er in aller Ruhe, „Jonna und ich haben eine Verbindung. Die sich gleich bei unserer allerersten Begegnung zeigte. Seelen, die auf ähnlicher Frequenz schwingen, erkennen sich einfach.“ Pause. „Sie und ich haben einen ähnlichen Leidenshintergrund, und sie hat sehr schnell gespürt, dass ich einen Weg gefunden habe, damit umzugehen, der mich wirklich weitergebracht hat.“ Pause. „Ich bin dort, wo sie sich nicht hat träumen lassen, jemals hingelangen zu können, wenn Sie so wollen. Darum hat sie sich mir anvertraut.“
„Was meinen Sie konkret?“, forderte Ella ihn heraus.
„Dass es manchmal einen Anstoß von außen braucht, damit ein Mensch erkennt, dass er ein Opfer ist.“
Wut durchzuckte Thorsten, er öffnete den Mund, um diesem Heini an den Kopf zu werfen, dass er gefälligst nicht so neunmalklug daherreden solle.

„Der einzige Weg aus der Opferrolle besteht darin, die Entscheidung zu treffen, kein Opfer mehr zu sein", fuhr der Junge fort, und die Wahrheit darin ließ Thorsten verstummen. „Aber das zu begreifen, fällt vielen Menschen schwer. Sie glauben, dass es ein Naturgesetz sei, Opfer zu werden und zu bleiben, nachdem sie verletzt worden sind. Viele verharren ihr Leben lang in der Rolle und leiden und jammern, aber kriegen nie die Kurve, etwas zu verändern."
„Was heißt das genau für Jonna und Sie?", war wiederum Ella es, die das Gespräch zielgerichtet weiterführte.
Während Thorsten wie blind war, wie weggetreten. Weil dieser kleine Verrückte irgendwie genau in seine eigenen Wunden stach. Um im selben Atemzug ein Wunderpflaster draufzuklatschen und zu versprechen, die ultimative Heilmethode gefunden zu haben.
„Dass ich ihr gezeigt habe, wie es geht. Wie sie aufhören kann, Opfer zu sein. Nicht mehr ausgeliefert und zum stummen Leiden verdammt. Sondern ihr Schicksal selbstbestimmt und kreativ gestalten kann."
„Indem ihr eine Hütte angezündet habt?", fragte Ella ungläubig. Ganz offensichtlich hatte sie Distanz zu diesen Dingen.
„Indem sie das ausgedrückt, offengemacht hat, was zuvor verborgen war."
„Indem sie ein Feuer gelegt hat?"
„Das waren Sie doch!" Thorsten konnte nicht länger still bleiben. „Sie haben das Mädchen einer Hirnwäsche unterzogen, Sie haben ihr eingeflüstert, dass sie Feuer ..."
„Sie haben es noch nicht verstanden", ließ die sanfte Stimme des Jungen ihn dann jäh verstummen. „Es bringt nichts, einen Menschen von außen zu bearbeiten, es hat keinen Sinn, ihn dazu zu bringen, so etwas zu tun. Es muss von innen kommen, aus ihm selbst heraus. Nur dann wirkt es."
Beschämt stieß Thorsten Luft aus.
Doch Zac triumphierte nicht, fuhr ruhig und freundlich fort. „Nur indem Jonna selbst diesen kraftvollen Prozess initiiert hat, konnte sie die irregeführten Energien umleiten." Er wirkte wie ein Fels in der Brandung der menschlichen Abgründe, den nichts erschüttern konnte, der alle Eventualitäten durch hatte und absolut sicher war, dass er wusste, was war, was sein konnte. Und wie man dorthin kam. „Ein Opfer lenkt seine gesamte Energie in sein Leiden – an

dem es selbst aber völlig unschuldig ist. Es leidet, aber trägt keine Verantwortung dafür. In diesem Zustand kann es nichts anderes tun als wehklagen. Das tut es dann auch. Es tut nichts anderes als das. Somit richtet es bald seine gesamte Energie aufs Klagen und zementiert sein Leiden, seine Opferrolle. Es ist ein Teufelskreis."
Wie war das möglich, dass ein so junger Mann, fast noch ein Kind, dermaßen weise sein konnte? Thorsten zweifelte nicht eine Sekunde daran, dass Zac recht hatte, dass es genauso war, wie er sagte. Wieso war er schon so weit? So viel weiter als Thorsten? Der ja tatsächlich ... Verdammt, er fühlte sich so ... erbärmlich! Wie ein Versager. Ein elendes Opfer, zu schwach, um jemals auszusteigen ...
„Aber es gibt einen Weg da heraus. Man kann sich daraus befreien. Es ist sogar nicht annähernd so schwer, wie es einem als Opfer vorkommt. Man muss einfach nur aufhören zu klagen."
Thorsten starrte ihn an.
Zacharias erwiderte seinen Blick gerade heraus – Moment, nein, das war doch nicht möglich. Zacs Augen ... sie ruhten. Auf Thorsten. Taten das, ohne Zac ein Bild zu liefern. Doch er konnte ihn trotzdem sehen, irgendwie, auf eine Weise, die der nicht verstand.
„Das ist das Schwerste daran", erklärte Zac leise. „Dieser allererste Schritt. Weil die meisten Opfer verinnerlicht haben, dass sie nicht wert sind, kein Opfer zu sein. Sie glauben, es verdient zu haben, dass für sie nichts anderes im Leben vorgesehen sei." Er legte eine Pause ein.
Thorsten musste den Impuls zu nicken gewaltsam unterdrücken.
„Für Jonna war es gut, in mir jemanden zu treffen, der ihr versichert hat, dass es möglich ist und dass sie es kann. Weil jeder es kann", wiederholte er wiederum in Thorstens Augen. „Indem sie mir vertraut hat, konnte sie diesen Schritt wagen. Und wenn man den erst mal gemacht hat, dann ist das, als hätte man einen Befreiungsschlag hinter sich. Alles ist plötzlich ganz leicht. Man tut das, was man eigentlich schon immer tun wollte. Es ergibt sich ganz von selbst, und es macht sogar Spaß." Zac lächelte Thorsten an. „Dann kann man auf einmal derjenige sein, der man eigentlich schon immer war, den man in der Opferrolle jedoch nicht sehen konnte. Sämtliche Destruktivität, die zuvor geherrscht hat, verwandelt sich in Kreativität. Mit der man all das an die Oberfläche bringen kann, was zuvor geleugnet werden musste."
Unwillkürlich rang Thorsten nach Luft, als wäre er derjenige, der

diese Rede gehalten, und nun Grund hätte, so außer Puste zu sein. „Was kann man mit einer verkohlten Gartenhütte an die Oberfläche bringen?", sorgte Ella dafür, dass er ganz verdattert zu ihr herumfuhr. Diese Frage ... die sich ja ganz logisch aus allem ergab. Trotzdem wäre Thorsten niemals in der Lage gewesen, dieser Logik zu folgen. Weil sein Denkvermögen sich irgendwie verheddert hatte, nur noch ein Gewirr von einzelnen Fäden war, und immer wenn er versuchte, einem zu folgen, traf er auf einen Knoten ...
„Feuer." Zac war im Vollbesitz seiner geistigen Kräfte, sprach deutlich und klar. „ Asche." Er lächelte. „Vergänglichkeit, Zerstörung." Lächelte mehr. „Wunden, Blut, Tod ..." Mit jedem neuen Wort hatte sich sein Lächeln weiter verstärkt. Es breitete sich immer mehr aus. Bis es nicht mehr in sein Gesicht passte, bis es aus seinen Mundwinkeln, aus seinen blinden Augen herauszuquellen schien ...
Das Fadenknäuel, das sich in Thorstens Brust verknotet hatte, zerfaserte. Fiel auseinander. Löste sich von den Fäden der Verrücktheit, die Zacharias gesponnen hatte, von denen es mehr und mehr eingesponnen worden war.
Weil Zacharias die Fäden überdehnt und damit eine Grenze überschritten hatte. Die Grenze, an der er die ganze Zeit schon haarscharf entlang geschrammt war. Das, was seine Gedanken zuvor verführerisch hatte erscheinen lassen, war fort. Weil ... er soeben all seine Versprechungen ad absurdum geführt hatte. Er hatte gelogen. Alle Kreativität, alle Aktivität, alles Zielführende auf seinem angeblichen Weg – war eine einzige Lüge gewesen. In Wahrheit war der großartig erleuchtete Zacharias Thomsen nur ein armer Irrer, ein Versager, dem keine andere Reaktion auf das Leben einfiel, als sich zu rächen, als auf alles einzukloppen, was ihn jemals verletzt hatte.
Jetzt war er mindestens der Anstiftung zu einem handfesten Verbrechen überführt worden, würde einen Prozess bekommen, eine Strafe. Und dass er so tat, als wäre das ein Grund, wie beseelt vor sich hin zu grinsen, war so unangemessen, so verblendet, so dumm – dass Thorsten ihn plötzlich wie ein Wesen von einem anderen Stern empfand, so fremd, dass er noch nicht mal Mitleid mit ihm haben konnte.
Mit Jonna dagegen sehr wohl, die mit ihren sechzehn Jahren und ihrer Geschichte natürlich auf diesen Typen hatte hereinfallen müssen. Und dafür einen so hohen Preis bezahlen musste! „Sie

haben Jonnas Leben zerstört", stieß er hervor. „Sie haben ein Mädchen, das vollkommen überfordert war von seinem Leben, das verzweifelt nach einem Rettungsanker gesucht hat, nach jemandem, der ihr beistand, der sie liebte ..." Den Schmalz, der aus seinen Worten troff, hörte er selbst. Angewidert drehte er sich weg.
„Sie werden sich verantworten müssen", übernahm Ella für ihn, glücklicherweise ohne über Thorsten den Kopf zu schütteln. „Ihren Einfluss auf eine Minderjährige ausgenutzt zu haben, um Ihre verirrten Ziele zu verwirklichen."
„Ich habe Jonna meine Unterstützung dabei angeboten, ihre eigenen Ziele zu erreichen", widersprach Zac – gelassen, doch zugleich rasch genug, um eine Entgegnung von Ella zu unterbinden. „Sie hat mich ausdrücklich darum gebe..."
„Weil sie Ihnen vertraut hat!" Jetzt war Thorsten schneller gewesen. „Weil sie nicht durchschaut hat, dass Sie sie missbrauchen wollten, weil ..."
„Ich brauche Jonna nicht, ebenso wenig wie ich irgendeinen anderen Menschen auf diesem Planeten brauche", spie Zac regelrecht aus. Zum ersten Mal wirklich involviert, emotional. Das war der Punkt, an dem er angreifbar war.
„Oh nein, Sie brauchen niemanden", zischte Thorsten. „Keine Liebe, keine Gesellschaft. Deshalb haben Sie sich ja auch an eine jugendliche Schreber-Gang herangemacht, haben Jonna ihrem Freund ausgespannt. Haben Sie mit ihr geschlafen?" Mist, damit war er zu weit gegangen.
Was Zac keineswegs von einer Antwort abhielt. „Sex ist wie Nahrungsaufnahme. Notwendig, aber beliebig."
„SIE SIND EIN ARSCH."
„Und Sie führen sich auf wie ein Daddy, der selbst keinen mehr hochkriegt und es deshalb dem Freund der Tochter auch nicht gönnt."
„Stopp", ging Ella scharf dazwischen. „Sie beide mäßigen sich jetzt erst mal. Sie, Herr Thomsen, leugnen also nicht, mit der Minderjährigen Jonna Niemann darüber gesprochen zu haben, wie sie durch eine Brandstiftung auf dem Grundstück ihrer Familie ... wie sie sich durch eine solche Aktion befreien könnte?"
„Nein." Zacs matte Augen glitzerten irre. Ein Widerspruch in sich, und dennoch taten sie es. „Aber ich habe sie in keiner Weise dazu angestiftet, sodass Sie mich nicht strafrechtlich belangen können."

Verdammt, und damit könnte er tatsächlich durchkommen! „Sie hatten Sex mit einer Minderjährigen", kam ihm die rettende Idee. „Das ist strafbar!"
„Nicht wenn die Betreffende wie Jonna bereits sechzehn ist und in keinem persönlichen Verhältnis zu mir steht, aus dem sich ergeben würde, dass sie meine Schutzbefohlene ist", machte Zac seinen Triumph sofort wieder zunichte. Dieser widerliche, dieser unfassbar ekelerregende ...
„Ausnutzung einer Zwangslage", platze Ella heraus. „Jonna war unglücklich, depressiv, ihr Vater und ihr Großvater wurden ermordet, sodass sie ..."
„Das war später", stellte Zac genüsslich richtig. „Das Feuer war der Anfang."
Thorsten sah rot. „Hören Sie auf, so erbärmlich daherzureden!" Er ertrug das nicht länger, er würde diesem Typen das Maul stopfen, auf dass er nie wieder solche bodenlosen Frechheiten von sich geben würde, Thorsten würde ihn ...
„Heinrich, nein. Heinrich ... HEINRICH, NEIIIN!" Erst nach und nach realisierte er, dass Ella ihre Arme um ihn geschlungen hatte, sich mit ihrem ganzen Gewicht an ihn hängte, seine Bewegungen schwer machte, so mühsam, dass er aufhörte, dagegen anzukämpfen. Resigniert die Hände sinken ließ.
Während Zac behände aufgesprungen war und nun mitten auf seinem Bett stand. Beide Hände hatte er an die niedrige Decke gelegt und stieß sich, wie es schien, dort ab, um, ohne ansonsten Schwung holen zu müssen, auf der Matratze auf und ab zu wippen. Zusammen mit seinem versonnenen Lächeln – als wäre nicht gerade ein weitaus kräftigerer und darüber hinaus sehender Mann im Begriff gewesen, auf ihn loszugehen – wirkte er mehr denn je, als könnte nichts und niemand im Universum ihn auch nur ansatzweise erschüttern.
Auch nicht Thorsten. Verdammte Scheiße, an diesem elenden Widerling konnte er sich die Zähne ausbeißen, ohne dass es ihn nur jucken würde. Hilflos rang er nach Luft.
„Geht es wieder?", murmelte Ella. „Irgendwie kriegen wir ihn, ganz bestimmt. Das verspreche ich Ihnen."
Thorsten atmete aus. Ein. Und aus. „Danke." Er musste noch einmal schlucken, dann löste er sich von ihr und wandte sich ab.
„Das Leben ist nicht so einfach", ließ dieser Scheißkerl den Zorn

schon wieder in ihm hochschießen. Doch Ella erwischte seine Hand. Drückte sie. Im Takt. Atmen. Einatmen. Ausatmen.
Trotzdem hielt er das nicht länger aus. Musste endlich raus hier. Abstand gewinnen. Mit einem Ruck wich er rückwärts und stob aus der Hütte. Vor der Tür jedoch blieb er stehen. Sie war da drin. Allein und ...
„Wir brauchen Ihre Unterschrift, Herr Thomsen", hörte er ihre resolute Stimme hinter sich. Die so gar nicht allein wirkte. Und auch nicht hilflos. „In den nächsten Wochen werden Sie eine gerichtliche Vorladung bekommen", referierte sie den Text auf dem Formular. „Sie sind dazu verpflichtet, in der Stadt zu bleiben und dieses Schreiben unverzüglich unterschrieben zurückzusenden – und im weiteren, am angegebenen Termin vor Gericht zu erscheinen – Ausnahmen stehen hier unten im Kleingedruckten – und an der Verhandlung Ihrer Sache teilzunehmen. Indem Sie sich ausdrücklich hierzu verpflichten, vermeiden Sie, dass wir Sie ..."
„... in Untersuchungshaft nehmen müssen, schon klar." Plötzlich schien Zac es eilig zu haben. Mit einem dumpfen Laut kam er auf dem Boden auf, gleich darauf raschelte Papier. „Sie müssen meine Hand führen, bitte."
Thorsten wurde übel. Weg, raus, nur raus aus diesem Garten!

„Haben Sie ihm gesagt, dass er sich von Jonna fernhalten soll?", knurrte er Ella entgegen, als die ihn auf dem Parkplatz einholte.
„Natürlich." Offenbar nahm sie ihm seine unfreundliche Begrüßung nicht übel. Fast besorgt musterte sie ihn, während sie das Auto aufschloss.
„Das weiß ich selbst", zischte er und quetschte sich auf den Beifahrersitz.
„Was denn?", fragte sie – vorsichtig und einfühlsam.
Wie absolut unprofessionell ich mich aufgeführt habe. Er bekam die Zähne nicht auseinander.
„Ich kann gut verstehen, dass Sie ausgerastet sind. Dieser Typ ist echt nicht auszuhalten", befand Ella in tröstendem Tonfall.
Sie wollte ihn trösten? Am liebsten hätte Thorsten sich die Haare gerauft. Überhaupt – wo war ihre schlechte Laune hin verschwunden? Und wie konnte es sein, dass die Begegnung mit diesem Verrückten sie in keinster Weise erschüttert hatte? Ruhig lenkte sie den Wagen zur Straße, fädelte sich ein, bedankte sich bei dem, der

ihr zuliebe gebremst hatte. Während Thorsten selbst völlig neben der Spur war. Und das nur, weil es diesem Verrückten irgendwie gelungen war ... Ja, was denn? Was hatte der denn eigentlich gemacht? Nicht mal das bekam er zu fassen!
„Er ist psychotisch“, stellte Ella fest. Das war die Antwort, oder? „Was Jonna zugute kommen könnte, denke ich. Sie ist noch fast ein Kind – dass sie sich von so einem Sektenknilch hat einwickeln, ist echt nicht weiter verwunderlich.“
Die Scham wallte in Thorsten auf wie ein Geysir, er kriegte kaum noch Luft.
„Dieser Typ würde noch ganz andere Leute um sich scharen“, machte Ella es gleich noch schlimmer. „Mildernde Umstände für sie. Könnte ich mir zumindest vorstellen. Zumal sie sich ja ansonsten ... Oh, sie war Mitglied der Schrebergartengang, das hatte ich jetzt echt vergessen. Aber wenn die Kids Glück haben, lassen die Gärtner diese Anzeige fallen. Was denen ja wirklich zu wünschen wäre ...“ Sie redete in einem fort weiter. Eifrig, immer eifriger.
Thorsten hatte längst den Faden verloren.
„Das ist doch so, oder?“ Erwartungsvoll sah sie ihn an. „Er hat keine persönliche Verbindung zu den Niemanns“, wiederholte sie anscheinend den Kernpunkt, als er nicht sofort reagierte.
„Hmm.“
„Außerdem ist er blind. Ohne Hilfe eines Sehenden könnte er so etwas doch niemals bewerkstelligen.“
„Hmm.“
„Könnte Jonna die Mörderin sein? Nein, wirklich nicht“, beantwortete sie sich das zum Glück gleich selbst. „Der Vollständigkeit halber müssten wir vielleicht , aber ... hach, ich vergesse ständig, dass wir ja sowieso gar nicht mehr zuständig sind. Wir geben jetzt den Fall inklusive der Auflösung ab – und das war's.“ Ein bedauerndes Grinsen für ihn.
„Hmm.“ Jedes neue Brummen war mühsamer als das vorherige. Weil dieses Quergefühl in seiner Kehle noch immer nicht weichen wollte, im Gegenteil, es nistete sich dort ein, und er hatte vollauf damit zu tun, zu verhindern, dass es sich in etwas anderes verwandeln würde. In etwas ... das nicht gut war. Verstohlen schielte er zu den Plakaten hinüber, die gerade in Sicht gekommen waren. So drauf zu sein wie dieser Zac – nein, das war ganz und gar nicht gut.

Irrelevantes Randmaterial

Wie ging es Heinrich inzwischen? Möglichst unauffällig versuchte Ella, durch die reflektierende Windschutzscheibe seine Körperhaltung zu entschlüsseln. Sie hatte darauf bestanden, dass er im Wagen auf sie wartete, während sie im Copyladen gewesen war, um Anna Niemanns Brief zu kopieren. Auswärts deswegen, um einerseits Heinrich ein wenig Zeit allein zu verschaffen, und andererseits sie beide davor zu bewahren, den Brief vor der Zeit abgeben zu müssen.

Müde sah Heinrich aus, wie er den Kopf in den Nacken gelegt hatte. Doch als Ella am Auto angekommen war, sah er sofort auf und hob sogar einen Mundwinkel. „Das ging aber schnell."

„Wie schön, dass Ihnen kurzweiliger war als mir." Lachend drückte sie ihm die beiden Umschläge in die Hand und stieg ein. „Packen Sie die in meine Tasche? Den Bericht können wir wohl vergessen, es ist schon zehn vor elf." Rasch schnallte sie sich an, setzte den Blinker – und ließ ungeduldig den lahmen Golf vorbei, bis sie endlich losfahren konnten.

Heinrich atmete tief durch und lockerte Schultern und Beine, so gut es in diesem Miniwagen eben ging. „Ja, vergessen wir den Bericht und konzentrieren uns darauf, möglichst siegreich aus dem Kampf mit Klaasen hervorzugehen", befand er grimmig. „Um die Troschke kümmern wir uns dann anschließend."

Erleichtert grinste Ella ihm zu. Er war zurück. Und in Kampfstimmung. Da würden sie die Vollversammlung schon überleben.

„Wo kommen Sie jetzt erst her?" Es war die Troschke, die sie kurz hinter der Tür in Empfang nahm. „Es ist unprofessionell und peinlich, wenn ausgerechnet die Teilnehmer der Gastgeberseite zu spät kommen. Und wenn Ihnen persönlich das egal ist, ich bin diejenige, auf die es zurückfällt."

Hm, sie hatte ja recht. Sie hatten es wirklich erst im allerletzten Moment geschafft. Ella hätte sich jetzt entschuldigt.

Heinrich nicht. Außerdem war er schneller. „Ich habe niemanden eingeladen, Sie etwa, Frau Kirsch?" Sein Tonfall war völlig arglos, wirkte dadurch aber umso provokativer.
Mist, nun saß sie in der Zwickmühle, konnte es nur noch falsch machen. Was war schlimmer? Es sich mit Heinrich zu verderben oder mit der Troschke? Notgedrungen schüttelte sie schließlich den Kopf. Aber nur ganz kurz, so, dass es auch als plötzliche Zuckung hätte durchgehen können.
„Darum geht es doch gar nicht", zischte die Troschke zornig, nachdem sie begriffen hatte, dass von Ella nicht mehr zu holen war. „Die Mordkommission müsste das nicht tun, die haben keine Verpflichtung, uns über ihren Ermittlungsstand in Kenntnis zu setzen. Dass sie dennoch dazu bereit ist, sollten wir als großes Entgegenkommen werten. Es geht um Taktik, um Politik. Und ich erwarte von Ihnen ..."
„Wir haben uns extrem beeilt", musste Ella sie doch stoppen und Heinrich und sie verteidigen. Es machte keinen Sinn, das nicht zu tun: Sie waren im Recht! „Wir haben gestern bis spät in die Nacht gearbeitet, heute Morgen genauso, bis gerade eben." Oh, es konnte nicht schaden zu lächeln. Wie sie hoffte, vermittelnd und diplomatisch. Nach einem Blick auf Heinrich, der mal wieder total verschlossen wirkte, fügte sie hinzu: „Dafür können wir die Auflösung beider Fälle – Brandstiftung und Fensterschaden – vorweisen."
„Wenigstens etwas", knurrte die Troschke. „Gleich nach Ende der Konferenz bringen Sie mir Ihren Bericht." Als Ella entschuldigend das Gesicht verzog, winkte sie ab. „Nicht einmal das! War ja klar. Reichen Sie ihn nach. Schleunigst. Aber nun rein mit Ihnen, Sie sind die Letzten."
Inzwischen echt ärgerlich, sah Ella ihr nach, wie sie den Gang hinabeilte. *Wie ein Mann,* fuhr ihr mal wieder durch den Kopf, *von hinten sieht sie original aus wie ein Mann mit ihren grauen Hosen und dem weißen Hemd.* Aber das brachte sie jetzt auch nicht weiter. Sie seufzte. Es gab Wichtigeres.
Das da vorn, die offenstehende Tür, aus der das Stimmgewirr drang, war also der Versammlungssaal. Vermaledeit, bisher war nicht mal Zeit genug gewesen, sich das Kripo-Gebäude näher anzusehen. Da sollten sie Muße gehabt haben, einen popeligen Bericht zu verfassen, am besten noch über etwas, das vor gerade mal einer halben Stunde stattgefunden hatte? War diese Frau immer

so ungerecht? Bei dieser Stimmung hier konnte sie Heinrichs permanenten Unmut echt verstehen.
Nichtsdestotrotz sollten sie jetzt wirklich zusehen, dass sie reinkamen. Sie packte den noch immer störrisch dastehenden Heinrich am Ellbogen. „Nun kommen Sie doch."
Das Erste, was ihr auffiel, war, dass der sogenannte Saal gar keiner war. Es handelte sich einfach um einen leidlich großen Raum mit in rechteckiger Konferenzform aufgestellten Tischen und einer weißen Tafel an einer Seite.
Dementsprechend voll war es. Was daran lag, dass die uniformierten Kollegen ebenfalls anwesend waren, wie Ella überrascht feststellte. Da saß die nette Beamtin, die am Tatort gewesen war, und ganz hinten Jacoby. Natürlich waren auch Hobbi und Elke da, auf der gegenüberliegenden Seite, direkt vor einem der offenstehenden Fenster. Mittlerweile war es draußen ziemlich warm geworden und hier drin, nun ja, wärmer. Ein Fensterplatz war da sicher keine schlechte Wahl.
Das hatten die Kollegen allesamt auch so gesehen. Nur noch hier, links von der Tür, waren zwei Plätze frei. Und daneben saß ja der Typ von heute Morgen. Der, mit dem Heinrich ... was auch immer, aber ohne was davon zu wissen.
Mit einem ganz besonders herzlichen Lächeln stürmte Ella auf ihn zu. „Ist hier noch frei?"
„Aber ja", nickte er eifrig und erhob sich andeutungsweise. Blickte allerdings schon nicht mehr Ella an. Sondern Heinrich, der ihr nachgekommen war. Dem grinste er verschwörerisch zu.
„Ich glaube, wir sind uns noch nicht vorgestellt worden", reckte sie ihm dennoch die Hand hin. „Ella Kirsch."
Er benötigte einen Moment zu lange, sich ihr zuzuwenden, um noch als höflich zu gelten. „Jurek Pionek." Nun allerdings ergriff er ihre Hand und lächelte sein zugegebenermaßen unwiderstehliches Jungenlächeln für sie. Warm, sanft, achtsam. Mussten denn ausgerechnet immer die unkomplizierten Männer schwul sein?
Sie ließ sich extra nicht direkt neben ihm nieder, damit die beiden Männer beieinander sitzen mussten. Wusste Heinrich das zu schätzen? Aus dem Augenwinkel sah sie, dass er Pionek kurz anlächelte. Aber begeistert oder gar aufgeregt, dass sich ihnen diese Gelegenheit bot, wirkte er nicht. Was der Pole aber sehr wohl ausstrahlte. Vielmehr warf er Ella einen verwirrten Blick zu, als er

sich an ihr vorbei quetschte. Naja, aber er bat sie nicht weiterzurutschen, wie er ja problemlos hätte tun können ... Ärgerlich verzog Ella das Gesicht. Sie würde auf der Stelle damit aufhören, die beiden zu analysieren, und sich dem Wesentlichen zuwenden!
„Ich war heute Morgen kurz bei dir, hat deine Freundin dir das erzählt?", hörte sie Pionek flüstern.
„Sie ist nicht meine Freundin", brummte Heinrich sogleich zurück. Damit war es klar, oder? Wenn er Pionek hätte auf Abstand halten wollen, hätte er diese Gelegenheit dazu genutzt, anstatt dem anderen die Info zuzuspielen, dass er solo war.
Okay, also war es so. Ella hatte sich eben geirrt, was die Untertöne der vergangenen Nacht anging. Heinrich war freundlich zu ihr gewesen. Wie ein Freund halt. Und wenn sie das werden könnten – Freunde – wäre das doch wunderbar.
„Meine Damen, meine Herren, ich begrüße Sie zu diesem offiziellen Austausch zwischen der Polizeidirektion Neumünster und der Kripo, sowie der Schutzpolizei Eckernförde." Die Troschke hatte sich neben den Neumünsteranern am Kopfende des Tisches aufgebaut. Mit ihrer tiefen Stimme übertönte sie mit Leichtigkeit das Stimmgewirr im Raum.
Fast augenblicklich wurde es ruhig. Ella zog ihre Aufmerksamkeit nochmals bewusst von den beiden Männer ab und setzte sich aufrechter hin. Es ging also los.
Die Troschke deutete auf den älteren Mann neben sich. „Ich begrüße ganz speziell den Leiter dieser Ermittlung, Herrn Hauptkommissar Klaasen von der Mordkommission."
Es war der, der sich gestern morgen so aufgeführt hatte, als sie Melina und Jonna in die Klinik gebracht hatte. Unsympathisch sah er aus, fand Ella, gedrungen, glatzköpfig, verkniffener Mund. Aber das konnte natürlich auch am ersten Eindruck liegen, den sich der Typ bei ihr gründlich versaut hatte. Wie konnte man nur so viel Ignoranz an den Tag legen? Die quoll ihm auch jetzt sichtlich aus allen Poren. Jedenfalls schwitzte er sehr deutlich, Stirn und Glatze glänzten. Was ihn aber mitnichten zu stören schien.
Nun wandte sich die Chefin an den Mann, der den Eckplatz eingenommen hatte. „Und das ist Oberkommissar Marten."
Wow, der musste riesig sein. Sogar im Sitzen überragte der dunkelhaarige Mann Klaasen um mindestens einen Kopf.
„Eingangs möchte ich mich ganz herzlich bedanken, dass Sie sich

die Zeit nehmen, uns zu berichten, wie Sie bisher vorangekommen sind im Mordfall Niemann. Der sich inzwischen doch komplexer gestaltet, als ursprünglich angenommen. Umso mehr müssen wir Ihnen danken, dass Sie trotzdem hier sind. Wir alle sind uns dessen bewusst, dass ..."
„... wir so viel Liebreiz nicht annähernd verdienen und Ihnen auf Knien danken müssen, dass Sie uns ein paar Krumen von Ihrer unbezahlbaren Zuwendung zukommen lassen", raunte es von links. Heinrich in seiner unnachahmlich liebenswerten Art. Ella verdrehte die Augen. Auch wenn er recht hatte, es nervte sie.
Pionek nicht, der kicherte hingerissen. War ja klar.
„So erteile ich Herrn Klaasen das Wort." Frau Troschke lächelte ihm zu und setzte sich.
Klaasen kramte, als hätte er soeben erst erfahren, dass er etwas zur Sache beitragen sollte, erst mal umständlich in seinen Unterlagen, setzte schließlich eine Lesebrille auf und erhob sich.
Heinrich stöhnte unüberhörbar.
Woraufhin sich Klaasens Lippen zu einem schmalen Strich zusammenzogen. „Meinen Informationen zufolge sind Sie alle hier über das Ergebnis der Obduktion bereits unterrichtet, sodass ich darauf nicht mehr eingehen muss." Er hob seinen Kopf und blinzelte über den Brillenrand in den Saal. „Sie wissen also, dass der Tod durch Strangulation eintrat. Aller Wahrscheinlichkeit nach wäre das Opfer aber nur Stunden später einer schwerwiegenden Amanitin-Vergiftung erlegen, sodass von entweder zwei Morden auszugehen ist – voneinander unabhängig oder auch nicht – oder von einem Unfall, dem der Mord lediglich zuvorgekommen ist."
Obwohl das doch angeblich alle gewusst hatten, ging ein Raunen durch den Saal. Vielleicht weil es einfach so unglaublich klang. Zwei Morde in einem.
Klaasen räusperte sich. „Dass es neben Niemann senior noch zwei weitere Vergiftungsopfer gibt, könnte sowohl die Annahme eines Unfalls bestätigen, genauso gut aber auch ein Ablenkungsmanöver des Giftmörders sein."
Wie er es auf den Punkt brachte, klang es so einfach und klar. Automatisch war Ellas Blick zu Heinrich geschnellt. Der tatsächlich auch sie ansah. Seine Stirn war gerunzelt. „Wir hatten nicht genug Zeit", murmelte er fast unhörbar. „Ständig war irgendetwas. Wir hatten keine Zeit, in Ruhe alles zu durchdringen."

Ella nickte traurig. Und nun war es zu spät. An ihrem ersten gemeinsamen Mordfall würden andere Leute arbeiten. Das fühlte sich wie Diebstahl an.
„Der Fall ist kompliziert – was sich nicht nur in den Todesumständen, sondern auch in der Persönlichkeit und im Umfeld des Opfers widerspiegelt", lenkte Klaasen ihre Aufmerksamkeit wieder nach vorne. „Deshalb ermitteln wir in alle Richtungen. Angefangen in Niemanns beruflichem Umfeld. Da gibt es zunächst einmal offene Rechnungen mit einzelnen Mitarbeitern, allem voran der Vorsitzenden des Betriebsrates, Koch, die unseren Ermittlungen zufolge in den achtziger Jahren eine Affäre mit dem Mordopfer hatte."
„Also doch", platzte Ella heraus. „Sie ist persönlich involviert!"
„Vor dreißig Jahren", zischte Heinrich. „Wie oft soll sie ihren Lover denn inzwischen umgebracht haben?"
„Aber ..."
„Schschsch!" Die Troschke funkelte wütend zu ihnen herüber, als wären sie unartige Schüler. Blöde Kuh.
„Im Moment überprüfen wir noch, ob diese Beziehung womöglich in jüngerer Zeit wieder aufgenommen worden ist und Konsequenzen nach sich gezogen hat", fuhr Klaasen gewichtig fort. „Ferner sind wir im Zusammenhang mit dem Baumarkt auf einen ehemaligen Buchhalter gestoßen, der in den Jahren zwischen zweitausendfünf und zweitausendzehn immer wieder größere Summen veruntreut hat und dafür auch ins Gefängnis gewandert ist. Zufälligerweise ist er gerade letzte Woche entlassen worden und hat seine Wohnung in Eckernförde wieder bezogen."
„Wow", flüsterte Ella verzagt. „Der ist uns ja völlig entgangen."
„Wäre das offiziell unser Fall gewesen, wären wir auf ihn gestoßen, keine Sorge", kam es leise, aber sehr bestimmt von Heinrich zurück.
Da musste sie gleich wieder lächeln. Es war echt schön, wenn er so selbstverständlich 'wir' sagte. Er war zumindest auf dem besten Weg, sie als Kollegin zu akzeptieren.
„Dann läuft aktuell eine Streitsache gegen einen Ratsherrn namens Lehnhardt", zählte Klaasen weiter auf. „Es geht um Genehmigungen, um Bestechung, um Drohungen, und sogar um Hausfriedensbruch. Und auch wenn die Geldbeträge vielleicht in eher kleinstädtischen Größenordnungen liegen – es scheint, als wären da uralte Verpflichtungen und Abhängigkeiten im Spiel. Was da

noch ans Licht befördert werden könnte, ist sicher nicht zu unterschätzen." Er blätterte in seinen Papieren, suchte anscheinend den nächsten Zettel. „Sie können sich sicher vorstellen, dass so weit gefächerte Ermittlungen ihre Zeit brauchen. Aber wir bleiben dran." Hatte er das gesuchte Blatt nicht gefunden? Jedenfalls hielt er den Stapel gesenkt und spähte über den Rand seiner Brille hinweg wachsam ins inzwischen nicht mehr sehr stille Publikum.

Oh, er hatte Heinrich gesucht, wurde Ella im nächsten Moment klar, als Klaasens vorher langsam wandernder Blick bei ihm abrupt hängenblieb.

Herausfordernd hob der den Kopf, man konnte ihn regelrecht rufen hören: 'Na komm schon, greif mich an, guck, was du dir damit einhandelst!'

Wenn Klaasen vorgehabt hatte, das zu tun, so überlegte er es sich anders, jedenfalls wandte er sich wieder seinen Zetteln zu und referierte weiter, als hätte es das kleine Intermezzo nicht gegeben. „Kommen wir zum privaten Umfeld des Opfers, der Familie. In diesem Fall kommt auch die entferntere Verwandtschaft in Betracht, immerhin ist Delf Niemann ein vermögender Erblasser. Es hat sich jedoch herausgestellt, dass es dort in verwandtschaftlicher Hinsicht recht überschaubar zugeht. Es gibt noch eine Schwester, die jedoch den Kontakt zur gesamten Familie schon vor Jahren abgebrochen hat. Sie lebt in Norwegen und war, wie unsere Überprüfung ergeben hat, seit Jahrzehnten nicht mehr in Deutschland. Ihr Mann und ihr Sohn arbeiteten in der Ölbranche, sodass es ihnen an Materiellem nicht mangelt. Diese Frau hatte also neben einem fehlenden Motiv auch keine Gelegenheit, den Mord zu begehen."

„Wie praktisch", frotzelte Heinrich.

Als Pionek auflachte, verengte er die Augen, als fiele ihm erst jetzt auf, dass er einen Fan hatte. Gespannt schielte Ella zu den beiden hinüber. Doch da drehte Heinrich den Kopf zu ihr.

Ertappt sah sie zu Klaasen nach vorn.

„Weiterhin haben wir gefunden, dass – mit Ausnahme der jüngeren Tochter – Freunde rar sind im Hause Niemann. Den einzigen vielleicht ansatzweise freundschaftlichen Kontakt stellt die Zugehfrau dar."

„Oh, die hätten wir auch viel eingehender befragen müssen", murmelte Ella. „Wo sie sich doch so um Melina gekümmert hat. Wenn sie zum Beispiel ihr Verhältnis zu Delf auch unkoscher fand ..."

„Im ganzen jedoch gestalten sich unsere Ermittlungen im Familienkreis der Niemanns schwierig." Das letzte Wort hatte Klaasen richtig in die Länge gezogen. „Und zwar deswegen, weil sich unsere Hauptverdächtige hartnäckig ihrer Befragung entzieht." Da. Als hätte er die ganze Zeit auf diesen Moment gewartet, waren seine Augen blitzschnell zu Heinrich zurückgeschnellt.
Oh, Mist, die Falle war zugeschnappt! Während Ella sich unwillkürlich duckte, machte Heinrich sich größer, breiter und erwiderte den Blick des Hauptkommissars noch immer geradeheraus.
Dieser spiegelte wohl aus einem dieser Steinzeit-Reflexe heraus diese Körpersprache. Bei ihm assoziierte man jedoch weniger einen Steinzeitkrieger als einen etwas schlaff geratenen Schimpansen. Überdies war er in einen klagenden Ton verfallen, der ihm zusätzlich jede Autorität nahm. „Wir haben Vorladungen erstellt, sogar Polizei-Eskortierung angefordert, doch ohne Erfolg."
„Sie konnten niemanden eskortieren, weil es schlicht niemanden zu eskortieren gab", warf Heinrich halblaut ein.
„Höchstens aus dem Leichenschauhaus oder dem OP", ergänzte Pionek schon lauter.
Noch während Ella gequält aufstöhnte, weil die beiden die Stimmung doch nur noch mehr anheizten, leierte Klaasen schon weiter. „Und was das Schlimmste ist: Diese sinnlosen und gefährlichen Verzögerungen gehen auf das Konto der Polizei!"
Der Saal verstummte.
„Es ist nicht die Mordkommission und auch nicht die Schutzpolizei", fuhr Klaasen nun mit unverkennbar befriedigtem Unterton fort. „Nein, ich spreche von der Kripo Eckernförde. Auch wenn es sich vielleicht nur um ein einziges schwarzes Schaf handelt. Ach, was sage ich? Man muss diesen Mann als Maulwurf bezeichnen!"
Das war ...
„DAS IST JA WOHL DIE HÖHE", platzte Pionek heraus, noch ehe Ella erfasst hatte, wie sie reagieren sollte.
„DAS MEINEN SIE JA WOHL NICHT ERNST!" Auch Heinrich war schneller. Von seinem Platz hochgefahren. Auf hundertachtzig. Bebend vor Zorn.
Ella musste ... zumindest aufstehen, sich neben ihn stellen. Und sagen ...
„Darf ich vorstellen?", kam diesmal Klaasen ihr zuvor. „Anscheinend sind es sogar zwei Kollegen." Sein Zeigefinger zuckte in ihre

Richtung. Fast wie bei einem kleinen Kind, dem noch niemand beigebracht hatte, dass man so was nicht tat.
Pionek hatte eindeutig eine dramatische Ader. Wie ein Soldat angesichts des Auftauchens eines Vorgesetzten sprang er ebenfalls auf und reckte das Kinn.
Aus den Augenwinkeln sah Ella die Troschke hochrucken. Aufstehen. Den Mund öffnen.
„Was wollen Sie mir vorwerfen?“, schoss Heinrich scharf auf Klaasen. „Dass ich die soziale Kompetenz besitze, eine völlig aufgelöste Zeugin zu schützen?“
„Es kann nicht sein, dass Sie mir in den Rücken fallen und Verdächtige entführen!“
„Die Zeugin befand sich in einem seelischen Ausnahmezustand und musste schnellstmöglich ins Krankenhaus gebracht werden“, fand Ella endlich auch eine Lücke, sich zu beteiligen.
„Ach, dann wundere ich mich aber, dass die Dame quietschfidel in der Weltgeschichte herumläuft!“ Klaasens Augen waren nach wie vor auf Heinrich gerichtet, als wäre Ella gar nicht vorhanden.
„Frau Niemann ist alles andere als quietschfidel, sondern zutiefst verunsichert und nahe daran, in die Psychiatrie eingewiesen werden zu müssen“, setzte sie lauter nach in der Hoffnung, dass man ihr nicht anhörte, wie aufgeregt sie war.
„Dann liefern Sie mir gefälligst ein ärztliches Attest.“ Ah, endlich richtete Klaasen seine gehässige Stimme gegen sie.
„Wie kommen wir dazu?“, kam Heinrich ihr sofort zu Hilfe. „Frau Niemann ist erwachsen. Wir können sie doch nicht zwingen, sich einer ärztlichen Behandlung zu unterziehen!“
„Ich denke, Sie haben sie ins Krankenhaus gefahren?“
„Aber doch nicht als Patientin!“
„Ach, was soll dann das Gerede von 'nicht vernehmungsfähig'?“
„Sie ist es nicht!“ Mittlerweile war Ella genauso außer sich wie Heinrich. „Sie ist nicht vernehmungsfähig, verdammt noch mal!“
„Dann erklären Sie mir doch bitte, wieso eine nicht vernehmungsfähige Person am Strand herumspaziert.“ Von einem Moment zum nächsten war Klaasen ganz leise geworden.
Und obwohl das umgebende Stimmengewirr mit zunehmender Eskalation stetig angeschwollen war, traf sein Raunen Ella ins Mark. Sie waren beobachtet worden. Am Strand. Vorher und nachher bei ihren Wohnungen womöglich auch? Oh Gott, hatten sie,

was Melina betraf, überhaupt irgendetwas Korrektes getan? Ihr brach der Schweiß aus.
„Sie ist am Strand spazierengegangen? Woher wissen Sie das?" Heinrich stand ganz cool da. Er war unglaublich gut im Bluffen! „Lassen Sie sie etwa beschatten? Wann haben Sie denn den Gerichtsbeschluss erwirkt?"
„Natürlich lasse ich sie nicht überwachen, wie stellen Sie sich das auch vor bei der herrschenden Personallage? Uns sind Fotos zugespielt worden."
„Fotos? Wann?"
„Heute Morgen. Mit Zeitstempel. Vom dritten Juni, drei Uhr siebenundfünfzig bis vier Uhr vierzehn."
„Von wem?", fragte Ella atemlos. Kapierten die beiden Streithähne nicht, was das bedeutete? Bedeuten könnte?
„Anonym."
„Untersuchen Sie das?" Verdammt, Melina war in Gefahr! Und keine Verdächtige mehr, oder? Sie suchte Heinrichs Blick.
Der jedoch immer noch Klaasen fixierte.
„Selbstverständlich gehen wir dem nach. Nur ändert das nichts an der Tatsache, dass Sie einer Mordverdächtigen geholfen haben unterzutauchen."
„Sie wissen, wo sie ist, dann holen Sie sie doch!"
„Wir haben den Beweis, begreifen Sie das nicht? Sie ist vernehmungsfähig bis zum äußersten!"
„Was hat ein Strandspaziergang mit Vernehmungsfähigkeit zu tun? Da geht um ihre Seele, ihre Psyche, nicht ihre Füße!"
Lachen allenthalben. Prompt wurden die anderen Stimmen leiser. Klaasen nicht. „Frau Niemann lustwandelte am Kurstrand, und zwar im wahrsten Sinne des Wortes. Hand in Hand mit einem jungen Mann. Sie lachte, sie küsste, sie umarmte ihn. Gänzlich unbefangen, unbeschwert, strahlend vor Glück. Wer ist da nicht vernehmungsfähig – ihre Seele oder die Psyche?" Triumphierend legte er seinen Zettelstapel ordentlich vor sich auf dem Tisch ab. Zog dann einen Stuhl zu sich heran und setzte sich. Lehnte sich zurück. Legte ein Bein über das andere. Und schaute dann erst in die Runde. Bis sein Blick abermals an Heinrich hängen blieb. „Sie sind in ernsten Schwierigkeiten, werter Herr Kollege."
Währenddessen hatte sich tiefes Schweigen über den Raum gesenkt. Aller Augen ruhten auf Ella und Heinrich. Und Pionek, der

noch immer wie ein Fels in der Brandung neben ihnen stand. Zuneigung wallte in Ella auf. Er war in Ordnung. In diesem Moment gönnte sie ihn Heinrich aus tiefstem Herzen.
„Ich bin keineswegs in Schwierigkeiten“, erwiderte Heinrich ruhig. „Meine Kollegin und ich haben nichts Unrechtes getan. Während Sie bisher alles getan haben, es sich zu verderben mit dieser Zeugin – und nichts anderes ist sie, das werden Sie auch noch feststellen, wenn Sie es endlich bewerkstelligen, mit ihr zu reden.“
„Heinrich, stopp“, befahl die Troschke harsch.
„Und wollen Sie auch wissen, warum sich Herrn Klaasens Verhältnis zu Melina Niemann in so desolatem Zustand befindet?“, wandte er sich jetzt in aller Seelenruhe an den ganzen Saal. „Dazu hat ein einziger Tag gereicht, was sag ich? Ein einziger Moment. Der nämlich, als Melina Niemann völlig verstört aus dem Krankenhaus kam, wo sie gerade erfahren hatte, dass ihr Vater sicher sterben würde und ihre Mutter allein durch eine Lebertransplantation gerettet werden konnte. Aber auch nur dann, wenn es schnell genug ging – und wenn eine der beiden Niemann-Töchter als Organspenderin infrage kam. Deshalb musste sie ihre Schwester ins Krankenhaus holen. Deshalb mussten die beiden so schnell wie möglich dorthin. Deshalb war Melina Niemann meilenweit davon entfernt, einem sachlichen Gespräch folgen zu können, in dem sie obendrein dem Vorwurf, eine Mörderin zu sein, ausgesetzt worden wäre. Deshalb. Und genau das war der Moment, den Sie wählten, um sie vernehmen zu wollen.“
Stille. Weil schon seit seinem allerersten Satz der Saal stumm an seinen Lippen hing. Auch jetzt noch, nachdem er geendet hatte und herausfordernd die Arme vor der Brust verschränkte.
Die Troschke starrte ihn an, hinter ihrer Stirn ratterte es fieberhaft. Würde sie sich auf den Sieg ihres unbequemen Untergebenen verlassen oder doch lieber auch noch ihrerseits auf ihn einstechen, ehe er sie mit in die Tiefe reißen konnte, falls er fiel?
Oh mein Gott, ist es so schlimm?, durchzuckte es Ella siedendheiß. *Werden wir fallen? Werden die uns rausschmeißen?*
„Das ist ... DAS IST EINE INFAME UNTERSTELLUNG“, donnerte Klaasen los.
Und gab den Startschuss für die anderen. „Was?“ – „Also sowas!“ – „Das geht ja wohl gar nicht.“ – „Man kann doch die Persönlichkeitsrechte nicht einfach über Bord schmeißen!“

Die Troschke wandte sich Klaasen zu, holte Atem ...
Doch Heinrich übertönte alles. „Sie sind der, der hier unglaubliche Unterstellungen macht!“ Laut vor allem, gar nicht mal aggressiv. Er hatte sich lediglich Gehör verschaffen wollen, anbrüllen tat er Klaasen nicht mehr.
Der seinerseits sehr wohl. „Ich spreche nur aus, was objektiv auf der Hand liegt!“
„Objektiv auf der Hand, dass ich nicht lache!“
„Das Gesetz ist auf meiner Seite!“
„So ein Unsinn!“
„Ich könnte Sie anzeigen, und zwar nicht nur wegen Behinderung der Polizeiarbeit!“
„Das sollten Sie mal wagen. Eckernförde steht hinter Herrn Heinrich. Die Zähne werden Sie sich ausbeißen, wenn Sie das versuchen!“
Verblüfft fuhr Ella zu Pionek herum, dessen Kopf sie die ganze Zeit im Augenwinkel wie beim Tennis zwischen Heinrich und Klaasen hin und her hatte pendeln sehen. Nun blickte er sich kampflustig nach allen Seiten um.
Wäre das nicht eigentlich die Aufgabe der Troschke gewesen?, fiel ihr erst da ein. Ihre Untergebenen zu schützen vor dem Angriff eines äußeren Feindes? *Der mit seinen Anschuldigungen leider nicht in allem so falsch liegt,* brachte sie dann gleich wieder dazu, den Nacken anzuspannen und stillzuhalten.
„Verleumdung, Beleidigung, Hierarchieverletzung!“ Klaasen waren keine Ermüdungserscheinungen anzumerken. Mit hochrotem Kopf schnaufte er wie ein kurz vorm Platzen befindlicher Dampfkessel.
Während Heinrich sich von ihm abgewandt hatte – und wegstrebte? Aus dem Raum? Aber ...
„Wo wollen Sie hin?“, schrie Klaasen ihn an.
„Herr Heinrich, setzen Sie sich wieder“, hatte die Troschke sich nun doch zu einer – wenn auch ziemlich lahmen – Intervention durchgerungen.
„Ich bin hier fertig“, verkündete der lässig und bahnte sich seinen Weg zur Tür.
Automatisch hatte Ella sich ebenfalls in Bewegung gesetzt.
Auch die Troschke machte einen Schritt in seine Richtung. „Oh nein, das sind Sie nicht.“
„Außerdem bin ich noch nicht mit Ihnen fertig, Kollege Heinrich.“

Klaasen. Leise und zischend. Und noch immer puterrot. „Sie wollen den Schwanz einziehen? Ja? Ja?"
Zum ersten Mal in dem ganzen Schauspiel mischte sich der junge Kollege ein. Auch er stand – und neben dem kleinen Klaasen war seine Größe wirklich überaus beeindruckend. „Herr Klaasen, Klaasen, bitte." Oh, jetzt streckte er sogar den Arm nach seinem Chef aus, fasste ihn an der Schulter. Fürchtete er einen Herzanfall oder so was?
Doch Klein-Klaasen regte sich nur umso stärker auf. „Das werde ich nicht auf mir sitzen lassen. Ich werde diesem Kerl beibringen, wie er sich zu benehmen hat!"
„Herr Klaasen, ich entschuldige mich für meinen Kollegen", hing plötzlich die Troschke auf der anderen Seite an ihm.
Und ja, er bekam kaum noch Luft, die Röte in seinem Gesicht begann, ins Blaue umzuschlagen.
„Bitte, so beruhigen Sie sich doch, ruhig, beruhigen Sie sich", redeten der Riese und die Troschke von beiden Seiten auf ihn ein. „Sie müssen sich beruhigen, wir regeln das schon, wir werden die Sache in Ihrem Sinne regeln, beruhigen Sie sich!"
„Was soll das heißen?", durchschnitt da Heinrichs scharfe Stimme die tosende Geräuschkulisse. Er war herumgewirbelt. Peilte nun seine Chefin an. Seine Augen sprühten.
Die Troschke jedoch reagierte nicht – hatte sie doch alle Hände mit ihrer Klaasen-Hälfte zu tun. Welcher nach wie vor ausschließlich auf Heinrich fixiert war. Und zu ihm strebte. Als wollte er sich allen Ernstes auf ihn stürzen.
Während der seinerseits auf ihn zuging – aber eigentlich auf dem Weg zur Troschke war. Oder? Würde er dem armen Klaasen-Wrack im Vorbeigehen den Todesstoß versetzen?
Seine Miene – angsteinflößend. Ella musste ihn aufhalten. Lief einfach los, ohne Rücksicht auf all die Stühle und Knie und Rücken und Köpfe, die plötzlich allesamt auf sie zuzukommen schienen. Lief blind darauf los und warf sich Heinrich in den Weg. „Heinrich ... Heinrich, warten Sie doch!"
Er schob sie einfach zur Seite. „Das werde ich nicht auf uns sitzen lassen."
„Heinrich, nein!"
„Die werden mich kennenlernen."
„Heinrich, halt!" Ella sprang ihm nach. Krallte sich an ihn. Rutschte

ab. Bekam seinen Kragen zu fassen, klammerte sich an seinem Nacken fest. Sie hing an ihm. Auf seinem Rücken. Machte sich so schwer, wie sie irgend konnte. „Lassen Sie es und drehen Sie um, ich bitte Sie!“

„Ey, was soll das?“ Er ruckte, zuckte, hüpfte auf und ab, um sie abzuschütteln. „Runter da, gehen Sie runter von mir!“ Ein kleines bisschen gurgelte er sogar.

Aber um ihn ernstlich zu behindern, war Ella längst nicht schwer genug.

Plötzlich jedoch war auch Pionek da. Vor ihm, er packte ihn an den Armen und schaffte es zumindest, ihn erst mal zum Anhalten zu bewegen.

„Ihr sollt mich in Ruhe lassen, ich muss das klären“, versuchte Heinrich es nochmal, aber nur noch halbherzig.

Und als Pionek nicht von ihm abrückte, merkte Ella, wie Heinrichs Körperspannung wich.

Von ihm abzulassen, wagte sie noch nicht. Zog sich stattdessen noch höher, brachte ihren Mund so nah an sein Ohr, dass er sich ihr nicht entziehen konnte. „Wenn Sie jetzt etwas Dummes tun, wird es umso schlimmer. Bitte seien Sie vernünftig. Sie reißen uns alle mit rein. Auch Pionek. Und mich. Aber vor allem Melina. Die anscheinend beschattet wird. Wer sollte das tun, wenn nicht der Mörder?“

Sie sah tatsächlich, wie seine Augenbrauen sich hoben. Also weiter!

„Wir müssen handlungsfähig bleiben, müssen die Neumünsteraner dazu bringen, Melina zu schützen. Verstehen Sie das?“

Er stand zumindest still.

Pionek machte immer noch keine Anstalten, seine Hände von ihm zu nehmen, so blieb auch Ella an ihm hängen. Wie ein schwerer und bestimmt total deformierter Rucksack. Gut, dass allenthalben noch Tumult herrschte. Sie konnte Ülkü sehen, wie die heftigst auf einen Polizisten einredete. Sah, dass die Troschke auf die Tür zu eilte, gefolgt von dem Riesen, der den in der Zwischenzeit deutlich erschlafften Klaasen einfach am Arm mit sich zerrte.

Irgendwas kam jetzt. Und da der Verdacht nahelag, dass man ihnen die Schuld für alles in die Schuhe schieben und Sie in den nächsten Sekunden zur offiziellen Suspendierung beordern wollte, würde es sicher Sinn machen, zumindest schon mal von Heinrichs

Rücken zu steigen. Ella ließ also locker, rutschte an ihm herunter, stellte sich neben ihn. „Alles klar?"
Ah, er nickte, ein Glück! Wenigstens dieser Kampf war gewonnen. Unglückseligerweise nicht ohne Kollateralschäden. Heinrich rieb sich die Gurgel, sie musste ihn gewürgt haben.
„Sorry", flüsterte sie, „es ging nicht anders."
„Es ist noch nicht vorbei", raunte er ihr in dem Moment zu. „Sehen Sie?"
Ja, Ella sah. Die Troschke, bewaffnet mit einem Richterhammer, trat wieder in den Raum, eilte zum Tisch und fing an, wie wild darauf herumzuklopfen.
Nicht alle bemerkten das, redeten, schrien, disputierten weiter.
Da holte die Troschke richtig aus. Ließ den Hammer auf den Tisch nieder dreschen, dass es nur so hallte. „RUHE. RUHE JETZT."
Sie wartete einen Moment, auch noch, nachdem die letzte Stimme verstummt war. Ehe sie leise weitersprach: „Meine Damen, meine Herren, ich erkläre diese Sitzung für beendet." Dabei schlug sie den Hammer immer wieder in ihre Hand. Eine plumpe und doch eigentlich lächerliche Drohung, die jedoch trotzdem wirkte: *Ruhe jetzt, oder du kriegst die Keule zu spüren!* Eine Sekunde lang erweckte sie den Eindruck, sich und allen ihre Macht beweisen zu wollen, indem sie herausfordernd dort stehenblieb und die Stille auskostete.
Dann jedoch war ihr bestimmt bewusst geworden, dass Heinrich gerade das nicht zulassen würde – er öffnete bereits den Mund. Mit einem satten Klatschen ließ sie ihre Hand um den Hammerkopf zuschnappen und eilte – beide Hände am Hammer – aus dem Saal.
Ungefähr drei Sekunden lang sagte niemand ein Wort.
„War's das?", fragte Hobbi dann in die Stille hinein.
„Scheint so", erwiderte Elke ungerührt. „Lass uns gehen."
Das taten sie dann alle. Gingen. Leise. Auch Ella und Heinrich.

„Puh." Völlig entkräftet und ebenso verschwitzt ließ Ella sich auf ihren Stuhl sinken und betrachtete den Notizblock auf ihrem Tisch. Kleine, gemalte Entchen, die über eine noch kleinere, ebenfalls gemalte Pfütze schwammen. Süß. Aber total unverständlich, warum die ihr Vorgänger in seinem Schreibtisch gesammelt – und letztlich zurückgelassen hatte. Sie war nun stolze Besitzerin von

mindestens drei Dutzend Notizblöcken mit den unterschiedlichsten Motiven. Ob sie je in ihrem Leben so viele Zettel beschreiben würde? Entschlossen packte sie einen Stift aus ihrem Oskar-Becher und schrieb 'Schöner Mist' in die Pfütze. Dann zog sie den Zettel mit einem energischen Ruck ab und klebte ihn ans Telefon.
Heinrich, der ans Fenster gegangen war und nach draußen blickte, musste etwas ungemein Faszinierendes beobachten. Jedenfalls wenn Ella seinen konzentriert angezogenen Schultern Glauben schenken durfte. Naja, vielleicht war er auch nur völlig niedergeschmettert vom Stand der Dinge.
„Was wird Klaasen jetzt machen?" Sie nahm den nächsten Zettel und begann, Kringel darauf zu malen.
„Ärger." Heinrich wandte nicht einmal den Kopf.
„Meinen Sie nicht, dass das Tagebuch ihn vielleicht gnädig stimmen könnte?"
„Das ändert auch nichts."
„Dennoch müssen wir es übergeben. Und denen sagen, dass sie nach demjenigen fahnden müssen, der die Fotos von Melina gemacht hat." Ella fegte Stift und Notizblock zur Seite und griff nach dem Kuvert. „Soll ich das übernehmen?"
Da seufzte Heinrich, schüttelte den Kopf – und kam. An ihre Seite. Sie sahen sich an. „Auf in den Kampf." Ella öffnete die Tür. „Zur Troschke?"
„Exakt. Ab mit uns in die Höhle des Löwen."
„Der Löwin", verbesserte Ella. Heinrich verdrehte nur die Augen.

Diesmal ging sie voran, klopfte an und öffnete die Tür, als Troschkes barsches 'Herein' ertönte.
Die war, wie zu erwarten, nicht alleine. Der Riese war bei ihr. Und leider auch Klaasen. Eingerahmt von den beiden anderen, deren besorgte Aufmerksamkeit noch immer auf ihn gerichtet war, saß der auf dem Besuchersofa, die Augen geschlossen und den Kopf hinten angelehnt. Immerhin war seine Gesichtsfarbe dabei, sich wieder zu normalisieren.
„Was gibt es denn?" Die Troschke hatte sich ihnen nicht mal zugewandt.
Ella suchte Heinrichs Blick – doch der nickte ihr nur auffordernd zu. Ungewohnt, dass er bereit war, sich zurückzuhalten. Naja, wahrscheinlich war er schlicht erschöpft von vorhin.

„Wir sind sehr besorgt um Melina Niemann", fing Ella behutsam an, „seit wir erfahren haben, dass ihr jemand gefolgt ist, sie heimlich fotografiert hat – um sie dann der Polizei auszuliefern."
„Wer sonst sollte ein Interesse haben, so etwas zu tun, wenn nicht jemand, der von sich selbst ablenken will?", ergänzte Heinrich.
„Wissen Sie schon, wer Ihnen die Bilder geschickt hat?", vollendete Ella den Schachzug.
Klaasen stöhnte nur – er hatte es nicht für notwendig befunden, die Augen zu öffnen.
„Sie haben vollkommen recht." Der Riese war es, der ihr antwortete. Auf Augenhöhe, obwohl er saß und sie stand. Und durch und durch freundlich, zugewandt.
War das möglich? Dass er sich eben überhaupt nicht angegriffen gefühlt hatte? Oder verstellte er sich?
„Sie waren im Anhang einer leeren E-Mail. Den Inhaber des Accounts ermitteln wir zur Zeit noch."
„Und währenddessen läuft Melina schutzlos draußen herum?", fragte Heinrich. Schon wieder mit herausforderndem Unterton.
„Wir machen uns einfach Sorgen, weil sie wirklich labil ist", versuchte Ella, das etwas zu schmälern. Und davon abzulenken, was Klaasen ohne weiteres erwidern könnte: Dass Heinrich und Ella dafür verantwortlich waren, dass Melina nicht längst in der Sicherheit eines Verhörraums saß. „Sie tun alles, was Sie können, natürlich. Nur ..."
„Das ist sehr verantwortungsvoll von Ihnen, sich so engagiert um die Verdächtige zu kümmern." Der Riese klang absolut ehrlich. „Allerdings sehen wir zunächst einmal keine unmittelbare Gefahr für Frau Niemann. Derjenige, der ihr nachgestellt hat, hat das ja deswegen getan, weil er sie braucht."
„Wenn Sie sich darauf verlassen wollen, dass ein Giftmörder logisch und nachvollziehbar vorgeht", merkte Heinrich pissig wie eh und je an.
Prompt klappten Klaasens Augen auf. Noch blieb sein Kopf liegen.
Dem Riesen war nichts anzumerken. „Momentan kann derjenige sich in Sicherheit wähnen und wird noch nicht aktiv werden", sagte er sanft.
Wider Willen gespannt musterte Ella ihn. War er wirklich immun gegen Heinrichs Kriegsbeil-Gewedel?
„In dem Moment, wenn wir ihm auf die Pelle rücken, werden wir

Frau Niemann schützen." Ernst war er geworden. Aber nach wie vor vollkommen ruhig. „Natürlich verlassen wir uns auf gar nichts. Und wir warten genauso ungeduldig wie Sie, bis unser Fachmann Ergebnisse hat, das können Sie mir glauben." Seine Augen wanderten zu Ella, und ein neues Lächeln keimte auf.
Unwillkürlich erwiderte sie das.
„Wenn Sie uns helfen wollen – im Interesse Ihres Schützlings", fuhr der Riesen an sie gerichtet fort, „wäre es wunderbar, wenn Sie dafür sorgen könnten, dass Frau Niemann sich zu einem formalen Gespräch bereiterklärt."
Heinrich versteifte sich neben ihr.
Klaasen richtete sich auf.
Ehe sie alle zusammenzuckten , als in diesem Moment die Troschke vom Sofa hochschoss, an ihnen vorbei zur Tür rauschte und die aufriss. „Herr Heinrich, Frau Kirsch – danke für Ihren Besuch. Bitte halten Sie sich in Ihrem Büro bereit, damit wir gleich den Rest unter uns klären können."
Entsetzt starrte Ella sie an. Den Rest klären – das bedeutete eine Abmahnung, offizielle Suspendierung, Versetzung nach sonstwohin. Höchste Zeit für ihre letzte Rettung! Hilfesuchend sah sie zu Heinrich.
Der mit gerunzelter Stirn dastand und zu überlegen schien.
Klaasen atmete hörbar ein.
„Ich versichere Ihnen, dass wir jede nötige Rücksicht auf Frau Niemanns Zustand nehmen", übernahm sein Kollege wieder. Wie ein sich strahlend verabschiedender Gastgeber war er aufgesprungen und kam jetzt mit herzlich ausgebreiteten Armen – und einer immensen Spannweite – auf Heinrich und Ella zu, um sie hinauszukomplimentieren. „Sie wird keinen Schaden nehmen, versprochen."
„Äh ..." Ungläubig blickte Ella auf Heinrichs Rücken.
Er ging? Wollte sich tatsächlich fügen? „Sie haben es nicht anders verdient", zischte er ihr zwischen zusammengebissenen Zähnen zu.
„Nein!" Was hatten sie davon, jetzt beleidigt abzuziehen – und sich damit sogar noch strafbar zu machen, indem sie Beweismittel unterschlugen? Sie waren auf die Troschke angewiesen, ob ihnen das nun gefiel oder nicht, und mussten wenigstens versuchen, ihren Trumpf auszuspielen, ehe sie gleich ihr Büro räumen durften!

Entschlossen wirbelte sie herum, duckte sich unter dem Arm des Riesen hindurch und ging direkt auf Klaasen zu.
„Ella", hörte sie Heinrich hinter sich.
Doch sie würde tun, was sie tun musste. „Es war noch keine Gelegenheit, die Sprache darauf zu bringen", begann sie, sich mahnend, möglichst Melinas Namen zu umgehen. „Auch uns wurde gestern Abend etwas zugespielt." Sie fischte den Umschlag mit den Originaldokumenten aus ihrer Tasche und reichte ihn Klaasen.
In seiner Miene kämpften Abwehr und Neugierde miteinander, als er ihn zögerlich entgegennahm.
„Es ist ein Brief, in Tagebuchform", präzisierte Ella. „Von Delf seniors Mutter Anna. Darin geht es um einen nie aufgeklärten Mord, um Misshandlung, um Verbrechen während des Dritten Reiches und in der Nachkriegszeit. Alles innerhalb der Familie Niemann."
„Hat das einen Bezug zu den aktuellen Vorfällen?", spie Klaasen geradezu aus.
„Nein", nahm Heinrich Ella die Antwort aus dem Mund. Zuckersüß war seine Stimme. „Der Brief zeigt die desolaten Verhältnisse innerhalb der Familie Niemann. Die gegenwärtigen Morde erklärt er nicht. Insofern ..." Er nahm Ella beim Arm, wollte sie zum Gehen bewegen.
Dabei mussten sie Klaasen dazu bringen anzuerkennen, wie wertvoll ihr Beitrag trotz allem war! Sie schüttelte ihn ab. „Anna Niemann, von der der Brief stammt, behauptet, dass die männlichen Mitglieder der Familie allesamt verflucht seien", berichtete sie schnell. „Was Gewalt und Verbrechen anbelangt. Von daher finde ich schon, dass er dazu beitragen könnte, auch die gegenwärtigen Gewalttaten ..."
„So wie ich das einschätze", fiel Klaasen ihr ins Wort und warf den Umschlag neben sich aufs Sofa, „handelt es sich um für den Fall irrelevantes Randmaterial." Er lehnte sich zurück, verschränkte die Arme vor der Brust und sah Ella kalt an. „Sich in aller Genüsslichkeit mit mir anlegen und dann mit wertlosem Kram punkten wollen. Profilneurose, so nennt man das, werte Kollegen. Was Sie wirklich nicht retten wird."
Ob der Laut aus Heinrichs Kehle ursprünglich als artikulierte Äußerung gedacht war, blieb unklar. Weil die Troschke im richtigen Moment die Aufmerksamkeit auf sich zog. „Lassen wir das!" Sie stob zwischen Heinrich und Klaasen hindurch, schnappte sich den

Umschlag und schleuderte ihn von dort auf ihren Schreibtisch. „Ich werde Sie allerdings fragen müssen, warum Sie erst jetzt damit herausrücken, nachdem wir uns heute schon so einige Male über den Weg gelaufen sind."
„Bestimmt weil die beiden derselben Meinung waren wie Herr Klaasen", war plötzlich auch der Riese wieder da und zog Ella in Richtung Ausgang. „Es ist erklärtermaßen Randmaterial, irrelevant, unerheblich für den Fall. Es gab und gibt Wichtigeres, für uns alle." Er hatte auch Heinrich im Schlepptau, schob nun ihn und Ella mit Nachdruck hinaus. „Jetzt haben sich alle Beteiligten eine Pause verdient." Schubs, über die Schwelle. Klapp, Tür zu.
Das war jetzt schnell gegangen!
Auch Heinrich realisierte anscheinend erst nach und nach, wie ihnen gerade geschehen war.
„Er hat uns gerettet", erklärte sie ihm rasch, ehe er womöglich wieder das Bedürfnis verspüren konnte auszurasten.
Doch auch sein Maß schien für heute überschritten zu sein. Er rieb sich nur müde die Schläfen. „Gerettet? Das wohl kaum."
Von drinnen drang Klaasens aufgebrachte Stimme zu ihnen heraus.
„Jetzt aber nichts wie weg hier." Für einen kurzen Moment spürte Ella seine Hand auf ihrem Rücken, als er an ihr vorbeiging. „Eine Pause, hat er gesagt. Aber da hat er sich leider geirrt. Wenn wir die freie Zeit unserer Suspendierung nicht mit diesen dämlichen Berichten verschwenden wollen, sollten wir uns schleunigst dransetzen. Also los, kommen Sie schon."

Riesen-Glück

Es war still im Büro. Nur das typische Klackern der Computertastatur war zu hören. Sie hatten sich die Berichte aufgeteilt. Heinrich schrieb den Sachverhalt, Ella zog die daraus ableitbaren Schlüsse und schickte ihm den Text anschließend zurück, damit er die überprüfen und gegebenenfalls ergänzen konnte. Immerhin mussten sie sorgfältig begründen, warum sie sich verhalten hatten, wie es nun mal geschehen war.
Das Klopfen an der Tür überraschte sie beide nicht. Auch Ella hatte sich zwischenzeitlich ins Unvermeidliche gefügt und wandte nur ruhig den Kopf. Es war also soweit, die Troschke nahte. „Herein."
Oh, es war aber nicht die Chefin, sondern der nette Riese, der daraufhin in der Tür erschien. Er hatte Glück, dass es sich um eine herrschaftlich hohe Tür eines kaiserlichen Altbaus handelte, in jeder normalen wäre sein Kopf gar nicht zu sehen gewesen, solange er sich nicht duckte. Diese hier maß mindestens drei Meter. Dennoch war der Anblick überwältigend. Dieser Mann war nämlich nicht nur groß, sondern hatte auch eine erstaunlich wohlproportionierte Figur. Breit, kräftig, ohne zu massig zu wirken, aber – hui – viel. Viel Mann. Der sich überdies harmonisch bewegte, nicht so verstohlen, wie es sehr große Menschen oft taten, um ihre Körpergröße zu kaschieren. Und freundlich war er ja auch noch. Auch jetzt lächelte er offen und voller Herzlichkeit auf sie hernieder. „Darf ich eintreten?"
„Aber gern!" Ganz automatisch strahlte Ella zurück. Wie hieß er denn noch mal? Es würde sich lohnen, ihn lieber persönlich anzureden, anstatt ihn nur 'den Riesen' zu nennen.
„Was wollen Sie?", knurrte Heinrich hinter seinem Computer.
„Mögen Sie sich setzen?", musste Ella natürlich die Gute spielen.
„Danke. Ich will Sie gar nicht lange stören." Marten, oder? Ja, das war sein Name. Jedenfalls brauchte er nur einen halben Schritt, um sich den Besucherstuhl zu schnappen und einen zweiten, ihn

neben die beiden Schreibtische zu befördern. Sich darauf zusammenzufalten, war da ein bisschen mehr Aufwand. Doch dann rückte er endlich mit dem Grund seiner Anwesenheit heraus. „Ich wollte mich bei Ihnen bedanken."
Verblüfft fuhr Ella zu Heinrich herum, der ihren Blick sofort erwiderte.
„Danken, wofür?", wandte sie sich wieder Marten zu.
„Dafür dass Sie sich um die Zeugin Niemann kümmern." Er hatte die Stimme gesenkt, sah ernst zwischen Heinrich und ihr hin und her. „Mir ist sehr wohl bewusst, was sie durchmacht, dass sie sich momentan in einem psychischen Ausnahmezustand befindet. Wissen Sie, ich habe schon Fälle erlebt, wo derart belastete Zeugen für Monate in der Psychiatrie verschwanden und eine Befragung fast ebenso lange nicht möglich war."
Ella nickte. „Bei Melina haben wir das auch immer wieder in Erwägung gezogen. Manchmal macht sie den Eindruck, als ob sie jeden Moment zusammenbrechen könnte." Ein weiterer Blick zu Heinrich.
Der nur zu Marten schaute.
„Das wechselt mit Phasen, wo man durchaus Zugang zu ihr findet", fügte sie langsam hinzu. „Dann scheint sie alles Schlimme ausblenden zu können. Prinzipiell wäre sie da schon vernehmungsfähig, aber ..."
„Aber eben nicht von jedem", vollendete Marten ihren Satz und nickte bekräftigend. „Mir ist bewusst, dass Melinas Zustand derart fragil ist, dass es nur wenigen Menschen gelingen kann, Zugang zu ihr zu finden. Deshalb sollten Sie das übernehmen. Das ist mein Ernst", fügte er auf Heinrichs und Ellas entgeisterte Gesichter hin an. „Normalerweise können wir da nur auf Familienmitglieder, enge Verwandtschaft oder Freunde zurückgreifen, die wir natürlich nicht wirklich in die Ermittlungen einbeziehen können. Diesmal sind Sie da. Es wäre doch kurzsichtig und dumm, das nicht zu nutzen. Erstaunlich ist lediglich, dass Sie beide in diese Position gekommen sind. Denn ich habe doch richtig verstanden, dass Sie Melina nicht schon vorher gekannt haben, oder?"
„Wollen Sie uns Befangenheit unterstellen?", wollte Heinrich prompt aufbrausen.
„Nein." Martens Tonfall war so unvermittelt anders – streng, knapp und selbstbewusst – dass Heinrich gleich wieder verstummte.

„Hören Sie ..." Schon im nächsten Moment wurde Marten wieder weich. „Ich will Ihnen gar nichts. Habe das eben nur etwas unglücklich formuliert. Wenn Sie das entschuldigen – dann wäre es toll, wenn Sie mir Ihrerseits einfach eine Chance geben könnten."
Oh, oh, wie würde Heinrich diese Zurechtweisung aufnehmen? Seine Stirn war bedrohlich gerunzelt. Und wie er jetzt Luft holte ... Ella hielt den Atem an.
„Meine Kollegin und ich haben Melina erst im Rahmen unserer Ermittlungen kennengelernt", fing er dann aber ganz zahm zu sprechen an. „Dass sie sich trotzdem gleich an uns gewandt hat, als sie in Not war, hat einen einfachen Grund: Sie hat definitiv niemanden sonst. Ihr blieb also nichts, als sich uns anzuvertrauen. Genauer", er wies auf Ella, als wäre er ein Moderator, der die Bühne für sie freigab, „sich ihr anzuvertrauen. Ella hat die Gabe, selbst zu Menschen, die sich regelrecht verrückt verhalten, eine Verbindung aufzubauen."
Genau der blieb die Spucke weg. Heinrich war ja schon ein paarmal ihr Vorname herausgerutscht, an dieser Stelle war er sich aber dessen bewusst gewesen. Und er hatte offen zu verstehen gegeben, dass er sie schätzte. Sehr schätzte. Noch dazu vor Zeugen. Das war, das war ... ihr fehlten die Gedanken!
Und die Zeit sowieso, denn Marten hatte zu reden begonnen. „... mit meinem Kollegen nicht so erfreulich gelaufen, aber ich bin hier, um Sie zu bitten, ob Sie bereit wären, mit mir zusammenzuarbeiten."
Zusammenar...?
„Wie meinen Sie das?" Heinrichs Frage troff vor Misstrauen.
„Wir wissen gar nicht, ob wir noch lange genug hier sein werden", versuchte Ella, ihre Reserviertheit zu erklären.
„Oh, das regele ich schon", wurde sie sogleich von Marten beruhigt. „Für meinen Kollege habe ich eben einen Arzttermin besorgt – sein Blutdruck. Er wird mindestens für den Rest der Woche krank geschrieben werden, das ist immer so."
„Das nützt uns gar nichts", widersprach Heinrich – warum denn noch immer so vorwurfsvoll? „Weil unsere Chefin uns höchstwahrscheinlich für mindestens doppelt so lange vom Dienst suspendieren wird. Da macht es keinen Sinn, hinter ihrem Rücken ..."
„Nein, nein, nicht hinter ihrem Rücken", fiel Marten ihm ins Wort. „Frau Troschkes Okay habe ich schon. Sie ist scharf darauf, bei der

Mordkommission einen Fuß in die Tür zu kriegen. Und den hat sie jetzt." Triumphierend klopfte er mit seinem eigenen Fuß auf den Boden.
„Wie soll das konkret aussehen? Die Zusammenarbeit?", wollte Heinrich wissen. Noch immer voller Skepsis. Wie brachte er das fertig, so unversöhnlich zu sein? Einem Mann gegenüber, der sie soeben auf ganzer Linie gerettet hatte – und sie darüber hinaus doch wohl auch noch befördern wollte? „Offiziell mit der Mordkommission? Oder unter der Hand mit Ihnen?"
„Das lässt sich nicht so einfach trennen." Marten hob abwehrend die Hände. „Ich bin schließlich Teil der Mordkommission und arbeite in Abstimmung mit Klaasen. Aber ich würde mich Ihnen als Ansprechpartner anbieten. Als alleiniger Ansprechpartner."
Okay, also inoffiziell. Aber somit auch an Klaasen vorbei, falls der doch zu gesund war, um zu verschwinden. „Das hört sich sehr gut an", rief Ella extra euphorisch. Heinrich einen warnenden Blick schickend, damit der nicht auf die Idee kommen würde zu glauben, er hätte in dieser Sache mehr zu sagen als sie.
„Das bedeutet für Sie, dass es keinen Ärger mehr geben wird, wenn Sie in den Randbereichen des Falles ermitteln – weder mit Ihrer Chefin noch mit meinem", wurde Marten deutlicher „Sie würden von mir den Auftrag bekommen, uns im Fall Niemann zu unterstützen. Vorerst natürlich nur in Bezug auf Melina Niemann", beeilte er sich noch, hinzuzufügen. „Alles andere würde auch meine Kompetenzen überschreiten."
„Wir sind also ausschließlich mit Ihnen in Kontakt?", musste Ella sich nochmal vergewissern. „Und schicken unsere Berichte nur an Sie?"
„Richtig." Marten lächelte zufrieden. „Sie erstatten mir Bericht, und ich setze Sie in Kenntnis über alles, was für Sie von Belang ist. Nur wir drei, sonst niemand."
„Das ist ... das wäre wirklich ..." Ella fehlten die Worte.
„Abgemacht", präzisierte Heinrich haarscharf und kam hinter seinem Computer hervor, um Marten die Hand entgegen zu recken. „Wir ermitteln und berichten – und bekommen im Gegenzug Informationen." *Hängen also endlich nicht mehr in der zweiten Reihe,* interpretierte Ella in dessen aufgehellte Miene hinein. Aber auch sie strahlte. Nun durften sie offiziell, was sie ohnedies nicht vermeiden konnten. Wunderbar.

„Wunderbar, dann wäre das ja geklärt." Marten lehnte sich zurück, legte sein rechtes Bein übers linke und verschränkte die Arme. „Mein Kollege sitzt noch bei Ihrer Chefin. Ich denke, wir haben zehn, fünfzehn Minuten, ehe ich ihn zu seinem Arzt bringen muss. Berichten Sie."

Und das taten sie. Gewissenhaft darauf bedacht, kein Detail auszulassen. Nicht die Geliebte von Jonnas Vater, auch nicht die in Annas Brief angedeuteten Drogengeschäfte. Außerdem erzählte Heinrich vom Kleingärtner Brammer, der sich bei seiner letzten Befragung so merkwürdig verhalten hatte.

Im Gegenzug versprach Marten, noch heute zu klären, wie man mit Groß-Everts Leiche am Noor verfahren würde. Dann drückte er ihnen eine Liste mit für Melina relevanten Telefonnummern in die Hand und versicherte außerdem, dass er sie seinerseits anrufen würde, sobald er etwas aus dem Krankenhaus hörte. In diesem Fall sollten sie unverzüglich losfahren und sich um Melina kümmern.

„Jetzt arbeiten wir für die Mordkommission", frohlockte Ella, nachdem sich die Tür hinter Marten geschlossen hatte, und blinzelte Heinrich verschwörerisch zu.

Der hob provozierend eine Augenbraue. „Apropos Arbeit – habe ich mich verzählt, oder haben wir jetzt ungefähr drei Berichte mehr am Hals als vorher?"

„Das ist der Preis!" Lachend ließ Ella sich auf ihren Schreibtischstuhl fallen und rollte an den Computer. „Fangen Sie schon mal mit unserer Tagebuch-Nacht an, ich stecke noch mitten in Zacs Verhör."

Der dritte Igel

Über den fünf Berichten war der Rest des Tages im Nu verflogen. Unterbrochen nur von einer ausgiebigen Mittagspause mit Hobbi und Elke, die sie gegen halb zwei mit Pizza überfallen hatten, um sich haarklein alles erzählen zu lassen, wozu Ella – und manchmal Heinrich – bereit gewesen war.
Die erste Zeit hatten sie permanent mit einem Ohr auf den Gang hinaus gelauscht, ob die Troschke nicht endlich im Anmarsch sei, um ihre Standpauke zu halten. Doch je weiter der Nachmittag fortgeschritten war, desto mehr hatten sie sich entspannt. Und waren immer mehr ins Plaudern geraten. Schön war es gewesen mit diesem gutgelaunten Heinrich. Der richtig witzig sein konnte und auch gern lachte. Um allzu Privates hatte er zwar einen Bogen gemacht. So sehr es Ella auch interessiert hätte, über seinen Plakat-Vater hatte er kein Wort verloren. Aber irgendwann, sagte sie sich, würde sich schon die Gelegenheit dazu ergeben.
Stattdessen hatte er Geschichten von vergangenen Fällen zum Besten gegeben, in denen er mit Ellas Vorgänger Freiberg zusammengearbeitet hatte. Im Gegenzug hatte Ella Details aus ihrer Ausbildung und von ihren Praktika beigesteuert. Natürlich waren sie immer wieder auf den Niemann-Fall gekommen, hatten hin und her überlegt und schließlich sogar eine Art Pfaddiagramm gezeichnet, um Ordnung in die einzelnen Ermittlungsstränge zu bringen.
Am Ende hatte Ella zum ersten Mal während des Falles das Gefühl, einen Überblick zu haben – wenn auch leider vor allem darüber, was sie alles noch nicht wussten. Aber egal. Zusammen mit der Gewissheit, von nun an mitmischen, sich einbringen zu dürfen, war das doch mehr, als man hätte hoffen dürfen. Überhaupt – kam ihr das Leben in diesem Augenblick gar nicht mehr so furchtbar vor. Im Gegenteil, es hatte sich doch richtig gut gefügt. Sie hatte einen wunderbaren Beruf, einen tollen neuen Job – und einen Kollegen, mit dem sie richtig gern zusammen war. Konnte sie sich mehr wünschen?

Es war schon fast vier, als durch ihr Hochgefühl eine unangenehme Erkenntnis sickerte: Sie hatten völlig vergessen, zwischendurch im Tortenstübchen anzurufen! „Wir müssen nach Melina sehen. Jetzt sofort", platzte sie heraus, während sie den sprichwörtlichen Stift geradezu von sich schleuderte. *Und nach Oskar.* Was sie lieber nicht aussprach, um die schöne Harmonie zwischen Heinrich und ihr nicht zu gefährden. Dennoch, dass Sörine nun schon seit Stunden mit der völlig unberechenbaren Melina und dem lebhaften Hund alleine war, war alles andere als beruhigend. Was, wenn viel los war im Café, wenn es Melina wieder schlecht ging, wenn Oskar den ganzen Laden auffraß? Ihr wurde flau im Magen.
„Nun machen Sie sich mal nicht ins Hemd", meinte Heinrich ungerührt, vollführte allerdings unverzüglich die nötigen Mausklicks, um seinen Computer herunterzufahren, und sprang auf. „Sie werden gleich sehen, dass meine Mutter alles im Griff hat."

Heute war es warm genug, dass die Tische im Freien besetzt waren. Gerade kam die Bedienung aus dem Tortenstübchen, drei Teller mit Torte auf Hände und Unterarme verteilt.
„Du bist hier?" Ella staunte nicht schlecht, als sie die blonde Ulli erkannte.
Die beförderte ihre gesamte Last mit geübten Handgriffen auf einen der Tische und nickte dem älteren Paar zu, das sich gleich darüber hermachte. „Bitte sehr. Guten Appetit." Dann kam sie Heinrich und Ella entgegen. „Ich hab heute Morgen noch ein paar Stunden geschlafen, jetzt geht es wieder." Sie grinste tapfer, immer noch etwas bleich um die Nase. „Zudem hab ich erst vor etwas über einer Stunde angefangen."
„Das ist prima." Ella fiel ein Stein von der Seele.
„Geht schon mal rein, ich muss hier noch kassieren." Und schon war sie weg, lief zum letzten Tisch. „Sie wollten zahlen?"
Nun endgültig beruhigt lief Ella neben Heinrich ins Haus. Dem Wetter gemäß war hier drinnen nicht viel los. „Moin, Kinners, da seid ihr ja wieder", wurden sie gleich von Sörines heiterer Stimme empfangen. Wie immer übers ganze Gesicht lächelnd winkte sie ihnen von der Theke aus entgegen, wo sie gerade eine frische Torte anschnitt. Herrlich rosa mit ganzen Erdbeeren, in der Mitte grün – Waldmeister oder so? Unwillkürlich schnüffelte Ella, als könnte sie das aus der Entfernung riechen.

„Moin, Mutter." Heinrich – selbstredend immun gegen Torten und Mutterstrahlen – nickte Sörine nur ernst zu. „Wie lief's heute?"
„Och, siehst du doch." Vorsichtig hob Sörine ein Stück Torte auf einen Teller, ruckte dabei einmal gekonnt mit dem Tortenheber, um die Deko-Erdbeere am Verrutschen zu hindern. „Nicht gerade die Hölle los, aber alles gut."
„Das meinte ich nicht", zischte Heinrich prompt. „Und das weißt du auch."
„Was weiß ich auch?" Mit gerunzelten Augenbrauen musterte Sörine ihren Sohn, als wäre er ein Gast, den sie aus einem anderen Kontext kannte, ohne sich erinnern zu können, woher.
Plötzlich konnte Ella sich gut vorstellen, wie sehr die beiden aneinander geraten konnten. Der Apfel war hier sichtlich nicht weit vom Stamm gefallen ...
„Melina Niemann. Wie geht es ihr? Ich kann sie nicht sehen." Demonstrativ reckte Heinrich den Kopf Richtung Küche. „Oder hast du sie da drin versteckt?"
„Ich verstecke niemanden", erklärte Sörine seelenruhig, schob die Erdbeersahne-Schönheit in die Theke zurück und griff nach der nächsten – Johannisbeer-Baiser? Schokolade war jedenfalls auch drauf. Und Mandelsplitter. Geröstet. „Wie dir hinlänglich bekannt sein dürfte, ist meine Küche viel zu klein, um dort jemanden zu verstecken." Flott schnitt Sörine ein Stück ab und manövrierte es geschickt auf einen weiteren Teller. „Und was Melina anbelangt, die ist mit Oskar draußen. Spa-zie-ren." Sie schob beide Teller auf die Theke und legte den Bestellzettel dazu. „Fleißiges Mädchen, übrigens. Meine Küche hat schon lange nicht mehr so geglänzt. Sie wird sicher gleich zurück sein. Wollt ihr zwei euch in der Zwischenzeit nicht ein wenig stärken?"
Ella spürte selbst, wie sich ein seliger Ausdruck auf ihrem Gesicht ausbreitete. Hatte sie sich nicht gerade erst beglückwünscht, wie gut sie es mit ihrem neuen Job getroffen hatte? Dabei hatte sie gar nicht daran gedacht, dass zu ihrem zunehmend freundlicheren Kollegen ja noch eine super-herzliche Mutter gehörte, welche darüber hinaus vorzuhaben schien, sie in regelmäßigen Abständen mit den leckersten Tortenkreationen zu verwöhnen.
Mit Wohlwollen hatte Sörine Ella beobachtet. „Ich hätte heute eine Premiere zu bieten", warb sie verschmitzt. „Eine Erdbeer-Mango-Pistaziencreme-Torte. Oder die allseits geschätzte Sommerbeeren-

Baiser mit einem Schuss Amaretto in der Fruchtfüllung. Außerdem gibt es noch Ananas-Sekt-Torte, Zitrone mit Holunderblüten in Honigsahne und eine Mirabellen-Marzipan." Sie zwinkerte Ella zu und sah sich nach ihrem Sohn um. „Thorsten?"
Der war inzwischen an die Fensterfront getreten und spähte hinaus.
„Wie ist denn seine Laune heute?", fragte sie flüsternd, legte den Zeigefinger an die Wange und schielte prüfend zu ihrem Tortenangebot hinüber. „Sauer macht lustig. Schokolade besänftigt die Seele. Oder lieber ein bisschen Sekt für einen spritzigen Geist? Was meinst du?" Sie zwinkerte Ella zu. „Und dank des guten Wetters ist sogar das Loriot-Sofa frei", erhob sie dann die Stimme. „Thorsten, hast du gehört?"
Der drehte sich zerstreut zu ihr um. „Was hast du gesagt?"
„Setzt dich auf deinen Lieblingsplatz, deine Schutzbefohlene hat Hunger und braucht eine Tortenpause", befahl Sörine kurzerhand. „Was hättest du denn gern, Ella? Erd ..."
„Die Erdbeer wäre toll." Ella strahlte sie an. „Wie ging's denn mit Oskar?", musste sie sich aber erst noch vergewissern, während Sörine ihren rosa Traum schon aus der Theke hob. „Hat er sich benommen?"
„Oh, min Deern, alles wunderbar. Oskar ist ein toller Hund. Total gutmütig, und fast immer brav."
Entsetzt griff Ella nach der Kante des Tortentresens. „Oh nein – fast? Was hat er wieder angestellt?"
„Ach, wie gesagt, fast gar nichts." Sörine fuchtelte ein wenig unbestimmt mit dem Tortenheber durch die Luft. „Ach, das hätte ich ja beinahe vergessen!" Energisch schob sie Ella ihren Teller hin und lief in die Küche. „Mir ist bloß ein bisschen Sahne runtergefallen", erzählte sie dann dem Teller, den sie aus dem Kühlschrank zog und auf dem Ella, die ihr nachgekommen war, sofort ein etwas zusammengesunkenes Stück Blauen Heinrich erkannte. „Den isst er einfach am liebsten", erklärte Sörine entschuldigend und rauschte wiederum an Ella vorbei, in den Gastraum.
„Ein bisschen Sahne?", rief Ella und balancierte ihren beladenen Teller hinter ihr her. „Ist dir runtergefallen?"
„So was passiert." Mit wegwerfender Geste stellte Sörine den Blauen Heinrich auf dem Lieblingstisch seines Namensgebers ab.
Der im Augenblick durch Abwesenheit glänzte. Was ja gut war, er

wäre garantiert genervt gewesen, dass schon wieder Oskars gieriger Bauch Thema war

Sörine zuckte die Achseln. „Jedenfalls war der Gute natürlich gleich zur Stelle. Schneller als Melina mit dem Feudel. Ich muss sagen, der Hund putzt durchaus respektabel. So lange es etwas ist, das ihm schmeckt."

„Oh, ihm schmeckt alles Essbare." Ella hatte den Tisch ebenfalls erreicht – Torte samt Zier-Erdbeere befanden sich noch genau dort, wo sie sollten. „Leider unabhängig davon, ob es ihm bekommt oder nicht." Es würde doch keine neue Durchfallnacht auf sie warten? „Also: Wie viel Sahne?"

„Och, nur'n Esslöffel." Sörine wackelte abschätzend mit dem Kopf. „Oder so."

Ella, die sich schon beinahe der Erleichterung hingegeben hatte, zuckte alarmiert zusammen. „Wie viel ist 'oder so'?"

„Naja, ein halber Becher etwa. Mehr dürfte es eigentlich nicht gewesen sein. Ich hatte schon einen Spritzbeutel gefüllt ..."

„Einen Spritzbeutel? Wie groß? Und wie voll?"

Am Ende stand fest, dass Oskar doch fast einen ganzen Becher Sahne intus hatte. Und danach rasch unruhig geworden war.

„Dann musste Melina also mit ihm raus?"

„So in etwa. Sie wird gleich wieder hier sein", versicherte Sörine kleinlaut. „Und so könnt ihr in Ruhe eure kleine Tortenpause genießen. Da bist du ja wieder, Junge", begrüßte sie ihren soeben in der Toilettentür aufgetauchten Sohn. „Der letzte Heinrich von gestern – extra für dich beiseite geschmuggelt."

Heinrich setzte sich und grinste sogar. „Das ist nett von dir, danke." Sollte jetzt Ella die Stimmung vermiesen, wo er mal so gut drauf war? Sie seufzte. Es war doch eh nichts mehr zu ändern. Und Oskars Magen war sehr stabil, der würde doch mit so viel Fett umgehen können. Außerdem war ein gründlicher Spaziergang da erwiesenermaßen eine gute Medizin.

Ebenso wie diese köstliche Erdbeertorte ihre Nerven beruhigen würde. Schon als sie die Gabel in deren zarte Spitze stach, hoben sich ihre Mundwinkel wieder. „Hmmm."

„Das sind schon deutsche Erdbeeren", erklärte Sörine zufrieden. „Die mochte Oskar übrigens auch. Wobei ich das erstaunlich finde. Ein Hund, der Obst isst?"

„Oh nein." Ella japste. „Er wird noch platzen."

„Es war nur eine einzige, die mir beim Belegen runtergefallen ist, nicht mehr. Und das Blattwerk habe ich ihm noch entrissen, weil ich Angst hatte, dass er dann spucken muss. Das machen Hunde doch, wenn sie Gras fressen." Sörine hob beide Hände. „Nur eine kleine Erdbeere ohne Kraut. Ich schwöre."
„Aber ob sich die Fruchtsäure mit der Sahne verträgt?", wollte Ella einwenden, kam aber nicht ganz durch.
„Die Erdbeere war zuerst. Da dachte ich noch, dass er so hungrig aussieht. Der Sahnebecher ist mir erst später runtergefallen."
„Ich weiß, dass es schwer ist, seinem 'Ich bin heute noch nicht gefüttert worden-Blick' zu widerstehen." Ella lachte ergeben. „Aber das muss man, der Hund wird sonst zum Ballon."
„Das weiß ich doch. Es wird auch nicht wieder vorkommen." Sörine tätschelte Ellas Hand. „Aber nun iss mal endlich. Das wird dir guttun." Sie stutzte. „Ah, der Herr Rüter!" Strahlend eilte sie dem grauhaarigen Herrn entgegen, der soeben in der Eingangstür erschienen war.
„Guten Tag, Frau Heinrich."
„Kommen Sie rein, wollen Sie sich setzen? Wie war es denn gestern mit Ihrem Enkel?"
Ah, richtig, jetzt erkannte Ella den kleinen, bei ihrer letzten Begegnung so verzweifelten Herrn wieder, der sich kein zweites Stück Torte hatte leisten können. Heute sah er irgendwie – anders aus. Wirkte größer, wichtiger, als er sich nun von Sörine zur Theke geleiten ließ.
„Sie sind aber schick." Die hatte den Grund dafür schneller erfasst als Ella. „Ist heute etwas Besonderes?"
„Ach nein." Herr Rüter winkte verlegen ab. „Aber ich dachte mir, wenn ich hierher komme, möchte ich ein bisschen, nun ja, besser gekleidet sein. Immerhin haben Sie mir gestern einen großen Gefallen getan."
„Hat mein Blauer Heinrich Ihnen denn geschmeckt?"
Das klang ja schon irgendwie schräg. Verstohlen musterte Ella den menschlichen Heinrich aus dem Augenwinkel. Der war zum Glück in eine Zeitung vertieft, die auf dem Sofa gelegen hatte. Neugierig beugte Ella sich zu ihm. „Steht was über unseren Fall drin?"
„Ja, sogar als Leitartikel des Lokalteils." Heinrich breitete die Seite vor ihr aus.
'Mord am Noor' war er betitelt. Ella hob die Augenbrauen. Dabei

wusste die Presse noch gar nichts von Anna Niemanns Tagebuch! Doch der Titel schien Heinrich nicht zu interessieren. Voll Eifer deutete er auf den vorletzten Absatz. „Hier stehen Einzelheiten über den Bestechungsfall, den Klaasen erwähnt hat. Anscheinend liegen die Niemanns seit zwei Jahren mit der Stadt im Clinch. Zu Anfang waren das einfach nur missglückte Verhandlungen. Die Niemanns wollten erweitern und brauchten den Kleingartengrund, Ratsversammlung, Bürgermeister und Öffentlichkeit waren strikt dagegen. Dann kamen Bestechungsversuche dazu. Speziell von einem Ratsherrn namens Lehnhardt ist die Rede. Der scheint einiges in die Taschen gestopft bekommen zu haben. Als das aber auch nichts brachte, fielen wohl unverhüllte Drohungen gegen ihn. Zumindest, wenn man dem Artikel Glauben schenken kann."
„Naja, wenn dieser Ratsherr Bestechungsgelder angenommen, aber nichts erreicht hat?" Ella nickte nachdenklich. „Daraufhin haben die Niemanns ihn bedroht – und er hat sich gerächt?"
„Könnte doch gut sein, oder? Nachbarn von Lehnhardt haben jedenfalls berichtet, dass Lehnhardt sich in letzter Zeit öfter mal an zerstochenen Autoreifen erfreuen konnte, an schlimmen Parolen an seiner Hauswand, sogar mal, man staune, an einer eingeschlagenen Fensterscheibe."
„Und was hat er daraufhin getan?", fragte Ella gespannt.
„Nichts." Heinrich strich über die Zeitung. „Das ist ja das Eigenartige. Keine Anzeige, kein Aufsehen, gar nichts. Wie es aussieht, hat er bis heute nicht mal ein Wort darüber verloren."
„Das ist wirklich seltsam." Es war nicht nur seltsam, sondern kam doch bereits einem Schuldeingeständnis gleich! „Wer sich, selbst angegriffen, nicht wehrt, muss einen gewichtigen Grund dafür haben. Oder so etwas wie einen Plan."
„Das finde ich auch." Energisch faltete Heinrich die Zeitung zusammen. „Aber leider ist das ja nicht unsere Angelegenheit. Wir dürfen nur Melina."
„Die inzwischen nicht mal mehr verdächtig ist, oder?"
„Warum hat Marten noch immer nicht angerufen, um uns zu berichten, wer diese Fotos geschossen hat? Oder hab ich es nur nicht gehört?" Er wurschtelte sein vorsintflutliches Handy aus der Hosentasche, klickte darauf herum, stieß ein unwilliges Knurren aus.
„Sie wissen noch nichts", zog Ella den fälligen Schluss.
„Das behagt mir immer weniger. Gerade wo Melina schon wieder

sonstwo unterwegs ist." Stirnrunzelnd sah er zu seiner Mutter hinüber. „Was hat sie gesagt, wie lange Melina schon weg ist?"
Ella folgte seinem Blick. Während Sörine unermüdlich Kuchen und Tortenstücke auf Teller verteilte, war sie noch immer in ein leises Gespräch mit Herrn Rüter vertieft. Gerade zog der etwas aus der Tasche und übergab es ihr mit einer angedeuteten Verbeugung. Sie nahm es glucksend entgegen und reichte Herrn Rüter die Hand.
„Der scheint sich zu verabschieden", murmelte Ella und stand auf. „Ich frag nochmal nach Melina."
„Dann bringen Sie doch gleich den Kaffee mit, den man uns in diesem Haus nicht zu gönnen scheint", brummte Heinrich ihr hinterher.
„Aber gewiss doch", zischte Ella für den Fall, dass er das nicht ironisch gemeint hatte. „Alles, was der Herr wünscht."
„Tschü-hüß", flötete Ulli Herrn Rüter zu, als sie mit einer neuen Bestellung hereinkam. „Sörine, bitte dreimal von der Erdbeer-Mango, ein stilles Wasser, zweimal Kaffee."
„Kommt sofort." Sörine wandte sich zur Kaffeemaschine, stellte eine Tasse darunter. Dann griff sie nach frischen Tellern. „Ach Deern, euch hab ich da hinten ja komplett vergessen", rief sie aus, als sie Ella registrierte. „Wobei mein Sprössling sehr wohl weiß, wie er aus eigener Kraft an Kaffee gelangen kann."
„Das werde ich mir merken", antwortete die leichthin, durfte sofort zwei dampfende Tassen entgegennehmen und beschloss, die erst mal zu servieren, immerhin trank Heinrich seinen Kaffee gern heiß.
Oh, Herr Rüter war gar nicht gegangen, sondern hatte sich wohl die Eckernförder Zeitung von Heinrich geholt. Stand nun damit noch in der Nähe ihres Tisches und las.
„Wollte er heute keinen Tee?", drehte sie sich wieder zu Sörine um.
„Er hatte wohl Angst vor einem neuen Sparangebot", schnaubte die bekümmert. „Stell dir vor, da kann sich dieser Mann kaum sein täglich Brot leisten – und erst recht keine Tageszeitung – aber das hier hat er mir geschenkt, als Dank für die Torte gestern." Stolz hielt sie eine kleine Flasche hoch. Hübsches rotes Glas, verziert, mit Geschenkband und ovalem Etikett.
'Feinstes Bio-Orangenschalen-Öl. Vor Gebrauch schütteln', las Ella. Was für ein seltsames Geschenk! Sie reichte es zurück. „Sehr ... speziell."

Sörine strahlte. „Oh ja, solche besonderen Öle sind wundervoll!“ Klar, eine Bäckerin für erlesene Torten wusste so etwas zu schätzen. „Erst neulich habe ich ihm von einem geheimen Rezept meiner Mutter für Mandelöl erzählt. Das hat er sich gemerkt. Lieb, oder? Und dazu noch das hübsche Fläschchen.“ Hingerissen drehte und wendete sie sie. „Die passt perfekt zu uns. Wenn sie leer ist, stell ich sie hier irgendwo hin.“
„Ich wollte eigentlich nachfragen, wo Melina steckt“, kam Ella endlich auf ihr ureigenes Anliegen zurück, auch wenn die randvollen Tassen auf Dauer ganz schön schwer zu halten waren. „Wie lange ist sie schon unterwegs!“
„Oh – noch nicht so lange. Glaube ich. Sie ist mit Oskar raus, nachdem Ulli kam.“
„Ich hab um halb drei angefangen“, präzisierte die prompt, legte Zuckertütchen und Löffel auf Untertassen und eingepackte Kekse dazu. „Naja, kurz nach halb drei.“
„Was?“, rief Ella entsetzt. „Dann ist Melina jetzt schon fast zwei Stunden unterwegs?“
„Ach je, ist das schon so lange?“ Sörine sah bedröppelt drein. „Wenn Arbeit ist, vergess ich einfach die Zeit. Mir ist, als wäre sie eben erst los.“
Heinrich, der wohl mitbekommen hatte, das etwas nicht stimmte, kam nun ebenfalls an die Theke. „War Melina irgendwie – anders?“, wollte er von Sörine wissen, während er sich eine Tasse von Ella schnappte und einen großen Schluck daraus nahm.
„Besonders?“, wiederholte Sörine. „Junge, sprich deutlicher, wenn ich verstehen soll, was du meinst.“
„Naja, irgendwie – besonders.“
„Ich weiß nicht ...“
„Mutter!“, blaffte Heinrich los, dass sein Kaffee nur so schwappte.
Ella stöhnte.
Und zog den Kopf ein, als Sörine einen energischen Schritt rückwärts trat und entrüstet das Kinn vorschob. „Nee, Junge!“ Es war echt beeindruckend, wie ihre doch sonst immerzu lachenden Augen Heinrich geradezu aufspießten. „Ich mach ja viel mit und das auch wirklich gerne. Aber hier verlangst du zu viel von mir. Wie soll ich beurteilen, ob sich Melina anders als sonst benimmt, wenn ich sie heute erst kennengelernt habe?“
„Das wissen wir natürlich“, beteuerte Ella hastig. „Ich denke, dass

Hein ... äh, dein Sohn meint, ob sich Melina anders verhalten hat als der Durchschnittsmensch." Verflixt, warum musste sie die Mutter, die sie duzte und deren Sohn, den sie siezte, auch unbedingt in einem Satz unterbringen? Sie fühlte sich zwischen den beiden wie auf dem Prüfstand.
Sörine schien Ellas Problem nicht zu sehen. „Du meinst, ein bisschen verrückt?" Sie legte die Stirn in angestrengte Falten. „Melina hat ne Menge durchgemacht, das muss man ja berücksichtigen. Ein bisschen abwesend fand ich sie. Naja, und sie hat immer wieder auf ihr Handy geguckt, wie junge Leute das so tun. Ansonsten aber – nein. Ich fand ihr Verhalten normal. Also nicht im landläufigen Sinn, aber durchaus angemessen in Anbetracht der Situation."
„Handy? Aber sie hat doch gar keines!" Nee, oder? Ein übler Verdacht trieb Ella zu ihrer Tasche.
„Hat sie es wirklich genommen?", kam Heinrich ihr gleich nach, guckte ihr über die Schulter, während sie den Inhalt durchwühlte.
„Oh ja." Ärgerlich richtete sie sich auf. „Was für ein netter Dank für unsere Gastfreundschaft!"
„Wirklich?" Sörine war ganz betroffen. „Aber sie hat es doch bestimmt nicht gestohlen. Nur ausgeliehen. Weil sie es gebraucht hat. Schließlich hat sie es nie aus der Hand gelegt."
„Aber das ist doch ideal", ließ Heinrich Ella überrascht zu ihm herumfahren. Er wedelte mit seinem Handy. „Auf diese Weise können wir sie anrufen. Wie lautet Ihre Telefonnummer?"
Ella starrte ihn an.
„Na los. Sie wird nicht wagen, nicht dranzugehen. Haben Sie schon meinen Namen eingespeichert?"
„Wieso sollte ich das – wenn Sie meinen Namen nicht eingespeichert haben?", fragte Ella matt.
„Stimmt, das müssen wir nachher gleich nachholen. Also?"
„Ich weiß sie nicht."
„Wie?"
„Ich weiß meine Nummer nicht auswendig. Sie etwa?" Als ob es helfen würde, ihn anzugreifen!
„01771434587", ratterte Heinrich herunter.
Mist.
„Können Sie jemanden anrufen, der sie hat? Eine Freundin? Oder Ihren ..."
„Nein, ich habe die Nummern alle nicht im Kopf."

„Okay, dann ... fassen wir einfach mal zusammen", begann Heinrich umständlich. „Melina ..."
„... trifft sich wohl schon wieder mit diesem Tommy", kürzte Ella ihn ab, war schon auf dem Weg zur Tür. „Das erklären wir dir später", rief sie der verdutzen Sörine noch zu. „Kommen Sie, Heinrich, wir müssen sie suchen."
„Das tut mir echt total leid", hörte sie Sörine noch. „Ich hab das wirklich nicht mitgekriegt. Sie hat nur gesagt, dass Oskar ..."
Aber da war Ella schon draußen, winkte Ulli noch einmal und bog ab, ums Haus, zum Strand. Melina mochte ja tun und lassen dürfen, was sie wollte. Aber sie hatte Oskar. Ihren Oskar.

Eine Stunde später waren Ella und Heinrich auf dem Weg nach Windeby. Ohne Melina, ohne Hund.
Der Strand war heute voller Sonnenanbeter gewesen, die nicht nur die Strandkörbe bevölkert hatten. Ganz davon abgesehen, dass Hunde dort verboten waren, hätten sie eh keine Chance gehabt, die Gesuchten in diesem Gewimmel zu finden. Stattdessen hatten sie abgeklappert, was ihnen sonst eingefallen war. Hafen, Mole, die bei diesem Wetter spärlich besiedelte Einkaufsstraße, die proppenvolle Eisdiele – alles Fehlanzeige. In Heinrichs Wohnung – keine Spur.
Nach einem letzten Blick ins Tortenstübchen, wo Sörine nur traurig den Kopf geschüttelt hatte, waren sie ins Auto gesprungen. Zunächst waren sie im Baumarkt vorbeigefahren, immerhin war es doch gut möglich, dass die zwanghafte Melina sich durch Arbeit hätte ablenken wollen. Doch dort war sie seit Montagmorgen nicht mehr aufgetaucht, wie Frau Koch ihnen sogar unter Eid geschworen hätte. Aber ob sie denn schon bei der Kleinen zu Hause nachgesehen hätten? Schließlich sei die ja die Häuslichkeit in Person.
Wie auch immer, jetzt bog Ella in den Windebyer Weg ein und gab kräftig Gas.
„Sie ist erwachsen." Heinrich stützte sich am Armaturenbrett ab. „Sprich: Sie ist kein Kleinkind mehr. Neben der Spur oder nicht – sie ist fähig, ohne Aufpasser auf dieser Welt zu überleben. Folglich geht es hier nicht um Leben und Tod, und wir müssen auch nicht fliegen."
„Das mag ja alles sein", zischte Ella und drückte das Gaspedal voll durch. „Aber sie hat meinen Hund."

Es war sein Glück, dass er daraufhin schwieg. Einer verständnislosen oder gar herabwürdigenden Bemerkung über den Wert von Haustieren hätte sie nicht souverän begegnen können. Nicht, wenn es sie persönlich betraf. Und Oskar betraf sie sehr persönlich. Diese Frau, dieses Mädchen, dieses – dieses Kind, jawohl Kind! Zumindest zur Zeit war Melina sehr wohl eines, und sie war ganz bestimmt nicht in der Lage, Verantwortung zu übernehmen. Weder für sich noch für jemand anderen – und wenn es ein Hund war!
„Gleich heben wir ab", stellte Heinrich lapidar fest. „Und da vorne müssen wir schon abbiegen."
Oh ja. Genau wie Ella zuvor Gas gegeben hatte, stieg sie nun in die Eisen.
„Dagegen fährt die Bayerin weich", war Heinrichs ganzer Kommentar. Leicht erstickt, weil er gerade nach vorn in den Gurt sauste.
Genau wie Ella. Der das aber völlig egal war. Sie zog den Wagen in den Niemannweg, gab erneut Gas, um ihn mit Karacho direkt vors geschlossene Tor zu setzten. Keine anderen Fahrzeuge, keine Reporter, alles leer. Sie riss die Tür auf, sprang aus dem Wagen, hastete los.
„Hey", wehte Heinrichs Stimme ihr nach. „Die beiden werden schon nicht am Ertrinken sein!"
Das würde Ella erst dann glauben, wenn sie sie gefunden hatte. Sie war schon am kleinen Tor – zum Glück unverschlossen – und rannte weiter, zum neuen Haus. „Melina? Melina, sind Sie da?" Sie hechtete die Stufen zur Haustür hinauf, presste ihren Finger auf die Klingel und schlug mit der anderen Hand mit dem Anklopfer auf die Tür ein. „MELINA? MELINAAAA!" Nichts, alles blieb still. Doch Ella klopfte, klingelte und brüllte einfach weiter.
„Das können Sie genauso gut auch bleiben lassen", kommentierte Heinrich schon aus einiger Entfernung und deutete auf die Tür. „Sie ist nicht drin, sehen Sie das Siegel der Spurensicherung? Wäre Melina da, wäre es zerrissen."
Was? Das war ... Ja, jetzt registrierte Ella das rote Polizeisiegel ebenfalls. Welches sehr gut sichtbar angebracht und völlig unversehrt war. „Oh Mann", stöhnte sie. Sie war wirklich von Sinnen vor lauter Angst um ihren Hund. Welcher doch ohnehin längst in überschwängliches Begrüßungsgeheul ausgebrochen wäre, noch bevor sie ihr Klingelkonzert überhaupt begonnen hätte. Beschämt fuhr sie sich durch die Haare.

„So was nennt man persönliches Involviertsein", erklärte Heinrich ihr zuvorkommend. „Das ist ein Grund, jemanden von einem Fall abzuziehen, weil derjenige in diesem Zustand nicht fähig ist, besonnene Entscheidungen zu treffen."
„Wagen Sie es", zischte Ella. „Wenn Sie das machen ..."
„Wieso sollte ich?" Heinrich hatte beide Hände erhoben und hielt sie Ella demonstrativ vor die Nase. „Ich habe weder Absicht noch Befugnis. Wenn jemand allerdings Ihren Auftritt beobachtet hätte und in der Dienststelle anrufen würde, um Sie ..."
„Hören Sie auf!"
„Hey, Sie stehen ja wirklich völlig neben sich." Er hörte sich beeindruckt an.
Nun gingen Ella echt die Nerven durch. „Halten Sie endlich den Mund und tun Sie etwas! Wie Sie nämlich ganz richtig erkannt haben, BIN ich persönlich involviert."
Heinrich nickte anerkennend. „Das haben Sie eindrucksvoll zur Schau gestellt. Also gut, ich tue was", sprach er eilig weiter, als sie von neuem Luft holte. „Genau, laufen wir erst nochmal ums Haus herum. Schließlich gibt es noch mehr Eingänge. Vielleicht ..."
Vielleicht – das klang doch hoffnungerweckend. Wer in ein versiegeltes Haus einbrechen wollte, würde das doch nicht durch den Haupteingang tun, der obendrein von der Straße aus einsehbar war. Außerdem ... selbst wenn ein Teil von Ella natürlich wusste, dass Oskar sich auch dann längst bemerkbar gemacht hätte, war es einfach tröstlich, nicht allein zu sein. Ihr Kollege war bei ihr, der in dieser Sache gänzlich unbeteiligt und klar im Kopf war, der denken und handeln konnte, ohne von Angst überflutet zu werden.
So trottete sie hinter Heinrich her, der sich nach links gewandt hatte und gerade um die erste Ecke bog. Fenster, allesamt geschlossen. Auf der dem Eingang gegenüberliegenden Seite die Terrasse, Flügeltüren, ebenfalls geschlossen und versiegelt. Noch eine Ecke weiter ein Kücheneingang, verschlossen, versiegelt. Dann waren sie wieder vorne angelangt.
„Auch die Fenster im ersten Stock sind alle unversehrt und zu", murmelte Heinrich. „Das Haus ist ordnungsgemäß gesichert." Doch er ließ keinen Leerlauf aufkommen. „Dann auf zu Opas Haus, vielleicht hat sie sich dort verkrochen."
Ella, der die Bewegung gut tat, wurde langsam wieder klarer. Es war doch sehr unwahrscheinlich, dass ein Haus, in dem vor drei

Tagen ein Mord geschehen war, bereits freigegeben war, oder? Richtig! Schon aus der Entfernung erkannte sie das typisch rote Polizeisiegel. Die Terrassentür, gleich links um die Ecke, fanden sie ebenfalls versiegelt vor, als sie auch dieses Haus umrundeten.

„Die Schnellsten scheinen die nicht zu sein." Gedankenvoll strich Heinrich über die Polizeimarkierung. Ehe er den Kopf hob und lauschte. „Was ist das für ein Geräusch? Kommen Sie." Schon lief er auf die nächste Hausecke zu. Um dort abrupt stehenzubleiben. „Ach, sieh mal an."

Der Anblick, der sich ihnen hier bot, war in der Tat überraschend. Hier, direkt hinter dem Haus, war der Gartenzaun nur wenige Meter entfernt. Gleich dahinter – das Moor. Beziehungsweise, dort hätte es normalerweise begonnen. Ella erkannte rechts und links hübsche Moorlandschaft mit Büschen und dicken Grasbüscheln. Etwa hundert Meter weiter vorn das Noor. Nur direkt vor ihnen befand sich eine Baustelle.

So sah es zumindest auf den ersten Blick aus. Ein mit rot-weißem Absperrband markierter Bereich, in dessen einer Hälfte ein großes, flaches Loch im Boden entstand. Daneben ein Minibagger, der unter der Anleitung eines Mannes in Weiß – gut, das war bauarbeiteruntypisch – Erde aushob und auf einen kleinen Hügel jenseits der Absperrung beförderte. Währenddessen wuselten weitere weiße Männer mit Schaufeln um das Loch herum und machten sich dort, wo der Bagger bereits die erste Bodenschicht abgetragen hatte, am Untergrund zu schaffen.

„Ich fass es nicht." Heinrich lief an den Gartenzaun, packte mit beiden Händen an die Streben, wie um sich festzuhalten. „Die Spurensicherung buddelt tatsächlich schon?"

Ella brauchte noch eine Sekunde, bis sie alle Informationen verdaut hatte. „Die suchen nach der Leiche von Evert Niemann?" Die Richtung stimmte, gleich hinter ihnen befand sich das alte Haus, und Anna hatte ja aufgeschrieben, dass man vom Küchenfenster aus die Stelle sehen könne. Ella schaute noch einmal herum und fröstelte. Der Baum fehlte, aber trotzdem gab es keinen Zweifel: Hier hatte Delf der Erste damals die Leiche seines Bruders vergraben.

„Mann, oh Mann, die Neumünsteraner sind schnell", stellte Heinrich neben ihr bewundernd fest. „Wie viele Stunden wissen die von Annas Tagebuch? Vier? Fünf?"

„Wie viele Stunden ist Melina schon verschwunden?", erinnerte Ella ihn an ihre eigentliche Mission.
„Oh. Ja." Fast schuldbewusst riss er sich von den Ausgrabungen los, warf ihr einen wachsamen Blick zu. „Und Oskar", vervollständigte er dann mit einem kleinen Seufzen.
Verblüfft prüfte Ella sein Gesicht. Das hatte sich gar nicht sarkastisch angehört.
„Lassen Sie uns noch mal in alle Richtungen überlegen." Seine Miene war auch vollkommen ernsthaft. „Sie ist nicht zu Hause, nicht bei der Arbeit, nicht im Café, nicht in der Wohnung. Wo könnte sie sonst noch hingegangen sein?"
„Sie hat ja nichts und niemanden", kam Ella in den Sinn, was Heinrich Marten vorhin erklärt hatte. „Sie hat nur uns."
„Bis auf Tommy. Der aber um die zwanzig ist, vielleicht ein Auto hat, eine eigene Wohnung ..."
„Wenn sie bei ihm ist, finden wir sie nicht", schloss Ella.
„Bleibt uns nichts, als den Rest des Tages kreuz und quer durch die Stadt zu kurven und auf den ultimativen Zufall zu hoffen?" Heinrich stieß seine Schuhspitze zwischen die Steine des Kiesweges. Das Knirschen war irgendwie befriedigend. *Wie das Zertrümmern von Nierensteinen,* dachte Ella absurderweise. Ehe sie erschrocken nach Luft schnappte. „Wissen Sie, was wir total vergessen haben?"
„Was?"
„Die Klinik! Die Operation! Heute Morgen! Und inzwischen ..."
Heinrich verengte die Augen. „Von der haben wir auch immer noch nichts gehört. Dieser unzuverlässige Knilch von Neumünsteraner! Ich wusste doch gleich, dass wir den in der Pfeife rauchen können."
„Deshalb hat Melina das Handy gebraucht", rief Ella aufgeregt und spürte, wie sich Erleichterung in ihr ausbreitete. „Dort ist sie jetzt, natürlich. Nur ...", prompt schlug die Angst wieder über ihr zusammen, „wo soll sie denn da mit Oskar hin? Sie kann ihn doch nicht stundenlang vor dem Klinikgebäude anbinden!"
„Na, nun machen Sie mal nicht gleich die Pferde scheu. Dafür müsste sie doch nach Kiel fahren, mit öffentlichen Verkehrsmitteln. Dort durch die Stadt bis zum Klinikum. Ob Prinzessin Melina das auf sich nimmt?"
„Mit dem Taxi? Geld wird für sie doch keine Rolle spielen."
„Ich rufe an." Heinrich fackelte nicht lange. Zog sein Handy raus,

wählte eine Nummer. „Ich bin's. Könnt ihr mal ganz hochoffiziell in der Uni-Klinik Kiel anrufen, Transplantationszentrum, mehr weiß ich auch nicht. Ich muss zwei Dinge wissen. Erstens, wie die heutige Lebertransplantation von Sabine und Jonna Niemann verlaufen ist. Und zweitens, noch wichtiger, ob Melina Niemann dort ist." Er hörte einen Moment zu. „Ja, das wissen wir eben nicht. Ist gut möglich, dass sie noch kommt. In dem Fall bitte sofort Bescheid sagen, okay? Die Nummer hast du?" Wieder lauschte er. „Nein, für eine Fahndung besteht kein Anlass."

„He, doch! Sie hat meinen Hund entführt." Ella gab Heinrich einen empörten Stoß in die Seite. „Da muss sehr wohl richtig gesucht werden."

„Keine Fahndung", wiederholte Heinrich stur. Fügte jedoch, als Ella erneut ausholen wollte, schnell hinzu. „Noch nicht. Ich informiere euch, wenn sich was ändert. Ihr informiert mich über alles, was ihr erfahrt. Vielen Dank." Er schaltete aus und sah Ella warnend an. „Oskar ist ein Hund. Die Polizei schreibt für ihn keine Fahndung aus."

„Aber Melina hängt am anderen Ende der Leine", fauchte Ella. „Sie ist nicht zurechnungsfähig, da können Sie sagen, was Sie wollen."

„Das stimmt so nicht. Sie befindet sich in einem Ausnahmezustand. Das waren unsere Worte und der Grund, weswegen wir sie bisher nicht haben einweisen lassen." Heinrich seufzte. „Wir müssen warten."

„Worauf? Dass sie Oskar irgendwie ..."

„Bisher war sie total zuverlässig, was ihn anbelangt. Egal, was sie treibt, sie wird für ihn sorgen."

Das stimmte. Ja, wirklich, Heinrich hatte recht. Melina hing an Oskar und würde auf ihn aufpassen, wie sie das bisher auch getan hatte. Ella startete einen neuen Anlauf, sich zu beruhigen. Entweder befand sich das Mädchen im Liebesrausch mit diesem Tommy oder war voller Sorge um den Rest ihrer Familie auf dem Weg nach Kiel. „Verdammt, warum haben wir uns heute nicht besser um sie gekümmert?"

„Um sie wurde sich prachtvoll gekümmert", erwiderte Heinrich sofort. „Nur wurde sie eben nicht eingesperrt. Sie ist nun mal mündig und kann tun und lassen, was sie will."

„Na wunderbar", fauchte Ella. „Und was machen wir jetzt?"

„Zum Bahnhof fahren und fragen, ob ein blondes Mädchen mit

einem ebenso blonden Labrador dort war und ein Zugticket nach Kiel gelöst hat?" Heinrich grinste sie an. „Wär 'ne gute Idee, ne?"
„Eine prima Idee." Und das meinte sie nicht mal sarkastisch. Zweifellos war das ein Ansatz und obendrein viel besser, als untätig abwarten zu müssen.

Wobei sich der Bahnhof als der pure Flop herausstellte. Nur ein einziger Schalter – und dem Beamten dahinter war selbstverständlich keine ätherische Blonde aufgefallen, die mit einem lebhaften Labrador unterwegs war. Genauso wenig wie der Verkäuferin im Bahnhofsshop.
„Das heißt aber gar nichts", beharrte Ella stur, als sie genauso schlau wie zuvor wieder im Wagen saßen. „Melina kann die Fahrkarte auch am Automaten gekauft haben."
Heinrich widersprach nicht. Was Ella in diesem Fall allerdings auch nicht gut fand. „Wohin jetzt?"
Etwas Besseres, als noch einmal im Tortenstübchen vorbeizugucken, ehe es schloss, fiel ihnen nicht ein.
Um draußen zu sitzen, war es inzwischen zu kühl geworden, alle Tische leer. Drin war auch nicht mehr viel los. Zwei besetzte Tische, an denen die Gäste vor abgegessenen Tellern saßen.
Sörine blätterte in einem Backbuch, während Ulli ein wenig aufräumte. Beide schüttelten einvernehmlich die Köpfe, als sie Ella und Heinrich mit fragend gehobenen Augenbrauen hereinkommen sahen. „Sie ist immer noch nicht hier. Wisst ihr etwas?"
Die nicht vorhandenen Neuigkeiten waren schnell ausgetauscht. Gerade als Ella sich auf den Weg zu ihrem Häuschen machen wollte – konnte man es denn wissen – klingelte Heinrichs Handy. „Die Kollegen von der Gerichtsstraße."
Alle drei standen sie um ihn, als er ran ging.
„Was habt ihr?" Er lauschte.
Lange.
„Danke." Er legte auf und sah Ella an. „Die Transplantation ist gut verlaufen, Mutter und Tochter geht es den Umständen entsprechend gut. Beide sind noch auf Intensiv, aber so wie es aussieht, kann Jonna morgen verlegt werden. Bei der Mutter kommt jetzt die erste kritische Nacht. Danach wird man weitersehen. Aber keine Melina weit und breit, nicht einmal ein Anruf."
„Argh, das ist schlecht", stöhnte Ella. Eine Melina, die es nicht

kümmerte, was mit ihrer Familie war? Das war bedrohlich untypisch, das war zum Verzweifeln! Und es sprach für die Tommy-Theorie ... „Ich geh nochmal zum Strand."
Heinrich folgte ihr.
In den inzwischen deutlich gelichteten Reihen der Sonnenanbeter entdeckten sie natürlich weder Hund noch Melina. Obwohl sie weit liefen, den ganzen Kurstrand hoch und die Promenade wieder runter. So kehrten sie nach etwa einer Stunde zum Tortenstübchen zurück. Das hatte inzwischen zwar längst geschlossen, dennoch flatterten Sörine und Ulli wie verstörte Vögelchen durch die gute Stube, schoben Stühle, wischten Tische und rückten dies und das zurecht.
„Ich kann doch nicht einfach nach Hause fahren", beharrte Sörine stur, als Heinrich sie genau dorthin schicken wollte.
„Mutter, willst du hier die Nacht verbringen? Du hast zuhause Telefon. Ich informiere dich, sobald ich etwas weiß."
„Wirst du mich auch mitten in der Nacht anrufen?" Sie wirkte nicht so, als erwarte sie, geschont zu werden. „Versprich mir das."
Heinrich nickte, ausnahmsweise mal ganz braver Sohn. „Klar."
„Ich will auch informiert werden", verlangte Ulli. „Heute Abend lege ich das Telefon nicht mehr aus der Hand und heute Nacht – oh Gott, hoffentlich taucht sie früher wieder auf. Aber falls nicht – habe ich es auf dem Nachttisch."
Ella schwante, dass auch diese Nacht keine ruhige würde. „Ich hole meine Sachen aus Ihrer Wohnung", wandte sie sich an Heinrich. „Dann gucke ich bei mir zuhause vorbei. Wenn sie dann noch nicht aufgetaucht ist, fahre ich nach Windeby und warte dort."
„Erst besorgen wir was zu Essen, dann fahren wir", wurde sie prompt von Heinrich überrascht.
„Wir? Aber das ist ..." *Nicht nötig* – wäre an dieser Stelle reine Floskel gewesen. „Es ist schön, dass Sie mitkommen."
„Mich geht es doch auch an", erklärte Heinrich schlicht. „Naja, ich bin natürlich nicht so persönlich involviert wie Sie, aber ganz raus aus der Sache ist hier wohl niemand."
Ulli und Sörine nickten zustimmend und so eifrig, dass Heinrich sich bemüßigt sah, seine Aussage ein wenig einzuschränken. „Dass das mal klar ist: Diese Nachtschicht ist Kripo-Angelegenheit. Ihr Zivilistinnen geht nach Hause."
Die beiden wirkten unglücklich, fügten sich aber.

Kurz darauf waren Ella und Heinrich schon unterwegs. An ihren jeweiligen Haustüren hinterließen sie Nachrichten an Melina: 'Wir suchen Sie und warten vor Ihrem Haus!'
„Ich weiß, dass das eine reine Vorsichtsmaßnahme ist, aber so ganz ohne Anrede und Namen klingt das eher nach einer Drohung", meinte Ella dazu.
„Ist auch nicht so weit davon entfernt", brummte Heinrich, als er den letzten Zettel auf die Tür zum Tortenstübchen pappte. „Jetzt noch Essen besorgen, dann auf nach Windeby."

Die Siegel an beiden Häusern waren nach wie vor unversehrt. Trotzdem musste Ella läuten und alle Türen abklappern, doch selbstverständlich drang nichts als Stille heraus.
Zum Schluss gingen sie noch nach hinten zum Zaun. Der kleine Bagger stand gleich dahinter, ansonsten war weit und breit keine Menschenseele mehr zu sehen. Das Loch war mit Planen abgedeckt, die Spaten hatte man in einer Art Trog gestapelt. Morgen würden die Ausgrabungen weitergehen, für heute war Feierabend.
„Wichtig genug für Überstunden ist der alte Evert offensichtlich nicht", stellte Heinrich grimmig fest.
„Ziemlich einsam hier. Unheimlich." Fröstelnd starrte Ella aufs Noor hinaus und stellte sich vor, bei Dunkelheit oder Nebel alleine unterwegs zu sein. Nur Moor, Noor und sonst gar nichts. „Gibt's hier Geister und Gespenster?
„Garantiert", brummte Heinrich. „Und einen Steine werfenden Teufel noch dazu. Der Findling, den er ins Wasser geschmissen hat, ist sogar noch da." Er reckte den Kopf. „Von hier aus kann man ihn wohl nicht sehen, aber ich glaube, daran sind nur die Büsche da schuld. So groß ist das Noor nämlich gar nicht." Dann erzählte er vom Wanderweg rundherum. Naja, eher halb rund ums Noor. „Für mich als Kind war das immer eine Qual, weil wir uns auf dieser Seite nicht vom Weg wegbewegen durften. Angeblich war das Moor so gefährlich, dass ein falscher Schritt ausgereicht hätte ..." Er hob die Schultern. „Ich fand es nervenzerfetzend, wenn wir im Gänsemarsch da lang gingen, wähnte mich in ständiger Gefahr."
„Wie gut, dass Sie nicht vom Weg abgekommen sind." Obwohl Ella nicht danach war, musste sie grinsen. Was war denn in Heinrich gefahren, dass er sich plötzlich an persönliche Erinnerungen heranwagte? Wollte er sie etwa aufmuntern?

Später setzten sie sich auf die Stufen vor Melinas Haus und aßen die mitgebrachten Sandwiches. Noch viel später saßen sie dann im Wagen, den sie noch mal umgeparkt hatten, um einen ungehinderten Blick auf die kleine Pforte und den Hauseingang zu haben.
Es wurde dunkel.
„Wieso wirft der Teufel Steine ins Noor?", fragte Ella irgendwann. Weil sie über etwas reden wollte, etwas Unverfängliches, und ihr absolut nichts mehr einfallen wollte. Also nichts, was ging und was sie nicht schon geäußert hatte.
Überrascht sah Heinrich auf. „Das wollen Sie doch jetzt nicht wirklich wissen."
„Warum denn nicht?" Demonstrativ sah Ella sich um. „Hier gibt es doch sonst nichts."
„Naja, ist besser als grübeln", stellte Heinrich sein heute tatsächlich vorhandenes Einfühlungsvermögen erneut unter Beweis. „Dann bin ich jetzt also der Märchenonkel." Leise seufzend lockerte er die Schultern und lehnte sich zurück. „Mal überlegen, wie war das gleich noch? Ah ja!"
Es war eine Sage wie so viele andere auch. Unlogisch, weit hergeholt, schwer vorstellbar, dass die Menschen sich früher solche Sachen erzählt haben könnten. Es ging um einen Teufel, der mit einem reichen Mann in Wettstreit geriet – woraufhin die beiden beschlossen, um die Wette mit großen Findlingen zu schmeißen. „Selbstverständlich war der Teufel stärker und ließ den Mann in ihrem Kampf umkommen. „Um seinen Sieg zu feiern, schleuderte er zum Abschluss noch einen besonders schweren Granit. Bis heute ist der im Noor zu bewundern. Nicht mehr rot, sondern weiß von Möwenschiss. Das war's, Ende, aus." Mit wohligem Stöhnen presste Heinrich beide Hände an die Autodecke, um sich zu recken, und ließ sich dann wieder zurück in den Sitz sinken.
„Was machen wir, wenn Melina nicht auftaucht?", musste Ella dann doch den Gedanken formulieren, den sie die ganze Zeit von sich abzuhalten versuchte.
„Das überlegen wir, wenn wir müssen."
„Wann denn? Wie lange warten wir noch? Es ist nach Mitternacht, der Tag ist zu Ende, und sie ist immer noch weg. Das ist ..." *Es ist schon viel zu lange,* ließ sie verzweifelt Luft einsaugen.
„Sie wird sich für die Nacht bei ihrem Tommy eingerichtet haben. Sie ist erwachsen, sie ist verliebt. Wenn die beiden heute Nacht ...

also da ist es doch normal, dass sie mitten in der Nacht nicht mehr nach Hause fährt. Und erst recht nicht mehr bei mir klingelt."

Aber sie hat meinen Hund. Ella musste sich echt zusammenreißen, um nicht doch noch loszuschluchzen. Ihr geliebter Hund war von einer Verrückten entführt worden. Während sie hier festsaß, unbequem, todmüde und frierend. Im Dunkeln. Mutterseelenallein!

„Oskar passiert schon nichts." Heinrich war anzuhören, wie sehr er sich um einen tröstenden Ton bemühte. „Wir haben doch schon festgestellt, wie verantwortungsbewusst Melina sich immer um ihn gekümmert hat. Sie ist geradezu vernarrt in ihn, wird ihn gefüttert und ihm Wasser hingestellt haben. Bestimmt hat sie ihm sogar ein weiches Lager gebaut."

Der ironische Unterton war dennoch nicht zu überhören: Heinrich hatte wenig bis gar kein Verständnis dafür, warum Menschen sich um Tiere kümmerten. Doch irgendwie tat Ella es trotzdem gut, ihn all das aufzählen zu hören. Wenn sogar er wusste, was zu tun wäre, dann würde Melina, die sehr viel Verständnis für Tierliebe hatte, es erst recht tun.

War das logisch?

„Jedenfalls liegt der Hund jetzt warm und weich und entspannt", sprach Heinrich weiter. „Er hat viel erlebt heute, viel Neues gesehen, ist viel gelaufen. Sein Bauch ist voll, er ist satt und müde ..." In einen bedächtigen, fast schleppenden Ton war er verfallen. Fast hypnotisch.

Ella spürte, wie sich Schwere in ihr ausbreitete. Sie hatte auch so viel erlebt heute, Angst und Stress und Hochgefühl und noch mehr Angst. Erschöpft war sie, müde, so müde ...

„Und dann schläft Oskar ein und schläft die ganze Nacht. Bis die jungen Leute morgen wieder aufstehen und ihm Frühstück hinstellen ..."

Ein verquerer Lachreiz stieg in ihr auf, brach als Glucksen nach draußen. „Wenn Tommy und Melina wirklich ..." Sie kicherte.

Verwirrt und zu recht befremdet starrte Heinrich sie an.

„Wenn die beiden ..." Ella hielt die Luft an, um nicht loszuprusten, aber ihr Zwerchfell ließ sich nicht ruhig halten.

„Jetzt sind Sie auch verrückt geworden", stellte Heinrich bedauernd fest.

„Nein, nein, bin ich nicht." Mit Mühe gelang es ihr, das sogleich wieder ausufernde Kichern so weit einzudämmen, dass sie sich

erklären konnte. „Es ist nur so, dass Oskar regelmäßig durchdreht, wenn man ... also wenn zwei Menschen ..." Sie konnte nicht mehr.
„Wenn sie Sex haben?", platzte Heinrich heraus.
„Na, wenn es schon so weit ist, muss man Oskar längst hinter eine verschlossene Tür verbannt haben." Mit den hervorquellenden Erinnerungen wurde das Lachen noch stärker. „Manchmal reicht es schon, wenn man sich nur ansieht, die Hände nacheinander ausstreckt, und der Hund kommt jaulend und winselnd angerannt und drängt seine Schnauze dazwischen, damit man sich ja nicht ohne ihn nahekommt."
„Oh." Naja, Heinrichs mangelndes Verständnis für Hundehalter hatte sie damit garantiert nicht vergrößert.
„Jaulen tut er dann auch hinter der geschlossenen Tür weiter", kicherte sie, nur ganz am Rand wahrnehmend, was sie da eigentlich ausplauderte. „Und wenn es heftiger wird, dann bellt er, unentwegt, bis ..."
„Also wirklich!" Heinrich hatte wohl Angst, dass sie noch mehr ins Detail gehen würde.
Prompt prustete Ella vollends los.
„Aber was will er denn dann?"
„Na, Zuwendung. Nicht vernachlässigt werden. Streicheleinheiten."
Heinrichs Schnauben verkündete beredt, was er davon hielt.
Ella kicherte nur umso heftiger.
„Und deshalb vermissen Sie ihn so sehr?" Heinrich zweifelte hörbar an ihrem Verstand.
Das heizte Ella noch mehr an. „Naja ..." Sie bekam kaum noch Luft. „Wenn man in der Situation drinsteckt, ist es zugegebenermaßen nicht wirklich anregend. Nicht in dieser Hinsicht ..."
Heinrich schnaubte erneut.
„Aber so im nachhinein ..." Ella musste sich die Lachtränen aus den Augen wischen. „Also mein Ex fand das nicht komisch. Er war immer gleich genervt. Hat geschimpft, dass er Oskar am liebsten vorher betäuben würde." Was wiederum sie nicht lustig gefunden hatte, im Gegenteil.
Heinrichs nächstes Schnauben hatte durchaus Ähnlichkeit mit einem Lacher. Und es kam noch eins. Bis er tatsächlich in ein zuerst verhaltenes, nach und nach anschwellendes Gelächter ausbrach. „Zugegeben. So eine Situation ist schon witzig!"
„Nicht wahr?"

„Kommt daher der Begriff 'Anstandswauwau'?“
Hahahahaha! Es war toll. Miteinander zu lachen. All das miteinander lustig zu finden. Sich miteinander vorzustellen, wie Oskar vor ihrem Schlafzimmer ...
Eigentlich hätte sie so was nicht erzählen dürfen. Stefan wäre ausgerastet, wenn er das wüsste. Aber das gönnte sie ihm. Er hatte es so was von verdient, dass sie seine Privatsphäre verletzte! Abgesehen von all dem anderen Scheiß – er hatte sie allein gelassen. Ihr gemeinsamer Hund war verschollen, und ihm war das scheißegal!
Ella rang nach Luft. Von einem Moment auf den anderen war jedwede Albernheit wie weggeblasen. Gut, dass es ihr schon die ganze Zeit aus den Augen tropfte, so musste sie jetzt nur das Schluchzen unterdrücken, das genauso überhandnehmen wollte wir zuvor das Lachen.
„Melina wird den Hund trotz allem nicht rausschmeißen“, hörte sie da Heinrichs beruhigende Stimme. „Sie gehört zu den Frauen, denen Sex nicht so wichtig ist, Sie haben sie doch gehört. Sie hat ihren Opa mehr geliebt als all so was. Da wird sie auch Oskar nicht vernachlässigen, bloß weil sie lieber ...“ Diesmal ließ er das so stehen.
Er war so lieb! Erzählte ihr, was sie hören wollte – was total untypisch war für ihn. Doch er bemühte sich, sie zu trösten. Das war unglaublich lieb von ihm ... Unwillkürlich verlagerte sie ihr Gewicht nach rechts, seiner Schulter entgegen. Ob er etwas dagegen hatte, wenn sie sich eine kleine Weile an ihn lehnen würde? Nur eine kleine Weile ...
„Müssen Sie auch mal?“
Ella blinzelte.
Während Heinrich pflichtschuldig hustete, vermutlich um zu erklären, dass er ersticken würde, wenn er sich nicht schleunigst aufrichtete und die Arme in die Höhe reckte. „Also mir zumindest könnte es nicht schaden, mal kurz zu verschwinden.“ Nach ziemlich genau drei Sekunden, in denen er reglos ausgeharrt hatte, öffnete er mit einer ruckartigen Bewegung die Tür und floh aus dem Wagen.
Ella verzog gequält das Gesicht. Da hatte sie den Armen aber gründlich überfordert. Was war auch in sie gefahren, ausgerechnet ihm, den sie erst seit drei Tagen kannte und zwar fast nur grantig und unsozial, so viel unzensierte Emotionalität zuzumuten? Mit

einem resignierten Seufzer stieg auch sie aus und dehnte ihre eingerosteten Arme und Beine.
Natürlich müsste sie auch mal müssen. Die Frage war nur, wo. Hier an der Straße gewiss nicht. Und auf dem Niemann-Grundstück? Nee, also so dringend war es noch nicht.
Wohin hatte sich Heinrich eigentlich verzupft? Extra weit weg, um erst mal in Sicherheit vor ihr zu sein?
Seufzend trat sie an das große Tor und studierte durch die Gitterstäbe das Haus, das in der Dunkelheit fast nicht zu sehen war. Keine hellen Fenster, keine Außenbeleuchtung. Hier war sehr offensichtlich niemand mehr zuhause.
Sie warf einen Blick zum Himmel. Nun ja, morgen würde es wohl nicht sonnig werden, jedenfalls hatte es sich zugezogen. Kein Mond zu sehen, keine Sterne. Und da – sie wischte sich über die Stirn – es begann doch tatsächlich zu tröpfeln. Na toll! Rasch huschte sie in den Wagen zurück.
„Wie wäre es mit ein bisschen Schlafen?", fragte der deutlich feuchte Heinrich, als er sich etwas später wieder neben sie schwang. Und kehrte dann schon wieder den edlen Samariter hervor: „Ich übernehme die erste Wache."
„Das ist gar keine schlechte Idee." Ella gähnte schon wieder.
Und so lag sie nur wenig später hinten im Laderaum auf ihrer Luftmatratze, eingekuschelt in ihren Schlafsack, durch ein Gitter vom Fahrerbereich getrennt, was sich jedoch trotzdem wie Privatsphäre anfühlte. Ein Hoch auf den Sprinter, der das so problemlos erlaubte!
Mittlerweile platterte der Regen auf das Blechdach. Tropfen für Tropfen für Tropfen. Gleichförmig, aber nicht regelmäßig. Manchmal fester, manchmal weniger. Wohltuend, einschläfernd. Ella fühlte sich schwer werden, wegdämmern ...

Etwas war. Sie schreckte hoch, sah Heinrich auf dem Beifahrersitz. Schlafend. Prima Nachtwache. Aber da, schon wieder! Kein Regenrauschen mehr. Stattdessen – Gebell. Gedämpft, aber kein Zweifel: Da bellte ein Hund! „Oskar?"
Heinrich war sofort wach – und schneller als sie draußen. „Das kommt vom Haus!"
Jede Schwere war aus Ellas Kopf gewichen, als sie neben ihm her darauf zu rannte. „Oskar?"

Verwirrt blieb sie stehen. Das Siegel – wie konnte es unversehrt sein? „OSKAR?"
Ein Bellen zur Antwort, jetzt eindeutig von innerhalb des Hauses identifizierbar. „Ja, er ist es. Er ist da drin!"
„Dann lassen Sie uns die anderen Eingänge checken." Heinrich rannte schon nach rechts, Richtung Kücheneingang.
Ella ihm nach. „Volltreffer!"
Das Siegel zerrissen. Die Tür zwar geschlossen, aber der Schlüssel steckte von außen.
Dass Heinrichs Hand wohl automatisch zu seinem Pistolenhalfter griff, war schon cool. Wie er sich schüttelte, als ihm aufging, dass das längst leer war, dann eher lustig. „Ich gehe voraus", raunte er extra dramatisch.
Und wieder musste Ella grinsen, denn so viel Heldenmut war weder nötig noch überhaupt möglich: Kaum dass er den Schlüssel gedreht hatte, wurde nämlich die Tür von innen aufgestoßen, und schon im nächsten Moment sprang der vor begeisterter Freude winselnde Oskar an Ella – und wenn er ihn zu fassen bekam, auch an Heinrich – hoch.
„Oh, mein Schatz, da bist du ja, da bist du ja wieder!" Ella kniete auf dem harten Stein und versuchte mit weit offenen Armen, den freudigen Derwisch doch irgendwie an ihr Herz zu drücken.
Doch der musste tanzen, sich rühren, springen. Winselnd, freudig, aufgeregt. Er peitschte nur so mit dem Schwanz, stieß mit der Schnauze um sich, presste sich an Ella, nur um im nächsten Moment doch lieber wieder an Heinrich hochzuspringen. Und dabei quiekte und heulte er seine Begeisterung über das Wiedersehen lautstark heraus.
„Wo warst du denn so lange?", fragte Ella ihn immer wieder. „Und wie bist du ins Haus gekommen?" Eine Weile war ihr egal, dass Oskar nicht die beste Adresse für ihre Fragen war. Schließlich hob sie den Kopf und blickte sich nach Heinrich um, der sich nach Oskars Attacke hinter einen Pflanzenkübel zurückgezogen hatte. „Wo ist Melina? Haben Sie sie eben irgendwann gesehen?"
„Nein, und auch sonst niemanden." Anscheinend wähnte er sich in Sicherheit, jedenfalls stieg er über den Margeritentopf und quetschte sich am inzwischen schon weniger ausladenden Oskar vorbei, ins Haus. „Sie muss von hinten gekommen sein, vom Noorwanderweg aus."

„Oder der Aufpasser hat verschlafen", murmelte Ella in Oskars Ohr. „Und ihr seid einfach vorbeigeschlichen. War es so, hm?"
„Melina?" Heinrich verschwand in der Küche. „Melina, sind Sie hier?" Kurz darauf flammte Licht auf. „MELINA!"
Es tröpfelte schon wieder. „Komm, Dicker, wir gehen auch rein."
Drinnen im Licht nahm Ella zuallererst ihn noch einmal genau in Augenschein. Doch ihm schien es wahrhaftig gut zu gehen. Erst dann sah sie sich um.
Die Spurensicherung hatte sichtlich Spuren hinterlassen. Sämtliche Ablageflächen – Tisch, Eckbank, Stühle, Arbeitsflächen, Spüle – waren vollgestellt mit dem Inhalt der offenstehenden, leergeräumten Schränke: Geschirr, Vorräte, Lebensmittelpackungen. Klar, dass Oskar die Gunst der Stunde genutzt hatte, wie Ella an der auf dem Boden liegenden Nudelpackung erkennen konnte. Verwaistes Plastik natürlich.
Er kann doch kein Gift erwischt haben?, durchzuckte es sie jäh. Ehe sie sich dann aber an den Zustand der Küche am Morgen nach der Pilzmahlzeit erinnerte, wie Heinrich ihn ihr beschrieben hatte. Tadellos sauber. Und die Spu-Si hatte ja auch keine Giftrückstände finden können.
Erst jetzt fiel ihr Blick auf den Profi-Gasherd, der von all dem Chaos drumherum unbehelligt geblieben war und wie frisch gewienert strahlte – Moment mal! Sie ging näher ran.
Im ersten Moment war ihr nur klar, dass da irgendwas seltsam war. Verkehrt. Erst dann formte sich das Dunkle dort zu etwas, das Sinn machte. Schrecklichen Sinn.
„HEINRICH!"
Poltern auf der Treppe, Schritte die heraneilten. „Was ist?"
Ella deutete nur. „Das."
„Oh Gott." Ebenso entsetzt wie zuvor sie starrte er auf die kleine, kugelige Gestalt, die mitten auf der größten Gasflamme stand. Ein Igel. Falsch rum. Auf dem Kopf. „Genau wie in Melinas Büro", stellte er tonlos fest.
„Könnte es der aus ihrem Büro sein?"
„Im Prinzip schon. Aber das spielt jetzt keine Rolle. Wer ihn so da hingelegt hat, wollte uns damit etwas sagen."
„Melina."
„Wer sonst?" Als würde sie plötzlich aus dem Nichts erscheinen, blickte Heinrich sich erneut um. „Sie ist nicht hier. Aber sie war es.

Hat Oskar versorgt. Im Flur eine Decke für ihn hingelegt und Wasser hingestellt. Die Leine hängt ordentlich an der Garderobe. Während sie selbst ..." Er zeigte zur offenstehenden Terrassentür. „Aber sie hat die Tür hinter sich zugemacht, damit er nicht weglaufen konnte – und den Schlüssel von außen stecken lassen, damit wir rein konnten und ihn retten."
„Sie hat wirklich gut auf ihn aufgepasst, genau wie Sie gesagt haben." Ella schickte ihm ein dankbares Lächeln.
„Aber warum?"
Sie runzelte die Stirn. „Warum?"
„Ja, warum hat sie ihn hiergelassen? Wo ist sie hin – ohne ihn?"
„Äh ..." Ella schüttelte benommen den Kopf. „Wie spät ist es jetzt?"
„Gleich zwei. Noch richtig dunkel. Und total einsam."
Ellas Kehle wurde eng. „Sie hat uns eine Botschaft hinterlassen", sammelte sie ihre Gedanken. „Speziell Ihnen. Weil sie beide über ihren Igel geredet haben." Einer Eingebung folgend, schnappte sie sich das kleine Ton-Getüm, drehte es um. „Da ist ein Kreuz draufgemalt. Mit Rot, sehen Sie? War das auch bei den anderen so?"
„Nein." Heinrich war schon bei ihr. „Zeigen Sie her."
„Sie hat dem Igel, den sie mit ihrem Großvater verbindet, ein rotes Kreuz auf den Kopf gemalt", dachte Ella laut weiter. „Das kann nichts Gutes bedeuten, oder?"
„Wir müssen raus, sie suchen." Ihr den Igel wieder in die Hand drückend, wandte er sich zum Gehen.
„Warten Sie." Jetzt hatte sie es gesehen. Das weiß Schimmernde im hohlen Tonbauch. „Ein Zettel!" Krampfhaft angelte sie mit dem Zeigefinger, bis sie ihn zu fassen hatte, zerrte ihn hervor, faltete ihn auseinander. Las laut die dicht gedrängte kindliche Schönschrift:
'Es ist höchste Zeit, dass es aufhört. Anna Niemann hat recht, auf uns allen liegt ein Fluch. Ich bin schuld, ich bin der Mörder. Aber jetzt bin ich weg. Passt auf Jonna auf, sonst ist ja niemand mehr übrig. Es tut mir alles so leid. Melina'
„Ich fass es nicht", stieß Heinrich hervor, der an der Terrassentür gestoppt war. „Nein, ich glaub es einfach nicht. Melina ist die Mörderin ihres Großvaters? Und hat auch ihre Eltern vergiftet? Ich fass es nicht!"
„'Aber jetzt bin ich weg'", wiederholte Ella murmelnd Melinas Worte.
„Scheiße." Heinrich wirbelte herum, stolperte über die Schwelle,

rannte los, ehe er das Gleichgewicht verlor. „Melina! Melina, wo sind Sie? Warten Sie, Melina, wir kommen!"
Oskar kam, als wäre er es gewesen, der gerufen wurde. Wild bellend schoss er um den Küchentresen herum, aus der Terrassentür und verschwand gleich darauf in der Dunkelheit.
Warum stand Ella noch eine geschlagene Sekunde am selben Fleck? *Los, Heinrich nach, Melina suchen, das Schlimmste verhindern ...*
„Melina, Melina!" Heinrichs Stimme wurde rasch leiser.
Verdammt. „Verdammt", würgte Ella heraus und musste es laut aussprechen, um endlich losrennen zu können. „Verdammt, sie will sich umbringen!"

Eine lange Nacht

Der Hund war bei ihm, noch ehe Thorsten am Gartentor angelangt war. Hatte freundlicherweise davon abgesehen, ihn wieder körperlich zu bedrängen, sondern nur hechelnd gewartet, bis Thorsten das Tor aufbekommen hatte, um dann als Erster hindurchzuschlüpfen. Und erst mal am Zaun zu schnüffeln.
„Melinaaa", schrie Thorsten in die trotz Mittsommer undurchdringliche Dunkelheit über dem Noor. „Melinaaa!"
So ein Mist! Wie sollten sie das Mädchen dort draußen finden? Zu zweit, ohne Ausrüstung, nicht mal ne richtige Taschenlampe hatte er dabei. Genervt tüdelte er den Anhänger mit der Mini-LED-Lampe von seinem Schlüsselbund ab und knipste sie ein. Ihr Schein reichte gerade mal bis zu Oskars Hintern, der links am Zaun entlang aus Thorstens Blickfeld trottete.
Wusste er, worum es ging? Machte es Sinn, ihm zu folgen? 'Such Melina, such!', lag Thorsten auf der Zunge.
Doch da holte Ella ihn ein. „Sie will ins Moor", keuchte sie atemlos. „Oder ist es schon, ich meine ... Es geht um Annas Familienfluch!"
'Natürlich ist sie hier hinten raus', hatte Thorsten antworten wollen – ehe ihm nun dämmerte, was diese Formulierung bedeutete. „Sie will im Moor versinken?" Oh Gott!
„Oskar? Oskar, komm her. Hierher hab ich gesagt! Oskar!"
Der war mittlerweile ein beträchtliches Stück weiter den Zaun lang – dank seines hellen Fells überhaupt noch zu sehen. Schien zielstrebig zu schnüffeln – oh nee, jetzt hob er das Bein. Der war weit davon entfernt, Melinas Fährte aufzunehmen.
„Können Sie ihn nicht dazu bringen, dass er uns zu ihr führt?", drehte Thorsten sich ungeduldig zu Ella um.
Doch die war schon dem Hund nach. „Oskar, hierher!"
Dieser ungezogene Köter! „Ohne Naschkram-Bestechung macht er es nicht, oder?", konnte er sich nicht verkneifen.
„Das ist jetzt ungemein hilfreich, danke schön", fauchte Ella. „Gerade weil wir alle Zeit der Welt haben!"

Sie hatte ja recht. „Wie sollen wir durchs Moor, ohne selbst einzusacken?“, konzentrierte er sich auf das Notwendige. „Wir bräuchten jemanden, der ...“ Teufel auch, sie mussten die Uniformierten verständigen, hätten es gleich zu Anfang tun müssen! Er wühlte sein Handy aus der Tasche, tippte, wartete. Endlich! „Heinrich von der Kripo hier. Ich bin in Windeby. Auf der Suche nach einer selbstmordgefährdeten jungen Frau, die sich im Moor das Leben nehmen will. – Ja, klar bin ich sicher, sie hat einen Abschiedsbrief hinterlassen. Ich brauche einen Wagen mit aller verfügbaren Nachtausrüstung. So viele Leute, wie ihr auftreiben könnt, je mehr Leute, desto ... Ja, natürlich. Gut. Danke. Niemannweg, eine Abzweigung nach der Siedlung Windeby. Hinter dem Grundstück der Niemanns. Da ist direkt das Noor. – Nein, meine Kollegin und ich sind schon im Gelände, die müssen uns so finden.“ Nach Abschiedsfloskeln war ihm nicht, er klickte die Tussi einfach weg und stopfte das Handy in die Tasche zurück.
Wo war Ella? Ah, sie hatte den Hund erwischt, wartete ein Stück den Zaun lang auf ihn. „Kriegen wir Verstärkung?“, rief sie hoffnungsvoll.
„Ja, aber das wird dauern. Wir gehen schon los.“
„Okay.“ Doch wenn er gedacht hatte, dass sie bereit wäre, hatte er sich getäuscht. „Oskar, halt, nein, bleib hier. Hierher!“
Er verdrehte die Augen. „Wir müssen nachdenken“, forderte er ärgerlich.
„Ja, klar.“ Wenigstens hatte sie zugehört. „Wenn Melina wirklich Anna folgen will ...“
„... dann ist sie zu den Ausgrabungen“, schloss er und lief sofort los. Ella und der Hund hatten ja bereits bewiesen, dass man dem Untergrund hier am Zaun trauen konnte. Und er durfte das Rufen nicht vergessen. „Melina“, erhob er seine Stimme, so laut er es im Laufen konnte, „Melinaaa!“
Müsste sie ihn nicht hören in der Stille ringsum? Okay, wenn sie wirklich entschlossen war zu sterben, würde sie natürlich nicht antworten. *Und wenn sie schon tot ist? Weil du eingepennt bist. Du hättest sie bemerken müssen, sofort einschreiten, sie retten ...* Verdammt, verdammt, verdammt!
„Brav, Oskar, guter Hund!“ Ah, der ach so Gute hatte sich anscheinend erbarmt und Ella nah genug herangelassen, dass sie ihn am Halsband hatte erwischen können. Hektisch blickte sie sich zu

Thorsten um, der sie just in diesem Moment erreicht hatte. „Also rüber zur Baustelle, oder?"
Da war er schon an ihnen vorbei. „Solange wir in der Nähe des Zauns bleiben können, ist es kein Problem, da profitieren wir davon, dass sie den Garten trockengelegt haben." Ja, von Sumpf war hier nicht das Geringste zu merken. Er fing an zu laufen. „Erst wenn wir uns entfernen, müssen wir vorsichtig sein. Können Hunde spüren, ob der Boden sie trägt?"
„Keine Ahnung", keuchte Ella schon direkt hinter ihm, während die Hundeschnauze ihm in die Kniekehlen hechelte.
Er beschleunigte noch mehr. „Aber Oskar ist natürlich nicht so schwer wie wir, und außerdem verteilt sich sein Gewicht auf vier Pfoten. Melinaaa! Sind Sie hier irgendwo?"
Hätte nicht ausnahmsweise das Wetter mal mitspielen können? Da war es Anfang Juni schon mal so sommerlich warm und schön – aber wenn sie einen Mond und helle Sterne gebraucht hätten, zog es sich selbstverständlich gleich wieder zu. Man konnte kaum das Noor erahnen, so trübe war es. Und auf der Wiese zwischen ihnen und dem Ufer wuchsen immer wieder Bäume und Sträucher, sodass es selbst bei besserem Licht schwierig gewesen wäre, eine menschliche Gestalt auszumachen.
Links von ihnen erhob sich der von dieser Seite von Gestrüpp und Ranken bewachsene Flechtzaun. Und zwar endlos, wie weit reichte das Grundstück denn? *Na logisch,* wurde ihm klar. Die beiden niemannschen Häuser teilten sich einen riesigen Garten. Wenn denen eh alles gehörte, hatten sie die Drainage natürlich gleich überall gelegt ...
Ah, da war das zweite Gartentor, das vom alten Niemann. Etwa fünfzig Meter daneben lag die Ausgrabungsstelle. Jetzt wurde es spannend. Thorsten leuchtete auf das an sich harmlos erscheinende Gras vor seinen Füßen.
Oskar zurückzerrend, der weiter wollte, war Ella neben ihm stehengeblieben, streckte einen Fuß nach vorn aus und wippte. „Fühlt sich fest an."
Unwillkürlich hatte er sie am Arm gepackt.
Sie warf ihm einen Blick zu. Grinsend. „Wenn ich jetzt einsinke, reiße ich Sie mit."
Rasch ließ er sie los – bis er realisierte, wie feige das rüberkam. Mit einem entschlossenen Ruck setzte er einen Schritt nach vorn.

Viel zu unüberlegt, wenn da Morast gewesen wäre, wäre er direkt drin gewesen. Doch er hatte Glück. Wasser schlürfte um seine Schuhe, und er sank ein paar Zentimeter ein, doch nichts federte. Auch beim nächsten Schritt nicht. „Kommen Sie, es geht."
Nun musste Ella den Hund gewaltsam vom Zaun wegreißen, weil er noch schnuppern wollte. Wie weit war der eigentlich weg von einem anständigen Polizeihund?
Da hatte er das Absperrband erreicht. „Melinaaa!", fiel ihm wieder ein zu rufen. „Melina, wo sind Sie?" Der ausgebaggerte Bereich war nach wie vor abgedeckt. Ob da jemand drübergegangen war, konnte man nicht erkennen. Und sie würde doch wohl nicht unter die Abdeckplane ...? Er krabbelte unter dem Band durch, griff nach deren Rand, zerrte sie hoch, um darunter zu leuchten – doch die Plane war so schwer, dass er sie gleich wieder losließ und sich aufrichtete. „Melina!"
Auch hier unten war der Boden zwar matschig, aber nur oberflächlich. Keine Chance zu versinken. Er kletterte aus dem Loch und ging um den Bagger herum. Hier gab es eine Menge Fußspuren – ob da Melinas dabei waren? Oskars waren jedenfalls mit von der Partie, der krauchelte mit Ella im Schlepptau überall umher und – wie hätte es anders sein können – markierte eifrig das Raupenfahrwerk des Baggers. Fehlte nur noch, dass er auch noch sein großes Geschäft erledigte und die Leute morgen früh nichtsahnend mitten rein ... Angewidert verzog Thorsten das Gesicht.
„Na komm, Oskar, komm weiter!", bat Ella ihr Herrchen. Na, allmählich klang auch sie ein bisschen ungeduldig.
„Melina!", brüllte er in die Nacht hinein, während er zu entscheiden versuchte, wo er weitergehen sollte. Wenn es ein bisschen heller wäre ...
„Hier ist sie nicht", schloss Ella messerscharf, als sie auf ihn zukam. „Wir müssen näher ans Noor."
Thorsten schnaubte bloß. Brüllte nochmal besonders laut nach Melina, ehe er – diesmal mit maximaler Vorsicht – den ersten Schritt wagte.
Jetzt kam Ella erstaunlich schnell nach. „Melina", fühlte sie sich berufen, mitzubrüllen. Erstickt allerdings, denn jetzt wurde sie wieder vom Hund vorwärts gezogen, weil es dem nicht schnell genug gehen konnte.
Prompt geriet er Thorsten zwischen die Füße. „Hey, Vorsicht!" Er

stolperte, konnte sich gerade noch halten – dank einem Ausfallschritt zur Seite, unkoordiniert und mitten rein in ein tieferes Matschloch. Die augenblicklich aufwallende Panik war unnötig, er spürte festen Grund. Aber ihm lief der Modder in den Schuh. Und er steckte fest, wenn er zu doll ziehen würde ... der Schlick gab ein würgendes Geräusch von sich, als er seinen Fuß bewegte. „Verdammtes Vieh!“, fluchte er inbrünstig und konnte nicht anders, als heftig zu rucken. Ah, gut, sein Schuh war mitgekommen – doch er selbst wankte rückwärts. Direkt gegen Ella, die zum Glück standhaft genug war, ihn zu stützen.
„Dieser verdammte Köter“, gab er der Versuchung nach, es ihr nochmal zu geben – für den Fall, dass sie beschlossen haben sollte, ihm das erste Mal durchgehen zu lassen.
Dass sie auch jetzt nicht auf die Barrikaden hüpfte, um ihren Liebling zu verteidigen, war zumindest etwas. Auch sie hatte genug von Oskars Eskapaden. „Es tut mir leid“, beteuerte sie sogar. Sieh an, sie klang sogar schuldbewusst! „Ich hätte die Leine mitnehmen sollen, aber ich bin einfach hinter Ihnen her ...“
„Also weiter“, entschied er kurzerhand, ihre Entschuldigung zu akzeptieren. „Melinaaa“, brüllte er wieder los, während er sich auf seine Füße konzentrierte.
Gut, nun hielt Ella Abstand zu ihm, den Hund nah bei sich am Halsband.
Noch immer war der Boden zwar durchgeweicht, doch es war kein Beben zu spüren. Trotzdem kamen sie nur langsam vorwärts. Hielten Ausschau – quatsch, sie spähten in die Dunkelheit jenseits der Funzel. Alles was mehr als zwei Meter abseits ihres Weges lag, war unsichtbar. Zudem war das Gelände total unübersichtlich, überall standen Büsche und Birken herum. Und gerade waren sie auf einen Graben gestoßen und mussten ihre Richtung ändern, weil es unmöglich war, drüberzuspringen.
„Wo fängt es denn nun an, das eigentliche Moor?“, verlangte Ella da auch noch zu erfahren.
„Woher soll ich das wissen?“, erwiderte Thorsten genervt. Als ob das ihre wichtigste Frage wäre! Ihn machten sie wahnsinnig, die ganzen Fragen. Hatte es überhaupt einen Sinn, hier herumzutappen? Und war es nicht sowieso längst zu spät? Wie lange war Melina bereits weggewesen, als sie Oskars Bellen gehört hatten? Sie hatte mehr als genug Zeit gehabt, um ...

„So ein Moor verändert sich ständig", beschloss er, Ella doch noch zu antworten, schließlich konnte sie am wenigsten dafür. Wenn er Wache gehalten hätte wie versprochen ... Was war er doch für ein lausiger Polizist, auf ganzer Linie!
„Sie meinen, wo es vor siebzig Jahren noch gefährlich war, ist es heute nur noch gewöhnlicher Morast?" Sie war nicht sauer.
Na gut. „Zu Annas Zeiten hätte man vermutlich nicht mit einem Bagger ankommen können. Wer weiß, vielleicht gilt es ja für den ganzen Bereich hier. Als ich Kind war, war der Wanderweg auf dieser Höhe schon wieder breit und fest. Das Moor war weiter in Richtung Schnaap. Wann kommt der Weg denn endlich? Da vorn muss doch schon das Ufer sein."
„Melina ist hier aufgewachsen, da weiß sie sicher, wo die heute gefährlichen Stellen sind", gab Ella zu bedenken. „Wenn es denn noch welche gibt."
Thorsten stöhnte. „Wir bräuchten so jemanden, verdammt. Sagen Sie mal, hätten wir es an die ganz große Glocke hängen müssen?" Sofort brach ihm der Schweiß aus. „Flutlicht, Hundestaffel, Hubschrauber ..."
„Das hätten wir doch nie einfach so durchbekommen ... Aber warum kommen die nicht? Hätten wir nicht wenigstens schon mal was hören müssen?" Sie lauschten beide. Doch bis auf Grillengezirpe und ein paar lautere Wellen auf dem inzwischen sehr nahen Noor war nichts zu hören.
„Achtung", warnte Thorsten leise, ehe er Atem holte, um abermals loszubrüllen: „Melina, sind Sie hier?"
Wieder lauschen. Nichts.
„Melina", stimmte Ella ein, und nun wuffte sogar der Hund.
Doch noch immer keine Reaktion.
„Nein, Oskar, du bleibst", musste Ella ihn schon wieder zurückziehen. Konnte nicht wenigstens der sich so verhalten, wie er sollte?
„Verdammt!", stieß Thorsten wütend durch die Zähne und machte ein paar ungerichtete Schritte dem Noor entgegen. Das Wasser schwappte regelrecht in seinen Schuhen. „Es ist doch zum Kotzen aussichtslos! Hier herumzutapern und jemanden zu suchen, der schlicht überall sein konnte. Gehen wir zurück zu den Häusern, nun müssten die Kollegen ja wirklich da sein. Wenn die große Lampen dabei haben und zumindest einen Kollegen von der Hundestaffel erreicht ..."

„Hier ist der Weg", verkündete Ella da. „Oder das, was einen darstellen soll."
Das konnte sie laut sagen. Schmal und uneben war er und genauso feucht wie das Gras daneben. Nur weitaus glitschiger. „Passen Sie auf dass Sie nicht ausrutschen.
„Oskar, was soll denn das?" Ella hob die Hand, aus der Oskar, wie es schien, etwas hatte schnappen wollen. „Ich habe immer noch Melinas Brief", erklärte sie Thorsten entschuldigend.
Und Oskar hatte sich offenbar in den Kopf gesetzt, den für etwas besonders Leckeres zu halten. Was für ein geniales Tier! Schnaubend wandte Thorsten sich nach links. „Sollen wir ein Stück auf dem Weg gehen und rufen? Wobei ich bezweifle, dass wir besser vorankommen als bisher. Die letzten Regenwochen haben ihn so richtig aufgeweicht. Und wenn Melina nicht antworten will", *oder kann,* „haben wir ohnehin keine Chance."
„He! Heinrich, das ist es!", jubilierte Ella plötzlich los.
„Was ist was?"
„Wir haben etwas, das nach Melina riecht." Triumphierend kam Ella, eine Hand am Halsband, die andere in die Höhe gereckt, auf ihn zu. „Und wir haben Oskar!" Als sie sicher war, dass Thorsten guckte, hockte sie sich zu dem Hund und reckte ihm das begehrte Papier hin. „Such, Oskar, such nach Melina."
„Passen Sie auf, das ist ein Beweismittel, wenn er es auffrisst ..."
In der Tat war das der Eindruck, den das wertvolle Tier erweckte – so hingerissen, wie es seine Schnauze zwischen Ellas Finger zwängte. Tja. Wunderte das etwa jemanden? „Hund, das wäre jetzt der Augenblick, wo du die Ohren anlegen und deine Nüstern aufsperren müsstest", war ihm ein grimmiges Vergnügen, Oskar zu soufflieren. „Dann müsstest du die Ohren wieder aufstellen und eifrig Laut geben, um uns zu signalisieren, dass du die Witterung aufgenommen hast. Und dann ginge es los."
Stattdessen hatte Oskar das Interesse an Melinas Brief völlig verloren. Drehte den Kopf weg, wenn Ella damit an seine Nase wollte. Wie ein verwöhntes Gör, das Mamis Brei verschmähte.
„Such Melina, Oskar", plapperte Ella krankhaft optimistisch auf ihn ein. „Wo ist Melina, wo ist sie? Such!"
„Viele Worte helfen viel?", erkundigte sich Thorsten gereizt.
„Seien Sie still", wurde er flugs angegiftet. „Oskar, such Melina. Wenn du sie findest, kriegst du eine richtig dicke Wurst von mir."

„Wissen Sie was? Von mir auch", spottete er.
„Oskar, lauf los, lauf!"
Was? Jetzt ließ sie ihn auch noch los? „Auf dass das Vieh auf Nimmerwiedersehen im Moor verschwindet und wir auch noch ihn suchen müssen? Während Sie mir wieder die Ohren vollheulen, weil Sie sich solche Sorgen um ihn machen?" Oh. Das – war eindeutig zu viel gewesen. Voll daneben, genauer gesagt.
Ella war bleich geworden, das war sogar im zu vernachlässigenden Licht der Mini-Taschenlampe nicht zu übersehen.
„Es tut mir leid, echt, das ..." Das 'Habe ich nicht so gemeint' gehörte in die Fortgeschrittenen-Kategorie.
Doch Ella hatte sich sowieso abgewandt, drehte ihm den Rücken zu. Erst jetzt realisierte er, dass der Hund noch immer bei Fuß stand und – zumindest dem äußeren Anschein nach – gespannt zum Noor hinüberstarrte. Sollte er wirklich – etwas wahrnehmen? Wissen, was er wahrnehmen sollte?
„Melinaaa", schrie Thorsten sogar für sich selbst unvermittelt los.
Auch der Hund japste auf vor Schreck, sprang los, rannte – aber nicht in die Richtung, in die er zuvor geguckt hatte. So viel zu eventuell doch noch vorhandenen Hoffnungen.
„Melina, nun antworten Sie doch, verdammt noch mal!", donnerte Thorsten ihm genüsslich hinterher.
Ella lief mit. Glitschte und strauchelte, wählte schließlich den Wegesrand, wo sie einigermaßen vorankam. Wenn auch nicht so schnell wie der Hund, der bereits in der nächsten Sekunde gänzlich von der Dunkelheit verschluckt wurde.
„Herzlichen Glückwunsch", spie Thorsten aus. „Dann freuen wir uns auf den zweiten Teil unserer Suche mit Oskar in der Rolle des ..." Verblüfft klappte er den Mund wieder zu.
Als selbiger wieder auf dem Weg vor ihnen erschien. Einmal wuffte – um sich dann umzudrehen und dorthin zu rennen, von wo er eben umgekehrt war.
„Er will, dass wir ihm folgen", übersetzte Ella strahlend. Ehe ihr wieder hätte einfallen können, wie übel Thorsten sie soeben verletzt hatte, war sie um die Wegbiegung verschwunden.
Oh, es war heller geworden, registrierte der überrascht. Die Wolkendecke war aufgerissen. Der Mond war zwar nicht zu sehen, doch der freie Himmel setzte sich deutlich von den düsteren Wolken ab. Was erstaunlich viel Licht gab. Umso schneller rannte er

den beiden anderen nach. Hinter der Kurve hatte Oskar wohl wiederum auf Ella gewartet, setzte sich gerade wieder in Bewegung, als Thorsten kam.
„Melina", hatte er schon wieder die ganze Zeit zu rufen vergessen.
„Sie ist hier, Oskar hat sie gefunden", erreichte ihn da Ellas sich überschlagende Stimme.
Was? Das war ... „Was ist mit ihr?", keuchte er atemlos, schlitterte, so schnell er konnte, vorwärts.
„Hier sind wir! Im Noor! Im Wasser! Melina, warten Sie, Melina, halt! Hören Sie mich nicht? Melinaaa!""
Völlig außer Atem bahnte Thorsten sich einen Weg durch das Reet, an einem Krüppelbusch vorbei – und hatte endlich freien Blick auf das Noor. Auf in nun vollem Mondlicht glitzernde Wellen – und die Gestalt mitten drin. Melina, bis zum Nabel im Wasser. Ohne sich um Ella zu kümmern, die schreiend und wild gestikulierend auf das Ufer zu rannte, watete sie stetig tiefer hinein.
„Melinaaa!"
Hörte die sie denn nicht? Nichts ließ darauf schließen. Sie wollte es durchziehen. Strebte vorwärts, stur geradeaus aufs Wasser blickend.
Ella war schon dabei, ihre Jacke auszuziehen.
„Ich mach das!", rief Thorsten ihr zu, indem er ihr im Vorüberhechten seinen Pulli zuwarf. Seine Schuhe klebten penetrant an den nassen Füßen, er musste stoppen, sich bücken, um sie loszuwerden. „Melina, warten Sie!"
Dann war auch er im Wasser. Saukalt und widerlich, wie es sich durch den Stoff seiner Jeans fraß. Die alles enorm erschwerte. Er wollte rennen, versuchte, die Beine bei jedem Schritt über die Wasseroberfläche zu heben – aber seine Hosenbeine waren steif wie Bretter, sodass er schon bald herkömmlich waten musste.
„Melina!"
Die war immer noch gut zwanzig Meter vor ihm, nur noch Kopf und Schultern ragten aus dem Wasser.
Oh, erst jetzt entdeckte er auch den Hund, ein gutes Stück vor ihm. Sein Kopf war kaum zu sehen, wie er zwischen den Wellen auf und ab rucktelte. Aber er näherte sich Melina, gleich hatte er sie erreicht ...
Ihn bemerkte sie sofort. Wandte sich ihm zu, sagte sogar etwas, das Thorsten nicht verstand, und sank im selben Moment schlapp

in sich zusammen. Im nächsten war sie unter der Oberfläche verschwunden.
„Scheiße – Melina, verdammt!“
Oskar paddelte verwirrt umher – kam er nicht darauf, unter Wasser zu suchen? Oder konnten Hunde nicht tauchen?
Verdammt, sie kam nicht wieder hoch! Mit einem Hechtsprung stürzte Thorsten sich ins Wasser und kraulte los, was das Zeug hielt. Da war schon der Hund. Thorsten stellte sich hin, sah hektisch herum.
„Die Stelle stimmt ungefähr“, tönte Ellas Ruf herüber. Auch sie war schon bis zum Bauch im Wasser.
„Behalten Sie den Überblick“, befahl er ihr und tauchte mit einem Kopfsprung unter.
Mist, es war viel zu dunkel und voller Blasen. Er stoppte, hielt still in der Hoffnung, sie doch in der Nähe zu entdecken.
Nichts. Nur Oskars paddelnde Beine über ihm. Scheiße, Scheiße, Scheiße! Er tauchte auf, rang nach Luft. Entschloss sich spontan, lieber an der Oberfläche zu bleiben, sah fieberhaft in die Runde.
Nichts.
Auch Ella schüttelte verzweifelt den Kopf, als er zu ihr hinüberblickte.
Verdammt, das durfte doch nicht wahr sein! Sie hatten Melina gefunden, wider alle Wahrscheinlichkeit, hatten gerufen. Der Hund war bei ihr gewesen und Thorsten zumindest beinahe. Und die hatte die Stirn, sich einfach sinken zu lassen und – zu sterben?
So ausladend wie möglich mit den Armen rudernd, pflügte Thorsten sich durchs Wasser. Sie war hier, irgendwo, sie musste, konnte sich doch nicht in Luft aufgelöst haben ...
Oh, da war eine Bewegung, da war sie, ja, sie war es! Er stieß sich ab, ließ sich ihr entgegen fallen – und packte zu, mit beiden Händen, riss sie mit aller Kraft nach oben. Schlaff und reglos hing sie in seinen Armen. Und kalt. Konnte ein Mensch so kalt sein?
Er schüttelte sie, raffte sie höher, ruckte sie mit einem Kampfschrei über seine Schulter, sodass ihr Oberkörper nach unten hing, trommelte mit der freien Hand auf ihren Rücken ein. Jetzt musste sie anfangen zu husten, zu toben, um sich zu schlagen! Sie konnte nicht tot sein, sie konnte doch noch nicht tot sein ...
„Machen Sie schnell“, wehte Ellas Schrei zu ihm herüber. „Kommen Sie!“

Ja, doch, verdammt, er tat doch alles, was er konnte!
„Atmet sie? Atmet sie?“ Da war er schon auf Ellas Höhe. Die befühlte Melinas Gesicht, klatschte auf ihre Wangen, suchte die Halsschlagader, während sie hinter Thorsten herstrebte. „Atmet sie nicht?“
„Ich habe keine Ahnung, können Sie das denn nicht feststellen?“
„Wir müssen sie beatmen, wenn sie es selbst nicht tut!“
„Wie wollen Sie das denn im Wasser machen?“
„Ich weiß nicht, aber das dauert schon zu lange, wenn sie länger als drei Minuten ...“
„Das weiß ich selbst.“ Sie waren fast da, noch ein kleines Stück. „Hund, geh zur Seite, weg da.“ Er ließ sie zu Boden gleiten, ihre Beine lagen noch im Wasser – egal. „Weg Hund, lass sie in Ruhe.“
„Ich mach das“, drängte sich Ella an ihnen beiden vorbei, kniete sich zu Melina – unentwegt vom laut kläffenden Oskar umrundet – hob, ohne darauf zu achten, fachmännisch Melinas Kinn und senkte ihren Mund auf deren Lippen.
Unwillkürlich füllte Thorsten seine eigenen Lungen gleich mit. Besann sich dann und tastete an Oskars penetranter Schnauze vorbei nach Melinas Herzschlag. War da etwas? Er spürte nichts, was aber nicht unbedingt etwas heißen musste. Sollten sie trotzdem ...? Oh – im selben Augenblick brach gleich alles auf einmal aus Melina heraus. Sie hustete, gurgelte, würgte, spuckte. Bäumte sich auf, krümmte sich zur Seite, übergab sich mit einer Wucht, die ihren schmalen Körper vollkommen durchschüttelte.
„Oh, wunderbar, Melina, das machen Sie toll.“ Ellas Stimme strahlte, während sie vorsichtig unter deren Kopf langte und ihn anhob. „Lassen Sie alles raus, raus damit, das machen Sie wunderbar!“
Oskar kläffte, Melina kotzte – und doch hatte Thorsten etwas gehört. Drüben auf dem Weg. Lichter schienen zu ihnen her. Die anderen kamen.
„Hierher“, brüllte er durch die Nacht. „Hier sind wir, wir haben sie! Wir haben sie gefunden!“

„Aber wir müssen doch ...“ Hilflos starrte Thorsten der Ärztin nach, die mit wehendem Kittel auf dem Klinikgang entschwebte.
„Es hilft ja nichts.“ Seufzend wandte Ella sich ebenfalls zum Gehen. „Jetzt ist Melina zur Abwechselung mal wirklich 'nicht vernehmungsfähig'. Lassen wir sie die Nacht durchschlafen und gucken

morgen weiter." Sie wies auf die Uhr über dem Stationsausgang. „Fünf Uhr durch. Vielleicht sollten wir uns auch noch ein bisschen aufs Ohr hauen? Wobei ich im Moment noch so aufgedreht bin ..."
„Ich will aber, dass sie sich zu diesem dämlichen Abschiedsbrief äußert." Widerstrebend folgte Thorsten ihr ins Treppenhaus. „Sie kann unmöglich die Mörderin sein, das ist Unsinn. Sie soll uns das erklären, verdammt noch mal!"
„Das kann sie aber nicht, Sie haben die Ärztin doch gehört", stellte Ella ungerührt fest. „Wir können froh sein, dass die sie nicht, wie es erst angedacht war, in ein künstliches Koma versetzen mussten. Wenn ihre Sauerstoffsättigung sich nicht so schnell normalisiert hätte und die Reflexe nicht so gut gewesen wären – sonst müssten wir tagelang warten!" Energisch drückte sie den Aufzugknopf.
„Wir?" Er schnaubte sarkastisch.
Jetzt hatte sie begriffen, fuhr entgeistert zu ihm herum. „Oh nein!"
„Sie sagen es." Er nickte müde. „Es sind nicht wir, die sie befragen werden. Sondern die Neumünsteraner. Denen Melina scheißegal ist. Die nur sehen werden, dass ihr Fall abgeschlossen ist. Außerdem haben die keinen anderen Verdächtigen, der ein überzeugendes Motiv aufweist, das wissen Sie genau!"
„Das mag ja sein ..."
Er schnaubte. „Die werden Melina in der Luft zerreißen!" Konnte der blöde Aufzug nicht endlich mal kommen? Wütend hieb er mit dem Zeigefinger auf den leuchtenden Pfeil nach unten ein. Na, bitte, irgendwo im Aufzugschacht dröhnte es. Er kam.
„Aber sie schulden uns was", wandte Ella hartnäckig ein. „Immerhin sind wir es, die ihnen Melina ..."
„... geliefert haben, wollten Sie passenderweise sagen?"
„Sie verdanken das uns", beharrte sie.
„Erzählen Sie das Klaasen."
„Marten ist auf unserer Seite!"
„Behauptet er."
„Nein, er ist echt in Ordnung, da bin ich zu hundert Prozent sicher", fing sie gleich an zu beteuern. „Sie haben ihn doch erlebt. Er ist durch und durch offen und fair!"
Dafür hatte Thorsten bloß ein Schnauben übrig. „Wir müssen denen Bescheid sagen, und die werden den Fall abschließen und Melina festnehmen", wiederholte er und quetschte sich schon durch die Aufzugtür, ehe die sich ganz geöffnet hatte.

Ella folgte, blieb kopfschüttelnd vor ihm stehen. „Das können sie nicht, wenn sie es nicht war."
Er trat einen Schritt beiseite, sodass sie neben ihm stand. „Wenn sie gesteht, dann können sie."
„Aber wieso ...?" Sie sah betrübt aus, gleichgültig war ihr Melinas Schicksal auch nicht.
Er seufzte tief und drückte das 'E', sah zu, wie die Türteile sich aufeinander zu schoben. „Weil sie auch diesen Brief verzapft hat?", schlug er ironisch vor. „Scheiße! Hätten Sie ihn nicht einfach ins Noor schmeißen können?"
Darauf ging sie gar nicht ein. „Warum soll sie so was aufgeschrieben haben, wenn es nicht wahr ist? Ich meine ..." Ihr Blick zu ihm war vorsichtig.
„Sie meinen auch, dass sie die Mörderin ist?", brauste er auf.
„Nein", widersprach sie sofort. Hielt jedoch den Rest ihrer Atemluft zurück.
Giftig blitzte er sie an. „Aber?"
Sie wand sich. „Wollten wir nicht für alle Möglichkeiten offen bleiben?"
„Natürlich glauben Sie, dass sie es war!"
„Nein, das sagte ich doch schon. Aber sie hat das geschrieben. Und sie wollte sich ernsthaft umbringen."
Sie waren unten. Die Türen öffneten sich, und sie traten in die leere Empfangshalle. Die die falsche war, diese führte nach vorn zum Haupteingang, sie mussten um das Gebäude zurück zum Parkplatz laufen.
Ella legte ein paar Laufschritte ein, um mit ihm aufzuschließen. „Es muss einen Grund haben, dass sie plötzlich so ausgerastet ist."
„Sie hat ihren geliebten Großvater verloren, ihre Familie ist in Trümmern, das ist doch wohl Grund genug!"
„Sie hat sich nicht nach ihrer Mutter und Jonna erkundigt."
Äh ... „Weil es ihr zu schlecht ging, weil sie die Nummer nicht hatte, weil sie ... Sie hat Oskar mitgenommen!" Okay, das war jetzt ein seltsam anmutender Gedankensprung gewesen, der seinem ersten Ansatz obendrein zuwider lief. Aber das musste etwas bedeuten. „Sie hätte ihn nicht mitgenommen, wenn sie da schon vorgehabt hätte, sich umzubringen, oder?" Triumphierend sah er sie an.
„Hmm."
„Außerdem hat sie Ihr Handy genommen und die ganze Zeit drauf

gestarrt, hat meine Mutter doch gesagt." Ja, das passte dazu. „Und zwar nicht, um mit uns oder der Klinik in Verbindung zu bleiben."
„Sondern mit Tommy?", sprach Ella es aus.
„Wenn wir das Handy noch finden, könnten wir es sogar beweisen."
„Sie hätte es zum Igel gelegt, wenn sie daran gedacht hätte", wiederholte sie das Argument, das sie auch vorhin schon angeführt hatte, als sie im Haus danach gesucht hatten. „Sie hat es vergessen, genau wie Sie auch."
Sein schönes, antikes Handy. Es würde aufwendig sein, ein vergleichbares aufzutreiben. Ganz zu schweigen von den gespeicherten Telefonnummern. Wobei in Ellas Smartphone natürlich noch ganz andere Schätze auf dem Grund des Noors lagen, wie sie auch bereits ausgiebig betont hatte. Thorsten seufzte. „Selbst wenn wir den Beweis nicht erbringen können: So lange, wie sie verschwunden war, muss sie mit jemandem zusammen gewesen sein."
„Sie meinen, er hat mit ihr Schluss gemacht, und erst danach hat sie beschlossen, sich umzubringen?"
„Das wäre dann der Tropfen gewesen, der für sie das Fass zum Überlaufen gebracht hat." Das Bild war echt unpassend ...
„Aber das erklärt nicht, weswegen sie plötzlich behauptet, die Mörderin zu sein. Wie Anna. Sie hat die Parallele extra noch betont. Was könnte sie denn sonst gemeint haben mit dem Familienfluch?"
Ja, was, verdammt noch mal? Was?
Gerade waren sie um die letzte Ecke des Gebäudes gebogen. Ella zückte den Autoschlüssel und ließ die Schlösser aufschnappen. „Wir müssen einfach abwarten, bis wir mit ihr sprechen können – die Neumünsteraner, meine ich. Scheiße", setzte sie leise hinzu. Ehe sie beschleunigte, um die Hecktür zu öffnen und den schon wieder lautstark kläffenden Hund zu streicheln und ihn damit extra zu belohnen.
„Und wenn Klaasen nicht gründlich genug forscht?", rief er ihr nach.
„Wir können mit Marten reden, ihn anweisen."
„Träumen Sie weiter." Und dass sie genau das tun würde, ganz egal, wie er darüber dachte, das ärgerte ihn einfach! Dabei war dieser Typ ein Schleimer, jawohl. Der seine Freundlichkeit einsetzte, um die Frauen systematisch um den Finger zu wickeln. Und

dass er dabei so groß war – damit nutzte er doch wieder diese Steinzeitmechanismen aus, über die Ella sich, was ihn betraf, erst so brüskiert hatte. Aber natürlich war das was ganz anderes, wenn es um sie ging und diesen ... diesen ...
„Er muss noch mal, fürchte ich."
„WAS?"
„Oskar muss noch mal." Ella hielt ihm den Autoschlüssel hin. „Wollen Sie sich schon mal reinsetzen?"
„Äh – nein, nein, ich komme mit."
„Oh."
Mit ihrem seltsamen Tonfall durchzuckte ihn – das, was sie beide über Melinas Überlebenskampf vergessen hatten. Nämlich dass Thorsten gemein zu ihr gewesen war. Und zwar gemeiner als sonst, über die Maßen gemein.
War ihr das auch gerade wieder eingefallen? Anzusehen war ihr nichts, als sie Oskar die Leine antüdelte und sich von ihm vom Parkplatz ziehen ließ. Was es noch schwieriger machte, es aus heiterem Himmel anzusprechen. Er ließ den Abstand zu den beiden anwachsen. Ob es ihr in diesem Moment präsent war oder nicht – es stand außer Frage, dass sie es ihm übelnahm. Dass es ihre Zusammenarbeit beeinträchtigen würde. Irgendwie musste er das wieder hinbiegen. Sich entschuldigen. Nur wie? *Ich habe es nicht böse gemeint. Als ich sagte, dass Sie mir die Ohren vollgeheult haben. Also Sie haben geheult. Aber das war nicht schlimm. Das war in Ordnung. Mehr als in Ordnung. Das war ... Das hab ich gern gemacht.* Verdammt, so was konnte man doch nicht sagen!
Ella war an einem Gebüsch am Rande des Parkplatzes stehengeblieben – weil der Hund stehengeblieben war.
Zögernd schlenderte Thorsten näher. *Er hat Melina tatsächlich gefunden.* So was in der Art könnte er sagen. Und dann irgendwie weiter ... *Es ist gut, dass wir ihn dabei hatten.* Nee, das wäre schon wieder viel zu gestelzt und künstlich. Und so was wie: *Ich kann verstehen, dass Sie sich Sorgen um ihn gemacht haben?* Undenkbar! Ganz davon abgesehen, dass es nicht mal die Wahrheit war ...
„Wir müssen umgehend in Neumünster Bescheid sagen", ließ Ellas besorgte Stimme ihn zusammenzucken. „Hätten das längst machen müssen. Gleich als es anfing."
Okay, also erst mal umschalten. „Noch nicht, nein. Wir müssen Zeit gewinnen."

„Sie wollen ein Geständnis unterschlagen?“ Ella starrte ihn an, als hätte sie ein Gespenst gesehen. „Heinrich, das ist ein richtig schweres Vergehen, das können wir nicht machen. Das würde uns echt den Job kosten, wenn das rauskommt. Melina wird reden. Noch dazu, ehe wir mit ihr sprechen können. Da ist vorprogrammiert ...“
„Nein, nicht unterschlagen“, unterbrach er sie endlich. „Zeit gewinnen, hab ich gesagt. Es ein bisschen hinauszögern. Nicht sofort anrufen. Es ist doch auch noch mitten in der Nacht. Wir warten bis morgen früh. Und dann ...“
„... haben wir Marten versprochen, ihn sofort zu informieren, falls was Relevantes passiert.“
„Er hat uns doch auch nicht angerufen, was die Neuigkeiten aus der Klinik anbelangte. Ich habe da nachfragen müssen.“
„Trotzdem können wir das nicht als Rechtfertigung nehmen, unserseits die Verabredungen nicht einzuhalten.“
„Ich weiß“, platzte er heraus. „Wir haben die Nummer nicht mehr.“ Dass sich der Tod seines Handys als Glücksfall entpuppen würde! „Die ist nach allen Regeln der Kunst abgesoffen. So was Doofes aber auch, dass wir sie gestern nicht extra aufgeschrieben haben.“
„Es ist ja wohl kein Problem, die Nummer herauszufinden.“
„Wir lassen sie uns von Güde heraussuchen, gleich nachdem wir im Büro ankommen – und haben dann leider einen Zahlendreher drin.“ Er kam richtig in Fahrt. „Dann versuchen wir die ganze Zeit vergeblich, ihn zu erreichen ...“
„Das ist doch total kindisch, Heinrich!“ Fast angewidert verzog sie den Mund. „Nein, das können wir nicht machen. Nicht nachdem er offiziell mit uns zusammenarbeitet.“
„Ich mache das. Allein. Sie wissen von nichts.“
„Ich weiß es aber.“
„Vergessen Sie es.“
„Heinrich ...“
„Sie wollen doch keine Unschuldige ans Messer liefern!“
„Natürlich nicht.“
„Also halten Sie sich in Gottes Namen zurück!“
Sie schwieg. Schwieg, während sie einen Plastikbeutel hervorzog, um ... Jetzt war es Thorsten, der angeekelt wegguckte. Schwieg, als sie Oskar überredete, es gut sein zu lassen mit dem Spaziergang. Schwieg, bis sie beim Auto war, aufschloss, einstieg.

Als Thorsten es ihr nachtat, saß sie mit geschlossenen Augen auf dem Fahrersitz, den Kopf angelehnt. Automatisch ließ auch er seinen an die Kopfstütze sinken und seufzte.
„Was haben wir unterm Strich für ein Schwein gehabt", stieß Ella inbrünstig hervor.
Er blinzelte. Themenwechsel? Hieß das, dass sie es letztlich doch geschluckt hatte?
Ihr Blick zu ihm war einfach nur erleichtert. „Es hätte auch ganz schrecklich schiefgehen können heute Nacht."
„Und zwar weil ich eingeschlafen bin", sprach er spontan aus. Dachte auch gar nicht drüber nach, was er noch sagen sollte. Tat es einfach. „Das tut mir leid. Sonst hätten wir sie abfangen können und mit ihr reden, bevor sie ..." *Und sie hätte diesen dummen Abschiedsbrief gar nicht erst geschrieben,* unterschlug er dann lieber. „Es ist meine Schuld, dass es so dramatisch geworden ist", setzte er noch hinzu. Und pustete aus. Weil er die viel nötigere Entschuldigung ja immer noch vor sich hatte.
Ella musterte ihn von der Seite. „Es kann passieren, dass man einnickt", sagte sie dann.
„Darf es aber nicht." Es war natürlich nett von ihr, das zu behaupten.
„Da hab ich einen dicken Fehler gut bei Ihnen." Nun grinste sie.
Jetzt. Eine bessere Gelegenheit kriegst du nicht mehr! Er räusperte sich.
Ausgerechnet da startete sie den Motor, legte den Rückwärtsgang ein. „Schnallen Sie sich an, es wird sonst nicht aufhören zu piepen."
Gleich ist es zu spät ... Er rupfte den Gurt um sich herum und würgte ihn ins Schloss. *Ich hab es nicht so gemeint.* War das so schwer?
Ella setzte aus der Parklücke, kuppelte, zögerte. Und sah ihn dann aufmerksam an. Nicht fragend. Wusste sie, was los war? Und wenn, warum half sie ihm dann nicht? Ob er es jetzt verdiente oder nicht, es war mies, ihn so zappeln zu lassen. Sauer presste Thorsten die Lippen aufeinander und sah stur nach vorn.
Ich wollte das eben nicht sagen. Das mit Oskar. Mit Ihnen. Mit Ihnen und Oskar.
Sie sah ihn an. Während sie wie angewurzelt mitten auf dem Parkplatz standen.
Thorsten holte Luft. „Wenn Sie hier schlafen wollen, sollten Sie uns vielleicht doch wieder eine Parklücke suchen."

„Ich habe gerade überlegt, ob wir wirklich noch schlafen sollten. Ich meine – bis wir zu Hause sind, im Bett? Vorher müssen wir die Modder-Klamotten ausziehen, duschen. Und dann noch so weit runterzukommen, um einschlafen zu können?“
Sie hatte völlig recht: Aus diesen klammen und steifen Klamotten zu kommen und ausgiebig heiß zu duschen, hatte oberste Priorität. Weiter konnte er noch gar nicht gucken ...
„Vielleicht sollten wir uns lieber irgendwas suchen, wo wir Kaffee kriegen und was Schönes zum Frühstück. Was meinen Sie?“
Wie selten doof war es eigentlich, dass sie sich immer noch siezten. Verdammt noch mal, wieso musste dieses Zwischenmenschliche immer so kompliziert sein? Kompliziert, undurchschaubar und schlicht zum Kotzen anstrengend!
„Ah. Danke für Ihre Einschätzung der Lage“, versetzte sie, jetzt wirklich angepestet. Gab abrupt Gas und ließ den Wagen vom Parkplatz schießen.
„Nein, nein.“ Thorsten verzog das Gesicht. „Ich wollte sagen, dass das eine sehr gute Idee ist. Mir ist bloß nichts eingefallen, wo wir hinkönnten. Deshalb ...“
„Okay“, seufzte Ella ergeben. „Ich war schon drauf und dran, mich zu fragen ...“ Sie brach ab, schüttelte den Kopf. „Egal. Wir sind beide müde. Was im Laufe des Tages kaum besser werden wird. Versuchen wir, ihn trotzdem ohne Streit zu überstehen?“
Er warf ihr einen dankbaren Blick zu.
Und bekam sogleich ein Grinsen. Obwohl sie das eigentlich nicht wollte, das konnte man sehen. Sie konnte nur nicht anders.
Er grinste zurück. Und lehnte sich zufrieden nach hinten. Vielleicht war sie gar nicht mehr wütend, hatte seinen Ausbruch unter 'Übliche Anfälle' verbucht. Sie war wirklich ein sehr angenehmer Mensch. So großmütig – nannte man das so? Sie machte es ihm leicht.
„Oskar war toll heute“, war es ihm plötzlich ein Bedürfnis festzustellen. „Er hat uns tatsächlich zu Melina geführt.“
Ella gluckste. „Ja, das hat mich auch überrascht.“
„Weniger überraschend war, dass er mich in den Morast geschubst hat.“ Stöhnend hob er seine schlammverkrusteten Schuhe.
Da lachte die Ella. „Ich bringe Sie bei sich vorbei und fahre selber duschen. Bis ich Sie wieder einsammle, können Sie schon mal überlegen, wo wir dann hingehen.“

„Sie sind ein Organisationstalent, liebe Ella", schenkte er ihr zur Abwechslung mal eines seiner Frauenlächeln. Falls sie es nicht wollte, konnte sie es ja immer noch ironisch werten.
„Puh, das ist Ihnen aber bestimmt schwer gefallen, oder?" Sie zwinkerte ihm zu.
Sie war nicht mehr sauer, da war er jetzt ganz sicher. Da hatte er wirklich mal wieder Dusel gehabt.

Gute böse Cops

Ella war weitaus mehr nach Feierabend zumute, als sie am Morgen gegen halb acht, immer noch gemeinsam mit dem inzwischen wieder sehr brummigen Heinrich, das Büro betrat. Wobei auch sie selbst alles andere als gute Laune hatte. Dazu diese Kopfschmerzen! Zu wenig Schlaf, zu viel Drama, zu viele Sorgen. Und wahrscheinlich auch viel zu wenig getrunken. Selbstverständlich lagen ihre Kopfschmerztabletten zuhause.

Zuhause, wie das klang! Ihre Stippvisite dort zwecks Duschen und Umziehen war bei weitem kürzer gewesen als das Auswärts-Frühstück danach. In einem Schnellrestaurant, weil kein Café so früh aufgehabt hatte. Total gemütlich an der Umgehungsstraße voll mit Pendlern, von denen gefühlt jeder zweite auf dem Parkplatz herumgekurvt und jeder dritte dann an ihrem Tisch vorbeigekommen war. Dazu die Nähe zum Unglücks-Baumarkt ... Mit jedem Kaffee war Heinrich reizbarer geworden. Ach ja, und der Kaffee war auch noch mies gewesen.

Tja, aber das war zur Zeit ihr Leben, oder? Erschöpfend, trostlos, einsam. Ohne Aussicht, in absehbarer Zeit woanders zuhause zu sein als in einem geliehenen Auto.

Seufzend machte Ella sich auf in die Teeküche, um zumindest ihren Flüssigkeitshaushalt in den Griff zu bekommen. Sie füllte das größte verfügbare Glas mit Wasser, trank, trank noch eines. Ah! Naja, besser wurde ihr Kopf davon auch nicht. Sie atmete tief durch, hob und senkte die Augenbrauen, rieb sich die Stirn. Sie musste jemanden finden, der ihr eine Schmerztablette lieh. Langsam setzte sie sich in Bewegung, zurück ins Büro.

Es war kein Wunder, dass ihr Körper schlapp machte. Heute war Donnerstag. Seit Montag, seitdem sie diese Stelle angetreten hatte, war sie praktisch ununterbrochen im Dienst gewesen. Kein Privatleben, fast nie allein, ohne Möglichkeit, sich mal in Ruhe zu besinnen. Bis auf das eine Telefonat mit Tanja ... Liebe Güte, die wartete doch gewiss auf einen weiteren Anruf. Und auch mit ihren Eltern

hatte Ella noch nicht gesprochen. Ob die sie bereits vermissen würden? Vater ja wohl eher nicht. Solange der seine Arbeit hatte ... Aber Mutter? Verflixt, sie musste telefonieren, auch um ihr zu sagen, dass ihr Handy weg war. Ach, und um ein neues Handy musste sie sich auch kümmern. Der Bürotür hinter sich einen Stoß versetzend, steuerte sie gleich auf das Telefon zu, streckte die Hand aus ...
Und zuckte zusammen, als es just in diesem Moment zu klingeln begann. Erschrocken fuhr sie zurück.
Dass Heinrich sofort aufsprang, um statt ihrer dranzugehen, ließ ihre Hand reflexmäßig wieder nach vorn schnellen und den Hörer von der Gabel schnappen. Um seiner gerunzelter Stirn zu entgehen, wandte sie sich ab. „Kripo Eckernförde, Kommissarin Kirsch?"
„Guten Morgen, werte Frau Kollegin", meldete sich die liebenswürdig beschwingte Stimme von Kommissar Marten. „Es gibt Neuigkeiten, wurde mir zugetragen!"
„Äh ..." Oh Mist! Warum war sie null auf seinen Anruf vorbereitet? Sie hatte doch Zeit genug gehabt! „Oh – ja. Ja, ich ... wollte Sie auch gerade ..."
Ihr verlegenes Gestammel rief natürlich sofort Heinrich auf den Plan. Alarmiert war der hinter seinem Schreibtisch vor, auf sie zu gekommen und grimassierte wild. *Sie wissen, was Sie zu sagen haben!* Ihr brach der Schweiß aus. Sie hatte nämlich keine Ahnung, was sie sagen konnte, wollte, musste – schlicht und ergreifend, weil sie zu tranig gewesen war, sich einen Schlachtplan zurechtzulegen, verdammt noch mal! Abermals drehte sie sich von Heinrich weg, der mit seinem Getue alles andere als hilfreich war.
„Wir konnten Sie heute Nacht nicht anrufen, weil unsere beiden Handys dem Ganzen zum Opfer gefallen sind", fing sie einfach zu reden an. „Vor ein paar Minuten sind wir in der Dienststelle angekommen, haben als allererstes Ihre Nummer herausgesucht und wollten Sie eben jetzt gleich anrufen, ich wollte gerade zum Telefon greifen."
Auch wenn sie ihm standhaft den Rücken zukehrte, hatte sie gespürt, wie Heinrichs Stimmung mit jedem ihrer Worte tiefer in den Keller gesackt war. Aber was erwartete er denn von ihr? Jetzt, wo Marten sie explizit fragte, hatte sie doch wirklich keine Wahl mehr! Energisch wirbelte sie zu Heinrich herum, bohrte ihre Augen in seine.

„Ach, bei Ihnen gibt es auch einen neuen Stand?", wurde sie durch Martens Erstaunen abgelenkt.
Sie blinzelte irritiert. Er war nicht sauer? Und – Moment, was hatte er ...? „Sie haben Neuigkeiten für uns?"
„Sie für mich offenbar auch", schloss Marten messerscharf und lachte. „Also fange ich einfach mal an: Heute am frühen Morgen ..."
„Warten Sie", unterbrach Ella ihn rasch und bedeutete Heinrich, mit den aufdringlichen nonverbalen Kommunikationsversuchen aufzuhören. „Ich stelle auf Lautsprecher, damit mein Kollege mithören kann.
„Ja, klar. Guten Morgen, Herr Heinrich", weitete Marten seine Freundlichkeit sogleich auch auf den aus und fuhr, auch nachdem nur ein Brummen zurückgekommen war, unbeeinträchtigt fort: „Heute Morgen sind unsere Leute fündig geworden. An der Stelle, die die Autorin des alten Tagebuchs beschreibt, sind tatsächlich menschliche Überreste geborgen worden. Ich habe schon Fotos gesehen, es handelt sich um eine typische Moorleiche. Noch nicht so eingefallen wie die, die man aus der Eisenzeit kennt, aber die Haut ist genauso braun gegerbt, wie Leder eben. Wenn Sie mögen, leite ich Ihnen die Bilder gern weiter. Jedenfalls ist auf den ersten Blick zu sehen, dass derjenige lange dort gelegen haben muss. Wie lange genau, wird die Forensik in Kiel ermitteln, dorthin wird er zur Stunde transportiert. Aber ich gehe stark davon aus, dass es sich um den Toten handelt, von dem uns Anna Niemann so eindringlich berichtet."
„Oh, das ist ..." Ella musste sich wieder aus Heinrichs Blickfeld winden, um seinen immer skurrileren Pantomimen zu entgehen.
„Soviel zum unappetitlichen Teil meines Anrufs." Marten erlaubte sich ein amüsiertes Schnauben, ehe er sich vernehmlich räusperte und ernst fortfuhr: „Des weiteren hatte ich gestern ein Gespräch mit Frau Koch. Sie erinnern sich an sie? Sie ist die Kassenaufsicht des Baumarkts und gab an, dass Sie sich mehrfach mit ihr unterhalten haben."
„Äh ja, wir waren dort", blieb Ella ja nichts, als es zuzugeben. Würde er doch plötzlich umschwenken und ihnen ihre Vergehen vorhalten? „Wegen unserer beiden Fälle, der eingeschlagenen Fensterscheibe und der Brandstiftung", fügte sie hinzu und wanderte unbehaglich ein Stück weiter um ihren Schreibtisch herum, weil Heinrich ihr zusätzlich von hinten auf die Pelle rückte.

„Wie auch immer", beendete Marten dieses unangenehme Thema gleich wieder und ging in unverändert munterem Ton zum nächsten über: „Sie erinnern sich an die Fotos von Melina und ihrem Freund, von denen Kollege Klaasen in unserem Briefing gesprochen hat? Auch ich habe erst danach erfahren, dass Frau Koch es gewesen ist, die die anonyme Mail an uns weitergeleitet hat."
Vor lauter Aufregung hatte Ella vergessen, Heinrich zu meiden, und seinen Blick gesucht. „Sie hat eine Mail mit unbekanntem Absender erhalten?", fragte sie atemlos.
Heinrich und sie lauschten gebannt.
„Die betreffende Mail wurde an einen der Mailaccounts des Baumarktes gesendet", erwiderte Marten gedehnt. „Raten Sie, an welchen?"
„Keine Ahnung." Ella war nicht nach Spielen zumute. Weil sie nämlich sehr wohl eine hatte. Ebenso alarmiert wie Heinrich hielt sie den Atem an.
„An den von Melina Niemann", platze Marten triumphierend heraus. Er war schon echt süß, so zugewandt und interessiert, so entschlossen, Heinrich und Ella mit einzubeziehen. „Frau Koch ist befugt, die Accounts aller Mitarbeiter zu checken, wenn die verhindert sind, auch Melinas. Die Mail, um die es geht, hatte weder Betreff noch Text, es handelte sich um den bloßen Anhang mit insgesamt drei Fotos."
„Haben Sie den Absender ermitteln können?", trat zum ersten Mal Heinrich aus seiner Deckung.
„Es handelt sich um einen Account bei einem kostenlosen Anbieter, Name und Adresse sind falsch. Abgeschickt wurde die Mail aus einem Internetcafé in Kiel."
„Sie enthielt keinen Hinweis auf das Motiv des Fotografen?"
„Leider nicht."
„Wir sind automatisch davon ausgegangen, dass es dem Absender darum ging, Melina anzuschwärzen oder sogar zu bedrohen", warf Ella ein.
Und kassierte einen wütenden Blick von Heinrich. Herrgott, war der anstrengend! Als hätte sie etwas ausgeplaudert, das zu privat war, um es mit Marten zu teilen.
„Naja, von einem Unbekannten heimlich in einer recht privaten Situation beobachtet und sogar fotografiert zu werden, ist schon bedrohlich", stimmte Marten ihr zu. „Ferner ist nicht ausgeschlossen,

dass die zeitliche Nähe zu den beiden Niemann-Morden auf einen Zusammenhang hindeutet."
„Deshalb müssen Sie herauskriegen, wer das war", rief Heinrich ungeduldig dazwischen.
Am liebsten hätte Ella sich für ihn entschuldigt.
„Wir tun unser Bestes, das versichere ich Ihnen!" Marten fühlte sich offensichtlich nicht im mindesten angegriffen, im Gegenteil: Er tat geradezu so, als hätte Heinrich ein Recht darauf, dass er sich ihm erklärte. Dabei klang er nicht ironisch und erst recht nicht heuchlerisch. Er vergab sich schlicht nichts, wenn er Heinrich gegenüber Zugeständnisse machte. Wieder einmal wallte Zuneigung in Ella auf. Marten war ein durch und durch angenehmer Mensch.
„Ich habe den gestrigen Nachmittag damit zugebracht, die Mitarbeiter des Internetcafés im Hasseldieksdamer Weg in Kiel zu befragen und nach Stammgästen zu suchen, denen der Mailversender aufgefallen sein könnte. Immerhin schien es mir ungewöhnlich, sich morgens um sieben an einen öffentlichen Ort zu begeben, um eine Mail zu versenden. Leider ist nichts dabei herausgekommen. Der Laden befindet sich in unmittelbarer Nähe der beruflichen Schulen und wird in erster Linie als Kiosk genutzt. Sprich: Jeden Morgen vor Schulbeginn kehren Scharen junger Leute dort ein, um Kaffee, Zigaretten und Naschkram zu kaufen. Selbst die PCs werden eifrig frequentiert, um Kopien oder Ausdrucke für die Schule zu erstellen. Da konnte sich natürlich niemand an unsere Person erinnern. Hinzu kommt, dass der Laden von einem sehr jungen Mann geführt wird, der, sagen wir mal, nicht allzu professionell arbeitet. Ich war sogar gezwungen, ihn darauf hinzuweisen, dass er einige Sicherheitsauflagen – Zwischenspeicherung der Inhalte, Überwachungskamera et cetera – nicht erfüllt." Er seufzte wie ein besorgter Vater. „Wie dem auch sei, ich habe in der ganzen Umgebung Aufrufe aufgehängt und in Facebook und Twitter gepostet. Außerdem meine Karte mehr als großzügig verteilt. Insofern könnte es schon sein, dass noch der eine oder andere Hinweis eingeht. Doch darauf verlassen können wir uns natürlich nicht."
Ella schnaubte – unisono mit Heinrich. Diese Hoffnung war ja wohl gleich null.
„Und nun kommen Sie ins Spiel", ließ Marten sie beide aufhorchen. Heinrichs Stirn runzelte sich in dem Maße, wie Ellas Herz zu klopfen anfing.

„Melina", präzisierte Marten überflüssigerweise. „Frau Koch, die ebenso besorgt um das Mädchen ist wie Sie, hat uns die Zugangsdaten für Melinas Firmenaccount überlassen, sodass wir sofort reagieren können, sobald eine weitere Mail eingeht. Weil wir im Augenblick nur über Melina an mehr Informationen über den Mailversender herankommen können."
Gleich, dachte Ella, würde sie mit der Sprache rausrücken müssen. Sie schloss schon mal die Augen, um Heinrich auszublenden.
„Früher oder später wird er sich an Melina wenden, um sein Anliegen anzubringen", stellte Marten in abschließenden Tonfall fest.
Jetzt.
„Es sei denn, er ist der Mörder, der uns auf Melinas Spur zwingen will, um von sich selbst abzulenken", redete Heinrich schon wieder dazwischen. Er sprach viel zu laut – selbst für Marten am anderen Ende. Übermotiviert wirkte er. Und wie er das so sagte, kam es Ella viel zu weit hergeholt vor.
„Selbstverständlich ermitteln wir in alle Richtungen", versicherte Marten diplomatisch. „Aber Ihnen beiden übertrage ich die Aufgabe, Melina noch einmal ausführlich zu den Fotos zu befragen. Ob ihr irgendetwas zu diesen Bildern einfällt. Ob sie jemanden kennt, dem sie so etwas zutraut. Gerade auch im Zusammenhang mit ihrem Vater oder Großvater."
Ella holte tief Luft. „Was Melina angeht ..."
„Schscht", stoppte Heinrich sie.
„Und sie soll auch ihre Schwester dazu befragen", sprach Marten weiter. „Die darf schon wieder Besuch empfangen, wie ich eben in Erfahrung gebracht habe. Während die Mutter noch auf Intensiv liegt. Was aber noch viel wichtiger ist ..."
„Im Augenblick ist es schwierig, mit Melina zu sprechen", startete Ella einen neuen Anlauf.
Welcher sogleich von Heinrich beendet wurde. „Aber wir werden das trotzdem gleich erledigen."
„Ganz wichtig ist ihr Freund!" Wie es schien, hatte Marten noch immer nichts von Ellas Nöten mitbekommen. „Denn natürlich müssen wir auch die Möglichkeit einbeziehen, dass es um dessen Person geht. In dem Fall kann es gut sein, dass er eine Idee hat, mit wem wir es hier zu tun haben könnten."
„Natürlich", säuselte Heinrich in den Hörer. „Zu dem Zweck schicken Sie uns doch bitte die Fotos, dann können wir sie Melina

vorlegen. Denn wenn ich Sie richtig verstanden habe, weiß sie noch gar nichts davon, oder?"
„Oh, haben Sie ihr noch nichts davon berichtet?" In Martens Erstaunen schwang eine gewisse Wachsamkeit mit. „Ich bin davon ausgegangen, dass Sie sie warnen würden. Sicher, ich habe Ihnen das nicht ausdrücklich aufgetragen. Es war ungünstig, dass uns da noch entscheidende Informationen fehlten, das gebe ich zu. Das werde ich mit meinem Kollegen auch noch besprechen ..."
Ella hörte nicht mehr zu. Wie war es möglich, dass Heinrich und sie nach der Versammlung gestern Stunden mit ihren Berichten zugebracht hatten, anstatt gleich loszufahren und Melina einzuweihen? Alles wäre anders gelaufen, alles, was gestern geschehen war! Sie hatten versagt, das konnte man nicht anders nennen.
„Wir hatten noch keine Möglichkeit, mit Melina zu reden", erklärte Heinrich ohne den Hauch eines schlechten Gewissens. „Haben Sie meine E-Mail-Adresse? Dann schicken Sie mir die Bilder, wir drucken sie aus und können damit arbeiten." Schon klar, er legte es darauf an, Marten abzulenken, bis er auflegen würde, ehe Ella ihm berichten konnte. Begriff er denn nicht, dass solch ein Manöver ihnen nichts bringen würde, wenn es später herauskam?
„Melina ist letzte Nacht ins Eckernförder Krankenhaus eingeliefert worden, nachdem sie versucht hatte, sich zu ertränken", ratterte sie herunter, ehe er nochmal einschreiten konnte. „Und zuvor hat sie einen Abschiedsbrief geschrieben, in dem sie sich in verquerer Weise als schuldig hinstellt. Bis in die frühen Morgenstunden war sie nicht ansprechbar, insofern konnten wir noch nichts Näheres über ihre Motive herausfinden." So. Damit hatte sie Begriffe wie 'Mörderin' oder 'Geständnis' gemieden und obendrein unmissverständlich darauf hingewiesen, dass es noch Klärungsbedarf gab. Somit konnte Marten den Fall nicht als abgeschlossen betrachten.
„Verdammt, was soll das denn?" Heinrich hatte es aufgegeben, seinen Kampf gegen sie im Geheimen zu führen. In einer jähen Bewegung stemmte er die Hände auf dem Tisch auf und funkelte Ella erbost an. Dabei schüttelte er seinen Kopf so vehement, dass seine ziemlich kurzen Haare flogen.
„Sie gibt an, die Mörderin zu sein?", hatte Marten trotz allem den Kern sofort erfasst. Allerdings klang er genauso entgeistert wie Heinrich und sie, als sie den Brief gelesen hatten. „Dieses dünne, verhuschte Ding?"

„Das kann man ihr nicht glauben“, schaltete Heinrich sich gleich ein.
Marten brummte zustimmend. „Berichten Sie bitte genauer, Frau Kirsch.“
Zunächst einmal wandte Ella sich vom wild gestikulierenden Heinrich ab, der ihr ein sie strangulierendes Seil zeigte. Herrgott noch mal, checkte er denn nicht, dass sie keine Wahl hatten – aber auf der anderen Seite auch gar nichts zu befürchten? Marten würde verantwortungsbewusst mit allen Informationen umgehen, die sie ihm gab, da war sie nun ganz sicher.
So knapp wie möglich erklärte sie ihm, was im einzelnen geschehen war. „Die behandelnde Ärztin meinte, dass Melina nach der Sedierung letzte Nacht heute wohl schlafen wird. Wenn sie morgen stabil genug ist – also körperlich – wird sie nach Rendsburg verlegt, weil es in Eckernförde bloß eine psychiatrische Tagesklinik gibt, keine geschlossene Station. Suizidgefährdete Patienten nehmen sie hier nicht auf.“
„Das klingt ja auch wirklich sehr ernst“, brummelte Marten verständnisvoll aus dem Hörer. „Ich werde mich persönlich mit der Ärztin kurzschließen, wenn Sie so nett wären ...“
„Sie heißt Doktor Havemeister, und Melina liegt auf der 'Inneren Medizin'.“
In ihrem Augenwinkel zog Heinrich die imaginäre Schlinge zu.
Dabei brauchte er sich gar nicht aufzuregen. Er täuschte sich nämlich. Marten und sie arbeiteten nicht gegeneinander, sondern miteinander. Vertrauen gegen Vertrauen. Heinrich mit seinem ewigen miesepetrigem Argwohn! Das würde er von ihr lernen müssen – dass er ihnen mit seiner Art nicht nützte, sondern vielmehr Feinde machte, dafür sorgte, dass man ihnen Steine in den Weg legte. Transparenz und Kooperation – das waren die Schlagwörter der Zukunft. Ihrer Zukunft hier in Eckernförde!
„Angesichts Melinas seelischer Befindlichkeit erweist sich unsere Vereinbarung jedenfalls als sehr passend“, begann sie und zwinkerte Heinrich ironisch kokettierend zu. „Doktor Havemeister meinte auch, dass wir den Kreis der Besucher bei Melina so klein wie möglich halten sollten. Insofern schlage ich vor, dass wir genauso fortfahren, wie wir es gestern verabredet haben.“ Noch ein Strahlen als Sahnehäubchen für den Sohn der Tortenbäckerin. Dann ließ sie sich elegant auf ihrem Schreibtischstuhl nieder und

startete schon mal den Computer, um gleich nach dem Telefonat voller Elan mit der Arbeit zu starten.
„Hmm." Martens veränderter Ton ließ sie innehalten. „Da es sich bei Melinas Abschiedsbrief zumindest rein formal um ein Geständnis handelt, ist das leider nicht möglich."
Heinrichs flache Hand traf die Tischplatte im selben Moment, als Ellas an ihren Mund klatschte.
„Das heißt nicht, dass wir dieses Geständnis nicht genauestens überprüfen werden", setzte Marten geflissentlich hinzu. „Sie können sich darauf verlassen, dass ich überaus behutsam mit Melina umgehe. Überdies hat sie bestimmt den besten Anwalt, den man sich wünschen ..."
„SCHEIßE!", stieß Heinrich mitten hinein und knallte im nächsten Moment die Bürotür hinter sich zu.
Scheiße, konnte Ella nur wiederholen.
„Herzlichen Dank für Ihre engagierte Arbeit", kam ihr Martens Art plötzlich gar nicht nett vor. „Außerdem möchte ich mich noch einmal in aller Förmlichkeit für meinen Kollegen entschuldigen, der Sie beide gestern mit so unfairen Mitteln angegangen ist, anstatt alle Informationen auf den Tisch zu legen. Ach ja, was die Fotos betrifft, so werfen Sie doch trotzdem noch mal einen Eckernförder Blick darauf, nur für den Fall, dass es sich bei Melinas Freund um einen stadtbekannten Halunken handelt." Jetzt brach er auch noch in lautes Gelächter aus. „Wie gesagt: Ich werde unsere Zusammenarbeit in guter Erinnerung behalten und das nächste Mal gern wieder auf Sie zukommen. Machen Sie es gut bis dahin. Und Grüße an Ihren Kollegen. Auf Wiedersehen!"
Als er endlich auflegte, sackte Ella in sich zusammen. Was für eine Riesen-Scheiße! Beklommen schob sie den Hörer auf die Station. Und wappnete sich, als sie Heinrichs heraneilende Schritte hörte.
Zu recht. Er polterte herein, kickte die Tür ins Schloss und baute sich neben ihrem Schreibtisch vor Ella auf. „Fühlen Sie sich jetzt besser?"
„Ich habe getan, was ich tun musste", widersprach sie matt. Sollte sie ebenfalls aufstehen? Es war ungünstig, von hier unten zu ihm hochzublinzeln – erst recht weil sie meilenweit von einem guten Gewissen entfernt war. „Es war notwendig. Ich habe verhindert, dass wir beide eine Dienstaufsichtsbeschwerde aufgebrummt kriegen."

Erwartungsgemäß prallte das einfach an ihm ab. „Ist Ihnen überhaupt klar, was Sie getan haben?“
Natürlich war ihr das klar. Und sie fühlte sich absolut kläglich deswegen!
Heinrich spie es ihr geradewegs vor die Füße: „Sie haben Melina verraten.“
Hilflos rang Ella nach Luft.
„Verraten und verkauft haben Sie sie– an einen machtgeilen und opportunistischen Widerling, der jede kleinste Schwäche seiner Gegner ausnutzt und gegen sie verwendet“, zischte Heinrich. „Genauso einer hat Melina jetzt in der Mangel – und wir haben keine Möglichkeit mehr, sie zu schützen.“
„Das stimmt aber so nicht.“ Endlich raffte Ella sich auf, erhob sich – setzte sich dann aber lieber auf die Tischkante, um sich ihm nicht frontal gegenüberstellen zu müssen. „Es war Marten, mit dem wir gesprochen haben. Sie erinnern sich vielleicht. Der große, freundliche Mann mit Haaren auf dem Kopf. Der sich bisher total kooperativ gezeigt hat, der uns ernst nimmt und ...“
„Ganz genau.“ Heinrichs Augen sprühten vor Zorn. „Der gute Cop kommt angetanzt, ist nett zur kleinen Kommissarin und schwupp, tut sie alles, was er von ihr will. Während sich der böse Cop irgendwo im Hintergrund die Hände reibt.“
Das war gemein! „Nein, so war es nicht. Sie waren doch dabei!“
„Sie träumen schon wieder!“ Verächtlich aufstöhnend, wollte er sich wegdrehen.
„Klaasen ist raus“, rief Ella ihm nach. „Sogar krankgeschrieben, hat Marten doch gesagt.“
Nicht einen Deut besänftigt, wirbelte Heinrich zu ihr herum. „Klaasen war raus, ja. Aus dem Raum, nicht aus dem Fall! Es war die reine Taktik. Marten und Klaasen sind ein Team, wie wir.“ Seine Hände durchschnitten die Luft zwischen ihnen, sodass Ella den Wind im Gesicht spürte. „Sie sprechen sich ab, wie wir das auch tun müssten, um zum Ziel zu kommen. Aber nein, die gute Kommissarin gibt dem guten Cop sämtliche guten Infos ungefiltert weiter.“ Er schnippste mit den Fingern. „Einfach so, weil ja alle soooo gut sind. Und wenn der beste Marten jetzt auch noch die noch bessere Troschke informiert, dass der Fall zu den Akten gelegt wird, sind wir völlig am Arsch. Weil wir überhaupt nichts mehr machen können. Gut gemacht, Frau Kollegin.“

Jetzt wurde Ella endgültig übel, zusätzlich zum deutlich heftiger brummenden Kopf. Wenn Heinrich recht hatte, wenn Marten tatsächlich ein doppeltes Spiel spielte und Klaasen sich auf Melina stürzen würde ... Sie rutschte vom Tisch und ließ sich auf ihren Stuhl sinken.

Heinrich sah mindestens so entmutigt aus, wie sie sich fühlte, als er nun zurück auf seine Schreibtischseite trottete.

Typisch, dass sie prompt anfing zu überlegen, ob sie sich nicht doch entschuldigen sollte. Nein verdammt, das würde sie nicht! Sie hatten keine Wahl gehabt, basta. Das zum soundsovielten Mal laut zu wiederholen, konnte sie sich allerdings auch sparen. Heinrich würde es ebenso wenig gelten lassen wie vorhin.

Dabei hatte sie, was Verfehlungen betraf, doch sogar noch etwas bei ihm gut. Ein richtig fettes schlechtes Gewissen hatte er gehabt, nachdem er sie gestern so gemein angeblafft hatte. Gegönnt hatte sie es ihm. Nur ihn jetzt daran zu erinnern, war natürlich absolut kontrapro... Erschrocken zuckte sie zusammen, als schon wieder das Telefon losdüdelte.

Diesmal war Heinrich schneller. „Ja?", schleuderte er dem Anrufer seine geballte miese Stimmung hin. „Ja?" Auch nachdem der andere sich vorgestellt hatte, änderte er seinen Ton nicht. „Ah ja. Ja. Ja, ja." Damit knallte er den Hörer auf die Station zurück.

„Danke für den Anruf, auf Wiedersehen", zu summen, war einfach zu verlockend.

Noch während Ella sich duckte in Erwartung des Zornessturms, der nun über sie hereinbrechen musste, erreichte sie Heinrichs veränderte Stimme: „Herzliche Grüße von Ihrem Freund Marten. Die beiden Häuser in Windeby sind wieder freigegeben. Es war ihm ein besonderes Bedürfnis, uns das persönlich mitzuteilen." Dazu grinste er. Hinterlistig, frech, gar nicht mehr böse.

Verständnislos starrte Ella ihn an.

Mit triumphierender Miene beugte er sich zu ihr herunter und flüsterte ziemlich nah an ihrem Ohr: „Ehe die Troschke Wind davon bekommt und uns ausbremsen kann, sind wir schon in Windeby und durchsuchen Melinas Zimmer nach Hinweisen auf den Unbekannten. Und finden damit hoffentlich Beweise für ihre Unschuld. Öffnen Sie noch schnell Ihren Mailaccount und drucken die Fotos aus.""

Wort für Wort hatte Ellas Stimmungspegel sich gehoben. „Das ist

ja ... ein wunderbarer Zufall. Und eine echte Chance für Melina." Sie wagte ein Lächeln, während sie sich zu ihren Mails klickte. „Das einzige, was uns passieren könnte, ist, dass die Troschke uns übers Handy ..." Sie unterbrach sich, als ihr es wieder einfiel: „Nein, wie überaus günstig, die sind ja weg."
„Sie sagen es." Heinrich ließ sich nicht nehmen, ihr noch einmal zuzuzwinkern, griff nach seiner Jacke. „Und? Sind die Fotos angekommen?"
„Noch nicht. Sollen wir Marten nochmal anrufen?"
„Die Zeit haben wir nicht mehr." Heinrich war schon an der Tür, zog sie einen Spalt auf. „Die Luft ist rein", wisperte er ihr zu. „Los!"
Alles blieb still, während sie nacheinander den Flur entlanghuschten, rasch den Dienstwagenschlüssel raubten – so waren sie immerhin theoretisch erreichbar – dann ungesehen das Treppenhaus erreichten und schließlich den Wagen, der hinter dem Haus parkte.
Erst als sie das Kripogebäude im Rückspiegel schwinden sehen konnte, wagte Ella die nächsten Worte: „Diesmal wird kein Schlüssel für uns stecken. Wie sollen wir ins Haus kommen?"
„Einbrechen?"
Oh Gott. Ella rutschte das Herz in die Hosentasche. Sie ging vom Gas. „Die Polizei bricht ein?" Wie viel kriminelle Energie steckte in diesem Beamten?
Wobei es schon verlockend war, ihn so unvermittelt bester Laune zu erleben. „Nun regen Sie sich mal wieder ab", meinte er lachend. „Ich war heute Nacht so frei, einen Ersatzschlüssel vom Schlüsselbrett mitgehen zu lassen. Nur für den Fall, dass wir ihn noch mal brauchen würden. Sagen Sie, dass ich gut bin!"
„Sie sind gut", bestätigte Ella matt und beschleunigte wieder.
„Danke." Da spitzte er die Lippen und begann doch tatsächlich, ein fröhliches Liedchen zu pfeifen. „Außerdem bin ich schon sehr gespannt, was am Ausgrabungsort zu sehen ist. Dorthin gehen wir zuerst."
„Aber noch vorher halten wir an einer Apotheke an." Ella beugte und streckte ihren Nacken. Inzwischen brummte ihr Kopf auf unerträgliche Weise.
„Aber gerne, werte Frau Kollegin", säuselte Heinrich. „Immer wieder gerne."

Es nieselte aus grauem Himmel, der Boden war selbst im trockengelegten Garten schlüpfrig. Der gestern Nacht noch abgesperrte Bereich hinterm Zaun wirkte wie ein Stück zerklüfteter Mondlandschaft. Kein Bagger mehr, keine Planen, keine Menschen. Neben scheinbar planlos aufgeschütteten Hügeln aufgerissene, durchwühlte Erde. Der man ihr jahrzehntelang gehütetes Geheimnis entrissen hatte – um dann von jetzt auf gleich damit abzuziehen.
Wie ein toter Körper, der nach der Obduktion nur hastig zugeklappt und ins Krematorium entsorgt wird, dachte Ella schaudernd. Vor all der Tristesse hatten sich sogar die Vögel und Insekten zurückgezogen. Naja, vielleicht lag das auch am Wetter.
Sie öffneten das Tor und gingen hinüber, suchten nach der Stelle, wo man die Leiche gefunden hatte. Es war einfach: Das tiefste Loch, viele Fußspuren außen rum, Reifenabdrücke. „Sehen Sie mal, da stecken sogar noch ein paar uralte Baumwurzeln", rief Heinrich begeistert und hockte sich daneben, um sie zu betasten. „Die müssen von der Weide stammen, die Anna erwähnt hat." Er war anscheinend immun gegen die Beklommenheit, die auf Ella lastete.
Die spähte wiederum zur Kate hinüber, stellte sich Annas vergrämtes Gesicht hinter dem Küchenfenster vor. Die Niemanns waren wirklich verflucht.
„Na, wie sieht es aus? Sind Sie bereit für unsere Aktion?" Nun klatschte Heinrich auch noch in die Hände!
Fassungslos folgte Ella ihm, als er sich beschwingt in Bewegung setzte. Er war auch verrückt, oder? Diese ewigen Stimmungsschwankungen. Vorhin war er doch wirklich außer sich vor Zorn gewesen – jetzt lächelte er geradezu euphorisch, während er ihr das Gartentor aufhielt.
„Wir sollten uns nochmal alle Verdächtigen ins Gedächtnis rufen", erklärte er voller Eifer. „Damit uns nichts entgeht bei unserer Suche. Also, wen haben wir? Garten-Brammer fällt mir als Erster ein. Wenn Sie mal an diese Kleinkriminalitäten denken, mit denen Stadtrat Lehnhardt zu tun hatte. Könnte es nicht sein, dass Brammer jemanden beauftragt hat, Lehnhardts Reifen aufzuschlitzen und wovon da noch die Rede war? Dieser Jemand wäre sozusagen offiziell dazu bereit, das Gesetz zu übertreten. Zum Beispiel, heimlich Fotos zu schießen und eine weitere Erpressung durchzuziehen. Denn nichts anderes waren ja die Angriffe auf Lehnhardt."
Ella brauchte ein paar Schritte, um vollständig auf die Sachebene

umzuschalten. „Okay. Nur – warum sollte Brammer Melina erpressen wollen?"
„Weil es ihm nicht mehr reichte, Lehnhardt zu bearbeiten. Er hat die Niemanns direkt attackiert. Zuerst den Alten, dann die nächste Generation. Und zum Schluss kommen die Mädchen dran."
„Hmm." Skeptisch sah Ella ihn an. „Sie halten es also echt für möglich, dass Brammer die Niemanns vergiftet hat?"
„Er könnte gemeinsame Sache mit der Koch gemacht haben, die den Alten bestimmt noch gehasst hat nach ihrer Affäre früher. Und sich mit Pilzen auskennt."
„Heinrich, das ist total konstruiert!"
„Dieser Fall ist kompliziert – das hat Ihr Freund, der Riese, auch gemeint. Da ist von uns verlangt, auch um die Ecken zu denken. Wir müssen nach vorne, für die Terrassentür habe ich leider keinen Schlüssel gefunden."
„Äh ..."
„Wir sollten sogar um noch eine Ecke mehr denken", fuhr Heinrich voller Elan fort. „Was wäre, wenn Lehnhardt den Kleinkriminellen selbst beauftragt hat, scheinbar gegen ihn selbst gerichtete Delikte zu begehen – um uns denken zu lassen, es wäre jemand anders gewesen, der ihn angeht. Dann wäre er der Mörder, der jetzt Melina bedrängt, um uns abzulenken."
„Das ist wirklich ..."
„... um zwei Ecken gedacht. Aber gefällt es Ihnen?"
„Heinrich, ich ..." Sie verstummte, weil sie etwas gehört hatte.
„Das große Tor?", hatte Heinrich es schon identifiziert und fing an zu laufen, um die letzte Hausecke nach vorn auf den Vorplatz.
Wo just in diesem Moment Frau Wolters quietschgelber Ford Fiesta mit Karacho in die Einfahrt sauste. Diese Farbe tat Ellas Augen richtig gut. Ein wenig Leben, ein wenig Freude.
Naja, Frau Wolters Gesicht selbst wirkte auch alles andere als traurig. Voller Tatendrang hüpfte sie aus dem Wagen und eilte strahlend auf sie zu. „Oh, Sie sind auch schon hier?" Ohne eine Antwort abzuwarten, stapfte sie an ihnen vorüber, auf das Haus zu. „Na, dann will ich mal zusehen, ob ich ein wenig Ordnung in all das Chaos da drin bringen kann." Vor der natürlich noch versiegelten Tür angelangt, drehte sie sich fragend zu Heinrich um. „Ihre Sekretärin sagte mir, dass die Häuser wieder frei wären."
„Das ist richtig. Sie dürfen es eigenhändig aufschlitzen", grinste er

ihr zu. „Nehmen Sie den Schlüssel, damit geht es ganz gut." Als sie den zückte und ihn genüsslich ins Siegel stach, blinzelte er Ella verschwörerisch zu.
Es machte ja schon Spaß mit ihm, wenn er so war ...
„Woher wissen Sie eigentlich, wie es drinnen aussieht?", erkundigte er sich bei Frau Wolter, während sie eintraten. „Waren Sie in den letzten Tagen hier?"
„Ich? Was, nein! Als ich das letzte Mal da war, war nur die Küche gesperrt, im Haus selbst ...", kicherte sie aufgeregt. „Aber ich gucke doch immer Tatort." Sie verzog die Lippen und schnaubte dann wegwerfend. „Was man da alles zu sehen kriegt, hei-ei-ei. Ich bin sicher, die Realität ist gar nichts dagegen."
Tja, die Realität mochte gemäßigter sein als ein Film, dennoch schlug Frau Wolter die Hände über dem Kopf zusammen, als sie die Küche betrat. „Himmel, was haben die hier veranstaltet bei ihrer Mördersuche?" Erst da schien ihr etwas zu dämmern. Sie kniff die Augen zusammen, fixierte Heinrich. „Warum sind Sie eigentlich hier? Ihre Sekretärin meinte, der Fall wäre abgeschlossen!"
Automatisch machte Ella ihre Miene vage, während sie Frau Wolters musterte. Von Melina wusste sie ja wohl nichts, sonst wäre sie kaum so fröhlich gewesen, oder?
„Wir sind im Auftrag von Melina hier", log Heinrich da auch schon los und machte ein eindrucksvoll betrübtes Gesicht. „Sie mag nicht herkommen, die Erinnerung, wissen Sie? Alles noch so frisch." Er wartete genau zwei Sekunden, dann klarte sich sein Blick auf, verwandelte sich unversehens in einen strahlenden Sonnenaufgang. Du liebe Güte, der Mann hätte Schauspieler werden sollen! „Deshalb wollen wir ihr helfen, so gut es eben geht."
Damit hatte er Frau Wolter prompt in der Tasche. Mit leicht in den Nacken gelegtem Kopf hing sie an seinen Lippen und lächelte wehmütig. „Ja, schlimme Sache für die Kleine, wirklich schlimme Sache. Aber wie gut, dass es Sie gibt."
Heinrich hatte sein Ziel erreicht. Frau Wolter war geschmolzen, dachte gar nicht mehr daran, ihre Anwesenheit infrage zu stellen.
In diesem Moment war Ella einfach dankbar für seinen Charme, den er so offensichtlich an- und ausknipsen konnte, wie es ihm beliebte. „Wir gehen dann mal nach oben." Sie wollte schon kehrtmachen, aus der Küche raus, Richtung Treppe.
Doch Frau Wolter hatte andere Pläne. „Warten Sie, Sie werden

doch erst noch einen Kaffee trinken. Also, auf den Schreck hin." Sie war schon an der Kaffeemaschine und schaltete sie ein. „Dauert nur einen Moment, bis sie sich aufgeheizt hat. In der Zwischenzeit füll ich mal frisches Wasser ein. So abgestandenes geht gar nicht."
Heinrich lehnte lässig am Türrahmen. „Ein Kaffee würde mir jetzt echt gut tun", bemühte er seinen Charme erneut. „Und Ihnen doch auch, werte Frau Kollegin, oder?"
„Ist sogar der beste Kaffee der Welt", beteuerte Ella und zwinkerte Frau Wolter zu.
„Der allerbeste", bestätigte die, während sie den Wasserhahn voll aufdrehte. „Damit die Leitung schon mal durchgespült wird." Sie holte den Wassertank, leerte ihn, wusch ihn gewissenhaft aus und wartete dann noch geschlagene fünf Sekunden, ehe sie ihn wieder füllte. „Für guten Kaffee braucht man nicht nur guten Kaffee, sondern auch das richtige Wasser. Und frisch muss es sein."
Heinrich nickte mit Kennermiene. „Da haben Sie vollkommen recht. Meine Oma schwor ja auf Porzellanfilter. Die kennen Sie doch bestimmt auch noch, oder?"
„Aber ja!" Prompt strahlte sie. „Und benutze sie regelmäßig, das habe ich ja Ihrer Kollegin schon erzählt beim letzten Mal. Das schmeckt man nämlich wirklich! Genauso wie man auch die richtigen Tassen nehmen muss." Energisch riss sie eine Schranktür auf und rückte Geschirr herum. „Wo sind die denn nur?"
Der Schrank war voller schlichter, grauer Exemplare nebst schlichten, grauen Untertassen und Tellern. Doch die schien Frau Wolter nicht gemeint zu haben. Suchend sah sie sich im Raum um. „Dieses langweilige Service hat Sabine mal vom Alten gekriegt. Wurde kaum benutzt. Wer mag schon grau? Wo stecken nur die bunten?"
Zwischen all den herumstehenden Packungen Tomatensoße, Kartoffelbrei und Reis, zwischen Kloßpäckchen, Gemüsekonserven und Brühwürfeln war das schwer auszumachen. Doch Frau Wolter hatte einen Geistesblitz. „Ah!" Triumphierend ging sie zur Spülmaschine und klappte sie auf. „Wusst' ich's doch!" Sie zog den oberen Spülkorb weit heraus und griff nach den bunten Tassen dort. „Da stimmen Material und Form. So kann sich das Aroma voll entfalten." Mit drei Tassen bewaffnet wandte sie sich wieder der Kaffeemaschine zu. „Gleich haben wir's."
Doch Ella starrte noch immer auf den Spülkorb. Und starrte. „Was ... was ist das?"

Zwölf Uhr mittags

„Was ... was ist das?“ Mit ein paar Schritten war Ella an der Geschirrspülmaschine und zog eine kleine Flasche heraus, die kopfüber darin gestanden hatte.
„Wie?“ Irritiert sah Frau Wolter zu ihr. „Ah, das nette Fläschchen. Das gefiel Melina so. Sie wollte es behalten. Hat auch der Alte angeschleppt. Seltsam, dass der mal was Buntes bringt, hab ich mir gedacht. Sonst war doch alles dezent bei dem. Hosen, Pullis, Schuhe, Einrichtung. Und dann so ne Farbe.“ Sie lachte. „War wohl ein Fehlgriff.“
Ella hatte es schon in der Hand. Dasselbe rot eingefärbte Glas, dieselbe verschnörkelte Form – kein Zweifel, genau so ein Fläschchen war ihr erst gestern begegnet. Im Tortenstübchen. Konnte das Zufall sein? „Das Geschenk für Sörine“, erklärte sie Heinrich. „Von diesem netten älteren Herrn, erinnern Sie sich?“
Er kam sogleich herüber und beugte sich ebenfalls über die Flasche. „Das Etikett hat sich gelöst. „Was ist denn da drin gewesen?“, fragte er Frau Wolter.
„Wo?“ Zu abgelenkt von den Erfordernissen der Kaffeemaschine, blickte die nur kurz auf. „Ach da drin? Ein Öl, glaube ich. Salatöl oder so.“
„Bio-Orangenöl?“, fragte Ella und versuchte den Gedanken zu erfassen, der sich noch sehr vage vor ihr aufbaute.
„Ach ja, stimmt. Ich dachte nämlich noch, dass das mal wieder typisch für den Alten war, ein Orangenöl im Sommer anzuschleppen. Da gibt es doch gar keinen Chinakohl.“ Sie verdrehte die Augen und stöhnte demonstrativ. „Einmal bringt er was Hübsches an – aber das dann zu einer Zeit, wo kein Mensch so was braucht, ne? Orangen gibt's im Winter, basta. Wie den Chinakohl halt auch. Verdrehte Welt, in der es immer alles zu kaufen geben soll.“
Die Niemanns. Das Tagebuch. Öl. Giftiges Öl. Ella schluckte. Alles passte zusammen. Alles bis auf den alten Mann, Herrn Rüter. „Heinrich?“ Mehr sagte sie nicht.

Da rannte er schon. Zum Telefon im Flur. Riss den Hörer an sich, wählte hektisch, trommelte mit den Fingern herum. „Mutter, verdammt. Geh ran. Geh ran, Herrgott nach mal."
Ella lief ihm nach. „Sie wird es doch nicht gleich heut aufmachen?"
„Wir fahren!" Er war schon auf dem Weg zur Tür.
„Was ist mit dem Kaffee?", rief ihnen Frau Wolter nach. „Der ist doch gleich fertig."
„Geht nicht", brüllte Ella über die Schulter zurück. „Später."
Bescheuert, dass sie zuerst das hingeworfene Telefon auf die Station beförderte. Doch dann hechtete sie umso schneller hinter Heinrich her, überholte ihn schon auf dem Vorplatz und hatte das Auto offen, als er dort anlangte. Sie sprang ebenfalls hinein, zwang den Zündschlüssel trotz ihrer zitternden Hände ins Schloss.
Heinrich war bereits am Autotelefon, tippte, lauschte, fluchte.
„Sie wird es nicht gleich benutzen", wiederholte Ella beschwörend und hatte endlich den Rückwärtsgang drin, fuhr aus der Parklücke. „Ist sie denn überhaupt schon im Tortenstübchen?" Sie musste sich mächtig zusammenreißen, um ihre Stimme ruhig zu halten. „Es ist noch nicht mal Mittag."
„Ja. JA! Sie backt jetzt. Ja." Diesmal machte Heinrich keine spitzen Bemerkungen, als Ella mit dem Wagen geradezu durch die Straßen flog, scharf bremste, Gas gab, in die Kurven ruckte.
„Geh ran", beschwor er das Telefon, nahm es aus der Halterung, um es zu schütteln, drückte es aus, wieder an. „Geh doch endlich ran."
Ella sah Sörine vor sich, wie sie, die Hände um ihren Hals gelegt, langsam ohnmächtig zu Boden sank. „Das Fläschchen hat Ihre Mutter von Herrn Rüter bekommen. Er muss der Mörder sein."
„Aber was will er denn von ihr?" In offenkundiger Verzweiflung schlug Heinrich das Telefon aufs Armaturenbrett. „So geh doch endlich ran, verdammt!" Auch er hatte sichtlich vor Augen, wie seine Mutter gerade jetzt, in diesem Moment ...

Ella hupte anhaltend, als ein Wagen kurz vor ihr aus einer Parklücke ausscheren wollte. Erst danach stieg sie voll auf die Bremse, ein Dankesgebet zum Himmel schickend, dass sie sich trotz der Hektik angeschnallt hatten.
Natürlich waren die Parkplätze vor dem Tortenstübchen belegt, aber Ella bretterte in die Einfahrt und blieb direkt vor dem geschlossenen Schlagbaum stehen. Heinrich war draußen, ehe sie

den Zündschlüssel gezogen hatte. Ihr Herz pochte wie wild, als sie ihm zum Kücheneingang folgte.
„Mutter?" Sein Schrei die reine Panik. Er riss an der Tür, dass die bis zum Anschlag aufflog und ein unschönes Geräusch von sich gab – es knirschte, etwas brach. Egal. „Mutter?"
Es war Oskar, der ihnen sofort entgegen trottete. Gelassen und guter Dinge offensichtlich, er umwedelte Ella voller Freude und – schleckte sich die Schnauze?
Ella wurde schlecht. Was, wenn auch er ... „Sörine?"
„Ich bin hier, Kinners. Was schreit ihr denn so?" Sörines Stimme klang ein bisschen gequetscht. Zu sehen war sie nicht. „Und was treibt ihr mit der armen Tür?"
Erst als sie um den Tortentresen herum in die Küche gucken konnten, entdeckten sie sie. Auf Händen und Knien.
„Was ist mit dir?" Schon war Heinrich bei ihr, am Boden.
„Ach Jung, was tust du da?" Sörine setzte sich auf die Fersen und sah ihn erstaunt an. „Du machst dir doch die Knie nass. Siehst du nicht, dass ich hier wische?"
Doch ja, jetzt nahm Ella den Putzlappen in ihrer Hand wahr, den Eimer Wasser. Und den nassen Fußboden.
„Mir ist was runtergefallen, was schwer weggeht."
„Was war das?", fragte Ella tonlos und fasste Oskar am Halsband, ehe der in den nassen Bereich tappen konnte.
„Naja, eigentlich ..." Sörine schaute kurz zu ihm, während sie den Putzlappen ins Wasser tauchte, ihn auswrang und sich abermals dem Boden widmete. „Wenn ich ganz ehrlich bin: Oskar war es. Ich war am Teigrühren, Orangenschokolade-Trüffeltorte. Dachte mir, ich mach einfach mal was Jahreszeit-Untypisches, hat man ja auch manchmal Appetit drauf, ne? Mit dem leckeren Öl von Herrn Rüter. Grad war ich dabei, das Schokopulver einzurühren. Es reichte nicht, also wollte ich Nachschub holen." Sie deutete auf den Schrank in der hinteren Küchenecke. „Als ich Oskar den Rücken zukehrte, war er auch schon hier und wollte prüfen, was ich so für Zutaten verwende." Sie warf Ella einen bittenden Blick zu. „Du brauchst nicht zu schimpfen, er hat nichts davon aufgeschleckt, nur das Fläschchen umgestoßen. Das sogar heil geblieben ist." Sie deutete auf die Spüle.
Rot, hübsch, fast leer, stand sie da. Dieselbe Flasche wie in Windeby. Oh Gott.

Heinrich lief hin, fand den Verschluss, schraubte sie zu. Drehte sich dann aufgeregt zu Sörine um. „Hast du von dem Öl gegessen? Den Teig probiert? Einen Löffel abgeleckt? Einen Finger? Hast du auch nur einen Tropfen von diesem Öl an den Lippen gehabt?“
„Nein!“ Verständnislos den Kopf schüttelnd, drückte sich Sörine mit einem leisen Ächzen auf die Füße. „Was regt ihr euch denn so auf?“
„Gib mir den Eimer.“ Heinrich schnappte sich den Lappen, um ihn direkt in den Müll zu befördern, kippte das Putzwasser in den Ausguss und drehte den Wasserhahn voll auf. „Komm du auch her, Mutter. Schnell.“ Die guckte ihn groß an, leistete aber keinen Widerstand, als er ihre Hände unter Wasser zog. „Und nimm Geschirrspülmittel.“
„Aber Oskar ...“, konnte Ella nicht länger an sich halten. „Er hat doch bestimmt was erwischt, wenn das Öl auf dem Boden war. Er frisst doch immer alles!“ Angstvoll drückte sie ihn an sich.
„Da hast du recht“, nickte Sörine, hob aber gleich beschwichtigend die Hand, ehe Ella losschreien konnte „Das war ja das Erstaunliche. Oskar war ja auf was Essbares aus. Hat sich halt erst mal erschrocken, als ihm die Flasche entgegen fiel. Aber dann wollte er nichts von dem Öl wissen. Ich ...“, hier zögerte sie, legte den Kopf schief, um Ella bittend anzusehen, „ich habe ihn sogar noch gerufen, weil es zugegebenermaßen doch ziemlich bequem ist, wenn er erst mal schleckt, ehe ich wische. Wo er doch schuld war an der Schweinerei. Aber er wollte nicht! Hat an der Tür gestanden, sich weggedreht und aus der Küche getrollt. Und keine Sorge, mein Junge“, feixte sie, als der schon wieder dem Mund öffnete, „was mal auf dem Boden war, esse ich auch nicht mehr.“ Sie lachte kopfschüttelnd auf und zeigte zur Spüle. „Und der klägliche Rest ...“
„... geht schnurstracks ins Labor.“ Heinrichs Stimme klang hart. „Mutter, wahrscheinlich bist du nur um Haaresbreite einer Vergiftung entkommen.“
„Du meinst ...“ Entgeistert starrte Sörine auf das Fläschchen. „Du sprichst von diesem Öl?“
„Exakt.“ Ella atmete tief ein. Musste sich gewaltsam daran hindern, sich nicht in die Panik hineinzusteigern, dass Oskar womöglich doch einen Tropfen abgekriegt haben könnte. „Sollte ich nicht lieber zum Tierarzt, ihm den Magen auspumpen lassen?“
„Meine Deern.“ Sörine schleuderte das Geschirrhandtuch von sich,

mit dem sie sich gerade die Hände abgetrocknet hatte, kam zu ihr herüber und tätschelte rechts Oskar, links Ella. „Wenn ich nicht hundertprozentig sicher wäre, dass er sich diesem Öl um nicht mehr als fünfzig Zentimeter genähert hat, würde ich selbst mit ihm zum Arzt fahren, glaub mir."
Ella nickte matt und schob Oskar vorsichtshalber ganz aus der Küche.
„Das Handtuch brauchst du nicht wegzuschmeißen, Thorsten", hörte sie Sörine hinter sich. „An meinen Händen war nichts mehr. Und die Arbeitsfläche brauchst du kein viertes Mal zu putzen. Erzähl mir lieber endlich, was eigentlich los ist!"
Rasch ließ Ella ihre Augen durch den Gastraum schweifen. Hier war ja wohl nichts Giftiges? Quatsch, das würde sie nicht extra fragen. Trotzdem war sie ganz erleichtert, als Oskar sich in unmittelbarer Nähe der Küchentür hinlegte, sodass sie sich in den Türrahmen stellen konnte und ihn im Augenwinkel behalten. „Bei den Niemanns haben wir genau so ein Fläschchen gefunden, das ebenfalls Orangenöl enthalten hat", kam sie Sörines Bitte nach. „Wenn sich unser Verdacht bestätigt ..."
„Kinners, was bei den Niemanns ist, muss doch bei mir nicht sein", wehrte Sörine sofort ab. Nichtsdestotrotz setzte es ihr zu, fahrig wischte sie sich über die Stirn. „Ich hab mein Fläschchen von Herrn Rüter bekommen. Und der hat doch mit der ganzen Sache nichts zu tun."
„Er kannte Niemann senior persönlich." Ella trug eilig zusammen, was sie im Gedächtnis behalten hatte. „Und er mochte ihn nicht. Weil er neureich und arrogant sei, hat er gesagt."
„Das mag ja sein, aber das ist noch lange kein Grund, einen Mord zu begehen!" Empört stampfte Sörine mit dem Fuß auf.
„Du kennst ihn doch gar nicht, Mutter." Heinrich öffnete einen Schrank, wühlte darin. „Wir wissen so gut wie nichts über ihn."
„Was suchst du denn, Jung?"
„Plastiktüten." Er zog eine Schublade auf. „Rüter hin, Rüter her, ich will die Flasche da weg haben. Und hast du ein Gummiband?"
„Hier", reichte Sörine ihm gleich eins. „Und Gefrierbeutel hab ich in der zweiten Schublade, genau. Die müssten passen."
„Das ist der Teig? Den nehmen wir auch mit", beschloss Heinrich kurzerhand, nachdem er die Flasche in drei Plastiktüten verstaut und das Gummi um deren Hals gezurrt hatte.

„Und wozu? Da ist ganz sicher nichts von dem Zeug reingeraten. Die Teigschüssel stand die ganze Zeit, wo sie jetzt steht, und die Ölflasche war auf der anderen Seite, weil die ja ...“
„Hör auf! Ich muss sichergehen, dass du ...“
„Thorsten!“ Sörine krallte sich die Schüssel und nahm sie fest in die Arme. „Auch wenn du der Polizist bist, ich bin kein unmündiges Kleinkind. Also behandle mich nicht so. Aber um dich zu beruhigen: Ich werde den Teig entsorgen, wenn dir das so wichtig ist. Mach du dich lieber auf die Suche nach Herrn Rüter und frag ihn, woher er diese Flasche hat.“
Wo sie recht hatte, hatte sie recht. Ella nickte zustimmend. „Hast du eine Ahnung, wo der wohnt?“
„Wohl irgendwo hier in der Nähe, zumindest ist er immer zu Fuß unterwegs, wenn er nicht gerade zu seinem Enkel in Wilhelmstal fährt.“ Mit bedauerndem Seufzen leerte Sörine die Schüssel in den Mülleimer, den Heinrich demonstrativ vorgezogen hatte, und überließ es ihm, sie unverzüglich abzuspülen. „Dann guck ich mal im Telefonbuch nach.“ Sie entschwand in den Gastraum und raschelte dort herum. „Rüter, Rüter. Zweimal. Na, einen Doktortitel hat unserer sicher nicht, das hätte er mir erzählt. Also der andere. Prinzenstraße sechsundsiebzig. Evert Rüter.“
„Wie?“, hakte Heinrich alarmiert nach. „Wie war der Vorname?“
„Evert“, wiederholte Sörine und kam in die Küche zurück. „Warum?“
„Ist Evert ein häufiger Vorname hier?“, fragte Ella, als sie Heinrichs bestürzten Blick bemerkte.
„Ich kenne sonst niemanden, der so heißt“, erwiderte Sörine.
„Oh Gott.“ Ella fiel es wie Schuppen von den Augen. „Er ist Klein-Evert, Annas Sohn. Der, dem sie ihren Brief geschrieben hat! Das kommt doch hin mit dem Alter, oder? Wann ist er geboren? Neunzehnhundertdreiundvierzig, glaube ich. Dann ist er heute ... zweiundsiebzig.“
„Das kommt schon hin“, nickte Sörine stirnrunzelnd.
Ellas Herz überschlug sich. „Sie hat doch sogar geschrieben, dass er nie weit weg gewesen ist.“
„Und trotzdem kann er es nicht sein“, widersprach Heinrich. „Er heißt Rüter.“
„Aber alles andere passt“, beharrte Ella. „Kann er den Namen nicht gewechselt haben?“

Sörine verzog den Mund. „Auch wenn es für Männer damals noch nicht üblich war – man konnte das schon immer, wenn man einen triftigen Grund dafür hatte. Trotzdem halte ich das bei Herrn Rüter für eine sehr forsche Annahme. Was hat er denn schon getan? Mir ne Flasche Öl geschenkt. Na und?"
„Nix na und. In diesem Öl wird sich mit hoher Wahrscheinlichkeit Knollenblätterpilzgift finden. Hast du das Telefon auf deinem Tisch liegen? Ich ruf in der Gerichtsstraße an, die sollen sofort zu seiner Wohnung fahren."
„Ach nee, Jung, wenn du dich da mal nicht vertust. Machst aus dem netten Herrn Rüter so schwuppdiwupp mal eben einen bösen Mörder."
„Mutter, man sieht es den Leuten nicht an, was sie im stillen Kämmerlein so alles treiben." Heinrich wählte bereits. „Ah, Pionek? Ich bin's. Schickst du bitte einen Wagen in die Prinzenstraße sechsundsiebzig. Sie sollen auf mich warten ..."
„Uns", sagte Ella automatisch.
„Was?" Heinrich sah sie irritiert an.
„Sie sollen auf 'uns' warten."
„Äh, ja. Wartet auf UNS. WIR kommen auch gleich. Es geht um eine Überprüfung. Verdacht auf Mord." Er lauschte. „Ja, ja, DEN Mord. Bis gleich." Mit zusammengezogenen Augenbrauen legte er auf. „Spaßvogel." Wen er damit meinte, ließ er offen.
„Sörine, wir fahren", bestimmte Ella. „Und Oskar nehme ich mit. Nicht dass er doch noch ..."
„Allens klaar", sagte Sörine nur. Sah dabei aber so aus, als wäre gar nichts klar.
Sie mochte Herrn Rüter und trug sich sichtlich schwer daran, dass ausgerechnet er ... naja. Auch Ella gefiel der Gedanke keineswegs. Dieser nette Herr – ein Mörder? Das erschien ihr ebenso abwegig wie bei Melina. Aber so war das nun mal. Dieser Fall war einfach kein Alltagsfall.

Wieder war Ella beeindruckt, wie nah in Eckernförde alles beieinander lag. Zur Prinzenstraße musste man nur am Ronnenbergweg vorbei dem Vogelsang folgen, bis der vom Ufer abbog und den Namen wechselte. Dann ging es bergauf. Zunächst zwischen Einfamilienhäusern, die schließlich schlichten Mehrfamilienhäusern wichen. Ja, die passten auch besser zu Herrn Rüter. Der doch einen

ordentlichen Fußmarsch auf sich nehmen musste, um ins Tortenstübchen zu gelangen. Die Hausnummer sechsundsiebzig befand sich ganz oben auf dem Berg, noch hinter einem uralten Wegweiser Richtung Kappeln.
Zwei Eingänge à vier Wohnungen, mit Hecken umfriedete Vorgärten, alte Klinker. Von vor dem Krieg, schätzte Ella. Hübsch war es hier. Eine Wohnstraße, viel Grün, nicht so eng bebaut.
Der Streifenwagen stand bereits da, Pionek und Jacoby stiegen aus, als sie Heinrich erkannten.
„Wet-Look? Sehr apart, trägt man das jetzt so?" Grinsend deutete Pionek auf Heinrichs nasse Jeans.
Stimmt, damit hatte er in Sörines Putzwasser gekniet. Er war also auch giftig ...
Heinrich ging nicht darauf ein. „Ich – wir haben die Flasche mit dem Öl in der Gerichtsstraße vorbeigebracht und denen gesagt, sie sollen dein Handy anrufen, um uns Bescheid zu geben. Es gibt wohl einen Schnelltest auf diese Amatoxine, sodass wir schon demnächst Klarheit haben werden."
„Noch habe ich nichts gehört." Pionek klopfte auf seine Jackentasche.
„Aber pass auf, ja? Bei dem Verdächtigen handelt es sich um Evert Rüter, um die Siebzig. Uns liegen Hinweise vor, dass er der Mörder von Delf Niemann ist. Wir setzen ihn allerdings nicht sofort fest, sondern befragen ihn. Ihr bleibt also vorerst im Hintergrund."
„Ein alter Mann tötet einen anderen alten Mann?" Pionek schnaubte ironisch. „Hätte er nicht einfach der Natur ihren Lauf lassen können?"
Genau das war der kritische Punkt. Ihr Verdacht mochte begründet sein, doch er schien Ella alles andere als gesichert. Was, wenn das mit der Ähnlichkeit der Flaschen schlicht Zufall war? Es war ja nicht mal erwiesen, dass das Gift bei den Niemanns überhaupt in der fraglichen Flasche gewesen war.
Sie seufzte, als sie die hintere Tür für Oskar öffnete. Die Regenwolken hatten sich nämlich verzogen, und die Sonne brachte alles zum Dampfen. Binnen kurzem würde es im Auto zu heiß für ihn werden. Außerdem mochte sie ihn einfach nicht alleinlassen, nicht nachdem er gerade dem Tod von der Schippe gesprungen war. Er durfte bloß Heinrichs Hose nicht zu nahe kommen ... Sie packte die Leine. „Komm, Dicker."

Gehorsam sprang er aus dem Wagen, aber nur, um dann ungehorsam sofort zu den Uniformierten zu ziehen.
Jacoby nickte, nur scheinbar um Ernsthaftigkeit bemüht. „Was meinst du, müssen wir bei Rüter mit Gegenwehr rechnen? Vielleicht kann uns diese furchteinflößende Bestie behilflich sein!“ Er strich über deren dicken Schädel. „Gutes Hundchen, gutes.“
„Warten wir's ab, und gehen wir's an“, knurrte Heinrich zuerst in seine, dann in Ellas Richtung. „Wie wollen Sie sicherstellen, dass er sich benimmt?“ Sein Kinn wies auf das Objekt, das gerade die zweiten blau-behosten Polizistenbeine beschnüffelte.
„Wie Sie sehr wohl wissen, benimmt er sich immer.“ Ella kniff die Augen zu Schlitzen. „Wie ein Hund das so zu tun pflegt.“
„Eben. Deshalb lassen Sie ihn gefälligst im Auto.“
„Also, in den letzten Tagen habe ich drei Autofenster eingeworfen, um Hunde aus der Hitzefalle zu befreien.“ Pionek beugte sich zu Oskar runter und stupste ihm auf die freche Schnauze. „Außerdem ist er doch schon berühmt für seine Heldentaten in diesem Fall.“
Ohne ein weiteres Wort wandte Heinrich sich ab und marschierte auf die Haustür zu.
Ella zog Oskar zu sich und nahm die Leine kurz. Auf Dauer musste sie ihn dringend sicher unterbringen ...
„Wartet kurz!“ Oh, Pioneks Handy! Alle waren mitten in der Bewegung erstarrt und lauschten gebannt. „Ja? Okay. Ja, klar. Gut. Danke.“ Pionek verabschiedete sich und blickte herausfordernd in die Runde.
„Nun sag schon“, brummte Heinrich genervt.
„Schnelltest positiv. Kann aber auch falsch sein, die Rate der falsch positiven oder falsch negati...“
„Wir gehen davon aus, dass er stimmt, bis wir das Gegenteil hören“, verfügte Heinrich gleich.
„Was erst in etwa achtundvierzig Stunden der Fall sein wird“, ergänzte Pionek mit einer neckischen Verbeugung in seine Richtung.
Heinrich hatte sich schon abgewandt. „Konzentration jetzt!“
Also gut, konzentrieren. Ella ließ ihren Blick über die Fenster schweifen. Ein Polizeiwagen und uniformierte Beamte fielen doch auf. Sicher waren sie bereits bemerkt worden.
Tatsächlich, sie entdeckte auf Anhieb wackelnde Vorhänge. An einem Fenster war ganz ungeniert eine Frau erschienen. Als sie Ellas Blick bemerkte, lehnte sie sich heraus: „Wohin wollen Sie denn?“

Doch Ella winkte ab und eilte den Männern hinterher, die Außentreppe hoch.
Herr Rüter wohnte gleich im Erdgeschoss. Allerdings dauerte es eine Weile, bis er den Türsummer betätigte. Ob er sie auch schon gesehen hatte?
Diese Frage wurde allerdings verdrängt vom Essensgeruch, der Ella im Treppenhaus entgegenkam. Fettgebratenes, Gewürze, lecker. Augenblicklich begann ihr Magen zu knurren und erinnerte sie daran, wie früh sie gefrühstückt hatten. Und eben war ihr sogar der bereits gerochene Kaffee vorenthalten worden! Auch Oskar wäre wohl mit einer Mahlzeit einverstanden gewesen, jedenfalls hob er die Nase in die Luft und schnupperte geräuschvoll.
Sie gingen an der Treppe vorbei, nach rechts. Herr Rüter hatte seine Tür weit geöffnet und blickte ihnen erstaunt, aber auch misstrauisch entgegen. Als er jedoch Ella mit Oskar erblickte, leuchtete sein Gesicht auf. „Ach, die nette Frau und der Hund aus dem Café. Kann ich Ihnen helfen?“
„Kripo Eckernförde.“ Heinrich hielt ihm seinen Dienstausweis vor die Nase. „Können wir mit Ihnen sprechen?“ Er deutete auf die Tür. „Drinnen wäre uns lieber, aber wir könnten auch hier ...“
„Oh natürlich, treten Sie ein. Erlauben Sie?“ Rüter eilte voraus, schloss eine Tür gleich links vom Eingang, öffnete eine andere gegenüber. „Wenn Sie in die Stube durchgehen wollen, bitte sehr.“
Großes Ecksofa, Couchtisch mit Kacheln, zwei Sessel, Röhrenfernseher in einer rustikalen Schrankwand, Raufasertapete an der Wand, dünne Vorhänge am Fenster. Nach hinten raus. Alles einfach, sehr einfach.
„Entschuldigen Sie bitte.“ Herr Rüter war in der Tür stehengeblieben „Leider kann ich Ihnen gar nichts anbieten. Wenn ich geahnt hätte ...“
Ja, dieser Mann schien alles andere als vorbereitet auf das, was ihn erwartete. In Ella wuchsen die Zweifel. Sie waren hier auf dem Holzweg.
„Wollen Sie Platz nehmen?“
„Keine Umstände, ich stehe.“ Pionek postierte sich nahe der Tür.
Jacoby trat zwar einen Schritt in den Raum, machte aber auch keine Anstalten, sich zu setzen.
Heinrich wählte den türferneren Sessel, Ella den anderen. Oskar zog sie neben sich.

„Kann ich Ihnen wenigstens etwas zu trinken bringen?“ Unentschlossen trat Herr Rüter von einem Bein auf das andere. „Allerdings befürchte ich, dass ich Ihnen nicht viel mehr als Wasser anbieten kann. Aber ich könnte einen Tee aufbrühen.“
„Bitte setzen Sie sich“, forderte Heinrich. „Wir haben ein paar Fragen an Sie.“
Ellas Gefühl verstärkte sich, als sie Herrn Rüter beobachtete. Er schien fieberhaft zu überlegen, war unsicher, wusste sichtlich weder ein noch aus.
„Sicher, sicher.“ Brav setzte er sich. „Worum geht es denn?“
„Wo waren Sie am vergangenen Montag?“, schoss Heinrich prompt seine erste Frage ab.
„Äh, ich, ich w-weiß nicht, w-welche Uhrzeit meinen Sie denn?“ Unversehens kam Herr Rüter ins Stottern.
„Beginnen Sie einfach morgens. Gegen sieben Uhr.“ Heinrich blieb ernst und ruhig. Keine Anklage lag in seinen Worten, keine Schuldzuweisung. Er hatte einfach eine Frage gestellt und wartete auf die Antwort.
„S-sieben Uhr? Ja wissen Sie, i-ich bin alleinstehend. Und da hat sich bei mir über die Ja-Jahre so ein bisschen ein Schlendrian ein-eingeschlichen. Da schlafe ich noch, erst gegen acht ste-stehe ich gerade mal auf.“
„Dann sind Sie am Montagmorgen erst gegen acht Uhr aufgestanden, wie jeden Tag?“
„Ja, ja. Wie jeden Tag.“
„Ausnahmslos jeden Tag?“, hakte Heinrich nach. Immer noch äußerlich unbeteiligt.
„Ja, immer. Ich stehe jeden Tag ...“ Herr Rüter schwamm offensichtlich. Seine Unsicherheit übertrug sich auf seine Hände, mit denen er sich immer wieder zittrig übers Gesicht fuhr. „Manchmal natürlich ni-nicht. Wenn ich einen Termin ha-habe, beim Arzt zum Beispiel. Zu-zur Blutkontrolle. Da mu-muss ich mir dann den Wecker stellen.“ Wie zum Beweis deutete er auf einen kleinen, altmodischen Reisewecker, der im Regal der Schrankwand stand. Neben einigen gerahmten Fotos und einem Stapel Schallplatten. „A-Aber sonst gehe ich eigentlich nie vor zehn Uhr aus dem Haus. Nur wenn, naja, wenn ich ei-einen Termin habe.“
„Hatten Sie am Montag einen Termin?“
„Nein, M-montag nicht, n-nein.“

„Kann das jemand bezeugen?“
Ella wusste, dass Heinrich diese Frage stellen musste. Dennoch machte sie sein Unbeteiligtsein allmählich wütend. Hatte Herr Rüter nicht soeben gesagt, dass er alleinstehend sei?
Oskar neben ihr schien ihren Ärger aufzufangen. Jedenfalls gähnte er einmal laut und herzhaft, dann schüttelte er sich und stand auf, strebte zum Fenster. Dankbar für die Ablenkung folgte Ella ihm und sah hinaus. Hinterhof. Uralter Teer, grün vor Moos. Altmodische Teppichstangen, kleine Mauern, Wiese. In einigem Abstand ein weiteres Haus. Wahrscheinlich sehr ruhig. Gut zum Ausschlafen. Sie zumindest glaubte Rüter.
Heinrich jedoch folgte dem Protokoll. „Herr Rüter, gibt es einen Menschen, der bezeugen kann, dass Sie am vergangenen Montagmorgen gegen sieben Uhr hier waren, in Ihrer Wohnung?“
„Nein, na-natürlich nicht.“ Herr Rüter fuhr sich verzweifelt durch die weißen Haare. „Was wo-wollen Sie denn von mir? Würden Sie m-mir das bitte erklären?“
„Sie brauchen ein Alibi, Herr Rüter.“
„A-aber warum denn? Ich habe nichts getan!“
„Darum geht es. Das zu beweisen.“
„Was soll ich denn getan haben? S-sagen Sie mir, was Sie mir zur L-last legen!“
„Sagen Sie mir, wo sie am Montag um sieben Uhr waren.“
„Da-das habe ich doch, ich habe Ihnen alles gesagt, ich ...“
„Sie wissen, warum wir hier sind, Herr Rüter!“
„Nein, nein, ich ...“
„Sie wissen es.“
„Nein!“ Er regte sich immer mehr auf, rang die Hände, wühlte in seinen Haaren.
Ella drückte sich ans Fenster, den Blick starr auf die Mülltonnen im Hof gerichtet. Am liebsten hätte sie sich in Luft aufgelöst.
„Sagen Sie es!“, befahl Heinrich schärfer, als sie ihn je gehört hatte.
Der alte Mann wimmerte.
„Jetzt!“
„I-ich w-weiß, am-m Montag-ist Delf N-niemann erm-mordet worden“, würgte er tatsächlich heraus. Er sah aus, als müsste er sich gleich übergeben. „Aber w-was hat das mit mir zu tun? Ich verstestehe das alles nicht, erklä-erklä-ären Sie mir das bitte ...“
Ella ertrug es nicht mehr. Wirbelte herum, machte den ersten

Schritt, bevor sie die Frage gestellt hatte: „Darf ich Ihre Toilette benutzen?"
Herr Rüter blinzelte, schüttelte den Kopf, als wäre er gerade wieder zu sich gekommen. „Aber ja, ja, na-natürlich. Direkt neben der Wo-Wohnungstür."
„Danke." Ohne ihn anzusehen, drückte Ella Pionek die Leine in die Hand und floh aus dem Raum, weg von diesem schier unerträglichen Druck. Ja, auch ihrer Meinung nach hielt Rüter etwas zurück, war aufgeregter, als er sein müsste. Aber das konnte doch auch ganz harmlose Gründe haben. Wer würde zum Beispiel frei von der Leber weg erzählen, dass er einen Arzttermin wegen seiner Hämorrhoiden gehabt hatte? Oder bei der Bank, wegen der Miesen auf dem Konto?
Im Flur blieb sie abrupt stehen. Wie unprofessionell gebärdete sie sich eigentlich? Heinrich und sie waren ein Team und mussten gemeinsam einen Mordverdächtigen verhören, womöglich war sogar Gefahr im Verzug, wer wusste denn, ob Herr Rüter nicht doch ein verrückter Giftmörder war, der seine Ölflaschen noch an dreißig andere Leute verteilt hatte. Es war notwendig, ihn zum Reden zu bringen, all ihre Kräfte und Fähigkeiten einzusetzen, um ans Ziel zu gelangen. Und Ella? Sie ...
Verdammt! Schnell aufs Klo! Blindlings riss sie einfach die nächste Tür auf – und fand sich in der Küche wieder. Klein, ein bisschen verkommen alles. Aber der Duft ... Dieser unglaublich leckere Geruch nach ... Ihre Augen suchten hungrig.
Auf dem Tisch stand ein zur Hälfte leergegessener Teller, auf dem Herd die Bratpfanne, noch gut zu einem Viertel gefüllt mit Bratkartoffeln. Mhmm. Ihre Magensäfte tanzten Tango. Es gluckste laut aus ihrem Bauch. Peinlich!
Sie war schon draußen im Flur, wollte die Tür hinter sich zuziehen und endlich, endlich zu Heinrich zurück, zu ihrer Aufgabe, ihrer Pflicht. Da blitzte etwas in ihrem Augenwinkel, neben dem Herd, halb verdeckt von der Pfanne. Rot.
Sie ruckte herum, guckte ... „NEIN!" Ihre nächste Bewegung war Drehung und Satz nach vorn in einem. Sie riss die Tür zum Wohnzimmer auf.
Wo fünf Augenpaare zu ihr herumfuhren. Drei erstaunt, ein blaues missbilligend, ein braunes hocherfreut. Oskar sprang voller Begeisterung an ihr hoch, als wäre sie Tage verschwunden gewesen.

Ella stürmte zu Herrn Rüter, packte ihn am Arm. „Haben Sie gerade Bratkartoffeln gegessen?"
„Äh." Entsetzt blinzelnd, wankte er, sackte in sich zusammen. Jetzt hatte sie den armen Mann endgültig verwirrt.
Und Heinrich ebenso endgültig verärgert. „Was soll das?"
„Haben Sie dazu das Orangenöl aus der roten Flasche verwendet, das neben dem Herd ..."
Weiter kam sie nicht, Heinrich war aufgesprungen, schon an der Tür. „Wo?"
„Gegenüber."
Pionek ließ die Leine fallen und drängte hinter Heinrich hinaus.
Gerade noch gelang es Ella, sich auf die Leine zu stellen, ehe Oskar die Gunst der Stunde zu einem kleinen Streifgang nutzen konnte. Rasch nahm sie sie auf, lief zu dem entgeistert dasitzenden Mann, kniete vor ihm nieder. „Herr Rüter, es ist wichtig. Haben Sie von dem Öl gegessen?"
„Ja, ja, habe ich. Aber was soll das? Es ist nicht gestohlen, wenn Sie das meinen, ich habe es ..." Tränen glitzerten in seinen Augen, er schwitzte. „Was ist denn damit?"
„Ich ruf einen Krankenwagen." Jacoby verlor keine Zeit. „Knollenblätterpilzgift? Das heißt also, Magen auspumpen, oder? Erbrechen – in diesem Fall müsste das gehen ..." Er hatte schon einen Schritt auf Rüter zu gemacht, als er erst einmal seinen Notruf durchgeben musste.
Herr Rüter war weiß wie die Wand. „Giftpilze? Krankenwagen? Ich verstehe nicht ..."
„Das Öl ist wahrscheinlich vergiftet, hören Sie? Haben Sie nur heute davon gegessen?"
„I-ich h-habe es gegegeschenkt bekommen. Ja, h-heute habe ich es aufgemacht, weil das Schmalz alle war. Und dadada hab ich gedacht, schade um die schöne Flasche, die wär ein schönes Geschenk, aber ich h-hatte s-solche Lust auf Bratkartoffeln, ich mag so gerne Bratkartoffeln, ich ..."
„Ist der Notarzt verständigt?", kam Pionek hereingestürmt.
„Wo haben Sie es her?", war auch Heinrich wieder da: „Wo haben Sie das Öl her?"
„Er muss sich erbrechen, schnell jetzt!" Jacoby lief sie alle über den Haufen, packte Herrn Rüter und schleifte ihn mit sich. „Aus dem Weg, geht aus dem Weg!"

„Oh Gott ..." Rüter stolperte, taumelte hilflos mit. „Und ich habe es ihm geschenkt. Und der guten Frau vom Tortenstübchen. Oh Gott."
Geistesgegenwärtig griff Pionek zu, ehe Herr Rüter gänzlich das Gleichgewicht verlor.
„Wie viele Flaschen gab es?", schrie Ella, so gut es ging, neben ihm bleibend. „Die für Frau Heinrich, die hier – wie viele sind noch irgendwo?"
Jacoby stieß die Badtür auf, zerrte Herrn Rüter hinein.
„Na er, mein ... äh, Delf. Delf hab ich sie gegeben, als er mich zum Essen eingeladen hat. Vor drei Wochen."
„Mein – was?", schoss Heinrich heraus auf den Flur. „Mein – Bruder? Ist Delf Niemann Ihr Bruder?"
„Aaah." Mit einem erstickten Schrei sackte Herr Rüter vor dem Klo in sich zusammen.
Mit Mühe verhinderten Pionek und Jacoby, dass er mit dem Kopf ans Waschbecken knallte. „Sie müssen sich den Finger in den Hals stecken, Herr Rüter, verstehen Sie das?"
„Sind Sie ein geborener Niemann, Herr Rüter?", rief Heinrich dazwischen. „Sind Sie Delf Niemanns Bruder?"
„Spar dir das Geschrei", rief Pionek. „Er ist ohnmächtig. Wie sollen wir das jetzt machen? Funktioniert der Würgereflex bei Ohnmächtigen?"
„Die Gefahr, dass sie am Erbrochenen ersticken, ist zu groß", spulte Ella ihr Erste-Hilfe-Wissen ab. „Aber der Notarzt müsste doch gleich hier sein, oder?"
„Verdammt, heißt das, wir können gar nichts machen?"
„Herr Rüter! Herr Rüter, wachen Sie auf!"
„Hol doch irgendwas, Jurek. Eine Zwiebel. Geht nicht eine Zwiebel?"
„Wo bleibt denn der Notarzt?"
Oh, Oskar versperrte den Eingang, durch den gleich die Retter eilen würden. Hastig brachte Ella ihn aus der Schusslinie, zurück ins Wohnzimmer.
Wo Heinrich unruhig umherwanderte.
„Glauben Sie, er wird das Gift schnell genug wieder los?" Ella setzte sich, presste Oskar eng an sich, als könnte sie damit den Lauf der Zeit beschleunigen.
„Ich habe es doch gegoogelt. Wenn es im Blut ist, ist es zu spät."
„Aber ich habe irgendwo auch von einem Gegenmittel gehört.

Wenn das rechtzeitig verabreicht wird ..." Rechtzeitig. Alles hing am schnellen Eintreffen des Krankenwagens.
Zornig stampfte Heinrich mit dem Fuß auf. „Und egal, wie es ausgeht – er kann uns nichts sagen."
„Er hat es nicht gewusst, oder? Das glauben Sie doch auch nicht?"
„Nein, aber er hat es ja irgendwoher, also weiß er zumindest das. Aber er kann es uns nicht sagen. Verdammt!" Er zeigte mit Daumen und Zeigefinger eine winzige Spanne. „Wir waren so verdammt kurz davor, den Fall zu lösen. So verdammt nah dran!"
Abrupt wechselte er die Richtung, sah sich suchend um. Steuerte dann auf die Schrankwand zu, wo Ella ein altmodisches Tastentelefon entdeckte.
„Wir müssen Neumünster informieren", erklärte er ihr über die Schulter, indem er nach dem Hörer angelte – so hektisch, dass er irgendwo anstieß. Ein Bilderrahmen kippte ihm entgegen. Geschickt fing er ihn auf, ehe er abstürzen konnte. Nachdem er schon zu wählen begonnen hatte – „Acht vier eins ..." – richtete er ganz nebenbei das Bild wieder auf. „Neun."
Nichts mehr. Er hatte mittendrin aufgehört zu wählen. Nahm das Bild wieder in die Hand, betrachtete es eingehend. „Ich glaub, mich tritt ein Pferd", stieß er durch die Zähne.
„Was ist?"
War das ein Martinshorn? Ja, oder? Oh Gott, endlich!
„Na, kommen Sie schon!" Ungeduldig war Heinrich zu ihr herumgewirbelt.
„Was ist denn?"
Die anschwellende Sirene verstummte vor dem Haus. Wagentüren, Stimmen, Schritte. Der Summer wurde gedrückt, ehe die Sanitäter klingeln konnten.
Wie viel Zeit mochte vergangen sein, seit Herr Rüter seine Bratkartoffeln gegessen hatte? Und hatte er vielleicht schon während des Bratens eine gekostet? Wenn es das Gift der Knollenblätterpilze war, reichte ja schon eine mikro-kleine Menge ...
„Ihr müsst ihm den Magen auspumpen", ertönte Pioneks Stimme im Treppenhaus. „Macht ihr das gleich hier oben?"
„Die kommen allein klar", forderte Heinrich Ellas Aufmerksamkeit. „Nun gucken Sie sich das endlich an!"
Poltern auf dem Flur. „Ich brauche Platz, treten Sie beiseite."
„Ella!"

„Tschuldigung." Die nahm das gerahmte Foto entgegen und bemühte sich, die Geräusche aus dem Bad auszublenden. „Da ist Rüter", erkannte sie zuerst. Ganz ähnlich herausgeputzt wie gestern, als er Sörine aufgesucht hatte, stand er neben einem großen Jungen. Nein, er stand nicht einfach so da, hatte seinen Arm um den Jungen gelegt und schien mit seinem ganzen Körper in die Kamera zu strahlen. Stolz und voller Glück. Der Junge wirkte nicht ganz so glücklich dabei. Was jedoch nicht das eigentlich Auffällige war.
„Das kann doch nicht wahr sein!" Ella blieb der Mund offen.
„Das ist er doch, oder? Das muss er sein!" Heinrichs Stimme überschlug sich. „Da, sehen Sie, das Muttermal!"
„Das ist er." Es war eindeutig. Eindeutig Zac, das Sektenführer-Talent und Anführer der Jungendbande, der Jonna angestiftet, verführt und schließlich hatte abblitzen lassen. Der charismatische, blinde Zac. Der auf dem Foto mit zwar unwilligen, aber keineswegs trüben Augen direkt in die Kamera guckte.
„Evert Rüter ist der Bruder von Delf Niemann, und der überhaupt nicht blinde Zac Thomsen ist sein Enkel", jubelte Heinrich. „Und das Öl ... Wie alles zusammenhängt, gilt es herauszufinden."
Von neuem griff er nach dem Telefon, ließ sich diesmal nicht mehr ablenken. „Güde? Wir brauchen einen Durchsuchungsbefehl für die Wohnung von Evert Rüter, Prin... Ja, genau. Er hat nachweislich meiner Mutter eine vergiftete Flasche Öl geschenkt. Nein, nein, alles gut. Aber wir brauchen natürlich die Spurensicherung. Zuerst hierher, dann in die Schrebergartenlaube von Zaccharias Thomsen, Süderhake II. Dahin führt die Spur. Ja, klar, auch ein Durchsuchungsbefehl. Und informier bitte Marten, dass wir jetzt in die Kleingärten fahren, um diesen Zaccharias zu verhören. Wenn er dazustoßen möchte – äh, ich habe kein Handy, bin also nicht erreichbar ..."
„Parzelle zwei-eins-sieben", ergänzte Ella so laut, dass Güde sie hören konnte. „Links von der Umgehungsstraße, da ist ein Parkpl..."
„Pionek und Jacoby sind bereits vor Ort", schnitt Heinrich ihr das Wort ab. „Einer der beiden kann hier auf die Spu-Si warten, den anderen nehme ich schon mit – nehmen WIR mit, meine ich. Alles Weitere nachher per Bericht."
Ella konnte es nicht fassen. „Glauben Sie wirklich, dass dieser junge Typ der Mörder ist? Aber warum sollte er ...?"
„Weil er nur der Enkel dieses armen Schluckers ist, während die

Niemanns in Saus und Braus leben?“, schlug Heinrich vor. „Pionek?“
Der stand vor der geschlossenen Badtür, die sie nur sehr ungenügend vor den wenig anheimelnden Lauten dahinter abschirmte.
„Pionek, wir brauchen dich.“ Heinrich machte nicht viel Federlesens. „Jacoby, kannst du die Spu-Si in Empfang nehmen?“
„Ich rufe dich von unterwegs an und erzähle dir alles, sobald die beiden es mir erzählt haben“, rief Pionek ins Bad. „Dann kommst du nach. Und halt dich von den Bratkartoffeln fern, hörst du?“
„Aber Zac ist noch so jung ...“ Ella kriegte es nicht auf die Reihe. Zerstreut hielt sie Oskar davon ab, den unbeeinträchtigt vor sich hin duftenden Bratkartoffeln in der Küche einen Besuch abzustatten, ehe sie Heinrich ins Treppenhaus folgte. „Dicker, nein, komm bloß weg hier!“

Schlachtfest

„Was habt ihr zwei für ein schweinisches Glück, immerzu im Mordfall ermitteln zu können, obwohl ihr gar nicht zuständig seid“, stellte Pionek voller Inbrunst fest, nachdem er sein Telefonat mit Jacoby beendet hatte.
„Schwein“, brummte Heinrich.
„Ich?“ Pionek lehnte sich hinter dem Beifahrersitz vor und sah ihn groß an. In Heinrichs Grimasse lag nicht die Spur Belustigung.
Unwillkürlich übernahm Ella es, den Polen anzulachen. „Es heißt nur 'Schwein'“, erklärte sie ihm, weil Heinrich nach wie vor keine Anstalten machte. „'Was haben wir Schwein gehabt!' Und das meint 'Glück'.“ Sie grinste ihm noch einmal zu, ehe sie den Blinker setzte, um auf den Parkplatz der Kleingärten einzubiegen. Es hatte wirklich den ganzen Weg gedauert, Pionek in alle Einzelheiten einzuweihen.
Er war echt total süß – wie eifrig er zugehört hatte, wie er sich für Heinrich und sie freute. Und der Ausdruck 'Schweinisches Glück' ... Klar, Heinrich fand nicht im mindesten komisch, so etwas zusammen mit Ella unterstellt zu bekommen. Wobei er Pionek ja ganz offenkundig auch nicht wollte, unter'm Strich hatte Ella keinerlei Flirten bei ihm feststellen können ... Sie zog den Zündschlüssel ab und folgte den beiden Männern nach draußen. Oskar musste natürlich mit, inzwischen war es wieder richtig brutig geworden. Aber sie würde ihn draußen anbinden für den Fall, dass Zac doch irgendwo in der Gartenhütte ein Giftlabor versteckt hatte.
Diesmal kam von Heinrich keine Bemerkung über den Hund. Er sah ihr zu, wie sie ihn aus dem Auto ließ, und setzte sich zusammen mit ihr in Bewegung, den Hauptweg hinunter. „Wie gehen wir vor? Konfrontieren wir ihn sofort mit allem?“ Er hatte eindeutig sie gefragt.
„Wäre es nicht besser, ihn mit irgendwas zu überführen?“, trat Pionek eifrig an seine andere Seite. „Wir könnten ihn zum Beispiel dazu bringen zuzugeben, dass er sehen kann.“

Na? Gespannt schielte Ella zu den beiden hinüber. Würde Heinrich das tun, was ein Blauer Heinrich tun würde? Oder besaß der Pole den Zauber, ihn davon abzubringen?
Ihm war nicht das geringste Zögern anzumerken. „Vor allem müssen wir festlegen, wer welche Rolle übernimmt. Bei diesem Zac können wir nicht spontan vorgehen. Und drei Leute, die sich am Gespräch beteiligen, sind zu viel."
Wow! Der Blaue Heinrich in diplomatisch. Aber war das jetzt ein Zeichen für diesen Zauber oder nur ein weiteres dafür, dass er nicht in den Polen verliebt war?
„Insofern bist du, Jurek, dafür zuständig, dass Zac nicht abhaut. Du stehst an der Tür und trittst nur in Erscheinung, wenn er fliehen will."
Wiederum fiel Ella unangenehm auf, dass die beiden Männer sich selbstverständlich duzten. Da musste sie sich endlich mal was überlegen.
„Gut." Pionek nickte voller Eifer, er schien das nicht als Ausbootung zu empfinden.
„Ella", fuhr Heinrich fort, „Ihre Aufgabe ist es, den Überblick über das Gespräch zu behalten. Das heißt, Sie bleiben zunächst im Hintergrund, beobachten nur – und wenn es Ihnen sinnvoll erscheint, schreiten Sie ein."
Oh, so viel Verantwortung gestand er ihr zu. Ella lächelte geschmeichelt. Und er hatte aus seiner letzten Begegnung mit Zac gelernt. Da hatte der Junge ihn ja wohl voll erwischt mit seinen Tipps im Umgang mit Familiendramen.
„Seid ihr bereit?" Heinrich war vor Zacs Gartentor stehengeblieben.
„Da ist Post." Pionek zog einen großen braunen Umschlag hervor, der zwischen Pforte und Hecke steckte. „Etwas feucht. Aber nicht verregnet. Ist also erst am späteren Vormittag gebracht worden."
Heinrich nickte anerkennend. „Nimm ihn mit rein." Er blickte sich nach Ella um. „Bereit?"
„Ja." Sie folgte den Männern in den Garten und band Oskar gleich im Schatten an der Pforte an. Ehe Heinrich klopfte, war sie bei ihm. „Zacharias Thomsen? Kriminalpolizei, wir müssen mit Ihnen reden."
Keine Antwort. Auch nicht beim zweiten und dritten Ruf.
Pionek, der die Hütte von draußen umrundet hatte, kam um die

letzte Ecke zu ihnen. „Nichts Auffälliges. Einen Hinterausgang gibt es eh nicht, und auch alle Fenster sind von innen gerammelt, sodass man nicht reinsehen kann."
Wider Willen musste Ella abermals grinsen. War das Zufall, dass er so viele Ausdrücke in dieser Richtung falsch verwendete?
Enttäuscht ließ Heinrich seine flache Hand an die Hütte klatschen. „Was jetzt?"
„Mordverdacht rechtfertigt schon, dass ich euch Zutritt verschaffe." Pionek schob die Lippen vor und nickte wichtig. „Immerhin könnte er sich da drin versteckt haben. Oder wertvolle Hinweise auf seinen Verbleib."
Andererseits sprach er so versiert deutsch. Vielleicht war es wirklich beabsichtigt, um Männer auf subtile Weise scharf zu machen?
„Also los." Heinrich wartete allerdings nicht ab, bis Pionek so weit war, sondern warf sich sofort mit der Schulter gegen die Tür. Die nur unspektakulär knackte, ehe sie nachgab.
Pionek, seine Waffe gezückt, sprang als Erster hindurch. „Gesichert", kam es im selben Moment von ihm. „Er ist rausgeflogen."
„Ausgeflogen", verbesserte Heinrich und bedeutete Ella, vor ihm einzutreten.
Es sah genauso aus wie beim letzten Mal. Ungemachtes Bett mit dem alten Fernseher am Fußende, zwei mit dicken Vorhängen versehene Fenster, das Fünfzigerjahre-Küchenbuffet an der einen Seite, das vollgestopfte Regal mit allem Möglichen auf der anderen. In der Mitte der Plastik-Stahlrohr-Tisch und vier passende Stühle. Das Laptop fehlte, das gestern dort gestanden hatte. Nur das Verlängerungskabel lag noch da, das durch die Tür nach draußen zum Notstromaggregat führte.
Ihre Erinnerung hatte sie nicht getrogen. Es war kein Platz für einen doppelten Boden, also für ein geheimes Labor. Wobei es natürlich sein konnte, dass Zac die Utensilien dafür in der Unordnung des Regals aufbewahrte und sie nur bei Bedarf aufbaute.
Sie trat näher und inspizierte die Regalböden, guckte auch in Kartons und Kisten. Doch auch wenn sie keine genaue Vorstellung hatte, wie die Gerätschaften aussahen, die man brauchte, um harmloses Orangenöl mit Pilzgift zu versetzen, sprang ihr nichts ins Auge, was ihr verdächtig vorkam.
Heinrich war anscheinend noch mal draußen gewesen, kam jetzt zu ihr. „Haben Sie was gefunden?"

„Nein, und Sie?“
„Im Regal draußen ist auch nichts, was man für Laborbedarf halten könnte. Einzige Ausnahme: Ein Campingkocher mitsamt Ersatzkartuschen und einem Satz Metallgeschirr von der Bundeswehr. Das schicken wir natürlich ins Labor.“
„Ich habe auch nichts Auffälliges gefunden“, gesellte sich Pionek zu ihnen. „Höchstens, dass der Umschlag sehr genau adressiert worden ist. 'Parzelle eins vier eins auf der Noorseite, den Hauptweg bis zur ersten Abzweigung, dann links und dann der dritte Garten auf der rechten Seite. Grünes Gartentor mit hoher Hecke'. Das steht alles da drauf.“ Noch immer staunend, hielt er Heinrich und Ella den Umschlag hin. „Ist mit einem handelsüblichen Drucker ausgedruckt worden, wie ich das sehe.
„Er wurde mit der Post verschickt“, stellte Heinrich fest. „Ordnungsgemäß frankiert und abgestempelt.“
„Und er enthält keinen Absender.“ Pionek wendete den Umschlag. Der war ganz schön dick. War das Plastik, was innen raschelte?
„Wir gucken rein“, entschied Heinrich im selben Moment.
„Warte, ich mach es so, dass man es nicht gleich sieht.“ Geschickt schob Pionek seinen kleinen Finger in den Spalt und löste mit sanften Rucken das Klebeband, mit dem der Brief verschlossen war. Dann griff er hinein und beförderte eine durchsichtige Plastiktüte zutage.
„Da sind Fotos drin.“ Heinrich war schon dabei, sie herauszuholen.
„Und ein Brief. Auch ausgedruckt“, vermeldete Pionek.
Ella konnte nur auf die Bilder starren.
„Melina und Zac“, war Heinrich es dann, der es aussprach. „Verdammt noch mal, wie geht das denn?“
Verdammt noch mal, oh ja. Aber so war es. „Zac mitsamt seinem Leberfleck“, ergänzte Ella. „In der sehenden Variante.“ Kein Zweifel, er sah Melina an. Lächelnd, lachend, flirtend.
Heinrich kaute auf seiner Unterlippe. „Sie sind am Strand, Wetter und Tageszeit passen. Und sie hat dieselbe Jacke an wie vorgestern und Jeans. Während Zac ganz in Schwarz gekleidet ist wie der junge Mann, den wir gesehen haben.“
„Sie hat also was mit Zac, dem Freund ihrer Schwester, angefangen? Das passt so gar nicht zu ihr“, redete Ella schnell weiter, um die Erinnerungen an ihren eigenen Ex-Freund gar nicht erst hochkommen zu lassen. „Melina hatte doch schon das Gefühl,

ihren Großvater zu betrügen, als sie nur mit Tommy gechattet hat."
„Ich denke, wir haben ihn nur für Tommy gehalten", warf Heinrich nachdenklich ein.
„Soll ich mal ...?", begann Pionek.
„Sie hatte sich nachweislich vorher in Skype mit Tommy verabredet", musste Ella erst noch loswerden. Heinrich lag richtig, es gab keine andere Deutung. „Zac ist Tommy", rief sie aufgeregt. „Und auch Melina hatte keine Ahnung, dass er zugleich Jonnas Zac ist."
Heinrichs Augen leuchteten. „Ist doch auch logisch. Wenn ich ein doppeltes Spiel mit zwei Schwestern treibe, brauche ich mindestens zwei Namen."
„Er hatte ja sogar zwei Identitäten. Zac, der blinde Erleuchtete ..."
„... und der sehende junge Mann, der sich um die scheue Melina bemüht", vollendete Heinrich für sie. „Hey! Tommy – Thomsen. Er war Melinas Klassenkamerad, das heißt, sie kannte ihn vermutlich von Anfang an unter diesem Namen. Abgeleitet von seinem Nachnamen. Weiß der Himmel, warum."
„Weil er als Junge 'Zacharias' doof fand?", schlug Ella vor. „Aber es passt alles, oder? Auch zum Rest. Er hängt mit drin in der Familie Niemann. Wenn er wirklich mit Annas Klein-Evert verwandt ist, ist er Delfs Großneffe, oder?"
„Und wenn er der Mörder ist, dann hat er beide Mädchen mit eingespannt. Jonna bei der Brandstiftung, Melina ..."
„Martens Mail!", fiel Ella da ein. „So können wir überprüfen, ob es sich bei den Bildern hier um dieselben handelt. Sie haben doch ein Smartphone, Pionek, oder?"
„Hab ich." Schon wieder brach der in ein breites Grinsen aus. „Aber wenn ihr zwei mal richtig hingucken würdet ..." Triumphierend tippte er mit dem Zeigefinger auf das oberste Foto. „Das ist ein Datumsstempel. Den kann man in der Kamera einstellen. Nützlich, wenn es um Erpressung oder dergleichen geht."
„Vierter Sechster Zwanzig-fünfzehn", las Ella laut. „Das müssen die Bilder sein, die auch in Melinas Mail-Account sind!"
„Was für ein Zufall!" Heinrich stupste Pionek in die Seite. „So ein Glück ist echt schon als 'schweinisch' zu bezeichnen." Noch ehe Ella auch nur angefangen hatte, darüber nachzudenken, fand sie sich im Zentrum seiner Begeisterung wieder. „Ist doch Wahnsinn!"
Sein Lächeln übertrug sich eins zu eins auf sie. „Melina und Zac und der heimliche Fotograf."

„Wollt ihr endlich hören, was in dem Erpresserbrief steht?"
Verblüfft fuhren Heinrich und Ella zu Pionek herum.
„Wer es ist, steht nicht drin, aber er ist trotzdem sehr lesenswert", verkündete der und legte verschmitzt den Kopf schief, als er zu Heinrich schielte.
Der war empört. „Du hast den Brief gelesen und sagst keinen Ton?"
Pioneks Grinsen blieb. „Ich wollte euch nicht stören." Ein kurzer Blick zu Ella. „Ihr wart so ... auf Fahrt. Habt euch die Bälle zugeworfen. Und eine ganze Menge herausbekommen."
Ella lachte ergeben. Nicht zuletzt, weil er völlig recht hatte. Heinrich und sie waren zusammen auf Fahrt gewesen. „Also, was steht drin?"
Heinrich war noch im Stirnrunzel-Stadium, beugte sich aber auch über den Ausdruck.
'An Zacharias Thomsen alias Zac alias Tommy, Süderhake II bzw. Rendsburger zweiundneunzig.
Ich weiß alles. Du täuschst deine Blindheit bloß vor. In Wirklichkeit kannst du sehen und sogar Motorrad fahren. Und du betrügst Jonna, machst mit ihrer Schwester rum. Das ist nicht in Ordnung, und ich werde es den beiden verraten. Es sei denn, du hinterlegst an jedem Ersten des Monats hundert Euro im alten Kummerkasten in Süderhake I.'
„Ein Erpresser – und ein sehr naiver dazu", fasste Heinrich es in Worte.
„Pascal?", war Ellas erste Assoziation. „Er klingt so sauer, dass Zac Jonna hintergeht."
„Der würde kein Geld verlangen", widersprach Heinrich sofort.
„Weil Sie ihn und Jonna mögen und finden, dass die beiden trotz allem gute Menschen sind?"
Er verzog nur den Mund. „Weil ich im Gefühl habe, dass der Junge in Ordnung ist."
Ella seufzte. Sie gönnte Jonna doch auch, dass sie wenigstens Pascal an ihrer Seite hatte. „Was bedeutet das 'Rendsburger zweiundneunzig?'", wechselte sie das Thema. „Eine zweite Adresse?"
„Ein Wohnblock oben an der Rendsburger Straße", erwiderte Pionek. „Offensichtlich Zacs Zweitwohnsitz."
„Da ist er jetzt garantiert." Heinrich war schon an der Tür. „Wir fahren hin und übergeben ihm den Erpresserbrief persönlich."

Pionek folgte ihm. „Ich muss Jacoby anrufen. Und sollen wir noch mehr Verstärkung anfordern?“

„Wenn die von der Spurensicherung bei Rüter fertig sind, sollen sie in die Rendsburger kommen. Und wenn du so nett wärst, auch noch bei uns in der Dienststelle anzurufen? Güde soll Marten Bescheid sagen.“ Nach seinem Blick für Ella zu urteilen, betrachtete Heinrich sie noch immer als schuldig, was Marten betraf. Das war noch so ein Punkt, den sie echt klären musste mit ihm ...

Pionek war schon am Telefon, berichtete kurz und bündig, um dann zuzuhören. „Jacoby sagt gerade, dass er sich bei Rüter umgesehen hat“, sorgte er dann dafür, dass Heinrich und Ella stehenblieben und sich erwartungsvoll zu ihm umdrehten. „In der Wohnung war nichts Beachtenswertes, also von dem Öl in der Küche abgesehen.“ Er lauschte wieder. „Aber im Keller ist er auf einiges gestoßen.“ Seine Augen wurden rund. „Ein Chemiebaukasten! Mit frischen Spuren auf einer uralten Staubschicht, er wurde also erst vor kurzem benutzt. Allerdings keinerlei Rückstände an den Geräten, alles war sorgfältig gereinigt und verstaut. Und auch keine Ausrüstung wie Kittel, Schutzbrille oder Handschuhe, die mit der DNA des Benutzers in Berührung gekommen sein könnte.“ Pause. „Dann eine angebrochene Flasche Orangenschalen-Öl für die asiatische Gastronomie, ursprünglich ein Liter, jetzt noch etwa ein Viertel. Würde also zu den drei kleinen Flaschen passen, von denen wir wissen.“ Wiederum schwieg er eine Weile, während man in seinem Gesicht verfolgen konnte, welch spannende Dinge er zu hören bekam.

„Na, komm schon“, murmelte Heinrich gereizt.

„Das Beste ist“, trumpfte Pionek sofort auf: „In einem Karton in Rüters Vorratsregal fand sich ein an ihn adressiertes Päckchen mit getrockneten Knollenblätterpilzen! Zumindest war es so beschriftet. Handbeschrieben und mit einem echten Wachssiegel versehen“, gab er inzwischen simultan weiter, was Jacoby ihm ins Ohr sagte. „Wie von diesen Mittelaltermärkten, wo sich erwachsene Leute als Ritter und Hexen verkleiden. Ach ja, natürlich war kein Absender drauf.“

„Vielleicht ist über diese Schiene ja was herauszufinden.“ Heinrich sprach extra laut, damit Jacoby ihn ebenfalls verstehen konnte. „Da ich kaum annehme, dass man diese Pilze auf einem dieser Märkte kaufen kann ...“

„... wird er sie aus dem Internet haben", vollendete Pionek eifrig. „In dem Fall könnten wir Glück haben und in seinem Computer fündig werden."
„Wir gehen die ganze Zeit von Zac aus", musste Ella endlich anmerken – etwas schuldbewusst, weil man sie ja wohl auch nicht als unvoreingenommen bezeichnen konnte. „Dabei deutet bisher doch alles auf Rüter hin."
Pionek winkte beruhigend ab. „Dessen PC werden wir natürlich auch filzen."
„Vielleicht hat er ja gar keinen", meinte Heinrich – ebenfalls unprofessionell hoffnungsvoll.
Wiederum blieb Pionek unbeeindruckt. „Selbst wenn, könnte sein Enkel die Pilze problemlos von dort aus bestellt haben."
„Im Moment sieht es so aus, dass Zac sehr wohl die Gelegenheit hatte, das Öl zu vergiften, es aber keine Beweise gibt, dass er es tatsächlich getan hat. Die Indizien weisen zunächst auf Rüter", fasste Ella nochmals zusammen, während sie Oskar schon mal losband. „Pilze und Öl in seinem Keller, alle drei Flaschen in seinem Besitz ..."
Heinrich schnaubte. „Da Rüter das Öl selbst gegessen hat, kommt er ja wohl kaum als Täter infrage."
„Es sei denn, ihn hat das schlechte Gewissen überkommen."
„Nee, ausgeschlossen." Das Steinzeitkinn wurde vorgeschoben. „Gut, im Augenblick können wir Zac noch nicht einsacken. Aber das wäre doch auch zu einfach gewesen, oder? Wir kriegen ihn schon. Irgendwie. Jetzt gleich."

„Eigentlich bescheuert, dass er vorgibt, als Blinder in einem Schrebergarten zurechtzukommen, während er doch eine zivilisierte Wohnung besitzt", dachte Thorsten laut, während sie auf dem Weg zur Zweiundneunzig die Eingänge des langen Wohnblocks abklapperten. „Oh, Jurek, kannst du nochmal Güde anrufen? Wir wissen immer noch nicht, wer die Schrebergartenparzelle eigentlich gepachtet hat."
„Zac hat sich doch wahrscheinlich im Kontext der Schrebergartenbande an Jonna herangemacht", antwortete Ella auf seine Frage. „Vielleicht hat er sich sogar erst daraufhin im Garten einquartiert.

Und seine Blindheit, die ihn ja wohl spannender machen sollte, kommt in einem so unpassenden Rahmen noch besser zur Geltung, finden Sie nicht?"
„Weil es so skurril wirkt? Ja, da könnten Sie recht haben."
Ella blieb stehen, weil der Hund entschieden hatte, schnüffeln zu müssen.
„Wollen Sie ihn wirklich wieder mit reinnehmen? Ich finde, Sie dürfen nicht abgelenkt sein", setzte er schnell hinzu, als ihre Miene sich verfinsterte. „Wir brauchen gleich Ihre volle Konzentration."
Jetzt hatte er sogar ein Kompliment daraus gemacht, das war doch super.
Dementsprechend zeigte sie sich gleich wieder kooperativ. „Ich werde darauf achten."
„Güde recherchiert wegen der Parzelle", holte Pionek sie just in dem Moment ein, als sie Zacs Eingang erreichten. „Sie ruft mich dann gleich an. Marten müsste auch jeden Moment ankommen, meint sie."
„Dann lasst uns jetzt schnell machen", rutschte Thorsten heraus.
Erwartungsgemäß lachte nur Pionek.
Ella zerrte den Hund von dem eingezelteten Motorrad weg, das hinter dem Müllcontainer stand, und drückte gleich darauf die Klingel. Dass fast unmittelbar darauf die Sprechanlage pfiff, ließ sie alle drei zusammenfahren. „Einen schönen guten Tag wünsche ich Ihnen, wer immer Sie sein mögen", ertönte dann unverkennbar Zacs Stimme.
„Sammelt der neue Sektenmitglieder direkt von der Straße?", knurrte Thorsten.
Während Ella wieder einmal den pragmatischen Part übernahm. „Kripo Eckernförde, lassen Sie uns bitte rein."
„Oh, was für eine nette Überraschung", flötete Zac durch das Knacksen und betätigte den Summer. Ironisch, spöttisch und wiederum mit der 'Ich bin so erhaben, dass ihr mir gar nichts könnt'-Ausstrahlung.
Die sie ihm austreiben würden, und zwar jetzt gleich! Grimmig stieß Thorsten die Tür auf und strebte ins Haus. „Rollenverteilung wie vorhin besprochen", fiel ihm gerade noch rechtzeitig ein, die anderen zu erinnern.
„Okay", nickte Ella. „Steigen Sie gleich mit dem Erpressungsfall ein, oder warten Sie damit?"

„Ich würde sagen, das lassen wir erst mal", entschied Thorsten spontan, „und bieten ihm Raum, sich frei zu entfalten." Oh, wie er diesen Schnacker hasste!
„Seht euch das an!" Pionek hatte an den Briefkästen haltgemacht. „Was haben wir denn hier?" Mit übertriebener Geste deutete er auf einen großen braunen Umschlag, den der Postbote oben auf die Briefkastenwand gestellt hatte, um ihn nicht knicken zu müssen. „Adressiert an niemand anderen als Zacharias Thomsen. Der Zwilling vom anderen!" Zufrieden schnappte er ihn sich und übergab beide Umschläge Ella. „Ich muss ja schussbereit sein."
Oh ja, und Schussbereitschaft war nicht das Einzige. Thorsten spürte seinen beschleunigten Herzschlag, noch bevor er die Treppe in Angriff genommen hatte. Teufel auch, er war wirklich aufgeregt. Weil es jetzt darauf ankam. Darauf, gut genug, effektiv genug zu sein, einen Mörder zu überführen. Einen, der intelligent und größenwahnsinnig war und darüber hinaus mit allen Wassern gewaschen. Ja, und überdies mussten sie auch noch schnell genug sein, um ihn im Sack zu haben, ehe Marten ihnen die Sache aus der Hand nahm. Er suchte Ellas Blick, die hinter ihm die Treppe heraufstieg.
Sie lächelte ihm zu, doch auch ihr stand die Anspannung ins Gesicht geschrieben. Nur Pionek wirkte locker und lässig, selbst mit der Hand in der Nähe seiner Waffe.
Die linke Wohnungstür auf der nächsten Ebene war nur angelehnt. „Zacharias Thomsen?", sprach Thorsten den Namen auf dem Türschild laut aus.
„Immer hereinspaziert", scholl es von drinnen. „Mein bescheidenes Haus steht Ihnen allzeit offen. Dass wir uns so schnell wiedersehen würden ..." Ein tiefes Lachen hallte ihnen durch den vollkommen leeren Flur entgegen.
„Siehst du dich in der Küche um, Jurek?", wies Thorsten auf die erste Tür. Lief dann an einer zweiten, einem winzigen Bad, vorbei auf das einzige Zimmer der kleinen Wohnung zu.
„Können Sie vielleicht Oskar nehmen, Jurek?", hörte er Ella hinter sich flüstern. „Er wird Sie nicht stören. Sie müssen nur aufpassen, wenn Sie mit der Waffe ..."
„Sehr gut", brummte Thorsten über die Schulter und holte noch einmal Luft, ehe er über die Schwelle trat. Ziemlich warme, abgestandene Luft schlug ihm entgegen; das große Fenster war mit

einem weißen Laken zugehängt und wurde wohl nie geöffnet. Auf dem Boden lag eine Einsvierziger-Matratze mit unordentlichem, schmuddeligen Bettzeug, eine Sperrholzplatte auf Böcken diente als Schreibtisch. Darauf waren ein Laptop und ein paar Bücher verteilt, und das obligatorische Handy fehlte natürlich auch nicht.
Mitten im Raum stand eine speckige, früher mal helle Ledercouch, die Zac als Thron diente. Leicht lädiert war er, unter seinem Haaransatz an der Stirn prangte ein dicker Bluterguss. Was seiner Überheblichkeit jedoch keinen Abbruch tat. Entspannt zurückgelehnt saß er da, beide Arme seitlich ausgestreckt, die Beine übereinandergeschlagen, und blickte Ella und Thorsten mit klaren, kein bisschen blinden Augen an. „Wie schön, Sie wiederzu-se-hen, Herr Kommissar." Das 'Sehen' hatte er vielsagend in die Länge gezogen.
Er wollte also über seine Schauspielvorstellung als Blinder reden, wollte sich, worauf durchgeknallte Täter ja oft aus waren, seiner Verrücktheiten rühmen. Doch diese Bühne würden sie ihm heute nicht bieten!
Thorsten nahm innerlich Anlauf. „Ich sehe, dass Sie sich geprügelt haben", baute er sich vor Zac auf. „Und dass das noch nicht lange her ist."
Dessen Gesicht verzog sich zu einem breiten Lächeln. „Sie hat also gestanden?"
Thorsten runzelte die Stirn. „Wer?"
„Sie sind doch sicherlich hier, um sich nach meinem Befinden zu erkundigen. Immerhin würde es das Strafmaß beträchtlich vergrößern, wenn sie auch noch mich umgebracht hätte."
„Wer hat wen umgebracht?", fragte Thorsten scharf.
Zacs Brauen wanderten provozierend langsam in die Höhe. „Sie wissen es noch gar nicht?"
„Das ist mein Handy", stob plötzlich Ella an Thorsten vorbei zum Schreibtisch, schnappte sich den Apparat und klickte darauf herum. „Ja, es ist meins. Melina war hier, ehe sie ..."
„Ehe sie – was?", hakte Zac sogleich ein. „Die andere interessante Frage, die sich daraus ergibt, wäre, warum Sie hier sind – wenn nicht auf Melinas Geständnis hin. Aber wie ich euch Polizisten kenne, würdet ihr mir ein solches Detail eh nicht beantworten. Daher bleiben wir bei Frage eins: Was hat Melina getan, nachdem sie mich hier zurückgelassen hat?"

„Sie wissen doch angeblich alles, da können Sie uns das selbst sagen." Thorsten bohrte seine Augen in seine.
Die ihm ihrerseits vollkommen arglos und in reinstem Blau begegneten. „Ich weiß alles über Melinas Besuch bei mir. Was das Danach angeht, muss ich leider passen. Aber vielleicht könnten wir einen Deal machen. Sie erzählen mir, was Sie wissen, und dann ..."
„SCHLUSS JETZT!" Thorsten machte einen zornigen Ruck auf ihn zu. „Sie ist völlig aufgelöst gewesen. Was hast du mit ihr gemacht?"
Verdammt, er musste sich zügeln, durfte heute nicht zulassen, dass er die Kontrolle verlor.
Zumal Zac wiederum die Überlegenheit in Person mimte, nicht im mindesten nervös war oder auch nur in erhöhter Alarmbereitschaft. „Sie ist diejenige, die das mit mir gemacht hat." Gemächlich verlagerte er sein Gewicht, um auf seine Wunde zeigen zu können, ohne die Arme von der Sofalehne zu bewegen.
„Sie hat dich geschlagen?"
„Mit der Sektflasche." Nun hob er den linken Arm doch ein Stück und deutete mit der Hand hinter das Sofa. „Ich habe sie extra nicht angefasst, um Melinas Fingerabdrücke nicht zu verwischen."
Dass er Thorstens Blick so einfach lenken konnte, ärgerte ihn, noch während er die betreffende Bewegung machte. Aber da lag wirklich eine Flasche. Nur der Hals lugte hinter dem Sofa hervor.
„Zum Glück war sie leer", lachte Zac wie ein Vater, der einen Streich seiner Jüngsten zum besten gab. „Die Schweinerei hätte die kleine Putzfanatikerin ja sonst noch mehr aus dem Konzept gebracht."
Dieser elende ... Thorsten hielt die Luft an. „Melina hat dir die Flasche übergezogen? Warum?"
„Weil sie eine verrückte Mörderin ist."
„Das ist nicht dein Ernst!"
„Es ist die Wahrheit."
„DAS IST ... Unsinn, und das weiß jeder hier im Raum!" Mist, Thorsten war schon wieder im Begriff gewesen, zu laut zu werden. Ruhe zu bewahren, sich nicht provozieren zu lassen – darum ging es. Das würde er ja wohl schaffen. Zudem doch von vornherein klar gewesen war, dass Zac auch diesmal eine Show abziehen würde. Konnte Thorsten nicht einfach erhaben sein und sich über diesen Zirkus stellen? Mit kühlem Kopf analysieren, um dann zuzuschlagen, wenn sich eine Gelegenheit bot?

„Bitte erläutern Sie das näher“, schaltete Ella sich ein. Sie hatte ja gestern schon bewiesen, dass sie die dafür notwendige Distanz besaß.
Und überdies wohl gespürt, dass Thorsten bereits an seine Grenzen kam. Nun mischte sich auch noch der Zorn über seine eigene Schwäche zu der übrigen Anspannung. Scheiße! „Spucken Sie endlich aus, was Sie zu sagen haben“, blaffte er Zac an, um zumindest ein wenig Dampf abzulassen.
„Sollte sie Ihnen die Geschichte nicht lieber selbst erzählen? Das wäre authentischer, finden Sie nicht?“
„Hör auf, dumm rumzureden, und sieh zu“, knurrte Thorsten. Ein bisschen half das durchaus.
„Okay, okay, wie Sie wollen. Dann kriegen Sie die Geschichte. Aus zweiter Hand, aber wenn Sie wirklich sicher sind, dass Sie das ...“
„LOS JETZT!“
„Ja doch.“ Zac hob kurz beide Arme vom Sofa wie ein Dirigent, der sein Orchester in Habachtstellung versetzte, und ließ sie dann zurück auf die Lehne sinken. Sein Gesichtsausdruck war eine Frechheit. Träumerisch verklärt, als versenke er sich in liebgewordene Erinnerungen. „Es beginnt wie ein Märchen“, begann er dann im passenden Tonfall. „Es war einmal eine wunderschöne, aber scheue und ängstliche Prinzessin. Die wurde von ihrem geliebten, aber bösen Großvater in einem goldenen Käfig gefangengehalten. Lange Zeit glaubte sie, sie wäre glücklich in seinem als unerschöpfliche Liebe getarnten Besitzanspruch, wähnte sich sicher und geborgen. Und solange das so war, war alles gut.“ Er unterbrach sich und lehnte sich zu Ella und Thorsten vor. „Grenzen, die uns umgeben, spüren wir immer erst dann, wenn wir uns bewegen“, erklärte er flüsternd, wie ein Lehrer, der seinen Lieblingsschülern eine Extralektion zukommen ließ. „Erst dann, wenn uns der abgesteckte Raum nicht reicht, wenn wir weiter wollen – dann prallen wir gegen das, was uns schon die ganze Zeit eingesperrt hat, ohne dass wir es bemerkt haben.“
Erst nach und nach sickerte in Thorstens Bewusstsein, dass er wie gebannt Zacs Rede lauschte. Weil der es auf den Punkt brachte, weil er tatsächlich Melinas Leben beschrieb. Weil dieser Junge Dinge in Worte kleiden konnte, die schlicht die Wahrheit waren. Und über dieser Wahrheit hatte er, Thorsten, völlig vergessen, sich weiterhin darüber aufzuregen, wie selbstgefällig dieser Kerl sich

da zurecht fläzte, wie er es genoss, seine Zuhörer zu bezirzen, sie einzuwickeln, um seinen verfluchten kleinen Finger!
„Kommen Sie zum Punkt", stieß er hervor, und diesmal bildete er sich ein, dass sein Zorn ihm mehr Nachdruck verlieh.
„Oh, Sie mögen es weniger episch. Ganz wie Sie wünschen." Zac nickte herablassend. „Also gehen wir es nüchterner an. Wo war ich stehengeblieben? Richtig. Die Sache mit der Unfreiheit, die wir erst dann wahrnehmen, wenn wir das Bedürfnis verspüren, unseren wie auch immer gearteten Radius zu erweitern." Wie Freud persönlich neigte er bedächtig den Kopf, ließ einen genau bemessenen Augenblick verstreichen, ehe er in ein Nicken überging. Nachdenklich und gewichtig und so, als gäbe er ihnen allen die Zeit, seinem genialen Gedankengang zu folgen – um, erst wenn der letzte Groschen gefallen war, zu einem noch genialeren Erguss anzusetzen.
Dieser Kerl war dermaßen bodenlos, dass Thorsten ganz schwindelig wurde.
Aber das ist anders, formierte sich da eine Erkenntnis in seiner Peripherie. *Anders als beim letzten Mal.* Da hatte Zac den Eindruck erweckt, dass es ihm egal sei, wer ihm zuhörte, ob ihm überhaupt jemand zuhörte. Gestern hatte er sich vollkommen autark gegeben und dadurch eine unglaubliche Überzeugungskraft gewonnen. *Und das ist heute nicht mehr so.* Überzeugend war er nach wie vor. Weil seine Analysen ins Schwarze trafen. Heute jedoch wollte er gehört werden, heute wollte er, dass sein Publikum an seinen Lippen hing.
Vielleicht hatte ihm gestern seine vermeintliche Blindheit geholfen, sein Ego so sehr zurückzunehmen. Jetzt schien das undenkbar, er vibrierte nur so vor lauter Gier, im Mittelpunkt zu stehen, sie zu beeindrucken, bewundert zu werden.
Tja, und das machte ihn angreifbar. Zacharias Thomsen hatte ein Bedürfnis, das sie ihm erfüllen sollten. Und das verlieh ihnen Macht über ihn. Yeah! Sie würden ihn kriegen, früher oder später. Der erhabene Sektenführer hatte sich in einen narzisstischen kleinen Jungen verwandelt, der an seinem grenzenlosen Hunger nach Anerkennung ersticken würde!
Endlich konnte Thorsten seinerseits lässig den Kopf schief legen. „Ihr Charisma funktioniert nicht mehr, sobald Sie Ihre Augen öffnen", stellte er in sehr sanftem Ton fest.

Ja! Auch jetzt gelang es Zac nicht, sein Pokerface zu wahren. Es war nur ein kurzer Moment, doch Thorsten hatte die Überraschung in seinen Augen aufflackern sehen.
Vielleicht war er in seiner anderen Rolle in der Lage, sich so in die Illusion hineinzusteigern, blind zu sein, dass er sich hinter seinen trüben Kontaktlinsen von der Welt abschotten konnte. Jetzt, als Sehender unter Sehenden, war es ihm nicht möglich, sich zu verstecken.
Eine Sekunde später jedoch zuckte er nur lächelnd die Schultern. „Oh, Sie wollen meine Persönlichkeit analysieren? Nur zu, tun Sie sich keinen Zwang an. Was möchten Sie über mein Doppelleben wissen?“ Er versuchte, den Spieß umzudrehen.
Das konnte ihm so passen! Nein, nein, die Aufmerksamkeit, die er so ersehnte, würde er sich schon mit dem Thema Melina teilen müssen. Aber es war doch zu schön, den unerreichten Star aller Gurus so unperfekt und durchschaubar zu erleben!
„Nicht doch.“ In grimmiger Genugtuung verschränkte Thorsten die Arme vor der Brust. „Wir wollen uns nicht in Nebensächlichkeiten ergehen. Berichten Sie weiter – aber bitteschön weniger aufgeblasen und umständlich. Wir haben nicht ewig Zeit.“ Ja, das war richtig gut.
„Wie Sie wollen.“ Zac verzog bloß müde den Mund. „Wo waren wir? Bei Melina, genau. Für die es nur ihren Großvater gab, nur die Liebe, die sie mit ihm verband. Was ihr ihre Kindheit hindurch völlig reichte. Spannend wurde es erst, als sich, viel später als bei anderen Mädchen, die Frau in ihr zu regen begann.“
Diese sexistische Überheblichkeit! Die prompt in Thorsten hereinzurieseln schien. Alles in ihm versteifte sich. Am liebsten hätte er den Kerl genommen, an der Gurgel ... Mist, er sollte sich konzentrieren.
„Jedenfalls hat die Kleine sich verliebt“, fuhr Zac in neckischem Tonfall fort und räkelte sich so aufreizend, dass Thorsten schon wieder gewaltsam an sich halten musste. „In meine Wenigkeit. Und mit einem Schlag erwachte ihre geballte Sehnsucht, ihre geballte Lust, ihre geballte ...“
„Keine rhetorischen Selbstverliebtheiten“, ging Thorsten dazwischen.
„Die Wucht ihrer verdrängten Bedürfnisse haute sie um“, schwenkte Zac auf 'kurz und bündig' um. „Sie ist völlig durchgedreht. Im

scheinbar unlösbaren Konflikt zwischen ihrem Dasein als narzisstische Erweiterung ihres Großvaters und ihrer neuerwachten Identität als lebenshungrige junge Frau, die aus ihrem Käfig fliehen wollte. Der alte Mann hat das verschärft, indem er sie nach allen Regeln der Kunst emotional erpresst hat. 'Ich bringe mich um, wenn du mich verlässt' war bloß der Anfang. Nach und nach hat er den Druck immer weiter erhöht. Bis unterm Strich die Botschaft herauskam: 'DU bringst mich um, wenn du mich verlässt'." Bis hierher war sein Tonfall unheilverkündend angeschwollen. Nun stieß er ein kleines sarkastisches Lachen aus und sprach heiter weiter. „Und das hat sie letztendlich auch getan. Ihm gegeben, was er prophezeit und somit nach kosmischem Gesetz verlangt hat. Die gute Melina hat den bösen Delf getötet. Das Opfer ist zum Täter geworden und hat den Täter geopfert, um frei sein zu können. Wenn Sie meine Meinung hören wollen: Der alte Sack hat es verdient. Und Melina ebenfalls. Die hätte nie geschafft, von ihm zu gehen, wenn er nicht den Abgang gemacht hätte."
Thorstens Zähne mahlten. Zum Teufel, warum wirkte das alles so schlüssig? Wenn Klaasen in den Genuss dieser Rede käme – er würde Melina unverzüglich in U-Haft überführen. Gut, vor Gericht würde Zac nicht der einzige Zeuge sein.
Und zum Glück gab es ja auch noch Fakten, die gegen Zacs Theorie sprachen, so überzeugend die ansonsten auch zu sein schien. Thorsten atmete ein: „Leider haben Sie etwas verges..."
Weiter kam er nicht, Ella war schneller. „Was ist gestern Nacht hier passiert?", übertönte sie ihn mit harscher Stimme. Ihr war bewusst, dass sie ihn unterbrochen hatte, warf ihm einen entschuldigenden Seitenblick zu. Offenbar hatte sie einen Plan.
„Sie kam, weil sie es endlich haben wollte", antwortete Zac lässig.
Thorsten spannte die Lippen an.
„Sex." Das hatte er wie ein hohles Stöhnen klingen lassen.
Thorsten verengte die Augen.
„Das hat schon was", hauchte Zac. „Eine Jungfrau wie sie, so eisern, dass sie fast schon vertrocknet sein müsste, derart erregt zu se..."
„Hören Sie auf!", konnte Thorsten sich nicht länger beherrschen.
Schadenfroh zeigte Zac mit dem Finger auf ihn. „Das tut weh, nicht wahr?" Und während Thorsten noch verwirrt blinzelte, ging auch schon Zacs Angriff auf ihn nieder: „Zu hören, dass es einem anderen Mann gelungen ist, diese Frau zu knacken? Eine wie Melina –

die ihre Frigidität so hingebungsvoll vortäuscht, dass sie selbst daran glaubt. So eine dazu zu bringen, dass sie sich an dir windet und winselt und bettelt, doch endlich mal so richtig durch gef...
„Halt dein Maul, du widerliches Arschloch!“, schoss da der ungezügelte Zorn aus Thorsten heraus. Noch ein einziges Wort, und er würde diesen Widerling an seinem penetrant hüpfenden Adamsapfel packen und dieses absurde Muttermal zerquet...
Ella packte seinen Arm, ließ ihn ihren Widerstand spüren. Mühsam sog er Luft durch die Nase ein und hielt sie an, um die Wutwelle abebben zu lassen.
„Warum ist Melina mit der Flasche auf Sie losgegangen, wenn sie doch mit Ihnen schlafen wollte?“, wartete Ella mit einer herrlich logischen Frage auf. „Hat sie irgendwann 'nein' gesagt? Und Sie haben dieses 'Nein' nicht zur Kenntnis genommen? Haben Sie Melina vergewaltigt?“ Ihre Stimme war immer gefährlicher geworden.
„Die war nicht mehr fähig, irgendwas anderes zu sagen als 'Fick mich härter'“, winkte Zac verächtlich ab.
Nur Ellas fester Griff an seinem Arm hielt Thorsten zurück.
„Warum hat sie Sie dann geschlagen?“, wiederholte sie vollkommen sachlich.
Ein listiger Blick. „Vielleicht weil ich sie mit der Wahrheit konfrontiert habe?“
„Wie?“
„Du meine Güte, wie begriffsstutzig kann man sein?“ Vorgeblich gestresst, wischte Zac sich über die Stirn und akzentuierte übergenau: „Ich habe von ihr verlangt, sich der Realität zu stellen und Verantwortung für ihre Taten zu übernehmen. Und die anzuerkennen als das, was sie sind. Dass sie Melina befreit, sie erst lebendig gemacht haben. Sie sollte endlich aufhören, die Augen vor ihrer Schuld zu verschließen und so zu tun, als hätte sie ihre Unschuld bewahren können.“ Er lachte über die angeblich unbeabsichtigte Zweideutigkeit. „So was geht einfach nicht. Es ist durchaus legitim, uns zuweilen auch etwas Unerlaubtes zu nehmen, wenn wir es brauchen. Aber wir sollen doch bitteschön auch dazu stehen.“
Thorsten fiel es immer schwerer, die Kontrolle zu behalten.
Doch Zac war noch nicht fertig. „Ich habe ihr gesagt, dass sie nicht glücklich in meinen Armen liegen kann, ohne sich des Preises bewusst zu sein, den sie dafür gezahlt hat. Nämlich, zur Mörderin zu werden.“

„Haben Sie Melinas Großvater das vergiftete Öl zukommen lassen?“, ging Ella ohne Vorwarnung zum Angriff über.
Zac richtete sich auf, suchte herausfordernd ihren Blick. „Auf derartige Fragen antworte ich gar nicht erst.“
„Das müssen Sie aber, wenn wir Sie erst mal des Mordes angeklagt haben“, brauste Thorsten auf.
„Sparen Sie sich, davon zu träumen. Um mich anzuklagen, brauchen Sie Beweise. Und die existieren nicht.“
„Sie haben Melina gegenüber durchblicken lassen, dass Sie Delf Niemann umgebracht haben“, beschloss Thorsten, einfach zu pokern. „Sie ist ausgerastet, wollte weg, Sie anzeigen. Daraufhin haben Sie sie angegriffen, wollten sie gewaltsam daran hindern. Melina konnte die Flasche erwischen und sich zur Wehr setzen – so erfolgreich, dass sie Sie hart getroffen hat. Dann konnte sie fliehen. Vielleicht hat der Hund ihr zur Seite gestanden“, sah er zwischendurch zu Ella. „Und mit all diesen hinterhältigen Suggestionen im Kopf ...“ Er brach ab.
Unglückseligerweise hatte Zac auch so erfasst, was Thorsten nicht ausgesprochen hatte. „Melina hat zugegeben, schuldig zu sein, das wollten Sie doch andeuten, nicht wahr? Und da frage ich mich doch: Wie kann ein Polizist, der den Eid geleistet hat, unser Grundgesetz zu schützen und durchzusetzen, derart voreingenommen sein, dass er ein Geständnis missachtet, um stattdessen jemand anderen zu beschuldigen – bloß weil dieser andere ihn wahnsinnig macht vor Eifersucht?“
Oh nein, jetzt würde Thorsten nicht in die Falle tappen! Sondern unberührt von diesen plumpen Unverschämtheiten ruhig Blut bewahren. „Selbst Sie, Herr Thomsen, sind nicht imstande, einer unschuldigen jungen Frau zwei Morde anzuhängen. Zumal Melina nicht einmal einen Grund hatte, sich ihre Eltern tot zu wünschen.“
„Ach, es dürfte kein Problem sein, da was zu finden“, wollte Zac zu einer neuen Runde ansetzen.
„Sie haben ein Giftopfer vergessen“, war es Thorsten eine tiefe Genugtuung, ihn zu stoppen.
Interessiert sah Zac zu ihm auf.
Nicht die Spur Alarm in seinen Augen? Na, dem würde er es zeigen! „Sie mögen überaus schlau vorgegangen sein und alles perfekt durchdacht haben – aber diese Wendung haben Sie nicht vorausgesehen“, vollführte er genussvoll seinen nächsten Zug.

Zac hatte nur ein Grinsen für ihn übrig. „Da spannen Sie mich aber gehörig auf die Folter, alle Achtung!"
Dieser arrogante Widerling! „Sie haben Rüters Wohnung benutzt, um die Utensilien zu beschaffen, die Sie für Ihre Morde brauchten. Und damit Ihren einzigen noch lebenden Angehörigen geopfert", ging er bewusst unter die Gürtellinie. „Ganz davon abgesehen, dass Sie ihn damit belastet hätten, jetzt haben Sie auch noch ..."
„Wenn sich in der Wohnung meines Opas Beweise für die betreffenden Morde befinden, müssen Sie davon ausgehen, dass er die auch begangen hat", wurde er prompt von Zac belehrt. „Es sei denn, Sie entdecken dort Beweise für die Anwesenheit eines anderen Täters. Was Sie nicht schaffen werden, weil es keine gibt."
„Sie liefern Ihren Opa ans Messer?"
Zac drehte angewidert den Kopf weg, als müsste er sich übergeben. „Der Alte ist eine Jammerfigur, ein erbärmlicher Feigling, ein Schlappschwanz in allen Bereichen. Für den habe ich keinen Funken Mitleid. Gar nichts habe ich für ihn. Allein, mich über ihn aufzuregen, wäre vergeudete Energie."
„Er hat Ihnen Torte mitgebracht", hörte Thorsten Ella murmeln. Jetzt war sie, wie es schien, doch etwas persönlich involviert.
„Warum verachten Sie Ihren Opa so sehr?", fragte Thorsten, und spannenderweise erinnerte er sich erst währenddessen daran, dass er selbst ja wohl auch nicht weit von persönlicher Betroffenheit entfernt war.
Nun ließ sich Zac doch zu einem Schnauben herab.
„Was hat er Ihnen getan?"
„Oh ja, er hat mir etwas angetan. Er hat mir angetan, mein Leben zu zerstören. Meine Seele."
Häh? Verblüfft sah Thorsten Zac das Gesicht verziehen – in unterdrücktem Schmerz, der schier unerträglich anmutete.
Wie plump vor dir, mein Junge! Hatte der aufgegeben, ihnen Ungerührtheit vorzugaukeln? Um stattdessen seine Schauspielkünste einzusetzen, emotionale Beteiligung zur Schau zu stellen? *Tja, Zaccy, warum nicht mal zur Abwechslung einen auf menschlich machen? Mitleid mit dem armen traumatisierten Kind erregen?* Dieser Typ war so was von ...
„Erbärmlich", spie Zac im selben Moment aus. „Evert Rüter, geborener Niemann, war Zeit seines Lebens erbärmlich. Der Inbegriff des Opfers widriger Umstände." Jetzt sah er endgültig so aus, als

müsste er sich übergeben. „Und die sind so was von widrig, das wissen Sie ja schon aus dem Tagebuch meiner Urgroßmutter – ja, Melina hat es mir haarklein berichtet. Und dieses Blatt hat sich für ihren Klein-Evert natürlich auch nicht gewendet, nachdem er mit vierzehn von Zuhause abgehauen ist. In Hamburg ist er erst zur See gefahren, hat dann wahllos als Hafenarbeiter angeheuert und sich da binnen kürzester Zeit in illegale Machenschaften verstricken lassen. Selbstverständlich wurde er geschnappt, ging in den Knast. Mehrfach. Lange. Irgendwann war er wieder draußen, ohne Ausbildung, ohne Job, ohne Wohnung. Schulden hatte er, das war das einzige. Klar dass er den bequemsten Weg ging, sich das erstbeste junge Mädchen aus gutem Haus krallte, sie schwängerte. Ihr Vater warf sie raus, ihr blieb nichts, als den Mann zu heiraten, den sie den Rest ihres Lebens als Versager beschimpfen würde. Sie hatte allen Grund. Evert trudelte von einem Gelegenheitsjob zum nächsten, schaffte kaum, sie drei einigermaßen über Wasser zu halten – geschweige denn, meiner Oma das Leben zu bieten, das ihr ihrer Meinung nach zustand. Diese Ehe soll von Anfang an die Hölle gewesen sein, wie er jahrzehntelang jedem Hans und Franz nach Herzenslust vorgeheult hat. Aber Jammern allein reichte ihm nicht. Er brauchte auch seinen Schnaps. Zu jeder Tages- und Nachtzeit und zum Schluss ohne Pause, da hing er am Glas wie ein Kettenraucher an seinen Glimmstängeln. Und dadurch offenbarte sich sein wahrer Charakter. Da war er nämlich weniger Jammerlappen als vielmehr ein brutaler Schläger. Der seine Frau verprügelte, später dann seine Tochter, noch später auch mich."
Zac zog alle Register. Glasige Augen, stoßweiser Atem, verkrampftes Gesicht. „Es wurde Ihnen ja anscheinend bereits gesteckt, dass ich niemanden mehr habe außer diesem Schwein." Seine Stimme brach. Er ließ den Kopf hängen, schloss die Augen. Und nun zitterte auch noch seine Unterlippe!
„Wir haben es kapiert, Sie wurden als Kind verprügelt", stöhnte Thorsten genervt. „Weiter im Text!"
Er spürte Ella neben sich tiefer einatmen. Dabei hatte Zac diese Behandlung ja wohl verdient!
Und Thorsten endlich mal einen Punkt zu verbuchen. Jedenfalls fiel Zac nichts Besseres ein, als stumm den Kopf zu schütteln.
„Bitte fahren Sie fort", fügte Thorsten in ironischer Höflichkeit hinzu.

Wiederum verkrampfte Ella sich.
Sie war es, deren Blick Zac einfing, bevor er Thorstens Aufforderung nachkam. „Ich bin, abgesehen von Evert, allein, weil meine Mutter aufgrund ihres miesen Vaters nicht in der Lage war, eine funktionierende Beziehung mit einem Mann zu führen. Die Liebe meiner Eltern lag in Scherben, noch ehe meine Mutter überhaupt realisiert hatte, dass sie schwanger war. Dabei war mein Vater guten Willens. Er hat die Vaterschaft anerkannt, war ohne Wenn und Aber bereit zu zahlen, hat sogar durchgesetzt, dass ich seinen edlen Nachnamen tragen durfte, und das war nicht billig. Mit demselben Anwalt hat er dann auch sein Besuchsrecht eingeklagt. Doch meine Mutter hat nicht auf die Reihe gekriegt, diese Treffen einzuhalten. Eine Weile hat mein Vater gekämpft. Doch er war auch erst zweiundzwanzig, und als seine Mutter starb und er sich neu verliebte und seine Partnerin natürlich keinen Wert auf ein Stiefkind legte, hat er irgendwann aufgegeben.“ Zac war ganz außer Puste, atmete ein paarmal tief durch.
Zum ersten Mal in diesem Gespräch hätte Thorsten nicht mit Sicherheit sagen können, dass Zacs Gefühle getürkt waren. Doch selbst wenn die zur Abwechslung mal echt sein sollten – Thorstens Mitleid hatte er sich lange verscherzt. Zac mochte ein armes Schwein sein. Hatte in seinem Leben aber nichts Besseres zu tun, als sein Leiden an anderen Menschen auszulassen. Obendrein tat er doch genau das, wogegen er sich gestern so wortgewaltig verwehrt und was er bei Evert so erbärmlich gefunden hatte: Er erklärte sich zum unschuldigen Opfer, schob die Schuld für sein Schicksal anderen in die Schuhe. Wasser predigen, aber Wein saufen. So was war einfach unter aller Sau!
„Das ist der eine Grund, weswegen ich allein bin“, nahm Zac den Faden wieder auf. „Es gibt allerdings noch einen zweiten, einen, der noch schrecklicher ist.“ Erneut pausierte er, und nun war es wieder offensichtlich: Er wollte Mitgefühl abfischen, angespornt werden durch die Betroffenheit seiner Zuhörer, wollte sich bitten lassen weiterzureden. Finster schob Thorsten die Daumen in die Hosentaschen und hoffte, Ella würde es genauso sehen und Zac diesen Gefallen verweigern.
„Mein Großvater ist nämlich auch im wortwörtlichen Sinne dafür verantwortlich, dass ich Halbwaise bin“, rückte der dann von ganz allein heraus. Wartete wieder.

Wieder vergeblich. Notgedrungen ließ er sich herab, ungebeten fortzufahren. „Evert hat meine Mutter totgeschlagen."
Was? Nur ein einziger unspektakulärer Satz? Tonlos, fast unauffällig. Meilenweit entfernt vom maximalen Effekt, den er doch sonst bei jeder seiner Äußerungen ohne Anstrengung erzielte. Und ausgerechnet bei dieser Hammer-Aussage ließ er die Wirkung schmählich verpuffen? Sollte er jetzt wirklich unzensiert reden?
„Ich war dabei", sprach er weiter – von einem Augenblick zum nächsten mit erstickter Stimme – wischte sich eine Träne aus dem Augenwinkel. „Habe mich unterm Küchentisch verkrochen, während Opa meine Oma und meine Mutter durch die Wohnung jagte. Beide haben gekreischt und gewimmert, haben versucht zu entkommen, ihn irgendwie zu stoppen." Zac rang dekorativ nach Luft. „Am Ende lag Mama reglos da in einer riesigen Blutlache." Den letzten Satz heruntergerattert, wie um ihn hinter sich zu bringen. Danach fiel er in sich zusammen, als hätten ihn plötzlich alle Kräfte verlassen.
Aus Ellas Kehle kam ein unterdrückter Laut – so traurig, dass Thorsten eine Gänsehaut bekam.
Verwirrt schüttelte er den Kopf. Weil er sehr wohl den kleinen Jungen von damals vor sich sah. Wie der in heller Panik unter den Tisch flüchtete, völlig gelähmt dort ausharrte, während um ihn herum seine ganze Welt in Trümmer ging. Und mit diesem kleinen Jungen hätte Thorsten doch mitleiden müssen, ganz egal, wie sehr er den heutigen Zac verabscheute. Doch er stand hier und war unfähig, jemand anderen zu sehen als den manipulativen, effektheischenden Betrüger.
Er war ein schrecklicher Mensch! Ausgerechnet er sollte sich doch wohl am allerwenigsten über jemanden wie Zac erheben. Wie oft hatte er seine eigenen Altlasten – die obendrein gegen Zacs Traumata null und nichtig waren – an seiner Mutter ausgelassen? An seinen Kollegen? Selbst an Ella, obwohl die gerade mal vor vier Tagen in sein Leben getreten war. Reuevoll drehte er sich zu ihr um.
„Hahahaha", machte Zac sie beide in dieser Sekunde vor Entsetzen erstarren. „Jetzt seid ihr mir aber doch auf den Leim gegangen!"
Ella schnappte nach Luft.
„Ihr seid so herrlich gefangen in euren Vorurteilen! Wie heißt es so schön in den modernen humanistischen Konzepten? Jeder Mensch sei von Geburt an gut, wolle sein ihm innewohnendes Potential

entfalten und zu einem nützlichen und produktiven Mitglied der Gemeinschaft heranwachsen. Dass ich nicht lache!" Mit einem wohligen Seufzer wie nach getaner Arbeit ließ Zac sich auf sein Sofa zurückfallen und verteilte sich so großflächig wie möglich darauf. Ja, er war wieder ganz der Alte. Immun gegen sämtliche menschliche Regungen und dadurch allen überlegen. Unverwundbar. Was sich natürlich auch auf seine Kindheitsverletzungen erstreckte. Naja, das war ja wohl der Sinn der Sache.
Ella räusperte sich. „Ich kann verstehen, dass Sie Ihren Großvater hassen", sagte sie leise.
Wieder fing Zac aus heiterem Himmel an zu lachen. „War ja klar, dass Sie sich als Durchschnittsfrau outen", spottete er. „Siebenundneunzig Komma acht Prozent aller Frauen sympathisieren mit Straftätern, wenn ihnen erzählt wird, dass die eine schwere Kindheit gehabt hätten. Wobei Sie als Polizistin eine gewisse Chance gehabt hätten, den anderen zwei Komma zwei Prozent anzugehören. Tja, was soll uns das sagen? Dass Sie womöglich Ihren Beruf verfehlt haben?"
„Halten Sie den Mund", stieß Thorsten durch die Zähne.
„Na, sollte ich nicht besser zu Ende erzählen, damit Sie heute Nacht ruhig schlafen können?" Zac wartete die Antwort nicht ab. „Meine Oma rief die Polizei, nachdem sie aus ihrer Ohnmacht erwachte. Da war mein Opa aber längst abgehauen. Festgenommen wurde er am selben Abend in seinem Stammpuff, stockbesoffen natürlich. Er ging direkt in Untersuchungshaft. Verurteilt wurde er nur wegen Totschlags. Weil sein Anwalt dem Richter einen Deal schmackhaft gemacht hat: Eine Kombi aus Alkoholentziehung und Verhaltenstherapie. Aber auch so ist Evert für fast zehn Jahre im Bau verschwunden."
„Wie ist er zu dem netten und so harmlos scheinenden älteren Herrn geworden, der er heute zu sein scheint?" Ella hatte nur gemurmelt.
„Das ist das Abscheulichste der ganzen Geschichte." Neue Übelkeit in Zacs Miene. „Seine Läuterung. Er war in Therapie, wie ich schon sagte. Und hat da zu sich selbst gefunden, wie er mir noch heute bei jeder Gelegenheit stolz und dankbar zu versichern pflegt. 'Mein wahres Ich', 'Der, der ich hätte werden sollen, wenn ich früher das Steuer herumgerissen hätte', solche Ausdrücke fallen da, verstehen Sie?"

Hatte Zac gestern nicht ganz ähnlich dahergeredet von wegen 'wahres Ich' und so? Inzwischen schwirrte Thorsten der Kopf.
„Jedenfalls hat er allen Ernstes den Anspruch, dass ich ihm vergeben solle – so wie er seinem Stiefvater und seiner Mutter ebenfalls vergeben habe. Aber da ist er bei mir an der falschen Adresse. Weil ich ihm diese Erlösung nicht gönne. Dieser Mann hat nur das Allerschlechteste verdient“, fasste Zac noch einmal zusammen und verstummte dann. Schon während seiner letzten Sätze war sein Blick nach und nach leer geworden – und er selbst immer introvertierter. Jetzt saß er wieder wie blind da, schien jedwedes Interesse an Geltung oder auch nur am Kontakt mit der Welt verloren zu haben.
„Haben Sie sich an Ihrem Großvater gerächt, indem Sie ihn zum Mörder gemacht haben?“, sprach Ella das aus, was auch Thorsten auf der Zunge lag. „Indem Sie ihm, der ja bereits gemordet hat – wofür er Ihrer Meinung nach nie genug bezahlt hat – noch zwei weitere Morde in die Schuhe schieben, die Sie begangen haben?“
„Kennen Sie den Unterschied zwischen logischen Schlussfolgerungen und Spekulationen?“
„Heißt das 'ja'?“, stieß Thorsten nach.
Zac stöhnte genervt auf. „Fragen Sie doch Evert selbst. Er wird Ihnen alles gestehen.“
Scheiße, damit könnte er recht haben, oder? Der unsichere und bemühte alte Mann, den sie aus dem Tortenstübchen kannten, würde womöglich einen Beweis seiner Reue darin sehen, für den durch seine Schuld missratenen Enkel ins Gefängnis zu gehen ...
„Womöglich kann er nicht mehr gesteh...“, begann Ella.
Dieses Mal übertönte Thorsten sie. „Warum sollte Evert gemordet haben? Aus Habgier? Aus Neid auf einen reicheren Verwandten? Klar, es wäre durchaus möglich, dass er seine Läuterung nur vorgetäuscht hat, um auf den richtigen Moment zu warten. Kalt, berechnend. Das passt zum Gift, wäre die geeignete Methode gewesen. Aber wozu dann noch dieser Leidenschaftsausbruch bei Delf Niemann? Der wurde immerhin erdrosselt, ehe er am Gift zugrunde gehen konnte.“ *Und wenn sie es beide waren? Rüter der Giftmörder, Zac derjenige, dem das nicht drastisch genug war?*
Zac hatte die Augen geschlossen, redete, ohne sich irgendwie ins Zeug zu legen. „Sie müssen doch verstehen, wie sehr Evert unter seinem Stiefvater gelitten hat. Und wie er seinen Bruder beneidet

haben muss um die Liebe seiner Mutter, während er selbst von ihr verstoßen wurde."
„Dass der junge Evert leidenschaftlich auf Rache gesonnen hat, als sein Stiefvater noch lebte, kann ich mir ohne weiteres vorstellen", gab Thorsten zu. „Aber dann hätte er es schon damals durchgezogen und ihn persönlich getötet. Niemand geht mehrfach ins Gefängnis, macht Entzug und Therapie, kratzt dann sein letztes Geld zusammen, um seinem Enkel ein Stück Torte mitzubringen – und entscheidet anschließend aus heiterem Himmel, seinen Bruder zu töten. Der, von allem anderen abgesehen, nicht mal was für sein Unglück kann. Und warum hätte er wissentlich einer Cafébesitzerin vergiftetes Öl schenken sollen? Das grenzt an eine Art Amoklauf, und dazu ist er beim besten Willen nicht der Typ. Tut mir leid, aber damit werden Sie auch bei keinem Richter landen."
„Ach ja!" Zac tippte sich an die Stirn. „Sie sind ja nicht auf dem neuesten Stand der Ereignisse, wie konnte ich das vergessen!"
„Was?", fragte Thorsten scharf.
„Vor einiger Zeit rang Evert sich dazu durch, seine Erleuchtung auch auf den niemann'schen Teil der Familie auszudehnen. Er packte das Ihnen bekannte Tagebuch ein und bat seinen Halbbruder, den er seit seiner Jugend nicht mehr gesehen hatte, sich mit ihm zu treffen. Delf ließ sich dazu herab, lud den mittellosen Evert sogar in den Ratskeller ein. Voller Hoffnung ging der hin, immerhin spekulierte er ja nicht mal auf Geld, sondern wollte einfach nur Kontakt, Austausch, Aufarbeitung der zusammen verbrachten Kindheit. Und irgendwann natürlich gemeinsame Weihnachten."
Nun ließ Zac durchblicken, dass er den Impuls zu schnauben verworfen habe, weil Evert den Aufwand nicht wert sei.
„Tja, was für eine Freude war es dann, als Delf Feuer und Flamme war, sich ehrlich interessiert an diesem Tagebuch zeigte. Prüfen wolle er es und seinem Sohn zeigen. Das sei doch in Everts Sinne, wenn er tatsächlich ein so naher Verwandter sei, dann stehe ihm doch zu, auch juristisch ein vollwertiges Familienmitglied zu werden. Er war zu dumm", würgte Zac hervor. „Hat das Tagebuch aus der Hand gegeben – um sich dann allen Ernstes zu wundern, als er nichts mehr von Delf hörte."
„Aber er kann doch auch ohne das Tagebuch beweisen, dass er mit den Niemanns verwandt ist", wandte Ella ein.
„Klar, kann er das", schnaubte Zac. „Er könnte nachträglich das

Erbe seiner Mutter einklagen, so etwas verjährt erst nach dreißig Jahren. Nur haben diese Verbrecher es leider so gedreht, dass Anna laut Ehevertrag nichts vom Familienvermögen gehörte. Alles, was Delf Niemann der Erste in seinem Leben erwirtschaftet hatte, besaß er allein."
„Und er hatte Evert nie adoptiert", platzte Ella heraus.
„Sie sagen es. Was sein Vermögen und das seiner Nachkommen betrifft, ist mein Opa nicht erbberechtigt."
„Aber ..."
„Mit dem Tagebuch hätte Evert beweisen können, dass sein Stiefvater seinen Vater umgebracht hat", trumpfte Zac auf. „Damit würden sich seine Aussichten auf finanzielle Zuwendungen um einiges verbessern."
„Hat er seinen Bruder erpresst?"
„Wenn, dann hätte er ihm doch das Druckmittel nicht überlassen", widersprach Thorsten aus einem Reflex heraus.
„Evert hat einfach nicht die Eier in der Hose, so etwas zu tun. Ich habe geredet und geredet, dass eine solche Aktion ihm endlich seine Selbstachtung zurückgeben könnte – ganz zu schweigen davon, dass es sich auch sehr positiv auf das Selbstbewusstsein auswirkt, wenn man endlich mal genug Geld hat. Aber nein! Evert ist durch und durch Gutmensch. Hat beteuert, dass er über allem stehe, dass er die Verantwortung für seine Taten übernommen und sich mit seinem Leben, so wie es ist, arrangiert habe. Er will kein Geld und vor allem keine neue Schuld auf sich nehmen. Sondern sich stellen und seiner Ursprungsfamilie in Liebe begegnen. Versöhnen. Vergeben. Vergessen." Zac gab ein echtes Würgegeräusch von sich. „Und wieder mal hat er sich rumstoßen lassen, verarschen und demütigen. Ohne auch nur auf die Idee zu kommen, sich zu wehren."
„Aber wenn er so drauf war, hat er doch die Morde nicht begangen", musste Thorsten mal anmerken.
Zac hatte die Stirn, anerkennend zu nicken. „Das wundert mich allerdings auch, wenn ich ehrlich bin. Sollte er das echt auf die Reihe gekriegt haben – dann ziehe ich, was das betrifft, den Hut vor ihm."
Du liebe Güte, es reichte! „Sie waren es", ließ Thorsten es ungefiltert heraus. „Nachdem Sie hilflos mit ansehen mussten, wie er sich beharrlich weigerte, Ihre Methoden anzuwenden, sind Sie ausgerastet und selbst zur Tat geschritten. Haben zuerst die Niemanns ermordet, um dann, als krönenden Abschluss sozusagen, auch

noch Evert selbst umzubringen. Wir alle wissen es. Geben Sie es endlich zu. Niemand hat mehr Lust auf Ihre Spielchen."

Der Typ hatte mit keiner Wimper gezuckt. Und hatte nicht mal nötig zu antworten, er winkte lediglich müde ab.

„Sie wollen uns weismachen, dass Evert der Mörder ist und sich dann aus Versehen selbst vergiftet hat?"

„Ich will Ihnen gar nichts weismachen. Sie sind die, die sich hier abrackern, von mir zu hören, was Sie hören wollen. Aber das werden Sie nicht." Er war aufgestanden, offensichtlich hatte auch er keine Lust mehr.

„Was ist mit Ihrer Behauptung, dass Melina es gewesen sei?", feuerte Thorsten in seiner Hilflosigkeit auf ihn ab.

„Na, wenn es zu leicht für Sie wäre, wäre es doch langweilig, finden Sie nicht? Aber jetzt reicht es. Ich bitte Sie höflich zu gehen."

In diesem Moment sah Thorsten aus dem Augenwinkel Pionek im Türrahmen erscheinen.

Hätte Oskar an seiner Leine nicht im selben Moment begeistert aufgejault und sich auf Zac stürzen wollen – augenscheinlich betrachtete er ihn als alten Kumpel – wäre Pioneks uniformierter Auftritt durchaus eindrucksvoll gewesen. So zog Zac alles noch mehr ins Lächerliche, indem er sich prompt zu Oskar hinunterbeugte, um ihn zu noch mehr Freudenwinseln anzustacheln. Während Pionek sich mächtig ins Zeug legen musste, um den Hund zu halten.

„Oskar, sitz", fühlte Ella sich dann auch noch berufen, der Situation den letzten unprofessionellen Schliff zu verleihen.

Denn selbstredend gebärdete sich das Vieh gleich doppelt so enthusiastisch. Gepeinigt wandte Thorsten sich ab – zu Pionek. Hatte der wenigstens etwas gefunden, das sie weiterbrachte?

Unmerkliches Kopfschütteln war die Antwort. Verdammt!

„Seien Sie nicht traurig", schwang Zac sich doch noch zu einer neuen Runde Unverschämtheiten auf. „Rom ist auch nicht an einem Tag erbaut worden. Erst mal strengen Sie sich richtig an und versuchen, es allein zu schaffen. Falls Sie dann beim besten Willen nicht weiterkommen mit Ihren Ermittlungen, bin ich gern bereit, Ihnen ein weiteres Mal unter die Arme zu greifen."

„Das wird nicht nötig sein", ließ eine helle Frauenstimme sie da alle miteinander herumwirbeln. Zur Tür, wo in diesem Moment niemand anderes als Melina Niemann über die Schwelle trat.

Was zum Happy End fehlt ...

Melina? Verdattert war Ella zu ihr herumgefahren.
Auch Oskar hatte seine verquere Freude über das Wiedersehen mit Zac eingestellt und sich Melina zugewandt. Begrüßt hatte er sie offensichtlich schon, er stupste sie lediglich mit der Schnauze an, drängte dann aber schwanzwedelnd zu Ella. Erleichtert lief die zu Pionek hinüber, der ihr die Leine in die Hand drückte.
Mit vernehmlichem Räuspern holte Zac die allgemeine Aufmerksamkeit zu sich zurück und sank, als er die hatte, in eine tiefe Verbeugung vor Melina. „Schade, wärst du doch einen Tick früher gekommen. Den für dich interessanten Teil unseres Gesprächs hast du leider verpasst." Unwillkürlich machte Ella einen Schritt auf Melina zu, und auch Heinrich war sprungbereit. Doch die reckte das Kinn und musterte Zac kühl von oben bis unten.
„Brauchst du es schon wieder, Kleines?", gurrte der spöttisch.
„Du ahnst nicht, wie ich mich schäme für das, was ich gestern getan habe", gab sie spitz zurück. „Und ich meine nicht die Flasche." Behände lief sie hinters Sofa, hob sie auf und wog sie gedankenvoll in beiden Händen. Dann kehrten ihre Augen zu Zac zurück, musterten ihn kopfschüttelnd. „Ich muss dermaßen verblendet gewesen sein! Dass ich dich so anders wahrnehmen konnte als das, was du augenscheinlich bist: Ein hinterhältiger Betrüger und Mörder." An dieser Stelle bebte ihre Stimme dann doch.
„Gestern hast du etwas ganz anderes in mir gesehen." Zacs extrem tiefe Tonlage ließ den Leberfleck auf seinem Adamsapfel vibrieren. „Gestern hast du dich an mich ..."
„SEIEN SIE STILL", brüllte Heinrich los.
„Danke, es ist sehr lieb von Ihnen, mich beschützen zu wollen", drehte Melina sich mit herzlichem Lächeln zu ihm. „Auch an Sie andere meinen aufrichtigen Dank, dass Sie sich so liebevoll um mich kümmern." Sie drehte sich weiter um die eigene Achse, wies auf Ella, auf Pionek – und auf die riesenhafte Gestalt, die gerade dezent hinter der Tür aufgetaucht war.

Marten! Er stand etwas geduckt, um die Geschehnisse im Zimmer verfolgen zu können, und winkte Ella verschwörerisch zu, als er ihren Blick bemerkte.

„Oh, wie subtil du ablenkst! Als könnte auch nur ein einziger der hier Anwesenden die Vorstellung aus dem Kopf bekommen, wie du dich gestern aufgeführt hast. Völlig außer Rand und Band, wie eine lechzende Hure, die sich mir an den Hals geworfen hat, um ..."

„Ich habe am eigenen Leib erlebt, warum man sich davor hüten sollte, Hormonen Macht über sich einzuräumen", war diesmal Melina selbst es, die ihn stoppte. „Es heißt ja immer wieder, wie sehr diese sexuellen Reflexe die Wahrnehmung trüben können. Dass das wirklich so extrem ist ..." Sie schüttelte in einer Mischung aus Verwunderung und Befremden den Kopf. „Heute sehe ich wieder klar", sprach sie weiter, ehe Zac zu einer Erwiderung ansetzen konnte. „Du bist keineswegs die faszinierende Persönlichkeit, die ich gestern in dir zu erkennen meinte. Du bist in keiner Weise erleuchtet oder auch nur abgeklärt von deinen schlimmen Erfahrungen. Und daraus gelernt hast du erst recht nichts. In Wahrheit kannst du nur darüber heulen, dich in Selbstmitleid suhlen und krampfhaft versuchen, deine Verletzungen wenigstens mit dem Verstand unter Kontrolle zu bringen. Dumm nur, dass dieser Verstand längst aus dem Ruder gelaufen ist, dir in alle Richtungen entgleitet."

Wahnsinn, sie schlug sich ja richtig gut! Automatisch war Ellas Blick zu Heinrich geschnellt, der ihr hochzufrieden zunickte.

Natürlich kam von Zac lediglich ein ironisches Lachen. „Boah, da hast du es mir aber gegeben. Wer hätte gedacht, dass in dir sogar eine Raubkatze steckt? Sie etwa, Herr Kommissar? Nein, oder?"

Doch Melina kümmerte sich nicht darum, sprach schon längst ihrerseits mit erhobener Stimme weiter. „Du findest ständig neue Sichtweisen, produzierst immer mehr Worte, widersprichst dir in einem fort selber."

Hach, es war die reine Freude, das mit anzusehen, da mochte Zac noch so überzeugend den Unbeeindruckten mimen! Heinrich und Ella wechselten ein ausgiebiges Grinsen.

„Du hast schon lange den Durchblick verloren", schleuderte Melina ihm noch einmal vor die Füße. „Deshalb bleibt dir nichts anderes übrig, als wenigstens deine Umwelt zu blenden, Leute, die gerade in irgendeiner Weise anfällig sind für dein Geschwafel. Denen du

vorgaukeln kannst, dass du selbst begreifst, was du da redest, oder auch nur, dass es einen Sinn ergibt."
„Du behauptest also, du wärst gestern in der Lage gewesen zu sprechen und Sprache zu entschlüsseln?", erkundigte sich Zac in süffisantem Ton.
Melina wurde nicht einmal rot. „Oh ja, das behaupte ich", nickte sie überzeugt. „Ich habe sogar sehr genau zugehört, nicht die kleinste Einzelheit ist mir entgangen." Und dann kam sie ohne weitere Umschweife zum Punkt: „Du hast mir eröffnet, dass du meine Familie vergiftet und meinen Großvater auch noch erdrosselt hast, als du bei ihm eingebrochen hast, um das Tagebuch von Anna Niemann zu stehlen. Du bist der Mörder! Ganz egal, was ich getan oder nicht getan habe."
„Sehr gut, Mädchen", rief Heinrich laut aus.
Melina strahlte ihn an. Was nicht echt war, inzwischen war ihr anzumerken, dass sie ziemlich neben sich stand.
Ella musste an diese Schauspielerin denken, die in der Pause erfahren hatte, dass ihr Mann gestorben war, und das Stück mit grausamer Selbstdisziplin zu Ende gespielt hatte.
Melina war ebenso tapfer, wie sie jetzt ihre schmalen Augen auf Zac richtete und scheinbar ungerührt fortfuhr: „Ich habe mich schuldig gefühlt, weil ich glaubte, dich erschlagen zu haben." Als ob die Flasche, die sie immer noch in den Händen hielt, plötzlich heiß würde, stellte sie die neben sich auf den Boden ab. „Aber auch davon abgesehen, bin ich alles andere als unschuldig. Bin nicht ich diejenige, von der du überhaupt von unserer Pilzleidenschaft wusstest? Habe nicht ich dich mit tausend Informationen über meine Familie versorgt? Sogar von den Igeln habe ich dir erzählt!" Nun unübersehbar gequält, ließ sie ihre Augen zu Heinrich, dann zu Ella schweifen. „Als ich den gestern hier gesehen habe – den dritten Igel, genau so einen, wie Großvater und ich haben ... Da wusste ich ..."
„Ja, das war hart für dich, nicht wahr?", hauchte Zac mit Grabesstimme. „Auf diesem Wege erfahren zu müssen, dass ich auch dein Schwesterchen aufgerissen habe? Und dass die mir aus Jux ausgerechnet so ein Vieh geklaut und geschenkt hat? Das war richtig lustig, muss ich zugeben. Wie sie das rote Zielkreuz draufgemalt hat, damit wir es mit Bonbons bombardieren konnten." Er giggelte künstlich.

„Äh ..." Hatte Melina den Faden verloren? Sie verharrte blinzelnd. Schüttelte den Kopf. „Jedenfalls dachte ich gestern, dass ich genug getan habe, um die Schuld auf mich nehmen zu müssen", schloss sie dann.
Heinrich holte Luft.
„Aber ich habe meine Meinung geändert", kam sie seinem Widerspruch zuvor. „Ich werde nur meinen Teil der Verantwortung übernehmen. Etwa dass mein Großvater unglücklich gestorben ist, weil ich mich vor ihm zurückgezogen hatte. Oder dass ich, indem ich gestern nicht sofort zur Polizei gegangen bin, nicht verhindert habe, dass du diesen netten älteren Herrn vergiftet hast." Anscheinend war sie immer noch nicht so weit anzuerkennen, dass Anna und Evert ihre Verwandten waren. „Um ein Haar hätte ich außerdem noch eine ganze Reihe unschuldiger Gäste im Tortenstübchen auf dem Gewissen gehabt."
Heinrich öffnete den Mund.
„Schon gut, nur meinen Teil der Verantwortung", wiederholte Melina rasch. Sie senkte den Kopf, ihre Augen blieben jedoch auf Zac gerichtet. „Das Öl hast du ganz allein vergiftet und deinem Opa untergejubelt, damit er es meinem mitbringen sollte. Und als der dir nicht schnell genug tot war, hast du auch noch mit Brachialgewalt nachgeholfen." Da konnte sie dann doch nicht mehr. Schluchzte auf und schwankte – auf Heinrich zu, der sie auffing und festhielt.
„Du bist der Mörder, Zacharias Thomsen", raffte sie sich dann noch einmal auf. „Du hast meinen Großvater, meinen Vater und deinen Opa auf dem Gewissen, wenn der es nicht schaffen sollte. Meiner Mutter geht es zum Glück besser", schob sie, an Ella gewandt, nach. „Und Jonna auch." Letzteres war für Heinrich bestimmt gewesen.
„Tja, was soll ich sagen?" Natürlich konnte Zac es ohne exklusive Zuwendung aller Anwesenden nicht lange aushalten. „Mit deinen Anschuldigungen werdet ihr leider nicht weit kommen", erklärte er leichthin. „Weil es nämlich keinerlei Beweise für meine Beteiligung an besagten Todesfällen gibt. Daher würde ich sagen, wir brechen unsere nette Zusammenkunft an dieser Stelle ab und gehen unserer Wege." Er wollte zur Tür, aus dem Raum.
Pionek stellte sich ihm in den Weg.
Genervt aufstöhnend, änderte Zac die Richtung, steuerte seinen Schreibtisch an und begann, die dort herumliegenden Bücher

aufzustapeln. „Es steht doch Aussage gegen Aussage. Ich belaste Melina und umgekehrt. Und wem gelingt es, vor Gericht mehr Anhänger auf seine Seite zu ziehen? Wer von uns beiden kommt labiler rüber? Wer von uns hat das überzeugendere Kindheitstrauma? Wer die schlagkräftigeren Argumente?“ Er lachte laut auf, bevor er das letzte Buch auf den Stapel knallte. „Na, wenn euch immer noch nicht klar ist, wer da das Rennen macht ...

„Wir finden die notwendigen Beweise, keine Sorge“, trat da endlich Marten aus seiner Deckung. „Zunächst einmal möchten Sie vielleicht einen Blick auf die beiden Durchsuchungsbefehle werfen, Herr Thomsen.“ Er hielt ihm sein Smartphone unter die Nase, wohin man ihm das Dokument anscheinend geschickt hatte. „Einen für die Laube“, er wischte weiter, „einen für diese Wohnung. Natürlich können wir auch warten, bis mein Kollege mit den Originaldokumenten da ist ...“

Zac hatte nur einen flüchtigen Blick darauf geworfen. „Tun Sie, was Sie für nötig halten. Finden werden Sie nichts, weder hier noch drüben.“

Marten nickte nur. „Ihr Laptop ist ebenfalls konfisziert.“

„Dito.“ So einsilbig war Zac richtig ungewohnt. Hatte er wirklich sein ganzes Pulver verschossen?

„Außerdem habe ich bereits einen Antrag auf Untersuchungshaft gestellt – dank der Tatsache, dass Melina eindeutig als von Ihrer Seite gefährdet einzustufen ist, bekommen wir den problemlos durch.“

Selbst für diese Nachricht hatte Zac nur ein wegwerfendes Seufzen übrig.

„Darf ich Sie bitten, uns zu folgen?“ Marten gab Pionek ein Zeichen. Der daraufhin seine Handschellen zückte und damit an Zac herantrat.

„Diese Dramatik“, stöhnte der und streckte ihm zuvorkommend seine Hände entgegen.

„Aufmerksamkeit ist Aufmerksamkeit, egal ob Liebe oder Prügel – war das nicht so?“ Heinrich hatte seinen Arm um Melina gelegt, die sich völlig erschöpft an ihn lehnte. So verfolgten sie Zacs Abgang und nickten den Männern, die danach ins Zimmer traten, einhellig zu.

Oskars Ambitionen, sich als Begrüßungskomitee zu betätigen, hatten sich offenbar erschöpft. Er hatte sich vor dem Sofa häuslich

niedergelassen und blickte den Neuankömmlingen, nur sacht mit dem Schwanz wedelnd, entgegen.
Ella legte die Leine ab und begab sich an Melinas freie Seite. Ob sie ihrer Neugierde nachgeben durfte? „Wie kann es sein, dass Sie so schnell ... Also Sie sind Zac so überlegen begegnet", schwenkte sie lieber noch um. „Auch wenn er es sich natürlich nicht hat anmerken lassen – Sie haben ihn getroffen, ganz bestimmt. Dass Sie sich das zugetraut haben – so schnell – also das war toll!"
„Oh." Melina hielt inne. Erstaunt, als wäre sie nie darauf gekommen, dass man ihren Auftritt nicht als selbstverständlich voraussetzen könnte. „Ich habe es einfach getan", sagte sie dann. „Weil es notwendig war. Herr Marten – der übrigens sehr nett ist, das kann man nicht anders sagen – brauchte mich, um Tommy festnehmen zu können. Wenn ich tatsächlich überlegen gewirkt habe ..." Ungläubig schüttelte sie den Kopf. „Ich habe nur geblufft."
Ella drückte ihre Hand. „Sie waren toll", wiederholte sie. „Und tapfer. Und wirklich total überlegen."
Doch ihre Komplimente verfehlten ihre Wirkung. Melinas Kopfschütteln wurde plötzlich richtig ärgerlich. „Dass ich gestern einfach weggelaufen bin, war unentschuldbar. Das tut mir wahnsinnig leid. Alles ..."
„Heute haben Sie es wieder gutgemacht", unterbrach Heinrich sie.
„Nein." Sie schloss die Augen. „Meine Schuld bleibt."
„Sie tragen keine Schuld, das stimmt nicht! Ganz egal, was dieser Dreckskerl Ihnen erzählt hat. Sie haben doch schon gesagt, dass er ein Blender ist, dass er nicht mal selbst begreift, was er alles daherredet." Sein Zorn auf Zac brodelte wieder unmittelbar unter der Oberfläche. „Sie haben Ihren Großvater nicht umgebracht!"
„Nicht mit Pilzen, nicht mit meinen Händen. Mein Gift war ein anderes."
„Melina, hören Sie auf, so melodramatisches Zeug zu reden", beschwor Heinrich sie. „Ich habe das schon beim letzten Mal nicht verstanden, als Sie von Ihrer ganzen Schuld sprachen. Aber ich weiß einfach, dass solche Gedanken Unsinn sind!"
„Das stimmt nicht, ich habe ..."
„Ah, da sind Sie ja!", wurde Melina von einer weiblichen Stimme unterbrochen.
Überrascht wandten sich alle drei zur Tür, wo gerade eine kleine, zierliche Frau mit voluminösem Lockenkopf erschienen war.

„Ich bin Doktor Hannah Wagner, Polizeipsychologin in Neumünster", strahlte die ihnen entgegen.
Fasziniert musterte Ella deren Klamotten: Das eng anliegende knall-lila Kleid, die türkisfarbenen Spitzenstrumpfhosen und lila Ballerinas – was bei ihr jedoch weder overdressed noch aufreizend wirkte, sondern – besonders.
„Kollege Marten bat mich mitzukommen, um Melina zu begleiten", erklärte Frau Wagner und schenkte auch Heinrich ein herzerwärmendes Lächeln.
Ella musste daran denken, wie sie wohl neben der Troschke aussehen würde, und grinste. Wie selbstverständlich suchte sie Heinrichs Blick.
Doch der klebte an der Psychologin. Pionek wäre bestimmt eifersüchtig gewesen. Aber es konnte natürlich sein, dass Heinrich lediglich mit seinen Frauenversteher-Reflexen jonglierte.
Ebenfalls lächelnd, löste sich Melina von Heinrich und Ella und ergriff Frau Wagners Hand. „Ich bin so weit. Und auch echt müde jetzt." Entschuldigend wandte sie sich noch einmal an Ella. „Es tut mir total leid, dass ich einfach mit Oskar abgehauen bin. Ich hätte daran denken müssen, dass Sie sich Sorgen machen. Ach ja, und ihr Handy ..." Suchend wanderten ihre Augen durch den Raum.
„Ich habe es schon gefunden", beruhigte Ella sie schnell. „Und für Oskar haben Sie gut gesorgt."
„Ja, wirklich, das habe ich." Trotzdem mischte sich Angst in Melinas Stimme. „Sind Sie so böse auf mich, dass Sie ihn nie mehr in meine Nähe lassen? Oder könnte ich ihn vielleicht auch in Zukunft besuchen?"
„Klar dürfen Sie das."
Was? Verblüfft schnellte Ella zu Heinrich herum.
„Ella ist nicht böse auf Sie", versicherte er im Brustton der Überzeugung. „Außerdem braucht sie auch weiterhin einen Hundesitter. Wenn Sie also wieder ganz auf dem Damm sind, melden Sie sich gern bei uns."
Äh – der tat ja fast so, als hätten sie eine gemeinsame Adresse! Und sollte es sie wundern, dass Oskar prompt begann, zustimmend mit dem Schwanz auf den Boden zu klopfen?
Melinas Miene hellte sich hoffnungsvoll auf. „Wirklich?" Bittend sah sie Ella an. „Ich verspreche Ihnen, dass ich nie wieder so etwas unsagbar Dummes machen werde", beteuerte sie voller Inbrunst.

„Normalerweise bin ich nicht so. Nicht unzuverlässig und auch nicht melodramatisch, wie Herr Heinrich es vorhin genannt hat."
„Es wäre toll, wenn Melina ein bisschen Anschluss hätte, nachdem sie ihre Therapie in der Psychiatrischen Tagesklinik beendet haben wird", schaltete sich Frau Wagner ein. „Und Ihr Hund scheint ein ganz besonders Süßer zu sein, dass Melina ihn so in ihr Herz geschlossen hat." Jetzt noch ein gewinnendes Augenzwinkern für Ella.
„Das ist doch selbstverständlich", konterte Heinrich mit seinem schönsten Lächeln. „Meine Mutter ist auch ganz begeistert von Melina. Sie ist ihr in unserem Café zur Hand gegangen."
In unserem Café? Der war doch bloß scharf darauf, mit Frau Wagner Torte zu essen. Und einen Weg zu finden, die beiden Niemann-Mädchen weiterhin zu treffen. Oder beides.
Wobei Ella, wenn sie ehrlich war, auch gespannt war, wie es mit Familie Niemann weitergehen würde. Und was den Hundesitter für Oskar betraf ... Außerdem war sie ja wohl kein Unmensch! „Natürlich können Sie Oskar besuchen, Melina", beeilte sie sich zu versichern. „Ich will Ihnen aber nichts aufdrängen ..."
„Ich würde wahnsinnig gern helfen!", strahlte Melina auf. „Allein schon, um mich zu revanchieren. Sie waren so lieb zu mir!"
„Das freut mich", befand Frau Wagner zufrieden. „Haben Sie denn Frau Kirschs Telefonnummer, Melina?"
Heinrich hatte bereits seine Karte gezogen. „Hier, meine Nummer."
„Nur Festnetz, sein Handy ...", *hat das Noor nicht überlebt,* schluckte Ella lieber doch hinunter.
„Wunderbar." Frau Wagner klatschte in die Hände. „Es war super, Sie beide kennenzulernen, vielleicht kreuzen sich unsere Wege ja wieder einmal. Es wäre mir eine Freude!" Damit winkte sie Heinrich und Ella noch einmal zu und zog dann Melina sanft mit sich.
„Oh, ich habe ja noch die Umschläge", fiel Ella erst da wieder ein. „Wo ist denn Herr Marten? Schon los? Ich versuche, ihn noch zu erwischen. Oder sollen wir ...?"
„... sie unterschlagen?" Eine Sekunde dachte Heinrich tatsächlich darüber nach. „Mir ist eigentlich nicht nach noch einem Treffen mit dem Idioten – zumal da wieder ein ganzer Bericht dranhängt. Wie ist das mit Ihnen?"
„Passen Sie auf Oskar auf, ja? Dass er hier nichts frisst. Ich renne!"
Erst einmal wäre sie um ein Haar gegen Frau Wagner und Melina

geprallt, die noch den Flur versperrten. Raste ins Treppenhaus, hinunter.
Ella hatte Glück, Marten wartete unten – auf Frau Wagner, wie er ihr, als sie völlig atemlos bei ihm ankam, fast entschuldigend mitteilte. Klar, sie waren zusammen aus Neumünster hergefahren. Aber dann hatte Ella noch einen Moment.
„Sie und Ihr Kollege haben ganze Arbeit geleistet", fing Marten an, ehe sie so weit zu Atem gekommen war, um mit ihrem Anliegen herauszurücken. „Das wollte ich Ihnen auch noch explizit sagen, eben hat es sich nur nicht ergeben."
Ella musste den Kopf richtig in den Nacken legen, um ihm in die Augen zu sehen. „Das macht doch nichts." Jetzt strahlte sie ihn aber ein bisschen zu doll an, oder? „Es ist nur sehr – schlimm, dass wir ihn noch nicht überführen konnten, ich meine ..."
„Das werden wir aber noch, das habe ich eben ganz ernst gemeint. Irgendetwas werden wir finden. In seinen Wohnungen, in seinem Computer ..."
„Ah ja, wir haben auch noch etwas." Schließlich zupfte sie schon die ganze Zeit daran herum. „Post vom Fotografen der Bilder aus Melinas Mailaccount. Er erpresst Zac, äh, Herrn Thomsen. Wir hatten keine Gelegenheit, ihn dazu zu befragen, daher ..."
„Oh." Mit anerkennendem Nicken nahm Marten die Briefe entgegen. „Gute Arbeit, sagte ich ja schon." Als sein Blick auf die ellenlange Adresse fiel, pfiff er leise durch die Zähne. „Das sieht ja nach jemandem aus Thomsens unmittelbarem Umfeld aus, sehr schön. Ich werde ihn dazu verhören und Ihnen auf jeden Fall mitteilen, was rauskommt. Außerdem benachrichtige ich Sie natürlich sofort, wenn wir in Sachen Mordfall auf etwas stoßen. Falls das außerhalb der Dienstzeiten sein wird – sind Sie inzwischen wieder über Handy zu erreichen?"
„Ja, bin ich!" Jedenfalls war sie jetzt endgültig sicher, dass Heinrich sich irrte: Dieser Mann war in Ordnung. Als Mensch und deshalb auch als Cop. „Ich habe mein eigenes wieder. Melina hatte es in Zacs Wohnung liegen lassen", erzählte sie, während sie sich durch die 'Einstellungen' zu ihrer Nummer durchtippte. Die sollte sie wirklich mal auswendig lernen ...
„Genau." Martens Kopf kam ziemlich nah – naja, eine Etage über Ellas. „Sie müssen mir auch noch sämtliche Details Ihrer Gespräche mit Thomsen berichten. Auch von dem gestrigen. Also das

würde auch mündlich gehen. Wenn wir das nächste Mal zusammentreffen ..."
„Mündlich." Sie grinste begeistert. „Ja, das ist gut. Hier, meine Nummer ..." Bildete sie sich das nur ein? Dass sich das ziemlich nach Date anhörte?
Er tippte eifrig. „Ich hab sie!" *Oder 'Ich hab Sie'?* „Sie wollen doch auch meine, oder?" Seine Hand berührte ihre, als er ihr sein Handy hinhielt.
„Gut." Sie grinste zu ihm hoch.
„Dann rufe ich Sie also an." Er zwinkerte ihr zu. „ Drücken Sie uns die Daumen, dass das noch heute sein wird."
Prompt spürte Ella ihre Wangen heiß werden. Na toll, sie zeigte sich mal wieder von ihrer coolsten Seite! „Das ist total lieb, ich danke Ihnen, dass Sie uns so einbeziehen", strahlte sie umso breiter zurück. „Auch dafür, dass Sie ... sich eben im Hintergrund gehalten haben. Oben in der Wohnung."
Bescheiden winkte er ab. „Ich wollte nicht riskieren, dass der Effekt von Melinas Auftritt durch irgendwelche Kommunikationsschwierigkeiten innerhalb unserer Reihen geschmälert werden könnte."
Wie er bereit war, sein Ego zurückzunehmen. Dass er überhaupt in der Lage war zu erkennen, wann das hilfreich sein würde. Und dann so bescheiden darüber sprach. Das als Mann? Marten war in Ordnung. Ohne jede Einschränkung. Da konnte Heinrich sagen, was er wollte.
Sie winkte Melina und Frau Wagner, die gerade aus dem Haus traten, noch einmal gut gelaunt zu und schlüpfte ins Treppenhaus. Nun würde sie Heinrich vom Hund erlösen und ihm unter die Nase reiben, wie gut der gute Cop wirklich war.

Es war fast halb sieben, als Thorsten ans bereits geschlossene Tortenstübchen klopfte. Er ging näher an die Scheibe, um hineinspähen zu können. Vielleicht war sie ja auch schon weg?
Nein, da tauchte sie neben dem Tortentresen auf. „Thorsten-Jung", las er an ihren Lippen, während sie strahlend heraneilte. „Anscheinend hast du schlafen können, wunderbar." Da hatte sie aufgeschlossen und öffnete die Arme, um den obligatorischen Kuss

entgegenzunehmen. „Komm doch rein. Es ist noch Torte da, vor allem die Holunderblüten-Sekt müsste weg. Aber wenn du auf deinen Hammertag hin lieber was richtig Klebriges magst: Ich hab eine Schoko-Nougat gemacht ..."
„Keine Torte, Mutter, echt nicht. Nur einen Kaffee, wenn es geht. Ich hätte wach bleiben sollen, jetzt geht es mir schlechter als vorher. Wie machst du das, dass du so fit bist? Die letzte Nacht hast du doch auch wenig Schlaf gekriegt."
„Naja, nachdem ich wusste, dass Melina in Sicherheit war, hab ich schon noch geschlafen. Und du, warte ein bisschen ab. Musst nur erst mal wieder in Gange kommen, dann kehren deine Lebensgeister auch zurück." Ihn schob sie in Richtung Sofa, um selbst zum Kaffeeautomaten zu eilen. „Immerhin solltest du euren großen Tag gebührend beschließen. Schnappt mein Sohn mal so eben einen Mörder! Ich fasse es noch gar nicht wirklich ..."
„Wir haben ihn doch gar nicht geschnappt, das hat Ella dir doch vorhin alles erzählt." Die war so froh über ihr wiedererlangtes Handy gewesen, dass er ihr den Anruf an Mutter überlassen hatte. Um sie dann ständig zur Ordnung rufen zu müssen, weil sie allzu mitteilsam geworden war.
„Na endlich nennt ihr euch beim Vornamen", stellte Mutter befriedigt fest und stellte eine herrlich dampfende Kaffeetasse vor Thorsten hin. „Trink und fang schon mal an zu feiern. Ich räume noch ein bisschen auf, dann setze ich mich zu dir."
Feiern? Mit einem tiefen Seufzer senkte Thorsten seine Nase über die Kaffeetasse und schnupperte. Was das Koffein betraf, hatte sie recht, das würde zumindest das Pochen in seinen Schläfen beheben. Für den Rest – verdammt, es hätte so schön sein können! Dass sie zufällig in Windeby gewesen waren, dass Ella die Flasche entdeckt hatte, dass die ihr hier zuvor aufgefallen war. Ein Zufall hatte zum nächsten geführt, eine Erkenntnis zur anderen – fast wie bei einer Schnitzeljagd. Und am Ende hatten sie Zac gefunden, waren sicher, dass er der Mörder war – nur dass dieser elende Mistkerl sie weiter an der Nase herumführte!
Nase? Kaffeeduft. Ja, das war gut. Er nahm einen weiteren Schluck und sah Mutter zu, die von Tisch zu Tisch wanderte, um Vasen und Kerzenhalter zurechtzurücken. Und sich gerade die auf dem Nebentisch liegengebliebene Eckernförder Zeitung griff. Irgendwie verstohlen. Um sie nun verdächtig schnell zusammenzufalten.

Oh nein, nicht DER auch noch! Ganz von selbst war Thorsten aufgesprungen, schnappte sich unter Mutters resigniertem Aufstöhnen die Zeitung und faltete die Mittelseite auseinander.
'Hier in Eckernförde ist mein Platz – Ehemaliger Hamburger Kultursenator Henning Lorenz kehrt in seine Heimat zurück' – so war die üppig bebilderte Doppelseite betitelt.
Auf diesen Fotos war er eindeutig faltiger als auf den Photoshop-Exemplaren für die Plakate. Auch sah man hier, dass sein volles hellblondes Haar allmählich in weiß überging. Doch er war schlank wie eh und je und hielt sich sehr aufrecht. Ja, er strahlte eine Vitalität aus, die ihn sehr viel jünger erscheinen ließ, als er war. Das war doch wenigstens etwas: Thorsten brauchte keine Angst vor Glatze und Bierbauch zu haben.
Beklommen betrachtete er die Frau an seiner Seite. Auch sie war nicht hässlich. Und leider auch keineswegs unsympathisch, wenn er ganz ehrlich war. Rund und rotwangig mit zu einem Knoten zusammengenommenen schwarz-weiß-melierten Haaren.
Doch als er ihrem stolz und milde lächelnden Blick folgte – und bei Henning landete, wallte sogleich die vertraute Abscheu in ihm auf. Oh Mann, diese Botschaft, die mit dieser Idylle da auf dem Bild transportiert wurde! 'Ein guter, erfolgreicher, liebevoller Mann ist nur so gut, erfolgreich und liebevoll, wie seine gute, erfolgreiche, liebevolle Ehefrau es zulässt. *Würg!*
Ja, Familie. Vom Feinsten! Thorsten schluckte, um die aufsteigende Übelkeit niederzukämpfen. Mutter, Vater, Kinder und sogar ein Baby glückselig vereint im trauten Heim. Dass die Kinder allesamt erwachsen waren und das Baby, das das Familienoberhaupt im Arm hielt, schon ein Enkel sein musste, spielte da überhaupt keine Rolle. „Sag mal, findest du das nicht auch zum Kotzen?“ Er schleuderte Mutter die Zeitung hin.
Im ersten Moment hatte sie automatisch danach greifen wollen, doch dann trat sie stattdessen einen Schritt zurück und sah Thorsten warnend an. „Nein.“
Er hatte keine Lust, sich zurückzunehmen. „Aber es ist zum Kotzen, anders kann man das nicht ausdrücken. Wie der Kerl seine Familie zur Schau stellt, so was von verlogen und eklig und ... und ...“ Da gingen sogar ihm die Vokabeln aus!
Mutter stand mit vor der Brust verschränkten Armen abwartend vor ihm.

„Was ist?" Herausfordernd hob er das Kinn.
„War es das schon?"
„Was?"
„Deine Wut."
„Ich ..."
„Du bist immer noch so unglaublich wütend." Ratlos schüttelte sie den Kopf. „Nach all den Jahren. Dabei sollte man meinen, dass ..." Sie brach ab.
„Was?", fragte Thorsten kiebig.
„Dass du dich irgendwann mal damit arrangieren würdest." Jetzt mischte sich auch noch Besorgnis in ihren Blick.
Umso giftiger blitzte er sie an. „Warum denn?" Er war nämlich sehr wohl noch wütend, hatte doch allen Grund dazu. „Was habe ich hier gelesen?" Hektisch suchte er die Stelle, die ihm eben gleich ins Auge gestochen hatte. „Drei Kinder. Hat 'der Mann, der sich trotz seiner sozialdemokratischen Seele immer auch konservativen Werten verschrieben hat'", zitierte er voller Abscheu. „Drei Kinder, ja? Und wo bin ich da?"
„Du hast den Kontakt abgebrochen."
„Ach. Und du willst mir allen Ernstes weismachen, dass ich mit auf dem Bild wäre, wenn ich noch Kontakt zu ihm hätte?"
„Thorsten ..."
„Nein, Mutter!"
„Was ich mir wünsche, ist, dass du aufhören würdest, dich als Opfer der ganzen Geschichte zu fühlen."
Opfer. Würde er je wieder Zacs Stimme aus seinem Kopf kriegen, die dieses Wort ausspie? „Ich bin kein Opfer", stieß er hervor. „Ich bin derjenige, der diesen Typen zum Teufel geschickt hat. Ich habe ihn abblitzen lassen, nicht umgekehrt!"
„Ach, Thorsten, du verhältst dich wie ein verletztes Kind."
Prompt flackerte die Erinnerung an Klein-Zacharias in seinem Kopf auf, der wimmernd unter dem Küchentisch dem Wüten seines Großvaters lauschte. Verdammt, dieser Widerling von Zac hatte auch ihn vergiftet!
„Weißt du, ich bin nicht mehr wütend. Oder verletzt. Oder auch nur enttäuscht." Mutter sprach sanft, aber ohne die Zwischentöne, die Thorsten sonst immer auf die Palme brachten. „Weil ich schon lange damit durch bin. Mit dem Mann – und mit der ganzen Phase unseres Lebens. Ich bin damit im reinen. Ich hadere nicht mehr."

„Wie soll das denn gehen?“ Er verstand das einfach nicht! „Er hat dir dein Leben gestohlen, deine Jugend, deinen Traum von Familie! Er hat dich all die Jahre hingehalten, dir Versprechungen über Versprechungen gemacht und allesamt nicht gehalten, weil ...“, schon während er sprach, wusste er, dass er spätestens damit die Grenze überschritt, doch er konnte nicht mehr stoppen, „weil er diese andere Frau dir vorgezogen hat!“ Er atmete ein und aus.
„Ja. Er war nicht bereit, seine Frau für mich aufzugeben. Oder die erste Familie? Die Illusion der Ehe, die ein Leben lang hält? Oder die Vorstellung von sich selbst als treuem, erfolgreichen Ehemann?“ Mutter zuckte gleichmütig die Achseln.
„Er war kein treuer Ehemann, verdammt!“
„Nein, das war er nicht und ist es vermutlich auch heute nicht.“ Mutter sprach noch immer vollkommen unaufgeregt.
„Aber dann hätte er seine Ehe aufgeben müssen!“
„Warum?“ Das war eine echte Frage gewesen.
„Weil ... sein Leben eine Lüge war! Weil er seine Frau jahrelang hintergangen hat. Weil er doch angeblich dich geliebt hat. Weil er dir gesagt hat, dass er sie verlassen würde. Weil er ...“ Das blieb ihm förmlich im Hals stecken.
„Weil er dich gezeugt hat?“ Nun war das übliche Mitleid in ihre Stimme zurückgekehrt, wie immer spätestens dann, wenn sie auf diesen Punkt stießen.
Thorsten war müde, in seinem Kopf pulsierte es noch immer. Vielleicht lag es daran, dass er – anders als sonst an diesem Punkt – nicht endgültig losbrüllte, um sich danach aus dem Staub zu machen. Stattdessen sah er wiederum den kleinen Zacharias vor sich. Und Melinas schmerzverzerrtes Gesicht, als sie an ihren toten Großvater dachte. Jonna, die mit ihrer heulenden Mutter am Essenstisch saß. 'Sie können mir glauben, diese Seite der Medaille ist auch nicht angenehmer!'
Und letztendlich blieb ihm natürlich auch Zacs heutige Stimme nicht erspart: 'Evert Rüter war erbärmlich. Zeit seines Lebens Opfer widriger Umstände!'
„Siehst du dich denn überhaupt nicht als Opfer?“, fragte er leise. „Nicht ein bisschen?“
Es war sehr lieb von Mutter, sich ihre Überraschung nicht anmerken zu lassen – darüber, dass er aus seiner gewohnten Rolle fiel. Ein kleines Blinzeln, dann zog sie sich einen Stuhl ran und setzte

sich ihm gegenüber. „Nein. Es war doch meine Entscheidung, bei ihm zu bleiben."
„Du hast gedacht, er trennt sich!"
„Na, ganz am Anfang vielleicht. Ja, schon. Das erste Jahr. Aber irgendwann war es mir klar, dass ich darauf lange warten konnte."
„Aber wieso bist du dann ...? Wieso hast du dir keinen anderen gesucht?"
„Ach, Thorsten. Ich wollte ihn, habe ihn geliebt. Trotz allem. Und er mich auch. Trotz allem. Das war es, was es so schwer gemacht hat, weg von ihm zu wollen. Dazu hatten wir zu viel, verstehst du?" Sie versank in Schweigen.
Ihr träumerischer Gesichtsausdruck hätte Thorstens Wut beinahe wieder angestachelt. „Du willst sagen, dein Leidensdruck war nicht groß genug?", fragte er, so sachlich er konnte.
Ein neues Sörine-Blinzeln. Jetzt verwirrt. „Leidensdruck? Was du immer für Vokabeln benutzt, Jung. Liebe – einfach nur Liebe – reicht das nicht?"
„Ist es denn Liebe, wenn sie einen so hohen Preis verlangt?"
„Darüber kann man sich bestimmt streiten. Ich war jung, voller romantischer Vorstellungen. Und auch gewohnt, dass im Leben längst nicht alles nach Wunsch verläuft."
Klar, sie hatte es mit ihrem Vater auch nicht leicht gehabt ...
„Ich habe immer gehofft, dass du dir deinen Vater und mich zum Antivorbild nehmen und dein Leben in glücklichere Bahnen lenken würdest."
Oh nein, über Robin wollte er jetzt nicht auch noch reden! „Ist schon gut, Mutter."
Die seufzte traurig. „Ist es ja anscheinend nicht. Schließlich kommt es immer wieder hoch."
Um irgendwas zu tun, nahm Thorsten einen Schluck aus seiner leeren Kaffeetasse.
„Es tut mir leid, dass das für dich alles so schwierig ist. Aber das ist das einzige, was ich sagen kann: Es tut mir leid. Ändern kann ich es nicht mehr, Thorsten."
Er schüttelte den Kopf. „Ist schon gut."
Ratlos hob sie die Schultern.
„Du hast recht", raffte er sich auf, es auszusprechen. „Ich sollte nicht mehr so wütend sein." Und weiter? *Es ist Zeit, mich zu stellen?,* schlug er sich ironisch vor. *Zeit, erwachsen zu werden?* So

abrupt, dass Mutter zusammenzuckte, stand er auf. „Ich danke dir für den Kaffee. Und – es tut mir leid, dass ich wieder so heftig geworden bin. Das sollte ich echt mal in den Griff kriegen."
Oh, das war jetzt völlig untypisch gewesen. Ungläubig folgte sie ihm mit den Augen, während er seine Tasse in die Küche trug.
„Ich werde noch einkaufen, soll ich dir was mitbringen?", schlug er vor in der Hoffnung, von sich selbst abzulenken."
„Oh – ich wollte gleich einen Großeinkauf machen. Soll ich dich mitnehmen? Es könnte nicht schaden, einen Träger zu haben."
„Na gut, wenn du ..."
Direkt hinter ihm auf ihrem Bürotisch begann das Telefon zu klingeln.
„Du hast Ella einprogrammiert?", fragte er überrascht, als er ihren Namen auf dem Display las.
„Na klar, ich war doch ihr Hundesitter."
Da war er schon dran. „Was gibt es?"
„Heinrich, Sie? Sie sind im Tortenstübchen? Das trifft sich ja super. Marten rief mich gerade an. Er sagt, er würde uns gern alle treffen an einem Ort, wo es sich gut feiern lässt. Da dachte ich ..."
„Feiern?", wiederholte er verdattert.
„Feiern!" Ella strahlte geradezu durch den Apparat. „Könnten Sie Sörine fragen, ob das bei ihr ginge? Es ist so schön im Tortenstübchen, da dachte ich ... Und es geht alles auf neumünsteraner Spesenkosten, hat Marten versichert, von daher ..."
Sie war so aufgedreht. Das musste ja ein Telefonat mit Marten gewesen sein! „Was ist denn ...?"
„Ihr wollt feiern?" Mutter hatte sich längst alles Nötige zusammengereimt. „Aber selbstverständlich machen wir das hier. Wie gesagt, die halbe Holunderblüten-Sekt müsste weg und auch sonst gibt es Torte satt. Schaffen wir vorher noch den Einkauf? Dann können wir noch was Herzhaftes vorbereiten. Wie viele kommen denn? Auch die Troschke und Güde? Elke und Hobbi ja auf jeden Fall, oder? Ach, und dann müsste ich doch eigentlich auch Ulli als Hilfe herbeordern, damit sie nicht als einzige außen vor bleiben muss."
„Wunderbar, dann sag ich gleich Marten Bescheid, dass es klar geht", rief Ella begeistert. „Wir kommen um acht."

Torte am Abend ...

Sörine und Oskar, der sich gleich zwischen den Beinen der Ankommenden zu ihr durch gedrängt hatte, hielten Hof an der Tür des Tortenstübchens. Jeder auf seine Art strahlend. Während Sörine das übers ganze Gesicht tat, beschränkte es sich bei Oskar vor allem auf die Hinterpartie, die durch den heftig wedelnden Schwanz hin und her geschwenkt wurde. Positiver Nebeneffekt dabei: Alle bemühten sich um Abstand, um ungeschlagen an Oskar vorbeizukommen.
„Hallo Hobbi, hallo Ulli, warum habt ihr euren Timmi nicht mitgebracht?“ Sörine hatte keine Zeit, eine Antwort abzuwarten. „Hallo Elke, wie schön euch alle so schnell wiederzusehen! Ah, Herr Jacoby, wir kennen uns ja schon, kommen Sie. Was machen Ihre Frau und Ihre Mädchen? Wenn sie wieder mal Lust auf eine Honigmelonen-Joghurtcreme-Torte haben, sollen Sie Bescheid sagen! – Oh, und Sie sind ...?“
„Jurek Pionek“, verbeugte sich der vollkommen ernsthaft. „Es ist mir eine besonnene Freude.“
„Oh, eine sonnenbeschienene meinen Sie.“ Sörine gluckste. „Das haben Sie aber sehr schön gesagt.“
Ella gönnte sich noch ein herzhaftes Gähnen, ehe sie als Nächste an die Reihe kam. „Guck, Oskar, wen haben wir denn da?“, öffnete Sörine auch schon die Arme und drückte sie an ihr Herz, während Oskar sich zwischen sie beide wühlte. Ganz gerührt erwiderte sie Sörines Umarmung und streichelte nebenbei den Hundekopf.
„Ui, da ist ja noch ein neues Gesicht“, wandte die sich dann dem Nächsten in der Schlange zu. „Und so hoch oben!“
Das stimmte, Martens herausragende Höhe kam bei der kleinen Sörine besonders zur Geltung.
„Das ist unser Kollege von der Mordkommission Neumünster“, stellte Ella ihn vor. „Oberkommissar Marten. Er hat diese Feierstunde einberufen – ohne dass er mir bisher auch nur eine einzige Einzelheit verraten hätte!“

Sörine lachte hell auf. „Och, was brauchen wir Einzelheiten? Die Hauptsache wissen wir doch: Ihr habt den Mörder gestellt. Und wenn mein lieber Sohn eben noch Trübsal geblasen hat, weil ihr ihn nicht so ganz überführen konntet", sie drehte sich zurück, spähte zu Marten in die Höhe und zwinkerte ihm zu, „so könnte sich das doch inzwischen sogar geändert haben, oder?"
Marten setzte zu einer Antwort an, doch Sörine kam ihm zuvor. „Ehe Sie anfangen, würde ich doch sagen, dass wir uns gemütlich hinsetzen." In die Hände klatschend, eilte sie in die Mitte des Cafés und rief zu allen Seiten: „Am besten, ihr schiebt die Tische am Fenster zusammen, ja genau, Thorsten, den auch. Wenn wir dann alle einzelnen Stühle ranholen, müssten wir da doch eigentlich drum passen, was meint ihr?"
„Diese Frau ist Klasse, da schließe ich mich Ihrem Urteil ohne Einschränkung an", flüsterte Marten Ella auf dem Weg zu dem Tisch, den sie sich ausgeguckt hatten, ins Ohr. Was für ihn bedeutete, sich richtig weit runterbeugen zu müssen.
Auch gemeinsam einen Tisch zu tragen, war für Marten automatisch unbequem. Bewusst winkelte sie die Arme an, um das Gefälle zu verringern.
„Achtung, rechts vor links", schob sich kurz vor dem Ziel ein anderer Tisch vor sie, wirklich unmittelbar vor Martens Beinen.
„Heinrich, was sollte das denn?" Empört beugte sich Ella zur Seite, um den Missetäter anfunkeln zu können.
„Manchmal ist er etwas heftig, der Heinrich", schritt Pionek am anderen Ende von Heinrichs Tisch vorbei.
„Das kann man wohl sagen." Stirnrunzelnd beobachtete Ella, wie ihr liebreizender Kollege sich ziemlich knapp mit Elke verständigte, die gerade mit zwei Stühlen im Weg stand. Der Gute hatte mal wieder schlechte Laune. Tolle Voraussetzungen für den Abschluss ihres ersten gemeinsamen Falles!
Letztendlich ging es trotz der kleinen Irritationen schnell, die Tische zu rücken und zu decken. Oskar hatte sich brav darunter verkrümelt. Natürlich erst, nachdem Ella ihn bei einer mittelgroßen Kücheninspektion ertappt und am Tischbein angeleint hatte.
Schließlich stellte Sörine eine Riesenplatte Meterbrot mit Wurst, Käse und Fisch in die Mitte, Mini-Abend-Frokost, wie sie es nannte. Und – zu Ellas besonderer Freude – kam sie gleich darauf mit einer fluffig-weißen, noch nicht angeschnittenen Torte, die sie im

ganzen auf den Tisch stellte. Auch Oskar war sichtlich begeistert, verließ seinen Platz unterm Tisch und gesellte sich an Ellas Seite, um sie abwechselnd mit Pfote oder Schnauze auffordernd anzustupsen. Als das nichts brachte, seufzte er laut und entsagungsvoll.
„Die Torte war eigentlich nicht geplant", erklärte Sörine entschuldigend. „Weil die Tageszeit zugegebenermaßen nicht unbedingt prädestiniert dafür ist, wie ich mich von meinem Sohn habe belehren lassen müssen."
„Mutter", rief der empört.
„Du hast ja recht, Jung, eine Torte am Abend ist nicht jedermanns Sache." Sie wandte sich an die übrigen Anwesenden, die mit begierigen Augen um den Tisch herumstanden. Ella hatte keineswegs den Eindruck, als ob auch nur einer von ihnen die Torte verschmähen würde. „Deswegen habe ich besagten Sohn bestochen, indem ich noch schnell einen Blauen Heinrich gemacht habe. Heinrich für den Heinrich. Dazu kann zumindest er nie nein sagen, oder irre ich mich?" Mit aufreizendem Augenaufschlag kehrte ihr Blick zu ihm zurück.
„Das weißt du doch selbst", knurrte er.
„Also ich hätte kein Problem damit, nachts Torte ans Bett gebracht zu kriegen", verkündete Elke mit Inbrunst. „Und Blauen Heinrich sowieso."
Hobbis anzügliches Lachen sorgte dafür, dass ein allgemeines Kichern durch die Runde ging.
„Ich sprach von Torte, und das weißt du genau", fauchte Elke.
„Setzt euch endlich", kam es zeitgleich im selben Ton von Heinrich.
„Ja, ja." Hobbi hatte nicht vor aufzuhören.
In Heinrichs Miene trat etwas Gefährliches.
„Ach, es gibt Tage, da muss es einfach Torte sein", beschloss Ella, es nicht darauf ankommen zu lassen. „Je sahniger und klebriger, desto besser." Sie gestattete sich ein tiefes Gähnen. „Im Moment schlägt bei mir allerdings gerade die volle Müdigkeit zu. Wenn es etwas gibt, das mich retten könnte, dann ist das Kaffee. Jede Menge Kaffee. Könnte ich einen Espresso kriegen – und danach mindestens drei Tassen Latte Macchiato? Ich zahl die auch."
„Oh, alles gebongt. Bis auf das mit dem Zahlen." Sörine zwinkerte ihr zu. „Thorsten, ich ernenne dich zum Kaffee-Manager. Und geh für Ella gleich einen zapfen, eh die hier von der Stange fällt. Wer möchte noch alles Kaffee? Oder Tee? Oder ein Bier?"

Oskar wuffte. Verzweifelt, hungrig.
„Lass das, du kriegst nix“, zischte Ella – und sah im selben Moment Oskar erneut unter den Tisch abtauchen.
Gleich darauf hörte sie, wie er etwas schlabberte.
„He. Der soll doch nichts ...“
„Entschuldigung, ist mir runtergefallen“, sagte Ulli und senkte schuldbewusst den Kopf. Dass sie dabei grinste, machte die Sache nicht besser.
„Jetzt aber wirklich nichts mehr“, befahl Ella. „Und das mein ich ernst.“ Sie wartete, bis Oskar fertig gekaut hatte, zog ihn neben sich und befahl: „Platz.“ Dass er sich sofort hinlegte, war dann doch eine Überraschung. Allerdings eine willkommene.
„Jetzt wollen wir aber endlich hören, was es zu feiern gibt.“ Heinrich hatte gerade mal gewartet, bis jeder etwas auf dem Teller hatte, und musste dementsprechend laut reden, um das Geschirrklappern und die Plaudereien zu übertönen.
„Oh ja.“ Praktischerweise brauchte Marten sich nicht zu erheben, um alle anderen zu überragen. Lächelnd schlug er mit seinem Löffel gegen sein Kaffeeglas und schaute in die Runde, während er auf Ruhe wartete.
„Leise, Leute“, musste Heinrich sich natürlich auch noch beteiligen.
„Erst einmal möchte ich der Gastgeberin meinen herzlichen Dank aussprechen, dass sie uns so kurzfristig empfängt.“ Marten hob sein Glas und prostete Sörine zu. „Ihre berühmte Torte werde ich erst zum Nachtisch probieren, aber, was die Häppchen anbelangt, kann ich schon mal festhalten, dass das die köstlichsten sind, die ich seit langem ...“
„Das reicht jetzt“, befand Heinrich kurzerhand. „Fangen Sie an.“
„Oh, da erinnern Sie mich gleich an etwas.“ Mit immer noch erhobenem Glas wandte Marten sich an Ella, um sie mit einem besonders herzlichen Lächeln zu bedenken. „Da wir so effektiv und nett zusammenarbeiten – und das hier hoffentlich nicht die letzte Feier in diesem gemütlichen Rahmen sein wird – könnten wir doch eigentlich das lästige 'Sie' eliminieren, findest du nicht?“
Erfreut verzog die das Gesicht zu einem ebenfalls besonderen Grinsen. Dieser Mann verlor keine Zeit. „Ich heiße Ella“, ließ sie ihr Glas an seines ticken.
„Heiko“, erwiderte Marten, sah ihr tief in die Augen und tickte seinerseits.

Im selben Moment brach Sörine in begeistertes Klatschen aus. „Das ist eine wirklich gute Idee!" Sie langte mit ihrer Kaffeetasse über den Tisch zu Marten – Heiko. „Ich bin Sörine. Nach meiner dänischen Mutter, die sogar Sörine Sörensen hieß. „Noch jemand?", sah sie sich auffordernd um.
„Ich schließe mich gern an, wobei wir es der Einfachheit halber bei meinem Nachnamen belassen. Peer Jacoby", hob er sein Bier. „Aber gern per du!"
„Da wir schon einen Heinrich haben, bleibe ich wohl besser bei meinem Vornamen, nich?" Lachend stieß Sörine mit ihm an.
„Ich bin Jurek", schloss der Pole sich an.
Und so ging es weiter, bis jeder mit jedem angestoßen hatte – mit einer Ausnahme. Suchend sah Ella sich nach ihm um – doch sein Platz ihr schräg gegenüber war leer. Sollte er tatsächlich geflohen sein?
Nein, anscheinend nur Kaffee holen. Der total passende Moment halt. Mit auffallend freundlichem Gesicht – Pfeifen im unheimlichen Walde – servierte er Ulli und Hobbi eine neue Tasse. „Wer braucht noch was zu trinken?"
Na, wenn er so viel Wert darauf legte, sie weiterhin als Einzige zu siezen, dann sollte er eben seinen Willen haben. Umso strahlender wandte sie sich an Mar... Heiko. „Aber jetzt musst du uns wirklich erlösen." Die Anrede hatte sie extra betont. „Nachdem du offenbar Experte dafür bist, dich immer wieder aus der Affäre zu ziehen."
Heiko hob verteidigend die Hände, um die allgemeine Zustimmung nicht ausufern zu lassen. „Ich ergebe mich."
Mit einem Schlag war es still.
„Erst mal vorweg: Auf dem Weg hierher hat mich die frohe Kunde erreicht, dass Evert Rüter nach Meinung der Ärzte rechtzeitig geholfen worden ist – dank der großartigen Arbeit der Eckernförder Polizei." Heiko fing an zu klatschen.
„Oh, Wahnsinn!"
„Gott sei Dank!"
„Das habt ihr toll gemacht!", war es mit der Ruhe schon wieder zu Ende.
„Aber das ist hoffentlich nicht der einzige Grund, weswegen wir hier feiern", merkte Heinrich ungewohnt diplomatisch an, als der Applaus allmählich verebbte.
„Ja, komm, erzähl", schloss Ella sich an.

Was allerseits zur Aufforderung begriffen wurde, sich endlich den beladenen Tellern zuzuwenden.
„Also dann." Untermalt von leisen Essgeräuschen, begann Heiko zu berichten: „Ich folge dem Lauf der Ermittlungen – und muss dementsprechend mit weniger erfreulichen Punkten anfangen, wenn ihr erlaubt. Erstens: Weder in einer der beiden Wohnungen noch in der Laube fanden sich Hinweise auf eine Beteiligung Thomsens an den Verbrechen. Zweitens: Auch in Rüters Keller wurden keinerlei Beweise für Thomsens Anwesenheit gefunden. So waren weder am Päckchen mit den Pilzen – in der Tat Knollenblätterpilze, für diejenigen, die das noch gar nicht wissen – noch an den Laborgerätschaften Spuren von Thomsen. Offensichtlich wurden die äußerst effektiv gereinigt, es waren überhaupt keine Fingerabdrücke darauf, sie wurden nur mit Handschuhen angefasst."
„Das wundert ja wohl niemanden", brummte Heinrich dazwischen. Er war außer Heiko und Ella – die sich aus Solidarität mit ihm verkniff, dem herrlich sahnigen Etwas auf ihrem Teller zu nahe zu kommen – der Einzige am Tisch, der nicht aß. „Was ist mit dem Laptop?"
„Selbstverständlich wurde das genauestens unter die Lupe genommen." Heiko reagierte mit derselben grenzenlosen Geduld, die er Heinrich immer entgegenbrachte. „Zunächst einmal haben wir seine Wege im Internet rekonstruiert. Er hatte sie gründlich verwischt, doch für unsere Fachleute war es trotzdem kein Problem, sie vollständig zu rekonstruieren. Leider sind sie jedoch auf keine einzige verfängliche Seite gestoßen. Wenn er über Gifte recherchiert hat, hat er das nicht von Zuhause aus getan. Und vor diesem Hintergrund wäre es schon sehr verwunderlich gewesen, wenn wir die Bestellung der Giftpilze dort gefunden hätten."
„Mist", stieß Heinrich durch die Zähne.
„Was ist mit Rüter?", hakte Pionek ein. „Hat er einen Computer?"
„Nein, weder den noch Laptop oder Smartphone. Er hat auch überhaupt kein Internet."
„Also irgendein Internetcafé." Frustriert schoss Ella ihre Skrupel in den Wind und schob sich den ersten Bissen Torte in den Mund.
„Er könnte die Pilze doch auch selbst gesammelt haben, oder?", warf Jakoby ein. „Letztes Jahr. Sie waren ja getrocknet."
„Du meinst, er hat das aufwendige Päckchen als falsche Spur gebastelt?"

„Aber wozu denn? Nur um uns in der Richtung zu beschäftigen?“
„Aber hätte er dann nicht dafür sorgen müssen, dass Rüter Zugang zum Internet gehabt hat?“
„Wie kriegt man das Pilzgift überhaupt in das Öl? Reicht es, wenn man die darin einlegt und nachher wieder herausfischt?“
„Und schmeckt man das echt nicht heraus? Er hat ja extra ein leicht bitteres Öl ausgewählt, aber trotzdem ...“
„Wie schmecken Knollenblätterpilze überhaupt?“
„Da kannst du die Mutter von Melina fragen.“
„Hey, das war jetzt pietätlos!“
„RUHE“, donnerte Heinrich über das allgemeine Stimmgewirr. „Wir wollen die Fakten!“
Heikos Miene blieb freundlich, doch diesmal folgte er Heinrichs Anweisung nicht sofort. „Knollenblätterpilze sollen wohlschmeckend sein, heißt es“, zeigte er auf Sörine, die sich das gefragt hatte. „Und Herr Thomsen wollte wohl auf Nummer sicher gehen und hat die getrockneten Pilze zermörsert und zum Öl hinzugegeben.“ Das an Pioneks Adresse, von dem diese Frage gekommen war.
„Es stand extra auf der Flasche“, berichtete Ella schaudernd und schluckte mit einer Sekunde Verzögerung. „Vor Gebrauch schütteln.“
„Ich werde nie nie nie mehr ein Öl mit Bodensatz benutzen“, stellte Ulli mit vor Ekel bebender Stimme fest.
„Wohlschmeckend? Stellt euch vor, ihr habt gerade eine total leckere Pilzpfanne verspeist – und dann ...“
„Das Beängstigende daran ist ja, dass du zuerst noch gar nichts merkst! Es vergehen Stunden, bist du anfängst mit Ko...“
„Wir essen!“
„Sie wollten von Thomsen sprechen.“ Heinrich sah Heiko vorwurfsvoll an, als wäre der schuld daran, dass die Meute ständig in Privatgespräche ausbrach. Und war ihm bewusst, wie peinlich es war, dass er ihn als einziger noch siezte?
„Jaa, das wolle ich“, erwiderte Heiko gedehnt und wartete, bis auch alle anderen wieder zu ihm schauten. „Dabei habe ich noch eine letzte schlechte Nachricht im Ärmel, die ich euch nicht vorenthalten will: Evert Rüter hat gestanden.“
„Was?“
„Oh nein!“
„Das darf nicht wahr sein!“

„Dieser nette Mann. Nein, das glaube ich einfach nicht.“
Wiederum begannen alle, wild durcheinanderzubrabbeln.
„Das war doch zu erwarten“, brüllte Heinrich sie nieder, um leiser fortzufahren, sobald die anderen ruhig wurden. „Er nimmt die Schuld auf sich, um seinem Enkel eine geläuterte Zukunft zu ermöglichen.“
„Würde das denn gehen?“, wandte Sörine sich an Heiko. „Kann er verurteilt werden, während die Schuld seines Enkels im Raum steht?“
„Die werden ihn ordentlich in die Mangel nehmen, versuchen, ihm irgendwelche widersprüchlichen Aussagen zu entlocken, um ihn dann damit zu konfrontieren.“ Elke lehnte sich ein Stück vor, damit sie Heiko ansehen konnte. „Das macht ihr doch, oder? Ihr glaubt ihm das nicht?“
„Er sagte: Die letzte schlechte Nachricht“, erinnerte Ella, ehe es von neuem laut werden konnte. „Allmählich solltest du dann mal mit der guten herausrücken, finde ich.“ Sie prostete Heiko mit ihrem Kaffee zu.
Der tippte ihr anerkennend auf die Schulter. „Dir entgeht aber auch gar nichts, meine Liebe!“
„Los jetzt“, blaffte Heinrich.
Diesmal würde Heiko zurückblaffen, oder? Gespannt beobachtete Ella seinen zunächst noch amüsierten Gesichtsausdruck.
Nein, er beachtete Heinrich gar nicht. Doch im folgenden Moment schob er stattdessen besitzergreifend seinen Arm um Ellas Schulter. Als wäre sie ein Machtmittel im Kampf der beiden Männer! Nee, also das ging echt zu weit. Demonstrativ lehnte sie sich vor, um Heiko zu zwingen, seine Hand wegzunehmen.
Ersatzweise griff er nach der Lehne ihres Stuhls, ehe er, ohne sich etwas anmerken zu lassen, zu sprechen begann. „Im Rahmen der Durchsuchung von Thomsens Laptop haben wir natürlich auch seine Kontakte im Internet untersucht. Seinen Mailverkehr – da war er vorsichtig, zumindest bisher ist da nichts rausgekommen. Auf den gängigen Plattformen wie Facebook, Twitter, Instagram und ähnlichen ist er zu keiner Zeit Mitglied gewesen – also nicht von seinem Laptop und seiner IP-Adresse aus.“
„Das waren aber schon wieder zwei schlechte Nachrichten“, merkte Sörine an.
Heiko winkte zu ihr herüber. „Ja, tut mir leid. Aber jetzt kommt die

gute. Thomsen war vor einigen Monaten Mitglied in einem kleinen Forum."
„Für Pilzsammler?", schlug Pionek eifrig vor.
„Nein." Erwartungsvoll blickte Heiko umher. „Weitere Vorschläge?"
„Wenn Sie den Einstieg eine Idee straffer gestaltet hätten, hätten wir vielleicht sogar Lust auf eine heitere Raterunde. Aber so ..." Heinrichs Tonfall war mittlerweile schneidend.
„Nun sag schon, was war es?", knuffte Ella Heiko in die Seite.
Heinrichs giftiger Blick zeugte davon, dass er es nicht schätzte, von ihr gerettet zu werden.
„Es handelt sich um ein Forum mit dem phantasieanregenden Namen 'Hexenwerk'", ließ Heiko endlich die Katze aus dem Sack. „Rat und Austausch für Hexe oder Hexer in unserer modernen Welt."
Einen Augenblick lang starrten alle ihn ungläubig an.
„Ja, das ist wirklich ernst gemeint." Heiko lachte in die Runde. „Und hochinteressant. Die Themen sind ungemein vielfältig. Astronomie, Astrologie, Yoga, Meditation, Psychotherapie. Aber auch Literatur. Märchen, Gedichte. Und Ernährungstipps, Nähanleitungen, Kochrezepte und vieles mehr."
Alle hingen an seinen Lippen, bestimmt ausnahmslos ahnend, worauf das Ganze hinauslaufen würde, und doch zu gespannt, um Heiko ein weiteres Mal zu unterbrechen.
„Ein Thread ist mir jedoch gleich ins Auge gesprungen: 'Die uralte Magie der Zaubertränke'."
„Da gibt es doch nicht etwa einen mit Knollenblätterpilzen", warf Heinrich genervt ein.
„Nicht explizit. Aber es geht sehr wohl um verbotene Substanzen, und wie diese entschärft und ihre schwarzmagischen Wirkungen in gute Bahnen gelenkt werden können."
„Da reden die darüber, wie man giftige Tränke zubereiten kann?", fragte Heinrich ungläubig.
„Nein, nein, die Hexen, von denen ich da gelesen habe, sind allesamt weiße Hexen. Die würden niemals Gift einsetzen. Zumindest nicht, bevor sie dessen giftige Substanzen herausgefiltert und sie auf diese Weise ungiftig gemacht haben."
„Die wollen den Knollenblätterpilzen die giftigen Stoffe entziehen? Sind das Chemieprofessorinnen oder so was?"
Heiko schenkte Heinrich ein ironisches Grinsen, was der eigentlich sofort als ultimatives Friedensangebot hätte empfinden müssen.

Und es annehmen. Dass der unvermindert verkniffen dreinsah – du liebe Güte, was war der bloß anstrengend!
Heikos Grinsen blieb unbeeinträchtigt. „Es hörte sich romantischer an, wenn Sie mich fragen. Feuer, Rauch, Gesang und so was. Leider schweigen die betreffenden Professoren-Hexen sich über Einzelheiten aus. Und warnen dramatisch davor, ihre unerreichbaren Braukünste nachzuahmen. Man müsse sehr weit fortgeschritten im Hexenhandwerk sein, um ihr Können zu erlangen."
„Noch mehr Durchgeknallte", stöhnte Hobbi.
„Das kannst du laut sagen!"
„Und ausgerechnet auf die ist der gute Zac gestoßen?"
„Schschscht. Konntet ihr denn nachweisen, dass Thomsen zu diesen Frauen Kontakt gehabt hat?"
„Er hat sich, wie gesagt, bereits vor Monaten aus dem Forum abgemeldet und all seine Beiträge löschen lassen. Was aber nicht heißt, dass wir die nicht rekonstruieren könnten, zumal die Forumsbetreiberin sogar damit einverstanden ist. Der Witz ist nämlich, dass diese Frau gar keine von den Durchgeknallten ist, wie du sie gerade genannt hast, Hobbi. Für sie ist es ein Hobby", er grinste, als ihm das Wortspiel auffiel, „eine zweite Identität, in die sie zuweilen schlüpft."
„Wie diese Mittelalterfreaks", warf Elke ein.
„Genau. Die ist auch auf diesen Märkten unterwegs. Und kennt auch eine Reihe ihrer Forumsmitglieder von dort. Sie war ehrlich betroffen, als sie von unserem Anliegen hörte, und hat sich sofort kooperationsbereit gezeigt. Eine bestimmte Frau hatte sie schon eine Weile auf dem Kieker, allerdings hat die sich bisher noch nicht wirklich etwas zuschulden kommen lassen, meinte sie."
„Sie hat euch die Adresse gegeben?"
„Das hat schon eine Stunde oder so gedauert, ehe wir die reale Identität von Erdmute Mondfried herausbekommen haben. Aber letztendlich ist so was kein Problem, wenn man über die nötigen Ressourcen verfügt."
„Und diese Erdmutti hat Zac die Pilze geschickt?"
„Ich habe mit ihr telefoniert, und sie hat vehement abgestritten, mit illegalen Substanzen zu tun zu haben. Sie betreibe einen Versandhandel für Kräuter, Tees und Naturkosmetik."
„Aber ..."
„Die dortigen Kollegen, die ich ihr vorbeigeschickt habe – Erdmute

lebt in einem kleinen Dorf am Bodensee – konnten gleich mehrere verbotene Substanzen sicherstellen, unter anderem Cannabis, psilocybinhaltige Pilze und mehrere Giftpilzsorten, unter anderem unseren Knollenblätterpilz. Jaaa, und das Beste zum Schluss: Sie hat in einer verschlüsselten Datei akribisch Buch geführt über ihre Kunden – wohl auch um sich denen gegenüber abzusichern. Nun ja, so haben wir sie beide. Erdmute als Händlerin – Thomsen alias Noor-Hexer als Käufer."
„Dass sie die Pilze an Rüters Adresse geschickt hat, macht nichts?", fragte Ella besorgt.
„Erdmute sagt, sie habe mit Thomsen eindeutige Privatnachrichten gewechselt. Nicht von seinem eigenen PC aus. Und im Forum selbst sind auch die gelöscht werden. Aber unsere Fachleute meinen, sie werden sie finden. Zusätzlich ist die liebe Erdmute auch bereit, gegen Thomsen auszusagen, wenn wir im Gegenzug davon absehen, sie wegen Beihilfe zum Mord anzuklagen."
„Aber die muss doch aus dem Verkehr gezogen werden", rief Heinrich empört.
„Ist sie schon. Sie ist einschlägig vorbestraft wegen Drogenhandels und noch auf Bewährung."
„Oh Mann." Ella stieß einen tiefen Seufzer aus. „Dann ist Zac also gescheitert, weil ..."
„Weil auf Verrückte kein Verlass ist", stellte Jacoby trocken fest.
„Tja, Zaccy hätte man selbst in die Pilze gehen sollen."
„Dann hätte er aber mit dem Morden bis zum Herbst warten müssen."
„Nee, er hätte auch jetzt welche finden können."
„Was für ein Glück, dass er es nicht getan hat!"
„Das war doch aber echt ein verrückter Fall!" Ganz entkräftet ließ Sörine sich auf ihrem Stuhl zurücksinken. „Oder hast du so was öfter, Heiko?"
Dessen Augen ruhten auf Ella. „Nein, das war wirklich etwas ganz Besonderes." Allmählich wurde es ihr aber doch ein bisschen zu viel mit seinen Zuneigungsbekundungen.
„Das war das Willkommensgeschenk für unsere Kirsche", brachte Hobbi die dazu, endgültig rot zu werden.
„Ja, lasst uns doch noch mal offiziell auf ihren Einstand anstoßen", richtete Elke sich auf. „Heinrich, einige Tassen sind leer, wie ich sehe."

„Ich helfe Ihnen." Ella, die echt nicht scharf darauf war, im Mittelpunkt zu stehen, sprang zusammen mit ihm auf. Und wenn sie sich nicht täuschte, fiel sein Brummen etwas weniger pissig aus, als er sich zuvor gegeben hatte.

Thorsten fühlte sich nicht im mindesten besser. Nicht nach dem Essen, nicht nach Martens Show, nicht mit dem Gefühl, dass Zac strenggenommen noch gar nicht überführt war. Wenn die Computerleute aus irgendeinem Grund doch nichts finden würden. Wenn diese Erdmute es sich anders überlegte und widerrief ...
Das schien die anderen um ihn herum nicht zu stören. Sie lachten und plauderten, tauschten letzte Einzelheiten aus. Gerade berichtete Ella ausführlichst über ihre nächtliche Melina-Aktion. „Zuerst war es stockdunkel, wir konnten nicht die Hand vor Augen sehen. Und wir waren ja nicht vorbereitet, hatten weder Taschenlampe noch Gummistiefel. Nicht mal ein Seil, um Melina irgendwo rauszuziehen, wenn wir sie denn in einem Sumpfloch gefunden hätten. Es war unser Glück, dass das Moor am Noor sich so verändert hat."
Wie Marten sie mit den Augen verschlang! Wie lange kannten sich die beiden? Seit gestern doch erst, oder? Und solange er dabei gewesen war, hatten sich keinerlei magische Momente ereignet, das wäre ihm doch wohl aufgefallen. Also, was hatten sie getrieben, als Ella Marten die Umschläge hinterhergetragen hatte?
„Melina hat wohl zuerst versucht, tatsächlich im Moor zu versinken", erklärte sie jetzt. „Und wenn sie eine gefährliche Stelle gefunden hätte, wären wir zu spät gewesen."
Danke auch, dass du mir das immer wieder unter die Nase reibst. Thorsten presste die Lippen aufeinander.
„Hey, es sind nur noch zwei Schnitten mit Ei und Sild da", stupste Pionek ihn von der Seite an. „Soll ich dir die organisieren?"
„Ich hatte schon vier."
„Deshalb dachte ich, dass du sie besonders magst."
„Nein, danke, ich bin längst satt."
„Und es war wirklich Oskar, der Melina im Noor gefunden hat?" Ulli hatte gerade verstohlen ihre Hand nach hinten geschoben – um eine aufdringliche Hundeschnauze nach der Krabbe schnappen zu lassen, die zwischen ihren Fingern gesteckt hatte.

Ella lachte hell auf. „Damit hat er mich am meisten überrascht. Zuerst sah es eher so aus, als ob er Melinas Brief als besonderen Leckerbissen ansehen würde.“ Ihr Blick suchte Heinrichs.
„Liegt der eigentlich noch im Handschuhfach?“, beschloss er, zur Abwechslung mal heraushängen zu lassen, dass auch er gewisse Dinge mit Ella teilte.
„Oh, stimmt, ja.“ Ganz betroffen schnellten ihre Augen zu Marten. „Da habe ich Beweismittel unterschlagen.“
Jetzt fehlte bloß noch, dass sie ihn neckisch fragte, ob er sie denn dafür verhaften würde, und er dann antwortete ...
„Ich bin bereit, darüber hinwegzusehen. Unter einer Bedingung.“
Würg! Dieser Typ war dermaßen widerlich! Um nicht mit anhören zu müssen, was Ella als Gegenleistung erbringen musste, stand Thorsten – etwas sehr abrupt – auf und sammelte lautstark eine Fuhre leerer Tassen ein, um sie ebenso geräuschvoll in die Küche zu befördern.
„Oskar, du bist ein toller Hund.“ Offenbar streichelte Sörine ihn gerade, jedenfalls vibrierte ihre Stimme im Takt.
„Und er hat doch immerzu bei der Polizeiarbeit geholfen, von Anfang an“, warf Hobbi ein. „Wenn er noch ein bisschen übt, kann er direkt zum Polizeihund befördert werden.“
„Wie das?“, erhob sich Martens Stimme über das allgemeine Gelächter. „Erzähl doch mal, Ella!“
Thorsten schepperte extra laut mit dem Geschirr, während er es in den Geschirrspüler räumte. Er würde sich hier Zeit lassen, ein bisschen Alleinsein tanken ...
„Kann ich dir helfen?“, erschien in diesem Moment Pionek in der Tür.
„Bin fast fertig.“ Allmählich musste er sich aber mal zu einem Lächeln aufraffen. „Nett von dir.“
„Ich hab ein paar Kaffeebestellungen mitbekommen, zeigst du mir, wie eure Maschine funktioniert?“
Okay, also zurück in den Gastraum. Seufzend folgte er Pionek.
„Man könnte ihn ja fast einen Therapie-Hund nennen, so toll, wie er Melina aufgeheitert hat“, rief Ulli gerade.
„Und nachts in den Gärten hat er diesen Jugendlichen gestellt“, warf Elke gerade ein. „Ein Fluchtvereitler-Hund ist er also auch.“
Ach, wie niedlich!
„Und ein Giftabwender-Hund“, sprang Ulli auf den Zug auf.

Ella lachte ein geschmeicheltes Lachen.
„Ein Sahneaufräum-Hund auch", trug Mutter bei. „Immer und zu jeder Zeit gern, stimmt's, Oskar?"
Wie konnte es sein, dass sich erwachsene Leute in hoch kreischende Idioten verwandelten, wenn Babys oder Hunde im Spiel waren?
„Oskar hat also auf jede erdenkliche Art und Weise dazu beigetragen, dass dieser Fall so schnell abgeschlossen werden konnte", fasste Hobbi zusammen. „Und es damit zu einem vollwertigen Mitglied unserer Spezialrunde hier gebracht."
Jacoby hob doch tatsächlich sein Glas. „Herzlich Willkommen, Kollege Oskar!"
„Ihr seid ja lieb!" Ella war hörbar gerührt.
„Damit er auch weiterhin in Notfällen mit ins Büro gebracht werden darf."
Danke, Elke, fauchte Thorsten im stillen. *Und dir auch gleich, Hobbi, der du diese Gelegenheit natürlich nicht auslassen kannst!*
Der hatte sich zu ihm, der er immer noch am Kaffeeautomaten stand, umgedreht. „Ist dir klar, dass du, was das betrifft, keine Chance mehr hast, Heinrich?"
Der wäre am liebsten gleich wieder in die Küche geflohen, um sonst was zu tun.
„Ich habe ja noch eine Kleinigkeit", ergriff da zu allem Überfluss wieder Marten das Wort. „Ich habe Thomsen zu der Erpresser-Sache befragt. Zunächst einmal lässt er Ella und Sie, Herrn Heinrich, herzlich grüßen und Ihnen ausrichten, dass er noch darauf zurückzukommen gedenkt, dass Sie seine Post entwendet und geöffnet haben, bevor der formale Durchsuchungsbefehl da war."
Thorsten biss die Zähne zusammen. „Das soll der nur wagen!"
„Ach, was das betrifft, werde ich schon darauf achten, dass sich da uhrzeitmäßig nichts überkreuzt", setzte Marten großspurig hinzu.
„Danke", hauchte Ella von rechts.
„Was hat er zu der Erpressung gesagt?" Wenn dieser Typ nun die nächste 'Ein-Mann-Show' zu inszenieren gedachte ...
„Ich dachte, ich spiele es Ihnen einfach vor." Marten zückte sein Handy. „Hab mir die Datei hier draufgeladen. Nicht hundertprozentig legal, aber ich gehe mal davon aus, dass mich niemand von euch verraten wird?"
Wie er den Kopf schief legte! „Natürlich nicht", setzte Thorsten dem ein Ende. „Machen Sie es an."

„Wer erpresst Sie?", ertönte Martes Stimme aus dem Apparat, gefolgt vom Geräusch der auf den Tisch geworfenen Umschläge.
„Erpressen? Mich?" Zacs Tonfall war reine Neugierde. Es raschelte leise, als er wohl danach griff. „Sie waren in meiner Laube und haben meine Post gestohlen?", erkundigte er sich beiläufig, während man hörte, wie er den Inhalt des Umschlags ausschüttete.
„Wir haben einen Durchsuchungsbefehl für Ihre beiden Wohnsitze", stellte Marten fest.
„Das waren die anderen, die Eckernförder, die in den Gärten waren. Den Durchsuchungsbefehl haben erst Sie mir gezeigt, und zwar um einiges später."
„Um derlei Details können wir uns nachher kümmern, zuerst interessiert mich mehr, was Sie über den Fall denken."
„Na, wenn das so ist ..." Wiederum raschelte Zac, dann wurde es still. Er las wohl den Brief. Blätterte dann die Fotos durch. Und lachte. „Diese kleinen Kröten!"
„Wer?", fragte Marten scharf.
„Na, die Kleinen aus den Gärten. Jonna, Kalle, Dominik und wie sie alle heißen."
„Meines Wissens befindet sich Jonna Niemann im Krankenhaus, wie Ihnen wohl kaum entgangen sein dürfte. Weil sie ihrer Mutter eine Leber spenden musste." Marten sprach sehr sanft. „Darüber hinaus hat sie, denke ich, zur Zeit eher weniger kriminelle Ambitionen."
„Ja, ja, kaum geschieht der Mami etwas Ernstes, fällt die tapfere Rebellin sofort in sich zusammen und gibt ihr Leben für die Familie."
Beim folgenden Geräusch stellte Thorsten sich vor, wie Zac Brief und Bilder von sich schleuderte. Seine Finger krallten sich um die Stuhllehnen.
„Wer erpresst Sie?", wiederholte Marten genervt.
„An Ihrer Stelle würde ich Ihren Eckernförder Kollegen raten, den Radius der Schrebergarten-Ermittlungen ein klein wenig auszudehnen."
„Sie sagten eben, Sie verdächtigen die Jugendlichen aus der Schrebergartenbande. Wen genau meinen Sie da?" Marten klang müde. Vermutlich hatte das Verhör schon eine Weile gedauert.
Auch Zacs Antwort wirkte für seine Verhältnisse etwas energielos. „Den, dessen Horizont ein kleines Stückchen über die Grenzen der

Gartenkolonie hinausgeht. Ich spreche von etwa zwanzig Metern. Und der – so widersinnig das auch ist, wo er doch genau dort sein Unwesen treibt – Beziehungen zu Leuten hat, die für ihren geliebten Kleingarten alles tun würden. Auch illegale Dinge, solange sich die in einem gewissen Rahmen bewegen. Ich denke da an eine ganze Reihe von Vorfällen, die bis in die höchsten politischen Kreise wirken. Also gemessen an Eckernförde natürlich."
„Können Sie das bitte ein bisschen präzisieren?"
„Ich kann von meinem Recht Gebrauch machen, eine Unterbrechung zu verlangen", konterte Zac.
Marten schaltete sein Handy aus. „An der Stelle bin ich leider nicht weitergekommen." Er sah Ella in die Augen. „Aber vielleicht bringt euch das schon was?"
Ella sah Thorsten an. „Was hat er gemeint? Mit den zwanzig Metern?"
„Das kann doch eigentlich nur der Baumarkt sein, oder?", gab er zurück.
„Der Erpresser hat eine Verbindung zum Baumarkt?" Ellas Stirn runzelte sich.
„Welche Namen hat Zac spontan aufgezählt? Jonna, Pascal und – war es Dominik?"
„He, ich habe Pascal doch auf dem Handy aufgenommen, als er uns die Namen gab." Aufgeregt lief Ella zu ihrer Tasche auf Mutters Büro-Sessel und kramte darin herum. „Ich habe es!" Noch auf dem Weg zurück fing sie an zu klicken und legte das Gerät auf den Tisch, während sie sich setzte.
„Bleibt locker", ertönte dann Pascals Stimme. „Malte Behrend, Yannis Holm, Dominik Koch, Luca Weber. Und Meri Meier."
Ella stoppte ihn und sah mit großen Augen zu Thorsten.
„Dominik Koch", sprachen sie unisono aus.
„Der Sohn von Frau Koch?", fragte Ella ihn.
Er spitzte die Lippen. „Der Name ist jetzt nicht super-selten. Aber vor dem gegebenen Hintergrund? Dem jungen Mann werden wir also demnächst einen Besuch abstatten müssen."
„Zumal Zac doch da auf was angespielt hat, das verdächtig an diese Vorfälle mit dem Lehnhardt erinnert, oder geht das nur mir so?"
„Dieser Fall ist ein Wunderwerk aus ineinandergreifenden Zufällen." Ein zufriedenes Lächeln bahnte sich den Weg in Thorstens Gesicht.

„Es ist eine wahre Freude, euch bei der Arbeit zuzuschauen", meldete sich Marten mit begeisterter Stimme zu Wort.
Oh nee, jetzt wurde Ella auch noch rot!
„In diese Lust bin ich auch schon mehrfach gekommen", rief Pionek etwas schrill.
„Genuss", zischte Thorsten ihm zu. „Du bist in den Genuss gekommen."
Er strahlte ihn an. „Ja, das bin ich."
„Oh Mann, jetzt müssten wir doch eigentlich schon wieder anstoßen, oder?" Hobbi reckte sein Bierglas in die Höhe. „Auf das neue Team in unseren Reihen!"
„Leider muss ich hier anmerken, dass ich allmählich zurück nach Neumünster muss." Ohne sein Glas auch nur anzurühren, hatte Marten sich erhoben. Ganz plötzlich schien er es eilig zu haben.
Thorsten war weit davon entfernt, böse darüber zu sein.
„Ja, unser Sohn ist auch schon ziemlich lange allein." Ulli erhob sich entschuldigend. „Zumindest ich müsste sehen, dass ich nach Hause komme."
„Nein, wir alle haben Sörine lange genug in Anspruch genommen", sprang Hobbi mit ihr auf. „Lasst uns noch mit anfassen, Leute!"
„Nicht doch, Thorsten und ich machen das schon." Mutter strahlte über das ganze Gesicht. „Ich habe es sehr genossen mit euch, Kinners! Das machen wir mal wieder, nicht?"
„Dabei bin ich ja noch gar nicht zum Hauptargument gekommen." Marten hatte seine Karte gezogen. „Kannst du mir die Rechnung an meine Dienstadresse schicken?"
„Och nee. Jetzt machst du es aber unromantisch." Mutter gluckste.
„Nein, nein, von so was lassen wir uns nicht beeinträchtigen. Bist du schon so weit, Ella?"
Die nickte zwar und lächelte auch, wandte sich dann jedoch zu Mutter. „Ich komme gleich wieder und helfe mit aufräumen."
Halleluja, jetzt gingen sie. Erleichtert verzupfte Thorsten sich mit der ersten Ladung Geschirr in die Küche.

„Dann wünsche ich euch beiden eine gute Nacht – die ihr euch ja redlich verdient habt!" Mutter drückte Thorsten kurz, dann Ella lange an sich. „Danke für deine Hilfe. Und überhaupt. Für den Großauftrag, den du da an Land gezogen hast."
„Es war total schön bei dir." Ella klang erstickt, und das nicht nur,

weil Mutter so viel Kraft aufwandte. „Ich bin gerade echt glücklich. Dass ich hier bei euch gelandet bin ..."
„Ach, das geht uns doch genauso. Stimmt's, Thorsten?"
„Ja, klar." Nach diesem so wunderbar total schönen Abend meinte er das natürlich kaum ironisch.
„Du oller Miesepeter." Mutter schüttelte müde den Kopf und prüfte nochmals, ob die Tür auch wirklich abgeschlossen war. „Ich würde sagen: Schlaf dich morgen mal so richtig aus."
„Gleichfalls." Er wartete, bis sie im Auto war, und winkte dann noch, als sie losfuhr.
„Das werde ich allerdings auch tun", stieß Ella inbrünstig hervor. „Wobei ich dieses Wochenende ansonsten wenig Aussicht auf Erholung habe." Oskar zog sie ein Stück weg.
Richtig, sie hatte von ihren Plänen gesprochen. Dass sie die restlichen Sachen aus ihrer Wohnung in Kiel holen müsse und anschließend den Sprinter wieder abgeben. Nachdenklich kam er ihr nach.
„Wo parken Sie? Dann bringe ich Sie noch zum Auto."
Sie verzog verlegen den Mund. „Ich bin mit Marten gekommen, hab vorhin nur meine Jacke aus seinem Wagen geholt."
„Oh." Sie hatte den Neumünsteraner also weggeschickt, um noch ohne ihn zu bleiben? Wie auch immer, Thorsten sollte es recht sein. Und unter gegebenen Umständen ganz besonders ... „Dann würde ich vorschlagen, dass ich Sie schnell nach Hause bringe. Oskars vielfältige Qualifikationen erstrecken sich ja nicht unbedingt auf Personenschutz, wenn ich mich nicht irre."
„Das wäre echt lieb von Ihnen, wenn Sie mich bringen würden. Auch wenn es hier in Eckernförde ja eher ruhig ist." Sie lachte auf. „Da haben Sie eben sehr leiden müssen, oder? Aber keine Angst, ich werde Oskar schon nicht mit ins Büro bringen", fügte sie rasch versöhnlich hinzu.
Thorsten zog eine Augenbraue hoch. „Wo lassen Sie ihn dann?"
„Najaa." Zur Abwechslung zerrte mal sie den Hund weiter. „Haben Sie was dagegen, wenn wir einen kleinen Umweg am Strand entlang machen? Darauf hätte ich echt noch Lust."
„Klar." Was Marten wohl dazu sagen würde? Zufrieden folgte Thorsten ihr und Oskar zum Durchgang.
„Wir können nicht immerzu meine Mutter und Ulli bemühen", beschloss er, schon jetzt aufs Ganze zu gehen. „Und Melina ist noch nicht einsatzbereit."

„Was wollen Sie mir damit sagen?“ Richtiggehend ärgerlich drehte Ella sich zu ihm.
Okay, er hatte sie heute Abend wohl ganz schön strapaziert mit seiner Laune. Die sich auf wundersame Weise gehoben hatte, warum auch immer. „Ich meine ja nur. Wo Oskar doch jetzt offizieller Kollege von uns ist.“
Ella war das personifizierte Misstrauen. „Sie verarschen mich?“
„Nein, auf gar keinen Fall!“ Er reckte beide Hände in die Höhe. „Ich will mich nur nicht länger vor der Tatsache verschließen, dass Oskar auf dem besten Weg ist, ein echter Polizeihund zu werden. Hobbi muss das beurteilen können, er hat diese Fortbildung gemacht.“
Ella verengte die Augen „Die Ironie trieft geradezu aus Ihren Worten. Was wollen Sie?“
„Gar nichts!“
„Erzählen Sie das Ihrer Großmutter.“
Resigniert hob er erneut die Hände. „Ich gebe zu, ich war heute Abend kein sehr angenehmer Zeitgenosse.“
„Nein, waren Sie nicht. Da können Sie von Glück sagen, dass andere Anwesende dafür gesorgt haben, dass der Abend trotzdem schön geworden ist.“
„Sie haben ja so recht.“
„Heinrich? Was – wollen – Sie?“
„Ich heiße Thorsten.“ Zusammen mit dem Frauenlächeln war das gar nicht schwer gewesen.
Im ersten Moment fiel Ella alles aus dem Gesicht. Ablenkungsmanöver geglückt.
„Und du heißt Ella, wenn ich mich recht entsinne.“
„Was deinen Sarkasmus-Faktor betrifft, kann ich nicht wirklich von Entwarnung sprechen“, knurrte sie, während sie sich erst einmal abwandte, um den Hund zuerst sitzen und anschließend von der Leine zu lassen. „Nutz es aus, dass die Badegäste weg sind, Dicker. Geh baden, ja? Na los!“
Ihn noch zusätzlich anzuspornen, wäre nicht nötig gewesen, Oskar rannte schon aufs Wasser zu.
„Na, wie sieht es mit Ih... dir aus?“, drehte sie sich plötzlich zu Thorsten um. „Du hast doch bewiesen, dass du es kannst. Schwimmen gehen. Im Noor. Das doch bestimmt nicht allzu viel wärmer ist als die Ostsee, oder doch?“

„Oh, und ich dachte, du hättest heute genug von Leuten, die so was nötig haben?"
„Zu baden?"
„Ihre Männlichkeit unter Beweis zu stellen."
Sie gluckste. „Och, deine Männlichkeit würde ich gerade noch verknusen. Ich gucke auch weg."
„Das könnte dir so passen!" Er bückte sich, um eine Handvoll Sand zu nehmen, und schleuderte ihn andeutungsweise in ihre Richtung, als würde er mit Wasser spritzen.
Ella machte einen eleganten Sprung beiseite. „Du bist immer noch nicht damit herausgerückt, was der Sinn deiner Bemühungen ist, mir um den Bart zu gehen."
Na gut, dass sie sich nicht auf diese Weise manipulieren ließ, hatte er ja gewusst.
„Die Katze mit dem größtmöglichen Effekt aus dem Sack zu lassen – das hat uns dein guter Marten ja schon eindrucksvoll vorgeführt", feixte er.
Da verdrehte sie sogar die Augen. „Das kannst du laut sagen. Aber aus diesem Grund habe ich leider keine Geduld mehr für dich übrig. Also los!"
„Wie lange gedenkst du morgen zu schlafen?"
„Was soll denn das jetzt?" Sie spitzte die Lippen. „Thorsten."
„Wie lange?"
„Ich wollte gegen Mittag in Kiel in meiner alten Wohnung sein."
„Wo genau ist die?"
„Am Schrevenpark."
„Wow. Tolle Wohngegend. Brauchst du Hilfe?"
„Thorsten, strapazier meine Nerven nicht zu sehr!"
„Oh Mann, das habe ich anscheinend inzwischen zu viel getan, oder? Dass du misstrauisch wirst, sobald ich mal was Nettes sage?"
„Vor allem dann, wenn du dein 'Frauen-Einwickel-Grinsen' aktiviert hast."
„Das ist aber sehr ernst gemeint. Dass ich zuerst dir mit deinem Umzug helfe ..."
„Du willst auch umziehen?", platzte sie entgeistert heraus. „Und mich auf die Schnelle als Hilfskraft einspannen?"
„Nein, so weit, dass ich umziehen könnte, bin ich leider noch nicht", versicherte er rasch. „Es ist nur so, dass ich ein gewisses

Teil aus meiner alten Wohnung sehr vermisse. Ein sehr schweres und unhandliches Teil. Für das ich gut jemanden brauchen könnte, der über einen Sprinter verfügt."
„Ah, so ist das also." Ella musterte ihn von oben bis unten, als müsste sie ihn neu einordnen.
„Du suchst eine passende Schublade für mich?", fragte er mit treuherzigem Blick.
Sie nickte grimmig. „Da muss ich aber erst noch mal drüber nachdenken."
„Ob du mich mit nach Kiel nimmst?"
Da trat ein Grinsen in ihre Augen. „Nee, was das betrifft, könnte ich eine Hilfskraft gebrauchen."
„Ich tue alles, was du willst", beteuerte Thorsten und legte eine geballte Ladung Charme in seine gesamte Körpersprache.
„Auch fünf Zimmer streichen?" Sie prustete los, als er nach Luft schnappte. „Ja, da musst du erst noch überlegen, wie viel dein geheimnisvolles, schweres Teil wert ist, oder?"
„Nein, nein, ich streiche schon."
„Morgen und übermorgen?"
„Okay."
„Und du gehst ab und zu mit Oskar raus in den Park?"
„Kein Problem!"
„Und falls ich echt noch keinen Hundesitter für nächste Woche finde, darf ich ihn mit ins Büro nehmen?"
Er stöhnte. „Puh, da hab ich ja eine ganze Lawine losgetreten!"
Jetzt setzte sie ein zuckersüßes Lächeln auf. „Da siehst du mal."
„Das hab ich." Er grinste sie an, freestyle jetzt. „Deal?"
„Deal", erwiderte Ella, ebenso breit grinsend. „Ich finde es übrigens schön, dass wir uns auch endlich duzen." Sie wandte sich ab, lief Richtung Wasser. „Oskar, wir gehen weiter! Hast du mich gehört?"
„Und ich wollte mich noch entschuldigen", sagte Thorsten in normaler Lautstärke, damit sie es nicht unbedingt hören musste.
Natürlich wirbelte sie aus dem Stand zu ihm herum. „Ja?"
„Als wir da im Auto saßen ..." Verdammt, hatte er sich nicht mal die richtigen Worte zurechtgelegt? „Letzte Nacht."
„Ja?"
„Ich fand das nicht schlimm." Etwas anderes blieb ihm ja nicht übrig.

„Ah."
„Was ich da gesagt habe, also später ..."
„Ja?"
Jetzt übertrieb sie es aber.
„Nein, nein, du musst deine Stirn nicht wieder runzeln." Sie legte den Kopf schief und lachte ihn an. „Ist schon gut."
Plötzlich war es ganz leicht: „Ich wollte das nicht sagen, dass mich das genervt hat. Weil es nicht stimmt. Ich war nicht genervt."
„Ich weiß"
„Hinterher war ich genervt. Im Eifer des Gefechts."
„Ich weiß." Ein Augenzwinkern. „Ich kenne meinen Kollegen. Unter Druck ist er leicht reizbar."
„Ah, ja." Das war gut. „Wir sind Kollegen."
„Die gut zusammen arbeiten."
„Das allerdings." Und jetzt blieb sein Grinsen. Weil es stimmte. Sie waren gut. Zusammen. Als Kollegen.

Abendstille

An Juniabenden pflegt sich das Tageslicht in Eckernförde nur sehr zögernd zu verabschieden. Und so konnte jeder, der wollte, mit ansehen, wie ein Paar spätabends einen Hund in den sachten Wellen der Eckernförder Bucht baden ließ. Wie sie ihn heranlockten, um ihn dann mittels geworfener Steinchen wieder ins Wasser zu schicken. Der Hund rannte mit flatternden Ohren und wippendem Schwanz, manchmal bellte er sogar. Die Menschen winkten, lachten und schrien.

Auch wenn Hund und Menschen Spaß dabei hatten, jemand, der auf Recht und Gesetz achtete, hätte dieses Verhalten gründlich missbilligt. Der Strand mochte menschenleer sein, dennoch herrschte hier Hundeverbot. Ein paar Kilometer weiter, Richtung Altenhof, gab es schließlich einen Hundestrand!

Ein Jammer, dass keine Polizei in der Nähe war. Nur Möwen, die im letzten Licht ihre Abendrunden flogen.

Unwillig kreischten sie dabei. Und verstummten auch nicht, als sie die erste Gruppe Jugendlicher entdeckten, die sich mit gefüllten Papiertüten auf den Bänken vor dem Meerwasser-Wellenbad niederließen.

Morgen früh würde der Strand wieder kulinarische Hochgenüsse für sie bereithalten. Jetzt jedoch war der Tag zu Ende. Gleich würden sich auch die Möwen zurückziehen in ihre Nester und Ecken, auf Bolen, Stempen, Stangen.

Der Strand, das Noor und ganz Eckernförde würden dann endgültig der Nacht gehören, und nur der Wind würde von den gewisperten Nachtgeheimnissen wissen. Sonst niemand.

ENDE

Dank

Diesen Krimi zu schreiben, war eine ganz besondere Herausforderung für uns, hatten wir uns bisher doch eher historischen Romanen gewidmet. Bei einem Regionalkrimi sind die Anforderungen nämlich ganz andere: 'Modern' schreiben, etwa, Lokalkolorit und dieses gewisse Eckernförder Flair einzubringen.

Wobei wir feststellten, dass wir uns auch hier sehr gut ergänzten. Runa als die 'Einheimische' war zuständig für Authentizität, für Sprachgebrauch, für Originalität, während Maria ihren Touristenblick ganz ungeniert schweifen lassen durfte – die Rollenverteilung hat das möglich gemacht.

Natürlich haben wir, wie in jedem anderen Roman auch, viel recherchiert. Doch allein das reicht noch lange nicht, um eine real existierende Stadt für den Leser auch wirklich zum Leben zu erwecken. Zum Glück hatten wir jede Menge freundlicher Helfer:

Gabriele Schmidt danken wir dafür, dass sie uns ihr Tortenstübchen mitsamt Torten und Personal zur Verfügung gestellt hat. Unseren Lesern können wir nur ans Herz legen, es einmal zu besuchen. Wir haben nicht übertrieben, es ist genauso kuschelig und lecker, wie wir behaupten!

Als Fachfrau für Eckernförde danken wir Beate Petersen. Durch ihre Hilfe kennen wir die Vorfahrtsregelung am Mühlenberg und wissen, dass es im Bahnhof noch einen Fahrkartenschalter gibt. Außerdem haben wir durch sie von mindestens einem Dutzend leckerer und leckerster Tortensorten (hübsches Wort) erfahren, die das Tortenstübchen im Angebot hat.

Auch Ute und Peter Riecken stellten sich mit ihrem gesamten Eckernförde-Wissen zur Verfügung und konnten uns beim Sprachgebrauch, bei Geschichten und Sagen rund um die Stadt und bei der Beschreibung des 'Schon-lange-nicht-mehr-Kreiskrankenhauses' wertvolle Hilfestellung geben.

Ob es um das Innenleben einer bestimmten Schule ging, um die Vermeidung von Ähnlichkeiten mit alteingesessenen Eckernförder Familien oder schlicht um Fragen wie: „Heißen die Kurgäste eigentlich immer noch Kurgäste?“ und „Ist 'die Promenade' ein feststehender Begriff?“

Runas Eckernförder Freunde Jannes Hesterberg, Sandra Paasch

und Nicole Schlüter haben so manche Anfrage erhalten und bereitwillig beantwortet.
Top – oder Flop? Diese Frage stellt sich uns immer, wenn eine neue Geschichte an unsere Probeleser geht. So manch zerkauter Fingernagel weiß ein Liedchen davon zu singen. Wir haben also erst gebibbert – dann aber gestrahlt, als sich ein Daumen nach dem anderen nach oben reckte.
Und so danken wir unseren Probelesern Monika Wagenpfeil, die uns immer wieder durch ihr rasantes Lesetempo überrascht, Ute Riecken für die Bestätigung an Stellen, an denen wir uns nicht sicher waren, Karin Koenicke für ihren Fehler-Spürsinn und René Ebertz für seinen männlichen Blick auf unseren Kommissar.

Korrektorats-Kommissar Norbert Holynski hat mal wieder tolle Arbeit geleistet und jede Menge Überarbeitungsleichen eliminiert. Da er mittendrin leider zu einem anderen Fall abgerufen wurde, sind Monika Wagenpfeil und Sarah Ebertz für ihn eingesprungen und haben sehr erfolgreich ihren Fehler-Auffinde-Zauberstab geschwungen.
Unsere Veronika Aretz hat mal wieder ein wundervolles Cover gezaubert.

Und so kommen wir zu dem, was in einem Regionalkrimi äußerst wichtig ist: Die Versicherung, dass er von vorn bis hinten erfunden ist.
Klar, Eckernförde gibt es, die Kripo, einen Baumarkt an der Stelle 'unseres' Baumarktes, das Tortenstübchen ... Ellas Haus wird man allerdings vergebens suchen, genau wie die beiden der Niemanns.
Aber alle Personen und Geschehnisse sind unserer Phantasie entsprungen. Selbst Sörine Heinrich und Ulli Hobbe, die ja 'von außen' real existieren, sind 'innen' erfunden einschließlich sämtlicher Söhne und Dramen, die wir ihnen schon angedichtet haben oder es in den folgenden Bänden noch tun werden.
Tja – eine Ausnahme gibt es: Oskar. Ihn hat es wirklich und wahrhaftig gegeben. Im Buch ist er, was er auch im Leben gewesen ist: Ein Clownhund von unendlicher Gutmütigkeit, frech, verfressen und niemals so richtig perfekt erzogen. Ein Hund für die Seele und für alle Fälle.
Wer ihn sehen mag: Auf der Rückseite, das ist er.